KB266031

사교계의 영광과 비참 1

Splendeurs et misères des courtisanes

세계문학전집 489

사교계의 영광과 비참 1

Splendeurs et misères des courtisanes

오노레 드 발자크

이철의 옮김

민음사

일러두기

1 인명, 지명 등은 모두 국립국어원의 외래어표기법을 따랐다.

2 번역 대본으로는 Honoré de Balzac, *Splendeurs et misères des courtisanes*, édition présentée, préfacée et annotée par Patrick Berthier, *Le Livre de Poche*, Librairie Générale Française, 2008을 사용했다.

3 '원주' 표시가 없는 주석은 모두 옮긴이 주다.

4 원문에 이탤릭체 등으로 강조한 부분은 고딕체로 구분했다.

헌사[1]

알폰소 세라피노 디포르차 대공 전하께

순전히 파리를 무대로 하지만 실은 최근 전하의 궁전에 머물렀을 때 구상한 이 작품 맨 앞에 감히 전하의 존함을 올립니다. 전하의 정원에서 싹을 틔웠고, 제가 향수에 젖어 흘린 시름의 눈물로 키운 이 글월의 꽃다발을 전하께 바침이 지극히 당연한 일 아니겠습니까? 더구나 전하께서는 제가 느릅나무 울창한 전하의 숲에서 상젤리제를 떠올리며 정처 없이 헤

---

1) 이 헌사는 1838년 9월 『라토르피유(La Torpille)』라는 제목으로 발표한 중편 단행본(본 작품 1부의 앞부분에 해당)을 위해 붙였던 것이다. 이후 발자크는 작품을 확장해 여러 판본으로 출간하면서도 이 헌사를 거두지 않는다. 밀라노 공국 제후 디포르차 대공(1801~1878)은 1837년에 이어 1838년 5월 말, 두 번째로 발자크를 자신의 밀라노 궁에 초빙해 환대한다. 발자크는 몇몇 작품 앞에, 이때 교분을 나눈 밀라노의 인사들 앞으로 헌사를 단다.

맬 때 저의 시름을 부드럽게 어루만져 주셨으니까요. 이렇게라도 해야 두오모를 바라보며 파리를 떠올렸던 저의 잘못이, 포르타 렌차의[2] 눈부시게 정갈하고 우아하기 그지없는 포석 위에 서서 더럽기 짝이 없는 파리의 진흙탕 길들을 그리워했던 저의 잘못이 조금이나마 상쇄될 것 같습니다. 저는 밀라노 여인들에게 헌정할 수 있는 격을 갖춘 책을 앞으로 몇 권 낸 다음에, 우리가 사랑하는 사람들의 이름 중에서도 일찍이 전하의 궁전에 모인 이탈리아의 연로한 작가들에게 사랑받아 온 분들을 기쁘게 찾아뵐 터이니, 그분들께 제 안부를 대신 전해 주시길 바라옵니다. 전하의 은혜를 입은,

드 발자크 올림

1838년 7월

---

2) 포르타 렌차는 오늘날 밀라노의 포르타 베네치아 거리의 옛 이름이고, 두오모는 밀라노 대성당을 가리킨다.

1부

아가씨들은 어떻게 사랑하는가

1절
갱생한 아가씨

1. 오페라 무도회의 한 장면

1824년, 오페라 극장의 마지막 무도회에 가면을 쓰고 참석한[3] 여러 사람들은 예기치 않은 사정으로 집에 발이 묶여 오지 못한 여인을 찾아 헤매는 사람처럼 복도며 휴게실을 헤집

---

3) 18세기 초에 시작된 파리의 '오페라 무도회'는 카니발의 일환이었다. 가톨릭력(曆)에 따라 사순절의 시작을 알리는 '재의 수요일' 직전에 한 해의 마지막 오페라 무도회가 개최되었는데, 1824년에는 2월 28일에 열렸다. 무도회는 애초에는 리슐리외가 오페라(Opéra de la rue de Richelieu)에서 열렸으나, 1821년부터는 르펠르티에 오페라(Opéra Le Peletier)가 무대였으며, 1873년 르펠르티에가 전소되자 오페라 가르니에(Opéra Garnier)에서 속개되다가, 1903년 폐지된다. 자정에 시작해 새벽까지 이어진 무도회에는 각계각층 사람들이 몰려들어 인산인해를 이루었고, 음악은 연주되었으나 춤을 추지는 않았다. 무도회가 가장무도회 형식을 취한 것은 1830년 7월왕정 이후부터지만, 발자크는 이야기의 필요 때문에 왕정복고기에도 가장무도회가 열린 것으로 설정했다.

고 다니는 한 젊은 남자의 수려한 용모에 신선한 충격을 받았다. 무례한가 하면 다급해 보이기도 하는 그 젊은이의 행태와 관련해, 나이 든 부인네들과 이제는 은퇴하고 구경거리를 찾아 소일하는 몇몇 왕년의 용사들만은 그 속사정을 알 것이다. 이런 대규모 모임에서는 군중이 군중에 신경을 쓰는 일이 거의 없지만, 이해관계가 걸린 일들에는 관심이 뜨거운 법이어서, 무기력한 모습조차도 시선을 끈다. 그 젊은 댄디는 조급하게 사람을 찾는 일에 몰두해 있는 바람에, 자신이 관심의 대상이 된 것을 눈치채지 못했다. 몇몇 가면들 뒤에서 감탄을 가장해 터져나오는 비웃음도, 정말로 놀라 내지르는 탄성도, 신랄한 빈정거림도, 더없이 나긋나긋한 목소리들도 전혀 귀에 들리지 않았고 전혀 눈에 들어오지도 않았다. 그 젊은이는 준수한 외모 탓에, 과거 프라스카티 도박장이 있던 시절[4] 룰렛 게임에 행운을 걸던 사람들처럼, 모험을 찾아 오페라 무도회에 와서 요행수를 바라는 유별난 참석자 중 하나로 비쳤지만, 정말로 그날 밤의 성공을 믿어 의심치 않는 부르주아같이 자신만만한 모습이었다. 오페라 가장무도회란 다름 아니라 세 사람이 한 조가 되어 펼치는, 그 삼인조 말고는 내막을 알 수 없는 수수께끼 상황극들의 모음이라고 할 만한데, 그 젊은이도 그중 하나의 주인공임이 틀림없어 보였다. 이유인즉, 그저 "나도 한번 가본 적 있어."라는 말을 하고 싶은 젊

---

4) 프라스카티(Café Frascati)는 파리에서 가장 유명했던 도박장이다. 『잃어버린 환상』에서 뤼시앵은 이 도박장에 종종 출입한다. 프라스카티는 사행성 도박을 금지한 7월왕정의 루이필리프에 의해 1838년 1월 폐쇄된다.

은 부인들이나 시골 사람들, 경험이 없는 젊은이들, 외국인들에게 오페라 극장은 막상 와서 보면 피곤하고 따분하기만 한 연회장일 수밖에 없다. 그들에게는 가고, 오고, 이리 돌고, 저리 돌고, 휘돌고, 올라가고, 내려가고, 꾸물거리거나 서두르는 이 검은 복장의 군중이 나뭇단 위에서 바글거리는 개미들이나 다름없어 보이기 때문에, 국채 등록대장이[5] 무엇인지도 모르는 브르타뉴 오지의 농부에게 증권거래소가 그렇듯이, 도저히 이해할 수 없는 대상일 것이다. 극히 예외적인 경우를 제외하고, 파리의 무도회에서는 절대로 가면을 쓰지 않는다. 그래서 도미노 복장을 한 사람이 우스꽝스럽게 보이는 것이다.[6] 이 점에서 국민성의 재기가 번득인다. 자기 행복을 감추고자 하는 사람은 오페라 무도회에 와놓고 안 온 척할 수 있고, 피치 못할 사정으로 무도회에 와야 했더라도 이 가면의 참석자들은 오자마자 곧 자리를 뜰 수 있다. 가장 흥미로운 구경거리는 무도회가 열리자마자 그곳을 빠져나가려는 사람들과 들어오려는 사람들이 출입문에서 뒤엉켜 북새통을 이루는 장면이다. 요컨대 가면 쓴 남자들은 자기 부인의 동태를 염탐하러 온 의처증 남편이거나, 반대로 바람을 피우다 자기 부인한테 들키고 싶지 않은 염복(艷福)이 넘치는 남편, 둘 중 하나인데, 두 경우 모두 가소롭기는 매한가지다. 그런데 그 젊은이는

---

5) 국채 등록대장은 혁명 전 다양한 형태로 이루어진 국가 채무를 혁명 정부가 단일화하면서 붙인 이름으로서 일반적으로 국채증권을 가리킨다.
6) 도미도는 얼굴의 윗부분, 눈 주위를 가리는 반(半)가면에 두건 달린 가운을 걸친 가장무도회 복장을 말한다.

자객 가면을 쓴 당당하고 다부진 몸집의 사내가 굴러가는 통처럼 발을 놀리며 그의 뒤를 따라붙는 것을 모르는 눈치였다. 오페라 극장을 단골로 드나드는 사람의 눈에 그런 도미노 복장은 관리이거나 주식중개인, 은행가, 공증인, 아니면 부정한 아내나 애인을 의심하는 별 볼일 없는 부르주아라는 표시였다. 실제로 최상류 사회에서는 그 누구도 흠잡힐 만한 표식을 따라 하지 않는다. 벌써 몇몇 가면 착용자는 자기들끼리 그 괴이쩍은 인물을 가리키며 비웃었고, 또 다른 사람들은 그를 집적거렸으며, 젊은이들 몇몇은 드러내놓고 조롱까지 했다. 그러나 그 사내의 건장한 체격과 거침없는 행태는 그런 악의적인 표현을 노골적으로 까뭉개며 무력하게 만들었다. 그는 젊은이가 가는 대로 뒤를 밟아 따라갔는데, 그 모습이 마치 쫓기면서도 귓전을 스치는 총알이나 뒤쫓아 오며 짖는 사냥개 따위는 아랑곳하지 않는 멧돼지 같았다. 오페라 극장의 무도회에서 환희와 근심은 겉보기에 똑같은 차림새를 하고 있지만, 그러니까 둘 다 저 유명한 베네치아 카니발의 검은 복장을 하고 있어서 모든 게 구분이 안 되고 비슷해 보이지만, 파리 사회를 구성하는 다양한 집단들은 거기서 마주치면 서로를 알아보고 예의 주시하게 된다. 몇몇 전문가의 눈에는 너무나 뚜렷하게 보이는 표식들이 있는 법이고, 그래서 복잡한 이해관계를 감춘 마법의 주술서 같은 그 세계도 흥미진진한 소설처럼 독해가 가능한 것이다. 오페라 극장의 단골들이 볼 때 이 남자는 애당초 여복을 타고난 존재일 리가 없는데, 그런 존재였다면 그의 차림새에는 검은색 일변도 말고 정해진 어떤 다른 색

표식, 오랫동안 준비되어 온 행운을 암시하는 빨간색이거나 흰색, 아니면 초록색 표시물이 반드시 나타났을 터였다. 어떤 복수와 관련된 일인가? 여복을 타고난 모습의 젊은 남자를 바짝 뒤쫓는 가면 쓴 남자를 보고 일없이 심심한 몇몇은 환희로 인해 신성한 후광이 드리워진 수려한 얼굴의 젊은이에게 다시 눈길을 돌렸다. 그는 흥미를 끄는 존재였다. 그가 움직이면 움직일수록 더욱더 호기심을 자극했고, 전신에서 우아한 삶의 습성이 물씬 배어났다. 이는 우리 시대의 거스를 수 없는 법칙에 따른 결과일지니, 공작이자 귀족원[7] 의원의 자식 중에서도 가장 뛰어나고 가장 고상하다고 하는 자와, 얼마 전까지만 해도 파리 한복판에서 강철 같은 가난의 손아귀에 목 졸리는 신세였던 이 매혹적인 청년 사이에는 육체적으로나 정신적으로 거의 아무런 차이가 드러나지 않는다. 자신을 내세우는 데 필요한 자본은 소유하지 못했어도 파리에서 행세깨나 하고 싶어 하고, 이 호화로운 도시에서 최고의 신으로 떠받들어지는 요행수에다 제물을 바치며 날마다 모 아니면 도의 모험을 일삼는 수많은 젊은이가 그렇듯이, 그 청년도 깊이를 알 수 없는 근심이 미모와 젊음에 가려 보이지 않는 것일 수 있다. 그렇긴 하지만 그의 차림새나 행동거지는 흠잡을 데가 없었으니, 그는 오페라 극장이 제집인 양 휴게실의 고풍스러운 마룻

---

7) 왕정복고 이후 7월왕정까지(1814~1848) 프랑스 의회는 양원제를 취한다. 상원에 해당하는 귀족원(Chambre des pairs)은 국왕이 임명했고, 하원에 해당하는 국회의원(Chambre des députés)은 일정한 재산을 가진 남성만이 선거권과 피선거권을 갖는 제한선거로 선출되었다.

바닥을 누비고 다녔다. 오페라 극장에서도 파리의 다른 모든 구역에서처럼 당신이 누구인지, 무슨 일을 하는 사람인지, 어디서 왔는지, 무엇을 원하는지 알려주는 어떤 존재 방식이 있기 마련인바, 누군들 그걸 알아차리지 못했겠는가?

"참 멋진 젊은이네요! 저 사람을 보려고 다들 고개를 돌릴 정도잖아요." 가면을 쓴 한 여자가 말했는데, 무도회의 단골이라면 그녀가 행세깨나 하는 귀부인인 것을 단박에 알아차렸을 것이다.

"저 사람 기억 안 나요?" 그녀와 팔짱을 낀 남자가 말을 받았다. "일전에 샤틀레 백작 부인이 당신께 소개해 드렸는데……."

"어머나! 그녀가 한때 홀딱 반했다던 약제사 아들이 바로 저 남자예요? 신문기자를 했고 코랄리 양의 애인이었다던?"

"영영 재기할 수 없게 밑바닥까지 추락한 줄 알았는데, 어떻게 파리 사교계에 다시 등장할 수 있게 됐는지 모르겠군." 식스트 뒤 샤틀레 백작이 말했다.

"왕자님처럼 보이네요." 가면 쓴 여자가 말했다. "그런데 저렇게 신수가 훤해진 것은 같이 살았다던 그 여배우 덕이 아닐 텐데. 내 사촌도 일찍이 저이의 본바탕은 알아보고 애인을 삼았지만, 그렇다고 저렇게 근사한 남자로 보이도록 만들지는 못했는데. 저 사르진의[8] 애인이 누구인지 정말 알고 싶네요. 저

---

8) 사르진은 1788년 파리의 이탈리아 극장에서 공연된 희가극 『사르진 혹은 사랑의 학교 학생(Sargines ou l'Elève de l'amour)』의 주인공으로, 작품이 대성공을 거두면서 기사도를 지닌 매혹적인 남성의 대명사가 되었다.

사람에 대해 아는 것 있으면 좀 말해 봐요, 내 흥미를 돋울 만한 걸로요."

귀엣말을 주고받으며 화제의 젊은이를 뒤따르는 이 두 남녀를 예의 주시하는 사람이 있었으니, 가면 쓴 건장한 어깨의 남자였다.

"샤르동 씨," 샤랑트 도지사가 그 젊은 멋쟁이의 팔을 붙들더니 말했다. "당신과 다시 인연을 맺고 싶어 하는 분이 계셔서 소개해 드릴까…… 싶소만."

"샤틀레 백작님," 젊은이가 응수했다. "지금 나를 부른 그 이름이 얼마나 어이없는 것인지를 내게 알려준 분이 바로 당신이 소개해 주겠다는 그분이시죠. 국왕께서 친히 내린 칙령에 따라 나는 내 어머니 가문의 이름인 뤼방프레를 되찾았소. 이미 신문에 다 보도되긴 했지만, 이 일은 너무도 가련한 한 사람에겐 일생일대의 문제이기에 나는 조금의 부끄러움도 없이 그 사실을 내 친구들은 물론 나의 적들, 나와 아무런 상관없는 사람들에게까지 이렇게 상기시키는 바입니다. 본인이 그중 어디에 속할지는 맘대로 정하셔도 무방합니다만, 당신 아내가 아직 바르주통 부인에 불과했던 그 시절 내게 따르도록 했던 충고들을 지금에 와서 당신이 뒤집지는 않으리라 믿겠소이다." (이 재치 넘치는 독설은 후작 부인을 미소 짓게 만든 반면, 샤랑트 도지사의 안면 근육에는 신경질적인 떨림을 불러일으켰다.) "아무쪼록 그분께 전해 주시오." 뤼시앵이 덧붙였다. "이제 나는 다홍색 바탕에 뒷발로 푸른 초원을 딛고 우뚝 선 은빛 황소가 있는 문장(紋章)의 소지자라고."

"은화에 혈안이 된 황소가 어쩐다고?" 샤틀레가 말을 비틀어 대꾸했다.[9]

"잘 모르시나 본데, 유서 깊은 우리의 방패꼴 문장(紋章)이 어째서 당신 집안 문장에 그려진 황제의 시종장 열쇠와 노란 꿀벌들보다 더 윗길인지는 후작 부인께서 설명해 줄 거요. 그걸 알면 결혼 전 성(姓)이 네그르플리스 데스파르인 샤틀레 부인은 낙심천만하겠지만……."[10] 뤼시앵이 사납게 쏘아붙였다.

"내가 누군지 벌써 알아차렸으니, 이제 더는 당신의 호기심을 자극할 수 없게 되었고, 당신이 얼마나 나의 호기심을 자극하는지 알아차리게 하려던 것마저 어렵게 되었네요." 과거

---

9) 뤼시앵은 평민 출신인 약제사 아버지 샤르동과 귀족인 뤼방프레 가문 출신 어머니의 아들이다. 뤼방프레 가문은 프랑스 대혁명기에 몰살당했으나, 어머니는 샤르동과 결혼해 살아남을 수 있었고, 가문의 유일한 생존자가 되었다. 뤼시앵이 묘사한 것은 바로 이 뤼방프레가의 문장이다. 이에 샤틀레는 '우뚝 선 은빛 황소(taureau furieux d'argent)'라는 표현을 문자 그대로 '돈에 혈안이 된 황소'로 비틂으로써, 뤼시앵의 부르주아 태생과 한때 무척 곤궁했던 처지를 조롱하고 있다.

10) 샤틀레는 그 또한 평민 출신으로 나폴레옹 제정기에 처세술을 발휘해 남작이 되었다. 나폴레옹은 황제로 등극할 때 꿀벌을 군주의 상징으로 택했고, 이 때문에 샤틀레의 문장에는 나폴레옹의 상징물들이 들어 있는 것이다. 복고왕정기에 이르러 상속 작위를 가진 구(舊)귀족이 복권되자, 수여된 작위를 가진 신흥 귀족과 혼재하면서 미묘한 구분과 우월의식이 뚜렷해진다. 전작 『잃어버린 환상』(1843)에서 바르주통 부인은 뤼시앵의 연인이자 후원자를 자처했지만, 파리에서 그를 가차 없이 버리고 몰락의 길로 밀어 넣었다. 이러한 악연에 앙금이 깊은 뤼시앵은 샤틀레의 면전에서 그의 아내를 '샤틀레 부인'이라고 부름으로써, 대귀족인 데스파르 가문의 일원이었던 그녀가 미천한 신분인 샤틀레와 결혼함으로써 되레 가문의 이름을 상실했다고 반격하고 있다.

에 자신이 한껏 경멸했던 남자가 이렇듯 오만방자하고 자신만만해진 것을 보고 깜짝 놀란 데스파르 후작 부인이 낮은 목소리로 뤼시앵에게 말했다.

"그러게요, 부인, 그러니 제발 그렇게 알 듯 말 듯 신비한 모습을 유지해 주십시오. 그래야 저로서도 계속 당신의 생각을 짐작하려고 전념할 수 있지요. 그게 제게 주어진 유일한 기회니까요." 그는 손에 쥔 확실한 행운을 날리고 싶지 않은 남자처럼 미소 지으며 대꾸했다.

후작 부인은, 영국 카드놀이에서 쓰이는 표현을 빌리자면, 뤼시앵의 날카로운 지적에 자신이 동강났다는 느낌이 들면서 언짢은 기분에 몸이 움찔하는 것을 감출 수 없었다.

"당신의 지위가 나아졌다니 치하하는 바요." 샤틀레 백작이 뤼시앵에게 말했다.

"그렇게 축하의 말을 해주니 액면 그대로 받아들이지요." 뤼시앵이 후작 부인에게 지극히 정중하게 인사하며 대꾸했다.

"거들먹거리기는!" 백작이 데스파르 부인에게 나직하게 말했다. "저자가 끝내 제 조상의 가호를 얻어냈나 보군요."

"거드름을 피울 때는 말이에요, 특히 젊은이가 그럴 때는 거의 예외 없이 구름 위를 날 것 같은 어떤 행복감의 표현이에요. 당신 같은 사람들 사이에서는 거드름이 불운을 예고하는 것으로 통하니까 하는 얘기예요. 그래서 난 내 친구 중 누가 저 멋진 새를 돌봐주고 있는지 알아보고 싶네요. 어쩌면 바로 오늘 밤 재미있는 일이 벌어질 수 있어요. 모르긴 해도, 내게 전해진 익명의 쪽지는 바로 내 경쟁자 중 누군가가 나를 음해하기 위해 쓴 걸 거예요. 거기에 저 젊은이가 언급되어 있거든요. 저런 방자함도 이 일과 무관하지 않을 거고요. 저 남자를 계속 주시하도록 하세요. 나는 나바랭 공작을[11] 만나서 이야기할 것이 있어서요. 내가 어디 있는지는 쉽게 알 수 있을 거예요."

데스파르 부인이 자기 친척에게 다가서려는 순간, 가면을 쓴 예의 그 수수께끼 같은 자가 그녀와 공작 사이에 끼어들어 그녀에게 귓속말로 속삭였다. "뤼시앵은 당신을 사랑합니다. 그가 그 쪽지를 직접 썼습니다. 부인 곁의 샤랑트 도지사는 뤼시앵의 불구대천 원수입니다. 뤼시앵 앞에서 아무 말도 못 하지 않습니까?"

정체불명의 가면은 이 말을 남기고 가버렸고, 데스파르 부인은 갑절의 당혹감에 빠져들었다. 후작 부인은 사교계에서 그런 가면을 쓰고 그렇게 행세할 만한 인물이 누구인지 전혀 감이 잡히지 않았다. 그녀는 함정일지도 모른다는 두려운 마음이 들어 자리를 옮기고는 의자에 앉아 몸을 감췄다. 뤼시앵으로부터 자기 이름에서 스스로 자랑스럽게 여기는 뒤라는 칭호를 제거당하고 불리는 수모를 겪은 식스트 뒤 샤틀레 백작은 케케묵은 복수심에서 부려본 허세마저 한꺼번에 짓밟힌 채로, 눈부시게 멋진 그 댄디를 먼발치에서 미행하다가 얼마 안 가서 한 젊은이와 마주쳤는데, 그와는 흉금을 털어놓고 이

---

11) 『인간극』의 대귀족인 나바랭 공작은 데스파르 가문과 인척 관계이며, 『랑제 공작 부인』의 주인공인 랑제 공작 부인의 아버지다.

야기를 나눌 수 있다고 믿는 사이였다.

"어이! 라스티냐크로군, 뤼시앵이 왔던데 봤어? 완전히 딴사람이 되었던데."

"내가 뤼시앵만큼만 미남이라면 난 그자보다 훨씬 더 부자가 되었을 텐데 말입니다." 근사한 차림의 젊은이가 아테네풍의 빈정거림이 물씬 묻어나는 경박한, 그러나 세련된 어조로 대꾸했다.

"천만에." 다부진 체구의 가면이 그의 귀에다 대고 천배도 더 되는 빈정거림을 실어 짤막한 음절로 단호히 말했다.

라스티냐크는 조금도 모욕을 참지 못하는 인간이었지만 그 말에 벼락을 맞은 듯 꼼짝없이 얼어붙어서 도저히 뿌리칠 수 없는 강철 같은 팔에 이끌린 채 속절없이 창문 구석으로 끌려갔다.

"보케르 아줌마의 닭장에서 나온 새파란 수탉 주제에다, 다 된 밥이던 타유페르 영감의 백만금을 손아귀에 넣지 못하고 놓쳐버린 새가슴 인간이지만[12] 자네의 개인적 안위를 위해 이것만은 알아두게. 뤼시앵을 사랑해 마지않는 형제처럼 대하지 않는다면 네 명줄은 어느 때고 우리 손아귀에 달려 있다는 것을 말이야. 아무 소리 말고 헌신할 것, 그러지 않으면 내가 당

---

12) 『고리오 영감』(1835)에서 보트랭은 백만장자 타유페르의 외아들을 결투를 빙자해 죽이고, 아버지에게 버림받았던 딸 빅토린 타유페르와 라스티냐크를 결혼시켜 막대한 상속재산을 가로채려 획책하나, 라스티냐크의 주저로 무위에 그친다. 이 장면으로 가면 쓴 사내의 정체가 『고리오 영감』의 보트랭임이 드러난다.

장 네 일에 개입해 박살을 내고 말 테니까. 뤼시앵 드 뤼방프레는 오늘날 가장 거대한 권력인 교회의 비호를 받고 있지. 살고 싶은가, 죽을 텐가? 대답해 보시지?"

라스티냐크는 숲속에서 잠들었다 깨어나 보니 옆에 굶주린 암사자가 도사리고 있는 처지인 양 정신이 하나도 없었다. 그는 겁에 질렸지만 주변엔 도움이 될 사람 하나 없었다. 아무리 용기 있는 사람일지라도 그런 경우 공포에 휩싸이는 법이다.

"그 사람 말고는 이 모든 것을 알 리 없어⋯⋯. 감히 이렇게 할 리가 없⋯⋯." 그는 혼잣말처럼 중얼거렸다.

가면은 그의 손을 꽉 움켜잡아 그가 말을 채 마치기도 전에 가로막았다. "그래, 그 사람이라고 생각하고 행동할 것." 가면이 말했다.

2. 다른 가면들

라스티냐크는 강도가 겨눈 총구의 포로가 되어 대로변에 서 있는 백만장자 같은 신세가 되었다.

"백작님," 그는 샤틀레에게 되돌아와 말했다. "자리를 보전하고 싶다면 뤼시앵 드 뤼방프레를 언젠가는 당신보다 훨씬 높은 지위에 올라 있을 사람으로 인정하고 대해야 할 겁니다."

가면은 슬며시 만족스럽다는 몸짓을 해 보이고는 다시 뤼시앵을 뒤따르기 시작했다.

"이보시오, 그에 대한 견해를 참 빨리도 바꾸시는군." 도지사가 정말로 의아해서 대꾸했다.

"중도파이면서도 우파에 표를 준 사람들만큼 재빨리 견해를 바꾼 셈이지요." 라스티냐크가 국회의원이기도 한 도지사를 되받아쳤는데, 그의 표가 불과 며칠 만에 내각에 절실해진 상황을 빗댄 것이었다.[13]

"오늘날 견해라고 할 만한 것이 있기나 한가요? 있는 건 이해득실뿐이지요." 둘의 말을 귀담아듣고 있던 데 뤼포가[14] 반문했다. "그런데 누구 이야기를 하는 거지요?"

"뤼방프레 공(公) 이야깁니다. 여기 있는 라스티냐크가 나더러 그 사람을 대단한 인물로 대하라고 권고하네요." 국회의원이 비서실장에게 대답했다.

"백작님," 데 뤼포가 그에게 진지한 표정으로 대답했다. "뤼방프레 씨는 최고의 자질을 갖춘 데다 뒷배도 탄탄해요. 그러니 난 그와의 연을 다시 이어갈 수만 있다면 더 바랄 나위가 없겠습니다."

"그는 조만간 이 시대의 난다 긴다 하는 인간들이 우글거리는 벌집 같은 나락으로 떨어질 겁니다." 라스티냐크가 말했다.

---

13) 소설 속 현재인 1824년 2월은 빌렐(Villèle) 내각기다. 빌렐은 루이 18세 통치 후반기인 1821년에 재무장관, 1822년에는 총리가 되어 왕정복고 정국의 기조를 온건에서 극우로 바꾼 장본인이다. 라스티냐크는 당시 중도파가 대거 우파로 넘어간 정국을 꼬집고 있다. 빌렐 내각은 샤를 10세 치하인 1828년까지 이어진다.

14) 데 뤼포는 『인간극』에서 국사원 청원심사관이자 내무부 장관 비서실장으로 설정된 인물이다. 『잃어버린 환상』 2부에서 뤼시앵의 파멸에 큰 몫을 했기에, 샤틀레와 데스파르 후작 부인에 이어, 뤼시앵의 복수 대상이 되었다.

세 사람은 몇몇 재주꾼들, 많든 적든 유명세를 치르는 사람들, 그리고 우아한 차림의 멋쟁이들이 모여 있는 구석으로 향했다. 그 자리에 모인 신사들은 저마다의 견해, 재담, 험담 따위를 주고받으며 무료함을 달래거나 흥밋거리가 될 만한 무언가를 찾고 있었다. 아주 묘한 구성비를 보이는 그 무리에는, 예전에 뤼시앵과 겉으로는 우호적이지만 속으로는 악의를 품은 복잡한 관계를 맺었던 자들도 끼어 있었다.

"이야! 뤼시앵, 이 친구, 내 사랑, 다시 예전처럼 멀쩡하고 멀끔해졌네. 어떻게 된 거야? 그러고 보니 플로린의 안방에서 우리가 보냈던 선물 덕에 완전히 전세를 만회한 거구나.[15] 브라보, 내 친구!" 블롱데가 피노와 팔짱을 끼고 있다가 뤼시앵에게 다가와 정겹게 허리를 감고 진한 포옹을 하며 말했다.

앙도슈 피노는 예전에 뤼시앵이 거의 무보수로 일했던 주간지의 발행인인데, 블롱데가 가세한 뒤로 그의 지혜로운 조언과 깊은 통찰력 덕분에 이제 그 주간지는 호황을 누리고 있었다. 피노와 블롱데는 라퐁텐 우화에 나오는 원숭이 베르트랑과 고양이 라통 같은 관계였다. 다만 라퐁텐의 우화는 고양이가 자신이 원숭이에게 속았다는 것을 아는 것으로 이야기가 끝나지만 블롱데는 자신이 피노에게 속았다는 것을 알고서도

---

15) 『잃어버린 환상』 3부에서 무일푼으로 낙향한 뤼시앵은 앙굴렘 사교계 파티에 참석하기 위해 필요한 옷을 구해 달라고 파리의 저널리스트 루스토에게 편지를 보낸다. 이에 뤼시앵의 옛 동료 언론인들은 루스토의 애인인 여배우 플로린의 방에 모이고, 도박을 해서 딴 돈으로 댄디 복장 일습을 마련해 뤼시앵에게 보내준다.

변함없이 피노를 돕는다는 점이 다르다면 달랐다. 사실 이 명민한 펜의 용병은 오랫동안 노예 노릇을 해왔다고 하는 것이 맞다. 피노는 아둔해 보이는 외양 밑에, 상대를 안심시키는 아편 같은 단순 무식한 겉모습 아래로, 불같은 의지를 감추고 있는 사람이었는바, 막일꾼의 빵에 마늘이 발려 있듯, 그의 무식함엔 명민한 계산이 버무려져 있었다. 그는 이삭을 주워 곳간을 채우듯 문인들과 정치가들이 영위하는 허랑방탕한 삶의 밭을 뒤져 사상과 금전을 챙길 줄 알았다. 블롱데는 자기 능력을 악습과 게으름이 시키는 대로만 발휘할 뿐이어서 불행을 자초했다. 항상 곤궁한 처지를 벗어나지 못하는 그는 뛰어난 능력을 지녔으면서도 자기 재산을 모으는 데는 아무것도 할 줄 모르고 남의 재산을 위해서는 무엇이든지 할 수 있는 그런 불쌍한 부류에 속했는데, 이를테면 자기가 가진 램프로 남의 소원이나 들어주는 알라딘 같은 인물이었다. 그와 같이 탁월한 능력을 갖춘 조언자들은 개인적 이해득실 문제에 발목이 잡힌 경우가 아니라면 통찰력 있고 사리 분별이 뚜렷한 판단을 내리는 법이다. 그들에게서 움직이는 것은 머리지 팔이 아니다. 그래서 그들은 품행이 바르지 않아 보이고, 저열한 정신의 소유자들은 그들에게 비난을 퍼붓는다. 블롱데는 전날 자신이 상처를 주었던 동료를 위해 자기 지갑을 탈탈 터는가 하면, 같이 식사하고 술 마시고 어울려 잤던 동료를 이튿날 사회적으로 매장해 버리는 인물이었다. 상식을 벗어난 그의 괴팍한 주장들은 모든 것을 정당화했다. 그는 세상 전체를 하나의 농담으로 받아들이면서 진지함을 한사코 거부했다. 젊고 매력적이며 유명 인사나 다름없는 데다 현실에 만족하는 그는 피노와는 달리, 나이 들어 필요한 재산을 모으는 일엔 전혀 관심이 없었다. 조금 전 데스파르 부인과 샤틀레를 일거에 내쳤듯, 그 순간 뤼시앵에게는 블롱데를 단칼에 베어낼 용기가 필요했는데, 이것이야말로 가장 발휘하기 어려운 용기일 것이다. 불행하게도 뤼시앵은 수많은 중대사의 성공 여부를 좌우하는 불변의 원칙이라 할 자존심을 이번엔 발휘하지 못했다. 허영심이 충족되어 기분이 한껏 고양된 상태였던 탓이었으니, 가난하고 비천하다며 한때 자신을 업신여겼던 두 사람을 상대로 자신이 부자고 행복하고 우월하다는 점을 좀 전에 보기 좋게 과시했던 것이다. 그런데 곤궁했던 자신을 거두어주고 비탄에 잠겨 있던 시절 잠자리를 제공해 주었던, 친구라고 자처하는 두 사람을 과연 시인이 노회한 외교관처럼 면전에서 매몰차게 거부할 수 있었을까? 피노와 블롱데와 뤼시앵으로 말할 것 같으면, 같이 어울려 타락을 일삼고 빚낸 돈뿐 아니라 가진 돈을 다 말아먹는 주지육림의 술판에서 함께 뒹굴던 사이다. 자신의 용기를 어디에 써야 할지 모르는 병사처럼 그 순간 뤼시앵은 파리에서 수많은 사람이 저지르는 과오를 답습했으니, 그는 블롱데의 포옹을 뿌리치지도 못한 데다 피노가 청한 악수를 받아들임으로써 자신의 우유부단한 성격을 다시금 표출하고 말았다. 언론계에 발을 들여놓은 적 있거나 지금도 발을 담그고 있는 사람이라면 누구라도 자신이 경멸하는 자와 인사를 나누고, 불구대천의 원수에게 미소를 지으며, 썩은 내가 진동하는 비열한 짓거리와 타협하고, 자신을 공격하는 자들에게 진 빚을 그들이 시킨 일을 해주고 받은 돈으로 갚느라 자기 손을 더럽혀야 하는 어쩔 수 없는 처지임을 절감할 것이다. 그러다 보면 악행이 저질러지는 것을 보고도 태연해지고, 악행에 면죄부를 주고도 무덤덤해지는 법이다. 그러다가 마침내 그 악행을 칭송하기 시작하고 급기야는 스스로 그 악행을 범하는 당사자가 되고 만다. 결국, 영혼은 계속 되풀이되는 수치스러운 타협에 끊임없이 더럽혀져서 조막만 해지고, 고귀한 사상의 동력은 녹슬어버리며, 진부한 생각이나 들고나게 하는 돌쩌귀가 닳고 닳아서 제멋대로 작동하고 만다. 세상의 알세스트들은 필랭트가 되어버리고,[16] 강골의 성격은 유약해지며, 재능은 타락하고, 호기롭던 작품 속에 담겨 있던 신념은 증발해 버린다. 자신의 글로 명성을 얻고자 했던 자는 얼마 가지 않아, 악행이나 다름없는 짓이라는 양심의 가책을 불러일으키는 졸렬한 글귀나 쓰며 인생을 허비한다. 루스토나 베르누처럼 너도나도 위대한 작가가 되겠다고 발을 들여놓지만 결국은 무기력한 삼류 작가의 신세가 되고 마는 자신을 발견하는 것이다. 그러므로 지조와 재능이 같은 높이에 이른 사람들은, 예컨대 문단의 온갖 장애물을 확고한 걸음걸이로 지르밟을 수 있는 다르테즈 같은 사람은 아무리 칭송 받아도 지나치지 않은 것이다. 뤼시앵은 블롱데의 번지르르한 언변에 마땅히 대꾸할 말을 떠올릴 수 없었다. 블롱데의 재기발랄함은 순진한

16) 몰리에르의 희곡 『인간 혐오자』의 인물들로, 알세스트가 비타협적인 반면 필랭트는 사람은 좋으나 쉽사리 타협한다.

학생에게 타락을 부추기는 악마의 꼬드김 같아서 뿌리칠 수 없는 마력을 발휘했다. 게다가 블롱데는 몽코르네 백작 부인과의 관계 덕에 사교계에서 확고한 입지를 차지한 인물이기도 했다.

"집안 아저씨한테 한 재산 물려받기라도 했나?" 피노가 뤼시앵에게 놀리는 투로 말했다.

"당신이 그랬듯이 머저리들을 등쳐 정기적으로 돈을 뜯어냈지." 뤼시앵도 똑같은 어투로 되받았다.

"이 친구, 잡지사든 신문사든 뭐라도 하나 차릴 기센걸?" 앙도슈 피노가 피착취자를 대하는 착취자의 태도로, 가소롭다는 듯 잔뜩 거드름을 피우며 응수했다.

"그 이상이오만." 편집인이 과시한 우월감으로 인해 자존심이 긁힌 뤼시앵이 자신의 바뀐 위상을 새삼 의식하며 쏘아붙였다.

"그게 무엇이려나, 우리 친구……?"

"당을 하나 이끌고 있거든."

"뤼시앵 당이라는 게 있나?" 베르누가 빙긋 웃으며 말했다.

"피노, 이 친구가 자넬 앞질렀어. 내가 그럴 거라고 전에 말했잖아. 뤼시앵은 재능 있는 친구야. 자넨 뤼시앵을 제대로 대접하지 않고 험하게 다루었어. 잘못을 인정하라고. 자넨 된통 걸린 거야." 블롱데가 말을 받았다.

사향 냄새처럼 섬세하게 작동하는 감각을 지닌 블롱데는 뤼시앵의 어조와 몸짓과 태도에서 단순한 비밀 이상의 뭔가가 있음을 간파했던 것이다. 그렇기에 그는 이런 능란한 언변으로 고삐를 늦추었다가도 다시 바짝 조일 줄 알았다. 그는 뤼시앵이 파리로 돌아온 연유와 그의 계획, 그가 믿고 있는 구석이 무엇인지 알고 싶었다.

"자네가 아무리 잘나가는 피노라도, 자네 정도는 언감생심 꿈도 못 꿀 우월함을 갖춘 분이 앞에 있으니 무릎을 꿇으셔!" 그가 말을 이었다. "이분을 영접하자고, 그것도 지금 당장. 이분은 미래를 거머쥔 강자들의 일원이니 바로 우리 편인 셈이야! 영민하면서도 아름다운 이분이야말로 그 어떤 수단을 써서라도 반드시 목표를 이루고야 말 사람 아니겠어? 기막히게 멋진 밀라노식 갑옷을 입고 강건한 단검을 칼집에서 반쯤 뺀 채 삼각 깃발을 매단 창끝을 보무당당하게 세운 중세 기사잖아! 웬일이야! 뤼시앵, 이 멋진 조끼는 대체 어디서 훔친 거야? 이런 근사한 옷을 갖출 줄 안다는 것은 사랑의 힘 말고는 설명이 안되지. 사는 곳이 어디인가? 지금 나는 몸 뉠 곳이 마땅치 않아서 친구들 주소를 알아둬야 하는 처지야. 오늘 밤 행운을 빈다는 너절한 핑계를 대고 피노가 나를 문밖으로 내쳤단 말일세."

"이보게," 뤼시앵이 대답했다. "나는 세상을 등져라, 은둔하라, 침묵을 지켜라라는,[17] 지키기만 하면 틀림없이 평온하게 살 수 있는 계명을 실천으로 옮겼을 뿐이야. 이만 가보겠네."

---

17) 발자크가 알프스 산자락에 있는 '그랑드 샤르트뢰즈' 은둔 수도원을 찾았을 때 접했다는 계명이다. 『시골 의사』(1833)에서 이 계명은 농촌사회 개혁가 베나시의 동기를 이끈 좌우명으로 소개된다. 반면, 뤼시앵의 다소 냉소적인 인용은 독자에게 그가 종교적 가치를 조롱하는 가짜 사제와 함께 산다는 사실을 암시한다.

"자네가 내게 진 엄청난 빚을 오늘 밤 식사로 갚지 않겠다면 그냥 가게 내버려두지 않겠어, 응?" 식도락에 조금은 지나칠 정도로 탐닉해서 돈이 없을 때는 남에게 얻어먹기라도 하는 블롱데가 말했다.

"무슨 식사 말인가?" 뤼시앵이 궁금증을 참지 못하고 되물었다.

"기억이 안 난단 말이야? 성공한 친구를 둔 결과가 이런 거구나. 친구께서 기억이 나지 않는다고 하시네."

"우리에게 무엇을 신세 졌는지 아시고말고. 내가 이분의 양심을 보증하지." 피노가 블롱데의 농지거리를 받아 대꾸했다.

"어이, 라스티냐크," 근사한 차림의 젊은이가 휴게실 들머리에 나타나자 블롱데가 그의 팔을 잡아끌어 서로 친구 사이라고 자처하는 자들이 기둥을 둘러싸고 옹기종기 모여 있는 곳으로 데려오며 말했다. "지금 오늘 밤 식사 이야기를 하는 중인데, 자네도 우리와 함께하세. 그래…… 이 사람이 말이야," 그러곤 뤼시앵을 가리키며 진지하게 말을 이었다. "신의를 걸고 갚아야 할 빚을 끝끝내 부인할 것이라고 보지는 않아. 물론 부인할 수도 있겠지만."

"뤼방프레 씨는, 내 장담하는데, 그럴 리 없을 거요." 블롱데가 벌이는 수작과는 전혀 다른 것을 떠올리며 라스티냐크가 말했다.

"비지우도 왔군." 블롱데가 소리쳤다. "비지우도 오늘 밤 식사를 함께해야지. 그가 빠지면 모든 게 불완전해. 비지우가 없으면 샴페인 맛도 텁텁하고, 촌철 같은 독설도 싱겁게 느껴진다니까."

"친구들," 비지우가 말했다. "내가 보기에 여러분은 오늘 최고의 깜짝쇼를 접하고 계신 거요. 우리의 친애하는 뤼시앵이 오비디우스의 『변신 이야기』를 스스로 써나가기 시작했소. 신들이 여인들을 유혹하려고 이상한 채소 같은 것들로 변신했듯이 그는 샤르동에서 귀족으로 변신했소. 유혹하기 위해서겠지, 누구를? 샤를 10세를![18] 우리 소중한 뤼시앵," 그는 뤼시앵의 옷에 달린 단추를 잡아당기며 말했다. "위대한 지배자로 명성이 자자한 신문기자라면 시끌벅적한 환대쯤은 받을 만하지. 저들을 대신해서," 신랄한 익살꾼은 피노와 베르누를 가리키며 말을 이었다. "난 자네를 어떻게 해서든지 저들이 운영하는 조그만 신문에 끌어들이고 싶은데. 자네가 그럴듯한 말로 10단짜리 지면을 메꿔주면 저들에게 100프랑 정도는 안겨줄 수 있을 테니까."

"비지우," 블롱데가 말했다. "제아무리 암피트리온이라도[19]

---

18) 1838년 초판본에는 '루이 18세'였으나 1843년 《르파리지앵》에 연재할 때 '샤를 10세'로 수정되었다. 복고왕정의 첫 번째 왕인 루이 18세가 죽고 샤를 10세가 즉위한 때가 1824년 9월이므로, 1824년 2월 현재로는 루이 18세가 맞다. 발자크가 『인간극』 전체의 구도를 고려해 소설의 무대를 1825년으로 바꿀 생각이었지만 부주의로 첫머리 시간적 배경은 미처 수정하지 않았을 수도 있고, 비지우라는 인물이 노쇠한 루이 18세보다는 강경 왕당파의 지지를 등에 업고 있던 다르투아 백작, 즉 머지않아 샤를 10세로 등극할, 현 국왕의 동생이 당시 정권의 실세라는 사실을 간파하고 있었다는 점을 드러내기 위해서 그냥 놓아두었으리라고 추측할 수도 있다.
19) 그리스 신화에서 암피트리온은 헤라클레스의 양부다. 그의 아내 알크메네와 제우스 사이에서 태어난 아들이 헤라클레스다. 일찍이 「암피트리온」이

우리에겐 잔치 24시간 전 또는 12시간 후에나 신성한 존재인 거야. 우리의 저명한 친구가 우리에게 오늘 밤 식사를 사겠다네."

"뭐야, 뭣이라고?" 비지우가 대꾸했다. "하지만 위대한 이름을 망각에서 건져내는 것보다, 초라한 귀족이 뛰어난 인재를 공급받는 것보다 더 화급한 일이 어디 있겠어? 뤼시앵, 자넨 언론계의 주목을 받고 있어, 예전에는 언론계의 가장 촉망받는 자랑거리였고. 우리가 이제부터 자네를 적극 후원하겠네. 피노, 자네가 도하(都下) 모든 신문 1면에 짤막한 알림 기사를 내게! 블롱데, 자네 신문사 지면에 요령껏 장광설을 펼쳐봐! 이 시대 최고의 걸작 '샤를 9세의 궁수'의 출간을 알리자고! 도리아에게 '데이지'를 지체 없이 출판하라고 촉구하세.[20] 그 거야말로 프랑스의 페트라르카가 쓴 완벽한 소네트잖아! 명성을 안겨주기도 하고 순식간에 무너뜨리기도 하는 신문 지면이라는 관허를 받은 방패 위에 우리 친구를 올려놓고 헹가래를 쳐보자!"

"오늘 밤 식사를 얻어먹겠다고," 뤼시앵이 위협을 느낄 정도

라는 제목으로 로마의 극작가 플라우투스가 극을 썼고, 그 작품에 영감을 받아 몰리에르가 동명의 작품을 발표한다. 이후 암피트리온은 '오쟁이 진 남편', '남에게 성대한 잔치를 베푸는 주인'이라는 뜻으로 두루 쓰인다.
20) '샤를 9세의 궁수'와 '데이지'는 『잃어버린 환상』에서 뤼시앵이 쓴 것으로 소개되는 작품들이다. 천신만고 끝에 출간된 장편소설 '샤를 9세의 궁수'는 출판사가 도산하면서 철저히 외면당했고, 시집 '데이지'는 당대 최고의 출판 권력자인 도리아가 사업상 목적으로 원고를 사지만, 뤼시앵의 몰락으로 이익 실현 가능성이 사라지자 출판하지 않은 것으로 나온다.

로 불어나는 이 무리에서 벗어날 요량으로 블롱데에게 말했다. "옛 친구를 두고 바보를 상대하듯이 과장하거나 빙빙 돌려 말해서 물먹일 필요까지는 없어. 내일 저녁 루앙티에 식당에서들 봅시다." 그가 웬 부인이 오는 것을 보고 그녀 쪽으로 황급히 발걸음을 옮기며 흥분된 목소리로 말했다.

"오! 오! 오!" 뤼시앵이 다가가는 가면이 누구인지 알겠다는 듯 비지우가 세 마디를 각기 다른 어조로 내뱉으며 빈정거렸다. "그것 참 확인해 볼 만한 일인걸."

3. 토르피유

비지우는 그 매혹적인 커플을 뒤따라가 앞지른 다음 속을 꿰뚫을 듯한 눈으로 재빠르게 관찰하고 돌아왔고, 뤼시앵의 돌변한 운명이 어디서 비롯되었는지 속 시원하게 알고 싶어 하나같이 몸이 단 사람들은 한껏 기대하는 표정으로 그를 맞았다.

"친구들, 뤼방프레 공에게 행운을 가져다준 인물은 사실 여러분이 익히 알고 있는 자입니다." 비지우가 그들에게 말했다. "바로 예전에 데 뤼포의 쥐 노릇을 하던 자요."

지금은 생소하지만 세기 초에는 널리 통용되었던 악폐 중 하나가 바로 쥐들을 거느리는 사치였다. 벌써 낡은 은어가 되어버린 '쥐'는 극장, 특히 오페라 극장에서 단역배우 노릇을 하는 열 살이나 열한 살 먹은 아이를 가리켰는데, 호색한들이 이런 아이들을 악독하고 파렴치하게 키웠다. 쥐는 지옥의 시동(侍童) 같은 존재, 아무 죄책감 없이 갖은 술책을 부리는 부랑아 같은 계집애였다. 쥐는 모든 것을 갉아먹을 수 있으므로, 위험한 짐승을 대하듯 경계해야만 했는데, 옛날 희극 작품에서 스카팽이나 스가나렐, 프롱탱 등의 역할이 그러했듯이[21] 삶의 한구석에 즐거움을 안겨주는 존재이기도 했다. 그런데 쥐는 건사하기가 터무니없이 비쌌다. 쥐는 명예도 돈도 쾌락도 가져다주지 않는 존재였다. 쥐들이 애용하던 패션은 요즘은 이미 사라지고 없기에, 몇몇 작가들이 쥐를 새로운 주제로 삼아 다루기 전까지는, 왕정복고 이전의 멋쟁이 세계에 대해 알려주는 이 깨알 같은 디테일을 아는 사람이 거의 없었을 것이다.[22]

"뭐라고? 뤼시앵이 죽은 코랄리를 가슴에 묻은 채로 다시 토르피유를 독차지했다고?" 블롱데가 말했다.

토르피유라는 이름이 들리자 건장한 체구의 가면이 은연중에 한번 몸을 움찔거렸는데, 비록 절제된 동작이었지만 라스티냐크는 그것을 간파했다.

"있을 수 없는 일이야!" 피노가 대꾸했다. "토르피유는 남에게 줄 돈이 땡전 한 푼 없을 텐데. 나탕이 내게 그랬단 말이야,

---

21) 스카팽은 몰리에르의 희곡 『스카팽의 간계』에 등장하는 교활한 하인, 스가나렐은 몰리에르의 희곡 『동 쥐앙』 속 주인공 동 쥐앙의 하인, 프롱탱은 피에르 마리보의 여러 희곡에 하인으로 등장하는 인물이다.
22) 발자크의 절친한 친구인 테오필 고티에는 1841년 「쥐(Le rat)」라는 제목의 글을 발표하며, 발자크 자신도 1843년과 1844년에 『잃어버린 환상』을 증보하면서 '쥐'와 관련된 대사를 보충한다.

그녀가 플로린에게 1000프랑을 꾸었다고."

"오! 여러분, 잠깐만……!" 라스티냐크가 그악스러운 비난의 대상이 된 뤼시앵을 어떻게든 변호하려고 끼어들었다.

"아, 그래?" 베르누가 외쳤다. "아니 코랄리의 기둥서방이었던 자가 그처럼 점잔을 빼는 거야……?"

"오! 그 1000프랑이야말로," 비지우가 거들었다. "내가 보기에 우리 친구 뤼시앵이 토르피유와 같이 산다는 증거야."

"문학과 과학과 예술과 정치의 엘리트가 무슨 그런 돌이킬 수 없는 손실을 입힌단 말인가!" 블롱데가 말했다. "토르피유는 진짜 멋진 코르티잔[23] 기질이 집대성되어 있는, 이 세상에 하나뿐인 그런 화류계 여자야. 뭘 배워서 그 여자가 그렇게 망가진 건 아니야. 그 여자는 읽을 줄도 쓸 줄도 몰라. 그래도 우리가 하는 말은 알아들을 거야. 그녀가 있어서 우리 시대도

---

23) 원문은 courtisane. 이 용어는 어원상 '궁정(cour)'에 속한 군주의 측근을 가리킨다. 프랑스어에서 남성형 courtisan은 그러한 원래 뜻을 유지하지만, 여성형 courtisane는 15세기 말부터 '고급 창부'의 뜻으로 전용되어 쓰이다 19세기에는 '매춘부(prostituée)'와 거의 동일한 단어가 된다. 그러나 바로 뒤에서 발자크도 몇몇 사례를 언급하듯, courtisane은 역사적으로 단순한 매춘부를 넘어 수준 높은 교양과 재능을 갖추고 가부장 질서의 언저리나 바깥에서 활약했던, 뚜렷한 자의식을 지닌 여성들을 지칭하기도 한다. 특히 예술가의 '뮤즈'라고 불리기도 하는 이 여성들을 단순 매춘부와 구분하기 위해 영어식 발음인 '코르티잔(courtesan)'으로 표기하기도 한다. 발자크의 작품에서 이 용어는 드물게 복마전 같은 파리라는 도시, 사상이나 정신의 매음 등을 비유적으로 환기할 때 쓰이기도 하지만, 대부분 '매춘'을 가리키는 다른 단어들과 구분 없이 '창녀'의 의미로 쓰인다. 따라서 특별한 경우를 제외하고, 원문의 courtisane은 모두 '창녀'로 옮긴다.

대대로 내려오는 저 굉장한 아스파시아[24] 같은 인물 하나를 갖게 되었는지 몰라. 그런 여자가 없다면 위대한 세기도 없는 법이거든. 보라고, 뒤바리와 18세기, 니농 드 랑클로와 17세기, 마리옹 들로름과 16세기, 앵페리아와 15세기가 얼마나 잘 어울리는지. 플로라와 로마 공화정은 또 어떻고! 플로라는 로마 공화정을 자신의 상속자로 선포했고, 로마 공화정은 그 덕분에 공공 부채를 상환할 수 있었던 거야![25] 오늘날 영광 속에 기려지는 시인들이지만, 리디아 없는 호라티우스, 델리아 없는 티불루스, 레스비아 없는 카툴루스, 킨티아 없는 프로페르티우스, 라미 없는 데메트리오스는[26] 무슨 의미가 있을까?"

"블롱데가 오페라 극장 휴게실에서 데메트리오스를 들먹이다니, 내 보기엔 좀 지나치게 현학적으로《데바》[27] 티를 내는

---

24) 고대 아테네의 정치 지도자 페리클레스의 정부로 유명했던 여인인데, 후대에는 창녀의 대명사로 쓰이게 되었다.

25) 나열된 여성들과 시대의 결합은 다소 부정확하다. 출중한 기예와 미모로 루이 13세와 귀족들을 사로잡았던 마리옹 들로름(1611~1650)은 엄밀히 말해 17세기 인물이다.『인간극』과 별개로, 발자크가 보카치오의『데카메론』 형식을 모방해 발표한 의고적 문투의 이야기 모음집『괴상한 이야기(Les Contes drolatiques)』(1832~1837)에 등장하는 미녀 앵페리아는 16세기 초와 관련된다. 지성과 미모가 출중했던 귀족 출신의 유명한 코르티잔 니농 드 랑클로(1620~1705)는 마리옹 들로름과 같은 시기에 유력 귀족들의 연인으로 활약했다. 카이사르의 정적이었던 폼페이우스 장군의 애인 플로라는 자신의 전 재산을 국가에 헌납한 것으로 유명하고, 평민 출신인 뒤바리 부인은 루이 15세의 총애를 받던 여인이다.

26) 앞의 네 쌍은 고대 로마의 서정시인들과 그 애인들이며, 마지막 데메트리오스(1세)는 기원전 3세기 마케도니아의 왕이다.

27) 현학적인 기사들로 유명했던 당시의 거대 일간지《주르날 데 데바》를

36

것 같은데." 비지우가 옆 사람의 귀에 대고 말했다.

"그리고 천하의 카이사르 같은 자가 통치하던 제국들이라 해도 그 모든 여왕이 없었다면 그게 무슨 의미가 있겠는가?" 블롱데가 계속 말을 이어갔다. "라이스와 로도피스는 곧 그리스이고 이집트인 거야.[28] 그 여인들은 모두 자신이 살았던 시대의 시가 되었어. 이런 시는, '나폴레옹 대군(大軍)의 과부'가 병영에서 회자되는 농담인 걸 보면, 나폴레옹도 희구했던 것임을 알 수 있고, 탈리앵 부인의 대혁명 시대도 그러한 시를 갈구하지 않았나?[29] 지금 프랑스는, 앞으로 누가 그 자리에 군림할지는 모르지만, 옥좌가 하나 비어 있는 것은 분명해!

가리킨다. 발자크의 소설 속에서 블롱데는 이 신문에 여러 편의 글을 기고한 것으로 나온다.

28) 기원전 5세기 코린토스 출신 여성 라이스(Lais)는 고대 그리스 최초의 헤타이라(hetaira, '여성인 친구'라는 뜻)로 알려진 인물이다. 헤타이라는 종종 코르티잔과 비견되지만, 실제로는 그 위상이 더 높았고, 자유민으로서 지성인들의 대등한 연인이자 예술가, 연회의 진행자였다. 로도피스(Rhodopis)는 기원전 1세기경 그리스의 전설 속 소녀로, '신데렐라' 이야기의 원형으로 알려져 있다. 어느 날 로도피스가 목욕을 하고 있는데, 독수리가 그녀의 샌들을 낚아채 날아가서는 이집트 왕의 무릎에 떨어뜨렸고, 신기한 모양의 샌들에 반한 왕은 신발 주인을 찾아오도록 각지로 부하들을 보냈다. 이집트 멤피스로 온 그녀는 파라오와 결혼했다.

29) '나폴레옹 대군의 과부'라는 별명으로 불리던 여인의 정체에 대해서는 1830~1840년대 신문에 여러 편의 이야기가 실리고 소설도 출간된다. 에스파냐계 프랑스 귀족 가문에서 태어난 테레사 탈리앵 부인(결혼 전 카바루스)은 평민 출신 정치가로 지롱드파의 지도자였던 탈리앵과 재혼하고, 그를 도와 이른바 '테르미도르 반동'을 성공으로 이끌어낸 여인으로서, '테르미도르의 노트르담(성모)'이라 불렸다.

우리는 우리 모두의 여왕을 만들어낼 수 있었어. 나로 말하자면, 토르피유의 어머니가 불명예스러운 곳에서 죽은 것은 너무나도 분명한 사실이니까,[30] 마음만 먹었다면 토르피유를 후견해 줄 아주머니 한 분을 마련해 줄 수 있었을 거야. 뒤티예라면 그녀의 호텔비를 내주었을 테고, 루스토는 마차를, 라스티냐크는 하인들을, 데 뤼포는 요리사를, 피노는 모자를 제공해 주었을 테고, (면전에서 이 독설을 들은 피노는 몸이 움쩍거리는 것을 억누를 수 없었다.) 베르누는 그녀를 위해 광고라도 해 주었을 거고, 비지우라면 그녀가 할 말을 대신 지어내 주었겠지! 귀족들이 우리의 니농 집에 즐기러 드나들었을 것인즉, 그를 위해 우리는 안 오면 치명적인 기사를 쓰겠다고 압력을 넣어 예술가들을 그 집으로 끌어들였을 거야. 니농 2세는 도도함으로 아름다웠을 것이고, 사치품으로 칠갑을 했을 거야. 그녀라면 평판도 좋았을 거야. 사람들은 그녀에게서 필요하다면 일부러라도 만들었을 그 어떤 금단의 걸작 드라마를 읽어냈겠지. 그녀는 자유주의자가 아니었을 거야, 창녀는 본질적으로 왕정주의자니까.[31] 아! 이 무슨 손실이란 말인가! 그녀는 마

---

30) 『인간극』에서 토르피유(본명은 에스테르 반 곱세크)의 어머니, 곧 '벨올랑데즈(네덜란드 미녀)'라는 별명으로 불리던 파리의 창녀 사라 반 곱세크는 구체적인 인물로 등장하지는 않는다. 다만 그녀가 공증인 로갱의 정부였고, 그녀로 인해 막대한 지출을 하다 파산한 공증인이 도주하자 유곽으로 피신했다가, 그곳에서 어떤 대위에 의해 잔인하게 살해되었다는 이야기가 『인간극』의 다른 작품 『세자르 비로토』(1837)에 언급된다.
31) 소설의 무대인 1824년에 '자유주의자'라는 말은 반왕정주의자가 아니라 왕정주의자이되 그중 현 정권에 반대하는 일파를 가리켰다. 이러한 자유

땅히 그녀의 시대 전체를 끌어안아야 하는데, 웬 젊은 애송이 하나와 놀아나다니! 뤼시앵은 그녀를 한낱 먹잇감 물어다 주는 사냥개로 써먹을 거야!”

“자네가 거명한 대단한 여인 중 그 누구도 거리의 진창에서 철벅거리지는 않았지.” 피노가 말했다. “그런데 그 깜찍한 쥐는 진흙탕 속을 굴렀던 애야.”

“거름 속에 떨어진 백합 씨앗처럼,” 베르누가 말을 받았다. “거기서 그녀는 아름답게 피어났고 화사하게 꽃을 피웠지. 바로 거기서 그녀의 우월함이 나오는 거야. 모든 것과 연관된 웃음과 기쁨을 만들어내기 위해서는 그 모든 것을 경험했어야 하지 않겠어?”

“맞는 말이야.” 그동안 말없이 지켜만 보고 있던 루스토가 입을 열었다. “토르피유는 웃을 줄도 알고 웃길 줄도 알아. 뛰어난 작가나 뛰어난 배우가 보여주는 그러한 기술은 사회의 구석구석을 다 섭렵한 자들만의 특권이지. 열여덟 살에 그 여자는 이미 최고 수준의 부와 최악 수준의 가난, 그리고 각계각층의 남자들을 경험했어. 그녀는 정치나 학문, 문학이나 예술에 종사하면서 아직은 선한 모습을 보여주는 남자들의 내면에서 억눌린 채 맹렬히 발버둥 치는 난폭한 성향을 요술봉을 휘둘러 해방시켜 주는 존재지. 그 난폭한 **동물**에게 그녀처럼 ‘썩 나오라!’ 하고 명령할 수 있는 여자는 파리에 다시없지.

주의와 왕정주의의 구분은 『잃어버린 환상』 2부에서 뤼시앵의 언론 출판 경험에 중요한 행동 지침으로 소개된다.

명령을 받은 동물은 제 거처를 뛰쳐나와 거침없이 날뛰는 거야. 그녀는 당신들이 폭식하도록 이끌고, 술을 마시고 담배를 피우도록 유도하지. 요컨대 그 여자는 라블레가 노래한 소금 같은 존재, 질료에 뿌려져 그 질료를 활성화시키고 신비한 예술의 영역으로 끌어올리는 그런 존재야. 그녀의 드레스는 믿기 어려울 만큼 황홀한 아름다움을 펼쳐 보이고, 그녀의 입술에 미소가 어리는 동시에 그녀의 손가락 하나하나는 절묘하게 움직이며 영롱한 보석을 흩뿌린다네. 그녀가 바라보고 손대는 것마다 그 순간 그곳의 정령이 깃들어. 그녀가 구사하는 은어는 작렬하듯 톡 쏘는 자극을 주지. 그녀는 최고로 다채로우면서 동시에 모든 것을 최고로 다채롭게 물들이는 의성어나 의태어의 비밀을 알고 있는 것이지. 그녀는 또……."

"그 정도 기사론 자넨 변변한 고료도 못 받아." 비지우가 루스토의 말을 끊고 응수했다. "토르피유는 자네가 말한 그 모든 것과는 비교가 안 될 정도라고. 자네들 각자 정도의 차이는 있겠지만 한 번은 그녀의 애인이었지. 그런데 자네들 중 누구도 그녀가 자신의 정부였다고 말할 수 없을 거야. 그녀는 항상 자네들을 가질 수 있지만, 자네들은 앞으로 결코 그녀를 가질 수 없으니까. 자네들은 그녀의 방문을 억지로 밀고 들어가 그녀에게 뭔가 서비스를 요구하지만……."

"오! 그녀는 잘나가는 강도 우두머리보다 더 너그럽고 학창 시절 절친한 동무보다 더 충실하다네." 블롱데가 끼어들었다. "그녀에게는 지갑을 맡기고 비밀을 털어놓을 수 있지. 그렇지만 내가 그녀를 여왕으로 손꼽은 것은, 바로 그녀가 별 볼일 없어진 왕년의 우상에게 부르봉 왕가의 무관심을[32] 보여주기 때문이지."

"그녀는 자기 어머니 같아서, 말도 못 하게 비싸지." 데 뤼포가 말했다. "그녀의 어머니는 '벨올랑데즈'라고 불렸는데 톨레도 대주교의 수입쯤은 한꺼번에 꿀꺽했을 거야. 그녀는 공증인 두 명의 재산도 먹어치웠다지……."

"그리고 나폴레옹 황제의 시동이던 시절의 막심 드 트라유를 먹여 살렸지."[33] 비지우가 거들었다.

"토르피유는 너무 비싸. 라파엘로나 카렘이나 탈리오니, 로렌스, 불[34] 같이 천재적인 예술가들이 모두 다 너무 비싸듯이 말이야……." 블롱데가 말했다.

"에스테르는 결코 기품 있는 여인의 모습이었던 적이 없잖아." 그때 라스티냐크가 뤼시앵이 팔을 내주고 있는 가면의 여인을 가리키며 말했다. "내가 보기엔 틀림없이 세리지 부인인

---

32) 블롱데 일파가 한때 도움도 주며 손쉽게 여겼던 토르피유가 자신들을 거들떠보지도 않는 상대가 되었음을 당시의 정치적 상황에 빗대 표현한 것이다. 복고왕정의 두 왕, 특히 루이 18세는 국민 대통합을 이유로 대혁명과 나폴레옹 시대의 결과는 적극적으로 인정하면서, 정작 몰락하여 곤궁한 처지에 몰린 귀족에게는 상대적으로 무관심했고, 이에 왕년의 협력자 귀족이 왕에게 느끼는 배신감을 꼬집고 있다.
33) 『고리오 영감』에서 라스티냐크의 경쟁자로 등장했던 막심이 나폴레옹의 시동이었고, 나중에는 사라 반 곱세크의 애인이었다는 언급이 『세자르 비로토』와 『곱세크』(1830)에 있다.
34) 카렘(1784~1833)은 프랑스의 유명한 요리사, 탈리오니(1777~1871)는 이탈리아 출신의 무용가, 로렌스(1769~1830)는 영국의 궁정 초상화가, 불(1642~1732)은 프랑스의 궁정 공예가다.

것 같은데.”

“의심할 나위가 없어.” 샤틀레가 대꾸했다. “그렇다면 뤼방프레의 재산이 어찌 생긴 것인지 설명이 되지.”

“아! 교회는 자기 뜻대로 사제를 고를 수 있는 거야. 그라면 아주 근사하게 대사 비서 역할을 해낼 거야!” 데 뤼포가 말했다.

“더구나,” 라스티냐크가 말을 이었다. “뤼시앵은 재능이 넘치는 인물이야. 그 점에 대해서는 이 양반들이 가진 증거가 하나둘이 아니야.” 그가 블롱데와 피노와 루스토를 가리키며 덧붙였다.

“맞아, 그 친구는 출세하도록 창조된 셈이지.” 질투에 분통이 터진 루스토가 말했다. “그는 우리가 자유분방한 상상력이라고 부르는 것을 갖추고 있으니까……”

“그 친구를 가르친 사람이 바로 자네잖아.” 베르누가 말했다.

“어허!” 비지우가 데 뤼포를 쳐다보면서 반박했다. “비서실장이자 청원심사관이신 나리의 기억에 호소하건대, 저 가면은 토르피유임이 분명해. 아니면 내 한턱내지……”

“나도 내기에 참여하겠소.” 진상을 알고 싶어 몸이 근질근질한 샤틀레가 말했다.

“자, 데 뤼포,” 피노가 말했다. “선생의 옛 쥐가 맞는지, 귀를 좀 확인해 봐요.”

“굳이 가면 모독죄를 저지를 필요는 없지.” 비지우가 대꾸했다. “뤼시앵과 토르피유가 곧 휴게실로 다시 올라와 우리 있는 곳까지 올 거야. 그때 그 가면이 바로 그녀라는 것을 여러분에게 입증하도록 하지.”

“그러니까 우리 친구 뤼시앵이 소리 소문 없이 신용을 회복했단 말이지.” 나탕이 그 자리에 합류하면서 말했다. “나는 그 친구가 앙굴렘으로 낙향해 다시는 돌아오지 못할 줄 알았는데. 빚쟁이들을 격퇴할 만한 무슨 비밀이라도 찾아낸 거래?”

“그는 자네로서는 바로 이행하지 못할 그런 일을 해냈네.” 라스티냐크가 대답했다. “빚을 다 갚았단 말이지.”

덩치 큰 가면이 동의의 표시로 고개를 끄덕였다.

“그의 나이에 그렇게 풀렸다면, 사람이 제대로 망가졌다는 의미지. 용기 같은 건 잃어버리고 금리 생활자나 되었을걸.” 나탕이 대꾸했다.

“오! 그런 사람이 나중에 항상 거물이 되거든. 그리고 그런 사람에게는 뛰어나다고 자부하는 수많은 자들보다 우위에 서게 해주는, 높은 수준의 어떤 인생철학을 갖기 마련이지.” 라스티냐크가 반박했다.

이런 와중에 기자, 댄디, 한량 모두가 너나없이, 말 장사꾼들이 매매될 말을 세심히 살피듯 촉각을 곤두세우고 자신들이 내기를 건 매력적인 대상을 관찰했다. 파리의 퇴폐상에 대해서는 일가견 있는 이 노회한 판관들은 각자 다른 직함을 가졌지만 모두 특출한 기지의 소유자들로서, 본인이 타락한 자이면서 동시에 남의 타락을 부추기는 자들이고, 고삐 풀린 야망에 사로잡혀 뭐든 추측하고 예측하는 데 이골이 난 자들인데, 그런 그들이 가면을 쓴 한 여인을, 그들에 의해서만 비로소 정체가 밝혀질 한 여인을 이글거리는 눈으로 주시했다.

그들과 오페라 극장 무도회의 몇몇 단골들만이 여성임을 못 알아보게 감춰주는 검은 도미노의 긴 도포 자락과 두건과 늘 어뜨린 목깃 아래로 드러난 몸매의 곡선, 특이한 몸짓과 걸음 걸이, 허리의 놀림, 머리매무새 등을 분간해 낼 수 있었으니, 그런 것들은 범상한 눈에는 웬만해선 띄지 않지만, 그들에게 는 식은 죽 먹기처럼 쉽게 간파되었다. 그러니까 그러한 정체 불명의 위장막에도 불구하고 그들은 세상에서 가장 감동적 인 장면, 진정한 사랑을 듬뿍 받는 한 여인이 행복에 겨워 고 스란히 선사하는 장면을 알아챌 수 있었다. 그 여인의 정체가 토르피유든, 모프리뇌즈 공작 부인이든, 세리지 부인이든, 사 회 계층의 맨 밑바닥에 속하든, 맨 꼭대기에 속하든, 그 여인 은 경탄할 만한 모습이었고 행복한 몽상에서 피어나는 빛이었 다. 늙은 젊은이들이면서 동시에 젊은 늙은이들이기도 한 그 들은 너무나 강렬한 마음의 충격을 받아서 여신으로 변신한 그 여인을 독차지하는 특권을 누리는 뤼시앵에게 질투를 느 낄 정도였다. 가면은 마치 그 자리에 뤼시앵과 단둘이만 있는 것처럼 행동하면서 수많은 사람과 먼지 자욱한 후터분한 공 기는 안중에도 없었다. 그러기는커녕 그녀는 라파엘로가 그 린 성모 마리아가 타원형의 황금 고리를 머리 위에 이고 있듯 이, 사랑의 신들이 거주하는 천상의 궁륭에 싸여 있었다. 그녀 는 사람들과 팔꿈치가 부딪쳐도 아랑곳하지 않았고, 가면에 뚫린 두 개의 구멍을 통해 시선의 광채가 뿜어져 나와 뤼시앵 의 두 눈에 가 맞닿았는데, 심지어는 몸의 떨림이 그녀 곁 남 자의 움직임 자체와 연동되도록 만들어진 것 같았다. 사랑하는 여인의 몸을 환하게 휘감아 돌며 그녀를 다른 여자들에 비해 도드라지게 만드는 그 광채는 어디서 생기는 것일까? 중력의 법칙을 거스르는 듯한 요정의 그 표표함은 어디서 비롯되는 것일까? 영혼이 밖으로 나와 비추는 것일까? 행복이 물리적 효력을 발휘하는 것일까? 동정녀의 무구함과 어린아이의 붙임성이 도미노 복장 밑에서 풍겨 나왔다. 그 두 사람은 비록 떨어져서 걷고 있었지만 솜씨가 가장 탁월한 조각가들이 정묘하게 얼싸안은 모습으로 빚어낸 플로라와 제피로스 커플을 닮았다.[35] 그러나 그 둘은 예술에서 으뜸이라고 일컬어지는 조각 그 이상이었는데, 뤼시앵과 그 여인의 어여쁜 도미노 가면은 꽃이나 새를 탐하는 천사, 조반니 벨리니의 붓이 그려낸 성모상들 속 천사를 떠올리게 했다.[36] 뤼시앵과 그 여인은 이를테면 원인이 결과에 우선하듯이, 예술보다 우선인 환상에 속한다고 할 수 있었다.

만사에 무심한 듯한 그 여인이 무리에 근접하자 비지우가 "에스테르?" 하고 소리쳐 불렀다. 운수 나쁘게 계책에 걸려든 그 여인은 자기를 부르는 소리를 들은 사람처럼 고개를 휙 돌렸다가 음험한 인물을 알아보고는 마지막 숨을 내쉬는 임종의 병자처럼 고개를 푹 떨구었다. 그 순간 누군가에게서 날카로운 웃음이 터져나왔고, 모였던 무리는 불시에 기습 당한 들

---

35) 그리스 신화에서 제피로스는 서풍이 의인화된 신으로, 봄바람을 상징한다. 따라서 봄의 여신, 풍요의 여신인 플로라와 종종 짝을 이뤄 묘사된다.
36) 이탈리아 베네치아 화가 조반니 벨리니(1430~1516)가 그린 「아기를 안은 성모」를 가리킨다.

쥐들이 길가에서 자기 굴속으로 빨려 들어가듯 군중 속으로 섞여버렸다. 라스티냐크 혼자만 뤼시앵의 번득이는 눈초리를 피하지 않는다는 인상을 주려고 지켜야 할 거리 이상 멀어지지 않았는데, 그 때문에 비록 가면으로 가렸어도 밖으로 드러난 깊은 두 개의 고통을 경탄스러운 눈으로 볼 수 있었다. 하나는 벼락을 맞은 듯 고꾸라진 가련한 토르피유의 모습이었고, 다른 하나는 무리 중 떠나지 않고 제자리에 남은 유일한 존재인 그 수수께끼 같은 가면의 모습이었다. 에스테르는 무릎이 꺾이는 순간 뤼시앵의 귀에 대고 뭔가 말했고, 뤼시앵은 바로 그녀를 부축하고 자리를 떴다. 라스티냐크는 복잡한 상념에 빠진 채 사라지는 그 아리따운 커플을 눈으로 좇았다.

"어째서 다들 그녀를 토르피유라고 부르지?" 폐부를 찌르는 듯 음침한 목소리가 라스티냐크에게 건너왔다. "그녀는 그런 모습으로 변장하지도 않았잖아."

"바로 그가 또다시 탈옥했……." 라스티냐크가 혼잣말을 중얼거렸다.

"입 닥쳐, 안 그러면 목 졸라 죽여버릴 테다." 가면이 좀 전과 다른 목소리로 말했다. "자네가 마음에 들어. 자넨 약속을 지켰네. 덕분에 든든한 조력자를 하나 더 얻었군. 앞으로 무덤처럼 침묵을 지키게. 입을 다물기 전에 묻는 말에 대답이나 하고."

"그거야, 그 여자는 너무나 매혹적이라서 나폴레옹 황제라도 감전시켰을 테니까. 그리고 황제보다 유혹하기 더 어려운 누군가도 감전시키겠지, 바로 당신 말이야!" 라스티냐크가 물

러나면서 대답했다.[37]

"잠깐," 가면이 말했다. "나는 자네가 그 어느 곳에서건 한 번도 본 적이 없는 사람이라는 사실을 자네에게 직접 보여주겠네."

그가 가면을 벗었다. 라스티냐크는 그에게서 옛날 보케르 하숙집에서 알고 지냈던 그 끔찍한 인물의 모습을 조금도 찾아볼 수 없어 잠시 멈칫했다.

"악마가 당신에게 모든 것을 바꿀 수 있도록 해주었군. 누구라도 잊을 수 없는 당신의 그 두 눈만 빼고 말이야." 라스티냐크가 그를 바라보며 말했다.

강철 같은 손이 라스티냐크의 팔을 움켜잡고는 영원히 침묵을 지키라고 명령했다.

새벽 3시, 데 뤼포와 피노는 멋쟁이 라스티냐크가 변함없이 같은 장소에, 그 가공할 가면이 그를 못 박은 듯 세워둔 그 기둥에 기대 있는 것을 발견했다. 라스티냐크는 "그자는 사제이면서 고해자고, 재판관이면서 피고인이야." 하고 혼잣말을 주억거리고 있었다. 그는 아침 식사 자리에 끌려갔다가 완전히 침울해지고 말수를 잃은 채 집으로 돌아갔다.

---

37) 라스티냐크가 '감전'이라는 표현을 쓴 것은 에스테르의 창녀 시절 별명 인 '토르피유'가 어뢰를 뜻하기도 하고 전기가오리를 뜻하기도 해서다.

4. 어떤 파리 풍경

랑글라드가는 인접한 몇 개의 거리와 더불어 팔레루아얄과 리볼리가의 미관을 해치는 거리다. 파리에서 가장 화려한 곳으로 손꼽히는 지역의 한 귀퉁이를 차지하고 있는 그 거리 주변은 옛 파리 때부터 버려진 쓰레기들이 쌓여 이룬 작은 언덕들이 방치된 채 앞으로도 오랫동안 그 지저분한 모습을 버리지 못할 터인데, 전에는 그 언덕들 위에 방앗간이 자리했었다.[38] 좁고 어두우며 질척거리는 그 거리들에는 지저분한 외관 따위는 신경 쓰지 않는 공업소들이 들어차 있는데, 밤만 되면 완전히 낯선 풍경이 차지해 불가사의한 모습을 띠는 곳이다. 밤의 파리를 접해 본 적 없는 사람이, 군중이 끊이지 않고 쇄도하고 현대 산업과 패션과 예술의 최고급 제품들이 흘러넘치는 생토노레가, 뇌브데프티샹가, 리슐리외가 같은 눈부시게 밝은 장소에 있다가 그리로 들어섰다면, 밤하늘 위로 은은하게 번진 그 희미한 불빛을 에워싸고 있는 그물처럼 얽힌 좁은 거리들에 자신도 포획되었다는 느낌이 들면서 예외 없이 처연한 공포감에 사로잡힐 것이다. 휘황찬란하게 쏟아지던 가스등 불빛에 곧바로 짙은 어둠이 이어지는 탓이다. 점점 멀

---

38) 발자크는 자신의 작품에서 이런 식으로 기회가 있을 때마다 파리의 역사가를 자임한다. 루브르 박물관, 방돔 광장, 가르니에 오페라 극장, 팔레루아얄 등의 명소들로 둘러싸인, 본문에 언급된 지역의 거리 이름들은 1867년 지금의 오페라 가로(l'avenue de l'Opéra)가 새로 뚫리면서 지도상에서 찾아볼 수 없게 되었다.

어져 가는 창백한 가로등은 희미하고 뿌연 불빛만 발할 뿐, 곳곳에 틀어박힌 컴컴한 막다른 골목을 더는 비추지 못한다. 행인들은 드물고, 있어도 걸음을 재촉한다. 상점들은 거의 다 문을 닫았고, 그나마 열린 상점들이라야 조악한 행색을 하고 있는데, 불결하고 어두침침한 카바레거나 화장수 따위를 같이 파는 속옷 가게들이다. 섬뜩한 한기가 당신의 어깨를 눅눅한 망토처럼 짓누른다. 지나가는 마차들도 거의 없다. 특별히 음산한 구석들이 있는데, 그중에서도 랑글라드가, 생기욤 샛길의 출구, 그리고 몇몇 거리의 모퉁이들이 대표적이다. 시의회는 이 거대한 나환자 소굴 같은 곳을 정비하고 싶어도 지금껏 어떠한 조치도 취할 수 없었는데, 이미 오래전부터 매춘업이 그곳을 본거지로 삼아 번성했기 때문이다. 어쩌면 이러한 골목길들에 자신들의 치부를 감춰놓는 것이 파리 사람들에게는 다행인지도 모른다. 낮에 그곳을 지나가는 사람들은 그 모든 거리가 밤이 되면 어떻게 표변하는지 상상조차 할 수 없다. 밤에 그곳을 들락거리는 사람들은 어떤 세계에도 속하지 않은 듯한 존재들이다. 헐벗은 것이나 다름없는 희멀건 형상들이 담벼락마다 늘어서 있고 어둠은 아연 생기를 띤다. 걷고 말하는 화려한 옷과 장신구가 벽과 행인 사이로 살그머니 끼어든다. 빠끔히 열린 몇몇 문에서는 홍소가 터져나온다. 라블레가 이르길, 얼어붙어 있었다고 한 말〔言〕들이 녹아서 귓전에 들려온다.[39] 후렴구처럼 익숙한 곡조가 거리의 포석 사이사이에

---

39) 프랑수아 라블레의 『팡타그뤼엘 제4서』 55장 「팡타그뤼엘은 어떻게 바

서 흘러나온다. 그 소리는 모호하지 않다. 그것은 무엇인가를 의미한다. 그 소리가 쉰 듯하면 그건 인간의 목소리다. 그러나 그 소리가 어떤 노랫가락과 닮았다면 그건 더는 인간의 소리와는 아무런 관련이 없고 바람 소리에 가깝다. 그 소리는 종종 호각을 불어서 내는 소리이기도 하다. 구두 뒤축에서 나는 소리도 있는데, 그 소리는 뭔지 모르게 상대를 도발하며 조롱하는 구석이 있다. 이렇게 갖가지 것들이 함께 어울려 현기증을 불러일으킨다. 거기서는 공기의 상태도 다르니, 겨울에는 덥고 여름에는 춥다. 하지만 날씨가 어떻건 그 생소한 곳에서 벌어지는 풍경은 항상 변함없으니, 베를린 사람 호프만의[40] 환상 세계가 펼쳐지는 곳이 바로 그곳이다. 최고의 계산 능력을 가진 회계원도 행인들의 왕래가 빈번하고 상점이 즐비하며 조명등이 화려하게 켜진 번듯한 거리에 잇대어 있는 그 좁은 통로들을 들어갔다 나오고 나면 모든 것이 비현실적으로 보이게 될 것이다. 창녀와 관계를 맺는 것에 아무런 거리낌을 느끼지 않았던 지난 시대의 왕들이나 왕비들보다 더 뻔뻔해선지, 아니면 오히려 더 수치스러워 해서 그러는지, 오늘날의 행정 관서나 경찰은 도심지의 이 골칫거리와 정면으로 맞설 엄두를

다 한가운데에서 얼었다가 녹은 여러 가지 말소리를 들었는가」와, 56장 「팡타그뤼엘은 어떻게 얼어붙은 말 중에서 유쾌한 말들을 찾아냈는가」에 나오는 일화다.
40) E. T. A. 호프만은 19세기 초 독일의 작가이자 작곡가로, 환상과 아이러니를 특징으로 하는 그의 작품이 프랑스에도 널리 알려진다. 발자크의 작품에 호프만은 여러 차례 언급된다.

내지 못한다. 물론 취할 조치들은 시대에 따라 달라져야만 하고 각 개인과 그들의 자유에 관련된 조치들은 신중해야 한다. 하지만 환기나 조명이나 건물과 같이 순전히 물질적인 면과 관련된 문제들에 대해서는 광범하고도 과감한 대책을 보여주어야 할 것이다. 도덕가와 예술가와 똑똑한 행정가는 그냥 두 면 산보객들이 가는 곳마다 출몰하게 될 그 거리의 어린양들을 한곳에 수용해서 관리했던, 팔레루아얄의 갈르리 드 부아에 자리한 유곽을 없앤 것을 후회할 날이 올 것이다.[41] 산보객들이 그 어린양들이 있는 곳으로 가는 편이 더 낫지 않은가? 유곽을 없애 결국은 무슨 일이 벌어졌는가? 오늘날 매혹적인 산책을 만들어주는 대로변의 휘황찬란한 구역들이 밤만 되면 가족과 함께 발을 들여놓는 것이 금기시되는 장소로 변한 것이다. 경찰은 이 문제와 관련해 군데군데 있는 파사주라는[42]

----

41) 루브르 박물관 건너편에 자리하고 코메디 프랑세즈 극장과 인접해 오늘날 관광명소로 꼽히는 팔레루아얄은 원래 루이 14세 이후 프랑스 왕가의 방계였던 오를레앙 가문의 거주지였다. 대혁명이 일어나기 얼마 전, 살림이 어려웠던 오를레앙 공은(대혁명 때 루이 16세의 처형에 동의했기 때문에 후일 평등공 필리프로 불리게 될 그는 7월혁명으로 프랑스의 왕이 되는 루이 필리프의 아버지다.) 사유지 정원 둘레에 회랑 형식의 목조 건물을 지어 일반에 분양한다. 이렇게 원래의 석조 회랑(갈르리 드 피에르)과 증축된 목조 회랑(갈르리 드 부아)으로 이루어진 팔레루아얄은 상가로 번성하며 특히 갈르리 드 부아에 있던 유곽은 '매춘의 전당'으로 불릴 만큼 이름을 떨친다. 그 후 유곽이 폐쇄되고 도박장이 개설되어 번창하다가 그마저 1837년 폐쇄된다. 『잃어버린 환상』 2부에 이러한 팔레루아얄 풍경에 대한 자세한 보고가 담겨 있다.

42) 파사주는 지붕으로 덮인 좁은 회랑 형태의 보행자 전용로로, 대개 양옆에 상점이 늘어서 있다. 우리에게는 '아케이드'라는 단어로 더 익숙하다.

안성맞춤의 주어진 여건을 적절히 활용했더라면 모두가 다닐 수 있는 길을 확보했을 텐데 그러지 못했다.

오페라 극장의 무도회에서 단 한마디 말에 무너지고 만 아가씨는 두어 달 전부터 바로 그 랑글라드가에 있는 허름한 외관의 집에서 살고 있었다. 거대한 저택의 담벼락에 매달리듯 붙어 있는 그 건물은 회칠이 벗겨지고 길거리 쪽에서만 채광이 되었으며, 가로세로 폭은 조붓한데 높이만 지나치게 껑충해서 앵무새가 오르락내리락하는 횃대를 닮았다. 층마다 방 두 칸짜리 아파트가 한 가구씩만 달랑 있는 그런 건물이었다. 그 집은 외벽에 내어 단 비좁은 계단으로 출입했는데, 창틀을 통해 괴이하게 새어나오는 빛으로 계단 난간의 윤곽이 분간되었고, 층계참마다 집 안에서 내놓은, 파리의 가장 흉물스러운 특색에 속하는 수챗물 양철통이 자리하고 있어서 층 구분이 되었다. 1층 상점과 중이층은 양철공이 썼고, 건물주는 2층에 살았으며 그 위로 나머지 네 개 층은 건물주와 문지기 여자에게 인정과 칭찬을 받을 만큼 품행이 단정한 재단사[43] 아가

1786년에 조성된 팔레루아얄의 갈르리 드 부아가 최초의 파사주라고 할 수 있으며, 19세기 초반에 여러 곳이 파사주로 조성된다. '파노라마 파사주' '갈르리 비비엔' 등은 오늘날까지 남아 있는 유명한 파사주들이다.

43) 원문은 그리제트(grisette). 원래는 질 나쁜 회색 작업복 옷감을 가리키는 말인데, 그런 옷을 입고 재단이나 세탁에 종사하는 하층민 출신의 젊은 여성을 가리키는 말로 주로 쓰인다. 대개 어린 나이에 독립해서 살고, 같은 직종의 하층민 남자와 결혼해야 하는 운명을 거부하는 그리제트는 가난한 대학생이나 예술가의 애인, 부유한 사업가의 정부가 되기를 꿈꾼다. 사회는 그러한 그리제트를 창녀로 취급하지만, 유곽에 거주하며 매춘을 업으로 삼

씨들이 세 들어 살았는데, 실제로는 윤락을 일삼지만 보통 듣기 좋게 재단사라 불리는 그런 아가씨들을 후하게 평하는 까닭도 실은 집주인으로서는 그렇게 이상한 곳에 이상한 모양으로 지어진 집을 세놓기가 쉽지 않은 사정에서 연유한 것이었다. 이 동네의 쓸모가 어디에 있는지는 그 집과 비슷한 집들이 꽤 많이 들어서 있는 것을 보면 알 수 있는데, 그런 집들은 상업적 관점에서 별로 쓸모가 없으므로 뜨내기에 불과하거나 떳떳하지 못해서 제대로 인정받지 못하는 업종들이나 겨우 영업이 되는 것이다.

5. 아는 사람은 알고 모르는 사람은 모르는 집의 내부

오후 3시, 그날 새벽 2시에 에스테르 양이 다 죽어가는 모습으로 젊은 남자의 부축을 받으며 귀가하는 것을 보았던 문지기 여자는 꼭대기 층에 사는 재단사 아가씨와 막 의견을 주고받은 참이었다. 어느 행락 파티엔가 불려 나가던 그 아가씨는 마차에 오르기 전 문지기 여자에게 에스테르에 대한 걱정을 전해 주었더랬다. 자기는 에스테르의 기척을 통 듣지 못했다는 것이다. 에스테르가 여태 자는 중인지는 모르겠지만, 그렇더라도 그 잠이 수상쩍어 보이는 것은 사실이었다. 수위실

아 길거리에서 손님을 호객하는 '로레트(매춘업이 성행하던 파리의 노트르담 드 로레트 구역에서 유래된 말)'와는 구분된다. 그리제트는 여러 예술 작품의 소재가 되는데, 푸치니의 오페라 『라보엠』이 유명하다.

에 혼자 남은 문지기 여자는 에스테르 양의 거처가 있는 5층에서 무슨 일이 일어나고 있는지 당장 알아보러 올라가고 싶었으나 그럴 수 없어 안타까웠다. 그녀가 중이층의 움푹 팬 벽에 새 둥지처럼 들어앉은 수위실을 양철공의 아들에게 잠깐 봐달라고 부탁하려던 순간, 삯마차 한 대가 집 앞에 멈춰 섰다. 자신의 의복이나 정체를 감추려는 명백한 의도를 가지고 머리끝에서 발끝까지 망토를 뒤집어쓴 남자가 마차에서 내리더니 에스테르 양을 찾았다. 그러자 문지기 여자는 완전히 마음이 놓였다. 칩거하고 있는 젊은 여자의 침묵과 조심스러움이 비로소 속속들이 이해될 듯했기 때문이다. 방문객이 수위실을 지나 계단을 걸어 올라갈 때 문지기 여자는 방문객의 구두를 장식한 은빛 버클을 주목했으며, 망토 밑으로 사제복의 허리춤에 두르는 검은색 술이 드러나 보인 것 같다고 생각했다. 그녀가 거리로 내려와 마부에게 자기 생각이 맞는지 묻자 마부는 말없이 눈빛으로 대답을 대신했는데, 문지기 여자는 그 의미를 알고도 남았다. 사제는 문을 두드렸으나 안에서 아무런 대답이 없고 가녀린 신음만 들리자 어깨로 세게 문을 밀어젖혔는데, 그 힘은 아마도 자비심의 발로였겠지만 그가 사제가 아니라 다른 누구였다면 그런 일에 이골이 난 사람의 솜씨로 보였을 것이다. 그는 거실에 딸린 방으로 득달같이 달려 들어갔는데, 안에는 채색 석고 성모상 앞에 두 손을 모으고 무릎을 꿇은, 아니 더 정확하게 이야기하자면 무너지듯 주저앉아 있는 가여운 에스테르가 보였다. 그 재단사 아가씨는 숨이 끊어지기 직전이었다. 다 타버린 석탄 풍로가 그날 아침 벌어진 끔찍한 일의 자초지종을 이야기해 주었다. 도미노 복장의 두건과 가운은 방바닥에 아무렇게나 버려져 있었다. 침대는 자리에 든 흔적이 없었다. 가슴에 치명적인 내상을 입은 그 가여운 아가씨는 오페라 극장에서 돌아오자마자 모든 것을 내려놓은 듯 보였다. 촛대에 사태가 난 것처럼 쌓인 촛농 더미 속 엉긴 심지가 간밤에 에스테르가 최후의 상념 속으로 얼마나 깊이 빠져들었는지 말해 주었다. 눈물에 젖은 손수건은 막달라 마리아의 절망, 고전에서 세속 창녀의 모습으로 표현되는 그 막달라 마리아의 절망이 지닌 진실성을 웅변하고 있었다. 이 지극한 참회의 모습이 사제의 얼굴에 미소를 자아냈다. 어떻게 해야 죽는지 잘 모르는 에스테르는 두 방의 면적으로 볼 때 가스중독으로 자살하려면 훨씬 더 많은 양의 석탄이 필요하다는 점을 계산하지 못하고, 방문을 열어놓은 상태에서 불을 피웠던 것이다. 그녀는 단지 연기 때문에 호흡이 곤란했을 뿐이었다. 계단에서 들어온 신선한 공기 덕분에 감각이 돌아온 그녀는 차츰차츰 고통스러움을 표현하기 시작했다. 사제는 완벽할 정도로 아름다운 그 아가씨의 외모는 아랑곳하지 않고 몸을 꿈적이기 시작하는 그녀를 마치 무슨 짐승의 움직임을 바라보듯 관찰하면서 깊은 상념에 빠진 채 우두커니 서 있었다. 그의 눈길은 축 까라진 그 육신에서 주위의 그저 그런 사물들로 무덤덤하게 옮겨갔다. 그는 방 안의 집기를 눈여겨보았다. 반들반들하고 냉랭한 감촉의 붉은색 바닥타일 위에는 가장자리 올이 풀린 후줄근한 양탄자가 깔려 있었다. 그리고 붉은색 장미 문양의 노란색 옥양목 커튼이 둘러

처진, 페인트칠을 한 구닥다리 조그만 나무 침대 하나, 외짝 안락의자 하나, 천 부분은 창문의 장식 휘장과 동일한 옥양목으로 마감되고 틀은 침대와 마찬가지로 페인트칠한 나무로 만들어진 걸상 두 개, 원래는 꽃무늬가 점점이 박힌 데다 완연한 회색이었겠으나 세월이 흘러 거무튀튀해지고 기름때가 껴 변색된 벽지, 마호가니로 만든 작업대 하나, 형편없는 싸구려 부엌세간들로 입구가 막힌 벽난로, 쌓여 있는 땔감용 나무 두 단, 장신구와 가위와 유리 세공품 따위가 여기저기 어지럽게 놓인 벽난로 위 돌 선반, 지저분한 실뭉치 하나, 향내 나는 흰색 장갑, 물동이 위에 던져져 있는 아리따운 모자, 창문을 가린 테르노 숄,[44] 벽에 박은 못에 걸린 우아한 드레스, 방석이 놓이지 않은 딱딱해 보이는 작은 소파, 굽이 부러진 볼품없는 나막신과 예쁘장한 구두, 여왕도 탐낼 만한 반장화, 지난 식사의 음식 찌꺼기가 묻은 이 빠진 투박한 사기 접시들, 그 접시들과 뒤엉켜 있는, 파리의 가난뱅이들에게 은 대용품으로 쓰이는 양은 포크와 나이프 따위, 감자가 담긴 바구니에 던져져 쌓인 빨랫감, 그리고 그 위에 얹힌 거즈 소재의 깨끗한 보닛 모자 하나, 문이 열린 채 휑하니 비어 있는 거울 달린 조악한 옷장, 그 옷장 칸막이 선반 위에 널린 전당표들. 이런 것들이 보는 사람의 시선을 사로잡는, 음울하면서도 유쾌하고 옹색하면서도 풍요로운 사물들의 전체적인 모습이었다. 그렇

---

44) 테르노 숄은 티베트산 염소 털로 짠 모직 숄이다. 19세기에 직물공장 설립자 테르노가 개발한 이 섬유는 인도산 산양털로 만든 캐시미어와 비슷하지만 훨씬 저렴해 큰 인기를 끌었다.

게 파편 형태로 남은 화려함의 흔적들이, 그러니까 부서진 길마 밑에 깔리고 고삐에 발이 옭매인 채 자기가 짊어졌던 마구(馬具)에 끼여 죽어가는 한 마리 말처럼 속옷마저 흐트러진 채 쓰러져 있는 그 아가씨의 떠돌이 집시 같은 삶과 썩 잘 어울리는 그 살림살이가, 그 기묘한 풍경이 사제를 상념에 빠지게 하는 것일까? 적어도 이런 거리의 여자는 돈 많은 젊은 남자를 사랑하면서도 이렇게 가난하게 살 만큼 돈 문제에는 무심한 것이 틀림없다고 혼잣말을 하는 것일까? 이렇게 살림이 엉망인 것이 무분별한 생활 탓이라고 여기는 것일까? 그가 느끼는 것은 연민인가 두려움인가? 자비심이 발동한 것일까? 그 순간 앙다문 입과 매서운 눈으로 팔짱을 낀 채 수심 가득한 표정을 짓고 서 있는 그를 누군가가 보았다면, 그가 증오에 찬 어두운 감정, 서로 상충하는 상념들에 사로잡혀, 음산한 계획에 몰두하고 있다고 생각했을 것이다. 그는 꺾인 상반신의 무게에 눌려 거의 뭉개진 듯한 젖가슴의 그 아름다운 곡선에도, 검은 치마 밑으로 드러난 무릎 꿇은 비너스의 그 매혹적인 몸매에도 분명 무심했는바, 그만큼 빈사 상태의 그 여자는 접힌 것처럼 완전히 몸을 웅크린 상태였다. 뒤에서 꽂히는 시선에 희고 보드라우며 유연한 목덜미를 무방비 상태로 내보이는 그녀의 머리도, 대단히 육감적으로 발달한 아름다운 그녀의 어깨도 그의 마음을 조금도 흔들지 못했다. 그는 에스테르를 일으켜 세우지 않았다. 죽었다가 다시 깨어나는 표시인 가녀린 숨소리가 그에게는 들리지 않는 것처럼 보였다. 만일 그 아가씨가 처절하게 흐느껴 울면서 그를 소름 끼치도록 무서운 시

선으로 바라보았다면, 그는 엄청난 힘의 소유자답게 그녀를
가볍게 들어 올려 침대 위에 뉘었을지도 모른다.

"뤼시앵!" 그녀가 중얼거리듯이 말했다.

"사랑이 돌아왔군. 여자는 그리 멀리 가지 않는 법이지." 사
제가 씁쓸한 듯이 말했다.

파리의 타락이 빚어낸 희생자는 그제야 자신을 구해 준 사
람의 의복을 알아보고는 갖고 싶은 물건을 손에 넣은 어린아
이의 미소를 머금고 말했다. "전 하느님 앞에 회개하기 전까지
는 죽지 않을 거예요!"

"그대는 그대의 죄를 용서받을 수 있을 거요." 사제가 그녀
의 이마에 물을 적시고 방 한구석에서 찾아낸 목이 가는 식
초병을 그녀 코에 대고 숨을 들이쉬게 하면서 말했다.

"생명의 기운이 절 저버리지 않고 제 안에 흘러드는 것이 느
껴져요." 그녀가 사제의 보살핌을 받은 다음 천진함이 물씬 묻
어나는 동작으로 감사의 뜻을 표하면서 말했다.

유혹의 달인인 미의 세 여신이 펼쳤을 성싶은 그 매혹적인
팬터마임은 이 묘한 아가씨의 별명이 얼마나 적절한지 완벽하
게 뒷받침해 주는 것이었다.

"이제 한결 더 낫소?" 성직자가 그녀에게 설탕물을 마시라
고 내밀면서 물었다.

그 남자는 이 기묘한 살림살이를 뻔히 꿰뚫고 있는 듯 보였
다. 그곳에 대해 모든 것을 아는 눈치였다. 그는 그곳이 마치
제집인 양 굴었다. 세상 모든 곳을 제집처럼 여기는 특별한 능
력을 갖춘 자는 왕과 예쁜 아가씨와 도둑, 이 세 부류뿐이다.

6. 쥐의 고백

"완전히 정신이 돌아오거든," 그 기이한 사제는 잠시 뜸을 들이고 나서 말을 이었다. "당신이 최후의 죄악을, 미수에 그친 그 자살 기도 말이오, 저지르게 된 까닭을 내게 고하길 바라오."

"제 사연은 아주 간단해요, 신부님." 그녀가 대답했다. "석 달 전만 해도 전 태어난 순간부터 저의 운명이었던 혼돈 속에서 살고 있었습니다. 저는 이 세상 여자 중 최하층이었고 가장 비천했지요. 지금은 그저 가장 불행한 정도일 뿐입니다. 제 가련한 어머니에 대해선 신부님께 아무런 말씀도 드리고 싶지 않은데 그런 제 심정을 헤아려주시길 바랍니다. 살해당해 돌아가셨거든요……."

"그리 떳떳하지 못한 업소에서 어떤 대위에게 살해되었지." 고해하는 여자의 말을 끊고 사제가 끼어들었다. "나는 당신의 출신을 알고 있소. 그리고 만일 언젠가 세상 여자 중 단 한 사람만 죄스러운 삶을 살아온 것에 대해 용서받을 수 있다고 한다면 그 사람은, 비록 당신이 선행을 쌓은 적은 없지만, 바로 당신이라는 것도 알고 있지."

"어머나! 전 세례도 안 받았고, 그 어떤 종교의 가르침도 배우지 못했어요."

"무엇이든 용서받을 수 있는 법이오." 사제가 계속 말했다. "당신의 믿음이, 당신의 참회가 저의가 있는 것이 아니라 진심에서 우러나는 것이라면 말이오."

"뤼시앵과 하느님만이 제 마음을 채우고 있어요." 그녀가 감동적일 만큼 순진한 목소리로 말했다.

"하느님과 뤼시앵이라고 말할 수도 있었을 텐데." 사제가 미소를 지으며 응수했다. "당신의 말이 내가 여기에 온 목적을 상기해 주는군. 그 젊은이와 관련된 일은 어느 것 하나라도 숨기면 안 되오."

"신부님, 그 사람이 보내서 오신 거예요?" 다른 사제라면 누구라도 감동할 만한 그런 사랑스러운 표현을 담아 그녀가 물었다. "오! 그 사람, 결국 알아차렸군요."

"아니요." 그가 대답했다. "우리가 염려하는 것은 당신의 죽음이 아니라 당신의 삶이오. 자, 당신과 그 젊은이의 관계에 대해 내게 소상히 말하시오."

"한마디로 말씀드리지요." 그녀가 말했다.

그 가엾은 아가씨는 성직자의 거친 어조에 살짝 떨렸으나 이미 오래전부터 그녀에게 난폭함은 더 이상 두려움의 대상이 아니었다.

"뤼시앵은 뤼시앵이죠." 그녀가 계속 말을 이었다. "가장 멋진 젊은이이고 이 세상에서 최고로 훌륭한 사람이에요. 신부님이 그를 잘 안다고 하시니까 그에 대한 저의 사랑이 틀림없이 아주 자연스러워 보이겠네요. 전 그 사람을 석 달 전 포르트 생마르탱에서[45] 우연히 만났어요, 쉬는 날이면 그곳엘 가

---

45) 포르트 생마르탱은 파리 북쪽 생드니로 통하는 관문이 있는 곳으로, 여러 개의 공연장이 들어서 있어 사람들이 많이 찾는 지역이다.

곤 하거든요. 내가 일하던 메나르디 부인의[46] 업소에서는 일주일에 한 번 쉬는 날이 있었어요. 그를 만난 다음 날, 신부님께서 능히 짐작하시겠지만 전 허락도 받지 않고 업소에 나가지 않았지요. 사랑이 제 가슴속에 들어와서 저를 완전히 다른 사람으로 바꿔놓았어요. 그날 극장에서 집으로 돌아올 때 저는 제 자신이 누군지 더는 알 수 없는 지경이었다니까요. 전 더럭 겁이 났어요. 결단코 뤼시앵은 아무것도 알 수 없었어요. 전 제가 어디에 사는지 그에게 말하지 않고 대신에 이 집 주소를 알려주었어요. 당시 이 집에는 제 친구 하나가 살고 있었는데 개가 흔쾌히 이 집을 저에게 양보한 거지요. 신부님께 맹세컨대 제 진실한 말을……"

"맹세한다고 해서는 안 되오."

"그렇다면 그의 진실한 말을 들으셔야 맹세가 된단 말인가요? 어쨌든 좋아요. 그날 이후 저는 마치 사라진 여인처럼 이 방에 갇혀 일만 했어요. 정직한 노동으로 밥벌이하기 위해 28수의[47] 공임을 받고 셔츠 만드는 일을 했지요. 전 한 달 내내 감자만 먹으며 지냈어요, 착하게 살고 뤼시앵에게 누가 되지 않으려고요. 뤼시앵은 저를 사랑하고 저를 이 세상에서 가

---

46) 『인간극』에서 메나르디 부인은 매춘 업소를 운영하는 인물이다. 『페라귀스』(1834)에서는 주인공 페라귀스를 사모하나 그로부터 버림받은 이다 그뤼제를 고용한 인물로 나온다.

47) 수(sou)는 20분의 1프랑에 해당하는 구체제의 화폐 단위지만, 대혁명 이후에도 상팀(100분의 1프랑)보다 더 빈번하게 사용되었다. 28수는 현재 화폐가치로 대략 5유로에 해당한다.

장 정숙한 여자로 대해 주고 존중한답니다. 제 공민권을 되찾기 위해 경찰서에 가서 자진 신고도 했고, 그 결과 2년의 보호 관찰 처분을 받았습니다. 풍기문란 사범 명단에 이름을 올리는 일에는 신속하기 그지없는 그자들이 그 명부에서 이름을 지우는 일에는 말할 수 없을 정도로 까다롭게 굽니다. 제가 하늘에 대고 간구한 것은 제 결심을 끝까지 지켜주십사 하는 것이 전부예요. 저는 4월이면 열아홉 살이 돼요. 그 나이면 살 방도가 여러모로 마련되겠죠. 저로서는 마치 석 달 전에 비로소 이 세상에 다시 태어난 것 같아요……. 저는 매일 아침 하느님께 기도했습니다. 그리고 뤼시앵이 제 지난 삶을 절대로 알지 못하게 해달라고 빌었습니다. 저기 보이는 저 성모상도 샀고요. 저는 기도하는 방법을 전혀 모르니까 성모님께 제 방식대로 기도했습니다. 저는 읽을 줄도 모르고 쓸 줄도 몰라요. 교회에 가본 적이 한 번도 없습니다. 호기심에서 길거리 행렬 때 하느님을 본 것을 빼고는 한 번도 하느님을 만난 적이 없습니다."

"그래 성모님께는 뭐라고 기도하오?"

"전 성모님께 뤼시앵에게 말하듯이 기도해요. 그를 울게 만드는 영혼의 그 격한 충동을 본떠서 말이에요.

"아! 뤼시앵이 우는가요?"

"기뻐서 우는 거죠." 그녀가 생기를 띠며 말했다. "가여운 이! 우리는 서로 뜻이 너무 잘 맞아서 둘이 하나의 영혼을 가지고 있는 것 같아요! 그 사람은 너무 점잖고 너무 다정하며, 마음도 정신도 태도도 너무나 부드러워요! 그는 자신이 시인이라고 말하는데, 전 그가 하느님이라고 말해요……. 죄송합니다! 하지만 신부님 같은 분들은 사랑이 무엇인지 모르잖아요. 게다가 뤼시앵 같은 남자의 진가를 알아보려면 꽤 많은 남자를 경험해야 하는데, 그럴 수 있는 존재는 우리처럼 일하는 여자들뿐이잖아요. 뤼시앵 같은 남자는 신부님도 아시다시피 죄 없는 여인 못지않게 드물어요. 그를 마주치게 되면 그를 사랑하지 않을 수 없어요. 그게 다예요. 하지만 그러한 존재에겐 그와 비슷한 여인이 필요한 법이지요. 그래서 전 저의 뤼시앵에게 사랑받기에 부족함이 없는 여자가 되고 싶었어요. 바로 거기서 저의 불행이 비롯되었습니다. 어제 오페라 극장에서 저는 호랑이에게 연민이 없듯 피도 눈물도 없는 젊은 남자들에게 발각되고 말았습니다. 제가 다시 호랑이 같은 자들하고 어울려야 한다니요! 제가 뒤집어쓰고 있던 순결의 베일이 벗겨지고 만 거예요. 그자들의 웃음소리가 저의 머리와 심장을 갈가리 찢어놓았습니다. 저를 살려놓았다고 생각하지 마세요, 전 슬픔을 견디지 못하고 죽을 겁니다."

"당신이 쓴 순결의 베일이라……?" 사제가 말했다. "그렇다면 당신은 뤼시앵을 절체절명의 심정으로 받아들였다는 말이오?"

"오! 신부님, 신부님께서 그를 잘 아시면서 어찌 제게 그런 질문을 하시나요!" 그녀가 사제에게 눈부신 미소를 지어 보이며 대답했다. "하느님께는 저항할 수 없는 법이랍니다."

"하느님을 모독하지 마시오." 성직자가 나직한 목소리로 말했다. "그 누구도 하느님에 비견될 수 없소. 터무니없는 과장

은 진정한 사랑과는 어울리지 않는 법, 당신은 당신의 우상
에 대해 순수하고 진실한 사랑을 품은 게 아니었소. 만에 하
나 당신이 스스로 겪었노라고 지금 그렇게 떠벌리는 변모를
정말로 이루어낸 것이라면, 그래서 당신이 청춘의 전유물이라
고 할 미덕들을 획득했다면, 그건 당신이 정숙함이 가져다주
는 지고지순의 기쁨과 수줍음에서 나오는 섬세한 마음씨, 젊
은 처자의 자랑거리라고 할 그 두 가지 덕성을 갖추었다는 말
일 텐데, 아니오. 당신은 사랑하는 게 아니오."

에스테르는 화들짝 놀라 움찔했다. 사제는 그것을 간파했
으나, 그런 반응은 그 고해사제의 냉정함을 조금도 흔들지 못
했다.

"그렇소. 당신은 당신 자신을 위해 그를 사랑하는 것이지
그를 위해 사랑하는 것이 아니오. 당신을 매혹하는 세속의 쾌
락을 위한 것이지 사랑 그 자체를 위한 것은 아니라는 말이
지. 당신이 그렇게 사랑에 빠진 것은 맞지만, 하느님이 더할 나
위 없이 숭고한 완벽함의 표징을 아로새겨 놓은 인물, 그런 인
물이 불러일으키는 그 거룩한 전율을 보여주지는 못했소. 순
결하지 못했던 지난 행실 탓에 당신이 그의 명예를 더럽히는
존재라고 생각했다고? 당신에게 붙은 별명답게 끔찍한 매력으
로, 정결치 못함으로는 최고봉인 그 매력으로 어린아이 같은
한 남자를 결국 타락으로 이끌고 말리라 생각했다고? 그렇다
면 당신은 당신 자신과도 앞뒤가 안 맞고 당신의 하루짜리 정
념과도 앞뒤가 안 맞소……."

"하루짜리!" 그녀가 얼굴을 들고 올려다보며 되풀이했다.

"영원하지 않은 사랑을, 기독교도가 믿는 내세에 이르기까지 우리를 우리가 사랑하는 사람과 결합해 주지 못하는 사랑을 어떤 이름으로 불러야 할까?"

"아! 전 가톨릭 신자가 되고 싶어요." 그녀가 마치 구세주 그리스도의 은총을 불러오기라도 할 것 같은 숨죽인, 그러나 격한 어조로 소리쳤다.

"교회의 세례도 학문의 세례도 받지 못한 아가씨가, 읽을 줄도 쓸 줄도 기도할 줄도 모르는 아가씨가, 발걸음을 옮길 때마다 발밑의 포석들이 들고일어나 그녀를 비난하는 판국인데, 가진 것이라고는 내일이면 병들어 시들고 말 미모가 주는 그 덧없는 특권 하나밖에 없는 아가씨가, 이미 타락하고 비천해졌으며 자신이 타락했음도 알고 있는 여기 이 피조물이……(당신이 그 사실을 모르고 덜 매혹적이라면 용서받을 여지는 더 있었겠지……) 뤼시앵 드 뤼방프레의 아내가 될 수도 있었겠지만, 머지않아 자살과 지옥의 먹잇감으로 전락할 존재가, 가톨릭 신자가 된다고?"

한마디 한마디가 비수가 되어 심장을 후벼 팠다. 말이 이어질 때마다 절망에 빠진 아가씨의 점점 더 커가는 흐느낌 소리와 봇물 터지듯 흘러내리는 눈물은, 원시인처럼 순진무구한 그녀의 머릿속에도, 마침내 눈뜬 그녀의 영혼 속에도, 타락한 행실로 인해 켜켜이 쌓인 더러운 얼음층이 신앙의 햇볕을 받아 녹아내리면서 속살을 드러낸 그녀의 본성 속에도, 광명의 빛이 일시에 강렬하게 파고들고 있음을 여실히 보여주는 증표였다.

“왜 난 죽지 못했단 말인가!” 이 탄식이 급류처럼 그녀의 두 뇌를 휩쓸고 흘러가는 수많은 상념의 와중에서 그녀가 입 밖으로 끄집어낸 유일한 말이었다.

“이보시게,” 인정사정없는 판관이 말했다. “사람들 앞에서 결코 발설해서는 안 되는 사랑이 있는 법이오. 그 사랑의 속내 이야기는 천사들만이 흡족한 미소를 띠며 알아듣는 것이지.”

“어떤 사랑인데요?”

“생명을 불어넣어 주지만, 헌신의 원리를 바탕으로 하고 있지만, 이상적인 완벽한 경지에 도달하겠다는 일념으로 모든 고귀한 행위를 끌어내지만, 희망은 없는 그런 사랑. 그래, 천사들은 이런 사랑을 찬미하지, 그 사랑이 하느님을 알도록 이끌어주니까. 사랑하는 사람에게 누가 되지 않기 위해 끊임없이 자기완성을 추구하기, 사랑하는 사람을 위해 남몰래 수없이 많은 희생을 바치기, 멀찍하게 떨어져서 사랑하는 사람을 숭배하기, 사랑하는 사람에게 자신의 피를 한 방울 한 방울 바치기, 사랑하는 사람을 위해 자신의 자존심 따위는 제물로 바치기, 사랑하는 사람에게는 자만심도 분노의 마음도 품지 않기, 사랑하는 사람이 불 지른 가혹한 질투에 가슴이 타들어갈 지경이 돼도 그 마음을 드러내지 않기, 사랑하는 사람이 원하는 것이라면, 설령 그것이 우리의 희생을 요구한다고 할지라도 무엇이든지 다 주기, 사랑하는 사람이 사랑하는 것을 사랑하기, 사랑하는 사람이 몰라주더라도 그를 따르기 위해 항상 그만을 바라보기, 그런 사랑이라면 종교가 당신에게 용인했을 거요. 그런 사랑은 인간의 계율에도 하느님의 계율에도 저축되지 않을 테고, 당신이 걸어온 그 더러운 관능의 길과는 다른 길로 이어졌을 테니까."

한마디 말로 표현된(그런데 어떤 말이었던가? 그 말에는 어떤 어조가 동반되었던가?) 그 가차 없는 선고를 들으며 에스테르는 경계심에 사로잡혔는데, 일리가 있었다. 그 말은 폭풍우가 몰아치기 직전임을 알리는 천둥소리 같았다. 그녀는 사제를 쳐다보았다. 그를 보자 창자가 끊어지는 고통이 엄습했는데, 아무리 용감한 사람일지라도 별안간 닥친 위험을 직감하고 움츠러들게 만드는 그런 고통이었다. 그 어떤 날카로운 시선도 그 순간 이 남자 안에서 무슨 일이 벌어지고 있는지 읽어낼 수 없었을 것이다. 제아무리 대담한 자라 할지라도 그의 눈을 보고는 맞서볼 만하다는 기대보다는 오싹한 기분이 들게 될 터인데, 그도 그럴 것이, 예전에는 호랑이의 눈처럼 노랗고 투명했던 그 두 눈에 금욕과 내핍의 엄격한 수행 탓인지 염천의 날씨에 지평선에 어른거리는 아지랑이 같은 베일이 덮였기 때문이다. 뜨겁게 달아올라 작열하던 대지가 연무로 인해 흐릿하고 뿌옇게 변해 시야에서 사라지는 그런 현상이 그의 두 눈에도 일어난 것이다. 전형적인 에스파냐 사람 특유의 근엄함, 무시무시한 천연두가 남긴 수많은 흉터가 더해져 더욱 끔찍스러운 데다 짓이겨진 바큇자국처럼 보이는 깊게 팬 주름들, 이런 것들이 햇볕에 그을린 그의 올리브색 얼굴에 점철되어 있었다. 그러한 얼굴 생김새에서 풍겨 나오는 단호한 인상은, 개성을 살리는 일에는 관심을 끊은 그 사제가 뒤집어쓴, 푸석푸석하게 메마르고 빛에 반사되어 검붉은 색을 내는 숱이 성긴 가발이 그 얼굴을 감싸고 있어서 더욱 두드러져 보였다. 운동 선수처럼 발달한 상반신, 베테랑 군인의 손 같은 두 손, 딱 바라진 체구, 강인한 어깨 등은 중세의 건축가들이 몇몇 이탈리아 궁전을 지을 때 사용했던 그 카리아티드, 포르트 생마르탱 극장 전면부의 기둥들이 불완전하게나마 재현하고 있는 그 카리아티드를 떠올리게 했다.[48] 아무리 눈치 없는 사람이라 할지라도 더할 나위 없이 뜨겁게 타오른 정념이, 범상치 않은 사건이 이 남자를 교회의 품으로 귀의하게 했으리라는 짐작쯤은 능히 했을 것이다. 물론 난데없이 떨어진 엄청나게 강한 벼락만이 그를 변화시킬 수 있었을 것이다. 그가 보여주는 것과 같은 천성이 변화될 여지가 있다면 말이다.

7. 아가씨라는 존재

에스테르가 그토록 완강하게 거부한 그 삶을 계속 영위한 여자들은 결국엔 외모를 완전히 등한시하는 지경으로 전락하게 된다. 그런 여자들은 요즈음의 문학 평론가와 닮았다고 할

---

48) 카리아티드는 건물의 기둥 역할을 하는 조각된 거대 인물상을 일컫는다. 여성형 카리아티드가 일반적이나, 남성형 카리아티드도 있다. 1781년 건축가 르누아르의 설계로 건립된 파리의 포르트 생마르탱 극장은 전면 출입구에 완전한 형태의 카리아티드는 아니지만 인물상을 양각으로 새긴 여덟 개의 기둥을 배치하고 있다.

수 있다. 작금의 문학 평론가들이 몇 가지 관점에서 그 여자들에 비견될 수 있는 것은 그들이 예술 작품의 형식에 대해서는 심각할 정도의 무관심을 보이는 지경에 이르렀기 때문이다. 평론가는 워낙 많은 작품을 읽었고, 워낙 많은 작품이 명멸하는 것을 지켜보고 있기에, 그래서 글이라고 쓰인 것들에는 아주 이골이 났고, 수많은 결말을 접했고, 수많은 드라마를 보았으며, 자신이 무슨 생각을 하고 있는지는 밝히지 않은 채 친분이나 적대 관계를 활용해 너무나 자주 예술의 본령을 배반하는 평문을 양산했기에 만사에 염증을 느끼는 지경까지 이른 인간이고, 그런데도 중단하지 못하고 계속 판정을 일삼는 인간이다. 그런 평론가가 제대로 된 작품을 생산하기 위해서는 하나의 기적이 필요한 것과 마찬가지로, 순수하고 고귀한 사랑이 한 창녀의 가슴속에서 꽃을 피우기 위해서는 또 하나의 기적이 필요한 것이다. 그 가련한 아가씨는 평소 겉모양에 별다른 의미를 부여하지 않는 편이지만, 수르바란의[49] 화폭에서 튀어나온 것 같은 모습을 한 그 사제의 말투와 태도가 너무나도 적대적으로 느껴져서 자신이 어떤 염려의 대상이라기보다 모종의 음모를 주도하는 주체로 취급되고 있다는 생각이 들었다. 친구가 준 위조지폐를 감별해 내려면 극도로 주의를 기울여야 하듯이, 개인적 이해관계에 바탕을 둔 번지르르한 언변과 자비심에서 우러나온 감동적 언행은 구별할 줄 알

---

49) 17세기 에스파냐의 화가 프란시스코 데 수르바란은 고행 수도사를 제재로 한 어두운 화풍의 그림을 다수 남겼다.

아야 하는데, 그런 능력이 없는 그녀는 자신의 처지가 오랫동안 공중에서 선회하다 급강하해서 목표물을 덮친 거대하고 사나운 맹금의 발톱에 꼼짝없이 붙들린 신세 같다고 느꼈고, 그래서 공포감에 사로잡힌 그녀는 불안에 떠는 목소리로 마침내 "전 신부님들이 우리를 위로해 주시는 분들이라고 믿었어요. 그런데 신부님은 날 죽이려 하시는군요!"라는 말을 내뱉고 말았다.

이 순진무구한 외침에 그 성직자는 한번 움찔하더니 잠시 머뭇거렸다. 그는 대답하기 전에 생각을 가다듬었다. 그 짧은 순간 시선이 아주 이상야릇하게 얽힌 그 두 사람은 은밀하게 서로를 관찰했다. 아가씨 쪽은 사제를 이해할 수 없었지만, 사제 쪽은 아가씨를 이해했다. 그는 가련한 에스테르를 협박하려던 모종의 계획을 단념한 것 같았다. 그는 자신이 애초에 품었던 생각으로 되돌아왔다.

"우리 사제들은 영혼의 의사요." 그는 온화한 목소리로 말했다. "그래서 우리는 신자들의 병에 어떤 치료가 잘 듣는지 안다오."

"불쌍한 사람을 아주 많이 용서해 주셔야 합니다." 에스테르가 말했다.

그녀는 자기 생각이 틀렸다고 판단하고 침대 발치로 기어가 그 남자의 발아래에 엎드린 다음, 그가 입은 법복에 최대한 공손하게 입을 맞추고 눈물로 범벅이 된 눈을 들어 그를 올려다보았다.

"전 많이 애썼다고 생각했어요." 그녀가 말했다.

"자매님, 잘 들으시오. 당신을 둘러싼 치명적인 악평이 뤼시앵의 가족을 비탄에 빠뜨렸소. 당신이 뤼시앵을 방탕의 길로, 미치광이 세계로 끌고 들어가지 않을까 걱정하는 것인데, 어느 정도 일리가 있는 걱정이지……."

"맞아요, 그를 무도회에 데려가 난처한 처지에 빠뜨린 게 바로 저예요."

"사교계가 뤼시앵을 주시하는 상황에서 그가 당신을 통해 승리의 도취감을 만끽하고 싶어 할 정도로 당신은 아주 아름답소. 당신을 의기양양하게 소개하고 퍼레이드의 말처럼 선보이고 싶은 거지. 그 일로 뤼시앵이 자기 돈만 쓰게 된다면야……! 하지만 그는 자기 시간과 정력까지 낭비할 거고, 그래서 주변의 기대에 부응해 자신이 성취해야 할 훌륭한 장래에 관한 관심을 잃고 말 거요. 앞으로 대사(大使)가 되어 부유하고 존경받으며 명예롭게 살아야 할 운명인데, 그러지 못하고 파리의 진창에 자신들의 재능을 처박아버린 그 수많은 난봉꾼처럼 부정한 여인의 애인 노릇이나 하게 될 거란 말이오. 당신 경우는 어떠한가. 잠시 우아한 세계에 발을 들여놓겠지만 머지않아 당신의 원래 운명을 답습하게 될 거요. 당신은 양질의 교육을 통해 길러지는, 악덕을 물리치고 미래를 도모하게 해주는 그 힘을 당신 내부에 조금도 갖고 있지 못하기 때문이오. 오늘 아침 당신이 오페라 극장에서 당신에게 치욕을 안겨준 그런 자들과 연을 끊고 싶어도 끝내 끊을 수 없었듯이, 당신의 업소 동료들과도 관계를 끊지 못할 거요. 뤼시앵의 진정한 친구들은 당신이 뤼시앵을 사랑에 빠지게 만든 점에 걱정이 돼서 그의 뒤를 밟았던 것이고, 그 결과 모든 것을 알게 되었소. 그들은 걱정이 태산 같아서, 당신의 의중도 탐색하고 당신 앞날에 관해 결정도 내릴 겸, 나를 당신에게 보낸 것이오. 그들은 그 젊은이의 앞길을 가로막는 걸림돌 정도는 가볍게 제거할 수 있을 만큼 힘이 세지만, 그래도 기본적으로는 자비로운 사람들이오. 아가씨, 이 점을 명심하시오. 뤼시앵의 사랑을 받는 사람은 그들의 존경을 받을 권리가 있소. 그것은 마치 진정한 기독교도가 뜻하지 않게 신성한 빛이 비치는 곳을 보았다면, 비록 누추하더라도 그곳을 경배하는 것과 같소. 나는 좋은 뜻의 도구가 되기 위해 이곳에 왔소. 만일 와서 본 결과 당신이 완전히 사악한 데다 뻔뻔함과 교활함으로 똘똘 뭉치고 뼛속까지 타락했으며 참회의 목소리에 귀를 틀어막았다면, 난 당신을 그들의 분노에 맡겨 처분해 버리고 말았을 것이오. 여기 이 민형사상 사면 증명서는 발급 받기가 매우 어려운데, 경찰로서도 사회의 안녕을 위해 발급을 늦추는 게 맞긴 맞지. 아무튼 내가 아까 듣기로 당신이 진정으로 참회하며 열렬하게 원한 증명서가 이것일 텐데, 자 보시오." 사제가 허리춤에서 관용 서류 한 장을 꺼내 보이며 말했다. "당신을 처음 본 것이 어제인데 여기 이 서류는 오늘 날짜로 발급된 것이오. 이것만 봐도 당신은 뤼시앵과 관련된 사람들이 얼마나 막강한 인사들인지 알 수 있을 거요."

그 서류를 보자 에스테르는 뜻밖의 행운이 불러일으키는 짜릿한 전율에 사로잡혀 몸을 부르르 떨었는데, 그 모습이 어찌나 솔직했던지 그녀의 입가에는 실성한 사람처럼 웃음기가 가시질 않았다. 사제는 동작을 멈추고 이 어린아이 같은 여자에게 시선을 고정한 채, 타락한 사람들이 타락 자체에서 얻는 그런 무시무시한 힘을 잃은 그녀가, 허약하고 예민한 원래의 성정으로 되돌아온 그녀가 앞으로 겪게 될 수많은 일을 과연 꿋꿋이 견뎌낼 수 있을지 유심히 살펴보았다. 창녀의 신분을 속인 에스테르는 그간 연기를 잘해 왔을지 모른다. 그러나 순수를 되찾고 진솔해진 그녀는 죽을지도 모른다. 시술을 받고 눈을 뜨게 된 소경이 너무 강렬한 햇빛에 충격을 받아 다시 시력을 상실하는 것처럼 말이다. 그 남자는 말하자면 지금 인간 본성의 전모를 파악한 것이다. 그러나 그는 미동도 없이 극도의 냉정함을 유지했다. 그는 깎아지른 화강암 절벽 끝 눈 덮인 차디찬 봉우리가 하늘까지 맞닿은, 준엄하면서 한편으로는 인자한 모습을 보여주며 태곳적부터 그 자리에 변함없이 우뚝 서 있는 알프스의 고봉이었다. 윤락 여성들은 본디 정서가 불안정한 존재들이어서 까닭도 없이 고집불통의 불신과 맹목적 신뢰 사이를 오락가락한다. 그들은 그런 점에서 동물보다 열등하다. 그들은 모든 면에서, 기쁠 때도 슬플 때도 신앙의 측면에서도 불신앙의 측면에서도, 극단적 성향을 보이기 때문에 그들에게만 통하는 도덕관념이 그들을 집단 학살로 몰아가는 일이 다반사고, 그들 중 몇몇 정도만 운 좋게 자신들이 처한 비천한 상황에서 벗어나는 실정인데, 그 두 경우가 아니라면 그들은 거의 대부분 미쳐버리고 말 것이다. 이 삶이 얼마나 참혹한지 속속들이 꿰뚫고자 한다면, 그 사제 앞에 무릎을 꿇고 있는 토르피유의 격렬한 도취 상태는 그것대로 경탄하면서, 동시에 그녀가 그 정도에 그치지 않고 어느 정도까지 광분한 상태를 보여주는지 목격했어야 하리라. 그 가여운 아가씨는 단테도 미처 표현하지 못했던, 「지옥편」의 기발한 문구들을 훌쩍 뛰어넘는 그런 표정으로 사면 증명서를 쳐다보았다. 그래도 증명서에 대한 반응은 눈물과 함께 시작됐다. 에스테르는 벌떡 일어나 그 남자의 목을 두 팔로 감고 그의 가슴에 얼굴을 파묻은 채 눈물을 펑펑 쏟으며 강철 가슴을 덮은 거친 옷감에 입을 맞추었는데, 마치 그 옷을 뚫고 들어가기라도 하려는 것 같았다. 그녀는 남자를 붙잡고 손에다 입맞춤을 퍼부었다. 그녀는 그렇게 교태를 가미해서, 그러나 경건한 감사 표현의 범주 안에서 그를 애무하며 그에게 세상에서 가장 다정한 이름들을 아낌없이 선사했고, 그러한 달콤한 말들을 건네는 사이마다 수도 없이 매번 다른 어조로 "저에게 그걸 주세요."라고 말했다. 그녀의 부드러운 손길이 그를 감쌌고 그녀의 시선은 피할 겨를도 없이 잽싸게 그를 사로잡아 포로로 만들었다. 그런 식으로 마침내 그녀는 그의 노여움을 옴짝달싹 못 하게 마비시켰다. 사제는 이 아가씨의 별명이 그녀의 실체와 얼마나 잘 부합하는지 제대로 실감했다. 그는 이 매혹적인 여성을 물리친다는 것이 얼마나 어려운 일인지 깨닫고는 갑자기 뤼시앵의 사랑이 어떨지, 시인을 유혹하고도 남았을 그것이 무엇인지 짐작이 갔다. 그러한 열정은 무수한 매력을 지니고 있지만, 특히 예술가들처럼 고양된 영혼의 소유자를 낚아채는 미늘을 감추고 있는 법이다. 일반 대중에게는 설명할 길 없는 그런 식의 열정들은 창조하는 자들의 특징인 아름다운 이상에 대한 갈증을 생각해 본다면 완벽하게 설명된다. 이 아가씨 같은 존재를 정화하는 일은 죄 많은 영혼이 착실한 감정을 가지도록 인도하는 일을 맡은 천사와 조금은 닮지 않았는가? 그것은 창조하는 일이 아닌가? 정신적 아름다움과 육체적 아름다움을 합일하는 것은 얼마나 구미가 당기는 일인가! 성공만 한다면 얼마나 기쁜 자부심의 충족을 안겨주는가! 사랑 말고는 다른 것을 도구로 삼지 않는 그 과업은 얼마나 아름다운 과업인가! 게다가 아리스토텔레스, 소크라테스, 플라톤, 알키비아데스, 케테구스, 폼페이우스[50] 등이 멋지게 실례를 보여준 그 결합은 평범한 사람의 눈에는 그저 기괴하게만 보이겠지만, 루이 14세로 하여금 베르사유를 건설하도록 이끈 감정, 파산을 무릅쓰고 막대한 비용이 드는 일을 하도록 사람을 몰아붙이는 그 감정에 기초한다. 악취 나는 늪지대를 맑은 물에 둘러싸인 꽃향기 가득한 동산으로 탈바꿈시킨다거나, 콩티 대공(大公)이 누앵텔에서 했던 것처럼 언덕 위에 호수를 조성하는 일, 총괄 징세청부인 베르즈레가 스위스의 경관을 카상에 옮겨놓은 일 등이 다 그런 것들이다.[51] 요컨대 그것은 도덕 속으로 쳐들어온 예술이다.

　사제는 그러한 애정 공세에 잠시나마 흔들렸던 자신이 수치스러워 에스테르를 거세게 밀쳐냈고, 에스테르 역시 수치심에 주저앉았는데, 그가 그녀에게 "구제 불능의 창녀로군."이라고

---

50) 열거된 인물들은 모두 하나 혹은 그 이상의 창녀를 동반자로 거느린 것으로 유명하다. 그중 비교적 덜 알려진 케테구스는 로마 초기의 갑부다.
51) 누앵텔과 카상은 파리 북서쪽 인근의 영지(領地) 이름이다.

말했기 때문이다. 사제는 냉혹하게 서류를 허리춤에 도로 찔러넣었다. 머릿속에 오로지 한 가지 욕망밖에 없는 어린아이처럼 에스테르는 서류가 있는 그의 허리춤에서 좀처럼 시선을 떼지 못했다.

8. '쥐'가 막달라 마리아가 되다

"자매님," 잠시 뜸을 들이다가 사제가 말을 이었다. "당신 어머니는 유대인이고 당신은 세례를 받지 않았소. 그렇다고 당신이 유대교 회당에 다닌 것도 아니오. 당신은 이를테면 세례도 못 받고 죽은 어린아이들이 머무는 천국과 지옥 사이의 고성소(古聖所)에 있는 셈이오."

"어린아이들!" 그녀가 풀죽은 목소리로 따라 말했다.

"당신 같은 존재는 경찰의 관리 대장에서 사회적으로 신원이 확인되지 않은 하나의 숫자에 지나지 않아." 냉정한 사제가 아랑곳하지 않고 계속 말을 이어갔다. "석 달 전, 일종의 탈주자인 당신 앞에 나타난 사랑 때문에 당신이 다시 태어났다는 느낌이 들었다면, 당신은 그날 이후로 정말 어린아이 같은 상태라는 것도 같이 느껴야 하오. 그러니까 당신은 마치 어린아이인 것처럼 처신해야 한다는 말이지. 당신은 완전히 탈바꿈해야 하오. 당신을 알아볼 수 없을 만큼 딴판으로 내가 만들어주겠소. 우선 당신은 뤼시앵을 잊어야 하오."

가엾은 아가씨는 그 말을 듣고 가슴이 찢어졌다. 그녀는 눈을 들어 사제를 쳐다보고는 그럴 수 없다는 표정을 지어 보였다. 그녀는 구원자에게서 사형집행인의 모습이 어리는 것을 다시 발견하고는 감히 입 밖으로 말을 꺼낼 수 없었다.

"당신은 적어도 그를 만나는 것은 포기해야 하오." 그가 다시 말했다. "내가 최고 집안의 아가씨들이 교육받는 수녀원에 당신을 데려다주겠소. 거기서 당신은 가톨릭 신자가 되는 거요, 기독교도로서 훈련받고 교리를 실천하며 신앙심도 기르게 되는 거지. 그렇게 그곳을 나오면 당신은 완전무결하고 정숙하며 순결하고 예의 바른 여자로 거듭날 수 있을 거요, 만일……"

그 남자는 손가락을 들어 올려 잠시 숨을 골랐다.

"만일," 그가 다시 말을 이었다. "당신이 토르피유를 속세에 벗어던질 의지가 있다면 말이오."

"아!" 한 마디 한 마디 들릴 때마다 그 소리에 맞춰 천국의 문들이 차례차례 서서히 열리는 음악을 듣는 것 같았던 그 가여운 아이가 탄성을 내질렀다. "아! 속세에다 내 피를 다 쏟아내고 새 피를 받을 수만 있다면……!"

"내 말 잘 들으시오."

그녀는 입을 다물었다.

"당신의 미래는 망각의 힘에 달려 있소. 당신이 어느 정도까지 세심히 주의를 기울여야 할지 잘 생각하도록. 토르피유임을 드러낼 가능성이 있는 한마디 말이나 한 번의 동작으로도 뤼시앵의 여자로서는 끝장나는 거요. 꿈속에서 내뱉은 단 한마디 말로도, 무심코 든 생각, 얌전하지 못한 눈빛, 조급한 행동, 난잡한 과거에 대한 기억 하나만으로도, 단 한 번 태만하기만 해도, 당신이 알고 있는 것이나 당신의 불행에 대해 알려진 것을 드러내 줄 수 있는 고갯짓 하나만 해도……."

"알아요, 신부님, 알아요." 여자가 성녀처럼 한껏 고양돼서 말했다. "벌겋게 달아오른 무쇠 신을 신고 걸으면서 미소를 지어야 한다 해도, 가시가 촘촘히 박힌 코르셋을 입고 살면서 댄서의 기품을 계속 유지해야 한다 해도, 재가 뿌려진 빵을 먹어야 한다 해도, 독하디독한 압생트를 들이켜야 한다 해도 모든 게 감미롭고 수월할 거예요!"

그녀는 다시 무릎을 꿇고 주저앉아 사제의 구두에 입을 맞추다가 와락 울음을 터뜨렸고 그 울음이 사제의 구두를 흥건히 적셨다. 그녀는 사제의 두 다리를 끌어안고 바짝 매달려 종잡을 수 없는 말들을 중얼거렸는데, 하염없는 울음소리에 섞인 그 말들이 사제에게 묘한 쾌감을 불러일으켰다. 감탄스러울 정도로 아름다운 그녀의 금발 머리가 그 하늘나라 전령사의 발아래 굽이치듯 펼쳐져 양탄자를 깔아놓은 듯했다. 이윽고 그녀는 고개를 들어 그를 쳐다보았는데 그의 표정이 어둡고 굳어 보였다.

"제가 뭔가 신부님을 불편하게 해드렸나요?" 그녀가 완전히 겁에 질려 말했다. "저 같은 처지의 어떤 여자가 예수님의 발을 향유로 씻겨드렸다는 이야기를 들은 적이 있어서요. 어쩌지요! 부덕이 너무도 변변치 못해서 신부님께 바칠 것이 제 눈물밖에 없답니다."

"내 말을 듣지 않은 거요?" 그가 매정한 목소리로 대꾸했다. "거듭 말하거니와, 내가 데리고 갈 수녀원에서 교육을 마치고 나올 때는 육체적으로나 정신적으로 완전히 탈바꿈해서 과거에 당신을 알았던 남자나 여자 중 누구도 당신에게 '에스테르'라고 소리쳐 부를 일이 없어야 하고, 혹여 그 소리에 고개를 돌려 반응을 보이는 일도 절대로 없어야 하오. 어제 보니, 당신 안에 있는 화류계 여자의 속성을 완전히 없애 다시는 나타나지 못하도록 하는 그런 힘을 사랑이 당신에게 주지는 못했더군. 그래서 그 화류계 속성이 하느님에게만 드려야 하는 경배에 지금 또 나타나고 만 거지."

"그가 신부님을 제게 보내신 것 아닌가요?"

"만일 교육을 받는 동안 자네가 뤼시앵의 눈에 띄기라도 하면 그땐 그야말로 만사 물거품이오." 그가 하던 말을 계속했다. "그 점을 명심해야 할 거요."

"그러면 누가 그를 위로해 주나요?" 그녀가 말했다.

"그가 어떻다고 당신이 그를 위로해야 하지?" 사제가 그날 대화에서 처음으로 신경질적인 떨림이 묻어나는 목소리로 물었다.

"그건 몰라요. 하지만 그는 종종 슬퍼 보이는 얼굴로 왔어요."

"슬프다고?" 사제가 다시 물었다. "그가 당신에게 왜 그런지 말하던가?"

"전혀요." 그녀가 대답했다.

"당신 같은 아가씨를 사랑한다는 사실이 슬펐던 거지." 사제가 소리쳤다.

"아아! 그게 맞을 거예요." 그녀가 깊은 자괴감을 느끼며 대답했다. "전 이 세상 여자 중에서 가장 비천한 여자예요. 그래서 저는 오로지 제 사랑의 힘만 가지고 그의 호의적인 시선을 끌어낼 수밖에 없었어요."

"그 사랑은 나에게 무조건 복종하는 용기를 자네에게 심어주는 그런 사랑이어야 해. 내가 교육이 진행될 수녀원으로 당신을 지금 즉시 데려간 것처럼 꾸미면, 나중에 뤼시앵이 찾아왔을 때 이곳 사람들 모두 당신이 오늘 일요일에 웬 사제와 함께 집을 나가고 없다고 말할 거요. 그러면 뤼시앵은 자네 뒤를 추적하겠지. 문지기 여자는 일주일이 지나도 내가 다시 나타나지 않는 것을 보고 나를 신부가 아닌 다른 사람이라고 간주하게 될 거고. 그렇게 해두고선 어느 날 저녁, 그러니까 일주일 후 바로 오늘, 7시에 은밀하게 이곳을 빠져나가 퐁되르가[52] 끝에서 당신을 기다리고 있을 마차에 올라타는 거지. 그 일주일 동안 뤼시앵을 피해야 하오, 어떤 핑계라도 찾아내서. 그에게 문을 열어주는 일이 있어서는 안 돼요. 그가 오면 친구 집에 올라가 있도록 하시오. 만일 당신이 그를 만났다는 사실이 내 귀에 들어오면 그땐 만사 끝장이고, 난 아예 다시 오지도 않을 테니까. 그 일주일은 당신이 정숙해 보이는 옷가지 일체를 갖추고 창녀의 모습을 완전히 지우는 데 필요한 시간이오." 그가 벽난로 위에 돈주머니를 놓으면서 말했다. "당신의 표정과 옷차림새에는 뭐라고 꼭 꼬집어 말할 순 없지만 파리 사람

---

52) 도시 정비로 1867년 사라진 길로, 오늘날 레셸가의 일부분이다.

들이 아주 잘 알고 있어서 자네의 정체를 금세 알아차리게 하는 무엇인가가 풍긴다니까. 골목길이나 대로변에서 어머니와 함께 걸어가고 있는 얌전하고 정숙해 뵈는 젊은 처자를 마주친 적이 한 번도 없소……?"

"오! 불행하게도 있어요. 어머니와 딸이 함께 있는 광경은 우리에게는 가장 견디기 힘든 형벌 중 하나예요. 그 광경을 보면 우리 가슴속 깊숙한 곳에 숨겨진 회한이 되살아나 참담하게 괴롭히거든요……! 전 저에게 결핍된 것을 너무 잘 알아서 탈이에요."

"좋아! 당신은 다음 주 일요일 어떻게 처신해야만 하는지 잘 알고 있군." 사제가 일어서면서 말했다.

"오!" 그녀가 말했다. "떠나시기 전에 제게 진짜 기도 좀 가르쳐주세요. 하느님께 제대로 기도를 드릴 수 있게요."

사제가 아가씨에게 프랑스어로 '성모송'과 '주기도문'을 따라 하도록 가르치는 장면은 한 편의 감동적인 그림이었다.

"정말 아름다워요!" 가톨릭 신앙의 장중하고 대중적인 표현인 그 두 기도문을 틀리지 않고 한 번 따라 하고 나서 에스테르가 말했다.

"그런데 성함이 어떻게 되세요?" 그녀가 작별 인사를 하는 사제에게 물었다.

"카를로스 에레라, 에스파냐 사람인데 조국에서 추방당했지."

에스테르는 그의 손을 잡고 입을 맞추었다. 이제 그녀는 창녀가 아니라 타락을 딛고 다시 일어서는 천사였다.

9. 티치아노가 그리고 싶었을 초상화

그해 3월 초 어느 월요일 아침, 귀족적인 종교 교육을 하는 것으로 유명한 한 수녀원, 그곳의 기숙생들은 미모를 자랑하는 자신들의 일원으로 합류하는 새내기를 하나 맞았는데, 그 새내기의 아름다움은 이론의 여지없이 기숙생 중 최고였을 뿐 아니라 신체 특정 부분의 아름다움만 따로 떼어놓고 보더라도 부분별로 완벽하게 아름답다고 손꼽히는 다른 기숙생들을 압도했다. 하렘에서 갈고 다듬어졌다고 하는 운문 페르시아어로 묘사된, 한 여자가 완벽하게 아름다워지기 위해 필수적으로 갖추어야 한다는 그 유명한 서른 가지 최고의 요건들을 모두 갖춘 여자를 프랑스에서 만난다는 것은 불가능하다고까지 할 수는 없겠지만 극도로 어려운 일임이 분명하다. 프랑스에는 구체적인 부분에서는 매혹적이지만 전체를 모두 아우른 아름다움은 거의 없다. 조각이 구현하려고 애쓰는 목표이고, 드문 경우지만 디아나 상이나 칼리피기 상[53] 같은 몇몇 작품에서 구현된 바 있는 그 압도적 총체미로 말할 것 같으면, 이는 그리스와 소아시아의 전유물이다. 에스테르는 인류의 요람이자 아름다움의 조국인 그 지역 출신이었다. 그녀의 어머니가 유대인인 것이다. 유대인들은 타민족과의 빈번한 접촉으로 퇴색한 부분이 없지 않으나, 그리고 수많은 분파로 나

---

53) 디아나 상은 루브르 박물관에 소장된 「사냥의 여신 디아나」 조각상을, 칼리피기 상은 나폴리 박물관에 소장된 「비너스 칼리피기(아름다운 엉덩이의 비너스)」 상을 지칭하는 것으로 추정된다.

뉘지만, 한결같이 아시아적 아름다움의 숭고한 전형을 고스란히 간직한 광맥 같은 존재다. 그들에게 혐오감을 불러일으키는 추한 구석이 없진 않겠지만, 그렇지 않을 때 그들은 아르메니아인들의 얼굴에서 대표적으로 나타나는 절묘한 아름다움을 보여준다. 에스테르라면 하렘에서도 군계일학이었을 터인즉, 그녀의 모습이야말로 서른 가지 아름다움의 요건이 하나도 빠짐없이 조화롭게 융화된 것이었다. 범상치 않은 그녀의 삶은 섬세한 이목구비와 싱그러운 피부에 손상을 입히기는커녕 그녀에게 뭔지 모를 여성스러운 면모를 더해 주었다. 그것은 풋과일의 매끈하고 탄탄한 질감은 벗어났지만 그렇다고 농익은 열매의 뜨거운 기운은 아직 아닌, 그러한 꽃다운 아름다움을 간직하고 있었다. 와해 작용을 촉진하는 곳에 며칠 더 방치되었다면 그녀는 팽팽하게 부풀어 오른 상태에 도달했을 것이다. 사유 대신 관능이 작동해 온 여자가 보여주는 이 왕성한 건강미와 동물적 완벽성은 생리학자들의 눈에 매우 독특한 사례로 보일 것이 틀림없다. 비길 데 없이 귀족다워 보이는 그녀의 손은, 아주 어린 아가씨들에게서 아예 찾아볼 수 없는 것은 아니지만 희귀한 경우임이 분명한데, 아이를 두 번 출산한 부인의 손처럼 희고 부드러우며 핏줄이 비칠 만큼 투명했다. 그녀의 발과 머리 모양새는 베리 공작 부인의[54] 그 유명한 발과 머리, 딱 그것이었는바, 어떤 미용사도 손으로 한꺼

---

54) 왕정복고 두 번째 왕 샤를 10세의 며느리인 베리 공작 부인의 미모는 인구에 회자될 정도라서 발자크의 작품에도 여러 차례 언급된다.

번에 움켜쥘 수 없을 만큼 숱이 풍성하고 치렁치렁한 머리카락은 바닥까지 닿아 둥글게 말렸는데, 에스테르의 키가 장난감 다루듯이 힘들이지 않고 쥐었다 놓았다 다시 쥐기를 반복하며 어르기 좋을 만큼 아담했기 때문이다. 중국 종이처럼 고운 데다 붉은 줄이 비치는 따뜻한 호박(琥珀) 빛깔인 그녀의 살결은 메마른 구석 하나 없이 윤이 났고 무른 곳 하나 없이 보드라웠다. 활력이 넘치지만 겉으론 섬약해 보이는 에스테르는, 유대인의 아름다움을 가장 많이 연구했고 가장 잘 표현했던 화가 라파엘로의 손이 가장 예술적으로 그려낸 얼굴들에서 공통으로 나타나는 주목할 만한 특징을 보여주기 때문에, 보는 이의 시선을 대번에 끌어당겼다. 경이롭기만 한 그 특징은 눈썹 밑에 깊이 파여 선명하게 드러난 홍예 모양의 눈두덩 곡선과 그 아래 눈자위에서 분리된 듯 또록또록 구르는 눈동자가 합작하여 빚어낸 것이었다. 티 없이 맑고 투명한 젊음의 색조가 날아갈 듯 그어진 눈썹을 이고 있는 그 아름다운 아치를 물들이면, 아래쪽 눈자위를 둥글게 감아 도는 골에 빛이 스며들어 연분홍 자취를 남기면, 그것이 바로 애인을 흡족하게 만들어주는 다정스러운 보물이요, 화가를 좌절하게 만드는 절세의 아름다움인 것이다. 환하게 빛나는 가운데 황금빛 그림자가 어린 그 주름진 선들, 힘줄의 견실함과 얇디얇은 막의 유연함을 동시에 느끼게 해주는 그 피부는 말 그대로 자연이 빚은 최후의 걸작이다. 그 안에 고요히 깃든 눈은 비단실로 짠 둥지 속에 담긴 신비로운 알과 같다. 하지만 나중에, 정염의 불꽃이 그 섬세한 실루엣을 모조리 까맣게 태워버리고 심적 고통이 그 신경섬유와 근섬유 망을 쭈글쭈글하게 만들고 나면, 그 경이로운 모습은 보기에도 끔찍한 우울의 모습으로 변하기 마련이다. 에스테르의 혈통은 튀르크족 특유의 눈꺼풀을 지닌 그녀의 동양적 눈매를 통해 드러났는데, 눈동자 빛깔은 검푸른 까마귀 날개에 영롱한 빛이 어린 것 같은 짙은 청회색의 일종이었다. 그 강렬한 눈빛을 누그러뜨려 줄 수 있는 것은 부드럽기 그지없는 그녀의 시선뿐이었다. 여자라면 반드시 어떤 한 남자 정도는 매료시키는 법이지만, 그 정도를 넘어 누구라도 매료시키고 마는 힘을 눈에 지닌 존재는 사막 출신의 종족뿐이다. 확실히 그들의 눈에는 그들이 들여다보았던 광대무변한 세계의 어떤 것이 담겨 있다. 자연이 미리 앞을 내다보고서 그들이 사막의 신기루와 작열하는 태양과 강렬한 코발트빛 창공을 영원히 간직할 수 있도록 그들의 망막에 무슨 반사 장치라도 설치해 놓은 것일까? 아니면 인간도 다른 종들처럼 자신이 자란 곳에서 무엇인가를 획득하고, 그 획득형질을 대대손손 전하는 것일까? 종족의 문제에 대한 그 근원적 해답은 아마도 질문 자체에 있을 것이다. 본능이라고 하는 것들은 필요성이 있어서 생긴 생명현상들이다. 동물의 종이 다양한 것은 그 본능의 발현 결과다. 다방면으로 연구돼 온 이 분명한 사실을 보다 확실히 이해하기 위해서는 에스파냐와 영국에서 키우는 양 떼를 대상으로 최근에 행해진 관찰 결과를 인간 종족들에게 확대 적용해 보는 것으로 충분할 것이다. 영국과 에스파냐에서 풀이 풍부한 평지의 초원에 있는 양들은 서로 촘촘히 밀집된 상태에서 풀을 뜯지만, 풀이 많지 않은 산지의 양들은 각자 흩어져서 풀을 뜯는다. 그 두 부류의 양들을 영국과 에스파냐에서 스위스와 프랑스로 옮길 경우, 산지의 양들은 풀이 무성한 저지의 초원에 데려다 놓더라도 흩어져서 풀을 뜯는 반면, 평지의 양들은 알프스에 갖다 놓아도 군집을 이룬 채로 풀을 뜯는다. 여러 세대가 지나도 한번 획득되어 대물림하는 본능은 좀처럼 바뀌지 않는 것이다. 100년이 흘러도 복종을 거부하는 산악 기질이 어린 양에게 사라지지 않고 나타나듯이, 1800년 동안 추방되어 떠돌았어도 동양적인 것이 에스테르의 두 눈과 얼굴에서 찬란하게 빛을 발했다. 그 눈빛은 결코 극성스럽게 사람을 홀리지 않았다. 그것은 다사롭게 온기를 발산하고 충격 대신 부드러움을 안겨 주는 것이어서, 아무리 굳센 의지라도 그 광채를 받으면 스르르 녹아내렸다. 에스테르는 증오를 물리쳤고, 파리 난봉꾼들의 마음을 뒤숭숭하게 만들었는바, 마침내 그 눈빛과 싱그럽고 부드러운 피부는 조금 전 확인된 것처럼 그녀의 묘비명으로도 손색이 없을, 그녀가 받아 마땅한 그 기막힌 별명을 그녀에게 선사했다. 그녀의 모든 것은 페르시아 신화에 등장하는 뜨거운 사막 모래밭의 요정이 지닌 특성들과 하나같이 일치했다. 이마는 다부지고 자부심이 넘쳐 보였다. 코는 아랍인들의 그것처럼 오뚝하고 날렵했으며 가장자리가 맵시 있게 살짝 들린 타원형의 양쪽 콧구멍은 완벽한 대칭을 이루었다. 선홍색 입술은 영원히 시들지도 변색되지도 않는 한 송이 장미였으니 거기서 그간의 문란한 생활의 흔적이라고는 조금도 찾아볼 수 없었다. 마치 사랑에 빠진 조각가가 갈고 다듬은 것처럼 선이 고운 턱은 뽀얀 우윳빛이었다. 그녀가 원상 복구할 수 없었던 단 하나만이 그녀가 아주 밑바닥으로 추락한 창녀임을 알려주었는데, 갈라진 손톱들이 그것이다. 원래의 우아한 형태를 되찾으려면 적지 않은 시간이 필요할 만큼 그 손톱들은 자질구레한 집안일을 하느라 꽤나 손상되어 있었다. 수녀원의 젊은 기숙생들은 처음엔 상상을 초월하는 그 아름다움을 질투했으나 결국에는 감탄하는 쪽으로 돌아섰다. 첫 일주일 내내, 기숙생들은 순진한 에스테르를 붙잡고 한시도 놓아주질 않았는데, 그것은 글을 읽을 줄도 쓸 줄도 모르며 공부하고 교육받는 것이 생전 처음인 데다, 대주교에게는 유대 여자를 가톨릭으로 개종시켰다는 영광을, 수녀원에는 세례식이라는 경사를 선사할 예정인 열여덟 살짜리 아가씨가 지닌 말 못 할 불행에 대해 그들이 그만큼 궁금한 것이 많았기 때문이다. 그들은 자신들이 그녀와 비교하면 교육 수준이 월등하다는 것을 확인하고 그녀의 아름다움을 용서해 주기로 했다. 에스테르는 그 명문가 아가씨들의 예법과 차분한 목소리, 옷차림새와 몸가짐을 금세 익혔다. 마침내 그녀는 타고난 원래의 모습을 되찾았다. 그 변화는 너무나도 감쪽같아서 세상사 놀라울 것이라고는 하나도 없는 듯한 에레라마저도 수녀원을 다시 찾은 첫 순간 깜짝 놀랐으며, 수녀원의 여선생들도 그의 후견을 받는 기숙생을 두고 칭찬이 자자했다. 그 여선생들은 자신들의 교육 경력 중에 그보다 더 사랑스러운 천성을, 더 기독교도다운 온유함을, 더 진실한 겸손을 접한 적이 없었으며, 가르치고 싶다는 열망이 그토록 뜨겁게 일어난 적도 없었다고

했다. 어떤 아가씨라도 그 가엾은 기숙생을 짓눌렀던 그런 고통을 겪었을 경우, 그리고 자기 앞에 에스파냐 신부가 에스테르에게 베푼 것과 같은 그런 보답이 기다리고 있는 경우, 예수회 선교사들이 파라과이에서 재현한 바 있던 초기 가톨릭교회의 기적들이 자기 앞에서 펼쳐진다고 느끼지 않을 도리가 없었으리라.

"이 아이는 교화의 표본입니다." 원장 수녀가 그녀의 이마에 입을 맞추며 말했다.

뼛속 깊이 가톨릭다운 그 말로 모든 것이 설명되었다.

10. 향수(鄕愁)

쉬는 시간마다 에스테르는 아주 기본적인, 그러나 그녀에게는 아이들이 자라면서 처음으로 접하는 경이로움과 다를 바 없는 세상사들에 대해 동무들에게 조심스럽게 질문했다. 그녀는 자신의 세례식과 첫영성체 날 순백의 옷을 입고, 흰색 새틴 머리띠에 흰색 리본, 흰색 신발, 흰색 장갑을 착용하며, 흰색 매듭으로 트레머리를 치장할 것이라는 말을 듣고 눈물을 펑펑 쏟아 동무들을 놀라게 했다. 그것은 산에 오른 입다의 딸과 정반대되는 장면이었다.[55] 창녀는 자신의 속마음이 들킬까

---

55) 창녀의 아들로 태어나 이스라엘의 판관이 된 입다(Jephthah)는 여호와에게 적을 물리치게 해준다면 승리 후 자신이 처음으로 만나는 사람을 번제물로 바치겠다고 약속한다. 그런데 귀향하는 입다를 맨 처음 맞은 인물

봐 두려웠지만, 세례식 광경을 미리 그려보기만 해도 환희가 몰려와, 끔찍스럽기만 한 그 우울한 기분을 떨칠 수 있었다. 그녀가 벗어버린 습속과 새로 맞이한 습속 간의 거리가 야만과 문명 사이의 거리만큼이나 확연히 차이가 나는 만큼, 그녀는 『위시톤위시의 통곡』의 경이로운 여주인공을[56] 더욱 돋보이게 해준 그 우아함과 순수함, 그리고 심오함까지 두루 갖추고 있었다. 그녀는 또한 자신도 의식하지 못하는 사이에 가슴을 애태우는 사랑을, 기묘한 사랑을 간직하고 있었는데, 그 욕망은 모든 것을 다 경험한 그녀로서는 아무것도 모르는 숫처녀의 경우보다, 비록 그 두 경우의 욕망이 동일한 원인과 동일한 결말을 갖긴 하지만, 훨씬 더 격렬한 것이었다. 처음 몇 달 동안은 세상을 등진 삶이 주는 새로움, 교육이 가져다주는 놀라운 경험들, 배우는 일들, 신앙생활의 일과들, 숭고한 결심에서 나오는 열의, 그 열의가 불러일으키는 훈훈한 감동, 그리고 비로소 잠에서 깨어난 지적 능력의 발휘, 이 모든 것이 그녀의

은 바로 하나뿐인 딸이었다. 입다의 딸은 동무들과 산에 올라 처녀로 죽는 자신의 처지를 곡한 후 아버지의 뜻에 따라 신의 제물로 바쳐진다.(「사사기」 11장 참조.) 에스테르는 자신이 입다의 딸과 정반대로, 세례를 통해 다시 태어난다는 생각에 환희의 눈물을 흘리고 있다.

56) 19세기 미국의 인기 작가 제임스 페니모어 쿠퍼의 역사소설 『위시톤위시의 통곡(The Wept of Wish-ton-Wish)』(1829)에 등장하는 여인 루스를 가리킨다. 청교도로서 아메리카의 초기 개척자인 주인공 히스코트 대위는 인디언 원주민과 교전 중 손녀딸 루스를 잃어버리는데, 인디언에게 납치돼 야생에서 길러진 아이는 먼 훗날 인디언 추장의 아내가 되어 돌아온다. 제목의 '통곡'은 루스의 실종을 암시하고, 그녀의 재등장은 원주민과 개척자 간의 화해를 상징한다.

지난 기억들을, 나아가 바뀐 생활 이후 새롭게 쌓이기 시작한 기억까지도 지우도록 해주었다. 새로 배워야 할 것도 많았지만 그에 못지않게 잊어야 할 것도 많았던 까닭이다. 우리에게는 여러 가지 기억이 있다. 육체와 정신은 각자 자신의 기억을 가진다. 예컨대 향수(鄕愁)는 육체의 기억과 관련된 하나의 병이다. 석 달째로 접어들었을 땐 그 순결한 영혼이 천국을 향해 활짝 나래를 펼치면서, 격심한 충동이 길들었다고까지는 못해도 에스테르 자신도 알지 못하는 어떤 암묵적 힘의 작용으로 제동이 걸렸다. 그녀는 스코틀랜드의 양들처럼 서로 멀찌감치 떨어져서 풀을 뜯고 싶었으며, 예전의 방탕한 생활로 조장된 본능을 완전히 물리칠 수는 없었다. 그녀가 버린 파리의 진창길들이 그녀를 다시 불렀던 것일까? 잘라 내버린 줄 알았던 못된 습성의 족쇄가 암암리에 그녀를 옭아맨 것일까? 팔이나 다리가 절단된 늙은 군인이 없어진 팔다리가 여전히 붙어 있는 것처럼 고통을 호소한다는 의사들 말처럼 그녀는 그 족쇄의 존재를 여전히 느끼는 것일까? 악습과 그로 인한 무절제한 악행들이 이미 그녀의 뼛속 깊숙이 파고들었기 때문에 성령의 물이 그곳에서 암약하는 악마에게까지는 아직 도달하지 못한 것일까? 천사들의 극진한 보살핌을 아낌없이 받는 남성이 눈앞에 나타난 일이, 인간의 사랑과 신의 사랑을 구분하지 않고 하나로 보더라도, 하느님이 용서하지 않을 수 없는 여인에게는 필연적 결과였던 것일까? 인간의 사랑이 일찍이 그녀를 신의 사랑으로 인도했으니까 말이다. 그녀 안에서 생체 에너지의 이동이라고 할 만한 것이 일어났고, 그것이 불가피한 고통을 수반했던 것일까? 과학이 너무 비도덕적이며 문제의 소지가 다분한 주제라고 판단해 면밀하게 검토하기를 거부할 만큼 온통 의문투성이요 오리무중인 상황이니, 의사나 작가, 사제, 정치인으로서는 의혹을 해소하기에 역부족일 것이다. 그런데 때 이른 죽음으로 미완성인 채 중단되기는 했지만 한 의사가 과감하게 그와 관련된 연구를 시작한 적이 있긴 하다.[57] 어쩌면 에스테르가 걸린, 그래서 그녀의 행복한 삶을 어둡게 만든 그 암담한 우울증은 위와 같은 이유 모두와 관련이 있었을지 모른다. 그리고 그 여러 이유를 알 능력이 없는 그녀는 약이나 수술이 있는 줄도 모르는 환자가 괴로움을 겪듯이 그렇게 괴로움을 겪었는지도 모른다. 진상은 묘해서 파악이 어려운 법이다. 상하고 역겨운 음식을 대신한 영양가 높고 정결한 음식도 에스테르의 원기를 북돋아 주지는 못했다. 쾌락도 고통만큼이나 끔찍했던 난잡한 삶 대신에 주어진 삶, 명확하게 할당된 적절한 강도의 작업과 중간중간의 휴식으로 빈틈없이 짜인 단정하고 규칙적인 삶, 바로 그 삶이 그 어린 기숙생의 기력을 쇠잔하게 했다. 더할 나위 없이 쾌적한 잠자리, 몸이 부서질 것 같은 피곤과 극도로 고조된 흥분상태 대신 주어진 평온한 밤, 이런 것들이 되레 그녀를 간호사의 손끝과 눈으로는 징후조차 포착이 안 되는 신열에 시달리게 했다. 요컨대 에스테르의 동무들에겐 그녀의 지난 비참한 삶 같은 것이 재앙

---

57) 요절한 프랑스 정신의학자 에티엔 장 조르제(1795~1828)를 가리킨다. 그는 프랑스 정신의학의 대부로서 발자크의 지인이기도 한 장 에티엔 에스키롤(1772~1840)의 촉망받는 제자였다.

이었겠지만, 에스테르에게는 악과 불행의 뒤를 이은 선과 행복
이, 불안의 뒤를 이은 평안함이 그에 못지않은 재앙이었던 탓
이다. 그녀는 타락의 토양에 이식되어 거기서 커왔다. 단호한
의지의 지엄한 명령에도 불구하고 지옥 같은 그녀의 고향이
여전히 절대적 영향력을 행사했다. 그녀가 증오하는 것이 그녀
에게는 삶이었고, 반대로 그녀가 사랑하는 것이 그녀를 죽이
고 있었다. 그녀의 믿음은 너무도 열렬해서 그 돈독한 신앙심
이 영혼을 용약(踊躍)하게 만들긴 했다. 그녀는 기도하기를 좋
아했다. 그녀는 영혼을 활짝 열고 진실한 신앙의 광휘를 의심
없이 편안하게 받아들였다. 그녀를 인도하는 신부는 그런 그
녀를 찬탄해 마지않았다. 하지만 그녀의 내면에서는 매 순간
육체가 영혼을 거역했다. 옛날 맹트농 부인은 제 욕심을 충족
시키기 위해 더러운 웅덩이에 사는 잉어를 잡아 맑고 깨끗한
물이 담긴 대리석 수조에 옮기게 하고 왕실의 식탁 위에 남은
음식물 부스러기를 주며 키운 적이 있다. 그 잉어들은 모조리
죽고 말았다. 짐승들은 인간이 시키는 대로 하긴 하지만, 인간
은 짐승들에게 앞으로도 영원히 아첨이라는 천형의 병을 전
염시키지 못할 것이다. 궁정의 한 신하가 베르사유 안에서 전
개된 이 무언의 대결을 알아차렸다. "저들의 신세가 나와 같
다." 비공인 왕비로 통했던 부인이 대답했다. "자기들이 원래
헤엄쳤던 탁한 물을 그리워한 게지."58) 이 말이 바로 에스테르

---

58) 몰락한 귀족 가문 출신으로 조실부모하고 친척의 손에 자란 맹트농 부
인은 루이 14세의 서자들의 가정교사로 궁정에 들어가 루이 14세의 총애를
받다가 왕비 마리 테레즈 사후 왕과 결혼하나, 신분의 차이로 이 결혼은 공

의 사연을 고스란히 담고 있다. 때때로 그 가여운 아가씨는 수녀원의 으리으리한 정원을 내달리고 싶은 충동에 떠밀려 바쁘게 이 나무 저 나무 옮겨 다니다가 무언가를 찾는 듯 어두컴컴한 구석을 향해 필사적으로 돌진했다. 무엇을 찾는가? 그녀 자신도 몰랐다. 하지만 그녀는 악마의 유혹에 무릎을 꿇고 나무들과 희롱하며 나무들을 상대로 무슨 의미인지 명확히 분간되지 않는 말을 건넸다. 밤이 되면 가끔 그녀는 숄도 두르지 않고 맨살의 어깨를 드러낸 채 한 마리 물뱀처럼 미끄러지듯 담벼락을 타 넘었다. 예배당에서 성무일도를 드리다가는 종종 십자가에서 눈을 떼지 않고 한참 동안 있었는데, 그러면 누구나 눈물이 그렁그렁한 그녀를 보고 찬탄을 금치 못했다. 그러나 그녀는 실은 미칠 듯이 괴로운 고통의 눈물을 흘렸던 것인데, 성스러운 영상을 그려보려고 애썼으나 눈앞에 나타나는 것은 왕립음악원에서 아브네크가 베토벤의 교향곡을 지휘하듯[59] 과거 그녀가 통음난무의 주연(酒宴)을 이끌었을 때의 그 불타는 밤들이었기 때문이다. 왁자지껄하고 외설적이며, 격앙된 몸짓이나 주체할 수 없는 웃음이 불쑥불쑥 끼어드는 그 광란의 밤들이 머리를 풀어헤치고 맹렬한 기세로 난폭하게 달려들었던 것이다. 외면만 보자면 그녀는 여성의 몸을 가졌다는 것 말고는 이 지상과 아무런 관련이 없는 동정녀처럼 고아(古雅)했지만, 내면을 들여다보면 그 안에 황녀 메살리나가 준

식적으로 발표되지 않는다.

59) 프랑수아 아브네크는 당시 프랑스의 대표적 지휘자로서 베토벤의 교향곡을 프랑스에 최초로 소개한 인물이다.

동하고 있었다.[60] 오로지 그녀 혼자만 그렇게 은밀하게 벌어지는 천사와 악마의 싸움을 알고 있었다. 그녀가 규정을 어기고 화려하게 머리를 꾸민 것을 보고 원장 수녀가 꾸짖자 그녀는 즉시 아주 고분고분하게 머리 모양을 바꾸겠노라고, 만약 원장 수녀님이 머리를 짧게 자르라고 명령을 내리신다면 그렇게 하겠노라고 대답했다. 이렇듯 부정한 고향으로 돌아가느니 차라리 죽는 게 낫다고 작심한 아가씨지만 그놈의 향수는 특혜를 받은 듯 그녀에게 애잔하게 되살아나는 것이었다. 그녀는 해쓱해지고 야위었으며 분위기도 바뀌었다. 원장 수녀는 수업량을 줄여주는 한편, 이 흥미로운 아가씨를 친히 불러 궁금한 점을 물었다. 에스테르는 행복하다고, 동무들과 함께 지내는 것이 말할 수 없이 기쁘다고 대답했으며, 몸과 마음 어디에도 병들고 다친 부분이 있는 것 같지 않은데 기운은 심각하게 가라앉는다고 말했다. 그녀는 아무런 후회도 하지 않으며 아무런 욕망도 없다고 했다. 원장 수녀는 자기 기숙생의 뜻밖의 대답에 깜짝 놀랐으며, 그녀가 신경쇠약증에 걸려 심신이 피폐해진 것을 보고 어찌할 바를 몰랐다. 젊은 기숙생의 상태가 심각하다고 판단되어 의사가 왕진을 왔지만, 의사는 에스테르의 지난 삶을 알지도 못하거니와 병과 관련이 있을 거라고는 의심조차 할 수 없었다. 그래서 그는 모든 부분이 활발하게 기능하며 아픈 곳은 한 군데도 없다고 진단했다. 환자는

---

60) 메살리나는 로마 황제 클라우디우스의 세 번째 부인으로, 방종한 연애사로 유명하다.

병을 밝히려는 모든 추측성 질문들을 무산시키는 대답을 했다. 급기야 뭔가 수상쩍은 생각이 든 의사가 의혹을 풀기 위해 마지막 남은 하나의 방법을 쓰려고 했다. 에스테르는 의사의 진찰에 몸을 맡기는 것을 완강히 거부했다. 원장 수녀는 위험하다는 판단이 들어 에레라 신부에게 도움을 요청했다. 에스파냐 신부가 달려와 에스테르의 절망적인 상태를 살펴보고 환자와 거리를 두고 의사와 잠시 이야기를 나누었다. 그렇게 내밀한 이야기를 듣고 난 후 과학자는 신앙인에게 유일한 치료법은 이탈리아 여행이라고 단언했다. 신부는 에스테르의 세례와 첫영성체 전에 그 여행을 추진하는 것을 원치 않았다.

"그때까지 얼마나 더 시간이 걸립니까?" 의사가 물었다.

"한 달입니다." 원장 수녀가 대답했다.

"그러면 그녀는 죽고 말 텐데요." 의사가 대꾸했다.

"그렇겠지요. 하지만 은총을 받으면 살 겁니다." 신부가 말했다.

에스파냐에서는 종교적 고려가 정치나 사회적 고려, 그리고 살고 죽는 문제 등에 항상 우선한다. 그래서 의사는 에스파냐 신부에게 아무런 대꾸도 하지 않고 원장 수녀 쪽으로 몸을 돌렸다. 그러나 우악살스러운 신부가 그의 팔을 잡아 돌려세웠다.

"아무 말도 하지 마시오, 선생!" 신부가 말했다.

의사는 비록 교회에 소속되어 있고 정치적으로 왕정주의자이지만 에스테르에게 연민이 가득 담긴 온화한 시선을 보냈다. 그 아가씨는 고개를 떨군 한 송이 백합처럼 아름다웠다.

"그러면 신의 가호가 함께하기를!" 의사가 나가면서 힘주어 말했다.

이 진찰이 있은 바로 그날, 에스테르는 자신의 후견인 손에 이끌려 로셰 드 캉칼[61] 레스토랑에 갔다. 그녀를 살려내겠다는 일념에서 사제가 생각해 낸 기상천외한 방책이었다. 그는 두 가지 극단적 처방을 시도했다. 가여운 그녀에게 과거의 질펀한 주연을 떠올릴 수 있게 해줄 최고급 저녁 식사와 사교계의 화려한 광경을 얼마간 맛보게 해줄 오페라 극장이 그것이었다. 나이 어린 성녀가 그러한 불경스러운 제안을 마지못해 받아들인 것은 그의 강압적인 권위 때문이었다. 에레라는 너무나도 완벽하게 군인으로 변장했기 때문에 에스테르조차도 그를 알아보기가 쉽지 않았다. 그는 자신의 동행이 베일을 쓰도록 면밀하게 조치하는 한편, 그녀가 다른 사람들의 시선에 노출되지 않도록 구석에 자리 잡았다. 임시방편에 불과한 이런 식의 처방은 죄짓지 않고 살기로 한 결연한 각오를 흔들지도 못하고 바로 효능을 다했다. 수녀원의 기숙생은 후견인이 베푼 식사를 접하고는 토할 것 같은 느낌이 들었고, 극장에서는 신앙적 차원의 혐오감이 밀려왔으며, 곧바로 다시 이전의

---

61) 『잃어버린 환상』을 비롯해 『인간극』의 여러 작품에 자주 등장하는 파리 레알 지구에 실재했던 유명한 고급 레스토랑이다.(현재 몽토르게이가 59번지에 그 식당의 옛 자취를 알리는 파리 유적지 안내판이 세워져 있다.) 에스테르가 교육받은 곳으로 묘사된 수녀원은 뤽상부르 공원 근처의 우아조 수녀원으로 추정되는데, 성 아우구스티누스 수녀회가 귀족 집안의 딸들을 교육하기 위해 운영하던 곳으로, 기숙생들은 외출이 금지되지는 않았고 서약 맹세의 의무도 없었다.

우울한 기분에 빠졌던 것이다. '뤼시앵을 향한 사랑 때문에 다 죽어가는군.' 그녀의 영혼이 어느 정도 튼튼한지 재보고 그녀가 최대한 어디까지 버틸 수 있을지 가늠하기 위해 궁리하던 에레라가 속으로 중얼거렸다. 이 가여운 아가씨가 오로지 정신력만으로 근근이 버틸 뿐 육신은 시나브로 사그라져 가는 순간이 마침내 당도했다. 사제는 예전에 형리들이 죄수를 고문하는 기술에서 배운, 무서우리만치 날카로운 독심술을 발휘해 그 순간을 정확하게 가늠했다. 그가 수녀원으로 자신의 피후견인을 다시 찾았을 때, 그녀는 정원 한쪽 4월의 햇살이 포근하게 내려앉은 포도나무 시렁 가의 벤치에 앉아 있었다. 그녀는 한기를 누그러뜨리려 볕바라기를 하는 것처럼 보였다. 그녀의 동급생들이 마른풀처럼 핼쑥한 그녀의 안색과 죽어가는 영양의 눈빛을 닮은 그녀의 두 눈, 바스러질 듯 쇠잔한 그녀의 몸을 걱정스레 지켜보고 있었다. 에스테르는 에스파냐 신부가 오는 것을 보고 자리에서 일어나 다가갔는데, 그 동작은 그녀의 목숨이 얼마 남지 않았다는 것을, 달리 말하자면 그녀가 삶의 의욕을 거의 잃었다는 것을 여실히 보여주었다. 그 가엾은 집시 소녀, 상처 입은 제비는 다시 한번 카를로스 에레라의 동정심을 자극했다.[62] 하느님이 자신을 부리는 까닭은 오로지

---

62) 발자크는 자살을 기도한 에스테르를 에레라가 발견하는 장면의 초고에서는 "그녀의 참회하는 모습이 너무도 지극해서 사제는 가슴이 뭉클했다."라고 썼다가, 나중에 "이 지극한 참회의 모습이 사제의 얼굴에 미소를 자아냈다."고 고쳐 쓴다.(55쪽) 즉 본문의 '다시 한번'은 초고 상태에 연결된 서술인데, 교정할 때 손보지 않아 남은 것이다. 발자크의 후기 저작들은 이른바

복수를 완수하라는 뜻이라고 확신하는 그 음침한 하느님의 종은 온화하면서도 매섭고 자비로우면서도 질책을 담은 미소를 지으며 병든 아가씨를 맞았다. 거의 수녀나 다름없는 생활을 시작하고부터 명상과 자아성찰에도 입문하게 된 에스테르는 지난번에 이어 다시 한번 이 후견인의 모습에 뭔가 수상한 느낌을 받았다. 하지만 지난번처럼 그의 말을 듣고는 바로 의심을 풀었다.

"어이구, 사랑스러운 자매님," 그가 말했다. "왜 내 앞에서는 그동안 뤼시앵에 대해 한 번도 이야기하지 않았소?"

"약속드렸잖아요." 그녀가 머리끝에서 발끝까지 부들부들 떨면서 대답했다. "그 이름을 절대 입에 올리지 않겠다고 맹세했잖아요."

"그런데 그래 놓고는 한시도 그를 머릿속에서 지우지 못하잖소."

"신부님, 그 점이 저의 유일한 잘못입니다. 매 순간 그이가 생각납니다. 신부님께서 오셨을 때도 그이 이름을 중얼거리고 있었답니다."

"못 보니까 죽을 지경인가?"

대답 대신 에스테르는 무덤을 코앞에 둔 중환자처럼 고개를 푹 숙였다.

"그를 다시 만날까……?" 그가 말했다.

'다시 쓰기'라는 특징을 유감없이 보여주는 한편, 이처럼 앞뒤가 맞지 않는 부주의한 부분도 종종 발견된다.

"그러면 살 수 있을 것 같아요." 그녀가 대답했다.

"오로지 마음으로만 그를 생각하는 것이겠지?"

"아! 신부님, 사랑은 절대 그렇게 나누어지는 게 아녜요."

"저주받은 족속의 딸답군![63] 난 널 구해 내려고 별짓을 다 했어. 이젠 네 운명이 시키는 대로 하라고. 그자를 다시 만나란 말이야!"

"왜 저의 행복을 그토록 질타하시나요? 제가 뤼시앵을 사랑하는 동시에 미덕을 행할 순 없는 건가요? 전 뤼시앵을 사랑하는 것만큼이나 미덕을 따릅니다. 그이를 위해서라면 죽을 각오가 되어 있는 제가 미덕을 위해선 이 자리에서 죽을 각오가 되어 있지 않다는 건가요? 미덕은 저를 그이에게 부끄럽지 않은 존재로 만들어주었고 그이는 저를 미덕의 품에 안기게 해주었는데, 미덕과 그이, 두 숭배의 대상을 위해 제가 목숨을 바치지 않을 거란 말인가요? 그래요, 전 그이를 다시 만나지 못하고 죽을 각오도 되어 있고, 그이를 다시 만나 새롭게 살 각오도 되어 있습니다. 하느님께서 절 심판하시겠지요."

그녀의 표정이 다시 다채로워졌으며 창백했던 얼굴도 활기를 되찾았다. 에스테르는 다시 한번 용서를 받았다.

"세례를 받아 정갈해지고 난 다음 날 뤼시앵을 다시 만나게 해주겠소. 그를 위해 살면서 동시에 덕을 따라 정숙하게 살 자신만 있다면 당신들 둘은 다시는 헤어지지 않을 거요."

---

63) 유대인을 비하하는 이런 표현은 종교와 관계없이 반유대주의가 당연시되던 당시 사회 풍조를 드러낸다.

사제는 무릎이 꺾인 에스테르를 붙잡아 일으키지 않을 수 없었다. 그 가엾은 아가씨가 갑자기 발밑의 땅이 푹 꺼지기라도 한 것처럼 털썩 주저앉았던 것이다. 사제가 그녀를 벤치에 앉히자, 말할 기력을 되찾은 그녀가 "오늘은 왜 안 되나요?" 하고 물었다.

"주교님께 자네의 세례와 회심이 거둔 승리를 보여드리지 않을 셈인가? 당신은 뤼시앵과 너무 가까워서 신과 멀어질 수밖에 없군."

"예, 전 이제 다른 어떤 것도 생각하지 않습니다."

"당신은 결국 어떤 종교에도 귀의하지 못할 거요." 사제가 심히 비꼬는 듯한 동작을 취하며 말했다.

"하느님은 선하십니다." 그녀가 말을 이었다. "하느님은 제 마음속을 훤히 아십니다."

에스테르의 목소리와 눈빛과 몸짓과 태도에서 물씬 풍겨 나오는 매혹적인 순진무구함에 압도된 에레라는 처음으로 그녀의 이마에 입을 맞추었다.

"바람둥이들이 네 이름을 참 잘 지었다. 넌 하느님 아버지도 유혹에 빠지게 하고 말 거야. 며칠만 더, 며칠만 더 있어야 해. 그 후엔 너희 둘은 자유의 몸이 될 거다."

"우리 둘이라고요!" 그녀가 숨넘어갈 정도로 기뻐하며 따라 말했다.

멀리서 이 장면을 지켜보던 동료 기숙생들과 수녀들은 충격을 감추지 못했는데, 그들은 이전의 에스테르를 떠올리며 자신들 앞에 무슨 마술이 펼쳐지고 있다는 생각이 들었던 것다. 완전히 변모한 그 아이가 생생하게 눈앞에 살아 움직이고 있었다. 그녀는 사랑스럽고 우아한 데다 요염하고 도발적이며 발랄한 자신의 참모습으로 되살아났다. 마침내 그녀가 부활한 것이다!

11. 수많은 상념

　에레라는 자신이 소속된 생쉴피스 성당 근처, 카세트가에 거처를 마련하고 있었다. 투박하고 무미건조한 양식의 그 교회는 도미니코회 수도사 분위기를 풍기는 에스파냐 신부와 썩 잘 어울렸다.[64] 페르난도 7세의 교묘한 정략에 헌신하다 버려져 미아 신세가 되었던 그는 자신의 충성이 '레이네토'의[65] 재즉위 말고는 아무것으로도 보답 받을 수 없다는 일편단심으로, 에스파냐 제헌의회의 활동을 무산시키는 데 힘을 쏟았다. 게다가 카를로스 에레라는 제헌의회 체제가 붕괴될 조짐조차 보이지 않던 때에도 '카마리야'에 몸과 마음을 다 바친 인물이었다.[66] 그러한 처신으로 그는 세상 사람들에게 고

---

64) 1655년 착공되어 1788년 완공된 생쉴피스 성당은 엄격한 기하학적 양식으로 유명한데, 그래서 당시 유행하던 낭만주의 풍조와는 어울리지 않았다. 1215년 창립된 도미니코회는 엄격한 교리 실천으로 유명한데, 특히 에스파냐에서는 이단 심판을 강경하게 주도한 조직으로 알려졌다.

65) Rey netto. 에스파냐어로 '순수 혈통의 왕', 곧 절대군주라는 뜻이다.

66) 카마리야(camarilla)는 권력자의 비선 조직을 가리키는 에스파냐어인데, 여기서는 페르난도 7세(1784~1833)의 비밀결사를 가리킨다. 『잃어버

결한 영혼의 소유자로 비치게 되었다. 프랑스의 앙굴렘 공작이[67] 군대를 끌고 와서 개입한 덕에 페르난도 7세가 재집권에 성공했지만, 카를로스 에레라는 마드리드로 돌아가 자신이 세운 공적의 대가를 요구하지 않았다. 자신을 향한 세간의 관심에 대해 외교적 침묵으로 대응해 온 그는 자신이 파리에 체류하는 까닭이 뤼시앵 드 뤼방프레에 대한 열렬한 관심 때문이라고 밝혔는데, 그러한 자신의 도움으로 그 젊은이가 부친에서 모친 쪽으로 성을 변경하도록 허락하는 왕의 칙령을 얻어냈다는 것이었다. 에레라는 더 나아가 비밀 임무를 받고 파견

린 환상』3부에서 에레라가 뤼시앵을 처음 만났을 때, 그는 자신을 에스파냐 왕의 밀사로 소개한다. 페르난도 7세는 1808년 '아란후에스 반란'을 이끌어 부왕 카를로스 4세를 몰아내고 왕위를 차지했으나, 나폴레옹의 개입으로 두 달 만에 프랑스에 유폐되고 왕권은 정지되었다. 이 내정 간섭은 6년에 걸친 에스파냐 독립전쟁을 촉발시키고 에스파냐 제헌의회의 결성을 낳는다. 1814년, 나폴레옹이 실각하고 프랑스에 왕정복고가 수립되자, 페르난도 7세 또한 왕권을 되찾는다. 하지만 재즉위한 페르난도 7세는 의회를 해산하고 절대군주제를 천명했으며, 이에 반발해 민중의 저항이 지속된다. 그러자 페르난도 7세와 밀약을 맺은 프랑스의 루이 18세는 왕정 수호라는 명분으로 1823년 에스파냐 원정군을 투입, 페르난도 7세가 권력을 공고히 하는 데 도움을 준다. 소설 속 시간 배경이 1822년인 『잃어버린 환상』3부 끝에서 에레라는 뤼시앵에게 자신이 바로 이 페르난도 7세의 원조 요청 편지를 프랑스 왕에게 전하러 가는 밀사라고 소개한다.

67) 앙굴렘 공작은 루이 18세에 이어 1824년 복고왕정의 두 번째 왕 샤를 10세로 등극하게 되는 다르투아 백작의 큰아들로서, 본명은 루이 앙투안 다르투아(1775~1844)다. 앙굴렘 공작이던 시기에, 1823년 루이 18세의 에스파냐 원정군을 이끌어 큰 공적을 세웠다. 1830년 7월혁명 이후에는 망명지에서 부르봉 왕가의 장자를 자처했고, 왕당파들 사이에서는 루이 19세라는 칭호로 불렸다.

된 사제들이 오래전부터 살아온 방식 그대로 완전히 세상과 담을 쌓고 살았다. 그는 생쉴피스에서 성무일도에 전념하며 일이 있을 때만 외출했는데, 그것도 항상 밤에, 마차를 타고서였다. 낮에는 점심과 저녁 식사 사이를 택해 에스파냐식 낮잠을 즐겼는데, 파리가 시끄럽고 분주한 시간대를 그렇게 해서 피할 심산이었다. 에스파냐산 시가도 한몫해서, 담배만큼이나 그의 여가 시간을 책임졌다. 게으름은 근엄함 못지않게 속을 감추는 가면 역할을 하는데 실은 근엄함조차 게으름의 일부분이다. 에레라는 그 건물의 한쪽 날개 3층에 살았고, 뤼시앵은 같은 건물의 다른 쪽 날개에 거주했다. 그 두 아파트의 중앙에 위치해 두 공간을 분리하기도 하고 연결하기도 하는 넓은 접견실은 그 고풍스러운 웅장함으로 근엄한 성직자와 젊은 시인 둘 모두에게 잘 어울렸다. 건물의 안마당은 어두침침했다. 울창하게 들어선 키 큰 나무들이 정원에 그늘을 드리운 탓이었다. 사제들이 선택한 거주 공간에서는 침묵과 근신이 서로 만난다. 에레라의 거처는 독방이라는 단 두 글자로 일컬으면 될 것이다. 호화판으로 번쩍이며 별의별 편의시설이 다 갖춰진 뤼시앵의 거처로 말할 것 같으면, 시인이자 작가이며 야심가이자 바람둥이고, 자존심도 세지만 허풍도 세며, 허술하기 짝이 없는 성격이면서 꼭 짜인 질서를 희구하는 한 댄디, 그러니까 욕망하고 궁리하는, 어쩌면 똑같은 것일지도 모르는 두 가지 일에는 어느 정도 힘을 발휘하지만 정작 실행에 옮기는 힘은 조금도 없는 그런 어설픈 천재 중 한 명이 영위하는 우아한 삶에 필요한 모든 것을 두루 갖추고 있었다. 뤼시앵과 에레라는 한 명의 책략가로 합체된 두 사람이다. 둘이 결합한 숨은 이유가 바로 거기에 있다. 삶의 주된 활동이 이해타산의 영역으로 옮겨가 버린 노인들은 종종 자신의 계획을 대신 완수해 줄 멋들어진 기계를, 젊고 열정적인 배우를 필요로 한다. 옛날에 리슐리외는 환심을 사야 할 여인들에게 바치기 위해 콧수염 기른 멀끔하고 잘생긴 인물을 찾으려 했으나 그만 때를 놓치고 말았다. 되통스러운 젊은이들이 말귀를 못 알아듣자 그는 왕녀들의 호감을 살 만한 신체 조건을 갖추지 못했음에도 몸소 이 왕녀, 저 왕녀의 사랑을 받으려고 무진 애쓰다가 결국 자신이 모시던 군주의 어머니는 유배를 보내고 왕비는 겁에 질리게 만드는 결과를 낳고 말았다. 무슨 일을 꾀하든지 간에 야심가의 삶은 항상 여자와 대결할 수밖에 없는 운명인데, 그런 만남의 가능성이 전혀 없어 보일 때조차도 그렇다. 거물 정치인이 제아무리 강한 권력을 가지고 있다 한들 여자와 대결하기 위해서는 다른 여자가 필요한 법이니, 그건 네덜란드인들이 다이아몬드를 가공하기 위해 다이아몬드를 사용하는 것과 같은 이치다. 로마도 최전성기 때 바로 이 필연성을 따랐다. 이탈리아 추기경인 마자랭의 삶이 지배력의 측면에서 프랑스 추기경인 리슐리외의 삶과 얼마나 달랐는지 또한 살펴보시라! 리슐리외는 대귀족들과 대립각을 세우며 단칼에 척결하려 들었다. 그는 조력자라고는 프란치스코회 수도사 하나밖에 가지지 못한 싸움에서 기진맥진하다가 권력 장악을 코앞에 두고 생을 마감하고 말았다. 마자랭은 막강한 힘을 지니고 왕권을 혼비백산하게 할 정도로 심심치 않게 승리를 거둔 부르주아지와 귀족의 연합 세력에 밀려 축출된 적이 있다. 그러나 왕비 안 도트리슈의 심복인 그는 누구의 목도 베지 않고 프랑스 전체를 정복할 수 있었으며, 그렇게 그가 만들어낸 루이 14세는 베르사유라는 구중궁궐에서 금빛 밧줄로 귀족의 목을 동여맴으로써 리슐리외의 과업을 완수했다. 퐁파두르 부인이 죽자 슈아쥘은 실각했다. 에레라는 이 금과옥조의 교훈에 정통하고 있었던 것일까? 그는 리슐리외보다 더 일찍 스스로에 대해 확신을 가졌던 것일까? 그는 뤼시앵에게서 생마르를, 충직한 생마르를 찾아냈던 것일까?[68] 아무도 이런 질문들에 자신 있게 답할 수 없었고, 이 에스파냐 신부의 야심을 가늠할 수도 없었으며, 그의 결말이 어떻게 될지 또한 예측할 수 없었다. 오랫동안 비밀에 싸여 있던 둘의 결합을 눈치챈 사람들이 던졌던 그 질문들은 뤼시앵이 불과 얼마 전에 알게 된 가공할 수수께끼의 해명을 향하고 있었다. 카를로스는 둘의

---

68) 프랑스에서 루이 13세 통치기(1610~1643)와 왕후 안 도트리슈가 섭정을 펼치던 루이 14세 통치 전반기(1643~1661)는 왕권을 견제해 온 전통 봉건귀족 세력과 절대왕권의 확립을 통해 근대 국가의 기틀을 마련하려는 세력이 부딪히면서 많은 이야깃거리를 만들어내는데, 후자의 세력을 대표하는 인물이 루이 13세 치하 재상이었던 리슐리외 추기경과 루이 14세 치하 재상이었던 마자랭 추기경이다. 생마르(1620~1642)는 리슐리외가 자신의 정치적 목적을 달성하기 위해 중용한 청년 귀족이었으나, 결국 리슐리외와 대립하면서 불과 20대 초반에 반역죄로 처형된 인물이다. 슈아쥘 공작(1719~1785)은 그보다 훨씬 뒤인 루이 15세 치하 재상을 지낸 인물로서 평민 출신이면서 왕의 애첩이 돼 큰 권세를 누린 퐁파두르 후작 부인과 긴밀한 관계였다. 실제로 슈아쥘 공작이 실각한 것은 퐁파두르 후작 부인이 죽은 후였다.

결합으로 야심 찬 계획을 꾸미고 있다, 바로 이것이 그를 잘 알며 또한 뤼시앵이 신부의 사생아일 것으로 믿는 사람들 누구나가 그의 행동거지를 보고 내리는 판단이었다.

뤼시앵이 오페라 극장에 모습을 드러낸 날로부터 15개월이 흘렀다. 원래 사제의 계획은 뤼시앵을 사교계에 완벽하게 대처할 수 있도록 만든 다음에 선보이려던 것이었는데, 그날 오페라 극장의 일로 해서 사교계의 주목을 너무 일찍 받아버린 것이었다. 그간 뤼시앵은 전용 마구간에 근사한 말 세 마리를 대기시키고 밤 나들이용으로 쿠페 한 대를, 낮 외출용으로 카브리올레와 틸버리를 각 한 대씩 굴리는 인물이 되어 있었다.[69] 그는 식사도 시내에 나가서 했다. 에레라의 예측이 정확하게 맞아떨어졌다. 에레라의 제자는 그러한 거침없는 씀씀이에 푹 빠져버린 것이다. 하지만 에레라는 그 젊은이의 가슴속에 자리 잡은 에스테르에 대한 미친 사랑을 어떻게든 다른 쪽으로 돌릴 필요가 있다고 생각한 참이었다. 그런데 얼추 4만 프랑을[70] 그렇게 흥청망청 써댔으면서도 토르피유를 향한 뤼시앵의 미칠 듯한 그리움은 자꾸 커져만 갈 뿐이어서, 그는 집요하게 그녀를 찾아 나섰다. 끝내 그녀를 찾지 못하자 그에게 그녀는 사냥꾼을 애태우는 사냥감 같은 존재가 되었다. 에레라

---

69) 쿠페는 통상의 사륜마차고, 카브리올레와 틸버리는 덮개 지붕을 열 수 있는 이륜마차다.

70) 당시의 4만 프랑은 현재 가치로 약 2억 원에 해당한다. 이 작품에 수없이 등장하는 프랑화 액수가 현재 원화 가치로 어느 정도인지는 5000을 곱하면 가늠될 것이다.

는 시인의 사랑이라는 것이 무엇인지 알 수나 있을까? 일단 그 감정이 시인이라는 왜소하지만 위대한 존재의 머리를 점령해 심장을 붉게 타오르게 만들고 오감을 뒤흔들어 놓게 되면, 상상의 힘으로 인류 위에 우뚝 선 그 시인은 이제 사랑으로 인류 위에 우뚝 서게 된다. 감정과 사고를 동시에 결부시킨 이미지를 통해 사물의 본질을 표현해 내는 시인의 희귀한 능력은 지적 능력이 발휘되는 과정에서 일어나는 어떤 돌발 변수의 소산인바, 그렇게 시인은 자신의 사랑에 정신의 날개를 달아주는 것이다. 그는 느끼고 묘사하며 행동하고 명상한다. 사유를 통해 자신의 느낌을 배가하고, 미래에 대한 열망과 과거의 추억을 곱해 현재의 행복을 세 배로 늘린다. 거기에다 그는 감미로운 영혼의 향락을 덧붙임으로써 뭇 예술가들의 왕자로 등극한다. 그렇게 한 시인의 열정은 종종 인간의 척도를 훌쩍 뛰어넘는 한 편의 위대한 시가 되는 것이다. 그때 비로소 시인은 자신의 연인을 뭇 여성들이 오르고 싶어 하는 곳보다 훨씬 더 높은 경지로 들어 올리는 것이 아닐까? 그는 라만차의 저 숭고한 기사처럼 농사꾼 여인을 공주로 탈바꿈시킨다.[71] 그는 스스로 요술봉이 되어 손에 닿는 모든 것을 경이로운 것으로 만들며, 쾌락을 찬란한 이상의 세계로 끌어올려 극대화한다. 이처럼 시인의 사랑은 열정의 본보기다. 그것은 모든 면에서, 희망에서도 절망에서도 분노에서도 우울에서도 기쁨에서

---

71) 세르반테스의 『돈키호테』에서 돈키호테는 힘이 장사인 시골 농부 둘시네아를 아름다운 공주로 이상화한다.

도, 극단으로 치닫는다. 그것은 날아오르고 뛰어넘으며 장벽을 타고 넘는바, 보통의 인간들이 취하는 동작과는 어느 한구석도 닮지 않았다. 시인의 사랑과 부르주아의 사랑은 영원불변의 알프스 급류와 평원을 흐르는 시냇물의 관계처럼 천양지차를 보인다. 그러한 비범한 천재들은 타인의 이해를 받는 경우가 아주 드물어서 헛된 희망 속에서 고투하다 자신을 소진하고 만다. 그들은 이상의 여인을 찾아 헤매다가 자신을 태워 재가 되며, 거의 언제나 사랑의 잔치를 위해 자연이 베푼 가장 시적인 장식물로 한껏 치장했으나 무심한 행인의 발에 밟혀 교접도 못 해보고 으깨지는 아름다운 곤충처럼 생을 마감한다. 하지만 그렇지 않더라도 다른 위험이 도사리고 있다! 그들이 설령 자신의 정신에 부합하는, 종종 빵집 소녀의 모습으로 나타나는 그 대상을 만나더라도, 그들은 라파엘로와 마찬가지로 아름다운 곤충처럼 행동하다가 포르나리나 곁에서 최후를 맞는다.[72] 그 당시 뤼시앵의 상태가 바로 그랬다. 모든 측면에서, 선에서도 악에서도 극단으로 치달을 수밖에 없는 그의 시인으로서의 천성은 완전히 타락했다기보다는 타락에 살짝 물들었다고 해야 옳을 그 여자에게서 천사를 보았다. 그녀는 그를 위해 이 세상에 태어난 듯, 언제나 날개 달린 순백의 모습을 한 순결하고 신비로운 여인으로 그에게 나타났던 것인

---

72) 르네상스 시대 유명 화가들의 뒷이야기를 주로 다룬 전기 작가 바사리에 따르면, 라파엘로가 그린 누드 반신상 「라포르나리나」는 그의 비밀 연인이었던 마르게리타 루티를 모델로 했다고 한다. '포르나리나'는 이탈리아어로 '제빵사의 딸'이라는 뜻이다.

데, 그럴 때마다 그는 자신이 그녀를 무척이나 갈구한다는 것을 새삼 깨달았다.

12. 친구

1825년 5월 말경, 뤼시앵은 완전히 활력을 상실한 상태였다.[73] 그는 이제 외출도 삼가고 식사도 집에서 에레라와 함께 했는데, 깊은 생각에 잠겨 있거나 일을 하거나 외교 관련 논문집을 읽거나 장의자에 결가부좌를 틀고 앉아 있거나 하면서 시간을 보냈으며, 하루에 서너 차례 수연통을 빨았다. 그의 마부는 숲으로 행차시킬 말의 털을 윤이 나게 빗기고 갈기를 장미꽃으로 장식하는 대신 멋스러운 수연통 관을 깨끗이 청소하고 거기에 담배와 향료를 채워 넣는 일에 더 시간을 뺏겼다. 에스파냐 신부가 창백한 뤼시앵의 낯빛을 보고 거기서 억압된 사랑의 광기가 낳은 아픔의 흔적을 감지한 어느 날, 그는 자신의 명운을 걸머져 놓은 그 젊은이의 가슴속을 깊이 들여다보고 싶은 마음이 불쑥 생겼다.

어느 맑은 저녁, 뤼시앵은 소파에 앉아서 담배에 심각하게 중독된 사람처럼 고르고 긴 숨에 향내 짙은 담배 연기를 실어 뿌옇게 내뿜으면서 정원의 나무들 너머로 지는 해를 물끄

---

73) 1824년 3월 초 에스테르가 수녀원에 들어가면서 두 연인이 헤어진 지 15개월이 흐른 시점이다.

러미 바라보고 있다가, 깊은 한숨 소리를 듣고 몽상에서 깨어났다. 고개를 돌린 그의 눈에 사제가 팔짱을 끼고 선 모습이 들어왔다.

"줄곧 거기 있었어요?" 시인이 입을 열었다.

"오래전부터," 사제가 대답했다. "내 생각은 네 생각이 미치는 곳을 속속들이 따라갔지⋯⋯."

뤼시앵은 그 말이 무슨 뜻인지 알았다.

"난 당신처럼 청동같이 끄떡없는 성정을 타고나지 못했어요. 내게 삶은 수시로 천당과 지옥을 왔다 갔다 하죠. 하지만 우연히 천당도 아니고 지옥도 아닌 때가 있어요. 그땐 삶이 지루하고 난 권태에 빠지죠⋯⋯."

"자기 앞에 찬란한 희망이 끝없이 펼쳐져 있는데, 어찌 권태로울 수 있을까⋯⋯."

"그 희망을 믿지 못할 때, 아니면 그 희망이 너무도 불투명할 때⋯⋯."

"바보 같은 소린 그만하지!" 사제가 말했다. "내게 네 마음을 솔직히 털어놓는 것이 너나 나나 훨씬 더 품위를 지키는 길이야. 우리 사이에 결코 있어서는 안 될 것, 바로 비밀이야! 그런데 비밀이 생겼고, 생긴 지 16개월이나 됐어. 넌 어떤 여자를 사랑하고 있어."

"계속하시죠⋯⋯."

"정결치 못한 여자지, 토르피유라 불리는⋯⋯."

"그래서요?"

"이봐, 난 네게 애인을 두어도 좋다고 허락했어. 하지만 젊고 아름답고 영향력 있는 궁정 여인을 말한 거지. 적어도 백작 부인은 돼야지. 내 일찍이 너에게 데스파르 부인을 점찍어 주었잖아, 아무런 위험부담 없이 그녀를 수단으로 삼아 거하게 한몫 챙기기 위해서. 왜냐하면, 그녀가 네 마음을 어지럽히는 일은 절대 없을 테니까, 네 마음을 자유롭게 내버려둘 테니까……. 볼 장 다 본 창녀를, 그녀를 귀족으로 만들어줄 왕의 권력도 가지지 못했으면서 사랑한다는 건 잘못도 이만저만한 잘못이 아니야."

"미친 사랑에 눈먼 내가 그것을 따르느라 야망을 포기한 최초의 인간이라면요?"

"좋아!" 사제가 뤼시앵이 바닥에 떨어뜨린 수연통의 빨부리를 집어 들어 그에게 돌려주며 말했다. "너의 그 촌철 같은 풍자가 무슨 뜻인지 알겠네. 그런데 말이야, 사랑과 야망을 결부시킬 수는 없을까? 이봐, 너에겐 이 늙은 에레라라는, 너에게 절대적으로 헌신하는 어머니가 있잖아……."

"잘 압니다, 영감님." 뤼시앵이 에레라의 손을 잡고 흔들며 말했다.

"넌 비싼 장난감들을 갖고 싶어 했고 지금 그것들을 손에 넣었어. 넌 두각을 나타내고 싶어 하고 난 그런 너를 권력의 길로 인도하고 있지. 난 널 출세시키기 위해 아주 더러운 손들에 입을 맞추고 있고, 넌 머지않아 출세할 거야. 조금만 더 있으면 너는 남자건 여자건 누구에게나 환심을 살 요소를 뭐 하나 부족함 없이 갖추게 돼. 그 변덕스러움을 놓고 보면 넌 영락없는 여자지만 똑똑하기로는 최고의 사내대장부지. 난 너의 모든 것을 알고, 그래서 뭐든 다 용서해. 네 하루살이 열정을 충족시키기 위해 넌 그저 입을 벙긋하기만 하면 돼. 난 네 삶이 그 누구에게라도 경배의 대상이 되게 만들기 위해, 다시 말해 네 삶에 정치와 권력의 승인 표식이 찍히게 하려고 손썼고, 그리하여 너는 거물의 삶을 살게 됐지. 넌 보잘것없지만, 그만큼 위대해질 거야. 하지만 돈을 찍어낼 수 있는 우리의 기계 자체를 부숴버리면 안 되지. 내 약속하건대, 네 미래를 망칠지도 모르는 것만 빼곤 뭘 해도 다 좋아. 단, 내가 너에게 포부르 생제르맹의[74] 살롱 문을 열어주면, 그때부터는 시궁창에 몸을 굴려서는 안 돼. 뤼시앵! 너의 이익과 관련된 거라면 난 물불을 가리지 않아. 네 일이라면, 너를 위해서라면 뭐든 감내할 거야. 그래서 나는 삶이라는 게임에서 네가 범한 멍청한 헛손질이 능란한 승부사의 절묘한 솜씨로 전환되도록 손을 써놓았지……." (뤼시앵이 격앙된 몸짓으로 홱 고개를 들었다.) "토르피유를 제거했네!"

"당신이?" 뤼시앵이 소리쳤다.

짐승처럼 걷잡을 수 없는 격노에 휩싸인 시인이 자리에서 벌떡 일어나 황금과 보석으로 장식된 빨부리를 사제의 면상에 집어던지고 그 거한을 거꾸러트릴 정도로 거세게 밀쳤다.

"그래 내가," 에스파냐 신부가 몸을 일으켜 가까스로 균형을 잡으면서 말했다.

검은색 가발이 바닥에 떨어졌다. 죽은 자의 머리처럼 반들

---

74) 센강 좌안에 있던 당시 전통 귀족들의 거주지다.

반들한 두개골이 드러나자, 그 남자의 본모습이 나타났다. 소름 끼치도록 무서운 형상이었다. 뤼시앵은 겁에 질려 두 팔을 늘어뜨린 채 장의자에 걸터앉아 얼빠진 표정으로 사제를 쳐다보았다.

"내가 그녀를 제거했네." 사제가 되풀이했다.

"대체 그녀에게 무슨 짓을 한 거지? 당신이 가장무도회 다음 날 그녀를 납치한 거였어……"

"맞아, 발길질할 가치도 없는 건달들이 너에게 몸과 마음을 바친 존재를 능멸하는 광경을 목격한 다음 날이지……"

"건달들이라니," 뤼시앵이 그의 말을 잘랐다. "악마들이라고 부르시지. 그놈들에 비하면 단두대에서 처형된 자들은 천사야. 불쌍한 토르피유가 그놈들 중 세 명을 위해 어떤 일을 했는지 알아? 그중 하나는 두 달 동안 그녀의 애인 행세를 했던 놈이야. 그녀는 가난했고 시궁창에서 끼니를 벌어 오던 시절이었지. 그놈은 땡전 한 푼 없는, 바로 나 같은 놈이었지. 당신이 강물에 빠져 죽으려던 나를 만났던 그때의 나 말이야.[75] 그놈은 밤마다 몰래 일어나서는 그 불쌍한 아가씨가 저녁을 때우고 남은 것을 보관해 둔 찬장으로 가서 그것을 훔쳐 먹곤 했어. 그 치졸한 행태는 결국 그녀에게 발각되고 말았지. 그녀는 그가 수치스러워할 것을 염려해 오히려 음식을 더 많이 남겨 놓으려고 마음을 썼어. 그러면서 그녀는 아주 행복했지. 그녀는 그 사실을 아무에게도 말하지 않다가 오페라에서 돌아오

---

75) 『잃어버린 환상』 3부 끝부분 참조.

는 마차 안에서 나에게만 말했어. 두 번째 놈은 도둑질도 했던 자야. 하지만 그 도둑질이 발각되기 전에 그녀는 가까스로 돈을 마련해 그놈이 변상해야 할 금액을 놈에게 빌려줄 수 있었어. 그러나 그놈은 입때껏 그 불쌍한 아가씨에게 돈을 갚을 생각조차 않아. 세 번째 놈으로 말하자면, 그녀는 피가로처럼 천재성이 번뜩이는 연극 같은 일을 꾸미서 그놈에게 재산을 만들어주었지. 그녀는 세간에 놈의 여자로 통했어. 그리고 그 놈을 위해, 그녀를 세상에서 가장 착한 부르주아 여성이라고 믿은 엄청난 권세가의 정부(情婦) 노릇을 자처했지. 한 놈에게는 목숨을, 다른 한 놈에게는 명예를, 그리고 세 번째 놈에게는 재산을, 오늘날 그 모든 것을 대신한다는 재산을 안겨줬단 말이야. 그런데 그녀는 놈들에게 어떤 보답을 받았지?"

"그놈들이 다 죽어버렸으면 좋겠는가?" 두 눈에 살짝 눈물이 비친 에레라가 말했다.

"그래, 바로 그거야! 내가 아는 당신은 그런 것쯤은……."

"아니, 끝까지 들어야지, 성급한 시인 양반," 사제가 말했다. "그 토르피유는 이제 이 세상에 없어……."

뤼시앵이 순식간에 에레라에게 몸을 날려 그의 목을 조르려 했는데, 어찌나 난폭했던지 다른 사람 같았으면 나가떨어지고 말았을 것이다. 그러나 에스파냐 신부의 팔이 시인을 제압했다.

"내 말 잘 들어," 그가 차갑게 내뱉었다. "나는 그녀를 정숙하고 순결하며 교양이 높고 신앙심 깊은 여인으로 만들어놓았어, 더할 나위 없는 여인으로 말이야. 그녀는 지금 교육을 받는 중이야. 그녀는 네 사랑이 미치는 제국 안에 머물면서, 오페라 극장에서 그 기자가 말했던 것처럼, 니농이 될 수도, 마리옹 들로름이 될 수도, 마담 뒤바리가 될 수도 있어, 아니 그렇게 되어야만 해. 넌 그녀를 네 정부로 삼을 수도 있고, 아니면 네 창조 작업의 커튼 뒤에 숨겨둘 수도 있는데, 후자가 더 현명한 선택일 거야! 어느 편을 택하든 양쪽 다 네게 이득과 자부심을, 쾌락과 성취감을 안겨주겠지. 하지만 네가 위대한 시인인 만큼 위대한 정치가라면 그런 너에게 에스테르는 더도 덜도 아닌, 활용 가치 있는 일개 아가씨일 뿐이야. 나중에 어쩌면 그녀가 우리를 곤경에서 구해 줄지도 모르기에 그녀는 막중한 가치를 가진 것이지. 마셔, 하지만 취하지는 마. 내가 만일 너의 열정을 바투 잡아 견제하지 않았더라면 지금 네가 어떤 지경에 처해 있을 것 같은가? 내 덕에 빠져나온 그 가난의 구렁텅이에서 토르피유와 뒹굴고 있겠지. 자, 읽어봐." 에레라가 한 번도 본 적은 없지만 연극 『만리우스』의 배우 탈마처럼 간명하게 말을 맺었다.[76]

편지 한 장이 시인의 무릎 위에 떨어졌고, 그 무시무시한 대꾸에 아연실색해 정신을 못 차리고 있던 시인은 가까스로 그 편지를 집어 들고 읽어 내려갔다. 마드무아젤 에스테르가 쓴 첫 번째 편지였다.

---

76) 『만리우스』는 17세기 프랑스 작가 라포스가 기원전 4세기 로마 공화정의 위대한 집정관인 만리우스 카피톨리누스를 소재로 쓴 비극이며, 이 비극은 19세기 초반 유명 연극배우 프랑수아 조제프 탈마가 무대에 올려 폭발적인 인기를 끌었다. 발자크는 이 배우를 극찬했다.

카를로스 에레라 신부님께

　존경하옵는 보호자님, 제 마음속 생각을 글로 표현하는 방법을 배우고 처음으로 쓰는 이 편지가 뤼시앵은 아마도 까맣게 잊고 있을 사랑에 관해 이야기하기 위함이 아니라, 신부님께 감사드리기 위함임을 보시고도 제겐 사랑보다 보은이 우선이라는 사실을 믿지 못하시겠습니까? 하지만 저는 그이에게, 지상에 존재한다는 것만으로도 저에게 행복을 주는 그이에게는 차마 말하지 못하는 것을 당신께, 하느님의 종인 당신께 드리려 합니다. 어제 있었던 세례식은 저에게 은총의 보물을 듬뿍 안겨주었습니다. 이제 저는 제 운명을 당신 손에 바칩니다. 제가 비록 사랑해 마지않는 사람과 멀리 이별해 죽는다고 할지라도 전 막달라 마리아처럼 깨끗이 정화되어 죽을 것이고, 제 영혼은 그이를 지키기 위해 그이의 수호천사와 경쟁할 것입니다. 제가 어제의 축제를 시간이 지나면 잊어버릴까요? 한번 올라갔던 영광스러운 왕좌를 어떻게 단념하고 싶겠습니까? 어제 저는 세례의 물로 저의 모든 더러움을 다 씻었습니다. 그리고 우리 구세주의 성체를 제 안에 모셨습니다. 저는 그분이 머무시는 초막이 되었습니다. 그 순간 제 귀에 천사들의 노래가 들려왔고, 저는 더는 일개 여인이 아니었습니다. 천상의 배필을 맞이하는 동정녀처럼 차려입고 황홀한 향기와 기도에 은은하게 둘러싸여서 온 세상의 갈채와 찬미를 받으며 찬란한 삶을 살도록 다시 태어난 것입니다. 결단코 그걸 바란 건 아니지만 제 모습이 비로소 뤼시앵과 어울리게 되었다는 걸 발견하고 전 일체의 불순한 사랑을 깨끗이 버렸으며, 다시는 미덕의 길이 아닌 다른 길에 발을 들여놓고 싶지 않습니다. 제 육신은 제 영혼보다 약하나니 육신은 멸하리라. 제 운명의 주재자가 되어주소서, 그리고 제가 죽거들랑 뤼시앵에게 제가 그이를 위해 죽어 하느님의 품안에서 다시 태어났노라고 전해 주십시오.

주일 밤.

뤼시앵은 눈물이 그렁그렁 맺힌 눈을 들어 신부를 쳐다보았다.

"테부가에 있는 뚱뚱보 카롤린 벨푀유의 아파트를 알고 있겠지." 에스파냐 신부가 다시 말했다. "그 아가씨는 검사장 나리에게 버림받고 형편이 다급해진 나머지 집이 압류당할 처지에 몰렸지.[77] 그래서 내가 그 집을 통째로 사들였어. 그녀는 자기가 쓰던 물건을 치우고 집을 비웠네. 에스테르가, 하늘로 승천하려 했던 그 천사가 그 집에 내려와 널 기다리고 있어."

그 순간 뤼시앵의 귀에 안마당에 대기하고 있는 말들이 앞발로 땅을 박차는 소리가 들려왔다. 그것이 얼마나 큰 헌신적 배려인지 그만이 알 수 있었지만, 그는 감사의 마음을 표현할 기력조차 남아 있지 않았다. 그는 조금 전 자신이 함부로 대했던 남자의 품 안에 몸을 던지고는 눈빛과 입안에서 맴돌 뿐인 감정의 토로로 모든 잘못을 빌었다. 그런 다음 날듯이 계단을 뛰어 내려가 마차꾼의 귀에 대고 에스테르의 주소를 속사포

---

77) 언급된 '검사장'은 그랑빌 백작으로, 이 작품 후반부에서 중요한 역할을 한다. 그랑빌 백작과 카롤린의 관계는 『인간극』의 중편소설 『두 집 살림』 (1830)에서 다루어진 바 있다.

쏘듯 불러주었다. 말들은 마치 제 주인의 열정이 자기들 발에 전염된 듯 힘차게 내달렸다.

13. 에레라 신부의 정체가 밝혀지다

이튿날, 길에서 마주치면 차림새 때문에 변장한 헌병대원으로[78] 오인될 법한 남자가 마치 누군가가 나오기를 기다리는 것처럼 테부가의 어떤 집 앞을 서성이고 있었다. 그의 발걸음은 초조함이 역력했다. 파리에는 이렇게 뭔가에 열중해 거리를 서성이는 사람들이 종종 눈에 띄는데, 그중에는 군역 기피자를 쫓는 진짜 헌병도 있지만, 빚쟁이를 체포하기 위해 망보는 집행관의 끄나풀, 두문불출하는 채무자에게 어떻게 모욕을 안겨줄까 궁리하는 채권자, 질투심이나 의처증에 빠진 애인이나 남편 또는 친구의 부탁을 받고 나온 사람들도 있다. 그러나 우리에 갇힌 곰처럼 골똘히 생각에 잠겨 초조하게 마드무아젤 에스테르가 사는 집의 창문 아래를 왔다 갔다 하는 음침한 분위기의 그 건장한 사내, 속에 품은 잔인하고 거친 생각이 그대로 얼굴에 표출돼 이글거리는 그런 사내와 마주치

---

78) 우리나라 헌병의 역할이 군사경찰로 국한되는 데 반해, 옛 근위기병대에서 출발한 프랑스 헌병대(la Gendarmerie)는 민간 경찰 및 치안도 담당한다. 통상의 경찰은 관할지가 명확한 지역경찰이고, 헌병대는 광역 경찰에 가깝다. 관할지가 모호하거나 여러 지역에 걸친 사건에 대해서도 수사하며, 국가 주요 시설 경비 업무 등도 맡는다.

는 일은 아주 드물다. 정오 무렵, 창문을 가린 두툼한 차광막을 걷는 하녀의 손이 보이더니 십자형 창이 열렸다. 이윽고 속옷 차림의 에스테르가 바깥공기를 마시러 창가에 나타났는데 뤼시앵에게 몸을 기댄 상태였다. 만일 그들을 보았다면 누구나 그 모습이 영국 책에 흔히 등장하는 감미로운 삽화의 원형이라고 생각했을 것이다. 그 순간 에스테르의 시선이 먼저 에스파냐 신부의 분노로 이글거리는 두 눈과 마주쳤다. 가엾은 여자는 총을 맞은 것처럼 공포의 외마디 비명을 질렀다.

"저기 그 무서운 신부님이 있어." 그녀가 뤼시앵에게 남자를 가리키며 말했다.

"저 사람!" 그가 미소를 지으며 대답했다. "저 사람은 신부가 아니야, 차라리 당신이……."

"그럼, 저 사람 누군데?" 그녀가 겁에 질려 물었다.

"응, 악마만 신봉하는 간악한 늙은이지." 뤼시앵이 말했다.[79]

만일 에스테르만큼 헌신적이지 못한 사람이 가짜 사제의 비밀을 밝힌 이 귀띔을 접했다면 그 때문에 뤼시앵을 다시는 못 보았을 수 있다. 침실 창가에서 식사가 차려진 식당으로 자리를 옮기려던 커플은 도중에 카를로스 에레라와 마주쳤다.

"여기서 무슨 일을 벌이려고?" 뤼시앵이 그에게 거칠게 쏘아붙였다.

---

79) 여기까지가 『라토르피유』라는 제목으로 1838년 9월 베르데(Werdet) 출판사에서 단행본으로 출간된 부분이다. 훗날 이 부분은 그사이 발표된 『잃어버린 환상』 2부 「파리의 지방 위인」(1839)에 맞추어 1843년에 인물명과 상황 등이 대폭 수정된다.

"너희 둘을 축복해 주려고," 방약무인한 그 인사가 두 남녀의 발걸음을 멈춰 세우며 말했다. 그는 둘을 아파트의 조그만 응접실에 붙잡아 두었다. "내 말 잘 듣게나, 내 사랑스러운 친구들. 둘이 함께 즐겁고 행복하길, 그건 아주 좋은 일이야. 행복은 모든 것을 다 바쳐 얻을 가치가 있지, 그게 나의 주장이야. 하지만 너," 그가 에스테르에게 말했다. "내가 진흙탕에서 꺼내주고 몸과 영혼을 말끔히 씻겨준 너는 뤼시앵의 나아갈 길을 가로막을 자격이 없지 않나……? 그리고 이봐, 너도 말이야." 그가 잠시 뜸을 들이고 나서 뤼시앵을 쳐다보며 말을 이었다. "너도 이젠 제2의 코랄리나[80] 만나고 다녀도 되는 시인이 아니잖아. 우리는 지금 시가 아니라 산문을 짓고 있어. 에스테르의 애인이 뭐가 될 수 있겠어? 아무것도 못 되지. 에스테르가 뤼방프레 부인이라도 될 수 있을까? 아니지. 그렇다면 말이야, 이봐 아가씨, 사교계는 말이지," 그가 에스테르의 손 위에 자기 손을 얹었는데, 그녀는 마치 뱀이 자신을 칭칭 동여매는 듯 소름이 쫙 끼쳤다. "사교계는 자네가 살아 있다는 사실을 몰라야 해. 특히 마드무아젤 에스테르가 뤼시앵을 사랑한다는 사실을, 그리고 뤼시앵이 그녀에게 홀딱 반했다는 사실을 몰라야 해……. 이봐 아가씨, 이 아파트는 앞으로 아가씨의 감옥이 될 거야. 만약 외출하고 싶다면, 또는 건강을 위해 나들이할 필요가 있다면, 밤에만, 절대로 남의 눈에 띄지 않을 야심한 시각에만 나다녀야 해. 자네의 미모와 젊음과 수녀

---

80) 코랄리는 『잃어버린 환상』에서 뤼시앵의 애인이었던 배우다.

원에서 습득한 돋보이는 기품이 파리에서는 너무 쉽게 표가 날 테니까. 만약 사교계에서 그 누가 됐건," 그가 무시무시한 어조와 더 무시무시한 눈빛으로 말했다. "뤼시앵이 자네의 애인이고 자네가 뤼시앵의 정부라는 사실을 알아차리는 날에는, 그날이 바로 자네의 제삿날이 될 거야. 이 서얼 청년은 얼마 전 귀족인 어머니 쪽 성(姓)과 가문(家紋)을 취해도 좋다는 칙령을 받았어. 하지만 그게 다가 아니야! 후작의 작위를 아직 찾지 못했거든. 후작의 작위를 되찾으려면 그가 지체 높은 집안의 아가씨와 혼인해 왕이 그 집안을 봐서라도 작위를 하사하지 않을 수 없도록 만들어야 해. 그 혼인은 뤼시앵에게 궁정 사교계의 문을 열어줄 거야. 이 아이는, 내가 어른으로 만들어 놓은 이 아이는 우선 참사관에서부터 경력을 시작하게 될 거야. 그다음에 그는 독일의 어떤 공국의 장관이 되는 거야. 그러고 나서는 신이 돕든 내가 돕든, 내가 돕는 편이 훨씬 낫지, 언젠가는 귀족원 의원석에 떡하니 한자리를 차지하게 될 거야……."

"아니면 재판정의 피고인석에……." 뤼시앵이 그 남자의 말을 끊고 끼어들었다.

"닥쳐." 카를로스가 커다란 손으로 뤼시앵의 입을 막으며 소리쳤다. "그런 비밀을 여자 앞에서 발설하면 안 되지……!" 그가 뤼시앵의 귀에 대고 속삭였다.

"에스테르를 한낱 여자라고 칭하다니……?" '데이지'의 시인이 소리쳤다.

"아직도 그 잘난 소네트로군!" 에스파냐 신부가 말했다. "아니면 소 방울소리든지. 연가의 그 모든 천사도 조만간 여자로 되돌아가는 법이야. 그런데 여자에게는 원숭이인 동시에 어린 아이인 순간들이 어김없이 나타나곤 하지! 자기가 웃고 싶다고 우리를 죽이는 두 존재. 에스테르, 나의 보석이여," 그는 얼이 나가 있는 어린 수녀원 기숙생에게 말했다. "내 자네의 침모로 마치 내 딸이나 되는 것처럼 나에게 헌신적인 사람을 하나 구해 놓았네. 그리고 식모로는 물라토 여자가 올 거야. 그 둘이면 집이 모양새를 갖출 걸세. 자네는 '외롭'과 '아지'를 거느리고[81] 이것저것 다 합쳐 한 달에 1000프랑을[82] 쓰면서 여왕처럼…… 연극에 나오는 여왕처럼 지낼 수 있을 거야. 외롭은 왕년에 전문적으로 바느질도 하고 옷도 짓는 한편 단역배우로도 활약한 여자고, 아지는 미식가 영국 귀족의 음식 시중을 들던 여자지. 이 둘이 자네에게 옛날이야기 속 요정 같은 존재가 되어줄 걸세."

사랑에 모든 것을 바친 여인은 아무리 살펴보아도 신을 모독하는 가짜 신부임이 분명한 이 남자에 견줄 때 아주 왜소한 소년에 지나지 않는 뤼시앵의 모습을 보고 가슴속 깊이 극도의 공포감을 느꼈다. 그녀는 대답을 외면하고 뤼시앵을 침실로 데려가 물었다. "저 사람 악마야?"

"나한테는…… 그것 이상이지!" 뤼시앵이 격하게 답했다.

---

81) '외롭'은 유럽(Europe), '아지'는 아시아(Asie)라는 뜻이다.
82) 오늘날 화폐가치로 약 500만 원이다. 『고리오 영감』의 법대생 라스티냐크나, 『잃어버린 환상』의 작가 지망생 뤼시앵의 1년 치 파리 생활비가 1200프랑으로 소개된 바 있다.

"그렇지만, 자기가 날 사랑한다면 저 남자한테 헌신하는 척 노력해 줘. 그리고 죽임을 당하고 싶지 않으면 저 남자에게 복종하고……."

"죽음……?" 그녀가 훨씬 더 공포에 질려 반문했다.

"죽음," 뤼시앵이 되풀이했다. "아아! 내 어여쁜 사랑, 그 어떤 죽음도 나에게 닥칠지 모르는 죽음에 비할 수 없을 거야, 만일……."

에스테르는 그 말을 듣고 새파랗게 질린 나머지 온몸이 흔적도 없이 흩어지는 것 같았다.

"뭘 하고 있나?" 불경한 가짜 사제가 그들에게 외쳤다. "둘의 사랑을 점치는 데이지 꽃잎을 여태 다 따지 못했는가?"[83]

에스테르와 뤼시앵이 침실에서 나왔다. 가엾은 아가씨는 불가사의한 남자를 쳐다볼 엄두조차 내지 못한 채 조아리며 말했다. "하느님께 복종하듯이 당신께 복종하겠습니다, 신부님."

"좋아!" 그가 답했다. "당분간 당신은 아주 행복하게 지낼 수 있을 거요, 그리고…… 밤에 집 안에서 하는 치장과 차림만을 하도록, 그게 아주 경제적일 테니."

---

83) 데이지 꽃잎을 하나씩 따며 사랑점을 치는 풍습을 말하지만 동시에 뤼시앵이 순수한 문학적 열정에 사로잡혔던 시절에 쓴 소네트를 조롱하는 말이기도 하다.

14. 지독한 두 마리 감시견

두 연인은 식당으로 발걸음을 옮겼다. 그러나 뤼시앵의 후견인이 그 아름다운 커플에게 멈추라는 신호를 보냈고 둘은 그 자리에 멈춰 섰다. "이봐, 조금 전 자네를 돌봐줄 사람들 얘기를 했지." 그가 에스테르에게 말했다. "그들을 소개해 주겠네."

에스파냐 신부는 벨을 두 번 눌렀다. '외롭'과 '아지'로 불린 두 여자가 나타났다. 둘에게 그런 별명이 붙여진 까닭은 그들의 모습에서 어렵지 않게 짐작되었다.

자바섬 출신인 듯 보이는 아지는 말레이인 특유의 구릿빛 피부가 놀라우리만치 돋보였는데,[84] 안면은 널빤지처럼 평평했고 코는 심하게 짓눌린 것처럼 주저앉았다. 턱뼈의 기이한 배치 때문에 그녀의 하관은 유인원의 면상을 떠올리게 했다. 이마는 비록 푹 꺼져 있었지만, 잔머리를 굴리는 버릇이 들어선지 지능이 모자란 것으로 보이지는 않았다. 작고 이글거리

---

84) 바로 앞의 122쪽에서 '식모로는 물라토 여자가 올 것'이라는 언급이 있었는데, 물라토는 라틴아메리카, 특히 서인도제도의 백인과 흑인 혼혈 1세대를 가리킨다. 따라서 식모 아지가 말레이인이라는 서술과 충돌한다. 이는 발자크가 처음에 아지를 흑백 혼혈로 설정했다가 아시아계로 바꾸면서 미처 교정하지 못해 남은 곳들이다. 그래서 앞으로도 아지를 가리킬 때 '물라토'라는 언급과 '말레이인'이라는 서술이 뒤섞여 나온다. 아지는 이야기가 전개되어 갈수록 비중이 늘고 정체성이 변모하는 독특한 인물이다. 구성의 허점일 수도 있겠지만, 고정된 정체성의 허구를 폭로하는 작품의 주제에 비추어본다면 그 변화 과정을 지켜보는 것 또한 흥미로울 수 있다.

는 두 눈은 호랑이 눈처럼 침착함을 간직하고 있었지만, 결코 정면을 바라보지 않았다. 아지는 자신 때문에 주변 사람들이 겁먹지 않을지 걱정스러워하는 것 같았다. 파리한 두 입술 사이로 눈부시게 하얀, 그러나 삐뚤빼뚤 제멋대로 난 이가 보였다. 짐승을 연상시키는 그 얼굴이 주는 전반적 인상은 비굴함이었다. 값비싸 보이는 머릿수건 양옆으로 얼굴 피부처럼 기름지고 번들거리는 머리카락이 검은 띠처럼 드러났다. 상당히 예쁜 두 귀에는 커다란 갈색 진주 귀고리가 달려 있었다. 전체적으로 작고 통통하고 땅딸막한 아지는 중국인들이 화덕 옆 가리개에 불나지 말라고 그려 넣는 아주 자그마한 인형들, 더 정확하게 빗대자면 본디 형상이 없어야 옳으나 관광객들이 기필코 구해서 들고 오는 힌두교의 우상들을 닮았다. 반질거리는 모직 원피스를 입고 하얀 앞치마를 두른 그 괴물을 보고 에스테르는 소름이 돋았다.

"아지!" 에스파냐 신부가 부르자 그 여자는 더도 덜도 아니고 정확하게 주인을 바라보는 한 마리 개의 동작으로 그를 향해 고개를 들었다. "이분이 당신이 모실 주인이오……."

그는 가벼운 가운 차림의 에스테르를 손가락으로 가리켰다. 아지는 요정 같은 그 아가씨를 못마땅한 표정으로 쳐다보았다. 그와 동시에 그녀의 짙은 속눈썹 사이에 감춰져 있던 번득이는 눈빛이 마치 잉걸불의 불티처럼 뤼시앵을 향해 튀었는데, 앞을 여미지 않은 화사한 실내복 사이로 네덜란드산 고급 비단 셔츠와 붉은 바지가 보이고 머리에 쓴 오스만튀르크식 빵모자 밑으로 둥글게 말린 금발이 드러난 그의 모습이 말 그

대로 하느님의 이미지였던 탓이다. 그런 아지를 두고 이탈리아의 천재라면 오셀로를 찬미하는 노래를 작곡할 것이고, 영국의 천재라면 그 오셀로를 무대에 올릴 것이다.[85] 그러나 영국이나 이탈리아를 능가해서 오직 눈빛 하나만으로도 더 웅장하고 더 완벽하게 질투를 표현하는 능력을 갖춘 천재는 바로 자연뿐이다. 그러한 아지의 시선을 간파한 에스테르는 자기도 모르는 사이에 에스파냐 신부의 팔을 부여잡고는, 까마득한 낭떠러지 밑으로 떨어지지 않으려고 필사적으로 매달린 한 마리 고양이처럼 손톱자국이 남을 만큼 꽉 그러쥐었다. 그 순간 에스파냐 신부가 아시아 괴물에게 생소한 언어로 서너 마디 명령을 내렸고, 그러자 괴물은 무릎을 꿇고 에스테르의 발치로 기어와 두 발에 입을 맞추었다.

"이 사람은," 에스파냐 신부가 에스테르에게 말했다. "일개 식모가 아닐세. 최고의 요리사 카렘도 질투심에 미쳐버리게 할 만큼 남자를 능가하는 뛰어난 요리사라네. 아지는 어떤 요리든 다 할 줄 알지. 하다못해 그녀가 식탁에 올린 별거 아닌 강낭콩 요리 한 접시만 맛보더라도 당신은 천사가 내려와 거기에 하늘나라 허브를 뿌렸나 감탄하게 될 걸세. 이 사람은 매일 아침 직접 중앙 도매시장에 갈 거야. 그리고 가장 적당한 가격에 식자재를 사기 위해 정말 생긴 그대로 악마처럼 전쟁을 치르겠지. 정작 사고 싶은 물건은 짐짓 관심 없는 척 외면

---

85) '영국의 천재'는 셰익스피어를 가리키고, '이탈리아의 천재'는 셰익스피어의 극을 바탕으로 1816년 오페라 「오셀로」를 작곡한 로시니를 가리킨다.

하는 식으로 말이야. 아지는 자네를 물심양면으로 도와서 인도 제국에서 사는 착각이 들 만큼 동화 같은 생활을 현실로 만들어줄 거네. 왜냐하면 이 양반은 자신이 고국이라고 마음먹은 나라가 있다면 진짜로 그 나라 사람이 되어버리는 그런 파리 여자 중 하나니까.[86) 내 말은, 그렇다고 당신이 외국인으로 보인다는 뜻은 아니고……. 외롭, 네 생각은 어때?"

외롭은 아지와 정반대의 모습이었는데, 그도 그럴 것이 그녀의 이미지는 몽로즈가[87) 살아생전 무대에서 자신의 호적수로 나타나기를 고대했을 법한 배우, 세상에서 가장 상냥한 하녀 역의 배우였다. 겉모습은 되통스러울 듯하지만 날씬하고 족제비 상인 데다 매부리코인 외롭은 난잡한 파리의 삶에 지친 표정이 있다면 이런 것이다 싶은 표정이었는데, 허구한 날 생감자만 먹은 계집아이처럼 핏기 없는 그 표정은 푸석하면서도 억세 보였고, 무르면서도 단단해 보였다. 그녀는 자그마한 발 한쪽을 앞으로 내밀고 두 손은 앞치마 주머니에 넣은 채 미동도 하지 않고 있었지만 언제라도 튀어 나갈 자세였는데, 그만큼 그녀는 활력이 넘쳐 보였다. '재단사 아가씨' 노릇도 하

---

86) 아지가 파리 여자일 수도 있음을 암시하는 이 대목은 이 부분이 처음 쓰인 1843년이 아니라, 1847년 이른바 '수정 퓌른판'에 발자크가 덧붙인 것이다. 말레이인 아지와 이 작품 3, 4부에서 '포부르 생제르맹의 부인'으로 변장해 완벽한 프랑스인으로 활약하는 아지 사이의 현격한 차이를 줄이려는 의도로 보인다.

87) 몽로즈는 예명이고 본명은 클로드 바리쟁이다. 당시 코메디 프랑세즈에서 하인 전문 배우로 명성을 떨쳤는데, 이 작품이 쓰이기 직전인 1843년 사망했다.

고 단역배우 노릇도 한 그녀는 젊은 나이에도 불구하고 이미 수많은 직업을 전전한 티가 역력했다. 막달라 마리아 갱생원의[88] 재소자들이 다 그렇듯이 비뚤어진 성정의 그녀는 부모의 돈을 훔친 적도 있었을 것이고 경범 재판소 문턱도 들락날락했을 것이다. 아지는 일단 굉장히 무시무시한 느낌을 준다. 그러나 그녀의 모든 것은 그녀를 보자마자 순식간에 파악할 수 있다. 그녀는 로쿠스타의[89] 직계 후손인 것이다. 반면에 외롭은 접하면 접할수록 점점 커가기만 하는 두려움을 안겨주었다. 그녀의 타락은 끝이 없을 듯했다. 그녀는 흔히 말하듯이 가는 곳마다 불화의 씨앗을 뿌리는 존재임이 틀림없어 보였다.

"부인께서는 발랑시엔[90] 출신일 것 같습니다." 외롭이 낮고 메마른 어조로 대답했다. "저도 거기 출신이거든요. 선생님," 그러고는 학식 있는 양 과시하며 뤼시앵에게 물었다. "저희가 부인께 불러드렸으면 하시는 호칭을 가르쳐주시겠습니까?"

"마담 반 복세크."[91] 에스파냐 신부가 에스테르의 성을 즉

---

88) 파리 중심부 탕플 지구에 있던 막달라 마리아 갱생원은 앙시앵레짐 하에서는 윤락녀들의 갱생 보호소로 쓰였다가 대혁명 기간인 1791년 이후 남자 교도소와 여자 교도소로 번갈아 사용되었다. 1868년 전면 철거되었다.
89) 1세기 로마 제국에서 독극물 제조가로 명성을 떨친 로쿠스타(Locusta)는 여러 명의 최고 권력자 암살에 가담했다.
90) 프랑스와 벨기에 국경, 플랑드르 지역의 도시다.
91) 복세크(Bogseck)는 곱세크(Gobseck)의 변성(變姓)이다. 『인간극』의 유명한 유대인 고리대금업자 장 에스테르 반 곱세크는 수전노에다 미혼이었는데, 사라 반 곱세크가 그의 조카손녀고, 따라서 에스테르는 곱세크의 조카증손녀가 된다. 여기서 에레라는 에스테르의 출생을 숨기기 위해 가명을 지어내고 있다. 하지만 이런 연유 말고도, 발자크는 만년의 이 작품에서 두 인

흥적으로 뒤집어서 대답했다. "부인은 네덜란드 출신의 유대인이지. 도매상인의 과부고, 자바에서 유래한 간 질환을 앓고 있네……. 호기심을 자극하지 않기 위해 하는 말이지만, 큰 재산은 없어."

"사는 데 필요한 것들, 1년에 6000프랑의 연금, 그리고 부인이 인색할 테니 우리가 고생할 일만 남았네." 외롭이 말했다.

"바로 이게 문제야." 에스파냐 신부가 머리를 바짝 들이대며 말했다. "막돼먹은 사탄의 자식들 같으니라고!" 그가 아지와 외롭의 눈빛에 표출된 불손한 기미를 단박에 알아채고 으르렁거리는 목소리로 말을 이었다. "내가 너희에게 뭐라고 했지? 알잖아. 너흰 여왕을 섬기는 거라고, 여왕에게 바치는 경의를 그녀에게 그대로 바쳐야 한다고, 원한을 한시도 잊지 않고 가슴에 품듯이 그녀를 한 치의 소홀함도 없이 보살펴야 한다고, 나에게 하는 것 못지않게 그녀에게 헌신해야 한다고. 문지기도 이웃들도 이 건물 세입자들도, 요컨대 이 세상 누구도 여기서 벌어지는 일을 알아서는 안 돼. 만일 무슨 일이 벌어지더라도 일체의 호기심을 차단하는 것이 너희가 할 일이야. 그리고 부인," 그가 털이 무성한 자신의 커다란 손으로 에스테르의 팔을 잡으며 덧붙였다. "부인도 아무리 하찮은 것이라도 경솔한 언행을 범해서는 안 됩니다. 필요한 경우 너희가 부인을 제지해야 할 수도 있어, 단…… 항상 예의를 갖추도록 해. 외롭, 부인의 의상과 관련해 외부와 접촉하는 일은 자네 담당일세.

물의 연관성을 지우는 편이다.

그리고 한 푼이라도 아껴야 하니까 자네가 직접 옷을 지어야
할 일도 있을 거야. 요약하자면, 아무도, 설사 아무리 시답잖
은 사람이라도 이 집 안에 발을 들여놓지 못하게 할 것. 너희
둘은 여기서 무슨 일이든 다 할 줄 알아야 해. 그리고 아리따
운 부인," 그가 에스테르를 향해 말했다. "밤에 마차를 타고 외
출하고 싶으면 외롭에게 말하면 될 거요. 부인께 필요한 사람
들을 어디 가서 찾아야 하는지 그녀가 알고 있소. 여기 이 두
종복처럼 내가 잘 길들여놓은 사내 종복이 따로 하나 더 대기
하고 있을 테니까."

에스테르와 뤼시앵은 할 말을 잃고 에스파냐 신부의 말에
귀를 기울이는 한편, 그의 명령을 받들고 있는 충직한 심복들
을 지켜볼 뿐이었다. 하나는 지독히도 반항적이고 다른 하나
는 몹시도 잔혹해 보이는 이 두 여자가 대체 무슨 비밀이 있기
에 꼼짝없이 저 사람을 향해 복종과 헌신의 표정을 짓고 있는
것일까? 마치 두 마리 끔찍한 뱀을 만난 폴과 비르지니처럼[92]
오금이 저려 꼼짝도 못 하고 있는 에스테르와 뤼시앵의 속마
음을 간파한 에스파냐 신부는 그들의 귀에 대고 나지막이 속
삭였다. "나를 믿듯 저 두 여자를 믿어도 좋아. 저들에게는 어
떤 것도 감추지 마. 그래야 저들과 잘 지내지. 애야, 아지, 가서
식사를 준비해." 그는 식모에게 일렀다. "그리고 내 귀염둥이는
식탁을 차리고." 그가 외롭에게도 말했다. "자식들이 아빠에게

---

92) 폴과 비르지니는 베르나르댕 드 생피에르가 1787년 동명의 제목으로
발표한 전원소설의 남녀 주인공이다.

음식을 대접하는 것이 최소한의 도리지."

두 여자가 문을 닫고 나가고, 이어 바깥에서 외롭이 왔다 갔다 하는 소리가 들리는 것을 확인한 다음, 에스파냐 신부는 커다란 손바닥을 활짝 벌리며 뤼시앵과 젊은 여자에게 말했다. "내가 쟤들을 꽉 잡고 있지." 상대방을 소름 끼치게 만드는 말과 동작이었다.

"저 사람들을 어디서 데려온 건데요?" 뤼시앵이 소리쳤다.

"아, 물론," 그 남자가 대답했다. "내가 쟤들을 왕실 주변에서 찾아낸 건 아니지! 외롭은 밑바닥 출신이라 그리로 되돌아가는 것을 두려워해……. 앞으로 쟤들이 자네들 말을 듣지 않을 때는 신부님에게 알린다고 협박하도록 해. 그러면 고양이 앞의 쥐처럼 바들바들 떠는 모습을 보게 될 거야. 나는 사나운 짐승을 길들이는 조련사거든." 그가 웃으면서 덧붙였다.

"당신을 보고 있으면 귀신에 홀린 것 같아요!" 에스테르가 뤼시앵에게 바짝 몸을 기댄 채 조심스럽게 탄성을 질렀다.

"이봐요, 난 당신을 하늘에 바치느라고 무진 애썼어. 원래 뉘우친 탕녀는 교회에는 영영 하나의 기만적 존재지. 만약 뉘우친 탕녀가 있다고 해도 천국에 가면 다시 창녀가 되고 말거야……. 그런데 당신은 수녀원에서 당신 자신을 잊고 더할 나위 없는 여인을 닮는 데 성공했어. 당신이 살았던 그 더러운 곳에서는 결코 알지 못했을 것을 수녀원에서 배운 덕분이지……." 그는 에스테르의 얼굴에 어린 정다운 감사의 표시를 접하고 말을 이었다. "뭐, 나한테 고마워할 건 없어. 내가 이 모든 일을 한 것은 이 사람 때문이니까……." 그 말을 하며 그는 뤼시앵을 가리켰다. "자넨 창녀고, 앞으로도 죽 창녀일 테고, 창녀로 죽을 거야. 왜냐하면 동물 조련사들의 그럴듯한 이론과는 달리, 사람은 이승에서 절대로 변하지 않는 법이거든. 역시 골상학의 대가[93] 말이 맞아, 당신은 사랑에 죽고 못 사는 골상을 가졌어."

에스파냐 신부가 나폴레옹이나 무함마드 등 많은 거물 정치인처럼 숙명론자라는 것이 단박에 파악되었다. 이는 참으로 기인한 현상인데, 거의 모든 행동가는 숙명에 기대며, 마찬가지로 대부분 사상가도 섭리에 기운다.

"저는 제가 누구인지 모르겠어요." 에스테르가 천사처럼 온유하게 대답했다. "하지만 전 뤼시앵을 사랑해요. 죽는 그날까지 열렬히 사모합니다."

"식사하러 가지." 에스파냐 신부가 불쑥 말을 꺼냈다. "뤼시앵이 서둘러 결혼하는 일이 없도록 하느님께 기도나 하시지. 그가 결혼하면 당신은 그를 다시는 보지 못할 테니까."

"그의 결혼은 저의 죽음이 될 거예요." 그녀가 말했다.

그녀는 가짜 신부가 앞서가기를 기다렸다가 그가 보지 않는 틈을 타 까치발을 하고는 뤼시앵의 귓가에 얼굴을 갖다 댔다.

"저 두 마리 하이에나를 시켜 나를 감시하는 저 사람 밑에 계속 짓눌려 살아야 하다니," 그녀가 속삭였다. "그것이 정녕

---

93) 골상학의 창시자인 프란츠 조제프 갈(1758~1828)을 말한다. 발자크는 두개골의 생김새로 인간의 성격과 운명을 설명하는 갈의 결정론에 깊이 영향을 받아 자신의 창작 원리 중 하나로 삼았다.

당신 뜻이야?"

뤼시앵은 고개를 숙였다. 가여운 아가씨는 차오르는 슬픔을 억누르고 애써 즐거운 척했다. 하지만 그녀는 극심한 고통을 느꼈다. 카를로스 에레라가 감시견이라고 부르는 끔찍한 두 여자에 적응하려면, 앞으로 1년도 넘게 한결같이 극도로 조심하며 살아야 할 터였다.

15. 4년간의 행복을 기술하기 때문에
따분하게 느껴질 수 있는 장(章)

파리로 돌아온 후 뤼시앵의 행각은 정치권 일각에 화제가 될 정도로 상당히 깊은 인상을 심어주어서 그의 옛 친구들의 질투심을 자극하는 정도가 아니라 실제로 활활 불타게 했는데, 뤼시앵은 자신의 성공, 완전무결한 차림새, 그리고 사람들을 꺼리는 행동 방식으로써 그들의 화를 돋우는 것 외에 다른 복수를 굳이 찾을 필요가 없었기 때문이다. 너무도 붙임성이 좋았고 너무도 외향적이었던 그 시인은 어느새 냉정하고 신중한 인물이 되었다. 파리의 젊은이들이 추종하는 대표적 인물인 드 마르세도[94] 말이나 행동에서 뤼시앵을 능가하는

---

94) 『인간극』에서 앙리 드 마르세는 파리 댄디의 표본이자 상류 사교계의 총아로, 마키아벨리즘을 체화한 위대한 정치가로 성장하는 인물이다. 젊은 시절 드 마르세와 델핀 드 뉘싱겐 부인의 관계를 언급하는 『고리오 영감』이나, 중편 『황금 눈의 여인』(1835)에는 젊은 여성들에 대한 그의 가학적 성

역량을 보여주지 못한다는 평가였다. 기지가 넘치기로는 신문 기자로서 이미 그 점을 증명해 보인 이력이 있는 뤼시앵이었다. 많은 사람이 뤼시앵과 드 마르세를 비교하며 시인의 손을 들어주었는데, 드 마르세는 그에 대해 불쾌감을 표출하는 옹졸함을 보일 정도였다.[95] 뤼시앵은 비밀리에 권력을 행사하는 사람들의 총애를 받게 되면서 문학적 영광을 얻겠다는 생각은 완전히 버렸기 때문에, 필명이 아닌 본명으로 재출간된 소설 '샤를 9세의 궁수'가 거둔 성공에도, 도리아 출판사가 찍어내 단 일주일 만에 매진된 소네트 모음집 '데이지'가 불러일으킨 소동에도 모두 관심이 없었다. "그건 사후의 성공일 뿐입니다." 그는 자신에게 찬사를 보내는 마드무아젤 데 투슈에게[96] 웃으면서 그렇게 대답했다. 무시무시한 에스파냐 신부는 자신의 피조물을 철완으로 완전히 제압해, 정해진 주로(走路) 바깥으로는 한 걸음도 벗어나지 못하게 통제했다. 결승선에서 승리의 팡파르와 막대한 이득이 끈질기게 완주한 정략가를

취향이 그려진다. 『결혼 계약』(1835)에서는 결혼 제도를 비판하는 냉철한 현실주의자의 면모를 보여주며, 1830년 이후 7월왕정을 배경으로 하는 몇몇 소설에서는 내각을 이끄는 수상으로 등장한다.

95) 『잃어버린 환상』에서 드 마르세는 여러 사람 앞에서 뤼시앵을 조롱하고 비방한 전력이 있다.

96) 펠리시테 데 투슈는 발자크가 조르주 상드를 모델로 창조한 인물로, 『인간극』에서 카미유 모팽이라는 필명으로 활동하는 문인(文人)이다. 『잃어버린 환상』에서는 마지막까지 뤼시앵을 돌봐준 유일한 예술가로 나오며, 『인간극』의 다른 작품인 『베아트리체』(1839~1845)의 두 여성 주인공 중 한 명이기도 하다.

맞이한다는 것이었다. 뤼시앵은 테부가 근처에 살려고, 보드 노르가[97] 살았던 말라케 강변로의 독신자 아파트에 거처를 구했고, 그를 조종하는 자는 같은 집 5층의 방 3개짜리 아파 트에 자리를 잡았다. 뤼시앵에게는 이제 카브리올레를 매달기 도 하고 단독 승용으로 쓰이기도 하는 말 한 마리, 하인 하나, 마구간지기 하나밖에 없었다. 그는 시내에서 식사할 일이 없 을 때는 에스테르의 집에서 식사했다. 카를로스 에레라가 말 라케 강변로의 살림을 워낙 꼼꼼히 감시했기 때문에 뤼시앵 은 모든 것을 다 합쳐서 1년에 1만 프랑 이상을 쓰지 못했다. 1만 프랑은 에스테르에게는 충분했는데, 외롭과 아지의 불가 사의하기만 한 한결같은 헌신 덕이었다. 뤼시앵은 테부가에 갈 때나 나올 때나 극도로 조심했다. 그는 반드시 삯마차만 타고 갔는데, 마차에 늘 블라인드를 쳤으며 밖에서 내리지 않고 마 차를 건물 안까지 들어가게 했다. 따라서 에스테르에 대한 그 의 애정과 테부가에 있는 살림집의 존재는 사교계에 전혀 드 러나지 않았고, 그가 벌이는 일과 인간관계에 아무런 지장도 초래하지 않았다. 이 민감한 주제에 관해서 그는 경솔한 말을 한마디도 발설한 적이 없었다. 그가 파리에 처음 체류하던 시 기에 코랄리에 관해 그런 식으로 잘못을 저질렀던 경험이 그

------

97) 고드프루아 드 보드노르는 포부르 생제르맹의 귀족 집안 출신으로 일 찍이 부모에게 막대한 재산을 상속 받아 호사스러운 댄디 생활을 영위하는 인물이다. 『인간극』의 다른 작품인 『뉘싱겐 은행』(1838)에 그의 결혼과 파 산에 관한 이야기가 나온다. 이즈음 그는 뉘싱겐이 기획한 금융 사기 사건으 로 파산해, 댄디 시절 구매했던 말라케 강변로의 집을 떠나야만 하게 된다.

에게 교훈이 되었기 때문이다.[98] 먼저, 그의 일과는 단조로울 정도로 규칙적이었는데, 그것은 수많은 비밀을 은닉하기 위한 방책이었다. 그는 매일 새벽 1시까지 사교계에 머물렀다. 그가 집에 있는 시간은 오전 10시에서 오후 1시 사이였다. 그런 다음 불로뉴 숲에 가서 저녁 5시까지 돌아다녔다. 그가 걸어 다니는 경우는 극히 드물었는데, 그런 식으로 그는 예전의 지인들과 마주치는 것을 피했다. 신문기자나 옛 동료 중 하나가 그를 알아보고 인사를 건네면 그는 일단 고개만 까딱하는 것으로 응답을 대신했는데, 언짢아할 수는 없기에 적당히 예의를 갖추긴 했어도 프랑스식 친밀감이라고는 아예 배제된 뿌리 깊은 거만함이 뚝뚝 묻어났다. 그는 그렇게 더는 알고 지내고 싶지 않은 사람들과 마주치면 서둘러 자리를 떴다. 여러 차례 그를 집으로 초청했던 데스파르 부인의 집에 가는 것도 해묵은 증오가 가로막았다.[99] 그녀를 모프리뇌즈 공작 부인이나 마드무아젤 데 투슈나 몽코르네 백작 부인의 집, 혹은 그 밖의 다른 장소에서 마주치는 일이 생기면 그는 표면상으로는 더할 나위 없이 공손하게 그녀를 대했다. 증오를 품기는 데스파르 부인도 마찬가지여서, 뤼시앵으로서는 조심스럽게 처신

---

98) 『잃어버린 환상』 2부의 일화 참조. 발자크는 1843년에 이 소설과 『잃어버린 환상』 3부를 동시에 작업대에 올려놓고 써 내려갔다. 따라서 두 작품 간에는 간섭과 교섭이 빈번하다.

99) 『잃어버린 환상』 2부에서 뤼시앵이 파리에 오자마자 바르주통 부인에게 버림받은 것은 바로 데스파르 후작 부인이 사촌인 바르주통 부인에게 그를 멀리하라고 조언했기 때문이다.

해야만 했는데, 자세한 경위는 뒤에서 밝혀지겠지만 그는 끝내 복수심을 자제하지 못해 데스파르 부인의 증오심에 불을 지르고 말았고, 그 일로 인해 카를로스 에레라의 강한 질책을 받았다. "자넨 아직 누구에게 복수를 가할 만큼 힘을 지니고 있지 않아." 에스파냐 신부는 그때 그에게 그렇게 말했다. "태양이 작열하는 가운데 길을 나서면, 가장 아름다운 꽃을 만나 꺾고 싶어도 걸음을 멈추지 않는 법이야……." 뤼시앵이 앞으로 너무나 잘나갈 것 같고 또 월등히 뛰어난 게 사실이었기 때문에 젊은 치들은 그의 파리 귀환과 도저히 납득할 수 없는 재산이 불쾌하고 못마땅한 일이었지만 그를 골탕 먹일 기회를 쉽사리 잡지 못했다. 수많은 적수가 자신을 노린다는 것을 익히 아는 뤼시앵은 자기 친구들의 마음속에 도사린 악의 또한 모르지 않았다. 따라서 사제는 자신의 양아들이 사교계에 난무하는 갖은 음해에 휘둘리지 않고 젊은 나이에 돌이킬 수 없는 치명적 실수를 저지르지 않도록 만반의 준비를 시켰다. 뤼시앵은 매일 밤 사제에게 그날 있었던 일을 시시콜콜 다 보고해야만 했고, 실제로 그렇게 했다. 사부의 조언 덕분에 그는 세상에서 가장 집요한 호기심인 사교계의 호기심을 따돌릴 수 있었다. 영국식의 근엄한 몸가짐으로 무장하고 외교관의 신중함이 쌓아 올린 철옹성으로 자신을 지켜 어느 누구에게도 그의 일에 참견할 권리나 기회를 주지 않았다. 그의 젊고 수려한 얼굴은 마침내 사교계에서 왕실 의전에 참석한 공주의 얼굴처럼 무표정하다고 정평이 나버렸다. 1829년 중반 무렵, 당시 시집보낼 딸이 최소한 넷은 남은 그랑리외 공작 부인의 맏딸과 그의 혼인이 화제로 떠올랐다. 이 혼인에 즈음하여 왕이 뤼시앵에게 후작 작위를 내리는 은사를 베풀 것이라는 데에 아무도 의심하지 않았다. 그 결혼은 뤼시앵의 정치적 운명을 결정짓게 될 것인데, 모르긴 해도 뤼시앵은 결혼을 통해 독일의 한 공국의 장관으로 임명될 것이라는 이야기였다. 특히 3년 전부터 뤼시앵의 생활은 도저히 흠잡을 수 없을 정도로 완벽했다. 그래서 드 마르세는 그에 대해 다음과 같은 묘한 말을 한 적이 있다. "그 친구 뒤에는 대단한 실력자가 있는 것이 분명해!" 뤼시앵은 이렇게 유명 인사가 거의 다 되었다. 게다가 에스테르를 향한 그의 열렬한 애정이 그가 진중한 인물로 처신하는 데 크게 이바지했다. 그러한 상황에서 비롯된 독특한 습성 덕에 야심가들은 많은 어리석은 짓을 피할 수 있다. 다른 여자에게는 일절 눈을 돌리지 않기 때문에 그들은 육체의 반응이 정신의 제어를 압도하는 그런 지경에 빠지지 않는 것이다. 뤼시앵이 누리는 행복에 대해서 말하자면, 그것은 다락방에서 한 푼도 없이 배곯던 시인의 꿈이 비로소 실현된 것이었다. 사랑에 빠진 창녀의 가장 완전한 형태인 에스테르는 뤼시앵에게 1년간 함께 산 적 있던 여배우 코랄리를 연상시켰지만, 바로 그런 이유로 코랄리를 마음에서 완전히 지워 버리게 했다. 사랑스럽고 헌신적인 여인들은 모두 은둔과 익명의 삶, 심해의 진주 같은 삶을 살겠노라 결심한다. 그러나 정작 그들 대부분이 입에 올리는 화제는 그러한 달콤한 변덕 중 어떤 것, 자신들이 보여주려고 꿈꾸었지만 실제로 보여주지 못한 어떤 사랑의 증표다. 그와는 달리 에스테르는 처음 느낀 행복의 여운을 늘 생생하게 간직한 채로, 매 순간을 뤼시앵의 불타는 시선에 사로잡혔던 첫 순간처럼 살았고, 4년 동안 단한 번도 조바심에 애달파한 적이 없다. 그녀는 자신의 온 정신력을 남김없이 바쳐 에스파냐 신부의 숙명의 손이 획정해 놓은 프로그램의 틀 안에 충실히 머무르고자 노력했다. 아니, 그뿐이 아니었다! 사랑받는 여인은 자신에 대한 애인의 욕망이 영원하리라 자만하기에 뭐든지 해도 된다고 믿기 마련인데, 그녀는 더없는 행복감에 도취해 있는 순간에도 그런 식의 위세를 남용해 자신에게 변함없이 두렵기만 한 존재인 에레라의 정체에 대해 뤼시앵에게 물어보거나 하는 일이 일절 없었다. 그녀는 에레라를 감히 머리에 떠올리지도 못했다. 이 불가사의한 인물이 베푸는 교묘한 호의는, 에스테르가 갖춘 수녀원 원생의 단정함과 더할 나위 없이 완벽한 여인의 풍모와 갱생의 삶, 이 모든 것이 그 호의에 빚진 것은 분명하지만, 어쨌든 그 호의는 그 가엾은 아가씨에게 무슨 지옥의 전조처럼 느껴졌다. "언젠가 이 모든 것의 대가를 치르고 말 거야." 그녀는 두려움에 중얼거리곤 했다. 날씨가 좋은 밤이면 그녀는 하루도 빠지지 않고 삯마차를 타고 외출했다. 그녀가 주로 가는 곳은 불로뉴나 뱅센이나 로맹빌이나 빌다브레 같이 파리 근교의 매혹적인 숲이었는데, 아마도 사제의 지시인 듯 늘 서둘러마쳐야 하는 이 밤 나들이는 대개 뤼시앵과 함께였지만, 가끔은 외롭만 대동한 채 혼자일 때도 있었다. 뤼시앵이 동행하지않을 때도 전문 사냥꾼처럼 근사하게 차려입고 진짜 칼로 무장한, 생김새뿐 아니라 군살 하나 없는 근육질 몸이 무시무시한 검투사를 연상케 하는 건장한 종복 하나가 따라붙었기 때문에 그녀는 아무런 두려움 없이 산책할 수 있었다. 새로 투입된 그 경호원은 영국에서 유행하는 식으로 지팡이 같은 것을 하나 소지하고 다녔는데, 봉술사들 사이에서 장봉(長棒)으로 불리기도 하는 그 긴 막대는 공격해 들어오는 상대 여럿쯤은 너끈히 물리칠 수 있는 무기였다. 사제가 내린 명령에 따라 에스테르는 그 경호원에게 이제껏 한마디도 말을 건네지 않았다. 외롭은 자기가 모시는 부인이 귀가할 의사를 표현하면 소리를 외쳐 신호를 보냈다. 그러면 경호원은 항상 가까운 거리에서 대기하고 있는 마부를 휘파람으로 불렀다. 뤼시앵이 에스테르와 함께 산책할 때면 외롭과 경호원은, 어떤 마법사가 자기가 돌보는 이들을 위해 보냈다는 『천일야화』에 나오는 지옥의 시종처럼 두 연인과 100보 정도 거리를 유지하며 뒤따랐다. 파리 사람들은, 특히 파리의 여자들은 맑은 날 밤 숲속을 거니는 것이 얼마나 매혹적인지 잘 모른다. 한적하고 고요한데다 달빛의 효과까지 더해 목욕할 때의 진정 작용을 만끽할 수 있는데 말이다. 보통 에스테르는 밤 10시쯤 집을 나서 자정에서부터 1시까지 산책을 즐기다가 2시 반쯤 귀가했다. 귀가 후에는 오전 11시까지 집 안에 햇빛을 완전히 차단했다. 그녀는 자리에서 일어나면 목욕을 마치고 매우 공들인 화장을 했는데, 그녀가 하는 화장은 시간이 너무 많이 걸려 온종일 시간이 남아도는 고급 창녀나 거리의 창녀 로레트나[100] 귀부인

---

100) 로레트에 대해서는 52쪽 각주 43번 참조.

들만 할 수 있는 것이라서 대부분의 평범한 파리 여인들은 그런 화장이 있는 줄도 몰랐다. 그녀는 뤼시앵이 오면 만반의 준비를 하고 있다가 마치 갓 피어난 한 송이 꽃처럼 그의 눈에 비치고 싶어 했다. 그녀는 자신의 우상인 시인의 행복 말고는 아무런 고민도 없었다. 그녀는 그에게 하나의 사물 같은 존재였다. 다시 말해 그녀는 그에게 가장 완전한 자유를 허용했다. 그녀는 자신이 알 수 있는 영역 너머로는 눈길 한번 준 적이 없다. 사제가 그녀에게 그렇게 하도록 충고했던 것인데, 왜냐하면 이 심오한 정략가의 머릿속에는 뤼시앵에게 마음껏 염복을 누리도록 하려는 계획이 들어 있었기 때문이다. 행복에는 자초지종을 갖춘 구구절절한 사연이 필요하지 않다. 어느 나라의 이야기꾼이든 그 점을 잘 알기 때문에 '그들은 행복하게 잘 살았다!'라는 문장이 모든 사랑 이야기의 끝을 장식하는 것이다. 따라서 우리는 파리 한복판에서 펼쳐지는 정말로 동화 같은 그 행복의 정황들을 그저 설명할 수만 있을 따름이다. 그것은 가장 아름다운 형식을 갖춘 행복, 한 편의 시, 4년에 걸쳐 펼쳐진 4악장의 교향곡이었다! 모든 여자가 이구동성으로 말할 것이다. "그것참 대단하군요!" 그러나 에스테르도 뤼시앵도 "그것참 분에 넘치네요."라고 말하지 않았다. 결론은 이렇다. 그들 둘의 행복은 '그들은 행복하게 잘 살았다'라는 공식에서 '아들딸 낳고'가 빠졌기 때문에 동화 속 이야기보다 더 확실해 보였다. 그런 식으로 해서 뤼시앵은 사교계에서 거리낌 없이 활약하며 다닐 수 있었고, 시인 특유의 변덕스러운 충동이 이끄는 대로, 이런 표현을 사용해도 된다면 자신의 견해에 따라, 그때그때 필요로 하는 논리를 좇으며 살았다. 그렇게 자신이 나아갈 길을 천천히 닦아가던 기간 동안, 그는 몇몇 정치인들과 일로 엮이면서 그들을 은밀하게 도왔다. 그 과정에서 그는 철저하게 비밀을 지켰다. 그는 세리지 부인과의 관계를 돈독히 하는 데 특히 힘을 기울였는데, 살롱 바닥에서는 그와 그녀가 깊은 사이라는 소문이 파다했다.[101] 세리지 부인이 모프리뇌즈 공작 부인에게서 뤼시앵을 가로챘고, 들리는 말로는 그 후로 모프리뇌즈 공작 부인은[102] 뤼시앵을 관심사에서 지웠다는 얘기인데, 여자들은 자기가 시새우는 행복에 그런 식의 말로 복수를 가하는 경향이 있다. 뤼시앵은 이를테면 궁중 사제단의 일원이 된 셈이며, 파리 대주교의 몇몇 유력한 자매 신도들과 긴밀한 관계를 맺은 것이다. 따라서 그

---

101) 『인간극』의 다른 작품 『페라귀스』에서 '13인당'의 일원인 롱크롤 후작의 누이로 언급된 세리지 부인의 본명은 클라라 레옹틴 드 롱크롤이고, 제1공화정기에 고베 장군과 결혼했다 사별 후, 1806년 정계 거물인 스무 살 연상의 세리지 백작과 재혼했다. 『잃어버린 환상』 2부에서 파리에 막 상경한 뤼시앵은 사교계 명사 중 한 명인 세리지 부인과 오페라 극장에서 처음 스친 것으로 묘사된다.

102) 디안 드 모프리뇌즈 공작 부인은 『골동품 진열실』(1839), 『카디냥 대공 부인의 비밀』(1840) 등 『인간극』의 여러 작품에 등장하는 주요 인물이다. 열일곱 살에 어머니의 요구로 어머니의 애인인 열아홉 살 연상의 모프리뇌즈 공작과 결혼한 후, '파리의 여왕'으로 불리며 수많은 남성 편력을 보여준다. 1830년 초 왕족인 모프리뇌즈 공작이 부친의 사망으로 카디냥 대공을 승계하여 카디냥 대공 부인이 된다. 『카디냥 대공 부인의 비밀』은 그녀와 다니엘 다르테즈(『잃어버린 환상』에서 세나클의 좌장으로 등장해, 친구 뤼시앵이 저널리즘과 야합하는 것을 경계했던 인물)가 연인 관계를 맺는 이야기다.

당시 결혼한 상태였고 자기 아내를 에스테르가 사는 식으로 살게끔 관리하고 있던 드 마르세가 뤼시앵을 두고 했다는 말은 단순한 관찰 이상의 의미를 함축했다고 해야 옳다. 그렇지만 이즈음 뤼시앵이 처한 상황의 발밑에 도사린 보이지 않던 위험은 이 이야기가 한참 더 진행되고 나서야 어느 정도 이해될 것이다.

2절
결투 준비

16. 살쾡이는[103] 어떻게 쥐를 만났는가,
그리고 그 결과 무슨 일이 벌어졌는가

그렇게 상황이 전개되던 8월의 어느 맑은 날 밤, 뉘싱겐 남작이 프랑스에서 사업을 하는 한 외국 은행가의 별장에서 저녁 식사를 한 후 파리로 돌아오는 길이었다. 그 별장은 파리에서 동쪽으로 32킬로미터쯤 떨어진, 브리 지방 한복판에 있었다. 그런데 남작의 마부는 대단한 주인을 대단한 곳에 자기가 부리는 말로 직접 모시고 다녀온다는 자부심에 들떠 밤이 깊었는데도 제멋대로 보란 듯이 천천히 말을 몰았다. 일행이 뱅센 숲에 들어선 즈음 말과 수행원들과 주인의 상태는 이랬다. 은행계 최고 황제의 저택 부속 찬방에서 거나하게 먹고 마셔

---

103) 발자크는 자신의 작품에서 질 나쁜 은행가나 사업가를 지칭할 때 살쾡이라는 별명을 즐겨 쓴다.

얼큰해진 마부는 지나가는 사람들에게 멀쩡하게 보이려고 고삐를 틀어쥔 채로 꾸벅꾸벅 졸았다. 그 뒤에 앉은 하인은 드르렁드르렁 코를 골았는데, 그 소리가 마치 조그만 목각 인형들과 커다란 링엘룸[104] 팽이를 비롯한 갖가지 팽이들의 나라인 독일에서 만든 팽이가 요란하게 휘도는 것 같았다. 남작은 뭔가 생각할 거리가 있었지만 구르네 다리를[105] 건너고부터는 나른한 식곤증이 몰려와 눈이 감겼다. 고삐가 느슨해지자, 말들은 마부의 상태를 알아차렸다. 말들은 뒤에서 자신을 감시하는 하인도 통주저음 소리를 내는 것을 듣고 자기들이 주인이라도 된 양 그 짧은 자유의 시간을 십분 활용해 내키는 대로 활보했다. 똑똑한 노예가 되어버린 말들은 노상강도들에게 프랑스에서 가장 부유한 자본가 중 하나, 오죽했으면 사람들이 상당히 단호하게 살쾡이라고 부르는 그런 존재 중 가장 그악스러운 자의 짐을 마음껏 털어가라고 동네방네 선전하는 꼴이었다. 그렇게 주인 행세를 하던 말들은 가축들에게서 흔히 볼 수 있는 그런 호기심에 이끌려 제멋대로 가다가 급기야 어떤 회전 교차로에서 다른 마차의 말들과 마주치자 그 자리에 멈춰 서더니 말들끼리 통하는 언어로 대화를 나누는 것 같았다. "너희는 누구네 말이야? 너희는 지금 뭐하니? 너흰 행복하니?" 마차가 멈춰 서자 졸고 있던 남작이 정신을 가다듬었

---

104) 발자크는 'Reinganum'으로 표기했는데 '팽이'를 뜻하는 스위스 독일어 방언으로 추정되는 'Ringelum'의 오기(誤記)로 추측된다.
105) 구르네 다리는 동쪽에서 파리에 입성할 때 건너야 하는 마른강 위의 다리다.

다. 그는 처음엔 자신이 아직도 동료 은행가의 정원을 벗어나지 못한 줄 알았다. 그러다가 평소 그의 장기인 계산력을 발휘할 새도 없이, 돌연 천상의 계시가 자신에게 내려왔다는 느낌에 사로잡혔다. 달빛이 너무 환해서 무엇이든 다, 심지어 석간신문까지도 읽을 수 있을 것 같았다. 쥐 죽은 듯 고요한 숲속, 그 청명한 달빛 아래로 남작은 웬 여자 하나가 삯마차에 오르려다 말고 자기 쪽, 그러니까 사륜마차 한 대가 조는 듯 서 있는 희한한 광경으로 눈을 돌리는 모습을 보았다. 그 천사를 보자마자 뉘싱겐 남작은 뭔지 모를 내면의 빛이 환하게 밝혀지는 느낌을 받았다. 누군가 자신을 경탄스럽게 바라본다는 것을 알아챈 젊은 여자는 겁을 집어먹고 베일을 내려 얼굴을 가렸다. 그 순간 경호원이 거친 소리로 외마디 신호를 보냈고, 마부는 그 신호의 의미를 금세 알아챘다. 순식간에 삯마차는 쏜살같이 내달려 시야에서 사라졌다. 늙은 남작은 가슴이 에이는 것 같았다. 발끝에서 솟구친 피가 머리로 불기운을 실어 날랐고, 머리는 활활 타는 그 불길을 다시 가슴으로 내려보냈다. 목이 꽉 잠겼다. 갑자기 불행해진 남작은 먹은 것이 체할까 봐 걱정되었다. 그러나 그러한 심각한 두려움을 떨치고 그는 두 발에 힘을 모아 몸을 곧추세웠다.

"천속녁으로 탈려! 눈을 트라고 이 머처리 녀석!" 그가 소리쳤다. "처 마차를 타라자브면 100프랑 추마."[106]

---

106) 은행가 뉘싱겐은 알자스 출신이다. 발자크는 사실성과 함께 음험한 이 인물의 속성을 십분 살리기 위해 뉘싱겐의 말을 독일어 계통의 알자스어 억양이 강하게 섞인 프랑스어 표기를 하고 이탤릭체로 구분한다. 그 표기는

‘100프랑’이라는 말에 마부는 화들짝 잠이 깼고, 뒷자리 하인은 아마도 비몽사몽간에 그 말을 들었을 것이다. 남작은 거푸 명령을 내렸고, 마부는 있는 힘껏 말들을 몰아 마침내 뉘싱겐이 목격한 미지의 여신을 태운 마차와 거의 흡사한 마차 한 대를 트론 관문에서[107] 따라잡았으나 정작 그 마차에는 웬 대형 상점 지배인이 비비엔가의 나무랄 데 없는 여인을[108] 옆에 끼고 퍼져 있었다. 잘못된 것을 알고 남작은 그만 크게 낙담하고 말았다.

“멍청하기 차기 엄는 네놈 태신에 초르추(조르주라고 읽을 것.)를 테려와터라면 캔 크 녀자를 차자낼 수 잇섯을 텐데.” 그가 마부를 나무라는 사이에 관문 직원들이 마차로 다가왔다.

“아, 나리, 정말로 악마가 헝가리 산적의 모습을 하고 뒤에 있는 것 같았어요. 그 악마가 저보다 먼저 그 마차를 자기 것으로 만들었나 봐요.”

“앙마가 어딧서.” 남작이 말했다.

당시 뉘싱겐 남작은 자기 나이가 예순이라고 공공연히 밝히면서, 여자들에게 완전히 흥미를 잃었노라고, 자기 부인에

나름의 일관된 음운법칙을 따르고 통사적으로나 문법적으로 오류는 없지만, 표준 프랑스 사용자가 대번에 의미를 파악하기가 불가능할 정도로 난삽하다.

107) 뱅센에서 파리로 들어오는 길목이었던 오늘날의 나시옹 광장에는 세금 징수를 위한 트론 관문이 있었다.

108) 발자크가 ‘나무랄 데 없는 여인(une femme comme il faut)’이라는 구절을 특히 강조할 때는 ‘창녀’를 가리키는 경우다. 비비엔가에는 당시 파리의 유명한 유곽들이 있었다.

대해서도 더하면 더했지 덜하지 않다고 말하고 다녔다. 그는 자신이 광적인 사랑에 한 번도 빠져본 적 없는 것을 자랑스러워했다. 그는 여자와 더는 볼일이 없는 것을 행복으로 여겼는데, 그가 거리낌 없이 펼치는 지론에 따르면 여자란 아무리 천사 같다 할지라도 그녀에게 드는 돈값을 못 하는 존재고, 설령 그녀가 아무런 조건 없이 몸과 마음을 다 준다고 해도 그렇다는 것이었다. 그는 자신이 여자한테 완전히 무감각해졌기 때문에 자기 자신을 속이는 쾌락을 사기 위해 매월 2000프랑이나 들이는 짓은 일찌감치 그만두었다고 공언했다. 오페라 극장의 지정석에서도 그의 두 눈은 감정이 배제된 채 조용히 발레단을 응시할 뿐이었다. 파리의 쾌락을 담당한 정예부대, 무시무시한 벌떼처럼 무리를 이룬 발레단의 늙은 아가씨들과 젊은 노파들 쪽에서도 그 자본가를 향해 추파 한 번 날리지 않았다. 생리적 욕구에 따른 사랑, 가식적인 사랑, 자존심 충족을 위한 사랑, 관례적이고 과시적인 사랑, 심심풀이용 사랑, 부부간의 점잖은 사랑, 괴팍한 취향의 사랑 등, 남작은 사랑이란 사랑은 돈 주고 사서 다 경험해 보았지만, 진정한 사랑만큼은 예외였다. 그런데 그 진정한 사랑이 먹이를 낚아채는 독수리처럼 그를 덮친 것인데, 그것은 이를테면 메테르니히 각하의 최측근이었던 겐츠를 덮친 사랑이었다. 그 늙은 외교관이 여배우 파니 엘슬러에게 보였던 광적인 사랑을 모르는 사람은 없을 것인데, 겐츠에게는 그녀의 공연이 유럽의 이해관계보다 훨씬 중차대한 관심사였을 정도다.[109] 뉘싱겐이라는 이중 강철 금고의 마음을 조금 전 단번에 뒤흔들어 버린 여인은 그에게 한 세대에 한두 명 있을까 말까 한 그런 여성으로 보였다. 티치아노의 여인이나 레오나르도 다빈치의 모나리자나 라파엘로의 포르나리나가 에스테르만큼 아름다웠는지 어땠는지는 확실히 모르겠지만, 파리에서 가장 뛰어난 관찰자의 가장예리한 눈이라 할지라도 숭고한 그녀의 모습에서 티끌만큼이라도 창녀의 흔적을 찾아낼 수 없었으리라는 점은 분명하다. 특히 남작은 화사하고 우아하며 사랑스럽게 치장하고 사랑을듬뿍 받는 얼굴을 하고 있던 에스테르에 의해 가장 높은 차원으로 구현된 그 고결한 상류층 여성의 풍모에 완전히 넋을 잃고 말았다. 행복이 넘치는 사랑이란 여인들의 성유병(聖油瓶)이니, 그렇게 사랑받는 여인들은 모두 왕비처럼 자부심이 넘쳐흐르는 것이다. 남작은 그날 이후 일주일 내내 밤마다 뱅센숲을 필두로 불로뉴 숲, 빌다브레 숲, 뫼동 숲 등 파리 근교의모든 숲을 뒤지고 다녔으나 에스테르를 만나지 못했다. 그가말끝마다 "성경에 나오는 닌물"이라고 일컬은 그 숭고한 유대여인이 그의 눈앞에서 한순간도 떠나지 않았다. 그렇게 보름쯤 지나자 그는 식욕마저 잃었다. 부인인 델핀 드 뉘싱겐과 최근에 그녀가 사교계에 선보이기 시작한 딸 오귀스타는 처음엔남작에게 일어난 변화를 눈치채지 못했다. 모녀는 뉘싱겐 남작과 아침저녁 식사 때만 마주했는데, 그나마 셋이 집에서 저

---

109) 프로이센 왕국의 작가이자 외교관이었던 프리드리히 폰 겐츠(1764~
1832)는 오스트리아 수상 메테르니히와 함께 나폴레옹 체제 이후 유럽의
보수적인 신성동맹 체제를 이끈 인물로, 떠들썩한 염문과 방탕한 생활의 주
인공이기도 하다.

녁 식사를 함께하는 경우는 델핀이 집에 손님을 불렀을 때 말고는 결코 없었다. 그러나 두 달이 지나고부터 조바심에 몸이 달아 상사병 비슷한 상태에 빠진 남작은 백만금의 돈도 아무런 소용이 없음을 절감하며 부쩍 야위고 중병에 걸린 듯 안색이 나빠졌는데, 그 모습이 어찌나 심각했던지 델핀은 자신이 내심 과부가 될 수도 있겠다는 기대감을 품었다. 그녀는 속셈을 감추고 진심으로 남편의 건강을 염려하는 척하며 딸을 내실로 불러들였다. 그녀는 남편에게 질문을 퍼부었다. 뉘싱겐은 우울증에 걸린 영국 사람처럼 대답했는데, 다시 말해서 거의 묵묵부답이었다. 그간 델핀 드 뉘싱겐은 일요일마다 성대한 저녁 식사 자리를 마련해 왔다. 그녀는 상류 사교계에서는 일요일 저녁에 아무도 극장에 가지 않으며 일반적으로 약속도 잡지 않는다는 사실을 알아채고는 접대를 위해 그날을 활용했다. 상인이나 기타 부르주아 계급의 침투가 파리의 일요일을 따분하기로 정평이 난 런던의 일요일만큼이나 무미건조하게 만든 것이다. 남작 부인은 뉘싱겐이 자신은 건강에 아무런 문제가 없다고, 환자가 아니라고 강변했지만, 진찰을 받아보게 하는 게 좋지 않을까 해서 유명한 의사 데플랭을 그날의 저녁 식사에 초대했다. 켈러, 라스티냐크, 드 마르세, 뒤티예 등 그 집안의 친구들이 입을 모아, 뉘싱겐 같은 사람은 이유 없이 갑작스레 죽는 법이 없다고 남작 부인을 누누이 안심시켰다. 그가 맡은 거대한 사업은 면밀한 주의를 요하는 것이고, 따라서 그는 무슨 일을 어떻게 해야 할지 완벽하게 대비하고 있음이 틀림없다는 것이었다. 그 친구들을 비롯해 프랑수아 켈러의

장인인 공드르빌 백작, 데스파르 기사(騎士),[110] 데 뤼포, 데플 랭이 가장 아끼는 제자 중 한 명인 의사 비앙숑, 보드노르와 그의 부인, 몽코르네 백작 부부, 마드무아젤 데 투슈와 그녀의 애인 콩티, 그리고 마지막으로 라스티냐크와 5년 전부터 가장 돈독한 우정을 맺고 있는(그러나 그 우정은 공연 포스터의 표현을 빌리자면 '법적 조치를 준수한'[111] 것이었다.) 뤼시앵 드 뤼방프 레 등이 그날의 저녁 식사에 초대 받은 면면이었다.

17. 절망에 빠진 부자

"저자에게서 벗어나기란 쉽지 않게 생겼군." 눈부시게 차려 입어 그 어느 때보다 멋지게 보이는 뤼시앵이 들어오는 것을 보고 블롱데가 라스티냐크에게 말했다.

"차라리 친구로 삼는 편이 낫지, 무서운 자니까." 라스티냐 크가 대꾸했다.

"저자가?" 드 마르세가 끼어들었다. "난 정체가 투명하게 밝혀진 사람들만 무섭다고 생각해. 그런데 저자의 정체는 난공 불락 이상으로 난공불락이야. 보라고! 저자는 무슨 일을 하며 먹고살지? 저자의 막대한 재산은 어디서 나왔을까? 확신하건 대 저자는 6만 프랑가량의 빚도 지고 있어!"

---

110) 데스파르 후작 부인의 시동생이다.
111) 라스티냐크와 뤼시앵의 우정이 카를로스 에레라, 곧 보트랭의 강압에 따른 것임을 우회적으로 표현하고 있다.

"권세 있고 부유한 후견인으로 어떤 에스파냐 신부 하나를 물었다지 아마. 그 후견인이 그의 뒤를 봐준다던데." 라스티냐 크가 말했다.

"저 사람, 그랑리외 공작의 맏딸과 결혼한대요." 마드무아젤 데 투슈가 말했다.

"그렇다네요. 그런데," 데스파르 기사가 말했다. "그러려면 그가 장차 거기에 걸맞은 재산을 갖고 있음을 보여줘야 하므로 그랑리외 쪽에서 연 3만 프랑의 수익을 올려주는 토지 정도는 매입해서 확보하고 있어야 한다고 압박하나 봐요. 그런 토지를 사려면 100만 프랑이 필요한데 그런 액수를 발밑에 깔고 있는 에스파냐 사람은 아무도 없지요."

"비싸네요, 클로틸드는 아주 박색이잖아요." 남작 부인이 말했다. 뉘싱겐 부인은 자신이 평민인 고리오의 딸이지만 상류 사교계를 제집처럼 드나든다고 과시하려는 듯 부러 마드무아젤 그랑리외를 친근한 이름으로 불렀다.

"아니지요." 뒤티예가 응수했다. "공작 부인의 딸은 우리 같이 근본이 낮은 사람들에겐 추녀가 아니지요.[112] 더군다나 결

112)『인간극』여러 작품에 등장하는 뒤티예는 태어나자마자 부모도 모르는 고아로 버려져 마을의 사제가 거두어 키우고 그 마을 이름인 튀예를 성으로 붙여준, 이른바 근본 없는 비천한 출신의 인물이다. 어린 나이에 파리로 상경해 향수 가게 점원으로 일을 시작했으나, 뛰어난 수완을 발휘해 뉘싱겐과 켈러 같은 거물 은행가들의 일을 돕고, 그 과정에서 자신도 유력 은행가로 성장한다. 1830년 7월혁명 직후, 이 작품 후반부에 나오는 전통 귀족 출신 검사장 그랑빌 백작의 딸과 결혼하는데,『골짜기의 백합』의 주인공인 대귀족 펠릭스 드 방드네스가 그와 동서지간이다. 대혁명 이후 프랑스 사

혼만 하면 후작의 작위와 외교관 자리가 굴러들어 오는 여자라면 말이죠. 하지만 그 결혼을 가로막는 최대 장애물은 뤼시앵에 대한 세리지 부인의 미친 사랑이에요. 세리지 부인은 그에게 그 이상의 엄청난 돈을 쾌척하고도 남지요.”

“뤼시앵이 아무리 심각해 보여도 이젠 놀랄 것 없겠어. 혼자 힘으로 그렇게 부자가 될 수 있는 것도 아닌 데다가 세리지 부인은 분명 그에게 마드무아젤 그랑리외와 결혼하라고 100만 프랑을 안겨주는 일은 하지 않을 테니까. 아마도 그는 지금 자신의 그런 처지를 어떻게 헤쳐 나가야 할지 방도를 못 찾고 있을 거야.” 드 마르세가 대꾸했다.

“맞는 말씀, 하지만 마드무아젤 그랑리외가 그를 열렬히 사모하고 있어요.” 몽코르네 백작 부인이 말했다. “그리고 그 젊은 애가 힘을 보태면 아마 그로서는 상황이 많이 나아지겠죠.”

“앙굴렘에 있는 그의 여동생과 처남을 통해서 그가 하려는 일이 뭘까?” 데스파르 기사가 물었다.

“어쨌든,” 라스티냐크가 대답했다. “그의 누이는 부자야. 요즘은 자기 여동생을 세샤르 드 마르사크 부인이라고 부르더군.”

“여러 난관에 부딪히겠지만, 그는 아주 멋진 청년입니다.” 비앙숑이 뤼시앵을 보고 인사하기 위해 일어나면서 말했다.

회의 급격한 신분 변동과 금융자본의 지배를 보여주는 대표적 인물이다. 그는 뉘싱겐 남작 부인을 ‘우리’라고 지칭함으로써, 옛 제면(製麵)업자의 딸인 그녀 또한 ‘근본 없는’ 출신임을 환기하는 동시에 전통 귀족을 조롱한다.

"안녕하신가, 친구." 라스티냐크가 뤼시앵과 열렬하게 악수를 나누며 말했다.

드 마르세는 뤼시앵과 처음으로 인사를 나누는 것이었지만 차갑게 응대했다. 저녁 식사 전, 가볍게 농담을 주고받는 척하며 뉘싱겐 남작을 진찰한 데플랭과 비앙숑은 그의 병이 전적으로 정신적인 것임을 확인했다. 그러나 그 원인은 짐작할 수조차 없었는데, 그만큼 증권거래소의 이 빈틈없는 책략가가 사랑에 빠진다는 것은 있을 수 없는 일이었던 까닭이다. 비앙숑이 은행가가 앓는 병의 원인을 사랑 말고는 달리 찾을 수 없다고 보고 델핀 드 뉘싱겐에게 간략히 자신의 소견을 말했을 때도, 그녀는 오래전부터 남편에 대해 속속들이 꿰뚫고 있는 아내의 표정으로 미소를 지어 보였을 뿐이다. 그러나 저녁 식사가 끝나고 정원으로 자리를 옮겼을 때, 뉘싱겐이 사랑에 빠진 것이 틀림없다는 비앙숑의 견해를 전해 들은 집주인의 측근들은 그 뜻밖의 사실을 확인하기 위해 은행가 주변에 모여들었다.

"남작님, 인지하고 계시나 해서요." 드 마르세가 은행가에게 말했다. "최근 들어 굉장히 야위셨거든요? 그 때문에 사람들은 당신이 금융 자본가의 본분을 저버리는 일에 빠져 있지 않은지 의심합니다."

"켤코!" 남작이 말했다.

"그렇다니까요," 드 마르세가 반박했다. "심지어는 당신이 사랑에 빠졌다고 주장하기까지 한다니까요."

"크건 맞는 말이오." 뉘싱겐이 쓸쓸하게 대답했다. "난 알 수

엄는 어턴 커슬 칼망하고 잇소."

"사랑에 빠졌다고요? 당신이……? 대단한 허풍선이군요!" 데스파르 기사가 말했다.

"이 나이에 사랑에 파지다니, 이포다 어처구니 엄는 닐이 업다는 컷을 나도 찰 아오. 큰데 어처란 커요? 어처다 포니카 크러케 댓소!"

"사교계 여자입니까?" 뤼시앵이 물었다.

"아니겠지," 드 마르세가 끼어들었다. "남작님은 다름 아니라 가망 없는 사랑을 하느라고 이렇게 마르신 거야. 남작님은 자신을 팔려고 하거나 팔 수도 있는 여자라면 누구든 살 수 있는 돈을 갖고 계시니."

"난 크녀가 누쿤지 천혀 몰라요." 남작이 대답했다. "아내가 아칙 살롱에 잇으니 내 녀러분케 이러케 말슴트리오만, 녀태컷 난 사랑이 먼지 천혀 몰랏서요. 사랑……? 내 생각에 크건 살을 파멍는 컷이오."

"그 청순한 아가씨를 어디서 만나셨나요?" 라스티냐크가 물었다.

"한팜중 팽센 숩, 어턴 마차에서."

"그녀의 인상착의는요?"

"하얀색 낧븐 천 모자, 푼홍색 트레스, 하얀색 스카프, 하얀색 페일……. 참말로 성켱에 나오는 닌물 갓탓지! 풀타는 두 눈에다 통양인의 피부색하며……."

"꿈꾸는 것 같았겠네요!" 뤼시앵이 미소 지으며 말했다.

"맛소, 난 참이 트러 잇섯서요. 패가…… 패가 카득 차서 말

이오. 내 친쿠의 시골 펼장에서 처녁을 먹고 톨아오는 킬이엇
거든……."

"그 여자는 혼자였어요?" 뒤티예가 살쾡이의 말을 끊고 끼
어들었다.

"크랫지," 남작이 처연한 어조로 말했다. "마차 티에 형가리
산척 카튼 놈 하나하고 하녀 하나가 잇긴 햇지만……."

"그녀가 누군지 뤼시앵이 아는 눈친데." 에스테르의 애인이
짓는 미소를 알아차린 라스티냐크가 소리쳤다.

"심야에 뉘싱겐과 만나려고 나올 만한 여자들이 어떤 족속
인지 모르는 사람이 누가 있나?" 뤼시앵이 표정을 싹 바꾸며
둘러댔다.

"아무튼, 사교계에 출입하는 여자는 아니란 말이죠?" 데스
파르 기사가 물었다. "그랬다면 남작이 형가리 산적 같은 경호
원의 신원을 알아차렸을 테니까요."

"크녀를 어디에서도 폰 척 업소." 남작이 대답했다. "켱찰더
러 크녀를 수배하라고 시킨 치 40일이 치낫는데 여태 못 찾아
내고 잇소."

"안달이 나서 죽을병에 걸리느니 수십만 프랑의 현상금이
라도 거는 편이 좋을 겁니다. 그리고 당신 나이에 식음을 폐하
고 정염에 사로잡히면 위험해요." 데플랭이 말했다. "죽을 수도
있습니다."

"암니다." 뉘싱겐이 데플랭에게 대답했다. "머거도 천혀 살로
카지를 아나요. 숨만 셔도 축을 커 갓타요. 크녀를 만낫던 콧
을 포려고 팽센 숨에 카곤 함니다……! 크게 내 하루 일가요!

난 충대한 채컨 엄무에도 신경을 슬 수 업슬 치경이라, 나를 츠근하게 녀긴 통료들에게 일을 태신 맛겻어요……. 팩만금을 추고서라도 크 녀인이 누쿤지 알고 십어요. 아라내고야 말 컵니다. 이젠 층컨커래소에도 나가지 안으니카요……. 티티에에게 물어포세요."

"맞습니다." 뒤티예가 대답했다. "남작님은 사업이라면 진저리를 칩니다. 사람이 변했어요. 죽을 징조인가 봐요."

"사랑의 칭조지." 뉘싱겐이 대꾸했다. "내겐 크거나 착거나 어차피 카튼 커지만!"

난생처음 황금보다 더 존귀하고 더 거룩한 것이 있음을 알게 된, 더는 살쾡이가 아닌 그 노인네의 순수함이 식곤증에 빠져 있던 좌중을 들썩이게 했다. 어떤 이들은 서로 미소를 주고받았고, 어떤 이들은 '강인한 사람도 저렇게 될 수 있구나……!' 하는 의미의 표정을 지으며 뉘싱겐을 쳐다보았다. 잠시 후, 모두들 그 사건을 입에 올리며 살롱으로 돌아왔다. 그것은 정말로 커다란 물의를 불러일으킬 만한 일대 사건이었다. 뉘싱겐 부인은 뤼시앵이 은행가의 비밀을 귀띔해 주자 웃음을 터뜨렸다. 그러나 자기 아내의 비웃음을 들은 남작은 그녀의 팔을 붙들고 구석진 창가로 데려갔다.

"푸인," 그가 나직한 목소리로 말했다. "내가 언제 탕신 애정사에 태해 한마디라도 피웃는 말을 한 척 잇소? 무슨 니유로 탕신은 내 애정사를 피웃는 커요? 차칸 아내라면 남편을 피우슬 케 아니라 콘경에서 퍼서나도록 토아줄 커요……."

늙은 은행가의 설명을 들었을 때 뤼시앵은 에스테르를 말하고 있다는 것을 진즉에 알아차린 상태였다. 자신의 미소가 들켰다는 사실에 이미 몹시 화가 난 그는 커피가 나오기를 기다리면서 모두들 한담을 나누는 시간을 틈타 슬그머니 자리를 떴다.

"뤼방프레 씨는 대체 어디 간 거예요?" 뉘싱겐 남작 부인이 물었다.

"그는 자신의 신조에 충실한 거지요. 퀴드 메 콘티네비트(Quid me continebit)?" 라스티냐크가 대답했다.

"무슨 뜻인가 하면, '누가 감히 나를 건드려?' 아니면 '나는 불굴의 사나이다.'인데, 취향대로 고르시죠." 드 마르세가 덧붙였다.

"남작님이 아까 미지의 여인에 대해 말할 때 뤼시앵이 미소를 내비쳤는데, 보아하니 그가 아는 여자 같았어요." 지극히 평범한 관찰도 위험한 결과를 초래할 수 있다는 사실을 모른 채 오라스 비앙숑이 입을 열었다.

'올커니!' 살쾡이가 속으로 중얼거렸다. 절망에 빠진 모든 환자가 그러듯이, 그는 일말의 희망이라도 소홀히 하지 않고 붙잡았다. 그는 보름 전 수배를 의뢰했던 파리 경제범죄 수사대의 최정예 수사관인 루샤르의 부하들 말고 다른 사람들을 시켜 뤼시앵을 미행하도록 해야겠다고 다짐했다.

18. 에스테르의 행복 아래 가로놓인 심연

뤼시앵은 에스테르에게 돌아가기 전 그랑리외 저택에 들러 2시간을 보내기로 되어 있었는데, 뤼시앵과 함께 있는 그 시간만큼은 마드무아젤 클로틸드 프레데리크 드 그랑리외가 포부르 생제르맹에서 가장 행복한 아가씨로 올라서는 때였다. 몸에 밴 신중함이 발동한 이 야심찬 젊은이는 뉘싱겐 남작이 말한 에스테르의 인상착의를 듣고 자신이 지은 미소 때문에 빚어진 결과를 카를로스 에레라에게 즉시 보고하는 것이 좋겠다고 판단했다. 더구나 에스테르를 향한 남작의 사랑과 남작이 경찰에게 자신이 찾는 미지의 여인을 수배해 달라고 의뢰할 생각을 했다는 사실은, 옛날 범죄자들이 교회에서 피난처를 구했듯 사제복을 은신의 수단으로 삼은 그 사람에게 알려야 할 상당히 중요한 사건이었던 탓이다. 그리고 때마침 당시 은행가의 거처였던 생라자르가에서 그랑리외 저택이 있는 생도미니크가까지 가는 길이 말라케 강변로의 자기 집 앞을 지나기도 했다. 뤼시앵이 집에 들어섰을 때 그의 무서운 친구는 자신만의 성무일도서를 연기로 만들고 있었는데, 가짜 신부는 성무일도를 바치듯 그렇게 자기 전에 어김없이 파이프 속이 담뱃진으로 검게 절도록 끽연을 즐겼다. 외국인보다도 더 외국인 같은 그 남자는 너무 순하다는 이유로 에스파냐 시가를 끊고 파이프를 피웠다.

“문제가 커졌는걸.” 뤼시앵이 그에게 자초지종을 이야기하자 에스파냐 신부가 말했다. “남작이 우리 아기를 찾는다고 루

샤르를 풀었을 정도니, 분명 너를 미행하려고 *끄*나풀을 붙여
놓을 생각을 할 거야. 그러면 모든 것이 들통나겠지. 그런 남
작과 대결해서 이길 카드를 준비하기엔 내게 주어진 날이 그
리 많지 않아. 무엇보다 먼저 경찰이 그런 일을 할 수 없다는
것을 그에게 똑똑히 보여줘야 해. 그래서 우리의 살쾡이가 자
신의 어린양을 찾아낼 희망을 완전히 포기하고 나면, 난 그에
게 그녀를 파는 작업에 착수할 거야. 그에게는 그녀가 엄청난
값어치를 갖고 있으니 제값을 받아야지……."

"에스테르를 판다고……?" 첫 반응만큼은 언제나 압권인 뤼
시앵이 소리쳤다.

"아니, 넌 우리 처지를 잊었나?" 카를로스 에레라도 맞받아
소리쳤다.

뤼시앵이 고개를 떨궜다.

"돈은 떨어졌고," 에스파냐 신부가 말을 이었다. "빚이 6만
프랑이야! 네가 클로틸드 드 그랑리외와 결혼하고자 하면 그
추녀에게 과부 상속분을[113) 보장해 줘야 하니 100만 프랑 가
치의 토지를 소유해야 한다고. 이봐, 에스테르는 일종의 사냥
미끼야. 그걸로 살쾡이를 유인해서 100만 프랑을 우려내는 거
지. 그건 내 일이야……."

"에스테르는 절대로 원하지 않을 텐데……."

"그건 내 일이라니까."

---

113) 당시 민법에 따라, 남편의 사후 남편의 재산 중 아내가 권리를 가지는
재산을 결혼 계약에 과부 상속분으로 명시했다.

"그렇게 되면 그녀는 죽고 말 거야."

"그건 장의사에 관계된 일이고. 그리고 또 뭐?" 이 무자비한 인물은 특유의 방식으로 뤼시앵의 애틋한 감상을 일축했다. 그가 잠시 뜸을 들이다가 뤼시앵에게 물었다. "나폴레옹 황제를 위해 한창나이에 죽은 장군들이 얼마나 많은지 아나? 세상에 차고 넘치는 게 여자다! 1821년, 너에게 코랄리는 이 세상 둘도 없는 여자였어. 그런 줄 알았는데 에스테르를 다시 만나지 않았나. 에스테르 다음에 여자가 또 나타나겠지……. 누군지 아나……? 아직은 확실히 모르지! 세상에서 가장 아름다운 여자일 건 분명해. 장차 그랑리외 공작의 사위가 장관이 돼서 프랑스 왕을 대리하게 되면, 권력의 중심부에서 그런 여자를 만나는 건 일도 아니거든……. 그리고 말이 나왔으니 말인데 이 애송이 양반아, 에스테르가 그 일로 인해 죽고 말 거라고? 그래, 마드무아젤 그랑리외의 남편이 돼서도 에스테르를 끼고 살 수 있을 거 같나? 각설하고, 내게 맡겨. 넌 모든 것을 다 생각하느라 골머리를 썩일 필요가 없어. 그건 내가 할 일이야. 다만 1주일 내지 2주일간 에스테르는 만나지 말도록 해. 그렇다고 테부가에 가지 말라는 것은 아니야. 자, 가서 너를 절망에서 구원으로 이끌 동아줄을 붙잡고 달콤한 말을 속삭여. 네게 주어진 소임을 잘 수행하라고. 오늘 아침 네가 쓴 불타는 연서를 클로틸드에게 슬쩍 보여줘. 그러고 나서 아직 따끈따끈한 온기가 남은 편지 하나를 내게 도로 가져오는 거지! 그녀는 편지 쓰기로 자신의 헛헛함을 달래겠지, 그 아가씨가 말이야. 그게 내가 바라는 바야! 네 눈에 조금은 슬퍼하는 에스테르의 모습이 들어올 거야. 하지만 그녀에게 순종하라고 해. 이건 우리를 감싸줄 미덕이라는 제복, 정직이라는 외투, 그러니까 위인들이 자신의 결함을 감쪽같이 숨기기 위해 내세우는 방패 같은 것과 관련된 문제라고……. 나와는 다른 착한 모습의 나, 절대로 의심받는 일이 있어서는 안 되는 네가 걸린 문제란 말이야. 내가 생각하는 것보다 더 확실히 우연이 우리를 도와주고 있어. 두 달 전부터 우연이 무에서 유를 창조해 온 거지.”

이런 무시무시한 말들을 마치 권총을 한 발 한 발 발사하듯 또박또박 내뱉으면서 카를로스 에레라는 옷을 챙겨 입고 나갈 채비를 했다.

“즐거운 기색이 역력하시군.” 뤼시앵이 소리쳤다. “당신은 가여운 에스테르를 결코 사랑한 적이 없어. 그녀를 떼어버릴 기회가 오기만을 즐기듯 기다리고 있는 거야.”

“넌 지금까지 지치지도 않고 줄기차게 그녀를 사랑해 왔지, 그렇지 않나? 좋아! 그런데 난 지금까지 줄기차게 그녀를 증오해 왔다네. 하지만 내가 매번 마치 그 아이 문제에 골몰한 사람처럼 처신했던 것은 아니지. 난 아지를 통해 그녀의 목숨을 좌지우지할 수도 있었던 사람이야! 스튜 요리에 독버섯 몇 개만 넣으면 모든 게 끝나지……. 그렇지만 마드무아젤 에스테르는 아직 목숨이 붙어 있어! 그녀는 지금 행복해! 왜인지 아나? 네가 그녀를 사랑하기 때문이지! 어린애 같은 짓 하지 마. 우리 목표에 도움이 되건 안 되건 뜻밖의 기회가 주어지기를 기다린 지 어언 4년이란 말이야, 응! 오늘 운명이 우리에게 던져준 채소를 손질해서 입안에 넣으려면 재능 말고 그 이상의 것을 발휘해야만 해. 모든 일이 그렇듯이 이 룰렛 게임은 복불복이야. 조금 전 네가 이 방에 들어왔을 때 내가 무슨 생각을 하고 있었는지 아나?"

"아니……."

"여기서도 바르셀로나에서처럼 어느 늙은 독실한 여신도의 상속자가 되게 해달라고 했지, 아지의 도움으로 말이야……."

"무슨 범죄를 꾸미려고……?"

"너의 행복을 이루기 위해 이제 내게 그 방법 말고 더는 남은 게 없어. 빚쟁이들이 움직이고 있어. 일단 집행관들에게 쫓기기 시작하고 그랑리외 저택에서 쫓겨난다면 너는 뭐가 될 것 같은가? 악귀 같은 만기일이 들이닥치는 거야."

카를로스 에레라는 강물에 투신해 자살하는 사람의 동작을 해 보인 다음, 심약한 사람의 마음에 강인한 사람의 의지를 각인시키는 그런 단호하고 투철한 시선으로 뤼시앵을 노려보았다. 호리듯 상대의 저항을 무력하게 만들어버리는 그 시선은 뤼시앵과 그의 조력자 사이에 생살여탈권의 비밀뿐 아니라, 이 남자가 비천한 처지에 있었을 때도 그랬듯이, 보통의 감정을 훌쩍 뛰어넘는 어떤 감정이 개입되어 있다는 것을 보여주었다.

법의 금지로 영원히 돌아갈 수 없게 된 세계 밖으로 추방돼 살아가야 하고, 격렬하고 무시무시한 저항과 악행에 기운을 다 빼앗겼지만, 그의 육신을 갉아먹을 정도로 강인한 정신력을 타고난, 비열하면서도 위대하고 정체를 알 수 없으면서도 명성은 자자한, 특히 생명의 열기에 온몸을 불살라 버린 이 남자는 이미 영혼을 그에게 판 뤼시앵의 우아한 육신을 차지하고서 부활했다. 그는 시인을 통해, 시인에게 자신의 강고한 성격과 강철 같은 의지를 전수하는 것으로 사회에 자신의 존재를 과시했다. 그에게 뤼시앵은 아들이나 사랑하는 여인이나 가족 이상의 존재였으니, 뤼시앵은 세상을 향한 그의 복수, 바로 그것이었다. 그렇기에 강인한 영혼들이 흔히 존재 자체보다는 어떤 감정에 더 집착하듯이, 그는 뤼시앵과 떼려야 뗄 수 없는 끈으로 연결되어 있었다.

절망에 빠졌던 뤼시앵이 자살하기 직전, 시인의 목숨을 산 그는 그 후 소설에서나 나올 법한, 그러나 중죄 재판소의 떠들썩한 법정 드라마에서 종종 목격되듯 현실에서 얼마든지 끔찍하게 일어날 개연성이 있는 그런 지옥의 계약을 뤼시앵과 체결했다. 뤼시앵에게 파리에서 누릴 수 있는 모든 쾌락을 아낌없이 제공하고 다시 한번 찬란한 미래를 열어줄 수 있다는 것을 보여줌으로써 그는 뤼시앵을 완전히 자기 것으로 만들었다. 게다가 자신의 분신에게 무슨 문제가 닥치면 그 즉시 이 묘한 사나이는 어떠한 희생도 마다하지 않았다. 그렇게 애를 쓰는데도 그는 자기 피조물의 허황한 생각을 말리기에 역부족을 통감해, 부득이 자신의 비밀을 털어놓기에 이르렀다. 그러므로 그들 둘 사이에는 어쩌면 순전히 정신적인 공모 이상의 어떤 연결 고리가 있지는 않았을까? 토르피유가 없어졌던 그날 이후 뤼시앵은 자신의 행복이 얼마나 무시무시한 발판을 딛고 선 것인지 알게 되었다.

에스파냐 신부의 복장이 감추고 있는 존재는 바로 도형수 감옥의 유명인 중 하나인 자크 콜랭이었는데, 탈옥한 그는 10년 전 라스티냐크와 비앙숑이 하숙생으로 있던 보케르 하숙집에서 보트랭이라는 평범한 이름으로 살았던 바로 그 인물이다. 불사조라는 별명으로 불리는 자크 콜랭은 체포 후 로슈포르 도형장에 재수감되자마자 다시 탈옥함으로써 저 유명한 생텔렌 백작이 보여준 본보기를 제대로 재현했는데, 사실 수법의 악랄함에 있어서는 쿠아냐르의 대담한 행동보다 한 술 더 뜬 것이었다.[114] 점잖은 신사로 위장한 도형수의 삶이란 그야말로 극과 극을 달리는 일로서, 특히 파리에서라면 처참한 결말에 이르지 않을 수 없는데, 범죄자가 한 집안의 일원이 되면 그런 변신은 위험성이 몇 곱절로 늘어나는 법이기 때문이다. 게다가 상시 추적을 따돌리기 위해 매사에 상식 수준을 훌쩍 뛰어넘는 계산을 해야 할 것이 아닌가? 세속의 인간은 세속을 등진 사람들에게는 별 의미 없는 하찮은 변수들에 얽매인다. 그러므로 사제복은 그것을 입고 독신으로 세상사에 관여하지 않으며 모범적인 생활을 영위한다면 변장 중에서도 최고로 안전한 변장이라고 할 것이다.

---

114) 프랑스의 악명 높은 탈옥수 피에르 쿠아냐르(Pierre Coignard, 1774~1834)는 1805년 브레스트 도형장에서 탈옥해 10년 동안 에스파냐에 은거하다가 왕정복고기에 프랑스에 돌아와 생텔렌 백작이라는 가짜 이름으로 행세하며 헌병대 장교가 된 인물이다. 1817년 결국 정체가 탄로나 다시 도형수가 된 그는 1831년 도형장에서 삶을 마친다. 『인간극』에서 자크 콜랭은 쿠아냐르와 비슷한 연배로 설정되어 있으며, 여기서 자크 콜랭이 쿠아냐르보다 한술 더 떴다는 것은 얼굴까지 완전히 뜯어고친 것을 두고 하는 말이다.

'그래서 난 사제가 되어야겠어.' 법적으론 사망 선고를 받았으나 사회적으로 기필코 어엿하게 부활해, 범상치 않은 자신의 범상치 않은 열망을 충족시키고 싶었던 그는 그렇게 속으로 다짐했다. 정력 넘치는 이 사나이는 1812년 헌법을[115] 둘러싸고 에스파냐에서 격화된 내전에 가담하게 되었는데, 그때 매복 중 진짜 카를로스 에레라와 마주쳤고 그를 암살하는 행운을 붙잡을 수 있었다. 대영주의 사생아로서, 자신을 낳아 준 여인이 누군지도 모른 채 일찌감치 아버지에게 버림받았던 그 진짜 사제는 한 주교의 천거로 페르난도 7세의 명을 받아 프랑스에서 모종의 정치적 임무를 수행하게 되었다. 카를로스 에레라에게 호의를 보인 유일한 존재였던 그 주교는 자신이 거둬 기른 교회의 미아(迷兒)가 카디스에서[116] 마드리드로, 그리고 마드리드에서 프랑스로 향하는 동안 세상을 하직했다. 그토록 노리던 대상을, 그것도 안성맞춤의 상황에서 맞닥뜨려 마침내 뜻을 이룬 자크 콜랭은 등에 찍힌 종신 도형수 낙인을 없애려고 일부러 상처를 내고 화학 약품을 써서 얼굴까지 바꿨다. 이렇듯 사제의 시신을 파묻어 버리기 전에 시체를 보면서 변장함으로써 그는 자신의 본체와 얼추 비슷한 모습을 갖출 수 있었다. 늙은 이슬람 수도승이 마법의 주문으로

---

115) 절대군주 페르난도 7세가 나폴레옹에 의해 프랑스에 유폐되자 입헌왕정을 추구한 에스파냐 제헌의회가 가결한 헌법을 말한다.
116) 에스파냐 남부 안달루시아 지방의 도시로, 페르난도 7세를 하야시킨 1812년 헌법 공포 당시 의회가 이곳에 있었다. 이에 1812년 헌법을 카디스 헌법이라고도 한다.

젊은이의 몸에 들어가는 능력을 발휘했다는 아랍 설화를 방불케 하는 그 기막힌 변신을 완벽하게 마무리하기 위해, 도형수는 에스파냐어를 할 줄 알면서도 이에 더해 안달루시아 출신 사제라면 능히 알고 있어야 하는 수준의 라틴어까지 익혔다. 세 곳 도형장의[117) 죄수 조직 자금 관리인인 콜랭은 죄수들이 그를 신뢰해 맡긴 돈으로 이미 상당한 부자였는데, 그의 신의를 인정받기도 해서였지만, 다른 한편으로 신의를 지키지 않으면 안 되었던 것이, 그러한 조직원들 사이에서는 조금만 실수가 있어도 칼부림이 일어나기 마련이어서다. 이렇게 조성된 자금에다 진짜 카를로스 에레라가 주교에게 받아 소지하고 있던 돈이 더해졌다. 에스파냐에서 돌아오기 전 콜랭은 고해성사를 주다가 알게 된 바르셀로나의 한 여성 신도의 재산도 손아귀에 넣을 수 있었는데, 비밀리에 사람을 죽이고 재산을 편취한 그녀를 구슬려 나중에 전액을 되돌려주겠다는 약조를 하고 받아낸 것이었다. 사제로 변신해, 파리에서 의심할 나위 없이 막강한 추천서로 통하게 될 비밀 임무 수행으로 무장한 자크 콜랭은 새롭게 걸치게 된 신분의 평판을 떨어트릴 만한 일은 절대로 하지 않겠다고 결심하고 자신의 새 정체성으로 도모할 일에 몰두하며 파리로 돌아오던 중, 앙굴렘에서 뤼시앵을 만났다. 그 청년은 가짜 사제가 보기에 권력의 도구로 사용하기에 안성맞춤인 존재였다. 콜랭은 뤼시앵을 자살 직전에 구해 내고는 이렇게 말했다. "사람들이 악마에게 영혼

---

117) 당시 프랑스 도형장은 브레스트, 툴롱, 로슈포르 세 곳에 있었다.

을 팔 듯 그렇게 하느님의 종에게 자신을 바치시오. 그러면 당신의 운명이 완전히 바뀔 것이오. 당신은 꿈결처럼 살게 될 것이오. 그 꿈에서 최악의 깨어남이란 조금 전 당신이 결행하고자 했던 죽음일 것이오.” 완전히 하나가 된 이 두 사람의 결합은 그러한 박력 있는 회유가 바탕이 된 것인데, 카를로스 에레라는 거기에 교묘하게 공범 의식까지 심어줌으로써 더욱 공고한 결합을 만들어냈다. 타락이라면 천부적 재능을 부여받은 그는 뤼시앵을 참혹한 궁지에 빠뜨려 악랄하고 치사한 행위를 묵인하지 않을 수 없게 만든 다음, 거기에서 꺼내줌으로써 뤼시앵의 정직한 심성을 함락시켰는데, 이런 술수 덕에 뤼시앵은 세상 사람들이 보기에 여전히 순수하고 성실하며 기품을 잃지 않은 것처럼 비칠 수 있었다. 뤼시앵은 찬란한 사회적 광명이었고, 진실의 위조범은 그 광명이 드리운 그늘에서 암약하고자 했다. “나는 극작가이고 넌 앞으로 내가 쓸 드라마야. 네가 성공하지 못한다면 야유를 받을 당사자는 바로 나야.” 뤼시앵에게 신성모독에 해당하는 자신의 변신을 알려주면서 그는 그렇게 말했다. 카를로스는 일의 진척 정도와 뤼시앵의 요구에 맞춰 수위를 조절해 가면서 흉악한 속내를 조금씩 털어놓았다. 그렇게 불사조는 이 유약한 시인이 파리의 쾌락에 탐닉하고 몇 차례 성공도 거두고 자존심도 충족되어 육체와 영혼이 완전히 그에게 예속되고 나서야 비로소 최후의 비밀을 밝혔던 것이다. 옛날 라스티냐크가 이 사탄의 유혹에 넘어가지 않고 버텼던 바로 그 지점에서 뤼시앵은 더 적극적인 회유를 받고 더 교묘하게 발이 묶여, 특히 높은 자리에 올랐다는 행복감에 압도되어 결국 굴복하고 말았다. 악의 시적 현현을 악마라고 부르는바, 그 악이 절반은 여성인 이 남자 뤼시앵에게 그 치명적 유혹의 손길을 뻗쳐, 달리 요구하는 것 없이 있는 대로 다 베푼 결과였다. 카를로스가 지닌 막강한 무기는 바로 타르튀프가 엘미르에게 약속한 바 있는 바로 그 영원한 비밀이었다.[118] 무함마드에 대한 자이드의 헌신[119] 같은 절대적 헌신을 끝없이 반복해서 보여주는 것, 그것이 바로 자크 콜랭 같은 자에 의한 뤼시앵의 정복이라는 끔찍한 작업이 성공을 거둔 비결이었다. 그 당시 이 죄수 조직 자금 관리인은 자기를 신뢰하는 죄수들이 맡긴 기금을 에스테르와 뤼시앵을 위해 끌어 쓰려고 지급증서를 남발할 수밖에 없는 처지에 몰렸는데, 그 많던 돈은 전부 그 둘을 건사하느라 이미 흔적도 없이 사라졌고, 설상가상으로 댄디와 창녀와 진실의 위조범은 빚까지 진 상황이었다. 그러므로 뤼시앵의 성공이 임박한 즈음 그 삼인방 중 어느 하나의 발이 아주 조그마한 돌부리에 걸리기라도 한다면 막대한 금액을 노리고 대담무쌍하게 기획된 그 환상적인 건물은 일거에 붕괴하고 말 수도 있었다. 오페라 극장의 무도회에서 라스티냐크는 보케르 하숙집의 보트랭

---

118) 몰리에르의 희곡 『타르튀프』 3막 3장에서, 독실한 기독교인인 척하는 위선자 타르튀프는 자신의 후원자인 부유한 부르주아 오르공의 아내 엘미르에게 사랑 고백을 하며 그녀에게 밀회를 제안한다.
119) 자이드는 이슬람 창시자 무함마드의 첫 번째 아내 하디자가 무함마드에게 선물한 노예로, 평생 동안 예언자 곁을 지키며 그에게 충성했다. 또한 자이드는 무함마드가 자신의 아내 자이납에게 반하자, 아내와 이혼함으로써 예언자가 자이납과 재혼할 수 있도록 했다.

이 다시 나타났음을 알아차렸다. 그러나 그는 자칫 경솔하게 굴었다가는 자신이 죽을 수 있다는 사실도 알았다. 그런 연유로 뉘싱겐 부인의 애인은 두려움이 군데군데 어린, 애매한 우정의 시선을 뤼시앵에게 보냈던 것이다. 만약 실제로 위험한 순간이 닥쳤더라면 라스티냐크는 기다렸다는 듯 환호작약하며 불사조를 단두대로 보낼 마차를 준비시켰을 것이다. 뉘싱겐 남작이 사랑에 빠진 것을 안 순간, 자기와 같은 기질을 가진 남자라면 가련한 에스테르를 이용해 어떤 이득을 뽑아내야 하는지 반사적으로 알아차린 카를로스가 속으로 얼마나 음험하게 쾌재를 불렀을지, 이제는 그 누구라도 짐작할 수 있을 것이다.

"됐어," 그가 뤼시앵에게 말했다. "악마께서 자신의 종을 지켜주시는구먼."

"섶을 지고 불로 뛰어드는군요."

"Incedo per ignes(나는 불속을 뚫고 지나간다)!" 카를로스가 미소를 지으며 라틴어로 대답했다. "그게 내 장기지."

19. 그랑리외 저택

그랑리외 가문은 지난 세기 중반경부터 두 갈래로 나뉘어 내려왔다. 그중 공작 집안은 대가 끊기게 되었는데, 현재의 공작이 딸들만 두었기 때문이다. 그래서 그랑리외 자작 쪽이 장자의 호칭과 가문(家紋)을 계승하게 되었다. 공작 집안이 가진 가문은 다홍 바탕에 석 줄로 나란히 놓인 전투용 황금 도끼의 문장(紋章)에 저 유명한 'CAVEO NON TIMEO(경계하나 두려워하지 않는다)'라는 명구가 새겨졌는데, 그야말로 그 집안의 역사를 함축한 것이었다.

자작 집안의 열십자로 사등분된 방패꼴 가문은 톱니 모양으로 맞물린 다홍과 황금빛 두 면을 특징으로 하는 나바랭가(家)의 문장이 들어 있고,[120] 상단에는 'GRANDS FAITS, GRAND LIEU(위대한 공훈, 위대한 리외)!'라는 명구가 적힌 기사의 투구가 씌워진 것이다. 1813년에 과부가 된 현재의 자작 부인은 아들 하나와 딸 하나를 두었다. 망명지에서 돌아왔을 때[121] 그녀는 거의 빈털터리나 마찬가지였지만 소송대리인 데르빌의 거듭된 헌신적 노력으로 상당한 재산을 회복한 상태였다.

1804년에 귀환한 그랑리외 공작 부부는 당시 황제가 깊은 관심을 보인 대상이었다. 그래서 나폴레옹은 그들이 궁정에 복귀하자 국유지로 몰수돼 있던, 대략 연 4만 리브르의 지대 수익을[122] 올려주는 그랑리외 집안의 재산을 모두 되돌려주었다. 나폴레옹의 회유를 받았던 포부르 생제르맹의 대귀족 중에서 공작 부부는 (공작 부인은 브라간사[123] 가문과 인척간인

---

120) 나바랭은 『인간극』의 최고 귀족 가문 중 하나다.
121) 프랑스 대혁명 직후 집권한 로베스피에르의 공포정치기에 구체제 귀족들은 전 재산을 몰수당하고 지방에 은신하거나 해외로 도피했다.
122) 당시 평균 지대 수익률인 2퍼센트를 적용하면 그랑리외 공작 집안의 토지 자산은 200만 프랑이다.(현재의 원화로 단순 환산해도 100억 원대에 이른다.)
123) 브라간사는 1640년 에스파냐로부터 독립한 이후부터 1910년 왕정이

다주다 가문의[124] 장자 쪽 후손이다.) 나중에 황제와 황제에게서 받은 후의를 부인하지 않은 유일한 존재였다. 포부르 생제르맹의 귀족 사회가 그랑리외 공작 부부의 처신을 고발하고 나섰을 때, 루이 18세는 되레 그 충성심에 경의를 표했다. 그런데 어쩌면 루이 18세의 그런 태도는 오로지 므시외를[125] 골탕 먹일 심산에서 나온 것이었는지 모른다. 사람들은 젊은 그랑리외 자작과 그 당시 아홉 살이었던 공작의 막내딸 마리 아테나이스의 결혼을 기정사실처럼 받아들였다. 막내 바로 위인 넷째 딸 사빈은 7월혁명 이후 뒤게닉 남작과 결혼하게 된다.[126] 셋째 딸 조제핀은 다주다 핀투 후작이 본부인인 로슈피드 가문(로슈기드 가문이라고도 불린다.)의 규수와 사별하자 후작 부인이 된다. 맏딸은 1822년에 수녀가 되었다. 둘째 딸인 클로틸드 프레데리크는 그즈음 스물일곱 살이었는데, 바로 그녀가 뤼시앵 드 뤼방프레에 반해 푹 빠져 있었다.

생도미니크가에서 가장 아름다운 저택으로 손꼽히는 그랑

폐지될 때까지 포르투갈을 통치한 실제 왕가다.

124) 『고리오 영감』에서 보제앙 자작 부인의 연인이었다가 로슈피드 가문의 규수와 결혼한 다주다 핀투 후작이 이 가문 출신이다.

125) 오늘날 남성에게 붙이는 경칭 므시외(Monsieur)는 원래 프랑스 궁정에서 왕의 형제를 일컫는 용어였고, 여기서는 루이 18세의 동생을 가리킨다. 대혁명 때 처형당한 루이 16세에게는 동생이 둘 있었다. 첫째 동생 프로방스 백작은 왕정복고와 함께 프랑스의 왕 루이 18세로 등극하는데, 그는 대혁명과 나폴레옹 시대를 부인하지 않고 온건한 화합 정책을 쓴 것으로 유명하다. 그러나 아들이 없는 루이 18세의 뒤를 이어 샤를 10세로 왕위에 오르는 둘째 동생 다르투아 백작은 형과는 달리 강경 왕정주의자였다.

126) 이 에피소드는 『베아트리체』에 나온다.

리외 공작의 저택이 뤼시앵의 마음을 얼마나 강력하게 사로잡았는지는 구구한 설명이 필요치 않다. 마차를 타고 드나들 때마다 그 거대한 대문이 빙그르르 돌며 열리는 순간, 그는 미라보가[127] 말했다는 그 허영심의 만족을 경험하곤 했다. "비록 내 아버지는 루모의 보잘것없는 약사였지만 난 이렇게 이 저택에 들어간다……." 이것이 그의 생각이었다. 그렇기에 그는 그 저택의 현관 계단을 밟고 올라갈 권리를 계속 유지하기 위해서라면, 루이 14세 시대에 베르사유를 본떠 지어진 루이 14세풍의 그 웅대한 살롱에서, 파리의 노른자위라서 당시에는 작은 성채라는 별명으로 불린 그 엘리트 사교계의 본거지에서 '므시외 드 뤼방프레!'라는 호칭으로 계속 불리기 위해서라면, 가짜 사제와 한통속이 되어 저지른 범죄 말고 더 많은 다른 범죄라도 저질렀을 것이다.

포르투갈 태생의 공작 부인은 집 밖으로 나가는 것을 극도로 싫어해서 대부분 시간을 숄리외 부부, 나바랭 부부, 르농쿠르 부부 등 측근들을 집 안으로 불러들여 지냈다. 아리따운 마퀴메 남작 부인(숄리외가 출신), 모프리뇌즈 공작 부인, 데스파르 부인, 캉 부인, 브르타뉴를 세거지로 하는 그랑리외 가

---

127) 미라보(1749~1791)는 귀족 출신이지만 프랑스 혁명 초기 삼부회의 제3신분 대표로 명성을 떨친 정치가다. '자유의 헤라클레스'로 불릴 만큼 혁명 영웅 대접을 받아 팡테옹에 안장되었으나, 생전에 왕당파와 내통한 사실이 밝혀져 유해가 이장되는 수모를 겪는다. 방탕하고 낭비벽이 심한 것으로도 유명했는데, 『고리오 영감』에는 "약속어음 추심이라는, 종교 박해에 비견되는 무시무시한 위협을 받고서야 비로소 빵 값을 갚은 미라보"라는 대목이 있다.

문과 인척간인 마드무아젤 데 투슈 등은 오페라 무도회에 드나드는 길에 종종 방문하는 인물들이었다. 그랑리외 자작, 레토레 공작, 앞으로 언젠가는 르농쿠르 숄리외 공작이 될 것이 틀림없는 숄리외 후작과 그의 부인으로서 르농쿠르 공작의 외손녀인 마들렌 드 모르소프, 다주다 핀투 후작, 블라몽 쇼브리 대공, 보제앙 후작, 파미에 주교대리, 방드네스 부부, 연로한 카디냥 대공과 그의 아들인 모프리뇌즈 공작 역시 이 웅장한 살롱의 단골손님들이었는데,[128] 궁정 분위기가 물씬 풍기는 그곳의 격식이나 어투나 정서는 고고한 귀족적 풍모 덕에 나폴레옹에게 협력했던 자신들의 과거에 대한 논의를 잠재운 집주인 부부의 위엄과 썩 잘 어울리는 것이었다.

모프리뇌즈 공작 부인의 어머니이기도 한 연로한 위셀 공작 부인이 이 살롱의 좌장 역할을 맡고 있었는데, 그런 연유로 세리지 부인은 롱크롤 가문 태생이지만 그곳에 절대로 받아들여질 수 없었다.[129] 뤼시앵에 반해 2년 가까이 푹 빠져 있던

---

128) 언급된 인물들은 모두 발자크 작품 세계의 대표적 귀족 엘리트들로, 대부분은 『인간극』의 개별 작품에서 중요한 역할을 맡는다. 결혼 전 이름이 루이즈 드 숄리외인 마퀴메 남작 부인은 『두 젊은 부인의 서간』(1842)의 두 주인공 중 하나고, 캉 부인은 『마담 피르미아니』(1832)의 주인공인데 옥타브 드 캉이 그녀의 두 번째 남편이다. 숄리외 후작의 부인이자 르농쿠르 공작의 외손녀인 마들렌 드 모르소프는 『골짜기의 백합』(1836)의 주인공 앙리에트 드 모르소프 백작 부인의 딸이다. 발자크는 말년의 작품 속에 이 인물들을 집결시키고 때때로 그 인물들이 활약했던 이전 작품들을 괄호 속에 언급하며 자기 작품의 통일성을 강조한다.
129) 위셀 공작 부인의 세리지 부인 배척은, 세리지 가문이나 롱크롤 가문 모두 권세를 떨치는 전통 귀족이기에 신분의 문제가 아니라 도덕 감정의 문

모프리뇌즈 부인은 자신의 어머니를 움직여 뤼시앵을 이 살롱에 데려왔던 것이고, 이 매력적인 시인은 프랑스 궁중 사제단의 영향력과 파리 대주교의 지원에 힘입어 그 자리를 지켰다. 그렇긴 했어도 그는 자신에게 뤼방프레 가문의 이름과 문장을 허락하는 왕의 칙령을 얻고 나서야 비로소 그 살롱에 받아들여질 수 있었다. 레토레 공작과 데스파르 기사 등 뤼시앵을 여전히 질투하는 몇몇 인사들은 뤼시앵의 전력과 관련된 추문들을 기회 있을 때마다 그랑리외 공작에게 전해 그가 뤼시앵에게 좋지 않은 감정을 갖게 했다. 그러나 이미 고위 성직자들에 둘러싸인 독실한 공작 부인과 클로틸드 드 그랑리외가 뤼시앵을 엄호하고 나섰다. 뤼시앵은 뤼시앵 나름대로, 자신에 대한 그런 비방은 데스파르 부인의 사촌이자 지금은 샤틀레 백작 부인이 된 바르주통 부인과 한때 맺었던 관계에 기인한 것이라고 해명했다. 뤼시앵은 권세 있는 가문에 편입되고 싶은 욕심이 있는 데다, 클로틸드를 유혹하라는 은밀한 조언자에 떠밀려 벼락 출세자의 용기를 냈다. 그래서 그는 일주일에 닷새를 그곳에 가서 짐짓 어린 모욕을 우아하게 감내하고 무례한 시선을 꾹 견뎠으며 조롱에는 재치로 받아넘겼다. 그의 성실함과 격조 있는 행동거지, 넉넉한 마음씨는 결국 상대방의 경계를 무디게 만들었고 장애물을 낮추는 데 성공했다. 열애 기간 중 뤼시앵에게 보낸 편지들이 카를로스 에레라의 수

제에서 비롯된 것으로 보인다. 『카디냥 대공 부인의 비밀』에서 독실한 기독교 신자를 자처한 위셀 공작 부인은 혼인 관계에 충실하지 않고 추문의 당사자로 자주 입방아에 오르내리는 세리지 부인을 몹시 못마땅하게 여긴다.

중에 들어갔는데도 불타 없어진 줄로만 아는 모프리뇌즈 공작 부인의 집에서 여전히 최고의 대접을 받고, 세리지 부인의 우상이며, 마드무아젤 데 투슈의 집에서도 평판이 좋은 뤼시앵은 그 세 집에 드나드는 것을 뿌듯해하며 인맥 관리를 가장 중요하게 여겨야 한다는 에스파냐 신부의 가르침을 실감했다.

"여러 집안에 동시에 몰두하는 것은 불가능해." 은밀한 조언자는 수시로 이렇게 말했다. "아무 데나 가는 자는 어디서도 실리를 취하지 못하는 법이야. 거물 귀족들은 자기 집의 가구나 다를 바 없는 자들만, 자신들이 매일같이 보는 자들만 보살피지. 그런 자들만이 편히 누울 수 있는 침상처럼 장래에 뭔가 쓸모 있는 존재가 된다고 보니까."

그랑리외 저택의 살롱을 자연스럽게 자신의 전쟁터로 간주하게 된 뤼시앵은 그곳에서 밤을 보낼 때를 대비해 자신의 기지와 성적 매력, 멋진 언변과 새로운 이야깃거리들을 비축해 두었다. 매력적이고 사교성도 있는 데다 클로틸드와의 관계에서 피해야 할 암초들에 대해서는 매번 미리 언질을 받은 그는 그랑리외 공작의 자잘한 관심사를 살펴 비위를 잘 맞추었다. 클로틸드는 처음에는 모프리뇌즈 공작 부인의 행복을 부러워만 하다가 마침내 뤼시앵을 열렬히 연모하는 단계에 도달했다.

그녀와 맺어진다는 것이 어떠한 이득을 가져다주는지 소상히 알고 있는 뤼시앵은 자신에게 주어진 연인의 역할을 코메디 프랑세즈 극장의 마지막 젊은 수석 배우인 아르망이 연기했을 법한 그런 방식으로 훌륭하게 연기해 냈다. 그는 클로틸드에게 누가 봐도 문학적으로 최고 수준의 걸작이라 할 편지

들을 써 보냈고, 클로틸드는 그 불같은 사랑의 표현과 경쟁하
듯 종이 위에다 열렬히 화답했는데, 그녀는 그런 식으로 해야
만 사랑을 하는 것이라고 알고 있는 여자였다. 뤼시앵은 일요
일마다 생토마다캥[130) 성당의 미사에 참석해 자신이 독실한
가톨릭 신자임을 과시하는 한편, 전심전력으로 왕정과 교회
를 옹호하는 신념을 설파하고 다녀 찬사를 받았다. 뿐만 아니
라 그는 가톨릭 결사대와 결탁한 신문[131) 여러 곳에 아무런 대
가도 바라지 않고 L이라는 이니셜 필명만 단 아주 주목할 만
한 글들을 기고했다. 그는 국왕 샤를 10세나 궁중 사제단의
입장에 입각한 정치 팸플릿들도 썼지만, 그에 대해 눈곱만큼
도 보상을 요구하지 않았다. "전하께서는," 그는 누누이 말했
다. "나를 위해 이미 엄청난 일을 베풀어주셨습니다. 나는 피
로써 전하의 은혜에 보답해야 합니다." 얼마 전부터는 뤼시앵
을 수상의 특별 비서관으로 임명해야 한다는 여론이 일었다.

---

130) 오늘날 파리 7구(당시 귀족 거주지였던 포부르 생제르맹)에 있는, 성
토마스 아퀴나스를 주보성인으로 모시는 교회다.

131) 대혁명의 열기가 수그러들기 시작한 19세기에 들어 가톨릭의 부흥을
꾀하는 수많은 '회중(congrégation)'이 봇물 터지듯 결성된다. 그중 1801년
예수회 신부 장 바티스트 부르디에 델퓌가 주도해 결성한 평신도와 성직
자로 구성된 단체가 가장 유명한데, 정치 활동을 통한 가톨릭교회의 수호
를 주된 목표로 삼은 극우 성향의 이 비밀결사는 나폴레옹 제정기와 왕정
복고 시대, 특히 샤를 10세 치하에서 상당한 정치적 영향력을 행사하다가
1830년 7월혁명 이후 해체된다. 자유주의 반대파들이 이 단체를 대문자 La
Congrégation으로 특정해 부르면서, 따로 이름이 없던 이 단체를 가리키는
명칭으로 굳어졌다. 이 단체와 결탁했다고 언급된 신문 중 하나는 1814년
창간된 《가톨릭과 왕의 벗(L'Ami de la religion et du roi)》으로 추정된다.

그러나 데스파르 부인이 많은 사람을 동원해 뤼시앵을 반대하는 운동을 벌였기 때문에 샤를 10세의 막강 실세는[132] 그런 결정을 내리는 데 주저하고 있었다. 뤼시앵의 정치적 입장이 아직은 충분하게 선명해 보이지 않았고, 그가 두각을 나타내면서 점점 더 빈번하게 사람들의 입방아에 오르내리게 된 의문, 곧 "저자는 무슨 수입원으로 사는 거지?"라는 의문에 적절한 해명이 나와야 할 형편이었다. 그뿐 아니라 사람들은 호의를 담은 호기심에서든 악의를 품은 호기심에서든 그의 정체를 더욱더 꼬치꼬치 캤고, 그래서 이 야심가가 무장한 갑옷의 허점이 하나둘 드러나기 시작했다. 클로틸드 드 그랑리외는 본의 아니게 그녀의 아버지와 어머니의 첩자 역할을 했다. 며칠 전 그녀는 할 말이 있다며 뤼시앵을 구석진 창문 공간으로 데리고 가 자기 집에서 논의되는 부정적 견해들을 알려주었다. "먼저 100만 프랑 가치의 토지를 소유하세요. 그러면 당신이 저와 결혼하는 것을 승낙할 거예요. 그것이 제 어머니의 답변이었어요." 그녀의 말이었다. "그렇게 해도 그들은 나중에 가서 그 돈이 어디서 나왔냐고 너를 추궁할걸!" 카를로스는 뤼시앵이 이 최후통첩을 보고하자 그렇게 말했다. "내 매제가 분명 성공해서 큰돈을 벌었을 겁니다." 뤼시앵이 주의를 환기했다. "우리는 그를 보증인으로 내세울 수 있어요." "그러니까 100만 프랑만 있으면 된다는 얘기네." 카를로스가 내뱉었다.

---

132) 샤를 10세에 의해 1829년 8월 임명된 수상 폴리냐크 공을 가리킨다. 골수 왕당파인 그의 강경한 보수 반동 정책은 결국 1830년 7월혁명의 단초가 된다.

"내 궁리해 보겠네." 그랑리외 저택에서 뤼시앵의 처지가 어떤지 제대로 설명하자면 그가 그동안 거기서 한 번도 저녁 식사에 초대 받은 적이 없었다는 점을 들어야 할 것이다. 클로틸드도 위셀 공작 부인도 모프리뇌즈 부인도 모두 뤼시앵의 편에 서서 변함없이 정성을 쏟았지만, 나이 든 공작에게서 그런 호의를 끌어내지는 못했는데, 그 정도로 그 귀족은 뤼시앵을 그저 "뤼방프레 씨"라고 호칭하며 의심을 거두지 않았다. 그 살롱의 모든 참석자가 능히 감지할 만한 그러한 미묘한 차이는 뤼시앵에게 자신은 겨우 출입이 허용된 수준에 불과하다는 느낌을 안겨줘 자존심에 타격을 입혔다. 사교계가 그렇게 까다롭게 구는 것은 당연한 일이었는데, 그동안 수없이 착오를 범해 왔기 때문이다. 익히 알려진 재산도, 내로라할 사업체도 없으면서 파리에 입성한다는 것은 어떠한 재주가 뒷받침된다 해도 오랫동안 버티기는 불가능한 조건인 것이다. 그런 까닭에 뤼시앵이 두각을 나타내면 낼수록 "저자는 무슨 수입원으로 사는 거지?"라는 세간의 반문에 더욱 큰 힘이 실릴 뿐이었다. 세리지 부인의 주선으로 그랑빌 검사장과 국정자문위원장, 그리고 종심법원 대법관인 옥타브 드 보방 백작의 지원을 받고 있던[133] 뤼시앵은 그녀에게 "나는 어마어마한 빛을 지고

---

133) 국정자문위원장은 세리지 부인의 남편 세리지 백작을 가리킨다. 왕정복고 시대에 국정자문위원장은 국왕이 전직 관료에게 부여하는 일종의 명예직이지만, 백작은 최고 행정재판소인 국사원의 현직 부의장이라는 고위직 사법관이기도 하다. 그랑빌 검사장이 주인공인 『두 집 살림』은 초임 검사 시절, 집안의 강요로 편협한 신앙심에 빠진 부인과 결혼한 그의 불행한

있습니다.”라고 털어놓을 수밖에 없는 궁지에 몰려 있었다.

자기 자존심의 공식적 인정 여부가 달린 저택의 안마당에 들어서면서 뤼시앵은 **불사조**의 궁리에 생각이 미치자 쓰디쓰게 중얼거렸다. “발아래 모든 것이 와르르 무너져 내리는 소리가 들리는군!” 그는 에스테르를 사랑했다. 동시에 그는 마드무아젤 드 그랑리외를 아내로 맞이하고 싶었다! 한쪽을 얻기 위해서는 다른 한쪽을 팔아야만 했다. 뤼시앵의 명예에 손상을 입히지 않고 그 거래를 성사시킬 유일한 사람이 있다면 그는 바로 가짜 에스파냐 신부였다. 그러므로 그 둘은 상대방에게 상대방만큼 신중하게 대해야만 하지 않았을까? 각자 서로에게 지배자이면서 동시에 피지배자인 그런 종류의 계약은 인생에 두 번 다시 없을 것이다.

뤼시앵은 이마에 드리운 어두운 기색을 떨쳐내고 즐겁고 환한 얼굴로 그랑리외 저택 안으로 들어섰다.

결혼 생활에 관한 이야기다. 보방 백작은 이 작품과 비슷한 시기에 발표된 『오노린』(1844)의 주인공인데, 이 작품은 애인을 따라 떠난 아내 오노린의 마음을 돌리기 위해 헌신하는 남편 보방 백작의 이야기가 골자를 이룬다. ‘종심법원(cour souveraine)’은 왕에게 파기 환송권이 주어지는 앙시앵레짐의 최고법원 명칭인데, 나폴레옹 제정 이후 ‘파기원(Cour de cassasion)’으로 명칭과 체제가 바뀌었다. 여기서는 작가의 부주의거나 관례적 명칭을 따른 것으로 보인다. 실제로 작품 후반에서는 보방 백작이 파기원 대법관으로 지칭된다. 이 3인의 고위 사법관은 결혼생활에서 입은 상처를 공유하며 우정을 나누는 사이다.

20. 양갓집 규수

  그 시각, 창문은 모두 활짝 열려 있었고, 정원의 꽃향기가 거실로 흘러들었으며, 정원 한가운데 피라미드 모양으로 장식된 화단의 꽃들이 보는 이의 눈길을 끌었다. 살롱의 안주인인 공작 부인은 거실 한구석 소파에 앉아 숄리외 공작 부인과 이야기를 나누고 있었다. 다른 쪽에는 몇몇 부인들이 한곳에 모여 있었는데, 저마다 고민거리를 각양각색으로 꾸며 표현하는 방식들이 볼만했다. 사교계에서는 아무도 불행이나 고통에 진지한 관심을 보이지 않는다. 모든 것은 말뿐이다. 남자들은 살롱이나 정원을 거닐었다. 클로틸드와 조제핀은 차 시중을 맡아 했다. 파미에 주교대리, 그랑리외 공작, 다주다 핀투 후작, 모프리뇌즈 공작은 구석에서 위스크(그들이 부르는 대로 표기.)[134] 게임을 하고 있었다. 뤼시앵은 자신의 도착이 통보되는 소리를 들으며 살롱을 가로질러 가서 공작 부인에게 인사한 다음 그녀의 얼굴에 근심이 서린 것을 보고 까닭을 물었다.

  "숄리외 부인이 조금 전 가슴 아픈 소식을 들었답니다. 그녀

---

134) '그들이 부르는 대로 표기'라는 괄호 안 설명은 퓌른판에 삽입된 부분이다. 4명이 하는 카드 게임을 가리키는 휘스트(whist) 게임을 당시 일부 계층에서는 위스크(wisk)라고도 했다. 발자크는 뒤에서 'whisk'로 표기하기도 한다. 대개의 판본에서는 괄호 부분을 삭제하지만, 여기서는 영국에서 들어온 이 게임 용어가 당시로서는 아직 하나로 통일되지 않았다는 점을 발자크가 의식하고 있었고, 특정 계층의 특정한 말버릇을 살리려는 의도 또한 갖고 있었다고 판단해 살리도록 한다.

의 사위인 마퀴메 남작이, 이전에 소리아 공작이었죠, 얼마 전 세상을 떴다는군요. 형을 병간호하러 샹트플뢰르에 갔던, 형의 작위를 승계한 동생 소리아 공작과 그의 부인이 이 슬픈 소식을 편지로 전했답니다. 루이즈는 비통에 잠겨 있답니다."[135]

"일평생 루이즈가 남편에게 사랑받았던 것처럼 사랑받는 여자는 두 번 다시 없을 거예요." 마들렌 드 모르소프가 말했다.

"루이즈는 부유한 과부가 되겠네." 연로한 위셀 공작 부인이 얼굴에 표정 변화가 없는 뤼시앵을 쳐다보며 맞장구쳤다.

"가엾은 루이즈," 데스파르 부인이 거들었다. "그녀의 심정이 이해돼요. 그녀가 안됐어요."

데스파르 후작 부인은 사려 깊고 다감한 여인처럼 짐짓 사념에 잠긴 표정을 지어 보였다. 사빈 드 그랑리외는 열 살밖에 되지 않았지만 그 표정을 접하고 반짝반짝 빛나는 눈으로 자기 어머니를 바라보았는데, 다소 당돌해 보이는 그 시선을 어머니는 엄한 눈짓으로 바로 꾸짖었다.[136] 이렇게 하는 것이

---

135) 『두 젊은 부인의 서간』에 이 일화가 자세히 언급된다. 『서간』은 수녀원 동기인 루이즈 드 숄리외(숄리외 공작의 딸, 마퀴메 남작 부인)와 르네 드 모콩브(레스토라드 백작 부인), 두 여인이 가르멜 수녀원을 나와 결혼 후까지 사랑, 결혼, 여성의 조건 등을 주제로 주고받은 편지들로 구성된 서간체 소설이다. 루이즈는 열정으로서의 사랑(혹은 사랑의 결혼)을, 르네는 제도로서의 결혼(혹은 이성으로서의 사랑)을 대변한다. 루이즈는 열애 끝에 결혼한 펠리페 드 마퀴메 남작과 사별한 후 재혼하나, 끝내 행복을 찾지 못하고 서른 살에 요절한다. 르네는 관습에 따라 프로방스의 평범한 귀족 레스토라드 백작과 결혼 후 집안을 명문가로 일으키고 파리 상류 사교계에 진출한다.

136) 『베아트리체』에 성인으로 등장하는 사빈은 무척 명민한 인물로 묘사

자식들을 잘 키우는 방식으로 통했다.

"내 딸은 이번 충격을 잘 딛고 일어서겠지만," 숄리외 부인이 모정이 흘러넘치는 표정을 지으며 말했다. "나로선 개의 미래가 걱정돼요. 루이즈는 아주 공상적이거든요."

"알 도리가 없네," 연로한 위셀 공작 부인이 말을 받았다. "우리 딸들이 누구한테 그런 성격을 물려받았는지, 참……."

"그게 참 어렵습니다." 역시 연로한 추기경이 말했다. "요즘 세상에 마음과 관습이 일치를 이루게 하는 것이 말입니다."

할 말이 하나도 없던 뤼시앵은 차탁 쪽으로 가서 그랑리외 집안의 규수들에게 인사를 건넸다. 시인이 부인들의 무리에서 얼마간 멀어지자 데스파르 후작 부인이 그랑리외 공작 부인에게 귓속말을 건네기 위해 몸을 굽혔다.

"저 청년이 귀댁의 클로틸드를 정말 많이 사랑한다고 생각하시나요?"

이 질문이 얼마나 교활한 것인지는 클로틸드의 용모에 대한 간략한 설명이 있어야 비로소 이해가 가능할 것이다. 스물일곱 살의 그 젊은 여자는 그때 서 있는 상태였다. 그렇게 선 자세 때문에 데스파르 후작 부인은 아스파라거스 줄기와 하나 다를 것 없는 클로틸드의 비쩍 마른 몸매를 조롱 섞인 시선으로 죽 훑어볼 수 있었다. 그 딱한 아가씨의 가슴은 너무나 판판해서 양재사들 사이에서는 기막힌 속임수라 불리는,

---

된다. 이 장면에서 사빈은 어린 나이임에도 데스파르 부인의 표정에서 위선을 간파하는데, 어머니 그랑리외 공작 부인은 딸이 그런 속내를 드러내지 못하도록 제지한 것이다.

주로 식민지에서 들여온 천으로 만드는 가슴 보정 장치도 무용지물이었다. 자신의 집안 배경만으로도 충분히 강점이 있음을 익히 아는 클로틸드는 그래서 그런 결함을 감추려고 수고하기는커녕 여봐란듯이 당당하게 드러내는 편이었다. 그녀는 오히려 드레스를 몸에 딱 달라붙게 입음으로써 중세의 조각가들이 성당의 벽감에 안치할 소형 입상을 만들 때 벽감 바탕과 뚜렷하게 구별되도록 입상의 윤곽선을 간결하고 선명하게 처리하면서 노리던 효과를 달성하는 것이었다. 클로틸드는 키가 174센티미터에 달했다. 적어도 이해를 돕는다는 이점은 있으니까 속된 표현을 쓰는 것이 용납된다면, 그녀는 온몸이 그냥 길쭉한 다리였다. 이러한 비율의 결함으로 그녀의 상반신은 뭔가 기형적이었다. 갈색 낯빛, 검고 억센 머릿결, 무성한 눈썹, 그 나이에 벌써 거무스름해진 눈자위에 박힌 번들거리는 눈, 이마가 툭 튀어나와 옆모습이 초승달처럼 휜 얼굴을 가진 그녀는 포르투갈 최고의 미녀였던 그녀 어머니를 희화화한 캐리커처 같았다. 자연은 곧잘 이런 장난을 즐긴다. 한 집안 형제 중에서도 서로 닮았지만 딸은 절세의 미모를 지녔는데 그 특징을 나누어 가진 아들은 추남의 완결판인 경우가 종종 있는 것이다. 지나치게 안으로 말려 들어간 클로틸드의 입에는 거만함의 표본이라 할 그런 표정이 어려 있었다. 그녀의 두 입술은 다른 어떤 얼굴 부위보다 마음속 비밀스러운 움직임을 더 잘 드러냈던 것인데, 붉다 못해 거무튀튀한 두 뺨과 늘 강퍅한 느낌을 주는 새카만 두 눈이 아무런 정보를 주지 않았기 때문에 그 두 입술에 절묘하게 표현된 심경의 변화는 더욱더 확연하게 감지됐다. 수많은 단점에도 불구하고, 널빤지 같은 외모에도 불구하고, 그녀는 이수한 교육과 혈통에서 나오는 기품 있는 분위기, 자신감 넘치는 태도 같은 것을 풍겼는데, 그것은 그러니까 예전부터 너무도 적절하게 무엇인지 모르는 어떤 것이라고 일컬어졌던 그것, 어쩌면 그녀가 입은 의상의 독특함에 기인하는지도 모를, 그녀가 권세가의 딸이라는 것을 알려주는 어떤 것이리라. 그녀는 자신의 머리카락을 자신 있게 내세웠는데, 힘도 좋고 숱도 많으며 길이도 긴 그 머릿결은 아름답다고 할 만했다. 그녀의 갈고닦은 목소리도 어느 정도 매력을 발산했다. 그녀는 노래도 아주 잘 불렀다. 클로틸드는 흔히들 "그녀는 눈이 아름다워!" 혹은 "그녀는 성격이 참 좋아!"라고 평가하는 그런 젊은 처자였다. 누가 자기에게 영국식 경칭을 본떠 "경애하는 당신."이라고 인사를 하면 그녀는 "날씬한 당신이라고 불러주세요."라고 받아넘겼다.

"가녀린 내 딸 클로틸드를 왜 사랑하지 않으려고 하겠어요?" 공작 부인이 후작 부인에게 대답했다. "어제 그 아이가 내게 뭐라고 말했는지 아세요? '누군가가 야심 때문에 날 사랑하더라도 난 그가 나라는 인간 자체를 사랑하게끔 할 거예요.' 이러더라고요. 그 애는 영민하고 야망도 있어요. 그 두 자질을 좋아하는 사람이 있기 마련이죠. 저 청년 정도면, 정말 꿈결같이 잘생긴 청년이지요, 그가 뤼방프레 가문의 토지를 살 능력을 갖추면 국왕께서 우리 집안을 염두에 두시고 그에게 후작 작위를 하사하실 것이고…… 어쨌든 그의 어머니가 뤼방프레 가문의 마지막 후손이니까……."

"딱한 청년이에요. 100만 프랑을 어디서 구하겠어요?" 후작 부인이 말했다.

"그건 우리 관심사가 아니니까." 공작 부인이 대꾸했다. "그래도 분명한 건 그가 그 돈을 훔치면 안 된다는 거죠……. 게다가 우리는 모사꾼이나 사기꾼 같은 자에게는 클로틸드를 줄 생각이 없어요. 그자가 설사 뤼방프레 씨같이 아무리 젊고 잘생긴 시인이라고 하더라도요."

"늦으셨네요." 클로틸드가 뤼시앵을 보고 한없이 다정한 미소를 지으며 말했다.

"예, 시내에서 저녁 식사를 했거든요."

"요 며칠 전부터 사교계 출입이 부쩍 느셨어요." 그녀가 미소 속에 질투와 우려를 감추며 말했다.

"사교계라고요……?" 뤼시앵이 되물었다. "아니에요, 전혀 예정에 없었는데 일주일 내내 은행가들과 저녁 식사를 하게 된 것뿐입니다. 오늘은 뉘싱겐과, 어제는 뒤티예와, 그리고 그제는 켈러 형제와……."

거만한 듯 재기발랄한 대귀족 특유의 화법을 뤼시앵이 이미 터득하고 있는 것이 여실히 보였다.

"당신에겐 적이 많아요." 클로틸드가 그에게 찻잔을 건네며 (그것도 아주 우아하게!) 말했다. "어떤 사람이 아버지에게 와서 당신이 6만 프랑이나 되는 빚을 지고 있으며 조만간 생트펠라지에[137] 휴양지를 마련할 것이라고 일렀어요. 이런 모든 중상

---

137) 당시 경제사범을 가뒀던 파리의 감옥이다.

모략이 저한테 어떤 영향을 미치는지 아셔야 할 텐데……. 그
모든 것은 저에게 직격탄으로 돌아와요. 제가 어떤 고통을 당
하고 있는지는 당신께 말하지 않겠어요. (지금 아버지 시선이 저
를 옭아매고 있거든요.) 하지만 당신이 고통스러워하고 있는 것
에 대해서는, 만일 그런 게 있다면, 아무리 사소한 것이라도,
정말……."

"그런 저열한 짓거리들에는 신경 쓰지 말아요. 내가 당신을
사랑하듯 날 사랑해 주면 돼요. 그리고 몇 달만 저를 믿고 기
다려줘요." 뤼시앵이 은세공 쟁반 위에 찻잔을 내려놓으며 대
답했다.

"아버지 앞에는 가지 마세요. 당신을 보면 언짢은 말씀을
하실 거예요. 만약 당신이 그걸 참지 못할 땐 우리 사이는 끝
나는 거예요……. 저 고약한 데스파르 부인이 아버지한테 이
르기를, 당신 어머니는 산모들 뒷바라지하는 일을 했었고 당
신 누이동생은 다림질하는 여공이라고……."

"우리 집은 뼈에 사무치도록 가난했어요." 어느새 눈가에
눈물이 맺힌 뤼시앵이 대답했다. "그러니까 그건 중상모략은
아니에요. 다만 그냥 험담일 뿐이죠. 지금 내 누이는 백만장자
그 이상이에요. 어머니는 이미 2년 전에 돌아가셨고요…….[138]
이런 사실들은 내가 여기서 성공하면 공개하려고 숨겨왔던 것

---

138) 『잃어버린 환상』에서 뤼시앵은 어머니 샤르동 부인이 조산사로 일한다
는 이유로 앙굴렘 상류층 인사들에게 무시당한다. 또 여동생 에브는 결혼
전 세탁 공장에서 일했다. 이 언급에 따르면, 뤼시앵의 어머니는 뤼시앵과
에스테르의 "4년간의 행복" 기간 중인 1827년에 임종한 것으로 보인다.

인데……."

"대체 데스파르 부인과는 무슨 일이 있었던 거예요?"

"그녀가 남편인 데스파르 후작을 금치산자로 옭아매기 위해 벌인 소송에 대해 비앙숑이 내게만 슬쩍 알려준 이야기를 내가 세리지 부인 댁에 갔을 때 경솔하게도 보방 씨와 그랑빌 씨 앞에서 신나게 떠들어댄 적이 있어요. 그걸 들은 그랑빌 씨의 의견이 보방 씨와 세리지 씨의 지지를 받으며 법무부 장관의 생각을 바꾸어놓는 결과를 낳았지요. 그랑빌 씨와 법무부 장관은《판결 공보》를 의식한 데다 추문에 휘말릴까 봐 몸을 사렸고요. 그 요란한 사건을 종결지은 판결이유서로 인해 데스파르 부인은 뜻도 못 이루고 평판에 손상을 입은 것입니다. 세리지 씨는 사려 깊지 못한 처신으로 후작 부인이 나의 철천지원수가 되도록 만들었지만, 반대급부로 나는 세리지 씨의 후원뿐 아니라 그랑빌 검사장과 옥타브 드 보방 백작의 후원도 받게 되었는데, 그들이 획득한 정보의 출처를 비밀로 하지 않아 나를 위험에 빠뜨리는 결과를 초래했다고 세리지 부인이 그들에게 항의해 준 덕분이지요. 데스파르 후작은 나 때문에 그 치욕스러운 소송에서 이겼다고 생각하고 나를 한번 찾아오기도 했는데 현명한 처사는 아니었지요."[139]

---

139) 데스파르 후작 부인이 1828년 남편을 상대로 낸 소송의 전말은 『금치산』(1836)이라는 작품에서 다루어진다. 데스파르 후작은 자신의 영지 중에 낭트칙령 폐지 당시(1598년 앙리 4세가 프랑스 칼뱅교도들의 종교 자유와 권리를 인정한 칙령을 1685년 루이 14세가 철회했다.) 몰수한 어느 신교도 집안의 토지가 포함되어 있음을 알고, 명예심의 발로로 이에 대해 보상하려

"우리가 데스파르 후작 부인을 떼어놓을 방도를 내가 마련해 볼게요." 클로틸드가 말했다.

"아니! 어떻게요?" 뤼시앵이 목소리를 높였다.

"어머니더러 데스파르 부부의 두 아들을 초대하라고 하겠어요. 그 아버지와 이미 훌쩍 커서 말쑥한 두 아들은 여기 와서 당신을 칭송하겠지요. 단언컨대 아이들 어머니는 결코 모습을 나타내지 않을 거예요……."

"오! 클로틸드, 당신 정말 대단해요. 설사 내가 당신을 당신 자체로 사랑하지 않는 일이 있다고 해도, 난 당신의 그 기지 때문에라도 당신을 사랑할 겁니다."

"이건 기지의 문제가 아니랍니다." 그녀는 입술 위에 자신의 사랑을 듬뿍 담아 말했다. "안녕히 가세요. 앞으로 며칠간은 오지 마세요. 나중에 생토마다캥 성당에서 제가 분홍 스카프를 하고 있으면 아버지의 심기가 바뀌었다는 표시인 줄 아세요. 당신이 앉는 의자 등받이에 제 답장이 붙어 있을 거예요. 그 답장이 아마도 우리가 만나지 못하는 것에 대한 위로가 될 겁니다……. 당신이 내게 주려고 가져온 편지는 내 손수건 사이에 찔러 넣어두세요……."

이 젊은 여자는 스물일곱 살 이상임이 분명했다.

한다. 이에 데스파르 부인이 남편을 금치산자로 몰아 저지하려다 실패했다. 이후로 데스파르 부부는 줄곧 별거 중이다.

21. 착한 아가씨의 집

뤼시앵은 라플랑슈가에서 삯마차를 잡아타고 북쪽 대로 구역에서[140] 내린 다음 마들렌 성당 앞에서 다시 다른 삯마차로 갈아타고 마부에게 테부가의 집 대문을 통과해 안마당까지 들어가 달라고 부탁했다.

11시에 그가 에스테르의 집에 들어섰을 때 그녀는 눈물범벅인 상태였지만 그래도 그를 환대하기 위해 각별하게 공들인 차림새였다! 그녀는 노란 꽃이 수놓인 흰색 새틴 커버를 씌운 장의자에 비스듬히 누워 뤼시앵을 기다렸는데, 코르셋은 하지 않고 체리색 리본 장식이 달린 하늘거리는 인도산 모슬린 실내복을 입은 채 머리는 그냥 묶어 올리기만 했고, 체리색 새틴을 덧댄 앙증맞은 벨벳 실내화를 신었으며, 촛불은 있는 대로 다 켜고 수연통을 준비해 놓고 있었다. 하지만 담배를 피웠던 것은 아니어서 그녀의 수연통은 마치 그녀의 처지를 보여주듯 불기 없이 동그마니 그녀 앞에 놓여 있었다. 문이 열리는 소리에 그녀는 황급히 눈물을 훔치고 한 마리 가젤처럼 폴짝 뛰어 바람에 날려가다 나무에 휘감긴 옷감처럼 두 팔로 뤼시앵을 끌어안고 매달렸다.

“헤어져야 한다니,” 그녀가 말했다. “그게 정말이야?”

“아하! 며칠 동안만.” 뤼시앵이 대답했다.

---

140) 센강 우안 마들렌에서 바스티유에 이르는, 큰 거리들이 있는 곳을 가리킨다.

에스테르는 뤼시앵에게서 떨어져서 시체처럼 장의자에 털썩 무너져 내렸다. 이런 상황에서 대부분 여자는 앵무새처럼 수다스러워진다! 아! 그런 여자들은 당신을 사랑하는 것이다……! 5년이 지나 그녀들은 행복했던 첫날의 결말에 직면하게 된다. 그녀들은 당신과 헤어질 수 없다. 그녀들은 분노, 절망, 애정, 울화, 회한, 공포, 우울, 불길함 등의 감정에 휩싸이지만, 품위를 지킨다! 그런 그녀들은 셰익스피어 극의 한 장면처럼 아름답다. 하지만 명심할지니! 그런 여자들은 사랑을 하는 것이 아니다. 그녀들의 본모습이 바깥으로 드러난 모습과 한 치의 오차도 없다면, 요컨대 진정으로 사랑하고 있다면, 조금 전 에스테르가 했듯이, 그러니까 어린아이가 하듯이 그렇게 반응한다. 진정한 사랑이란 그런 것이다. 에스테르는 한마디도 하지 않았다. 그녀는 얼굴을 방석에 묻고 뜨거운 눈물을 쏟았다. 뤼시앵은 에스테르를 일으키려고 애쓰면서 말했다.

"아니야, 이봐, 우린 헤어지는 것이 아니야……. 행복하게 지낸 지 이제 곧 4년이나 되는데 잠시 떨어져 있는 것을 대하는 태도가 어떻게 이럴 수 있지? 아! 그동안 사귄 그 모든 여자한테 내가 대체 어떻게 했지……?" 그가 코랄리에게도 이런 식으로 사랑받았던 기억을 떠올리며 혼잣말을 중얼거렸다.

"아! 나리, 나리는 참으로 멋지세요." 외롭이 말했다.

저마다 이상적으로 느끼는 아름다움이 있는 법이다. 뤼시앵처럼 아주 매혹적으로 잘생긴 얼굴에 유난히 두드러지는 부드러운 성격과 시적 재능까지 겸비하고 있다면, 타고난 외모에 특히 민감하게 반응하는 데다 자신의 감탄을 숨김없이 표출하는 그런 사람들의 광적인 애호를 받을 가능성이 있다. 에스테르는 조용히 흐느끼고 있었는데 여전히 극도로 고통스러워하는 모습이었다.

"아니야, 이런 바보," 뤼시앵이 말을 걸었다. "다들 내 목숨이 걸린 일이라고 말해 주지 않았나……!"

뤼시앵이 의도적으로 한 이 말에 에스테르는 한 마리 야수처럼 벌떡 일어났다. 머리카락이 풀어헤쳐지면서 월계관처럼 둥그렇게 그녀의 순정한 얼굴을 감쌌다. 그녀는 뤼시앵을 빤히 쳐다보았다.

"당신 목숨이라……!" 그녀가 두 팔을 들어 올렸다가 위기에 처한 여자들에게만 볼 수 있는 동작으로 축 늘어뜨리면서 소리쳤다. "그래, 맞네. 그 불한당의 표현이 심각한 상황이라는 것을 말해 주네."

그녀는 허리춤에서 허름한 종잇장을 꺼냈다가 외롭이 있다는 것을 깨닫고 그녀에게 말했다. "자리 좀 비켜줘, 외롭." 외롭이 문을 닫고 나갔다. "자, 그 사람이 나에게 보낸 거야." 그녀는 카를로스가 조금 전 자기에게 보낸 편지를 뤼시앵에게 건넸다. 뤼시앵은 큰 소리로 그것을 읽었다.

내일 아침 5시에 떠나시오. 생제르맹 숲[141] 깊은 곳에 있는 경비원 숙소로 안내할 것이오. 당신은 그곳 2층 방을 쓰게 될 거요. 내 허락이 있을 때까지는 그 방에서 나오면 안 되오. 지

---

141) 파리 북서쪽 근교에 있는 숲이다.

내는 데 불편한 점은 조금도 없을 것이오. 경비원과 그의 아내
는 믿을 만한 사람이오. 뤼시앵에게 편지를 써서는 안 되오. 낮
에는 창문 근처에 얼씬거려서도 안 되고. 하지만 걷고 싶으면
밤에 경비원을 대동하고 산책은 할 수 있소. 가는 동안 마차에
가림막을 치도록 하시오. 이건 뤼시앵의 목숨이 걸린 일이오.
　뤼시앵이 오늘 밤 작별 인사를 하러 당신에게 들를 것이오.
그 앞에서 이 편지를 불태워 없애시오.

뤼시앵은 곧바로 그 종잇장을 촛불에 태워버렸다.
"잘 들어, 나의 뤼시앵," 에스테르가 마치 죄수가 자신에게
통보된 사형 판결문을 듣듯이 그 종잇장을 읽어 내려가는 소
리를 듣고 나서 말했다. "앞으로 당신을 사랑한다고 말하지는
않겠어. 바보 같은 짓일 테니까…… 당신을 사랑하는 것을 숨
쉬며 생명을 이어가는 것만큼이나 자연스럽게 여기며 살아온
지 곧 5년이 돼…… 나의 행복이 그 수수께끼 같은 사람의 감
독을 받기 시작한 첫날부터, 그러니까 그 사람이 무슨 신기한
조그만 짐승을 우리 안에 가두고 지켜보듯 나를 여기에 감금
한 때부터 나는 당신이 결국 다른 여자와 결혼할 수밖에 없
으리라고 직감했어. 결혼은 당신의 운명에서 불가피한 요소
고 하느님의 뜻은 내가 당신의 운명에 개입하지 말라는 것이
야. 그 결혼은 곧 나의 죽음을 뜻해. 하지만 난 당신을 조금도
힘들게 하지 않을 거야. 석탄 난로를 피워놓고 자살을 기도하
는 '재단사 아가씨들'처럼 하지도 않을 거야. 이미 한번 해본
것으로 충분해. 두 번씩이나 하면 그건 마리예트가 말한 것처

럼 진절머리 나는 일이지.[142] 안 해. 그 대신 아주 멀리, 프랑스 바깥으로 사라질 거야. 아지가 자기 고향에 대해 비밀스러운 곳까지 속속들이 알고 있더군. 그녀가 나에게 조용히 죽는 법을 가르쳐주겠다고 약속했어. 몸에 독침을 꽂으면, 털썩! 모든 게 끝나. 사랑하는 나의 천사여, 한 가지만 확인할게. 난 배신을 당한 여자가 아니라는 점 말이야. 나도 나름대로 충분히 값어치 있는 삶을 살았어. 1824년 당신을 처음 만나고부터 오늘까지 난 행복한 여인 10명이 누리는 것보다 더 많은 행복을 누렸어. 그러니 나를 있는 그대로, 연약하지만 그에 못지않게 강인한 여자라고 평가해 줘. 나에게 직접 말해줘. '나 결혼해'라고. 당신에게 따뜻한 작별 인사 말고 더 바라는 건 없어. 그리고 당신은 앞으로 나에 관한 얘기를 듣는 일이 절대 없을 거야……." 그러고는 잠시 침묵이 흘렀다. 그러한 심정의 토로에 담긴 진지함을 가늠할 수 있는 비교 대상은 몸짓이나 어조의 순진함밖에 없는 법이다. "당신의 결혼이 걸린 문제야?" 그녀가 칼날처럼 매혹적으로 반짝이는 시선 한 줄기를 뤼시앵의 파란 눈에 꽂아 넣으며 물었다.

"1년 반 전부터 우리는 나의 결혼을 추진해 왔어. 아직은 결론이 안 난 상태야." 뤼시앵이 대답했다. "언제 결정이 날 수 있을지도 몰라. 하지만 그것 때문에 이러는 건 아냐, 내 소중한 자기……. 그 신부와 나, 그리고 자기가 걸린 문제야……. 우

---

142) 마리예트는 실제 인물로서 오페라 극장의 무용수였다. 고급 창녀로 유명하며 『인간극』에도 여러 차례 등장한다.

린 지금 심각한 위협을 받고 있어⋯⋯. 뉘싱겐이 자기를 봤다는 거야⋯⋯."

"알아," 그녀가 말했다. "뱅센 숲에서였지. 그래 그가 내가 누군지 알아냈대⋯⋯?"

"아니," 뤼시앵이 대답했다. "그러나 그는 은행 일을 팽개칠 정도로 자기한테 반한 상태야. 저녁 식사를 마치고 그가 자기와 마주친 장면을 이야기하면서 자기 인상착의를 설명하는데 내가 그만, 나도 모르게 미소를 흘리고 말았지. 그게 경솔한 처신이었던 게, 지금 사교계에서 나는 적대적인 부족이 함정을 파놓고 노리는 야만인 같은 처지거든. 카를로스는 내 고민을 대신해 주는 사람인데, 그가 이 상황을 위험하다고 판단하고, 만일 뉘싱겐이 우리 정체를 수소문하기로 마음먹으면, 남작은 그럴 능력이 충분히 있는 자거든, 뉘싱겐의 의도를 분쇄할 임무를 맡기로 한 거야. 그는 이런 경우 경찰은 아무 쓸모가 없다고 말했어. 그을음만 가득한 오래된 벽난로에 자기가 활활 타오르는 불을 질러버린 셈이야⋯⋯."

"그러면 당신의 그 에스파냐 신부는 무슨 일을 벌이려고 하는 건데?" 에스테르가 아주 차분하게 물었다.

"나는 거기에 대해 아무것도 몰라. 그는 나에게 안심하고 두 다리 쭉 뻗고 자라고만 말했어." 뤼시앵이 에스테르를 쳐다볼 엄두는 내지 못한 채 대답했다.

"상황이 그렇다면 개처럼 충직하게 복종하기로 약조했으니까 하라는 대로 하겠어." 에스테르가 말하고는 손을 뻗어 뤼시앵의 팔을 잡아 그를 침실로 이끌면서 덧붙였다. "내 사랑 룰

루, 그래 그 고약한 뉘싱겐의 집에서 저녁 식사는 잘 했어?"

"아지의 요리를 알고 나면 어떤 성찬도 좋다는 생각이 안 들지. 식사를 내는 집의 요리사가 제아무리 유명해도 말이야. 그래도 카렘은 매번 일요일처럼 진미를 차려내긴 했지."

뤼시앵은 자기도 모르게 에스테르와 클로틸드를 비교했다. 이 애인은 너무 아름답고 여전히 너무 매혹적이어서 아무리 강고한 사랑이라도 단숨에 삼켜버리고 마는 포만감이라는 이름의 괴물이 접근할 여지를 아직 한 번도 보인 적이 없다. '참으로 유감이군.' 그가 속으로 중얼거렸다. '두 선택지 중에서 자신의 여자를 골라야 하는 신세란! 한쪽에는 시, 관능, 사랑, 헌신, 아름다움, 상냥함, 이런 것들이 있고……' 에스테르는 잠자리에 들기 전 여자들이 늘 그러듯이 온갖 군데를 다 헤집고 다녔다. 이리 갔다 저리 갔다, 노래를 흥얼거리며 나비처럼 훨훨 날아다녔다. 마치 한 마리 벌새 같다고나 할까. '다른 쪽에는 귀족의 이름, 가문의 혈통, 명예, 높은 신분, 처세술, 이런 것들이 있고……. 그런데 이 두 가지 요소를 한 사람 안에 합칠 방도는 전혀 없구나!' 뤼시앵이 속으로 외쳤다.

다음 날 아침 7시에 그 매혹적인 연분홍 침실에서 눈을 뜬 시인은 자신이 혼자인 것을 발견했다. 초인종을 누르자 환영 같은 모습의 외롭이 단숨에 달려왔다.

"무슨 일이십니까?"

"에스테르는!"

"마님은 4시 45분에 떠나셨습니다. 신부님이 지시해 놓으신 대로 발송자 부담으로 보내온 새 인물을 배달 받았습니다."

“여자를……?”

“그냥 여자는 아니고요, 나리. 영국 여자입니다……. 밤마다 품팔이하러 나가는 그렇고 그런 여자 중 하나예요. 떠나신 부인 마님 모시듯이 이 여자를 대하라는 명령을 받았습니다. 이런 보잘것없는 헤픈 여자를 데리고 나리께서 뭘 하고 싶으시겠어요? 불쌍하신 마님, 마차에 오르실 때 하염없이 우셨죠……. ‘기어이 이렇게 해야 하는구나……!’ 마님은 그렇게 탄식하셨어요. ‘가여운 내 사랑이 잘 때 떠나는구나.’ 마님은 눈물을 씻으며 내게 말했지요. ‘외롭, 만약 그분이 날 바라보았거나 내 이름을 불렀다면 난 그분과 함께 죽는 한이 있더라도 떠나지 않을 텐데…….’ 보세요, 나리, 전 마님을 정말 사랑하기에 마님이 자신을 대신할 여자를 마주치지 않도록 했어요. 모시는 분의 심정을 헤아리지 못하고 비통하게 만들고 마는 하녀들이 얼마나 많은데요.”

“그래 새로 온 여자는 여기 있는가……?”

“그렇죠, 나리. 그 여자를 실어 온 마차가 마님을 모시고 갔어요. 지침을 받은 대로 제가 그 여자를 제 방에 숨겨놓았어요.”

“그녀는 괜찮은가?”

“싸구려 여자에게 기대할 만한, 딱 그 수준이에요. 그래도 나리께서 하실 만큼만 해주시면 자기 역할을 하는 데 큰 애로는 없을 여자입니다.” 외롭이 가짜 에스테르를 부르러 가면서 말했다.

22. 뉘싱겐 씨가 작업에 착수하다

전날 밤, 잠자리에 들기 전, 무소불능한 은행가는 경제범죄 수사대의 가장 유능한 수사관으로 명성이 자자한 루샤르를 아침 일찍 집으로 모셔오라고 시종에게 지시해 놓았던바, 루샤르가 7시부터 와 대기해 있던 조그만 접견실에 남작이 잠옷과 실내화 차림인 채로 들어섰다.

"내 처지가 한심해 포이지요!" 수사관이 건넨 인사에 대한 답례로 그가 말했다.

"달리 방도가 있을 수 없는 일이었습니다, 남작님. 저는 제 임무에 몰두할 뿐입니다. 외람되이 드리는 말씀입니다만, 전제 본연의 임무와 관계없는 일에 개입할 수도 없는 처지였습니다. 제가 뭐라고 약속을 드렸지요? 제가 보기에 우리 요원 중에서 남작님께 가장 쓸모 있는 요원과 연결해 드리겠다는 거였지요. 물론 남작님께서는 직종이 서로 다른 사람들 사이에 존재하는 차이를 아시는 분이시지요……. 집을 지을 때 목수더러 열쇠공이 하는 일을 하라고 할 수는 없지요. 그렇습니다! 경찰에는 두 종류가 있습니다. 정치경찰과 사법경찰이지요.[143] 사법경찰 요원들은 정치경찰 업무에 결코 관여할 수

---

143) 대혁명 시기 국민공회는 경찰의 업무를 '행정경찰'(범죄 예방 등 치안 업무)과 '사법경찰'(범죄자 검거와 처벌 등 형사소송 업무)로 구분했으나 루샤르의 말대로 이후 두 구분은 희미해지고 '사법경찰'로 통합해 부르는 것으로 보인다. 총재정부 시기 경찰부가 창설되고 이후 강화된 경찰 조직의 장관으로 활약한 푸세가 '정치경찰'(비밀 사찰 담당) 분야를 도입한다.

없고, 그 반대도 마찬가지입니다. 만약 남작님께서 정치경찰의 수장에게 부탁하셨으면 그로서는 남작님의 일을 맡기 위해 장관의 허락을 얻어야 했을 것이고, 남작님께서는 왕국경찰총국장에게 그 일을 설명하기가 난감하셨을 겁니다. 만약 독단으로 경찰력을 행사한 요원이 있다면 그는 자리에서 쫓겨났을 것입니다. 그런데 사법경찰도 용의주도함에 있어 정치경찰에 조금도 뒤지지 않습니다. 그래서 파리 경찰청 소속이건 내무부 소속이건 어떤 경찰도 국익이나 사법 당국의 이익이라는 방향으로만 움직이는 것은 아닙니다. 어떤 음모나 범죄가 관련된 일이라면, 아, 정말, 윗선에서는 남작님 뜻을 이행할 것입니다. 하지만 남작님, 이것만은 알아주십시오. 경찰 수뇌부는 흔하디흔한 파리의 연애 사건에 집중할 만큼 그렇게 한가하지는 않습니다. 우리 수사대 요원들로 말씀드리자면, 우리도 채무자들 검거에만 신경 써야 합니다. 다른 일에 관여하는 순간부터 우리는 그게 누가 됐건 그 누군가의 평화를 깨뜨리는 상황에 깊숙이 개입하게 되는 것이지요. 남작님께 제 부하 중 하나를 보내드렸지요. 하지만 전 그 일과 전혀 무관하다는 단서를 달았습니다. 남작님께서는 그에게 파리에 있는 어떤 여자를 하나 찾아달라고 부탁하셨다고요. 그런데 콩탕송이 남작님께서 주신 1000프랑 지폐만[144] 꿀꺽해 먹고는 아

─────────────────

144) 당시 프랑스 중앙은행이 발행한 지폐는 500프랑과 1000프랑, 고액권 두 종류뿐이었다. 혁명 초기 유통되었으나 휴지 조각이 된 지폐 '아시냐(assignat)'에 대한 트라우마로 프랑스인들에게 지폐는 의구심의 대상이었던데다, 워낙 고액권이라 일상생활에서는 거의 통용되지 않고 상업 결제나 도

무 일도 하지 않았다고요. 인상착의가 파리의 보통 미녀들하고 차이가 없는 여자 하나를 뱅센 숲에 간다는 단서만 갖고 찾는다는 것은 강물에 빠뜨린 바늘을 찾아내는 것과 마찬가지입니다.”

“콘탄손(콩탕송)이,” 남작이 말했다. “내가 춘 치페 1000프랑을 쿨컥해 머건는데도 내게 친실을 말해 출 수 업섯단 말이오?”

“잘 들으세요, 남작님,” 루샤르가 말했다. “제게 1000에퀴를[145] 내실 의향이 있으시다면 제가 남작님께 드릴 것이……, 남작님께 좋은 정보 하나 팔려고 하는데요.”

“청보 하나에 1000에키나 틉니카?” 뉘싱겐이 물었다.

“그 일로 저까지 붙잡힐 수는 없으니까요, 남작님.” 루샤르가 대답했다. “남작님은 사랑에 빠지셨고, 남작님을 사랑에 빠지게 한 그 대상을 찾고 싶어 안달이 나서 무슨 물 구경 못 한 상추 이파리처럼 바짝 마르셨어요. 남작님 시종이 알려주기를, 어제 의사가 둘이나 와서 진찰해 보고 남작님 상태가 위험하다고 했다면서요. 오직 저만이 남작님께 수완이 뛰어난 사람을 붙여줄 수 있는데……. 거참, 할 수 없죠! 남작님 목숨 값이 1000에퀴도 안 된다니…….”

“수안이 티어나다는 크 사람 이름 알려추시오. 크리고 내가

---

145) 루샤르는 뉘싱겐이 콩탕송에게 건넨 돈보다 세 배를 부른 것이다. 앙시앵레짐의 화폐단위인 1에퀴는 3프랑으로 계산하며, 일상적으로 많이 통용되던 1더블에퀴 은화는 5프랑이다.

얼마나 통 큰 사람인지 미드시오!"

루샤르는 모자를 쓰고 인사한 다음 문을 나서려고 했다.

"치독칸 사람 카트니!" 뉘싱겐이 소리쳤다. "이리 오시겟소……? 이거 파드시오……."

"이 점만은 명심하십시오." 뉘싱겐이 내민 돈을 바로 받지 않고 루샤르가 말했다. "전 남작님께 더도 덜도 아니고 정보를 하나 판 겁니다. 남작님을 도울 수 있는 그 유일한 사람의 이름과 주소를 알려드리겠습니다. 그런데 그 사람은 거물로서……."

"어림엄는 소리!" 뉘싱겐이 소리쳤다. "1000에키라는 커금을 발행할 수 있는 이름은 바칠트[146] 말고는 업소. 크것도 크 이름이 서명댄 어음이라야지……. 난 1000프랑을 추겟소, 응?"

소송대리인, 공중인, 집행관, 변호사 등과 같이 돈이 안 나올 것 같은 상대는 애초에 거들떠보지도 않는 교활하고 간악한 루샤르가 의미심장한 표정을 지으며 남작을 곁눈질했다.

"남작님께 1000에퀴는 있으나 마나 한 돈이잖아요. 증권거래소에서 단 몇 초 만에 다시 벌 수 있을 텐데요, 뭘." 그가 남작에게 말했다.

"1000프랑 추겟소……!" 남작이 같은 말을 되풀이했다.

"남작님은 지금 금광의 가격을 깎자고 흥정하는 겁니다!" 루샤르가 작별 인사를 하고 방을 나서며 말했다.

"500프랑차리 치페 한 창이면 크런 추소는 파로 쿠할 수 잇

---

146) 발자크는 1843년 신문 연재본에서 Rostchild(로스차일드)라고 표기했으나 수정 퓌른판에서 'Vartschild'로 수정한다. 그 까닭을 정확히 알 순 없지만 실존하는 거물 은행가를 거명하는 것에 부담을 느꼈을지도 모른다.

서.” 남작은 소리치고서 시종에게 비서를 들여보내라고 했다.

튀르카레는 이제 존재하지 않는다.[147] 오늘날은 막강한 은행가든 미미한 은행가든 가릴 것 없이 아주 자질구레한 일들에도 교활하기 그지없다. 그들은 예술이나 자선이나 사랑도 돈으로 사고파는 것은 물론 교황을 매수해 면죄부라도 살 자들이다. 뉘싱겐은 루샤르의 말을 들으면서 빠르게 머리를 굴려 콩탕송이 이 경제범죄 수사관의 오른팔인 만큼, 밀정계의 거물이라는 그 사람의 주소를 분명 알고 있으리라고 짐작했다. 루샤르가 1000에퀴에 팔려고 한 정보를 콩탕송은 500프랑이면 발설하리라는 계산이었다. 이런 민첩한 계산은 이 남자가 가슴은 비록 사랑에 점령당했지만, 머리만은 여전히 살쾡이의 두뇌를 유지하고 있음을 여실히 보여주는 것이었다.

“차, 이보게, 차네가 칙접,” 남작이 비서에게 일렀다. “수사간 루샤르의 밀청 콘탄손이 사는 콧으로 탈려가게. 삭마차를 차 바타고 팔리팔리. 크를 측시 여기로 테려아. 키다리고 잇을 테니……! 올 태는 청언 측 출입문으로 틀어오게. 차, 여기 열새 팟게. 크 사람이 내 칩에 오는 컬 아무도 모르게 하는 케 초으니카. 크 사람을 청언의 초크만 펼채로 모시도록 해. 내 심부름을 실수 업시 수행하도록 뉴념하고.”

사업 이야기를 하러 사람들이 뉘싱겐을 찾아왔다. 그러나 그는 아랑곳하지 않고 콩탕송을 기다렸다. 그는 에스테르를

---

147) 튀르카레는 알랭 르네 르사주가 쓴 동명의 희극 속 주인공으로, 교활하고 파렴치한 은행가이지만 여자에게는 서툴고 순진한 구석을 보이는 인물이다.

마음속에 그리며 자기에게 예기치 않은 설렘을 안겨준 그 여인을 조만간 재회하고야 말겠다고 중얼거렸다. 그래서 그는 찾아오는 모든 이를 건성으로 응대하거나 모호한 약속을 해서 돌려보냈다. 그에게는 콩탕송이 파리에서 가장 중요한 인물이었기에 끊임없이 정원 쪽을 살폈다. 이윽고 문을 닫고 일을 마감하라는 지시를 내린 다음, 그는 정원 한구석에 있는 별채로 점심을 내오라고 지시했다. 집무실에 계속 있다가는 파리에서 가장 간교하고 가장 명민하며 정치적 수완이 가장 뛰어난 은행가로 통하는 자신의 평소답지 않은 행태와 망설임이 이상하게 보일 터였다.

"행장님은 대체 무슨 일이래?" 주식중개인이 행원 중 한 명에게 물었다.

"모르겠어. 건강이 걱정스러운 상태인 것 같아. 어제는 남작 부인이 의사들을 집으로 불렀는데, 데플랭 박사도 오고 비앙숑 박사도 오고……."

옛날에 뉴턴이 기르던 개 중 '뷰티'라는 이름을 가진 개에게 약을 먹이려고 씨름을 벌이고 있을 때 외지인들이 그를 만나러 왔다. 알다시피 뉴턴은 그 개 때문에 중대한 일을 그르쳤는데, 그 개에게('뷰티'는 암컷이었다.) 뉴턴이 한 말은 고작 "아! 뷰티, 네가 좀 전에 무슨 일을 망쳐놓았는지 넌 모를 거야……."라는 것뿐이었다.[148] 외지인들은 그 위인의 작업을 존

---

148) 해당 일화는 프랑스 작가이자 출판인인 루이 가브리엘 미쇼(1773~1858)가 책임 편찬한 『고금 전기 총람(Biographie universelle ancienne et moderne)』(1811~1828) 31권의 '뉴턴' 항목에 나온다. 발자크는 일종의 백

중한 나머지 그냥 발길을 돌려 돌아갔다. 아무리 거대한 존재들이라 해도 그 속에는 예외 없이 뷰티라는 작은 암캐 한 마리가 있는 법이다. 18세기 프랑스 군대의 가장 위대한 공훈으로 손꼽히는 마온 점령 직후 리슐리외 총사령관이 루이 15세를 알현했을 때 왕이 그에게 말했다. "중차대한 소식이 있는데 들었소……? 그 불쌍한 랑스마트가 죽었답니다!" 랑스마트는 왕의 밀통을 속속들이 지켜본 문지기였다.[149] 파리의 은행가들은 자신들이 콩탕송 같은 존재와 깊이 연관되어 있다는 사실을 꿈에도 몰랐다. 그 밀정을 초조하게 기다리느라 뉘싱겐이 자기 지분이 상당히 들어 있는 거대한 사업을 등한시하게 되었고, 그 결과 그 사업이 그들의 손아귀로 넘어갔으니, 콩탕송이 바로 일이 그렇게 되게 만든 장본인인 셈이었다. 그렇게 살캉이는 밤낮없이 투기라는 대포로 재산을 겨눌 수 있었지만, 인간은 행복이 시키는 대로 움직였다!

과사전인 이 전집을 자주 참조한 것으로 알려져 있다. 아이작 뉴턴이 『프린키피아』를 집필할 당시의 일화로 전해 내려오는데, 『총람』에는 개 이름이 '뷰티'가 아니라 '다이아몬드'로 나오고 암컷이라는 언급도 없다. 발자크의 착오인지 의도된 변경인지 다른 전거를 참고한 것인지는 확실치 않다.
149) 마온(카탈루냐어로는 마오)은 바르셀로나 남쪽 지중해에 있는 메노르카섬의 주도다. 전략 요충지인 이곳은 에스파냐령에서 영국령으로, 다시 1756년 프랑스령으로 바뀐다. 해당 일화는 18세기 프랑스 모랄리스트인 샹포르(1740~1794)가 쓴 책에 나오는데, 랑스마트는 문지기가 아니라 왕의 최측근 시종이었다. 이 역시 발자크의 착오로 보인다.

23. 콩탕송

명성이 자자한 은행가는 식욕을 잃은 지 오래라 이가 성치 않은 사람처럼 버터 바른 빵을 베어 무는 둥 마는 둥 하며 차를 홀짝거리고 있었는데, 그때 정원에 달린 쪽문 앞에 마차가 와 서는 소리가 났다. 잠시 후 비서가 뉘싱겐 앞으로 콩탕송을 데려왔다. 비서는 생트펠라지 감옥 근처에 있는 카페에서 가까스로 콩탕송을 찾아낼 수 있었는데, 그 수사 요원은 투옥된 채무자가 대가를 바라고 성의 표시라며 준 사례비로 거기서 점심을 먹고 있었다. 콩탕송은 다들 알다시피 온전한 한 편의 시, 파리의 시다. 그를 보면 누구나, 보마르셰의 피가로, 몰리에르의 마스카리유, 마리보의 여러 작품에 나오는 프롱탱, 당쿠르의 여러 작품에 나오는 라플뢰르 등[150] 대담한 사기 행각과 극단적 계략에 능하고 실패해도 다시 다른 방도를 짜내는 술수의 명수들이라 할지라도, 비천하지만 기지 넘치는 이 거인과 비교했을 때는 초라하기 짝이 없어 보인다는 사실을 대번에 인정하지 않을 수 없을 것이다. 당신이 파리에서 어떤 하나의 전형을 접했다면 그 전형은 더는 일개인이 아니라 한 편의 공연 작품이다! 하나의 존재가 아니라 여러 존재의 집합체이다! 석고 흉상을 가마에 넣고 세 번에 걸쳐 구워보라. 그러면 피렌체 청동상의 유사품쯤 되는 물건을 얻을

---

150) 거명된 인물들은 해당 극작가들의 희극에 등장하는 계책에 밝은 하인들이다. 당쿠르(1661~1725)는 프랑스 혁명 이전 가장 인기 있었던 배우이자 극작가로, 수십 편의 단막 희극을 썼다.

수 있을 것이다. 그렇다! 번갯불처럼 내리쳤던 수없이 많은 불행과 불가피하게 맞닥뜨렸던 온갖 끔찍한 상황이 콩탕송의 얼굴을 마치 가마의 맹렬한 불길이 세 번에 걸쳐 변색시킨 것처럼 청동색으로 그을려 놓았다. 아주 깊게 팬 주름살들은 다시 펴질 가능성이 아예 사라진 데다 주름의 홈은 그을리지 않아 영원히 지워지지 않을 하얀 선이 그어진 것 같았다. 그렇게 그 누런 얼굴은 온통 주름투성이였다. 볼테르의 두상을 닮은 그의 머리는 사자(死者)처럼 무감각해 보였는데, 뒤통수에 몇 올의 머리카락마저 없었다면 산 사람의 머리라고는 여겨지지 않았을 것이다. 피도 눈물도 없을 것 같은 이마 아래로, 찻집 출입문 유리창 밖을 내다보는 중국인의 눈처럼 생긴, 진짜 같아 보여도 표정 변화는 드러나지 않는 의안인 양 일말의 감정 표현도 없는 두 눈이 뒤룩거렸다. 코는 죽은 사람의 코처럼 납작하니 생겨 쿵쿵대는 모습이 운명을 비웃는 듯했고, 줄곧 헤벌어진 입술 사이로 수전노처럼 앙다문 이가 보였지만 그 이죽거리는 입매는 우편함 투입구처럼 좀처럼 속을 드러내 보이지 않았다. 시커먼 손에 야만인처럼 침착하고 삐쩍 마른 데다 작달막한 콩탕송은 예의범절 같은 것은 아랑곳하지 않고 무사태평하기 짝이 없는, 디오게네스 같은 태도가 몸에 밴 인물이었다. 게다가 옷차림에 담긴 의미를 해독해 낼 줄 아는 이들이 볼 때, 그의 차림새 하나하나가 예외 없이 그의 삶과 습성을 알려주는 단서들이지 않은가? 특히 바지는 어떤가! 집행관 *끄나풀들*이 입는, 변호사 법복에 쓰이는 보일이라는 옷감처럼 검고 반들반들 윤나는 바지……, 탕플의 중고 시장에서[151] 산 것이지만 그래도 목깃이 높고 수가 놓인 조끼……, 검붉은 색깔 겉옷……! 이 모든 의복은 손질이 잘 되어 있고 깔끔한 편이었으며, 모조금 사슬에 매달린 회중시계가 한껏 멋을 돋우었다. 콩탕송은 노란색 면 셔츠를 밖으로 살짝 드러나게 입었는데, 주름 잡힌 그 셔츠 위에는 모조 다이아몬드 장식 핀이 반짝였다! 벨벳 소재의 옷깃은 무슨 굴레를 뒤집어 쓴 것같이 보였는데, 표면에 카리브인의 피부색처럼 붉은 줄들이 수놓여 있었다. 실크 모자는 새틴처럼 반들반들 윤이 났지만, 혹시 기름 장수가 그 모자를 사서 끓였다면 안감에서 소형 램프 두 개를 켤 분량의 기름이 추출됐을 것이다. 이러한 소품들을 그냥 열거만 하면 아무것도 아니다. 콩탕송이 그것들에 새겨 넣을 줄 알았던 그 대단한 자부심을 그려낼 수 있어야 할 것이다. 겉옷의 옷깃, 그리고 항상 반들반들하게 왁스를 먹인 밑창이 살짝 벌어진 장화에는, 프랑스어로는 도통 적당히 표현할 길이 없는, 뭔지 모를 묘한 맵시가 있었다. 이처럼 종잡을 수 없는 요소들이 뒤섞인 상태가 무슨 의미인지 조금이나마 힌트를 주자면 이렇다. 눈썰미 있는 사람이라면 콩탕송의 모습을 접하고, 그의 신분이 경찰 정보원이었기에 망정이지 도둑이었다면 그 모든 추레한 차림이 보는 이로 하여금 입가에 미소를 자아내기는커녕 두려움에 벌벌 떨게 했으리라고 금방 수긍할 터였다. 그가 걸친 의복을 관찰한 사람은 '추

---

151) 파리 탕플 지구는 당시나 지금이나 온갖 형태의 중고 물품 거래가 성행하는 곳이다.

잡한 인간이군. 술 마시고 노름하고 악행을 일삼는 자야. 그러나 취하도록 마시지는 않고 사기를 치지도 않지. 이자는 도둑도 아니고 자객도 아니야.'라고 속으로 중얼거렸을 것이다. 콩탕송은 밀정이라는 단어가 머릿속에 떠오르기 전까지는 정말로 정체를 분간하기 어려운 자였다. 이자는 알려진 업무도 수행하지만, 그에 못지않게 여러 알려지지 않은 업무도 맡아 하는 인간이었다. 옅은 미소가 내비치는 파리한 입술, 깜박거리는 푸르스름한 눈, 약간 찌푸린 듯한 납작한 코를 보면 그가 두뇌 능력이 부족한 자가 아니라는 것을 알 수 있었다. 그는 양철 같은 얼굴을 가졌는데, 영혼은 얼굴을 따르기 마련이므로, 그의 얼굴에 나타나는 움직임은 내면의 움직임을 표현한 것이라기보다는 오히려 예의상 지어낸 표정이라고 해야 할 것이다. 그가 그렇게 웃음을 짓지 않았더라면 그는 두려움을 주었을 것이다. 콩탕송은 모든 것이 발효되는 파리라는 이름의 거대한 술통 표면 위로 부글거리며 올라오는 거품 속 부유물 중 가장 흥미로운 대상에 속하는데, 특히 철학자다운 면모가 두드러졌다. 그는 거리낌 없이 이렇게 말하고 다녔다. "나는 엄청난 재능을 갖고 있지. 하지만 사람들은 내 재능을 공짜로 갖다 쓰는 거야. 마치 내가 바보 멍청이인 줄 알고 말이야." 그러고는 다른 사람들을 탓하는 대신 자기 자신을 책망하는 것이었다. 콩탕송처럼 별로 남 탓을 하지 않는 밀정들이 흔한지 찾아보시라! "상황은 우리 편이 아닙니다." 그는 상관들에게 누누이 강조했다. "우리는 원래 수정(水晶)이었는지도 모르죠, 하지만 우리는 결국 모래알 신세일 뿐입니다. 그냥 그게 전부예요." 옷차림에 대한 그의 냉소에 가까운 무관심은 나름의 의미가 있는 것이었는데, 그는 배우들이 그러듯이 자신의 평상시 차림새에 별다른 관심을 기울이지 않았다. 그는 변장과 분장에 능했다. 그는 프레데리크 르메트르에게도[152] 한 수 가르쳐줄 만했는데, 필요하기만 하다면 댄디로 변신할 수도 있는 능력자였기 때문이다. 그는 예전 젊었을 때는 사창가 사람들로 구성된 불량 모임의 일원이었음이 틀림없다. 그는 **사법경찰**에 대해 뿌리 깊은 반감을 보였는데, 이는 그가 나폴레옹 제정 때 푸셰가 이끄는 경찰 조직에 속해 있었기 때문이다. 그는 푸셰를 위대한 인물로 흠모했다. 경찰부가 폐지된 이후[153] 그는 어쩔 수 없이 경제사범을 체포하는 부서의 일을 맡아 했다. 하지만 그의 능력이 널리 알려지고 꼼꼼한 일처리가 돋보이자 얼마 지나지 않아 그는 없어서는 안 될 인물이 되었고, 정치경찰의 베일에 몸을 숨긴 수뇌들은 그의 이름을 자신들의 수첩에 기록해 두었다. 콩탕송이나 그의 동료들은 정치적 공작이 개입되는 사건에서 드라마의 조연에 불과한 인물일 뿐, 주연은 그들 상관들의 몫이었다.

---

152) 르메트르는 당대에 탕플 대로의 극장가에서 통속극으로 명성을 구가했던 배우다. 누더기를 걸친 악당 분장으로 특히 유명했다. 발자크의 희곡 『보트랭』(1840) 초연에서 보트랭 역을 맡기도 했다.

153) 대혁명 이후 총재정부 시기인 1796년 창설된 '경찰부'는 1818년 폐지된다. 1799년부터 1815년까지 경찰부 장관을 세 번이나 역임한 푸셰는 대혁명 이후 프랑스 정국의 막후 실력자로 통했다. 푸셰가 도입한 정치경찰은 나폴레옹 제정은 물론이거니와 경찰부 폐지 등 경찰 조직을 축소한 왕정복고 정권도 적극 활용했다.

"크만 카보게." 뉘싱겐이 비서에게 물러가라는 몸짓을 하며 말했다.

'왜 이런 사람은 저택에 사는데 나는 막사 같은 곳에…….' 콩탕송이 속으로 중얼거렸다. '이자는 세 번씩이나 자기 채권자들을 갖고 놀았어. 도둑질을 한 거야. 나는 땡전 한 푼 먹은 적이 없는데……. 내가 이자보다 훨씬 더 잘났는데…….'

"콘탄손, 이 사람아," 남작이 말했다. "내가 춘 톤 1000프랑을 쿨컥해 노코……."

"애인이 사방에 빚을 지고 있어서……."

"차네가 애인이 잇다고?" 뉘싱겐이 찬탄과 선망이 뒤섞인 시선으로 콩탕송을 쳐다보며 외쳤다.

"내 나이 예순여섯밖에 안 되었소." 콩탕송이 악행을 통해 젊음을 유지해 온 사람답게 자신을 운명의 표본으로서 과시하듯 대꾸했다.

"크러타면 크녀는 무얼 하는데?"

"나를 돕소." 콩탕송이 말했다. "도둑이 정직한 여자에게 사랑을 받을 경우, 결과는 그 여자가 도둑이 되거나 그 도둑이 정직한 사람이 되거나 둘 중 하나요. 나의 경우는 그냥 변함없이 밀정으로 남았소."

"늘 톤이 쿵한 형편이겟군!" 뉘싱겐이 떠보았다.

"늘 그렇소." 콩탕송이 미소 지으며 답했다. "나는 돈이 아쉬운 처지고 당신은 돈을 벌어들이는 사람이오. 그래서 우린 서로 통할 수 있소. 돈을 쓸어 담아요, 그 돈을 쓰는 일은 내가 맡을 테니. 당신은 우물인 거고 난 두레박인 거고……."

"500프랑차리 치폐 한 창 손에 너코 십소?"

"솔깃한 제안이오! 하지만 내가 바보겠소……? 나에게 줬던 돈이 부당했으니 그 정도 선에서 조정하자고 제안하는 것은 아닐 테고."

"천마네 말슴, 커기가 나한테 틀어간 1000프랑에다 추가로 크 큼액을 추겟소. 합해서 1500프랑을 차네한테 춘다는 커야."

"좋소. 내가 이미 받은 1000프랑은 그냥 나에게 주는 것이고, 거기에 500프랑을 추가로 주시겠다……."

"파로 크거지." 뉘싱겐이 머리를 끄덕이며 말했다.

"그래 봐야 변함없이 500프랑일 뿐이오." 콩탕송이 얼굴색 하나 변하지 않은 채 되받았다.

"출 톤이……?" 남작이 대꾸했다.

"받을 돈 말이오. 자! 그런데 남작님은 그 돈을 내고 어떤 것을 사려는 겁니까?

"내가 사랑하는 녀자를 차자줄 수 잇는 사람이 파리에 탁 한 명 잇다던데. 차네가 크자의 추소를 안다고……. 청탐의 태가라면서?"

"그렇긴 한데……."

"초아! 나한테 크 추소를 추시게. 크러면 500프랑 추지."

"돈을 보여주겠소?"

"녀기 잇네." 남작이 호주머니에서 지폐 한 장을 꺼내며 말을 이었다.

"좋소! 주시오." 콩탕송이 손을 내밀며 말했다.

“추어야 추는 커지. 먼처 크 사람을 포러 카세. 톤은 크타음에 팟는 커야. 차네가 크 카격을 팟고 나한테 슬테엄는 추소만 찬특 팔지도 모르잔나.”

콩탕송이 웃음을 터뜨렸다.

“사실 당신이 나에 대해 그렇게 생각할 만하오.” 그가 자괴감에 빠진 표정을 지으며 말했다. “우리 같은 사람은 신분이 미천할수록 더욱더 성실해져야지요. 그렇지만 남작님, 600프랑을 써보시오. 그러면 당신께 아주 근사한 정보를 알려드리리다.”

“일탄 알려추게, 내 후한 닌심을 밋으시고······.”

“위험을 감수해 보죠.” 콩탕송이 말했다. “하지만 난 엄청난 도박을 하는 거요. 알다시피 경찰은 물밑에서 은밀하게 움직여야 하오. 그런데 당신은 ‘자, 나가자······!’ 하고 떠들어대지. 당신은 부자요. 돈이면 무엇이건 된다고 믿소. 돈은 분명 대단한 거요. 하지만 우리 분야에서 강자로 통하는 사람 두엇의 말에 따르자면, 돈을 가지고는 사람밖에 사지 못한답디다. 그런데 상황이라는 게 존재하오. 사람들이 보통 전혀 염두에 두지 않는 그것은 돈으로는 살 수 없는 것이오······! 우연을 매수하진 못하는 거지요. 그래서 착한 경찰로서 하는 말인데, 일은 그런 식으로 이루어지지 않소. 당신과 내가 마차를 함께 타고 가는 모습을 만천하에 공개하고 싶어요? 당연히 사람들 눈에 띄겠죠. 우연은 일을 순조롭게도 만들지만 그만큼 일을 그르치게도 만드는 것이오.”

“청말이오?” 남작이 말했다.

"그렇고말고요! 남작님. 경찰청장이 '지옥의 기계'[154] 사건을 적발할 수 있었던 결정적 단서는 바로 길에서 수거한 말편자 하나요. 좋소! 우리가 오늘 밤, 야심한 시각에 삯마차를 타고 생제르맹의[155] 집에 간다면, 당신도 거기 가는 것을 들킬 염려를 하지 않아도 되고, 그 사람도 당신이 자기 집에 오는 것을 신경 쓰지 않아도 될 거요."

"파로 크거야." 남작이 말했다.

"아! 그는 강자 중의 강자요. 푸셰의 오른팔로서 푸셰의 사생아라는 소문도 있는 그 유명한 코랑탱 있잖아요, 그 코랑탱의 부하요. 푸셰는 사제였지만 사생아를 얻었을 수도 있다는 거지요.[156] 하지만 엉터리 같은 소리요. 푸셰는 장관이 뭔지 알았던 것처럼 사제가 뭔지도 알았던 사람이오. 아무튼! 1000프랑짜리 지폐 10장 정도를 쓰지 않으면 말이오, 아시겠소, 당신은 그런 사람은 부릴 수 없을 거요……. 잘 생각하시오. 그러나 일단 그를 쓰면 당신의 일은 성사된 거요, 그것도 아주 잘.

---

154) 원래 커다란 술통에 쇠로 만든 수십 개의 말편자와 화약을 채워 넣고 폭파해 대량 살상을 노리는 무기를 말하지만, 일반적으로는 이 무기를 사용해 1800년 12월 24일 파리의 생니케즈 거리에서 벌어진 왕당파의 나폴레옹 암살 미수 사건을 가리킨다. 비록 나폴레옹 암살에는 실패했지만, 그 무기는 22명의 사망자와 100여 명의 부상자, 그리고 수십 채의 가옥을 파괴하는 엄청난 위력을 선보였다.

155) 생제르맹은 뒤에 나오는 퇴역 경찰 페라드가 사용하는 여러 가명 중하나다.

156) 푸셰는 당시 사제라고 알려졌지만, 실제로는 신학교의 교수로서 삭발식만 받고 정식으로 사제 서품을 받지는 않았다.

흔히 말하듯 쥐도 새도 모르게. 그 생제르맹이라는 사람을 만나려면 내가 먼저 그에게 통보해야 하오. 그러면 그가 당신에게 절대로 남의 눈에 띄지도 않고 엿들을 수도 없는 약속 장소를 지정해 줄 겁니다. 왜냐하면, 사적인 일에 경찰의 직무를 이용하는 그로서는 상당한 위험부담이 따르기 때문이오. 그래도 당신이 바라는 게 뭐겠소……? 그는 정직한 사람으로서 그 분야의 일인자요. 그리고 심지어는 엄청난 박해를 감수하고 프랑스를 지켜내기까지 했던 사람이오……! 나나 프랑스를 지켜낸 다른 모든 사람처럼 말이오!"

"초아, 크럼 목동의 밀해 시간이[157] 청해지면 측시 내게 촉치를 포내시게." 남작이 그런 어쭙잖은 농담에 미소를 흘리며 응답했다.

"그런데 남작님, 나한테 주는 수고비는 따로 없소이까……?" 콩탕송이 공손을 가장한 위협적인 표정으로 말했다.

"챵," 남작이 소리 높여 정원사를 불렀다. "초르추에게 카서 20프랑을 탈라고 해서 나한테 카져아……."

"남작님이 찾는 여자에 대해 나에게 준 것들 외에 다른 정보를 더 가지고 있지 않다면, 그 달인이 남작님에게 도움이 될는지 심히 의심스럽소."

"타른 청보들도 카지고 잇지!" 남작이 교활한 표정을 지으며 대답했다.

---

157) '목동의 밀회 시간'이라는 표현은 구체적으로는 여자가 자기를 원하는 남자에게 몸을 주는 순간, 일반적으로는 '절호의 기회'라는 뜻으로 쓰이는 관용구다.

"남작님께 정중하게 감사의 인사를 드리는 바올시다." 콩탕송이 20프랑짜리 금화를 받으며 말했다. "오늘 밤 그 사람이 어디에 있을지는 내가 직접 조르주에게 와서 말로 전해 드리도록 하겠소. 제대로 된 경찰이라면 글씨를 써서 흔적을 남기는 짓 따위는 절대로 해서는 안 되니까."

"이 칭구들도 키지가 넘치다니 커참 싱기하군." 남작이 중얼거렸다. "켱찰 일도 사업이랑 아주 톡갓다."

24. 캉코엘 영감

콩탕송은 남작과 헤어지고 나서 은밀하게 생라자르가에서 생토노레가로 이동해 카페 다비드로 갔다. 그는 격자창을 통해 안을 들여다보다가, 그곳에서는 '캉코엘 영감'이라는 이름으로 통하는 노인네를 발견했다.

생토노레가 끝자락과 만나는 모네가에 자리 잡은 카페 다비드는 이번 세기의 지난 30년 동안, 비록 부르도네 지구에 한정된 것이기는 하지만, 나름대로 명성을 누렸던 곳이다.[158] 현업에서 은퇴한 나이 든 거래업자들이나 아직 현업에 종사하는 도매상들이 그곳에 모여들었다. 카뮈조, 르바, 필르로, 포피노, 작은 몰리뇌 영감 같은 몇몇 부동산 업자들이 그들이었

---

158) 부르도네는 파리의 부르주아 상업 지구고, 카페 다비드는 가공의 장소로 추정된다.

다.[159] 때로는 연로한 기욤 영감도 눈에 띄었는데, 그는 콜롱비에가에서 거기까지 왔다.[160] 카페에 모인 사람들은 끼리끼리 정치 이야기를 나누면서도 조심스러울 수밖에 없었는데, 카페 다비드가 자유주의의 온상으로 알려져 감시 대상이었기 때문이다. 이웃에 대한 소문들도 입방아에 올랐는데, 그만큼 사람들은 서로서로 헐뜯어야 직성이 풀리는 법이다……! 이 카페도 다른 모든 카페처럼 그곳만의 명물이라 할 만한 인물을 보유하고 있었는데, 그가 바로 캉코엘 영감이었다. 1811년부터 카페에 나오기 시작한 그는 그곳에 모인 성실한 사람들과 완벽하게 어울렸기 때문에, 그가 듣건 말건 다들 거리낌 없이 정치 이야기를 나누었다. 사람이 단순해서 카페의 단골들에게 자주 놀림거리가 되는 그 중늙은이는 가끔 한두 달씩 모습을 감추었다. 하지만 1811년 등장할 때부터 예순 살이 넘은 것처럼 보였기 때문에 그의 그러한 부재는 병약함이나 노쇠 탓으로 치부되어 그 누구도 하등 이상하게 생각하지 않았다.

"캉코엘 영감은 대체 어떻게 된 걸까……?" 사람들은 계산대 여자에게 그렇게 말을 건네곤 했다.

---

159) 언급된 인물들은 모두 『인간극』의 여러 작품에서 비중 있는 역할을 하는 부르주아들로서, 미구에 일어날 7월혁명의 주역이 된다. 특히 카뮈조는 『잃어버린 환상』에서 뤼시앵에게 정부 코랄리를 빼앗겼던 부유한 비단 상인인데, 본 작품 3부에서 중요한 역할을 하는 예심판사 카뮈조의 아버지다.
160) 지금은 카롱가로 바뀐 콜롱비에가는 마레 지구에 있던 거리 이름이다. 기욤은 발자크의 『공놀이하는 고양이 상점』(1830)의 등장인물로, 생드니가에서 포목상을 운영하다가 큰딸을 직원인 조제프 르바와 결혼시키고, 사위에게 상점을 넘긴 뒤 은퇴해 마레 지구에서 산다.

"제 생각엔," 그때마다 그녀는 대꾸했다. "어느 날 《지역 생활정보지》에 그 영감님 부고 기사가 날 것 같은데요."

캉코엘 영감은 자신의 출신 지역이 확연히 드러나는 발음 습관을 끝내 버리지 못했다. 예컨대, 그는 '스'자로 시작되는 단어 앞에 습관적으로 '에' 소리를 붙였으며, 마지막 음절의 된소리는 피했고, 끝 자음도 대개 생략했다. 그의 이름은 고향인 보클뤼즈도에[161] 있는 '레 캉코엘'이라는 작은 영지에서 비롯된 것인데, 일부 지방에서 그 말은 풍뎅이를 뜻했다. 처음에 사람들은 그를 그 영지 출신 귀족을 뜻하는 '데 캉코엘'이라고 불렀다가 결국은 그냥 '캉코엘'로 굳어졌는데, 정작 당사자인 그는 별로 언짢아하지 않았다. 그에게 귀족이란 이미 1793년에 사라진 존재로 여겨졌기 때문이다. 게다가 레 캉코엘 영지가 그의 소유도 아니었다. 그는 그 가문의 지차(之次) 중 지차였다. 지금이야 캉코엘 영감의 차림새가 이상하게 보일 테지만 1811년에서 1820년 무렵에는 아무도 그런 것에 신경 쓰지 않았다. 그 늙은이는 현란한 쇠 버클이 주렁주렁 매달린 구두에, 흰 줄과 파란 줄이 원형으로 번갈아 교차하는, 무릎까지 올라오는 실크 양말을 신고, 그 위에 구두의 버클과 비슷한 모양의 타원형 버클이 역시 주렁주렁 매달린 두툼한 실크 소재 반바지를 입고 다녔다. 거기에 자수가 놓인 흰색 조끼, 금속 단추가 달린 낡은 암녹색 모직 재킷, 그리고 주름 잡힌 가

---

161) 보클뤼즈도는 프랑스 남부 프로방스 지역의 도로, 도청 소재지는 아비뇽이다.

승 장식이 부착된 셔츠가 더해져 독특한 차림새가 완성되었다. 그 가슴 장식의 중간쯤 금메달이 번쩍였고, 그 메달의 유리 뚜껑 안쪽에 머리카락으로 삼은 조그만 신전(神殿)이 보였는데, 그것은 허수아비가 참새를 놀라게 하는 것과 같은 이치로 사람의 마음을 안심시켜 주길 바라는 소소한 심리에서 지니고 다니는 앙증맞은 조형물 같은 것이었다. 대부분 사람은 짐승들처럼 아무것도 아닌 일로 놀라기도 하고 안심하기도 하는 법이다. 캉코엘 영감은 반바지를 윗배까지 끌어올리고 바지춤은 버클 하나로 여미는 지난 세기의 유행을 고수했다. 허리띠에는 쇠고리들로 연결된 사슬 두 줄이 그 끝에 장신구 뭉치를 매달고 늘어져 있었다. 흰색 나비넥타이 끝은 목덜미 부분에서 조그만 금색 버클로 여며졌다. 그리고 파우더를 뿌려 눈처럼 흰 그의 머리에는 1816까지만 해도 여전히 삼각모가 씌워져 있었는데 그 모자는 파리 법원장인 트리 씨도[162] 썼던 바로 그 모자였다. 그러던 캉코엘 영감도 얼마 전부터는 그토록 애지중지하던 그 모자를 벗고, 대신 너나 할 것 없이 유행처럼 따라 쓰는 그 천박한 둥근 원통형 모자를 쓰지 않을 수 없었다.(영감은 그것을 세태에 따른 어쩔 수 없는 희생이라고 생각했다.) 길게 땋아 끝을 리본으로 묶은 머리꼬리는 움직일 때마다 회전운동을 하며 고운 파우더를 재킷 등판에 묻혀서 재킷의 묵은때를 가려주었다. 그 얼굴의 특징적인 부분, 특히 송로 요리를 연상시킬 만큼 오톨도톨한 돌기가 가득한 붉은 주

---

162) 베르나르 트리(1754~1821)는 파기원 대법관까지 지낸 실존 인물이다.

먹코에 시선이 머물게 되면, 본래부터 고지식한 얼간이에 속하는 것처럼 보이는 이 착한 노인네를 함부로 다루어도 좋을 만큼 어리석고 유순한 성격의 소유자라고 단정하기에 십상이다. 하지만 카페 다비드의 모든 사람이 당했듯이 그건 겉모습에 속은 것이다. 그간 카페 다비드의 그 누구도, 요즘 유행어를 빌리자면 비텔리우스 황제가 윤회해서 돌아오기라도 한 것처럼[163] 부른 배를 들썩이며 겉으론 조용해 보여도 실은 악행이 까부르는 대로 몸을 맡기고 있는 이 노인네의 예리한 이마와 냉소적인 입과 냉정한 눈을 제대로 간파한 사람이 없었다. 1816년 어느 날 밤 11시에서 자정 무렵, 카페 다비드의 단골인 젊은 외판원 고디사르가 반급(班給) 신세의 한 퇴역 장교와 술을 마시고 거나하게 취했더랬다.[164] 그는 취중에 경솔하게도 부르봉 왕가 전복 모의가 진행 중이라고 떠들었는데, 실제로 그 음모는 꽤 심각하고 실행이 임박한 것이었다. 당시 카페에 있던 사람이라곤 잠든 듯 보이는 캉코엘 영감과 졸고 있

---

163) 비텔리우스는 로마의 여덟 번째 황제로 성정이 야비하고 잔혹해 즉위한 지 8개월 만에 정적에 의해 처형되었다. 식탐이 강해 비만으로도 유명하다. '윤회해서 돌아오기라도 한 것처럼'이라는 표현은 당시 윤회 사상을 설파한 철학자 피에르 시몽 발랑슈(1776~1847)를 풍자한 것이다. 발자크는 발랑슈와 사이가 좋지 않았다.

164) 고디사르는 『인간극』의 '지방 생활 장면'에 속하는 『명사 고디사르』(1833)의 주인공으로, 전국을 돌아다니며 의복, 보험, 신문 구독권 등 다양한 상품을 파는 세일즈맨이다. '반급 신세'란 워털루 전투에서 패배하고 퇴역한 나폴레옹 군대의 장교들이 왕정복고 시대에 연금의 50퍼센트가 삭감된 것을 가리킨다.

던 두 종업원, 그리고 계산대의 여자뿐이었다. 24시간도 채 안 되어 고디사르는 체포되었고 그가 말한 음모는 적발되었다. 그 일로 두 사람이 단두대의 이슬로 사라졌다. 고디사르는 물론이고 그 누구도 착해 빠진 캉코엘 영감이 밀고자였으리라고는 상상도 못 했다. 종업원들은 해고되었고, 사람들은 1년 동안 서로를 의심하고 감시하다가, 마침내 경찰이 너무 무서워서 카페 다비드를 떠나야겠다고 입버릇처럼 말하는 캉코엘 영감에게 맞장구치며 경찰을 두려워하기에 이르렀다.

콩탕송은 카페에 들어가 작은 잔으로 브랜디 한 잔을 주문했지만, 신문에 코를 박고 있던 캉코엘 영감 쪽으로는 시선을 주지 않았다. 그는 그냥 단숨에 술잔만 비운 다음 남작에게 받은 금화를 꺼내 들고 테이블을 세 차례 둔탁하게 두드려 종업원을 불렀다. 계산대 여자와 종업원은 그 금화를 꼼꼼히 살펴보았는데, 그 태도가 콩탕송에겐 적잖이 불손히 여겨질 정도였다. 하지만 콩탕송의 출현이 카페의 모든 손님에게 동요를 불러일으켰다는 점을 고려하면 그들의 불신은 수긍할 만한 것이었다. '저 금화는 필시 훔친 것이거나 살인해서 강탈한 것이겠지……?' 신문을 읽고 있는 척하지만 실은 안경 너머 날카롭고 강렬한 시선으로 콩탕송을 뚫어져라 관찰하는 사람들의 머릿속 생각은 그런 것이었다. 콩탕송은 이 모든 것을 다 알고 있었지만 조금도 동요하지 않은 채 경멸하듯이 스카프로 입술을 딱 세 번만 두드려 닦은 다음, 거스름돈을 받아 조끼 호주머니 안에 쑤셔 넣었다. 원래는 흰색이었던 호주머니 안감은 두꺼운 모직 바지 색깔처럼 새카맸다. 그는 종업원에게 팁을 한 푼도 주지 않았다.

"교수형에 처해도 시원찮을 작자 같으니라고!" 캉코엘 영감이 곁에 있는 필르로에게 말했다.

"흥!" 혼자만 전혀 동요를 보이지 않은 카뮈조가 카페 안에 다 들리도록 대꾸했다. "저잔 콩탕송이야, 내가 있는 법원의[165] 수사관 루샤르의 오른팔이지. 저 수상한 작자들이 이 동네에서 찍어낼 누군가가 있나 본데……."

15분쯤 후, 캉코엘 영감이 자리에서 일어나 우산을 집어 들고 조용히 사라졌다.

카를로스 신부가 속에 보트랭을 감추고 있는 것과 마찬가지로, 캉코엘 영감의 옷이 어떤 끔찍하고 음험한 인물을 숨기고 있는지 설명할 필요가 있지 않을까? 꽤 명망 있는 집안 출신으로서, 가문의 유일한 영지인 캉코엘에서 태어난 이 남프랑스인의 성(姓)은 원래 페라드였다. 실제로 그의 집안은 콩타 지방에서[166] 유서 깊지만 가난한 라 페라드 가문에서 갈라져 나왔고, 지금도 라 페라드라 불리는 조그만 땅뙈기를 소유하고 있다. 일곱 번째 자식이었던 그는 혈기 왕성한 기질로 인한 폐해, 그러니까 수많은 남프랑스인을 수도로 끌어들인 그 광적인 출세욕에 이끌려, 1772년 열일곱의 나이에 달랑 6리브르짜리 은화 2에퀴만 손에 쥐고 걸어서 파리에 도착했다. 당시 남프랑스인들은 조상 대대로의 재산이 자신들의 열망을 결코

---

165) 비단 상인 카뮈조는 상사법원 판사이기도 하다. 상사법원은 상인들 간의 분쟁과 소송을 조정하는 기구로, 재판관은 상인들 사이에서 선출된다.
166) 콩타는 현재 프로방스 보클뤼즈 지역의 일부다.

충족시키지 못하리라는 사실을 일찌감치 깨닫고 있었다. 대혁명 전인 1782년 그가 파리 경무청[167] 총재의 심복이자 영웅으로 통했다는 사실, 구체적으로 말하자면 그 조직의 마지막 두 총재였던 르누아르와 달베르의[168] 총애를 받았던 인물이었다는 사실을 적시하면, 페라드의 젊은 시절 전체를 제대로 요약한 셈일 것이다. 대혁명은 경찰력을 갖추지도, 경찰력이 필요하지도 않았다. 당시 꽤 만연해 있던 정탐과 밀고가 시민 정신으로 불렸다. 총재정부는 공포정치 시대의 공안위원회 체제보다는 조금 더 합법적 절차를 준수했기에 경찰을 재건하는 작업을 시작하지 않을 수 없었고, 마침내 제1통령은 파리 경찰청과 경찰부의 창설로 이를 마무리 지었다.[169] 옛 인맥을 갖고

---

167) '파리 경무청(Lieutenance générale de la police)'은 1667년 절대왕정 체제의 강화를 위해 루이 14세가 수도 파리의 질서와 안정 확보를 급선무라고 여기고 그동안 사법관료가 가지고 있던 경찰권을 독립시키고 강화해 창설한 경찰 조직이다. 대혁명 이후 통령정부 시기 제1통령 나폴레옹이 창설한 '파리 경찰청(Préfecture de police)'의 전신이다.
168) 조제프 달베르는 루이 16세 통치기인 1775~1776년에, 장 르누아르는 그 앞뒤인 1774~1775년과 1776~1785년에 걸쳐 두 번 파리 경무청 총재를 역임했다.
169) 1789년 프랑스 대혁명으로 왕정이 무너지고 1792년 출범한 제1공화국은 짧은 기간 동안 수차례 정권이 바뀐다. 먼저 1793년 국민공회 의장이 된 로베스피에르가 공안위원회를 창설, 경찰력으로 활용함으로써 공포정치를 단행하지만 1794년 이른바 테르미도르 반동으로 로베스피에르가 축출된다. 1795년 5인의 총재가 주도하는 총재정부가 수립된다. 정확하게는 이 시기에 푸셰가 이끄는 '경찰부'가 창설된다. 1799년 나폴레옹의 브뤼메르 18일 쿠데타로 총재정부가 무너지고 통령정부가 출범하는데, 이때 통령정부의 실질적 최고 권력자 나폴레옹이 '파리 경찰청'을 창설한다.

있던 페라드는 코랑탱과 짝을 이뤄 경찰 인력을 새로 구축하는 데 힘을 합쳤다. 페라드보다 젊었어도 권한은 훨씬 막강했던 코랑탱은 지하 경찰 세계에서만은 가히 천재적인 인물이었다. 1808년 페라드는 그간의 혁혁한 공헌을 인정받아 앙베르 시의[170] 경찰 총경이라는 고위직에 임명되었다. 나폴레옹의 생각으로는 그러한 종류의 경찰서는 네덜란드 왕국을 감시하는 임무를 담당하는 경찰부 수준에 해당하는 것이었다. 1809년 원정에서 귀환하던 중, 황제의 측근 조직에 의해 앙베르에서 납치된 페라드는 역마차 안에서 두 명의 현병대원에 의해 좌우로 포박된 채 파리로 압송되어 라포르스 구치소에[171] 투옥되었다. 두 달 후 친구인 코랑탱이 보증을 서줘 감옥에서 풀려났지만, 이미 경찰서에서 6시간짜리 신문을 세 번씩이나 받은 후였다. 페라드의 체포는 그즈음 발헤렌 상륙 작전이라고 불리던 전투에서 그가 신출귀몰한 활약을 함으로써 프랑스 해안 방어를 지휘한 푸셰의 입지 강화에 크게 공헌했기 때문이 아닐까? 당시 도트랑트 공작이[172] 보여준 능력 때문에 황제는 심각하게 위협을 느꼈을 정도였으니까. 이는 그 시절 푸셰 입

---

170) 앙베르는 1830년 벨기에가 네덜란드로부터 독립하기 전까지 네덜란드의 주요 도시였던 안트베르펜의 프랑스어 발음이다. 1795년 나폴레옹은 플랑드르 지역(벨기에와 네덜란드)을 점령, 네덜란드 왕국을 세우고 자기 동생인 루이를 왕위에 앉혔다.
171) 마레 지구에 있던 라포르스 구치소는 원래는 16세기에 건립된 라포르스 공작 가문의 저택이었다가 1780년부터 1845년까지 파리의 대표적 구치소로 운영되었다. 당시의 건물은 현재 남아 있지 않다.
172) 푸셰가 발헤렌 전투의 공훈으로 1809년 하사받은 귀족 작위다.

장에서는 추론 수준이었겠으나, 당시 캉바세레스가[173] 소집한 국무회의에서 무슨 일이 벌어졌는지 모르는 사람이 없는 지금은 확실한 사실이다. 나폴레옹이 계획했던 불로뉴 출병을 응징하기 위해 영국이 감행한 상륙 작전 소식에 화들짝 놀란 각료들은 자신들의 주군이 로보섬 참호에 갇혀 부재한 상황이고, 그나마 패색이 짙다는 소문이 유럽 전역에 퍼진 참이라 어떻게 대처해야 할지 허둥지둥 갈피를 잡지 못하고 있었다. 국무회의에서 모인 의견은 황제에게 전령을 파견하자는 쪽이었다. 하지만 장관들 중 푸셰 혼자서만 독자적 응전 계획을 피력했는데, 사실은 이미 작전을 실행에 옮긴 뒤였다. "당신 마음대로 하시오." 캉바세레스가 그에게 쏘아붙였다. "하지만 나는 내 뜻대로 하는 사람이니, 황제에게 전령을 보내 보고하겠소." 돌아온 황제가 국사원 전체 심의회에서, 자신이 부재하는 상황에서 단독으로 프랑스를 구했다는 말도 안 되는 구실을 내세워 자기 장관을 불신임하고 처벌한 것은 익히 알려진 사실이다.[174] 이때부터 황제는 탈레랑 공작의 적의에다 도트랑트

<hr>

173) 장자크 레지스 드 캉바세레스(1754~1824)는 나폴레옹 제정의 2인자였다.

174) 나폴레옹 집권 후 유럽의 군주국들은 혁명의 확산과 나폴레옹의 침략을 저지하기 위해 연합한다. '대(對)프랑스동맹'으로 일컬어지는 영국, 오스트리아, 프로이센, 러시아 등의 군사 동맹과 나폴레옹은 모두 7차례에 걸쳐 이른바 '대프랑스동맹 전쟁'(1793~1815)을 치른다. 마지막 7차 전쟁이 나폴레옹의 결정적 패퇴를 가져온 1815년 6월 워털루 전투다. 1804년 황제에 즉위한 나폴레옹은 영국 침공을 목표로, 도버 해협의 프랑스 쪽 항구인 불로뉴(오늘날의 불로뉴 쉬르 메르)에 병력을 집결시킨다.('블로뉴 출병') 1805년

공작의 적의까지 떠안은 것인데, 대혁명이 배출한 단 두 명의 위대한 정치인인 그들은 이런 일이 없었더라면 아마도 1813년에 나폴레옹을 몰락에서 구해냈을 것이다. 페라드에게는 그를 축출할 목적으로 비열하게도 독직 혐의가 씌워졌는데, 그가 밀수를 묵인 방조하는 고차원적 수법으로 모종의 이익을 편취했다는 죄목이었다. 그러한 조치는 열과 성을 다해 앙베르 경찰 총경의 임무를 수행한 인물에게는 가혹한 것이었다. 대혁명 전인 1775년 파리 경무청에 발을 들여놓은 이래로 평생을 사건 해결에 투신해 온 그는 모든 통치 행위의 비밀을 꿰뚫고 있는 인물이었다. 황제는 아주 자신만만해서 부하란 필요할 때마다 만들어서 부리기만 하면 되는 존재라고 여겼기 때문에, 국가의 안위를 수호하는 데 헌신한 수많은 무명의 천재 중에서도 가장 유능하고 가장 명석하며 가장 믿을 만한 축에 속하는 사람을 선처해 달라는 주변의 건의에 들은 체도 하지 않았다. 그는 페라드 대신 콩탕송을 쓰면 된다고 생각했다. 그

영국과 프랑스의 트라팔가르 해전은 영국의 승리로 돌아갔지만, 나폴레옹은 대륙 봉쇄령을 내려 영국을 고립시킨다.(3차 전쟁) 이에 대프랑스 동맹국들이 반기를 들어 4차 전쟁(1806~1807)과 5차 전쟁(1809)이 일어난다. '1809년 원정'은 그 5차 전쟁을 가리키는데, 나폴레옹이 오스트리아 빈의 북동쪽 바그람에서 오스트리아 동맹군을 물리친 전투를 말한다. 이와 거의 동시에 영국군이 앙베르 근해의 발헤렌섬에 집결, 대규모 상륙작전을 감행한다. 당시 나폴레옹 군대는 빈 인근 다뉴브 강상의 로보섬에서 오스트리아 헝가리 왕국 군대와 대치 중이었다. 하지만 영국의 '발헤렌 상륙 작전'은 프랑스군의 맹공에 무위로 그치고 만다. 본문은 나폴레옹 전쟁기에 푸셰와 그 측근들이 나폴레옹에게 견제당해 권좌에서 밀려나고 나폴레옹에게 등을 돌리게 된 과정을 설명하고 있다.

러나 당시 콩탕송은 자기 잇속 때문에 코랑탱에게 매여 있었다. 바람둥이이자 식도락가인 페라드는 자신의 처지가 여자 대신 단것이나 빨고 있어야 하는 제과점 주인과 다를 바 없다고 여겨졌기 때문에 더더욱 심각한 충격을 받았다. 그의 방탕한 습관은 이미 천성이 되어 있었다. 그는 근사한 만찬과 유흥을, 다시 말해 자신에게는 무제한의 기분 전환 욕구가 허용된다고 믿는 강인한 기질의 소유자들이 예외 없이 탐닉하는 삶을, 화려하진 않아도 대영주가 누리는 그런 삶을 단념할 수 없었다. 더욱이 그나 그의 친구인 코랑탱은 한 번도 회계감사를 받아본 적이 없었기 때문에 그때까지 공식 급여에 전혀 구애받지 않고 마음껏 먹으면서 거침없이 살아온 참이었다. 냉소적이고 신랄한 페라드는 그래도 자신의 처지를 사랑했다. 그는 철학자였다. 요컨대 한번 밀정이 된 자는 경찰 조직에서 어떤 계급에 속하든 간에, 한번 죄수가 된 자와 마찬가지로 정직하고 자유롭다고 하는 직업으로 되돌아올 수는 없는 법이다. 일단 밀정으로 발을 들여놓으면, 전과자로 등록된 것처럼, 가톨릭 위계에서 한번 부제(副祭)는 영원히 부제인 것처럼, 지울 수 없는 낙인이 찍혔다. 국가에 의해 운명이 결정되어 버리는 존재들이 있는 것이다. 이런 페라드에게는 불행하게도 애지중지해 마지않는 예쁜 여자아이가 있었다. 그는 어떤 유명 여배우를 석 달 동안 보살펴준 적이 있고 그 여배우도 그런 그를 고마워했었는데, 그는 여배우가 낳은 그 아이가 자기 자식이라고 확신했다. 왕년에 르누아르 총재의 심복이었던 페라드는 이제 파리 경찰청에서 지급하는 연 1200프랑의 생계 보조금 말고는 다른 수입이 없는 처지였지만, 앙베르에 있던 그 아이를 파리로 불러와 함께 살았다. 그가 사는 곳은 무아노가에 있는 건물 꼭대기 층의 방 다섯 개짜리 조그만 아파트로서 1년에 250프랑을 주고 세 든 집이었다.

25. 경찰의 미스터리

우정이란 것이 얼마나 유용하고 얼마나 큰 기쁨을 주는지를 대중이 실감하려면, 흔히 밀정이나 *끄나풀*이라고 불리지만 행정 당국은 요원이라 칭하는 존재인 그 정신적 불가촉천민의 경우를 보면 되지 않을까? 페라드와 코랑탱은 그리스 신화의 오레스테스와 필라데스 같은 친구였다.[175] 화가 비앙이 다비드를 키웠듯[176] 페라드는 코랑탱을 키웠다. 그렇지만 제자는 금세 스승을 넘어섰다. 그들은 함께 여러 작전을 수행했다.(『어둠 속의 사건』을 참조할 것.)[177] 페라드는 일찌감치 코랑탱의 재

---

175) 오레스테스는 아가멤논과 클리타임네스트라 사이에 태어난 아들로, 남편을 살해한 부정한 어머니 클리타임네스트라를 누이인 엘렉트라와 함께 죽인다. 오레스테스의 친구이자 사촌인 필라데스가 이 모친 살해에 동참한다.

176) 조제프 비앙(1716~1809)은 당대의 유명 화가 자크 루이 다비드(1748~1825)의 스승이다.

177) 발자크의 『어둠 속의 사건』(1843)에는 1803년과 1806년의 코랑탱의 모습이 소개된다. 이 작품은 나폴레옹 집권 초기에 있었던 암살 시도와 귀족원 의원 클레망 드 리 납치라는 실제 사건을 모티프로 한 정치 미스터리

능을 알아보고는 그가 경력을 쌓도록 일을 맡기고 성공을 도
왔다. 그는 자기 제자를 밀어붙여 콧대 높게 구는 어떤 정부
(情婦)를 낚싯바늘처럼 이용해 그 정부의 남자를 반란 주동자
로 체포하게끔 만들었다.(『올빼미당원들』을 볼 것.)[178] 당시 코랑
탱의 나이는 겨우 스물다섯 살이었다……! 경찰부 장관이 직
접 지휘하는 고위 경찰 간부 중 하나였던 코랑탱은 로비고 공
작 체제 아래에서 고위직에 올랐으며, 도트랑트 공작 체제 때
도 그 직을 유지했다.[179] 그런데 당시 그는 경찰 조직에서 공

다. 소설에서 나폴레옹 암살 모의 혐의로 코랑탱과 페라드에게 쫓기는 전통
귀족 시뫼즈 형제, 신흥 부르주아 귀족원 의원 말랭의 납치 사건 등은 모두
나폴레옹을 축출하기 위해 경찰부 장관 푸셰의 설계에 따라 코랑탱과 페라
드가 수행한 정치 공작이지만, 그 전말은 영구 미제로 남게 된다.

178) 『올빼미당원들』(1829)에는 1799~1800년의 코랑탱의 모습이 그려진
다. 발자크가 실명(實名)으로 발표한 『인간극』의 첫 번째 작품으로, 1793년
왕정주의자인 올빼미당원들의 반란 모의라는 실제 사건을 소재로 한 역사
소설이다. 본문에 언급된 반란 주동자는 올빼미당의 수장 몽토랑 후작이고,
그의 정부 마리 드 베르뇌유는 사실 몽토랑 검거를 위해 푸셰가 투입한 밀
정이다. 그런데 마리가 몽토랑 후작에게 진심으로 반해 배신할 기미를 보이
자, 이를 눈치챈 코랑탱이 그녀를 속여 결국 후작을 밀고하게 만든다. 이 소
설에서 코랑탱이 푸셰의 사생아라는 소문이 언급된다.

179) 1799년에서 1802년, 1804년에서 1810년, 두 차례에 걸쳐 경찰부 장관
을 역임한 도트랑트 공작 조제프 푸셰가 실각한 후, 나폴레옹의 또 다른 측
근 로비고 공작(1774~1833, 본명은 안 장 마리 르네 사바리)이 1810년에서
1814년까지 장관을 역임한다. 푸셰는 나폴레옹 몰락 후 루이 18세의 등극
에 기여해 1815년에 경찰부 장관으로 복귀하나, 정적들에 의해 대혁명과 백
일천하 시기의 행적이 문제가 되어 두 달 만에 다시 축출되고, 1820년 유배
지에서 사망한다. 이후 경찰부는 1818년 완전히 해체된다. 그러니까 이 대
목의 코랑탱은 1815년의 모습이다.

식적으로는 사법경찰 소속이었다. 조금 규모가 큰 사건의 경우엔, 이를테면 셋이나 넷 또는 다섯 명의 유능한 요원들과 청부 계약을 맺어 움직이는 것이 관행이었다. 모종의 모의나 작당에 관한 정보가 어떤 경로를 통해서건 인지되면 장관은 자신의 휘하에 있는 경찰 지휘부 중 한 명을 불러 "이러저러한 결과를 얻으려면 무엇이 필요한가?"라고 묻는 식이었다. 코랑탱은 콩탕송과 숙고를 거친 다음, 2만 프랑이라고 대답하기도 했고, 3만 프랑이나 4만 프랑이라고 대답하기도 했다. 그렇게 일단 일을 진척시키라는 명령이 떨어지고 나면 가용할 수 있는 모든 수단과 인력이 코랑탱이나 기타 지명받은 요원의 판단과 결정 아래 동원되었다. 사법경찰은 그런 식으로 저 유명한 비도크와 짝을 이뤄 범죄 적발을 위해 움직였다.[180]

정치경찰도 사법경찰과 마찬가지로 정식으로 임명되고 신원이 확실한 보통의 요원 중에서 인력을 선발했다. 사소한 도덕에 집착하는 자선가들이나 도덕가들은 명분에 집착해 아니라고 주장하겠지만, 그런 존재들이야말로 정부에 꼭 필요한 비장의 무기인 셈이다. 그러나 페라드나 코랑탱 같은 유형의 간부 경찰 두세 명에게 부여된 무한의 신뢰는 그들이 비

---

180) 프랑수아 비도크(1775~1857)는 중죄인이었지만 왕정복고와 7월왕정 시대에 파리 경찰청 범죄수사대장이 된 실존 인물이다. 발자크의 작품 여러 편에서 경찰의 모델로 등장하는데, 이 작품 후반부에 비비뤼팽이라는 이름으로 활약하는 인물도 그중 하나다. 또한 비도크는 이 작품에서 에레라 신부로 변장한 보트랭의 모델이기도 하다. 발자크는 작품 창작을 위해 1834년 실제로 비도크를 만난 적이 있다.

밀 요원들을 가용할 독자적 권리를 지녔음을 의미했다. 물론 심각한 사안의 경우 장관에게 반드시 보고해야 한다는 단서가 달린 권리이기는 했다. 아무튼 페라드의 경험과 술수는 코랑탱에게는 너무도 소중한 것이어서, 1810년의 숙청 사건 이후에도 코랑탱은 나이 든 오랜 지기를 고용해 항상 의논했으며 여러모로 뒤를 봐주었다. 그렇게 코랑탱은 페라드에게 매달 1000프랑가량을 지원할 방법을 만들었다. 페라드는 그에 대한 보답으로 코랑탱을 아낌없이 도왔다. 1816년, 코랑탱은 나폴레옹 추종자 고디사르가 연루된 음모를 적발한 공훈을 내세워 페라드를 복고왕정의 경찰에 원대 복귀시키려고 했다. 그러나 알 수 없는 힘이 페라드의 복귀를 막았다. 그 까닭은 이렇다. 상부로부터 인정받으려는 욕심에 사로잡혔던 페라드와 코랑탱과 콩탕송 셋은 도트랑트 공작의 사주를 받아 루이 18세를 호위하는 비밀경찰 조직인 암행 감찰반을 만들어 일급의 요원들을 배치한 적이 있었다. 루이 18세는 훗날 어떤 역사가에 의해서도 밝혀지지 않을 영원한 비밀을 안은 채 죽었다. 왕정의 공식 경찰 조직과 왕이 움직이는 비밀경찰 조직 간 알력은 끔찍한 사건으로 비화했지만, 그 내막은 몇몇 사람이 단두대에서 처형되는 것과 함께 영원히 묻혀버렸다. '파리 생활 장면'은 '정치 생활 장면'이 아니기에 여기 이 자리, 이 대목에서 그 사건에 대한 소상한 설명을 덧붙이는 것은 적절치 않다.[181] 다만 카페 다비드에서 캉코엘 영감이라 불리던 자의 생

---

181) 발자크의 『인간극』 총서는 《풍속 연구》《철학 연구》《분석 연구》로 구

계 수단이 무엇인지, 그자가 어떤 끈으로 무시무시하고 은밀한 조직인 경찰과 연결되어 있는지만 살펴보기로 하자. 1817년에서 1822년 사이, 코랑탱과 콩탕송과 페라드, 그리고 그들이 지휘하는 요원들은 장관들까지 수시로 염탐하는 임무를 수행했다. 이점이 바로 경찰부가 페라드와 콩탕송을 내치기로 결정했던 이유를 짐작케 하는 대목이다. 페라드의 원대 복귀가 불가능해 보이자 코랑탱은 자기 친구를 몰래 이용하기로 작정하고, 사찰의 대상이 되었던 장관들의 의심이 페라드와 콩탕송으로 향하게 유도했다. 그러자 당시 장관들은 코랑탱만은 신임해서 그에게 페라드를 감시하는 일을 맡겼는데, 루이 18세는 그런 상황을 즐겼다. 그 후로도 여전히 코랑탱과 페라드는 그런 일이라면 선수 중의 선수였다. 콩탕송은 오래전부터 페라드의 심복으로서 여전히 그를 도왔다. 그는 코랑탱과 페라드의 지휘를 받아 경제범죄 수사대 일에 관여하는 상태였다. 사실 열과 성을 다해 직무를 수행하다 보니 불같이 화를 내기도 하는 단점이 있지만, 그 두 지휘관은 휘하의 가장 유능한 병사를 정보가 흘러넘치는 길목에 배치하고자 했다. 그런데 콩탕송을 그의 두 동료보다 더 깊이 추락시킨 온갖 악행과 지저분한 행태는 돈이 제법 많이 드는 것이어서, 그는 닥치는 대

성되어 있으며, 그중 《풍속 연구》는 다시 6개의 '장면'('사생활 장면' '지방 생활 장면' '파리 생활 장면', '정치 생활 장면' '군대 생활 장면' '시골 생활 장면')으로 세분된다. 그중 본문에 언급된 『어둠 속의 사건』이 '정치 생활 장면'에, 『올빼미당원들』은 '군대 생활 장면'에 속하며, 본 작품 『사교계의 영광과 비참』은 '파리 생활 장면'에 속한다.

로 아무 일이나 하지 않을 수 없었다. 그래서 콩탕송은 루샤르에게 아주 신중하게, 뉘싱겐 남작을 만족시킬 수 있는 단 한 사람을 자신이 알고 있노라고 말했던 것이다. 아닌 게 아니라 페라드야말로 특정 개인을 위해 경찰력을 아무 탈이 나지 않게 동원할 수 있는 유일한 요원이었다. 루이 18세가 죽자 페라드는 영향력을 완전히 상실했을 뿐만 아니라 '전하의 심복'이라는 지위가 가져다주는 이점마저 잃었다. 그는 이제까지 자신이 필수 불가결인 인물이라는 확신 아래 인생을 살아왔더랬다. 악행이 체질이 된 모든 사람이 그렇듯이 강철 체력을 지닌 이 남자에게는 지출을 줄일 수 없는 세 요인이 있었는데, 바로 여자와 미식과 '외인 클럽'이었다.[182] 하지만 1826년에서 1829년 사이, 그의 나이가 일흔네 살에 육박하자 그는, 자신의 말버릇을 빌리자면, 내내 못 끊던 그 셋을 끊었다. 해가 거듭될수록 페라드는 자신의 건강이 안 좋아지는 걸 느꼈다. 그는 쇠망해 가는 경찰을 지켜보며, 그리고 샤를 10세 정부를 지켜보며 애지중지하던 자신의 습속과 결별했다. 의회는 회기 때마다 경찰이라는 통치 수단에 대한 적의의 발로로 이 기구를 교화해야 한다는 결정을 내려, 경찰의 존립에 필수적인 예산을 삭감했다. "흰 예식용 장갑을 끼고 요리를 하라는 꼴이야." 페라드는 코랑탱에게 이렇게 말하곤 했다. 일찍이 1822년부터 코랑탱과 페라드는 1830년을 예감했다. 그들은 루이 18세

---

182) 식당과 도박장을 겸해 1808년 파리에 문을 연 외인 클럽은 왕정복고 기간 내내 번성하다 1837년 루이필리프가 내린 도박 금지령에 따라 폐쇄되었다.

가 자신의 후계자에 대해 품고 있던 적의를 알았다. 그 적의는 루이 18세가 부르봉 방계 혈족을 견제하지 않고 자유방임 상태로 놓아둔 까닭을 설명해 주는 것으로서, 그 점을 빼놓으면 루이 18세의 통치와 정책은 영원히 풀 길 없는 수수께끼로 남을 것이다.[183]

페라드는 늙어가면서 사생아 딸에 대한 애정이 커져만 갔다. 페라드는 딸에겐 부르주아식으로 처신했는데, 자기 딸 리디만은 그럴듯한 신사에게 시집을 보내고 싶었기 때문이다. 그래서 특히 3년 전부터 그는 파리 경찰청이건 왕국경찰총국이건 번듯하게 내세울 만한 자리만 있으면 들어가고자 애를 썼다. 그러다가 마침내 그런 자리 하나를 마련하는 데 성공했는데, 코랑탱에게 말하길 그 자리가 얼마나 중요한지 조만간 밝혀지리라는 것이었다. 그것은 파리 경찰청에 이른바 정보국을 신설하는 일이었는데, 그 부서가 말 그대로 파리 경찰이라고 하는 조직과 사법경찰, 그리고 왕국경찰 조직 사이에 중계 역할을 함으로써 흩어져 있는 경찰력 전체를 왕국경찰총국이 통괄할 수 있게 만들기 위함이라는 것이었다.[184] 그리고

---

183) 루이 18세의 후계자는 복고왕정의 마지막 왕 샤를 10세고, 부르봉 왕가의 방계는 오를레앙 가문 출신으로 1830년 7월혁명으로 입헌군주가 된 루이필리프를 말한다. 온건파 루이 18세는 동생인 샤를 10세가 왕위에 오르기 전부터 보였던 과격한 왕정주의를 경계했다고 알려진다.
184) 1818년 경찰 조직을 통괄하던 경찰부가 폐지되면서 이른바 행정경찰과 정치경찰 조직은 내무부로, 사법경찰 조직은 법무부로 이관되었고, 파리 경찰청은 존속했다. 내무부에 편입된 경찰 부서를 바로 '왕국경찰총국'이라고 불렀다.

55년을 근속했고 그 정도 나이에 이른 페라드 본인만이 세 개로 나뉜 경찰 조직을 하나로 잇는 고리가 될 수 있고, 정치와 사법이 진상을 파악할 필요가 있는 경우 문의할 수 있는 산 증인 같은 존재라는 것이었다. 그렇게 페라드는 소중한 리디를 위한 남편과 지참금을 획득할 기회를 잡고자 하는 갈망으로 코랑탱의 도움을 기대했다. 코랑탱은 페라드라는 존재는 쏙 빼고 그 일을 이미 왕국경찰총국장에게 보고한 상태였는데, 남프랑스 출신인 총국장은 파리 경찰청 쪽에서 먼저 제안이 오도록 만들 필요가 있다는 입장이었다.

콩탕송이 '의논할 일이 있다'는 신호로, 금화를 가지고 카페 테이블을 세 번 두드렸을 때, 그 최고령 경찰은《쿠리에 프랑세》[185] 지면에 눈을 고정한 채 멍한 표정으로 골똘히 생각에 잠겨 있었다. '어떤 인물로, 어떤 잇속을 내걸어야 파리 경찰청장을 움직이게 할 수 있을까?'

"우리의 가련한 푸셰는," 그는 생토노레가를 따라 걸으면서 중얼거렸다. "그 걸출한 사람은 죽었다! 루이 18세와 우리를 연결해 주던 끈들도 다 끊어졌다! 게다가 어제 코랑탱이 내게 말했듯이, 이제 사람들은 70대 노인네의 민첩성과 머리는 믿지 않는다……. 아! 나는 뭐 잘났다고 베리 레스토랑에서 식사하는 것이 몸에 뱄단 말인가. 최고급 포도주나 마시고, 고디숑 어멈이나 읊어대고…….[186] 돈만 생기면 도박이나 하고! 코

---

185) 1820년에 창간된《쿠리에 프랑세》는 자유주의를 표방한 반정부 성향의 일간지로, 발자크의 소설에서 카페 다비드를 출입하는 단골들이 즐겨 본다.

랑탱이 말했듯이 자리를 손에 넣으려면 지력만 갖고는 안 된다. 행동력이 덧붙여져야 한다! 르누아르 총재가 예전 목걸이 사건[187] 때 내가 창녀 올리바의 침대 밑에서 잠복하지 않았다는 사실을 알고는 '자넨 결코 출세하지 못할 걸세!'라고 소리쳤을 때, 그는 내 운명을 정확하게 예언했던 것이다."

26. 밀정의 살림살이

노련한 캉코엘 영감이(집에서 그는 캉코엘 영감이라고 불렀다.) 무아노가에, 그것도 5층 꼭대기에 살고 있다면, 그건 그가 자신이 하는 엄청난 일을 편리하게 해주는 무언가 특이한 점을 그 건물의 배치에서 찾아냈다는 뜻이다. 생로크가와 만나는 모퉁이에 자리한 그의 집 한쪽은 다른 집이 붙어 있지 않았다. 건물 내부는 중앙 계단을 사이에 두고 좌우로 나뉜 구조였기 때문에 층마다 완전히 독립된 방이 둘씩 있었고, 그중 두 방은 생로크가와 면해 있었다. 5층 위로는 다락방이 죽 얹혀 있었는데, 그중 하나는 부엌으로 쓰였고 다른 하나는 캉코엘 영감의 유일한 하녀, 이제껏 리디를 키워온 카트라는 이름

---

186) '고디숑 어멈'은 18세기부터 불린 외설스러운 노래 제목으로, '고디숑 어멈을 읊어댄다'라는 말은 방탕한 생활을 한다는 뜻이다.
187) 대혁명 직전, 고가의 다이아몬드 목걸이를 둘러싸고 왕실과 로앙 추기경이 얽힌 희대의 사기 사건. 올리바는 그 사기극에서 추기경을 속여 넘기기 위해 가짜 마리 앙투아네트 역할을 하도록 고용된 창녀의 이름이다.

의 플랑드르 여자가 기거했다. 캉코엘 영감은 자신의 거처를 둘로 나눠, 하나는 침실로 다른 하나는 집무실로 썼다. 두툼한 중간 벽이 집무실과 내실을 완벽하게 분리했다. 무아노가 쪽으로 나 있는 여닫이창을 마주 보는 맞은편 구석의 벽에는 창문이 없었다. 게다가 계단하고는 페라드의 침실로 인해 완벽하게 분리되었기 때문에, 두 친구는 자신들의 음습한 직업을 위해 일부러 그렇게 만든 집무실에서 엿보는 시선이나 엿듣는 귀를 조금도 염려할 필요 없이 밀담을 나눌 수 있었다. 페라드는 빈틈없이 대비하기 위해 아이의 유모를 편안하게 해준다는 구실을 내세워, 플랑드르 여자의 방바닥에 멍석과 부직포를 이중으로 깔고 그 위에 아주 두꺼운 양탄자를 덮었다. 그뿐 아니라 벽난로는 쓸모가 없다고 타박하면서, 외벽을 뚫어 연통을 생로크가로 내는 수고를 감수하면서까지 일반 난로를 썼다. 또 아래층 세입자들에게 어떤 소리도 새 나가지 않도록 집 안 타일 바닥 전체에도 여러 장의 카펫을 깔았다. 밀정 수법의 전문가답게 그는 매주 한 번 칸막이벽과 천장과 바닥을 두드리며 점검했는데, 그게 마치 집 안의 해충을 박멸하려는 행동처럼 보였다. 그곳이라면 엿보는 자도 엿듣는 자도 없다는 확신이 있었기 때문에 코랑탱은 자기 집이 아닐 땐 페라드의 집무실을 모의 장소로 선택하곤 했다. 코랑탱의 거처는 왕국경찰총국장과 페라드만 알고 있었는데, 그가 자기 집에 들이는 사람들은 심각한 사안이 발생했을 때 내무부와 왕실 측근이 관계자로 여기는 인물들뿐이었다. 어떤 요원도, 어떤 하급 직원도 그곳엔 접근하지 못했으며, 코랑탱은 직무에 관한 일들을 주로 페라드의 집에서 처리했다. 허름해 보이는 그 방 안에서 음모의 얼개가 짜맞춰지고 결정이 내려졌는데, 만일 그 집의 벽들에 입이 달렸다면 온갖 놀라운 사연들과 흥미로운 드라마들이 쏟아져 나왔을 것이다. 1816년에서 1826년에 걸쳐 그곳에서 엄청난 이해관계들이 검토되었고, 프랑스에 심각한 영향을 미칠 사건들의 맹아가 싹텄다. 당시 검사장이었던 벨라르[188] 수준의 선견지명을 갖춘 데다 정보는 그보다 더 많았던 페라드와 코랑탱은 그곳에서 1819년부터는 이렇게 서로 이야기를 나눴다. "루이 18세가 이러저러한 공격을 가하지도 않고, 모모한 왕실 인척을[189] 내치지도 않는 걸 보면 자기 동생을 극도로 미워하는 것일까? 그래서 동생에게 혁명의 폭탄을 인계하려는 것일까?"

페라드의 방문에는 석판이 한 장 걸려 있었는데, 이따금씩 그 위에 이상야릇한 숫자 표시들이 분필로 적혀 있곤 했다. 악마의 신호 같은 그 수식이 뜻하는 의미는 그쪽 사람들에게는 매우 명확한 것이었다. 페라드의 거처는 매우 옹색했지만, 맞은편에 있는 리디의 거처는 응접실과 조그만 거실과 침실, 그리고 화장실까지 두루 갖추고 있었다. 리디의 방문은 페라드의 방문과 마찬가지로 두툼한 양철판 앞뒤에 튼튼한 떡갈나무 판자 두 장을 덧댄 데다 경첩과 자물쇠 장치로 무장하고 있어서 감옥 문만큼이나 부수고 들어가기 힘든 것이었다.

---

188) 파리 고등법원 검사장이었던 니콜라 프랑수아 벨라르(1761~1826)는 완강한 정통주의자로서 루이 18세의 의중을 꿰뚫고 있었던 인물이다.
189) 오를레앙 가문의 루이필리프를 말한다.

그렇기에 한길에 면해 상점을 끼고 있고 수위도 없는 건물이었지만 리디는 두려울 것 하나 없이 지낼 수 있었다. 여닫이창마다 모두 화분 장식이 놓인 식당과 작은 거실과 침실은 플랑드르풍으로 정갈했고 호사스러움으로 넘쳤다. 플랑드르 유모는 리디를 자기 딸이라고 부르면서 한시도 곁을 떠나지 않았다. 두 여자는 교회도 빠짐없이 다녔는데 그 때문에 그 건물에서 무아노가와 뇌브생로크가가 만나는 모퉁이 1층에 가게를 열고 중이층과 2층을 살림집과 부엌과 점원들 숙소로 쓰고 있는 왕당파 식료품상은 캉코엘 영감에 대해 극찬을 아끼지 않았다. 3층은 건물주의 집이었고, 4층은 20년 전부터 보석 세공사가 세 들어 살았다. 세입자들은 저마다 쪽문 열쇠를 하나씩 갖고 있었다. 식료품점에 우편함이 마련되어 있었기 때문이기도 하지만, 식료품상 아내는 그 세 가구에 배달된 편지와 소포를 대신 받아주는 일을 즐겼다. 이러한 세세한 정보들을 모른다면 이방인은 물론이고 파리를 잘 아는 사람도 여느 파리 건물에는 없는 그 건물만의 신비함과 고즈넉함을, 한적함과 안온함을 제대로 이해할 수 없을 것이다. 캉코엘 영감은 세상 그 누구도 알아차리지 못하게 자정이 지나서야 모든 음모를 꾸미고, 밀정들과 장관들과 부인들과 아가씨들을 맞았다. 플랑드르 여자가 식료품점의 찬모에게 "그분은 파리 한 마리한테도 나쁜 짓을 하지 않을 분이야."라고 말했다시피, 페라드는 남자 중의 남자로 통했다. 그는 자기 딸 리디를 위해서라면 아끼는 것이 없었는지라 슈뮈크를[190] 음악 선생으로 모신 이후로 그녀는 작곡까지 할 수 있는 음악가가 되었다. 게다가 그녀는 먹물 담채화도 할 줄 알았고, 구아슈[191] 기법이나 수채 기법으로 그림을 그릴 줄도 알았다. 페라드는 일요일마다 딸과 저녁 식사를 함께했다. 그때만은 그는 영감에서 오로지 아버지가 되었다. 독실하지는 않아도 신앙생활에 열심을 보이는 리디는 매주 성체를 모셨고 매달 고해성사도 거르지 않았다. 그렇지만 그녀는 가끔 공연 관람을 위한 시간을 내기도 했다. 날씨가 화창할 땐 튈르리 정원을 산책하기도 했다. 집에만 틀어박혀 지내는 그녀에게 유일한 낙은 그런 것들이었다. 리디는 아버지를 공경했을 뿐, 아버지의 무시무시한 능력과 음험한 관심사에 대해서는 까맣게 몰랐다. 어떠한 욕망도 이 순결하기 그지없는 아이의 순결한 삶을 더럽히지 않았다. 어머니를 닮아 날씬하고 예쁜 데다 감미로운 목소리와 아름다운 금발에 감싸인 갸름하고 발랄한 얼굴까지 갖춘 그녀는 기독교 초기 화가들이 성가정을 그릴 때 배경으로 즐겨 그려 넣은, 현실적이기보다는 신비롭다고 해야 할 천사들과 흡사했다. 그녀의 푸른 눈에서 나오는 눈빛은 그녀가 눈길로 어루만지는 사람 위에 천상의 빛처럼 내려앉는 것 같았다. 어떠한 유행도 좇지 않아 조금도 과장되지 않은 그녀의 정숙한 차림새는 고상한 부르주아지의 매혹적인 향기를 발산했다.

늙은 사탄이 있고 그 사탄이 어떤 천사의 아버지라고 머릿속에 그려보라. 그 숭고한 결합이 새삼스럽게 느껴지면서 당

---

190) 『사촌 퐁스』(1848)를 비롯한 몇몇 작품에 등장하는, 『인간극』 세계의 유명한 독일 출신 피아노 교사이자 음악가다.
191) 물과 고무를 섞어 만든 불투명한 물감을 사용하는 기법이다.

신은 페라드와 그의 딸이 어떤 관계인지 감이 잡힐 것이다. 만에 하나 누가 그 다이아몬드에 흠집을 내기라도 한다면 그 아버지는 어떤 가공할 책략을 동원해서라도 그자를 처단했을 것이다. 왕정복고 치하에서는 그러한 책략에 걸려 불행하게도 단두대에 목이 잘린 사람들이 적지 않았다. 1년에 1000에퀴면 리디와 카트, 리디는 침모를 늘 그렇게 이름으로 불렀다, 그 둘이 살기에 충분했다.

무아노가 위쪽에서 집으로 들어서다가 페라드는 콩탕송을 발견했다. 페라드는 그를 그냥 지나쳐 먼저 계단을 올라갔다. 그의 요원이 뒤에서 따라오는 발걸음 소리가 들렸다. 그는 플랑드르 여자가 부엌문을 빠끔히 열고 내다보기 전에 콩탕송을 집 안으로 들였다. 보석 세공사가 사는 4층에 설치된 살문에 달린 조그만 방울은 4층과 5층에 사는 사람들에게 누군가가 자신들을 향해 오고 있다는 사실을 알려주는 역할을 했다. 두말할 나위 없이 페라드는 자정이 지나면 그 방울의 추를 솜으로 틀어막아 소리가 울리지 않도록 해두었다.

"뭐가 그리 급한가, 철학자 양반?"

'철학자'는 페라드가 콩탕송에게 붙여준 별명인데, 밀정계의 에픽테토스에게는[192] 썩 잘 어울리는 것이었다. 그렇지만 콩탕송이란 이름은, 애석한 일일지니, 옛 노르망디 공국의 가장 유서 깊은 이름 중 하나임을 함축하고 있었다.(『위안의 형제

---

192) 에픽테토스는 고대 로마의 스토아학파 철학자로, 노예 출신이고 고문을 당해 절름발이였다. 의지와 극기의 철학으로 유명하다.

들』을 참조할 것.[193])

"1000프랑 정도 챙길 일이 있거든요."

"어떤 일인데? 정치와 관련된 건가?"

"아니에요, 그냥 하찮은 일이에요. 뉘싱겐 남작이, 왜 있잖아요, 그 허가 받은 늙은 도둑놈 말이에요, 뱅센 숲에서 우연히 마주친 어떤 여자를 헐떡거리며 찾는답니다. 꼭 찾아내야지, 못 찾으면 애가 닳아 죽을 지경이래요……. 그자의 하인이 제게 전한 바에 따르면, 어제는 의사 진찰까지 받았대요. 그 공주마마를 찾아준다는 구실로 제가 그자에게 이미 1000프랑을 뜯었어요."

그러고 나서 콩탕송은 뉘싱겐과 에스테르의 만남을 소상히 이야기하는 한편, 남작이 몇 가지 새로운 정보를 가지고 있노라고 덧붙였다.

"좋아," 페라드가 말했다. "그 둘시네아를 찾아보도록 하자고. 남작에게 오늘 밤 샹젤리제, 가브리엘 대로, 마리니 골목 모퉁이로 마차를 타고 오라고 전하게."

페라드는 콩탕송을 돌려보내고 딸애의 방문을 두드렸다. 들어가려면 노크가 필수적이지 않겠느냐는 듯한 태도였다. 그는 들뜬 기분으로 방 안에 들어섰다. 마침내 꿈에 그리던 자리를 얻어낼 절호의 방법이 조금 전 우연히도 굴러들어 왔던 것이다. 그는 리디의 이마에 입을 맞춘 다음 등받이가 높은

---

193) 이런 제목을 가진 발자크의 작품은 따로 없다. 다만 발자크가 『사교계의 영광과 비참』을 집필할 당시 구상 중이던 만년작 『현대사의 이면』(1848)을 그렇게 지칭한 적이 몇 번 있다.

안락의자에 깊숙이 몸을 파묻고 입을 열었다.

"뭐라도 좀 연주를 해주겠니?"

리디는 베토벤이 작곡한 피아노 소품을 연주했다.

"연주가 아주 좋구나, 내 귀여운 강아지." 벌린 두 무릎 사이로 자기 딸을 끌어당기며 그가 말했다. "스물두 살인 거 알고 있지? 어서 결혼해야 하는데, 이 아비가 일흔이 넘었으니 말이다……."

"전 이대로가 좋아요." 그녀가 대답했다.

"내가 아무리 추하고 늙었어도 넌 나만 사랑하는 거지?" 페라드가 물었다.

"아니면 제가 누구를 사랑하면 좋으시겠어요?"

"내 귀여운 강아지, 너와 저녁을 함께하겠다. 카트에게 그런다고 일러라. 내 머릿속은 지금 안정된 생활 기반을 마련하고, 번듯한 지위를 얻고, 그리고 너에게 걸맞은 남편감을 찾아줄 방법을 궁리 중이다……. 성실하고 재능이 넘치며 언젠가는 네가 자랑스러워할 수 있는 그런 젊은 남자……."

"남편감으로 제 마음에 쏙 들었던 남자를 저는 아직 한 명밖에 보지 못했어요……."

"한 명 보았다고……?"

"예, 튈르리 정원에서요." 리디가 말을 이었다. "그 사람을 그곳에서 보았어요. 세리지 백작 부인에게 팔을 준 채 지나가고 있었어요."

"그 사람 이름이……?"

"뤼시앵 드 뤼방프레래요……! 전 카트와 함께 보리수나무

아래 멍하니 앉아 있었어요. 제 옆에서 어떤 부인 둘이 이야기를 주고받고 있더라고요. '저기 세리지 부인과 멋진 뤼시앵 드 뤼방프레네.' 전 그 두 부인이 쳐다보고 있는 커플에 눈을 돌렸어요. 다른 부인이 말했어요. '아! 이봐, 세상엔 아주 행복한 여자들이 있어! 저 여자에겐 모든 것이 가능하지. 롱크롤 가문 출신인 데다 남편이 막강한 권력자니까.' 그러자 상대가 이렇게 대꾸하더군요. '하지만 얘, 뤼시앵 때문에 저 여자는 비싼 값을 치르고 있어……' 아빠, 그게 무슨 말이에요?"

"어리석은 짓을 하고 있다는 뜻이지. 그런 일을 두고 사교계 사람들이 하는 말이야." 페라드가 딸에게 인자한 표정으로 대답했다. "모르긴 해도 그 여자들은 모종의 정치적 사건을 암시했을 거야."

"어쨌든 제게 물어보셨으니까 전 대답한 거예요. 저를 시집보내고 싶으시면 그 젊은이 같은 남편감을 구해 주세요……"

"얘야," 아버지가 대답했다. "남자들의 경우 잘생겼다는 것이 항상 착하다는 것을 의미하지는 않는단다. 잘생긴 외모를 타고난 젊은이들은 인생 초년에 아무런 난관에도 부딪치지 않지. 그래서 어떤 재능도 펼치지 못하고, 사교계가 그들에게 베푸는 호의를 당겨쓰고 타락해 버리고 말지. 그러다 나중에 자신들의 능력을 비싸게 이자로 물어줘야 할 처지에 몰리는 거야……! 나는 너에게 부르주아들이, 부자들이, 얼간이들이 후원도 보호도 하지 않아서 그들의 손길에서 벗어나 있는 그런 상대를 찾아주고 싶단다……"

"그게 누군데요, 아버지?"

"재능이 뛰어나지만 알려지지 않은 남자……. 하지만 애야, 난 파리의 다락방을 다 뒤져서라도 너의 계획을 현실로 옮길 만반의 준비가 되어 있단다. 네가 말한 그 형편없는 녀석만큼 잘생긴, 그러나 장래가 촉망되고 부와 명예를 거머쥘 그런 남자 중 하나를 찾아내 너의 사랑 앞에 갖다 바칠 것이다……. 오! 까맣게 잊고 있었네! 내겐 조카들이 우글거리잖아. 그중에서 너에게 어울리는 놈을 하나 찾을 수도 있겠다! 프로방스에 내가 직접 편지를 쓰든지, 쓰라고 하든지 해야겠다!"

그런데 참 희한한 일이었다! 그 순간 한 젊은이가 허기와 탈진으로 다 죽어가며 바리에르 디탈리를[194] 들어서고 있었으니, 캉코엘 영감의 조카들 중 하나인 그 젊은이는 자기 아저씨를 찾아 보클뤼즈도에서부터 그 머나먼 길을 걸어온 참이었다. 아저씨의 실제 운명이 어떠한지 알 리 없는 집안 친척들 꿈속에서 페라드는 희망의 근거가 되어주었다. 그들은 페라드가 동남아에서 일확천금하고 돌아온 존재라고 믿었다! 이러한 난롯가의 방담에 자극을 받아온, 테오도즈라는 이름의 그 애송이 조카는 환상 속 아저씨를 찾아 마침내 그 먼 종주 여행을 감행했던 것이다.[195]

---

194) 당시 파리 남쪽 관문 중 하나였던 바리에르 디탈리는 현재의 플라스 디탈리 부근이다.

195) 테오도즈는 본 작품과 비슷한 시기에 상당량이 집필됐으나 결국 미완으로 남은 대작 『소시민들』의 주요 인물 중 하나다. 발자크가 『인간극』 세계를 어떤 식으로 구축해 나갔는지 엿볼 수 있는 대목이다.

27. 세 남자의 결투

몇 시간에 걸친 부성의 행복감을 만끽하고 나서 페라드는 머리를 감고 염색한 다음(가루분은 변장할 때만 뿌렸다.) 푸른색의 넉넉한 고급 모직 프록코트를 턱밑까지 단추를 채워 입고, 그 위에 검은 망토를 걸치고, 바닥에 튼튼한 창을 댄 두툼한 장화를 신고, 특별 신분증까지 챙긴 연후에 집을 나서 가브리엘 대로변을 따라 천천히 걸어가다 엘리제 부르봉 궁[196] 정원 앞에서 과일 행상을 하는 늙은 여자로 변장하고 기다리던 콩탕송과 마주쳤다.

"생제르맹 대장님," 콩탕송이 자신의 옛 상관을 전시(戰時) 계급 칭호로 부르며 말했다. "대장님이 제게 500파스(프랑)를 벌게 해주셨죠. 그런데 여기 이렇게 매복하러 온 것은 그 빌어먹을 남작이 제게 그 돈을 주기 전에 먼저 큰집(파리 경찰청)에 가서 정보를 수소문했기 때문이에요."

"앞으로 자네가 필요할 것 같아." 페라드가 응답했다. "저기 우리 요원들 7번, 10번, 21번이 보이지. 우리는 왕국경찰이나 파리 경찰청이 눈치 못 채게 저자들을 써먹을 수 있을 거야."

콩탕송은 뉘싱겐 남작이 페라드를 기다리고 있는 마차 곁으로 자리를 옮겼다.

"제가 생제르맹이올시다." 남프랑스인이 마차 문에 올라서며 남작에게 말했다.

---

196) 현재 프랑스 대통령 관저로 쓰이는 엘리제궁이다.

"하, 크래요! 이리 올라타고 캇치 캅시다." 남작이 대답하면서 에투알 광장의 개선문 쪽으로 가라고 마부에게 지시했다.

"파리 경찰청에 찾아가셨지요, 남작님? 그런 행동은 좋지 않습니다……. 남작님이 청장님께 무슨 말씀을 하셨고, 청장님은 남작님께 뭐라고 대답하셨는지 알 수 있을까요?" 페라드가 물었다.

"콘탄손처럼 수상척은 차에게 500프랑을 추기 천에 크자가 크만큼 파들 차격이 잇는지 알아포는 컨 치그키 탕연한 커요. 난 크저 청장에게 아추 초심스런 일이 생겨 페라트라는 이름의 낫선 뇨언을 스고 십다고 하고, 내가 크에게 무한한 미듬을 카져도 초은지 물엇슬 푼이오……. 청장은 탕신이 카장 유능하고 카장 청직한 뇨언 중 하나라고 내게 말햇소. 크게 잇섯던 일의 천푸요."

"남작님께서는 이제 제 진짜 이름도 아셨으니 무슨 일이 문제인지 제게 말씀해 주시겠습니까……?"

남작은 폴란드 유대인 특유의 끔찍한 사투리로 장황하고 수다스럽게 에스테르와의 만남이며, 마차 뒤에 있었던 경호원의 외침이며, 실패한 추격전을 소상히 설명하고, 이어서 뤼시앵 드 뤼방프레의 입가에 번지던 미소며, 그 정체 모를 여인과 그 젊은이의 관계와 관련한 비앙숑과 몇몇 댄디들의 추측까지, 전날 자기 집에서 일어났던 일을 결론 삼아 덧붙였다.

"자, 남작님, 남작님은 우선 필요한 비용에 대한 선금 조로 1만 프랑을 먼저 제게 주셔야 합니다. 이런 일은 남작님께 죽고 사는 문제니까요. 그리고 남작님 목숨이 이 일에 달려 있

기 때문에 그 여자를 찾아내는 데 무엇 하나 소홀히 해서는
안 됩니다. 남작님은 사랑에 푹 빠지셨군요."

"크래요, 난 사랑에 푹 파졋서요."

"더 필요한 게 있으면 그때 말씀드리겠습니다, 남작님. 절 믿
으십시오." 페라드가 말을 이었다. "절 어떻게 생각하시는지 모
르겠지만, 전 밀정이 아닙니다……. 나는 1807년에 앙베르 경
찰의 총경이었습니다. 루이 18세께서 돌아가셨으니 드릴 수
있는 말씀이지만, 나는 7년 동안 루이 18세의 비밀경찰을 지
휘했습니다……. 따라서 그 누구도 나의 상대가 될 수 없습니
다. 사건을 충분히 검토하기도 전에 고용할 사람에 대한 견적
서를 내서는 안 된다는 사실을 남작님께서는 숙지하고 계시리
라 믿습니다. 걱정하지 마십시오, 난 꼭 해낼 것입니다. 그 어
떤 돈으로 날 만족시킬 수 있다고 생각하지 마십시오. 난 보
상으로 다른 것을 원합니다……."

"나라를 통채로 탈라는 컨만 아니라면 머……." 남작이 말
했다.

"당신께는 별로 대수롭지 않은 것입니다."

"초앗서!"

"켈러 형제를 아시지요?"

"암요."

"프랑수아 켈러는 공드르빌 백작의 사위이고, 공드르빌 백
작은 사위와 함께 어제 남작님 댁에서 저녁 식사를 했지요."

"어턴 망할 놈이 탕신한테 크걸 말햇슬카……." 남작이 소리
쳤다. "하여튼 입이 산 초르추겟지."

페라드가 웃음을 지었다. 은행가는 그 미소를 보고 자기 하인에 대한 의심을 굳혔다.

"공드르빌 백작은 내가 파리 경찰청에서 갖고 싶은 자리를 얻어줄 힘을 가진 최적임자입니다. 그가 힘을 쓰면 48시간 안에 경찰청장은 그 자리를 만들어 내라는 집행명령서를 발부할 겁니다." 페라드가 말을 이었다. "나를 위한 자리를 부탁하십시오. 열과 성을 다해 공드르빌 백작이 이 일에 관여하도록 만드십시오. 그러면 내가 당신께 어떻게 보답하는지 확인하시게 될 것입니다. 약속만 지켜주면 됩니다. 만약 약속을 어기신다면 당신은 머지않아 당신이 이 세상에 태어난 날을 저주하게 될 것입니다……, 페라드가 맹세컨대……."

"명예를 걸고 체선을 타하겟다고 약속카지요……."

"내가 당신을 위해 최선을 다하겠노라고 한다면 그건 충분치 않겠지요."

"아이쿠, 초아요, 내 학실하게 하지요."

"확실하게라……, 그게 바로 내가 원하는 전부입니다." 페라드가 말했다. "확실함이야말로 우리가 각자 서로에게 할 수 있는 유일한, 그리고 조금은 참신한 선물이지요."

"학실하게." 남작이 되풀이했다. "어디에 내려추면 초켓소?"

"루이 16세교 끝에."

"으사당 타리로."[197] 남작이 마차 문에 다가선 시종에게 지

---

197) 오늘날 콩코르드 다리로, 국회의사당으로 쓰이는 부르봉 궁전을 마주 보고 있다고 해서 '의사당 다리'로도 불린다.

시했다.

"이제 크 미치의 녀인을 손에 너켓군." 남작이 사라지면서 중얼거렸다.

"묘한 일인걸." 페라드가 리디에게 지참금을 마련해 주기 위해 1만 프랑을 세 배로 튀길 계획을 세우고 팔레루아얄 도박장으로 발걸음을 옮기면서 중얼거렸다. "눈길 한 번으로 내 딸을 사로잡은 젊은이와 관련된 잡스러운 연애 문제를 내가 조사해야만 하는 처지라니. 녀석은 필시 계집애 같은 눈을 가진 그런 사내 중 하나일 거야." 그는 자기 나름대로 써왔던 독특한 언어 표현을 사용해 중얼거렸다. 그런 표현은 종종 어법에 어긋나긴 하지만, 바로 그렇기에 강렬하고 생생한 효과를 발휘하는 단어라서, 그의 견해나 코랑탱의 견해를 일목요연하게 보여주는 것이었다.

집으로 돌아온 뉘싱겐 남작은 이전의 그가 아니었다. 주변인들과 그의 부인마저 놀랄 정도였다. 얼굴에는 혈색이 돌아 생기가 넘쳤고 쾌활한 모습이었다.

"우리 주주들에게 조심하라고 알려!" 뒤티예가 라스티냐크에게 말했다.

사람들은 오페라에서 돌아와 델핀 드 뉘싱겐의 조그만 살롱에서 차를 마시고 있던 참이었다.

"크래야지," 남작이 동업자의 농담을 웃음으로 받아넘기며 말했다. "사업을 펼려볼 녹심이 트는걸……."

"그래, 그 미지의 여인은 만나셨어요?" 뉘싱겐 부인이 물었다.

“아니, 아지근.” 그가 대답했다. “크 녀자를 찻을 수 잇겟다는 키대 청도지.”

“자기 부인은 언제 한번 그렇게 사랑해 봤나……?” 뉘싱겐 부인이 약간의 질투심에서, 아니 질투심을 느끼는 척하며 뽀로통히 말했다.

“그 여자를 손에 넣거들랑,” 뒤티예가 남작에게 말했다. “우리가 그녀와 야식을 함께할 자리를 마련해 주시지요. 어떤 여자기에 당신을 이렇게 젊어 보이게 만들었는지 알고 싶어 조바심이 날 정도니까 말이에요.”

“초물주의 컬작이라네.” 늙은 은행가가 대답했다.

“애처럼 스스로 더 깊이 빠져들 거예요.” 라스티냐크가 델핀의 귀에 대고 속삭였다.

“어휴, 돈을 벌어서 그래 그렇게…….”

“그중 얼마를 사회에 환원하려는 거지요, 안 그렇소……?” 뒤티예가 남작 부인의 말을 자르며 말했다.

뉘싱겐은 마치 두 발이 거추장스럽기라도 한 듯 거실을 쏘다녔다.

“당신이 새로 진 빚을 그가 갚도록 할 기회예요.” 라스티냐크가 남작 부인의 귀에 대고 속삭였다.[198]

같은 시각, 카를로스는 테부가에 들러 뉘싱겐 남작을 속이기 위해 만든 연극에서 중요한 역할을 담당하기로 되어 있는

---

198) 이 말을 이해하기 위해서는 『고리오 영감』에서 뉘싱겐 부인이 남편 모르게 진 빚을 라스티냐크가 도박에서 딴 돈으로 대신 갚아준 장면을 떠올릴 필요가 있다.

외롭에게 마지막 지시를 내린 다음, 성공에 대한 기대에 한껏 부풀어 되돌아가는 중이었다. 뤼시앵이 그를 대로까지 배웅했는데, 자신마저도 목소리를 듣고서야 정체를 분간할 수 있을 정도로 완벽하게 변장한 그 악마의 현신을 두려운 마음으로 지켜보았다.

"에스테르보다 더 아름다운 여자를 도대체 어디서 찾아냈나요?" 뤼시앵이 자신을 타락시킨 자에게 물었다.

"이봐, 그런 여자는 파리에 없지. 그런 낯빛도 프랑스에서는 만들어질 수 없고."

"그렇다고 하니까 더 황당하네요……. 칼리피기의 비너스도 그렇게 기막히게 빚어지진 않았어요! 그런 여자를 위해서라면 지옥이라도 마다하지 않을 거예요. 대체 그녀를 어디서 데려 왔어요?"

"그 여잔 런던에서 가장 아름다운 아가씨지. 진에 취한 상태에서 그녀는 질투심이 폭발해 자기 애인을 살해했어. 살해 당한 애인은 파렴치한 범죄자인데, 덕분에 런던 경찰이 일손을 던 셈이 됐지. 그리고 그 사건이 잊힐 때까지 당분간 그 여자를 파리로 보내버린 거야. 불량하지만 교육은 아주 잘 받은 여자야. 어떤 장관의 딸인데, 프랑스어를 모국어처럼 잘해. 그녀는 자기가 여기서 무슨 일을 하는지 모르고, 앞으로도 결코 알지 못할 거야. 그녀에게는 만일 네 마음을 사로잡는다면 너한테서 수백만 프랑을 뽑아낼 수 있으리라고 일러두었지. 하지만 네가 질투심이 불같다고도 얘기해 놓았어. 그녀에게 에스테르의 대역을 맡기기로 한 계획은 알려준 상태야. 그녀는 네 이름은 몰라."

"하지만 뉘싱겐이 에스테르가 아니라 진짜로 런던 여자를 선택한다면……."

"아! 너 그런 거로군……." 카를로스가 찌르듯 말했다. "어젠 그토록 두려워해 놓고 오늘은 그 일이 이루어지지 않으면 어쩌나 하고 걱정한다! 안심해. 그 여자는 금발과 백발이 섞였는데 눈은 파래. 아름다운 유대인 아가씨와는 정반대의 모습이지. 그리고 뉘싱겐처럼 썩어빠진 자를 감동하게 할 눈은 에스테르의 눈밖에 없어. 너는 그녀가 추녀라면 집 안에 들이지 않았겠지, 빌어먹을! 그 꼭두각시가 제 역할을 잘 마치면 난 그녀를 믿을 수 있는 사람 손에 맡겨 로마나 마드리드로 보낼 거야. 거기서 그녀는 정열을 불사르겠지."

"같이 있을 시간이 얼마 안 남았으니까," 뤼시앵이 말했다. "그녀에게 가봐야겠군……."

"그래, 들어가 봐, 아들. 재미 좀 보게……. 내일 하루 더 여유가 있어. 나는 뉘싱겐 남작 집에서 무슨 일이 벌어지나 알아보라고 시킨 사람을 기다리는 중이네."

"누군데요?"

"남작을 시중드는 하인의 애인이지. 적의 집에서 무슨 일이 벌어지고 있는지 언제라도 알고 있어야 하니까."

자정 무렵, 에스테르의 경호원인 파카르는 퐁데자르 다리에서 카를로스를 만났다. 그곳은 절대 남이 엿들어서는 안 되는 말을 짧게 주고받기에는 파리에서 가장 안전한 장소였다. 이야기를 나누는 동안에도 경호원은 한쪽 편을, 그의 주인은 그

반대편을 내내 주시했다.

"남작은 오늘 새벽 4시에서 5시 사이에 경찰청을 찾아갔습니다." 경호원이 말했다. "그리고 오늘 밤에는 뱅센 숲에서 보았던 여자를 찾을 거라고 들떴습니다. 그녀를 찾아준다고 누가 장담했다고 합니다……."

"우리는 감시의 대상이 되겠군!" 카를로스가 말했다. "그런데 누구지?"

"이미 경제범죄 수사관 루샤르를 고용했답니다."

"풋내기 수법이로군." 카를로스가 대꾸했다. "우리가 겁낼 존재는 사법경찰밖에 없어, 공안수사대 말이야. 그런데 그 수사대가 움직이지 않는 순간을 틈타 우리가 움직이면 돼, 우리가 먼저……!"

"다른 일이 또 있습니다."

"뭔가?"

"학교 친구들 중…… 어제 장작개비를 만났습니다. 어떤 부부를 싸늘한 시체로 만들고 다섯 발짜리 탄통 1만 개를 챙겼답니다……. 그것도 금화로!"[199]

"체포되겠지." 자크 콜랭이 말했다. "부세가의[200] 살인범을 말하는군."

---

199) '학교'는 도형수 감옥을 가리키는 은어고, '다섯 발짜리 탄통'은 5프랑 동전을 가리키는 은어다. 장작개비는 본 작품 4부 1절에 서술되는 크로타 부부 살인 사건의 범인이다.(2권 263~264쪽 참조.)
200) 부세가는 지금은 사라지고 없는데, 당시에 우범지대로 악명을 떨쳤던 좁은 골목이다.

"하달하실 명령은요?" 파카르가 루이 18세의 칙령을 받잡는 장군이 취할 법한 공손한 태도로 물었다.

"매일 밤 10시에 외출하게." 카를로스가 대답했다. "뱅센 숲으로 곧장 가서 뫼동 숲과 빌다브레 숲까지 내달으라고. 누군가 자네를 주시하거나 미행하면 그러라고 내버려둬. 고분고분한 척, 말 많은 척, 쉽사리 매수될 것처럼 굴어. 뤼방프레의 질투에 대해 떠벌리게. 그가 마담에게 미쳤다고, 특히 그런 부류의 정부를 두고 있다는 사실이 사교계에 알려지기를 원치 않는다고 말이야……."

"잘 알았습니다! 무기를 소지해야 합니까……?"

"절대 안 돼!" 카를로스가 날카롭게 받았다. "무기……! 그게 무슨 쓸모가 있는가? 일을 그르치게만 할 뿐. 어떤 경우라도 자네의 단도를 사용하지 말게. 아무리 강적이라도 내가 자네한테 보여준 적 있는 일격으로 두 다리를 분질러놓을 수 있는데, 경찰 셋과 맞서 싸우더라도 그자들이 군도를 꺼내기도 전에 이미 둘을 바닥에 메다꽂을 수 있다는 확신이 있는데 무엇이 두렵나? 자네 지팡이 신세를 져야 하는 처지는 아니잖아……?"

"지당하신 말씀입니다!" 경호원이 말했다.

노익장, 용맹무사, 호방무인 등의 별명으로 불리기도 하는 파카르는 철완과 철각의 소유자로서, 구레나룻과 멋들어진 두발과 풍성한 턱수염으로 둘러싸인 얼굴은 콩탕송처럼 낯빛이 파르스름하고 냉랭했지만, 그 안은 활활 타오르는 불을 담고 있었고, 군악대장처럼 후리후리한 체격은 그를 향한 수상한 시선을 피할 수 있게 해주었다. 푸아시나 플뢰에서[201] 탈옥한 자라도 그가 보여주는 진지한 자부심과 자신의 능력에 대한 자신감은 가지고 있지 못할 것이다. 도형장의 하룬 알라시드에게 자파 같은 존재인[202] 그는 자기 주군에 대해, 페라드가 코랑탱에게 간직하고 있는 것과 같은 우정 어린 존경심을 품고 있었다. 가슴이 대단히 발달했거나 살집이 지나치게 좋거나 하지는 않은, 다리가 무지하게 긴 이 거인은 그 긴 두 다리로 학같이 근엄하게 걸었다. 오른쪽 다리를 내디딜 때마다 어김없이 오른쪽 눈이 도둑이나 밀정 특유의 태연한 듯한 민첩함을 발휘하며 주변 상황을 살폈다. 왼쪽 눈도 오른쪽 눈과 마찬가지였다. 한 걸음 옮길 때마다 던지는 한 번의 눈길! 마르고 민첩하며 언제 어떤 상황에서라도 만반의 대비가 되어 있을 뿐 아니라 흔히 용맹한 자들의 술로 대변되는 내부의 적 같은 나쁜 습벽 하나 없는 파카르는, 자크의 말마따나 완벽한 존재라 할 만했는데, 그만큼 그는 사회에 맞서 전쟁을 벌이는 사람에게는 필수 불가결인 능력들을 하나도 빠짐없이 모두 갖추고 있었다. 그렇지만 주인은 그런 노예를 설득해 밤에만 약간의 술을 마시도록 만드는 데 성공했는데, 불 주변에 일부러 태울 거리를 남겨놓아 더 큰 불을 방비하려는 대비책이었다. 그리하여 파카르는 귀가하면 그단스크산(産) 불룩한 도자기 술병에

---

201) 두 곳 모두 구치소가 있던 파리 근교 도시다.
202) 하룬 알라시드(766~809)는 이슬람 아바스 왕조의 5대 칼리파이고, 자파(767~803)는 그의 밑에서 2인자의 권력을 누린 재상이다. 둘 다 『천일야화』에 등장하는 인물들의 모델이다.

서 몇 모금 따라낸 황금빛 독주를 홀짝이는 것이었다.

"빈틈없이 하도록 하겠습니다." 파카르가 스스로 자신의 고해신부라고 이름 붙인 상대에게 경례를 붙인 다음 깃털 달린 멋진 모자를 다시 쓰면서 말했다.

자크 콜랭과 페라드와 코랑탱처럼 저마다 자신의 맡은 분야에서 강력한 힘을 발휘하는 사람들이 어떤 사건을 통해 한자리에서 만나 결투를 벌이기에 이르렀는지, 각자의 정열이나 이익을 위해 맞붙은 전쟁터에서 저마다의 천재성을 발휘하기에 이르렀는지, 그 연유는 이상과 같다. 그것은 드러나지는 않지만 아주 치열하게 벌어지는 그런 전투, 재능과 증오와 분노에서, 타격과 반격에서, 술수에서, 운명을 걸고 벌이는 싸움 못지않은 엄청난 위력이 펼쳐지는 그런 전투였다.

28. 뉘싱겐이 행복의 문턱에서 치장에 몰두하다

사람이건 수법이건 페라드 쪽의 모든 것은 비밀이었다. 그의 친구 코랑탱이 이 작전에서 그를 도왔는데, 그들에게 이 일은 대수롭지 않은 것이었다. 그렇기에 역사는 수많은 혁명의 진짜 원인에 대해서 침묵하듯이 이 문제에도 침묵하고 있다. 그렇지만 그 결과는 다음과 같다.

샹젤리제에서 뉘싱겐이 페라드를 만나고 닷새가 지난 어느날 아침, 오랜 사교계 생활에 익숙한 외교관들이 그렇듯 백연(白鉛)을 바른 듯 파리한 낯빛에, 푸른 모직 코트를 입고 꽤 우아한 체형을 갖춰 거의 장관 같은 풍모를 풍기는 오십 줄의 남자가 수행한 하인에게 말고삐를 던지면서 화려한 이륜마차에서 내렸다. 그는 건물 정면 주랑 굄돌에 자리 잡고 있던 경비에게 뉘싱겐 남작을 만날 수 있는지 물었고, 경비는 그에게 웅장한 유리문을 정중히 열어주었다.

"어느 분이시라고……?" 하인이 물었다.

"남작님께 가브리엘 대로에서 온 사람이라고 전하게." 코랑탱이 대답했다. "사람들과 함께 계시면 누구라는 그 명칭을 너무 큰 소리로 말하지 않도록 조심하게. 안 그러면 이 집에서 쫓겨나는 신세가 될 테니."

잠시 후 하인이 돌아와 코랑탱을 집 안 깊숙이 있는 남작의 집무실로 안내했다.

코랑탱은 남작을 향해 속을 알 수 없는 눈길을 던졌는데 그것을 되받는 남작의 눈길도 속을 알 수 없기로는 마찬가지였다. 둘은 관례적인 인사를 주고받았다.

"남작님," 코랑탱이 입을 뗐다. "페라드가 보내서 왔습니다만……."

"알앗소." 남작이 두 문의 빗장을 지르러 가면서 말했다.

"뤼방프레 씨의 애인은 지금 테부가에 살고 있습니다. 검사장 그랑빌 씨의 옛 정부인 마드무아젤 드 벨푀유가 살던 곳이지요."

"아! 우리 칩에서 아주 카캅네요." 남작이 목소리를 높였다. "커참 채밋는 닐일세."

"남작님께서 그 멋진 아가씨에게 푹 빠진 것을 이해하는 데 아무런 어려움도 들지 않더군요. 저도 그녀를 보고 흐뭇해졌으니까요." 코랑탱이 대답했다. "뤼시앵은 그 아가씨에게 얼마나 집착하는지 그녀가 남의 눈에 띄는 것을 철저히 막고 있습니다. 뤼시앵도 그녀의 사랑을 듬뿍 받고 있고요. 그녀가 벨푀유의 뒤를 이은 지 4년이 됐는데, 가구며 하던 일까지 다 물려받았고, 이웃들이나 문지기나 그 집의 세입자들 누구 하나 그녀를 볼 수가 없었다니까 말입니다. 공주님은 밤에만 나들이 행차를 하시고요. 그녀가 집을 나설 때는 마차의 가림막이 모두 내려지고, 그녀 자신도 베일을 쓴답니다. 뤼시앵이 그녀를 철저히 감추는 것은 그녀에 대한 집착 때문만은 아닙니다. 그는 클로틸드 드 그랑리외와 결혼해야 하는 상황인 데다, 현재 세리지 부인의 총애를 받으며 내밀한 관계를 맺고 있기도 하거든요. 당연한 이야기지만 그는 높은 신분의 내연녀도 잡고 싶고 약혼녀도 잡고 싶어 합니다. 따라서 남작님은 주도적 위치를 점하고 있습니다. 뤼시앵은 쾌락을 희생하고 이익과 허영을 쫓을 테니까요. 남작님은 부자십니다. 이 일은 아마도 남작님의 마지막 행복이 걸린 일일 겁니다. 돈을 아끼지 마십시오. 남작님은 그녀의 침모를 이용해 목표를 이루실 겁니다. 그 몸종에게 1만 프랑 정도를 주십시오. 그러면 그녀는 자기 주인의 침실로 당신을 잠입시켜 줄 것입니다. 남작님께 이 일은 그럴 만한 가치가 있습니다!"

어떠한 수사적 비유로도 코랑탱의 그 선명하게 딱딱 끊어지는 단호한 어투를 묘사할 수 없을 것이다. 그렇기에 남작은 놀라움을 감추지 못하고 그를 주시했는데, 그것은 오래전부터

무표정한 얼굴로 상대를 제압하던 남작이 일찍이 취해 본 적 없던 태도였다.

"제가 여기 온 까닭은, 남작님이 주신 은행권 다섯 장을 날려버린 제 친구를 생각해 5000프랑을 쾌척해 주십사 부탁드리려는 것입니다…… . 불쌍한 놈이지요!" 코랑탱이 명령을 온건하기 그지없는 어조로 포장하며 말을 이었다. "페라드는 자신의 무대인 파리를 너무나 잘 알고 있어서 그만한 돈 때문에 굳이 동네방네 쑤시고 다녀야 할 그런 사람이 아닙니다. 그는 그냥 남작님을 믿었습니다. 하지만 이게 정말 중요한 문제는 아닙니다." 코랑탱이 돈 요구는 본론은 아니라는 투로 말을 이어갔다. "남작님께서 말년을 우울하게 보내고 싶지 않으시다면 페라드가 남작님께 부탁했던 자리를 얻을 수 있도록 힘을 써주십시오. 마음만 먹으면 어렵지 않게 하실 수 있는 일입니다. 왕국경찰총국장이 어제 그와 관련해 쪽지 한 장을 받았을 것입니다. 공드르빌을 통해 파리 경찰청장에게 언질만 주시면 됩니다. 그렇습니다! 공드르빌 백작 말랭 말입니다. 이번 일은 그가 시뫼즈 일가에게서 벗어날 수 있도록 힘써 주었던 사람 중 한 명에게 신세 갚는 일이라고 전해 주십시오.[203] 그러

203) 발자크의 세계에서 말랭은 오브 지방 평민 집안 출신으로, 파리의 법률사무소 서기에서 출발해 대혁명 이후 격변기마다 기회주의적 변신을 거듭하며 귀족원 의원이자 정계의 거물로 성장하는 인물이다. 대혁명 때 오브의 대귀족인 시뫼즈 후작 가문의 영지 공드르빌이 국유재산으로 몰수되자, 그는 그 땅을 편법으로 매입하고 마침내 나폴레옹 제정 때 '오브의 말랭'에서 '말랭 드 공드르빌 백작'으로 화려하게 변신한다. 앞서 언급한 작품 『어둠 속의 사건』에서 나폴레옹 제정 초기 오브 지방을 배경으로, 빼앗긴 영지

면 그 사람이 움직일 겁니다……."

"차, 팟으시오." 남작이 1000프랑짜리 지폐 다섯 장을 집어 코랑탱에게 내밀면서 말했다.

"침모는 파카르라는 이름을 가진 키 큰 경호원과 절친한 사이입니다. 그자는 프로방스가에 있는 어떤 마차 제작자의 집에 얹혀 지내고 있는데, 왕자 행세를 하려는 자들이 경호원을 구하면 고용되어 받는 돈으로 먹고삽니다. 남작님은 파카르를 통해 마담 반 복세크의 침모에게 접근할 수 있습니다. 묘하게 생긴 그 피에몬테 출신 키다리는 베르무트 와인을 상당히 좋아합니다."

편지에 추신을 달듯 은근슬쩍 던져진 이 은밀한 정보는 말할 것도 없이 5000프랑에 대한 답례였다. 남작은 코랑탱이 어떤 종류의 인간인지 파악하기 위해 머리를 굴렸다. 머리를 쓰는 것을 보면 일개 첩보 요원이 아니라 책임자를 상대하고 있다는 인상을 주기에 충분했다. 그렇긴 하지만 그에게 코랑탱은 줄잡아 글자의 4분의 3이 지워진 채 고고학자 앞에 놓인 비문 같은 존재임에는 변함이 없었다.

"크 침모라는 녀자는 이름이 멈니카?" 남작이 물었다.

"외제니입니다." 코랑탱이 남작에게 작별 인사를 하고 나가

를 되찾고 왕정복고 운동을 펼치기 위해 비밀리에 잠입한 망명 귀족 시뫼즈 형제의 이야기와, 푸셰가 주도하고 말랭이 가담한 나폴레옹 제거 작전이 실패로 끝나자 은폐 작전을 위해 푸셰가 파견한 심복 코랑탱과 페라드의 이야기가 서로 맞물리며 펼쳐진다. 코랑탱의 말대로 말랭은 그 작전 덕에 위기를 벗어나고 공드르빌 백작으로의 탈바꿈을 완수한다.

면서 대답했다.

뉘싱겐 남작은 환호작약하며 사업이고 사무실이고 다 팽개치고는 첫 애인과 첫 데이트를 앞두고 들뜬 스무 살 청년처럼 후끈 몸이 달아올라 자기 방으로 올라갔다. 남작은 개인 금고에 있던 1000프랑짜리 지폐를 모조리 꺼냈다. 한 마을 전체를 잘 먹고 잘 살게 해줄 수 있는 액수, 5만 5000프랑이었다! 그는 지폐를 그대로 겉옷 주머니에 쑤셔 넣었다. 백만장자들의 낭비는 수익에 대한 그들의 탐욕과 정비례할 뿐이다. 그런데 바람이 나고 열정에 휩싸이게 되면 그런 크로이소스들에게[204] 돈은 더는 아무것도 아닌 것이 되어버린다. 사실을 말하자면 그들에겐 황금을 버는 것보다 바람나는 것이 더 어려운 일이다. 향락에 대한 갈구는, 막강한 투기 충동이 선사하는 감흥을 포식해서 안 그래도 메마른 가슴마저 완전히 둔감해진 그들의 삶에서는 생길 가능성이 가장 희박한 욕망이다. 예를 하나 들어보자. 파리에서 가장 부유한 데다 기행으로 유명한 그런 자본가 중 한 인물이 어느 날 길을 가다 너무나도 어여쁜 어린 여공과 마주쳤다고 해보자. 그 재단사 아가씨는 어떤 젊은 남자와 팔짱을 끼고, 또 어머니를 대동하고 가는 중이었는데, 그저 그런 애매한 차림새의 젊은 남자는 걸을 때마다 엉덩이를 요란스럽게 흔들어댔다. 백만장자는 첫눈에 그만 이 파리 아가씨에 반해 사랑에 빠진다. 그녀를 뒤쫓아 집

---

204) 크로이소스는 헤로도토스의 『역사』에 기록된 기원전 6세기 리디아 왕국의 왕으로, 막대한 황금의 소유자였다. 부자의 대명사로 쓰인다.

까지 따라간 그는 그녀의 집 안에까지 들어간다. 그는 마비유[205] 댄스홀과 양식이 떨어진 나날들과 각종 쇼와 노동으로 점철된 그녀의 삶을 전해 듣는다. 그는 깊은 관심을 보이고, 100수짜리 동전 밑에 1000프랑 지폐 다섯 장을 두고 나온다. 그러나 그 너그러움은 역효과를 일으킨다. 이튿날 유명한 장식업자 브랑숑이 재단사 아가씨의 주문을 받고 찾아와 그녀가 지목한 아파트의 실내장식을 하는데 그 비용이 대략 2만 프랑에 이른다. 여공은 장밋빛 희망에 부푼다. 그녀는 자기 어머니에게 제대로 된 옷을 사 입히고, 옛 애인에게는 보험회사 사무실에 취직시켜 줄 수 있다고 자랑한다. 그녀는 기다린다……, 하루, 이틀……, 1주일, 2주일. 그녀 스스로는 그 기다림이 정숙한 애인으로서 도리를 지키는 일이라고 믿는다. 그녀는 빚을 잔뜩 진다. 그러나 네덜란드로 출장간 자본가는 그 여공을 벌써 까맣게 잊었다. 그는 여공을 낙원에 보내놓고 정작 자신은 그곳에 일절 발을 들이지 않는다. 그녀는 낙원에서 저 낮은 곳으로, 파리만큼 낮은 곳으로 다시 한번 전락하고 만다. 뉘싱겐은 그동안 향락을 몰랐다. 뉘싱겐은 예술을 후원하지도 않았다. 뉘싱겐은 어떠한 환상도 품어본 적이 없다. 그렇기에 그는 에스테르를 향한 정열에 맹목적으로 몸을 던졌던 것이고, 카를로스 에레라가 기대했던 것이 바로 그 맹목성이었다.

저녁 식사를 마친 뒤 남작은 하인 조르주를 불러, 테부가로 가서 마담 반 복세크의 침모인 외제니 양에게 중요한 일이 있

---

205) 1831년 샹젤리제에 문을 연 댄스홀로, 파리의 대표적 환락가다.

으니 자기 사무실에 들러달라는 말을 전하라고 분부했다.

"크녀를 콕 차자내야 해." 그가 덧붙였다. "크리고 팔차를 코칠 수 잇다고 말해서 크녀를 콕 내 팡으로 테려아야 해."

조르주는 외롭-외제니를 데려오기 위해 무진장 애썼다. 그러나 돌아오는 대답은 주인마님께서 절대 외출을 허락하지 않으신다, 그랬다간 자신이 쫓겨날 수도 있다 등의 핑계뿐이었다. 그래서 조르주는 남작에게 그만의 특기를 발휘하도록 촉구했고, 남작은 조르주에게 10루이를 주었다.

"마담이 오늘 밤 침모를 놔두고 외출하면," 두 눈을 석류석처럼 반짝이며 듣고 있는 자기 주인에게 조르주가 전했다. "10시경 오겠다고 합니다."

"초아! 차넨 9시에 오도록……. 내가 입을 옷을 춘비해 추고 머리 손칠을 해추게. 카능하면 멋지게 포이고 시프니카……. 트디어 내 애인을 만날 수 잇겟군. 안 크러면 톤이 톤이 아닌 커지……."

정오에서 1시까지 남작은 머리와 구레나룻을 염색했다. 9시가 되자 남작은 저녁 식사를 하기 전 목욕을 마치고 신랑 화장을 하고 향수를 뿌리는 등 잔뜩 멋을 냈다. 남편이 완전히 다른 사람으로 변했다는 이야기를 들은 뉘싱겐 부인이 그 모습을 확인하러 직접 찾아왔다.

"세상에!" 그녀가 말했다. "우스워 죽겠네요……! 그런데 여기 이 흰색 타이는 구레나룻을 더 억세게 보이게 만드니까 검은색 실크 타이를 매세요. 게다가 이런 차림은 제정시대 유행이에요. 늙은 영감 같아요. 남들이 보면 옛날 혁명 전의 고등

법원 판사라고 하겠어요. 그리고 하나에 10만 프랑이나 하는 이 다이아몬드 단추들은 떼놓고 가세요. 그 원숭이 같은 년이 달라고 하면 당신은 거절할 수 없을 거예요. 그것들을 웬 아가씨에게 가져다 바치느니 차라리 내 귀에 달아주세요.”

아내의 지적이 하나도 틀리지 않아, 불쌍한 은행가는 영 못마땅하지만 시키는 대로 했다.

“우스캉스럽다니! 우스캉스럽다니! 탕신이 크 애송이 라스티냐크에게 찰포이려고 체고로 초은 컬 몸에 컬쳣을 태도 나는 탕신더러 우스캉스럽다고 한 척이 한 펀도 업소.”

“당신이 이제까지 저더러 한 번도 우스꽝스럽다고 한 적은 없지만 앞으로도 죽 그러시길 바랄게요. 제가 그런 식으로 치장의 기본도 모르는 여자인가요? 자 봅시다, 한번 돌아보세요! 모프리뇌즈 공작이 그러듯이 단추를 끝까지 다 채우시되 맨 위 두 개는 풀어두세요. 어떻든지 젊어 보이려고 노력하셔야죠.”

“나리,” 조르주가 와서 전했다. “외제니 양이 왔습니다.”

“크만 카보시오, 푸인⋯⋯.” 은행가가 목소리를 높였다. 그는 자기 아내가 대화 내용을 엿듣지 못하도록 확실하게 조치하기 위해 그녀를 집무실을 넘어 내실 안쪽까지 바래다주었다.

29. 실망

아내를 바래다주고 되돌아오면서 그는 외롭의 손을 잡아

자기 방으로 이끌면서 공손하지만 다소 비꼬는 어조로 말했다. "아! 판갑소. 켕장히 행보카겟서, 세상에서 체일 알흠다운 녀인을 모시고 잇으니……. 탕신 팔차 코치는 커야, 날 우해 말해 추고, 내 편에 서추기만 한다면."

"1만 프랑 정도로는 어림없는 일이지요." 외롭이 쏘아붙였다. "남작님, 아시겠지만, 전 무엇보다도 정직한 여자이기 때문에……."

"알아. 탕신의 청직성에 태해서는 타로 후하게 캅슬 치를 착정이네. 이런 컬 카리커 상거래에서는 특약이라고 하지."

"그리고 그게 전부가 아닙니다." 외롭이 말했다. "만약 나리가 마님 마음에 안 드는 사람이라면, 그럴 가능성도 있거든요!, 그래서 마님이 화를 내신다면, 그땐 전 해고입니다. 제겐 1년에 1000프랑짜리 일자리입니다."

"2만 프랑이면 매년 1000프랑은 이자로 나오니 2만 프랑 추지.[206] 크 청도 톤이면 탕신도 손해 포는 컨 하나도 업슬걸."

"좋아요, 나리께서 그런 투로 진지하게 말씀하신다면 말이죠, 호탕도 하셔라." 외롭이 말했다. "이야기는 상당히 달라지죠. 그래 돈은 어디……?"

"차, 여깃지." 남작이 지폐를 꺼내 한 장 한 장 세 보이며 말했다.

그는 지폐를 한 장씩 셀 때마다 외롭의 두 눈에 튀는 불꽃을, 그가 기대했던 탐욕의 표시를 유심히 살펴보았다.

---

206) 당시 국채 기반 연금의 이자율이 보통 연 5퍼센트였다.

"일자리 값은 지급하셨지만, 저의 정직성, 양심의 값은 요……?" 외룝이 교활한 얼굴을 쳐들고 남작에게 농반진반의 시선을 던졌다.

"냥심이 일차리 캅어치만큼 하겟나. 크래도 5000프랑 터 언처출게." 그가 1000프랑 지폐 다섯 장을 더 꺼내며 말했다.

"아니지요, 양심 값이 2만 프랑이고 일자리 값이 5000프랑 이죠. 제가 양심을 버린다면……."

"머 탕신 초을 태로……." 그가 여전히 지폐 다섯 장을 더하며 말했다. "하치만 이 톤을 팟으려면 한팜중 문이 학실히 참겻을 태 내가 탕신 마님 팡에 몰래 틀어갈 수 잇서야 대네……."

"누가 나리를 방에 들였는지 절대로 발설하지 말라는 다짐을 원하시면 그렇게 하지요. 하지만 한 가지는 미리 알려드릴게요. 마님은 튀르크인처럼 강인합니다. 그리고 뤼방프레 씨를 미치듯이 사랑합니다. 그래서 나리가 그녀에게 100만 프랑을 준다 해도 나리는 그녀가 부정을 저지르게 하지 못할 겁니다……. 그녀는 그냥 짐승이에요. 그러나 사랑을 할 때 그 정도이지, 뭐라고 해야 하나? 정숙한 여자보다 더 지독합니다. 그녀가 뤼방프레 씨와 숲에 산책하러 나가는 날 뤼방프레 씨가 함께 집에 돌아와 머무는 경우는 드뭅니다. 그녀는 오늘 밤 산책하러 나갔습니다. 그렇기에 전 나리를 제 방에 숨겨줄 수 있습니다. 만약 마님이 혼자 귀가한다면 제가 나리에게 돌아와서 안내하겠습니다. 그러면 살롱에 자리 잡고 계세요. 마님 방문은 잠가두지 않겠습니다. 그다음은…… 당연하죠! 그다음은 나리에게 달렸습니다……. 단단히 마음먹으십시오!"

"이 2만 5000프랑은 나중에 살롱에서 추겠네……. 서로 추고팟는 커지."

"아!" 외롭이 말했다. "그 정도로 못 믿으시겠다는 거예요……? 죄송하네요, 믿음을 못 드려서……."

"차넨 압프로 내 톤을 해먹을 키해가 만찬아…… 우린 서로 톱는 커야……."

"좋아요! 자정에 테부가로 오세요. 반드시 3만 프랑을 들고 오셔야 합니다. 침모의 정직성 비용은 삯마차 비용처럼 자정이 지나면 할증료가 왕창 붙지요."

"학실하길 파란다면 내 은행이 치급을 포증하는 약속어음으로 출 수도 잇어……."

"아니, 아니에요." 외롭이 말했다. "지폐가 좋아요, 다른 건 쓸데없어요……."

밤 1시경, 외롭이 기거하는 다락방에 숨은 뉘싱겐 남작은 여자를 품을 생각에 달뜬 남자가 갖는 온갖 불안감에 사로잡혀 있었다. 호흡이 가빠지고, 발가락 끝에 몰린 피가 끓어오르고, 두개골은 과열된 증기기관처럼 폭발하기 직전이었다.

"심청적으로는 10만 에키 이상을 컬고 토박하는 키분이엇다고!" 그는 나중에 그때의 모험을 뒤티예에게 전할 때 그렇게 말했다. 그는 거리에서 들려오는 아주 조그마한 소리에도 귀를 기울였다. 드디어 밤 2시경 기다리던 애인의 마차가 큰길에서 들어오는 소리가 들렸다. 현관 대문이 열리는 순간, 그의 심장이 마구 방망이질을 해대 실크 조끼가 들썩일 정도였다. 그는 천상의 광휘로 빛나는 에스테르의 얼굴을 다시 보고 싶어 소리 나는 쪽으로 걸음을 옮겼다……! 마차 발판이 내려지는 소리와 끼익하고 문 열리는 소리가 그의 가슴을 때렸다. 절정의 순간에 대한 기대가 그를 마구 뒤흔들었는데, 설사 재산을 다 날렸대도 그만큼 동요되지는 않았을 것이다.

"하!" 그가 외쳤다. "이컬 컨뎌내야 하다니! 친이 몽탕 파저 퍼리겟네. 탕체 아무것도 할 수가 업겟어!"

"마님은 혼자십니다. 내려오시지요." 외롭이 올라와서 말했다. "덩치가 산만 하신데, 절대로 소리를 내면 안 됩니다."

"텅치가 산마나다!" 그가 웃는 얼굴로 따라 말하고는 빨갛게 달궈진 쇠막대 위를 걷듯이 발걸음을 옮겼다.

외롭이 손에 촛대를 들고 앞장섰다.

"차, 세어 바." 살롱에 들어서자 남작이 외롭에게 지폐를 건네며 말했다.

외롭은 진지한 표정으로 지폐 30장을 받은 다음 은행가를 실내에 혼자 남겨두고 밖으로 나갔다. 뉘싱겐은 곧장 침실로 돌진했다. 안에 있던 영국 미녀가 그를 향해 말했다. "뤼시앵, 당신이에요……?"

"아니지, 요 키여운 컷……;" 뉘싱겐은 목소리를 높였으나 미처 말을 마치지 못했다.

그는 안에 있는 여자가 에스테르와는 정반대의 모습인 것을 보고 어안이 벙벙했다. 전에 본 검은 머리 대신 금발이었고, 여렸던 모습 대신 경탄스러울 정도의 강인한 모습이었던 것이다! 브르타뉴의 안온한 밤이 펼쳐졌던 자리에 아라비아의 태양이 작열하고 있었다.

"이봐요! 어디서 온 사람이에요……? 누구세요……? 뭘 원하는 거죠?" 영국 여자가 말하며 설렁줄을 잡아당겼으나 소리는 전혀 울리지 않았다.

"내가 솜으로 총을 트러막아 낫서요. 하지만 초큼도 컵내지 마요……. 나갈 커예요." 그가 말했다. "3만 프랑을 크냥 물속에 처박아버렷군. 탕신 청말로 리시앵 드 리방프레의 애인 마자요?"

"그렇고말고요." 영국 여자가 군더더기 없는 프랑스어로 말했다. "크런데 탕신은 누쿠요?" 그녀가 뉘싱겐의 말투를 흉내내며 물었다.

"체대로 사기 탕한 남자……!" 그가 측은하게 대답했다.

"알흠다운 푸인을 만낫다고 사기를 탕하나?" 그녀가 놀리듯이 물었다.

"갠찬타면 내일 탕신께 목거리 하나 포내드릴카 하는데, 니싱겐 남작을 키억해 추십사 하고."

"몰르는 냥반인데……!" 그녀가 미친 듯이 웃으면 말했다.

"나중에 알아추시려나? 안녕히 케시오, 푸인. 탕신은 체고로 뉵감저긴 녀자요. 하지만 난 예순도 너믄 크저 풀상한 은행가일 푼이오. 크리고 탕신은 내가 사랑하는 녀자가 얼마나 힘이 막캉한지 나한테 카르쳐추엇소. 초인적인 탕신의 아름다움은 토저히 이즐 수 업기 태문이오……."

"아, 체게 크러케 말슴해 추시다니 친철도 하셔라." 영국 여자가 대꾸했다.

"나한테 크런 녕캄을 풀러이르켜 춘 녀인에 피한다면, 크건 친철도 아니요.”

“아까 3만 프랑이라고 하셨는데, 누구에게 주었다는 거예요?”

“탕신의 크 코약한 침모에게요.”

영국 여자가 종을 울렸다. 외롭은 멀리 있지 않았다.

“오!” 외롭이 소리쳤다. “마님 방에 남자가 있다니, 그런데 그분이 아니시네……! 에구머니나!”

“여기 들어올 수 있게 해달라고 이 사람이 3만 프랑을 침모에게 주었어요?”

“아니요, 마님. 그런데 우리끼리 얘기지만 우리가 그만큼의 가치가 있긴 있나요…….”

그러고 나서 외롭이 갑자기 아주 앙칼지게 도둑이 침입했다고 소리치기 시작하는 바람에 와락 겁에 질린 은행가는 출입문까지 달아났는데, 그런 그를 외롭이 밀어내 계단 아래로 굴러떨어지게 했다…….

“흉악한 놈 같으니.” 그녀가 그에게 소리쳤다. “마님께 나를 음해하다니! 도둑이야……! 도둑이야!”

사랑에 눈먼 남작은 절망적 상황에 몰려 모욕감을 느낄 겨를도 없이 대로변에 대기해 있던 자신의 마차로 황급히 되돌아갔다. 그는 어찌 된 영문인지 갈피를 잡을 수 없었다.

“어쩌다 보니 벌어진 일이라고 이해는 되지만, 그렇더라도 내 소득을 뺏어갈 심산이야?” 외롭이 영국 여자에게 되돌아와 격분한 듯 말했다.

“프랑스식 예의범절이 이런 건지 알 수가 없네.” 영국 여자가 말했다.

"아무튼, 분명한 건 내가 그분에게 한마디만 뻥끗하면 내일 당장 당신을 문밖으로 내쫓을 수 있다는 거야." 외롭이 거만하게 응수했다.

조르주가 의례적으로 자기 주인에게 흡족했는지 어땠는지 묻자 남작이 말했다. "크 필어머글 침모라는 녀자가 내 톤 3만 프랑을 카로채갓서……. 하지만 내 찰못이지, 내 큰 찰못이야……!"

"그러니까 그렇게 치장을 했는데 소용이 없었다는 거네요. 나 원 참! 복용한 최음제를 무시하라고 할 수도 없고……."

"초르추, 철망스러어 축을 치경이다……. 춥다……. 심장이 어름처럼 차갑다……. 에스더는 사라젓서, 이 칭구야."

조르주는 큰 사건이 터질 때마다 항상 주인의 친구였다.

30. 신부가 첫판을 이기다.

그 일이 있고 나서 이틀 후, 젊은 외롭이 손짓발짓 다 섞어가며 설명했기 때문에 그 어떤 이야기보다도 훨씬 흥미진진하게 사건의 자초지종을 들어 알고 있는 카를로스는 뤼시앵과 단둘이 점심을 함께했다.

"이봐, 경찰이든 누구든 우리 일의 냄새를 맡게 해서는 안 돼." 그가 뤼시앵의 시가에 불을 붙여주며 낮은 목소리로 말했다. "상황은 좋지 않아. 하지만 남작과 그가 동원한 요원들을 꼼짝 못 하게 만들 방도를 찾아냈어. 위험 부담은 있지만, 성공이 확실한 방법이지. 너는 곧바로 세리지 부인 댁으로 가서 부인에게 아주 다정다감하게 대하라고. 그리고 이야기 중에 그녀에게 이렇게 말하도록 해. 오래전부터 뉘싱겐 부인을 완전히 장악하고 있는 라스티냐크의 환심을 사기 위해 너는 그가 어떤 정부를 은밀하게 숨기는 데 필요한 망토 역할을 맡아서 하고 있다, 그런데 라스티냐크가 몰래 숨겨놓은 여자에게 홀딱 반해 버린 뉘싱겐 씨가 (이렇게 말하면 그녀가 웃을 거야.) 너를 사찰하기 위해 경찰을 동원하기로 마음먹었다, 너는 라스티냐크와 고향은 같아도 그가 꾸미고 있는 술책과는 전혀 무관하다, 아무튼 그래서 그랑리외 집안에게 기대하는 네 이권이 위태로워질 수도 있다, 이렇게 말이야. 백작 부인의 남편이 국정자문위원장이니까 그녀에게 남편을 통해 네가 파리 경찰청에 들어갈 수 있도록 손을 써달라고 부탁하는 거야. 그렇게 일단 경찰청장을 접견하게 되면 불만을 이야기하도록 해. 단, 정치인다운 태도로, 조만간 거대한 정부 조직에 들어가 핵심 요직을 맡기로 되어 있는 정치인처럼 말이야. 그 자리에서 이렇게 말해, 나는 나라 살림을 하는 사람으로서 경찰을 이해한다, 청장님을 비롯한 경찰을 존경한다, 아무리 뛰어난 기계장치라 할지라도 기름때가 끼고 시커먼 연기를 토해 내기 마련이다. 이렇게 말하면서 분개하되 정의감 때문임을 보여야 해. 청장님을 원망하는 것은 결단코 아니다, 다만 경찰 조직을 잘 감독해야 한다, 이렇게 압박하고, 일탈한 부하들에게 책임을 물어야 한다고 불만을 제기해. 네가 신사답게, 점잖게 말하면 말할수록 청장은 자기 요원들에게 더욱더 엄벌을 내릴 것이야. 그렇게 되면 우린 안심할 수 있을 것이고, 에스테르를 다시 데려올 수도 있어. 그녀는 자신의 숲속에서 사슴처럼 애타게 울고 있을 테니까."

당시 파리 경찰청장은 전직 법관 출신이었다. 전직 법관들이 너무나 젊은 나이에 경찰의 수장이 되는 것이 관례처럼 되어 있다. 법률에 익숙하고 합법성을 등에 업은 그들의 손은 결정적 상황에서 꽤 자주 필요한 융통성에는 그리 기민하지 못하다. 그런 상황에서 파리 경찰청이 할 일은 화재를 진압하는 소방서와 비슷해야만 하는 것이다. 국사원 부의장을[207] 대면한 청장은 경찰이 실제보다 더 많은 문제점을 안고 있다고 인정하고 폐습에 대해 유감을 표시했다. 그 순간 청장은 뉘싱겐 남작이 자신을 찾아왔던 것과 페라드에 대한 정보를 문의했던 사실을 떠올렸다. 청장은 요원들의 직권남용을 막겠다고 약속하는 한편, 자신에게 직접 문제를 제기해 준 뤼시앵에게는 감사를 표하며 비밀을 보장하겠노라고 다짐했는데, 사태의 경위를 이해한다는 눈치였다. 국정자문위원장과 파리 경찰청장 사이에 개인의 자유와 가택 불가침권 등에 대한 지당하신 말씀들이 오갔다. 세리지 씨는 청장에게 왕국의 중대한 이익이 걸려 있을 경우 때로는 비밀리에 위법한 조치들이 필요하기는 하지만, 바로 그때 국가 통치 수단을 사적 이해관계에 남

---

207) 바로 위에서 국정자문위원장이라고 언급된 세리지 백작을 가리킨다. 국사원 부의장인 그는 일종의 명예직인 국정자문위원장이라는 직함도 가지고 있다.

용하는 범죄가 저질러지기 시작한다는 사실을 주지시켰다. 이 튿날, 페라드가 마치 예술가가 꽃이 피어나는 것을 관찰하며 즐기듯이 도시의 한량들을 구경하는 것을 낙으로 삼는 장소인 자신의 단골 카페 다비드에 들어서려는 순간, 사복 차림의 헌병대원이 길에서 그에게 접근했다.

"당신 집에 갔었소." 헌병대원이 그에게 귀엣말로 말했다. "당신을 경찰청으로 데려오라는 명령이오."

페라드는 삯마차를 불러 아무런 의심도 하지 않고 헌병대원과 함께 올라탔다.

경찰청장은 당시엔 오르페브르 강변로를 따라 나란히 나 있던 청사 앞뜰 산책로를 걸으면서 페라드를 만났는데 그를 마치 도형장의 말단 간수 다루듯 대했다.

"1809년 이후로 직무에서 배제되었던 까닭이 없지는 않군……. 이봐요, 당신이 우리를 어떤 지경에 처하게 했는지, 그리고 당신 자신은 어떤 지경에 처했는지 모르겠소……?"

질책은 청천벽력으로 마무리됐다. 청장은 가련한 페라드에게 그가 매년 받던 보조금을 철회함은 물론 특별감찰 대상이 될 수 있다고 매몰차게 통보했다. 노인은 이 퍼붓는 물벼락을 세상에서 가장 침착한 표정으로 뒤집어썼다. 그는 정말로 벼락을 맞은 것처럼 몸짓이나 표정에 미동 하나 없었다. 페라드는 도박장에서 가진 돈 전부를 날린 참이었다. 리디의 아버지는 새로 맡을 직책에 기대를 걸고 있었으며, 친구인 코랑탱이 베풀어주는 온정 말고는 자신에게 다른 수입원이 없다는 것을 알았다.

재판관의 위엄을 과시하는 관료에게 노인이 조용히 말했다. "나도 한때는 경찰 책임자였소. 당신 말이 전적으로 옳다는 걸 인정하오." 그 서슬에 청장은 눈에 띄게 움찔했다. "변명을 하자는 것은 추호도 아닙니다만, 당신은 내가 누구인지 조금도 모른다는 점을 환기해 드리고자 하오." 페라드가 청장에게 슬쩍 날카로운 시선을 던지며 말을 이었다. "당신의 말은 전직 네덜란드 경찰 총경에게는 너무 심한 언사거나, 단순한 일개 정보원에게는 충분히 엄격하지 않은 언사거나, 둘 중 하나요." 청장이 침묵을 지키는 것을 보고 페라드는 잠시 뜸을 들이다가 덧붙였다. "다만, 청장님, 내가 당신께 정중하게 말하려는 것을 나중에도 기억해 주시기를 바라오. 앞으로 난 당신의 경찰에 관여하거나 나의 무죄를 입증하거나 하는 일을 일절 하지 않을 것이지만, 당신은 언젠가는 이 일에 있어서 누군가가 속았다는 사실을 깨닫는 날이 올 것이오. 지금 당장은 그 속은 자가 당신의 수하지만 나중에 당신은 '속은 자는 바로 나였구나.' 하고 후회할 거요."

그리고 나서 그는 놀라움을 드러내지 않으려고 생각에 잠겨 있는 척하던 경찰청장에게 작별을 고했다. 두 팔과 두 다리를 모두 잘린 그는 뉘싱겐 남작을 향한 싸늘한 분노에 사로잡힌 채 집으로 돌아왔다. 그 돼지 같은 자본가만이 콩탕송과 페라드와 코랑탱, 이 셋의 머릿속에 가둬둔 비밀을 누설할 수 있다, 소기의 목적을 달성한 은행가가 약정된 돈을 지급하지 않으려고 비열한 수작을 부렸을 것이다, 라고 노인은 단정했다. 한 번밖에 만나지 않았어도 세상에서 가장 간악한 은행가

의 교활함을 알아차리기에는 부족함이 없던 터였다. "그자는
세상 누구한테나 협잡을 일삼는 놈이다. 심지어는 우리한테
도. 하지만 내 꼭 복수할 테다." 노인이 중얼거렸다. "이제까지
한 번도 코랑탱에게 부탁을 한 적이 없었다. 이번만은 그 더러
운 돈벌레에게 복수하기 위해 도와달라고 부탁해야겠다. 망할
놈의 남작 같으니라고! 어느 날 자고 일어나 보니 네놈의 딸이
만신창이가 되어 있는 것을 발견하면 그제야 비로소 네놈은
내가 어떤 사람인지 알게 될 것이다……. 그런데 그놈은 자기
딸을 사랑하기는 할까?"

노인의 희망을 물거품으로 만들어버린 그날 밤의 재앙으로
그는 순식간에 10년은 더 나이 들어 보였다. 친구 코랑탱과
상의하면서 그는 자신의 우상이자 보배요, 신에게 바치는 봉
헌물인 딸에게 슬픈 미래를 물려줄지 모른다는 생각에 눈물
이 쏟아지며 비통함을 금치 못했다.

"이 사건의 뒤를 캐보기로 합시다." 코랑탱이 그에게 말했다.
"우선 남작이 당신을 밀고한 당사자인지 알아봐야지요. 공드
르빌에게 기대를 건 것이 잘한 일일까요……? 말랭이라는 이
름 그대로[208] 간악한 그 늙다리는 우리와 너무 악연으로 얽
혀 있어서 우리를 잡아먹으려고 혈안이 된 자예요. 그래서 나
는 그자의 사위인 켈러를 감시하도록 하려고요. 켈러는 정치
적으로 멍청한 자인데, 방계 혈통을 왕으로 옹립하기 위해 적

---

208) 공드르빌 백작의 원래 이름인 말랭(Malin)은 프랑스어로 '간악한, 해
로운, 교활한' 등의 뜻이 있다.

장자 혈통을 타도하려는 모종의 음모에[209] 능히 가담할 만하지요……. 내일이면 뉘싱겐 쪽에서 무슨 일이 생긴 건지 알 수 있겠죠. 그가 고대하던 애인을 만났는지, 우리가 받은 이 굴욕적인 타격이 어디에서 비롯되었는지……. 너무 비통해하지 마세요. 무엇보다 청장이라는 자가 오랫동안 그 자리를 지키지는 못할 겁니다……. 지금 시기는 혁명의 기운이 무르익어 가고 있고, 혁명이야말로 우리가 활약할 수 있는 혼탁한 물이니까.”

그때 길에서 유별난 휘파람 소리가 울렸다.

“콩탕송이다.” 페라드가 이렇게 말한 다음 창문에 불빛을 비춰 신호를 보냈다. “나한테 전할 말이 있나 보군.”

잠시 후 충직한 콩탕송이 두 사람 앞에 나타났다. 경찰 내에서는 음지의 귀신 취급을 받는 두 사람이지만 콩탕송에게는 신령이나 다름없는 경배의 대상이었다.

“무슨 일인가?” 코랑탱이 물었다.

“새로운 사실입니다! 113번 도박장에서[210] 탈탈 털리고 나오는 길입니다. 그런데 주랑에서 제가 뭘 보았게요……? 조르주요! 그 녀석은 남작한테 해고를 당했는데, 남작이 그 녀석을 경찰의 끄나풀이라고 의심한 거죠.”

---

209) 실제로 은행가들은 왕정복고 말기 적장자 혈통인 샤를 10세를 축출하고 방계 혈통인 루이필리프를 왕위에 올려 자신들의 이익을 극대화하고자 하는데, 이런 사정은 1830년 7월혁명의 발발과 무관하지 않다.
210) 팔레루아얄에 있던 4곳의 도박장의 주랑에는 일련번호가 붙어 있었는데 113번 도박장은 룰렛 게임으로 악명이 높았던 곳이다.

"내가 슬쩍 흘린 미소의 결과로군." 페라드가 말했다.

"저런! 미소가 불러일으킨 참상이라면, 나도 잘 알지……!" 코랑탱이 말했다.

"채찍질이 불러일으킨 참상은 빼고."(『어둠 속의 사건』을 볼 것.[211]) 페라드가 시뫼즈 사건을 암시하며 말했다. "그건 그렇고, 콩탕송, 어떻게 된 일인지 자세히 말해 보게."

"자초지종은 이렇습니다." 콩탕송이 말을 받았다. "전 조르주에게 갖가지 색깔의 잔술을 사달라는 대로 다 사주면서 말을 시켰지요. 그래서 그자가 얼큰히 취했어요. 전 증류기처럼 계속 술을 대야 했어요! 우리의 남작께서 최음제를 잔뜩 집어먹고 테부가에 갔다는 거 아닙니까. 거기서 우리가 아는 그 미녀를 만났답니다. 그런데 반전이 벌어졌어요. 그 영국 여자는 그가 찾던 '미치의 녀인'이 아니었대요……! 게다가 그는 침모를 회유하기 위해 이미 3만 프랑을 썼답니다. 바보처럼 당한 거지요. 큰돈을 들이고도 작은 결과밖에 얻지 못했기 때문에 당했다는 생각이 무척 크게 느껴졌겠죠. 말을 뒤집어 보세요. 그러면 그 돈귀신이 중요하게 생각하는 문제가 보일 거예요. 남작은 측은할 정도로 낙담했답니다. 이튿날 조르주가 성인군자 흉내를 내며 주인에게 말했다는 거예요. '주인님은 왜 그런 극악무도한 놈들에게 부탁을 합니까? 저에게 맡겨주셨

---

211) 『어둠 속의 사건』에서 로랑스 드 생시뉴 여백작은 시뫼즈 형제를 체포하기 위해 접근한 비밀경찰 코랑탱을 채찍질해서 쫓아낸다. 씻을 수 없는 모욕을 당한 코랑탱은 절치부심해 결국 시뫼즈 형제를 옭아매는 데 성공한다.

다면 그 미지의 여인을 주인님 앞에 대령했을 텐데요. 주인님이 그 여자에 대해 저한테 해주신 설명만으로도 전 충분하거든요. 파리 전체를 샅샅이 뒤지겠습니다.' 그러자 남작이 말했답니다. '그러게, 찾아내면 내 자네에게 충분히 보상해 줄 테니!' 조르주가 나한테 이런 이야기를 다 했어요. 괴상망측하기짝이 없는 세세한 내용도 섞어가면서요. 그런데…… 맞을 비는 맞기 마련인 법입니다. 이튿날 남작은 익명의 편지 한 통을 받았답니다. 거기엔 이렇게 쓰여 있었답니다. '뉘싱겐 씨, 미지의 여인에 대한 상사병으로 다 죽어가는군. 이미 많은 돈을썼지만, 완전히 실패로 끝났지. 오늘 밤 자정에 뇌이(Neuilly)다리 끝으로 오면 뱅센 숲에서 보았던 경호원이 호위하는 마차가 나타날 터, 두 눈을 가리는 조치를 순순히 따르고 마차에 올라타면 사랑하는 여인을 만날 수 있을 것이다. 이 일을준비한 사람들은 순수한 의도로 하는 것이지만, 재산을 노리고 작당했다는 의구심을 충분히 받을 만하니 남작은 그의 충직한 하인 조르주를 동반해도 좋다. 마차 안에는 아무도 없을것이다.' 남작은 조르주에게 일언반구도 설명하지 않은 채 그를 데리고 약속 장소에 갔답니다. 두 사람 모두 두 눈이 가려지고 머리에 두건이 씌워졌답니다. 남작은 그 경호원을 알아보았고요. 루이 18세의 마차처럼 (신이시여, 그분의 영혼을 굽어살피소서! 그분은 경찰을 잘 아시는 왕이셨도다!) 천천히 달리던 마차는 2시간 후 숲 한가운데에서 멈췄답니다. 이윽고 눈을 가렸던 안대가 벗겨지고 남작은 멈춘 마차 안에서 그 미지의 여인을 보았답니다. 그런데, 이런! 그 여자는 이내 사라졌다는군요. 마차는 다시 (루이 18세의 걸음걸이로 움직여[212]) 그를 뇌이 다리로 데려다주었고, 그는 자기 마차로 갈아탔답니다. 그런데 조르주의 손에 이런 글귀가 쓰인 쪽지가 쥐여 있더랍니다. '남작은 미지의 여인과 관계를 맺기 위해 1000프랑 지폐를 몇 장 낼 것인가?' 조르주는 그 쪽지를 주인에게 건넸고, 남작은 조르주가 자기를 등쳐먹기 위해 나나 어르신하고, 페라드 국장님 말입니다, 내통했다고 확신하고는 조르주를 내쫓았다는 겁니다. 멍청한 은행가 같으니라고! '미치의 녀인이랑 통침한'[213] 다음에 조르주를 해고했어야지."

"조르주도 그 여자를 보았다던가……?" 코랑탱이 물었다.

"보았답니다." 콩탕송이 말했다.

"그렇군!" 페라드가 목소리를 높였다. "그래, 어떻다던가?"

"오!" 콩탕송이 대답했다. "그는 그녀에 대해 딱 한 마디만 했습니다. 진짜 태양처럼 눈부시게 아름답다고요."

"우리는 지금 우리보다 센 놈들에게 농락당하고 있어." 페라드가 외쳤다. "그 야비한 새끼들은 남작에게 자기들 여자를 비싸게 팔아넘기려고 하는 거야."

"Ja, mein Herr(예, 어르신)!" 콩탕송이 독일어로 대답했다. "그리고 어르신이 경찰청에서 호된 수모를 당했다는 사실을 들은

212) 루이 18세는 심한 통풍을 앓아 걸음걸이가 매우 불편하고 느렸다고 알려져 있다.
213) 당시 관습으로는 소설에서 '동침' 같은 노골적 표현을 쓰는 것이 허용되지 않았다. 발자크는 뉘싱겐의 어투를 빌려 위험부담을 피하려 했던 것으로 보인다.

참이라 조르주에게 더 지껄이게 시켰죠."

"누가 나를 시궁창에 빠뜨렸을까 궁금하군." 페라드가 말했다. "어떻게 반격할 것인가 궁리하자고!"

"우리도 비열한 짓을 해야 합니다." 콩탕송이 받았다.

"그 말이 맞네." 페라드가 말했다. "빈틈을 파고들어 엿듣고, 기다리고⋯⋯."

"지금 국면을 면밀하게 살펴보자고." 코랑탱이 날카롭게 말했다. "나로서는 당장 할 일이 아무것도 없어요. 페라드, 당신은 현명하게 처신해야 해요! 경찰청장에게는 항상 복종해야 하고요⋯⋯."

"뉘싱겐은 피를 뽑아먹기에 안성맞춤인 자예요." 콩탕송이 주의를 환기했다. "그의 핏줄에는 1000프랑 지폐가 넘실대요⋯⋯."

"리디의 지참금도 바로 거기에 있었는데!" 페라드가 코랑탱의 귀에 대고 말했다.

"콩탕송, 우린 가자고, 우리 영감님 주무시게. 주무셔야 내일 또 보지."

"그런데 나리," 대문을 나서면서 콩탕송이 코랑탱에게 말했다. "저 영감님 변해도 참 이상하게 변한 것 같아요! 그렇지 않아요? 딸을 그 대가로 결혼시키다니요! 아⋯⋯! 이걸 주제로 재미있는 연극 한 편 만들어도 되겠네요, 도덕적 교훈을 담고 제목은 아가씨의 지참금이라고 붙이고요."

"아! 자네 같은 사람들 참 대단해! 귀도 참 밝고⋯⋯!" 코랑탱이 콩탕송에게 말했다. "정말이지 사회라는 자연은 그 안의 모든 종이 저마다 맡은 바 임무를 수행하도록 자질을 부여해 주었어. 사회는 또 하나의 자연이야!”

“나리께서 하시는 말씀은 매우 철학적이에요.” 콩탕송이 소리를 높였다. “학자가 그것들을 가지고 하나의 체계를 세울 수 있을 거예요!”

“사태를 잘 파악하고 있으라고.” 코랑탱이 밀정과 함께 길을 재촉하며 가다가 빙그레 웃으며 대꾸했다. “뉘싱겐 씨 집에서 앞으로 전개되는 일에 대해 하나도 빠짐없이, 미지의 여인에 대해서도……. 요는, 한시도 요령을 피우지 말 것!”

“굴뚝에 연기가 나는지 안 나는지 살펴야지요!” 콩탕송이 말했다.

“뉘싱겐 남작쯤 되는 사람은 아무도 몰래 염문을 즐길 수 없지. 우리는 사람들을 도박판의 카드로 여겨야지, 그들이 가지고 노는 패가 되어서는 결코 안 되네!”

“물론입니다요! 그랬다가는 망나니에게 제 목이 잘리는 데도 희희낙락하는 사형수 꼴 나죠.” 콩탕송이 목소리를 높였다.

“자넨 항상 웃기는 데 일가견이 있어.” 코랑탱이 빙긋이 웃으며 대꾸했는데, 그 미소로 석고상 같은 그의 얼굴에 살짝 희미한 주름이 새겨졌다.

이 사건은 그 결과는 차치하더라도 그 자체로 엄청나게 중요한 것이었다. 남작이 페라드를 배신하지 않았다면, 도대체 누가 무슨 이득을 노리고 파리 경찰청장을 만났단 말인가? 코랑탱으로서는 자기 부하 중 이중첩자가 있는 것은 아닌지 알아보는 것이 중요했다. 그는 자리에 누워 자문을 거듭했는데,

그것은 같은 시각 페라드도 되새김질하고 있던 질문이었다. '도대체 누가 청장에게 가서 항의했단 말인가……? 그 여자는 누구에게 속해 있는 여자인가?' 자크 콜랭과 페라드와 코랑탱은 서로 상대의 정체를 알지 못했지만, 이처럼 부지불식간에 서로에게 다가서고 있었다. 가련한 에스테르와 뉘싱겐과 뤼시앵은 이미 시작된 싸움에 속절없이 휘말려 들어갔고, 경찰 요원 특유의 자존심이 그 싸움을 한층 격화시켰다.

2부

얼마를 내면 사랑이 노인들에게 되돌아오는가

3절
아가씨의 돈

31. 가짜 신부, 가짜 어음, 가짜 빚, 가짜 사랑

외롭의 기지 덕분에 에스테르와 뤼시앵을 짓누르고 있던 6만 프랑의 빚 중 상환 압박이 가장 컸던 부분이 변제되었다. 채권자들의 신뢰는 조금도 흔들리지 않았다. 뤼시앵과 그를 타락시킨 악한은 당분간 한숨 돌릴 수 있었다. 쫓기는 와중에 늪가에서 약간의 물로 목을 축이려 짬을 낸 야수처럼 그 둘은 절벽을 타는 아슬아슬한 행보를 이어갈 수 있었는바, 강한 쪽이 약한 쪽을 끌고 가는 그 절벽 길 끝이 교수대로 이어질지 일확천금으로 이어질지는 알 수 없는 일이었다.

"지금," 카를로스가 자신의 피조물에게 말했다. "우리는 건곤일척의 승부를 가리는 중이야. 하지만 다행스럽게도 카드에는 우리만 아는 표시가 되어 있고, 노름판 선수들은 매우 젊지."

한동안 뤼시앵은 그의 무시무시한 멘토르의 지시에 따라 세리지 부인에게 접근해 공을 들였다. 그러니까 뤼시앵은 화류계 아가씨를 정부로 건사하고 있다는 의심을 받아서는 안 되는 처지였다. 게다가 그는 사랑받고 있다는 즐거움과 사교계 생활이 주는 매력 속에서 고민을 잊고 아무렇지도 않은 척 지낼 방도를 찾았다. 그는 마드무아젤 클로틸드 드 그랑리외의 뜻을 충실히 따라 숲이나 샹젤리제에서만 그녀를 만났다.

에스테르가 경비원의 집에 감금되고 난 다음 날, 그녀에게는 늘 가슴을 짓누르는 수상하고 무서운 존재로 각인된 자가 그녀를 찾아와 인지가 첨부된 백지 서류 석 장을 내밀고 서명을 하라고 했다. 각각의 서류에 쓰인 섬뜩한 단어들은 두려움을 배가시켰는데, 첫 번째 서류에는 '6만 프랑을 정히 영수함', 두 번째와 세 번째 서류에도 같은 식으로 '12만 프랑을 정히 영수함'이라고 적혀 있었다. 합계 30만 프랑의 영수증이었다. 그냥 '인수함'이라고 써 넣으면 그건 차용증을 작성한 것이다. 그러나 '정히 영수함'이라는 문구는 어음 작성을 의미하는 것으로서 위반 시 신체 구금의 형을 받을 수 있다. 이 문구가 쓰인 서류에 경솔하게 서명했다가는 5년형을 받을 수 있는데, 이는 일반 형사 재판소에서는 좀처럼 찾아볼 수 없고 중죄 재판소에서도 대역 죄인에게만 선고하는 형량이다. 신체 구금에 관한 법률은 야만 시대의 유물로서, 사기꾼들을 결코 근절하지 못한다는 점에서 어리석을 뿐만 아니라 쓸모없다는 것 빼고는 거의 아무런 장점이 없다.(『잃어버린 환상』을 볼 것.214))

---

214) 『잃어버린 환상』 3부에는 뤼시앵이 처남 다비드의 서명을 도용해 발행

“뤼시앵을 곤경에서 구해 내느냐 마느냐의 문제가 걸린 일이다.” 에스파냐인이 에스테르에게 말했다. “우리는 6만 프랑의 빚을 지고 있는데, 이 30만 프랑이면 아마도 거기서 벗어날 수 있을 것이다.”

석 장의 어음에 6개월을 소급해 날짜를 기재한 다음 카를로스는 지급 의무자로 에스테르를, 발행인으로는 ‘전과 기록이 없는 자’라고 표시된 사람을 명기했는데, 누구인가 하면 당시 세상을 떠들썩하게 했지만 1830년 7월의 대편성 교향곡이 연출한 야단법석에 묻혀 세간에서 이내 잊히고 만 사건을 일으켰던 장본인이다.

그 당시 가장 대담한 정상배(政商輩) 중 하나로 손꼽혔던 그 젊은이는 파리 근교 불로뉴의 한 집행관의 아들로서, 이름은 조르주 마리 데투르니였다. 당시 프티부르주아들이 다 그러했듯이 자식에 대해 광신적 열망을 품었던 그의 아버지는 아들에게 예의 그 왕성한 교육열을 바쳤는데, 차츰 형편이 여의찮게 되면서 사무실을 매각할 수밖에 없는 처지까지 몰리다가 급기야 1824년 무렵 아들에게 유산 한 푼 남기지 못하고 빈털터리로 세상을 떴다. 젊고 총명한 법대생이었던 그는 스물세 살에 이미 명함에 자기 성(姓)의 철자를 슬쩍 비틀어, ‘조르주 드에투르니’라고 표기할 정도로 자기 아버지를 부정했다.

그렇게 표기된 명함은 그를 귀족 출신처럼 보이게 하는 효

한 어음을 기한 내에 상환하지 못하자 다비드가 피소되는 과정과, 어음과 관련된 법률들이 상세히 서술되어 있다.

과를 발휘했다.[215] 이 멋쟁이는 대담하게도 호화로운 이륜마차를 타고 사동을 부리며 각종 사교 클럽을 제집처럼 드나들었다. 다음의 한마디면 모든 것을 명확하게 밝혀줄 것이다. 권세가의 애첩 노릇을 하는 여인들에게 내밀한 말벗이 되어주며 접근한 그는 그 여자들의 돈을 가지고 증권거래소에서 투기 자금으로 썼다. 마침내 그는 경범 재판소에 넘겨졌는데 지나치게 사실을 미화한 명함을 사용했다는 혐의로 기소된 것이었다. 그에게는 공범이 여럿 있었는데, 그가 범죄의 세계로 끌어들인 젊은이들로서 그의 은혜를 입은 맹목적 추종자거나 그의 우아함과 믿음직함을 연출하는 조력자들이었다. 도피하지 않을 수 없었던 그는 증권거래소에 시세 차익과 차손분을 정산하는 일을 미처 손쓰지 못했다. 양면성을 지닌 그 사건 때문에 살쾡이들의 파리와 사교 클럽의 파리, 극장 종사자들과 실업가들의 파리 등 파리 전체는 내내 불안에 휩싸여 있었다.

미청년이고 특히 예의도 바른 데다 도둑 떼의 우두머리처럼 씀씀이도 큰 조르주 드에투르니는 한창 잘나갈 때 몇 달간 토르피유에게 관심을 보이며 돈을 대주었던 적이 있다. 가짜 에스파냐인은 에스테르와 같은 신분의 여자에겐 흔치 않은 사건인 그 유명한 사기꾼과의 내연 관계를 발판 삼아 사기 행각을 획책한 것이다.

---

215) 원래 성인 Destrourny를 D'Estourny로 철자를 살짝 비틀었다는 뜻인데, De(D')는 귀족의 성 앞에 붙는 소사(小辭)다. 프랑스어로 두 표기는 발음이 같지만, 구분을 위해 한국어로는 '데투르니/드에투르니'로 표기한다.

조르주 드에투르니의 야심은 성공을 거듭할수록 대담해졌는데, 한번은 시골구석에서 상경해 출세를 꿈꾸며 모리배 짓을 하던 젊은이의 뒷배를 보아준 적이 있다. 그 젊은이는 언론이 샤를 10세 정부에 대항해 벌인 투쟁에서 용감하게 활약하다 벌금형을 선고 받았는데, 자유주의자 일파는 그 젊은이의 무죄를 주장했고, 마르티냐크 내각에서[216] 그 젊은이의 처벌은 차일피일 미루어지고 있었다. 당시 투쟁에서 돌격대장 역할을 한, 세리제라는 이름의 그 젊은이는 '용감한 세리제'라는 별칭으로도 불렸는데 결국 특사를 받았다.

형식상 좌파의 거두들로부터 후원을 받는 것으로 되어 있는 세리제는 이후에 법무 대행사와 은행과 중개 대행사를 동시에 겸하는 회사를 하나 설립했다. 그것은 모든 것이 가능하고 모든 것을 할 수 있다는 점에서,《지역 생활정보지》에 광고된 심부름꾼 비슷한 역할을 상거래에서 하는 그런 회사였다. 세리제는 자신을 키워준 조르주 드에투르니와 인연을 맺은 것을 너무나 고맙게 생각했다.

카를로스 에레라는 니농의 일화에서 착안해[217] 에스테르가 조르주 드에투르니의 재산 일부분을 적법하게 수탁한 인물

---

216) 마르티냐크는 1828년 1월에서 1829년 8월까지 수상을 역임했는데, 샤를 10세 정부의 강경 왕정주의를 완화하기 위해 힘쓴 온건파에 속하는 인물이다.

217) 17세기에 이름을 떨친 고급 매춘부이자 작가인 니농 드 랑클로는 자신의 살롱을 운영해 많은 저명인사들과 친분을 맺었다. 또한 유배를 떠난 애인이 자신에게 맡긴 재산을 잘 관리해 지켜낸 것으로도 유명하다.

이 되도록 설정해 놓았다. '조르주 드에투르니'가 배서인으로 서명되어 있고, 피배서인은 따로 지정되지 않은 백지어음 여러 장을 위조로 만들었던 것이다. 그 가짜 증서는 마드무아젤 에스테르건, 그녀를 대리한 인물이건, 지급할 능력과 의무가 있는 한은 어떠한 위험도 없는 것이었다. 세리제의 회사에 대한 정보를 확보한 카를로스는 거기서 재산 형성에 직접 관여한, 합법적 절차를 거쳤어도 흑막에 싸인 인물 중 하나가 누구인지 확인했다.

드에투르니의 진짜 수탁자인 세리제는 엄청난 액수의 자산을 소유한 부자였는데, 수익을 기대하고 증권거래소에 넣어둔 자산 덕분에 은행가로 통할 수 있었다. 이 모든 것이 파리에서 흔히 벌어지는 일이다. 파리에서 사람은 경멸의 대상이지만 돈은 경멸의 대상이 아니다.

카를로스는 세리제를 겁박해 뜻을 관철할 생각으로 세리제의 사무실을 찾아갔다. 그게 가능했던 것이, 카를로스는 드에투르니의 이 충실한 동업자에 관한 모든 비밀을 우연한 기회에 완전히 꿰뚫고 있던 터였다.

'용감한 세리제'의 사무실은 뒤그로슈네가에 위치한 어느 건물의 중이층에 자리 잡고 있었는데, 카를로스가 조르주 드에투르니가 보내서 온 사람인 양 암시를 주며 자신의 방문을 알리자, 그 자칭 은행가는 얼굴이 파랗게 질릴 만큼 놀랐다. 이윽고 나타난 카를로스의 눈에 허름한 사무실과 함께 금발이지만 머리숱이 드문 키 작은 남자가 들어왔다. 뤼시앵이 언젠가 그에게 묘사해 준 대로 영락없는 '다비드 세샤르의 유다'[218] 같은 모습이었다.

"여기서 남이 엿들을 걱정 없이 우리 둘만 이야기를 나눌 수 있습니까?" 다갈색 머리에 파란 안경을 쓰고 설교를 들으러 가는 청교도 신자처럼 깔끔하고 말쑥하게 차려입은 영국인으로 감쪽같이 변장한 에스파냐인이 입을 열었다.

"그렇습니다만, 왜 그러시죠?" 세리제가 말했다. "댁은 누구십니까?"

"윌리엄 바커라고 하오. 드에투르니 씨의 채권자죠. 나는 다만 당신에게 문을 닫는 게 좋겠다는 말을 하려는 겁니다. 그게 당신이 원하는 바일 테니까요. 선생, 우리는 당신이 프티클로 부부, 쿠앵테 형제, 그리고 앙굴렘의 세샤르 부부…… 등과 어떤 관계를 맺었었는지 소상히 알고 있습니다."

이 말에 세리제는 쏜살같이 출입문으로 달려가 닫은 다음 침실로 통하는 다른 문으로도 가서 문을 걸어 잠갔다. 그러고 나서 그는 정체 모를 남자에게 말했다. "이보시오, 목소리를 더 낮추세요!" 그리고 그 가짜 영국인을 유심히 살펴보며 말을 이었다. "나한테 원하는 것이 무엇이오……?"

"이런!" 윌리엄 바커가 대꾸했다. "이 세상에서는 저마다 자기 자신만 신경 쓰면 되오. 당신은 드에투르니라는 그 이상야릇한 자의 자금을 가지고 있소……. 안심하시오, 당신한테 그것을 내놓으라고 찾아온 것은 아니니까. 하지만 교수형을 받

---

218) 세리제는 자신이 식자공으로 일하던 인쇄소 사장 다비드 세샤르를 배반하고 그를 파산으로 내몬 장본인이다. 『잃어버린 환상』 3부에 이 에피소드가 자세히 이야기된다.

아 마땅한 그 사기꾼은 나한테 압박을 받고 몰리자, 이건 우리끼리만 하는 얘기인데, 나에게 이 어음들을 넘기면서 현금화할 모종의 기회가 있을 것이라고 말했소. 그런데 내가 내 이름으로 법적 절차를 밟기는 원치 않는다고 하자, 그는 당신의 이름으로 하는 것을 당신이 거부하지 않을 것이라고 말했소."

세리제는 어음을 자세히 살펴보더니 말했다. "하지만 그 사람 이젠 프랑크푸르트에 없는데……."

"나도 압니다." 바커가 대답했다. "그래도 거래된 날짜에는 거기에 있었나 보지요……."

"나는 책임지고 싶지 않습니다." 세리제가 말했다.

"당신한테 그런 희생을 요구하는 것은 아니오." 바커가 대꾸했다. "당신은 이 어음들을 받는 일만 맡으면 됩니다. 영수했다는 서명만 하시오. 돈을 회수하는 건 내가 알아서 할 테니."

"드에투르니 씨가 나를 그토록 불신하고 있다니 뜻밖이군요." 세리제가 말을 받았다.

"그의 입장에서 보면," 바커가 대답했다. "달걀을 여러 바구니에 나누어 보관했다고 그를 비난할 순 없을 거요."

"그래, 당신은 믿는 거요……?" 키 작은 사업가는 규정대로 영수 서명을 한 어음을 가짜 영국인에게 돌려주며 물었다.

"당신이 그의 자금을 빼돌리지 않고 온전히 지킬 것이라고 내가 믿느냐고요?" 바커가 말했다. "물론 믿지요! 그 자금은 이미 증권거래소의 도박판 위에 판돈으로 던져졌는걸."

"내 재산이 걸린……."

"그 돈을 공개적으로 요란하게 날리면 당신에겐 아무런 문제가 없겠지." 바커가 말했다.

"이보시오……!" 세리제가 소리쳤다.

"이것 봐요, 친애하는 세리제 양반." 바커가 세리제의 말을 막으며 차갑게 내뱉었다. "당신은 나의 이 회수 작업을 거드는 것으로 나한테 도움을 주면 되는 거요. 당신이 드에투르니를 위해 변제된 어음들을 내게 양도했다는 사실을 밝히는 편지를, 물론 편지의 소지인을 이 석 장의 증서의 소유자로 법원 집행관이 인정해야 한다는 내용까지 담은 편지를 써줘야겠소."

"당신 이름을 말씀해 주시죠?"

"이름은 쓰지 마시오!" 영국 자산가가 대답했다. "이렇게만 쓰시오. '이 편지와 증서들의 소지자'라고……. 당신이 베푼 호의에 대해서는 충분한 보답이 따를 거요……."

"어떻게요……?" 세리제가 물었다.

"단 한 마디면 족하지. 당신은 계속 프랑스에서 살 것 아니오?"

"그렇지요."

"그거요! 조르주 드에투르니는 다시는 프랑스로 돌아오지 못할 것이오."

"왜죠?"

"내가 알기로는, 그를 죽이려는 자가 다섯은 넘소. 그도 그 사실을 알고 있고."

"그가 내게 동남아에 팔아먹으려면 어떤 화물 보따리를 들고 가야 하느냐고 묻는다고 해도 이제 놀랍지 않겠네요!"219)

세리제가 외쳤다. "그는 불행하게도 내가 가진 모든 것을 국채에 쏟아붓도록 강요했어요. 우린 막대한 손실을 봐서 이미 뒤티예 은행의 채무자가 되었어요. 나는 하루 벌어 하루 사는 신세예요."

"묘수를 써서 난국을 타개하셔야지!"

"아! 그런 방도를 좀 더 일찍 알았더라면!" 세리제가 한탄했다. "나는 신세를 망쳤어요……."

"마지막으로 강조할 말은……," 바커가 말했다. "비밀 엄수……! 당신은 충분히 그럴 수 있소. 그에 비하면 신의는 어쩌면 덜 확실한 것이지. 우린 다시 만날 거요. 그때 내가 당신이 한몫 잡도록 해주지."

그 비열한 영혼의 소유자가 상당 기간 비밀을 누설하지 못하도록 보험용으로 희망을 품게 만들어놓고 나서, 카를로스는 여전히 바커로 행세하며 자신이 신뢰할 수 있는 집행관의 사무실을 찾아갔다. 그는 집행관에게 에스테르에 대한 가처분신청을 받을 수 있도록 해달라고 의뢰했다.

"비용은 지급하겠습니다." 그가 집행관에게 말했다. "이건 명예의 문제라서 우리는 다만 법대로 하고 싶을 따름입니다."

---

219) 유럽 각국이 17세기 초부터 아시아 경영에 나선 이후로 유럽인들에게 동남아는 아메리카와 함께 한몫 잡을 수 있는 '기회의 땅'의 대명사였다. 『외제니 그랑데』(1833)에서 도매상 아버지가 파산해 빈털터리 신세가 된 파리의 댄디 샤를 그랑데는 일확천금의 꿈을 품고 '팔아먹을 화물 보따리' 하나 겨우 마련해 동남아행 배에 몸을 싣는다. 『나귀 가죽』(1831)에서 주인공 라파엘에게 막대한 재산을 남기는 아저씨도 동남아에서 거부가 된 인물이다.

바커는 상사법원에서 대심(對審)판결이 이루어지도록 소송대리인을 지정해 에스테르를 대변하게끔 조처했다. 정중하게 일을 처리해 달라는 부탁을 받은 집행관은 모든 소장을 봉투에 담아 봉한 다음 동산을 압류하기 위해 직접 테부가를 찾아갔다. 그를 맞은 사람은 외롭이었다. 구속영장이 일단 발부되자 에스테르는 공식적으로 30하고도 몇 만 프랑이라는 조정의 여지 없는 빚을 진 자로 규정되어 버렸다.

카를로스는 이렇게 일을 꾸미는 데 별다른 힘이 들지 않았다. 가짜 빚을 만들어내는 그러한 수작은 파리에서는 너무도 자주 벌어지는 일이다. 수수료를 바라고 그런 속임수 놀이에 명의를 빌려주는 곱세크의 아류나 지고네의 아류들이[220] 곳곳에 널려 있는바, 그것을 놀이라 부른 것은 그들이 그 비열한 수작에 장난삼아 가담하기 때문이다. 프랑스에서는 모든 것이, 심지어는 범죄까지도 웃으면서 행해진다. 완강하게 버티는 친척들에게든 재미만 보고 돈을 내지 않는 난봉쟁이들에게든 이런 식으로 해서 돈을 갈취하는 것인데, 그런 자들은 코앞에 위급함이 닥치거나 불명예를 뒤집어쓸 것 같으면 자진해서 돈을 토해 내기 마련이다. 막심 드 트라유는 이런 방식을 이골이 날 정도로 써먹은 인물로서, 낡은 레퍼토리를 새로운 것인 양 매번 반복하는 상습범이라 하겠다.[221] 카를로스 에레라는 신

---

220) 곱세크와 지고네(본명은 비도)는 『인간극』 세계의 대표적 고리대금업자 겸 어음할인업자다. 발자크에 따르면, 이들은 프랑스 금융계의 말단에 종사하는 자들이고, 뉘싱겐이나 켈러는 최상층에 포진한 '대은행가'들이다.
221) 막심 드 트라유는 방탕한 생활로 진 빚을 갚기 위해 자주 어음 사기

부로서의 자신의 명예와 함께 뤼시앵의 명예를 지킨다는 명분으로 위험부담이 전혀 없는 수준의 위조 수법을 동원했을 뿐이지만, 당시 그런 위조는 재판에 영향을 줄 정도로 상당히 만연해 있었다. 팔레루아얄 근처에 가짜 증서들이 거래되는 시장이 있다는 소문이 파다했는데, 3프랑만 내면 다른 사람의 서명을 구할 수 있다는 것이었다.

침실의 출입문 망을 봐주는 대가로 10만 에퀴를[222] 받아내는 일에 돌입하기 전, 카를로스는 사전 준비 작업으로 뉘싱겐 씨에게 또 다른 10만 프랑을 치르게끔 하겠다고 마음먹었다. 그 수법은 다음과 같다.

에레라의 지시에 따라, 아지가 사랑에 빠진 남작에게 그 미지의 미녀와 관련된 일이 어떻게 돌아가는지 알려주는 노파 역할을 맡기로 했다. 지금까지 풍속화가들은 여러 고리대금업자 캐릭터를 무대에 올렸다. 그러나 라 르수르스라는[223] 이름

행각을 벌인다. 부도 위기에 몰린 막심 드 트라유의 어음 10만 프랑을 대신 갚아줄 돈을 마련하기 위해 그의 정부 레스토 백작 부인이 시어머니에게서 물려받은 다이아몬드를 곱세크에게 넘겨 곤경에 처하는 이야기가 『고리오 영감』과 『곱세크』에 나온다. 드 트라유는 만년에 이르러서도 여전히 막대한 빚에 시달린다. 『아르시의 국회의원』(1847)에서는 아르시의 국회의원 보궐 선거에 출마하고 그곳에서 거액의 지참금을 소지한 여자를 만나 마지막으로 인생 역전을 꿈꾸는 막심 드 트라유의 모습이 그려진다.
222) 30만 프랑. 에스테르가 강제로 서명한 영수증의 액수다.
223) 장 프랑수아 르냐르의 희극 『노름꾼』(1696)에 나오는 방물장수 여인인데, 궁지에 몰린 사람들의 장신구 따위를 저당 잡아 돈놀이하는 탐욕스러운 인물이다. 이름인 '라 르수르스(la ressource)'는 보통명사로는 '수단, 방편', 혹은 그것을 제공하는 사람을 뜻한다.

의 여자 고리대금업자는 그리 안 알려져 있는 것 같다. 오늘날에는 그 이름의 본래 뜻인 전주(典主)라고 불리기도 하고, 좀 점잖게는 겉으로 드러난 직업인 방물장수라고 불리기도 하는 대단히 흥미로운 그 여자 고리대금업자 역할을 제대로 연기할 수 있는 존재가 바로, 탕플가에 하나, 뇌브생마르크가에 하나, 이렇게 두 개의 중고품 가게를 운영하는 억척스러운 아지였던 것이다. 두 가게는 모두 그녀 수하의 여자들이 관리했다. "마담 드 생테스테브로 보이게끔 옷차림을 하도록."[224] 그가 아지에게 말했다. 에레라는 역할에 걸맞게 변장한 아지를 원했던 것이다.

가짜 뚜쟁이는 꽃문양의 다마스크 견직물로 만든 드레스를 입고 나타났는데 그 천은 압류당한 어떤 윤락 업소에서 뜯어온 커튼을 재활용한 것이었으며, 어깨에 두른 캐시미어 숄은 유행이 지나 낡고 상품 가치가 없어져서 그런 부류의 여자들 등을 덮는 것을 마지막으로 버려지게 될 것이었다. 그녀의 목에 둘린 장식깃의 레이스는 화려했어도 올이 해졌고, 모자는 보기 역겨울 정도였다. 그러나 그녀는 신발만큼은 아일랜드 가죽으로 지은 단화를 신고 있었는데, 단화 가장자리로 비어져 나온 살갗이 마치 반투명의 검은 비단 띠처럼 보였다.

"그리고 내 허리띠 버클 좀 봐요!" 그녀가 식모답게 불룩한 자신의 배가 밀어내고 있는, 가짜 티가 역력한 금세공 장식을

---

224) '마담 드 생테스테브'는 두 가게를 관리하는 여자 중 한 명으로, 바로 뒤에 언급되는 '누리송 아줌마'가 사용하는 가명이다.

가리키며 말했다. "어때요? 뭔 차림인지! 그리고 이 가발은 어떻고……! 이것 때문에 얼마나 얼간이 숙맥으로 보이는지 몰라요! 오! 누리송 아줌마가 정말 요란하게 입혀 놓았어요!"

"무엇보다도 사근사근하게 굴어야 해." 카를로스가 그녀에게 당부했다. "거의 겁에 질리고, 고양이처럼 잔뜩 경계하는 표정을 지으라고. 그리고 특히 남작이 경찰에게 손을 빌렸다는 사실을 부끄럽게 여기도록 만들어야 해. 그렇다고 자네가 경찰 요원들에게 뭐 벌벌 떨 일이 있는 것처럼 보일 필요는 없고. 요컨대 세상의 경찰을 다 동원하더라도 그 미지의 미녀가 어디에 있는지 알아내지 못할 것이라는 메시지를 비교적 분명한 어조로 고객이 알아듣게 전하라고. 자네의 행적은 잘 은폐하도록 하고……. 남작이 자기 배를 가리키며 '부패한 뚱보'라고 부르면서 자네더러 그 배를 두드려보라고 하거들랑 그자에게 경멸적으로 대하고, 아랫것 내쫓듯 쫓아버려."

경찰을 시켜 조금이라도 정탐하려 했다가는 뚜쟁이를 다시는 못 볼지도 모른다는 위기감을 느낀 뉘싱겐은 증권거래소로 가는 길에 마차에서 내려서는 남몰래 뇌브생마르크가에 있는 허름한 중이층의 가게로 걸어가 아지를 만나곤 했다. 그 질척거리는 좁은 길을 사랑에 빠진 백만장자들이 얼마나 뻔질나게 드나들었던가! 끈적끈적한 쾌락에 몸이 들떠서 말이다. 파리의 포도(鋪道)들은 그 사실을 잘 알고 있을지니. 마담 드 생테스테브는 남작이 희망과 절망 사이를 오가도록 밀었다 당겼다 하면서 미지의 여인과 관련된 것이라면 무엇 하나라도 움켜잡으려고 안달복달하도록 만들어놓았다. 돈이 얼마나 들더라도 상관하지 않고 말이다……!

그러는 동안 집행관은 착착 일을 진행했는데, 에스테르 쪽에서 어떠한 방해나 저항도 받지 않고 하루도 허비함이 없이 법에 정해진 기한 안에 움직일 수 있어서 일의 진행은 더욱 순조로웠다.

뤼시앵은 자신의 조언자가 지시한 대로 생제르맹 숲에 유폐된 여인을 대여섯 번 찾아가 만났다. 이 모든 계략을 꾸미고 이끄는 간악한 지휘자는 그러한 간헐적 만남이 에스테르가 시들지 않도록 하는 데 필수적 조치라고 판단했다. 그녀의 미모는 자본이나 다름없었기 때문이다. 경비원 숙소를 떠나려다가 그는 뤼시앵과 그 가련한 창녀를 황량한 길가로 잠시 데려갔다. 파리가 내려다보이는 그곳은 지나는 이가 없어 남이 엿들을 염려가 없는 장소였다. 셋은 뜨는 해를 바라보며 베어진 미루나무 등걸에 앉았다. 그들 앞에 이 세상에서 가장 장엄한 풍경 하나가, 센강의 물줄기와 몽마르트르와 파리와 생드니가 한꺼번에 잡히는 풍경이 펼쳐졌다.

"이봐," 카를로스가 입을 열었다. "자네들의 꿈은 끝났어. 예쁜이, 넌 말이야, 앞으로 뤼시앵을 만날 수 없어. 혹시 만난다 해도, 5년 전에 단지 잠깐만 알던 사이라고 해야 해."

"드디어 내가 죽을 때가 되었다는 이야기군요." 그녀가 말했으나 눈물 한 방울 흘리지 않았다.

"어허! 넌 사랑의 열병을 앓은 지 벌써 5년이 되었어." 에레라가 대꾸했다. "폐병에 걸렸다고 생각하라고. 너의 구슬픔으로 우리를 괴롭히지 말고 그냥 죽는 거야. 하지만 넌 다시 살 수도 있다는 것을 곧 알게 될 거야, 그것도 아주 잘 살 수 있다는 것을……! 우릴 그만 놓아줘. 뤼시앵, 가서 그 잘난 소네트나 꺾어 오라고." 뤼시앵에게 몇 걸음 떨어진 곳의 들판을 가리키며 그가 말했다.

뤼시앵은 에스테르에게 애원의 눈빛을 보냈다. 유약하면서도 탐욕스러운 남자들, 가슴은 훈훈함이 넘쳐도 성격은 비겁함으로 가득 찬 남자들이 보여주는 특유의 눈빛이었다. 에스테르는 고개를 끄덕이는 것으로 대답을 대신했는데, 그것은 이런 의미였다. '망나니 말을 잘 들어야지, 도끼 밑에 내 머리를 어떤 식으로 갖다 대야 하는지 알아야 하니까. 난 기꺼이 죽어줄 각오가 되어 있어.' 그 무언의 뜻은 대단히 품위 있었지만 동시에 두려움이 너무도 역력한 것이어서 시인은 눈물을 흘렸다. 에스테르는 그에게 달려가 그를 품에 안고 흐르는 눈물을 입으로 씻어준 다음 말했다. "진정해!" 몸짓과 눈빛 그리고 극도로 고양된 목소리가 합쳐진 그런 말이었다.

카를로스는 에두르지 않고 분명하게, 그리고 때때로 무시무시한 표현을 적절하게 섞어가며 뤼시앵에게 닥친 아슬아슬한 상황, 그랑리외 저택과 관련된 그의 입장, 성공했을 경우 펼쳐질 그의 멋진 삶, 그리고 그 휘황찬란한 미래를 위해 필요한 에스테르의 희생 등을 하나하나 설명하기 시작했다.

"그래서 어떻게 하란 건가요?" 그녀가 격렬하게 외쳤다.

"내 말에 무조건 복종하라고." 카를로스가 말했다. "그리고 자네가 무엇을 불평할 처지인가? 자네의 앞날이 어떨지는 오로지 자네가 앞으로 어떻게 하느냐에 달려 있어. 자넨 자네의 옛 친구들인 틸리아, 플로린, 마리에트, 발노블처럼 될 거야.[225] 부자 하나를 물어 사랑은 않더라도 그자의 정부가 되는 것이지. 우리가 계획한 사업이 잘되면 우리가 사랑하는 사람은 부자가 될 것이고, 자넨 그것으로 행복해지는 것이고⋯⋯."

"행복해진다⋯⋯!" 그녀가 눈을 들어 하늘을 올려다보며 말했다.

"자넨 지난 4년 동안 낙원을 맛보았어." 그가 다시 말을 이었다. "사람이라면 그와 같은 추억으로 살아갈 수 있는 것 아닌가⋯⋯?"

"당신 말을 따르겠어요." 그녀가 눈가에 고인 눈물을 씻으며 말했다. "나머지는 걱정하지 마세요! 당신도 말했다시피 나의 사랑이 일종의 치명적인 병이니까."

"그게 다가 아니야." 카를로스가 대꾸했다. "미모를 유지해야 해. 스물두 살하고 6개월인 지금, 자네는 남자의 사랑 덕분에 아름다움의 절정에 올라 있어. 요컨대 다시 한번, 바로 그 토르피유가 되는 거야. 내가 자네에게 물어다 주는 백만장자에게 아양을 떨고 교태를 부리며 교묘하고 무자비하게 우려먹는 거지. 잘 들어! 그 남자는 대규모 증권시장의 도둑놈이야. 그놈은 수많은 사람에게 무자비하게 굴었고, 과부와 고아 들

---

225) 네 명의 여자 모두 『인간극』의 다른 작품들에 나오는 인물들로서, 가난한 집안 출신으로 오페라 극장의 댄서 등을 전전하다 부유한 후견인을 만나 신분 상승을 이룬 여자들이다. 에레라는 에스테르가 그들을 본받길 바라고 말한 것이다.

의 돈으로 배를 채웠어. 자넨 그들을 위해 복수의 여신이 되는 거야……! 아지가 마차를 가지고 자네를 데리러 올 걸세. 오늘 밤 파리로 돌아가. 만약에 자네와 뤼시앵의 4년간의 관계를 남들에게 흘려서 사람들의 의혹을 사게 되면, 그건 뤼시앵의 머리에 피스톨 탄환을 박아 넣는 행위인 줄 알고 있어. 사람들이 자네에게 그동안 어떻게 된 일이냐고 물을 거야. 그러면 질투에 눈이 먼 어떤 영국인에게 이끌려 강제로 여행을 다녔노라고 대답하도록 해. 자네는 옛날부터 둘러대는 데 상당한 재주가 있었잖아. 그 재주를 다시 한번 온전히 발휘해 봐……."

언제 한번 휘황찬란한 연을 본 적이 있는가? 창공을 나는, 온통 금박을 입힌 어린 시절의 그 거대한 나비를……? 아이들이 잠시 한눈을 파는 사이 행인이 연줄을 끊어버린다. 그러면 학생들 표현으로 별똥별이 머리를 들이박듯, 연은 겁나는 속도로 곤두박질한다. 카를로스의 말을 듣고 있는 에스테르가 바로 그 처지와 같았다.

32. 아지에게 투자된 10만 프랑

일주일 전부터 뉘싱겐은 사랑하는 여인의 인도(引渡)를 흥정하기 위해 거의 매일 같이 뇌브생마르크가의 가게를 찾아갔다. 그곳에서 아지는 때로는 생테스테브라는 이름으로, 때로는 그녀의 졸개인 누리송 아줌마라는 이름으로 여왕처럼 행세했는데, 진열된 패물들과 의상들은 한때는 가장 아름다 웠겠으나 지금은 어정쩡한 상태, 이를테면 드레스를 두고 더 는 드레스라고 부를 수는 없지만 그렇다고 누더기라 하기엔 아직 애매한 고약한 상태에 도달한 것들이었다. 배경이 그 여 자가 풍기는 모습과 조화를 이루었는데, 그곳 가게들이 파리 에서 가장 우중충한 곳들에 속했기 때문이다. 거기엔 죽음의 여신이 그 깡마른 손으로 내던져 버린 낡은 옷들이 널려 있는 가운데, 어떤 숄 아래에서는 폐병쟁이의 헐떡임이 들려오는가 하면, 금박 입힌 드레스 밑으로는 빈곤의 고뇌가 읽힌다. 화사 함과 굶주림이 주고받는 험한 말다툼이 하늘거리는 레이스 위 에 쓰여 있기도 하다. 깃털 달린 터번은 요즘은 거의 보기 힘 든 옛날 형태를 그대로 간직하고 있는 것인지라 그것을 썼던 어떤 여왕의 자태를 떠올리게 한다. 아름다움 속에 깃든 흉측 함! 공인 경매사가 손에 쥐고 휘두르는 유베날리스의[226] 채찍 이 곤경에 처한 아가씨들이 팔려고 내놓은 털 빠진 모피 토시 와 퇴색한 모피 코트들을 사방으로 흩뜨려버린다. 그렇게 버 려진 꽃들로 이뤄진 쓰레기 더미 여기저기에 어제 꺾인 장미 가 언젠가 선택받을 날을 기다리며 빛을 발하고 있다. 그 쓰레 기덤 위에는 한 노파가 항상 웅크리고 있다. 마멸과 사촌이자, 머리카락과 이가 모두 빠진 기회의 알레고리이기도 한 노파는 물건을 팔려고 그러고 있지만, 종종 그 물건의 사용자를 사들 이기도 한다. 여자가 빠진 드레스건 드레스가 빠진 여자건, 다

---

226) 유베날리스는 고대 로마의 시인으로, 신랄한 풍자시로 유명하다.

노파의 거래 품목이다! 아지가 그곳에 있었다, 도형장의 간수처럼, 자기 영역을 수호하며 시뻘건 부리로 짐승의 사체를 뜯는 독수리처럼. 그곳을 지나치는 행인들은 뒷전으로 물러난 진짜 생테스테브가 억지웃음을 지은 채 밖을 내다보고 있는 더러운 진열장 안에 가끔 자신들의 어릴 적 생생한 추억이 깃든 물건이 걸려 있는 것을 발견하고 깜짝 놀라 부르르 몸을 떨 때가 있는데, 아지는 행인들을 전율케 하는 그 잔혹한 공포감보다 더 끔찍한 존재였다.

거듭된 조바심에 몸이 단 은행가가 마담 생테스테브에게 올 때마다 1만 프랑씩 갖다 바친 돈이 어느새 6만 프랑에 달했지만, 그녀는 여전히 그 추남을 절망에 빠뜨리는 뾰로통한 거절로 응대할 뿐이었다. 마침내 어느 날 아침, 하룻밤을 온통 뜬눈으로 지새우며 에스테르가 자신의 마음을 사정없이 뒤흔들어 놓는다는 사실을 다시금 인정한 그는 마침 증권거래소에서 뜻하지 않은 횡재도 했겠다, 아지가 요구한 10만 프랑을 주리라 마음먹고 그녀를 찾아왔다. 그는 그녀에게서 한 보따리의 정보를 뽑아낼 심산이었다.

“드디어 마음의 결정을 내린 거야, 뚱뚱한 바람둥이님?” 아지가 그의 어깨를 두드리며 말을 건넸다.

상대에게 말할 수 없는 치욕감을 안기는 그런 친밀한 동작은 아지와 같은 부류의 여자들이 애욕에 눈이 멀거나 비참한 처지에 몰려 애걸복걸 매달리는 남자들에게 미리 징수하는 첫 번째 세금이다. 그녀들은 결코 의뢰인의 키 높이에 맞추려고 자기 몸을 일으켜 세우지 않는다. 대신에 의뢰인을 자신들

곁 진흙탕 바닥에 주저앉힌다. 아지는 보다시피 스승의 가르침을 훌륭하게 이행하고 있었다.

"크럴 수팍게 업스니카." 뉘싱겐이 말했다.

"당신은 강탈당하는 게 아니라니까 그러네." 아지가 대답했다. "우린 당신이 그 여자를 사기 위해 내려는 돈보다 더 비싼 값에 여자들을 팔아왔어, 비교하자면 그렇다는 거지. 여자마다 달라. 드 마르세는 죽은 코랄리를 사려고 6만 프랑을 냈지.227) 그쪽이 원하는 여자는 첫 거래 때는 10만 프랑이었다니까. 그렇지만 늙으신 난봉꾼님, 아시다시피 이건 관례에 따라 조정이 가능한 거래지."

"큰데 크녀는 치금 어딧나?"

"아! 곧 만나게 될 거야. 나도 그쪽과 같아. 오는 것이 있어야 가는 것이 있는 법이지……! 참, 그건 그렇고, 친애하는 양반, 당신의 사랑이 좀 정신 나간 짓을 했어. 그런 젊은 아가씨들은 사리 분별력이 없기 마련이라서. 공주님은 지금, 우리 쪽용어로는 밤에 피는 분꽃 신세인데……."

"푼콧……."

"아이고, 아무것도 모르는 얼간이인 척하려고……? 그녀는 지금 루샤르에게 쫓기고 있다고. 내가 말이야, 그녀에게 5만 프랑을 빌려줬는데……."

"에헤, 2만 5000이찬아!" 은행가가 소리쳤다.

---

227) 과거 뤼시앵의 연인이었던 코랄리는 열다섯 살에 친모에 의해 앙리 드 마르세에게 6만 프랑에 팔려 화류계로 흘러들게 되었다는 사연이 『잃어버린 환상』에 언급된다.

"맞네, 5만 아니고 2만 5000, 하여간 그렇다 치고," 아지가 대답했다. "그 여자에 대해서는 인정할 것은 인정해 주어야 해. 그녀는 성실 그 자체야! 그녀는 자기 자신밖에 남은 게 없었어. 나한테 이렇게 말하더군. '생테스테브 아주머니, 저는 쫓기고 있어요. 절 도와주실 분은 당신밖에 없어요. 2만 프랑만 제게 주실 수 있으세요? 그 은혜는 제 마음에 담아 영원히 잊지 않을게요.' 오! 그녀는 예쁜 마음씨의 소유자야! 그녀가 어디 있는지 아는 사람은 나밖에 없지. 자칫 비밀을 누설했다가는 내 돈 2만 프랑이 날아갈 판인데……. 그녀는 전에는 테부가에 살았어. 거기에서 나와 사라지기 전까지는……. (그녀의 가구들이 압류되었지……. 돈을 갚지 못했으니까. 더러운 집행관 놈들……! 당신은 증권거래소의 실력자니까 잘 알겠지.) 아무려나! 그녀는 바보가 아니니까 자기 아파트를 어떤 영국 여자에게 두 달간 빌려주었어. 그 영국 여자는 그 풋내기 거시기…… 그 뤼방프레가 애인을 자처하며 데리고 있는 미녀지. 그는 그녀에 대한 질투가 대단해서 밤에만 산책을 내보내……. 하지만 머지않아 가구들이 매각될 걸 알고 영국 여자는 도망치듯 떠나버렸어. 게다가 그녀는 뤼시앵 같은 애송이에게는 너무 비싼 여자였거든……."

"탕신은 크러니카 은행처럼 톤노리를 하는 커군." 뉘싱겐이 말했다.

"현물 거래로." 아지가 말했다. "나는 예쁜 아가씨들에게 돈도 빌려줘. 그러면 이자 수익이 생겨. 여기서는 현금, 현물 둘 다 취급하거든."

아지는 아주 그악스러워도 말레이인 여자일 때보다[228] 더 나긋나긋하고 더 정겹게 사람을 홀리면서, 자신들의 영업을 선한 동기의 발로라고 잔뜩 윤색하고 정당화하는 그 업종 여자들의 역할을 과장되게 연기하느라 신이 났다. 아지는 품었던 환상이 산산조각 나고 애인 다섯과 자식들마저 모두 잃은 여인처럼, 산전수전 다 겪었어도 세상 사람들로부터 속수무책 강탈만 당한 여인처럼 연기했다. 그녀는 자신의 영업이 얼마나 많은 불운을 겪었는지 증명하기 위해 간간이 전당포 전표를 꺼내 보여주었다. 그녀는 곤경에 처하고 빚에 몰린 사람처럼 굴었다. 그녀가 눈 뜨고는 볼 수 없는 처참한 모습을 너무나도 자연스럽게 보여주자 마침내 남작은 그녀가 연기하는 인물이 진짜라고 믿고 말았다.

"아랏네! 10만 프랑 내지. 크러면 어디서 크녀를 만날 수 잇나?" 그가 어떠한 희생이라도 감수하겠다고 결심한 사람처럼 단호하게 말했다.

"뚱뚱한 영감님, 오늘 밤 당신 마차를 타고, 어디가 좋을까, 그래, 짐나즈 극장 정면으로 오서. 거기가 목적지는 아니고." 아지가 말했다. "생트바르브가 모퉁이에다 마차를 대요. 내가 거기서 망을 보고 있으리다. 거기서 머리칼이 흑단같이 검은 내 저당물을 보러 갑시다……. 오! 내 저당물은 머리칼이 정

---

228) '말레이인 여자일 때보다'라는 구절은 연재소설로 발표될 당시에는 없었고 나중에 추가된 것이다. 작품 집필 초기에 말레이인으로 설정되었던 아지는 이야기가 전개될수록 파리 여인으로 점차 정체성이 바뀌는데, 군데군데 미처 교정하지 못한 부분들이 남았다.

말 아름답지! 에스테르가 그 풍성한 머리를 빗고 나면 마치 커다란 고깔을 쓰고 있는 것처럼 보여. 당신은 스스로 셈에 밝다고 자부하고 있겠지만, 나머지 문제들에 대해서는 내가 보기엔 좀 맹한 것 같아. 충고하겠는데 고 귀여운 것을 잘 숨겨야 해. 안 그러면 경찰이 당신한테서 그녀를 빼내 생트펠라지에 처박을 테니까.[229] 그녀를 발견하면…… 그녀를 찾아내면 바로 그다음 날 즉시 말이야.”

“핏진 어음 층서를 토로 매입할 팡법은 천혀 엄는 컷인가?” 뼛속까지 살쾡이인 자가 말했다.

“집행관이 그것들을 가지고 있긴 한데……, 하지만 어찌 손쓸 방도가 없어. 그 애가 좀 욕심이 있어서 반환해야 할 보증금까지 꿀꺽했거든. 아! 정말이지, 스물두 살짜리의 마음속은 알다가도 모를 일이야.”

“초아, 초아, 내가 타 청산할게.” 뉘싱겐이 음흉한 표정을 지으며 말했다. “내가 크녀의 포호자가 태야 한다는 첨을 명심함세.”

“이보쇼! 뚱뚱보 양반, 그녀가 당신을 사랑하게 만드는 일은 당신 몫이야. 당신은 무늬만 사랑이긴 해도 진짜나 다름없는 그런 사랑을 살 방법을 꽤 가지고 있잖아. 당신의 공주를 내가 당신 손아귀에 쥐여드리지. 그녀는 당신에게 순종할 수밖에 없는 처지야. 난 나머지에 대해서는 전혀 걱정 안

---

229) 에스테르는 에레라가 강제로 서명하게 한 30만 프랑 영수증으로 인해 채무자가 되어 있는 상태다.

해……. 하지만 그녀는 사치스러운 생활에 익숙해져 있지, 아주 엄청난 정도로 말이야. 아! 이 양반아! 그 앤 아주 반듯하고 참한 여자야……. 그렇지 않다면 내가 걔한테 1만 5000프랑을 주었겠어?"

"초아! 알앗네. 오늘 팜에 포세!"

남작은 이전에 한 번 해봤던 신랑 채비를 다시 시작했다. 그러나 이번에는 확실한 성공의 예감 때문에 최음제의 복용량을 두 배로 늘렸다. 9시에 그는 약속 장소에서 그 흉물스러운 여인과 접선한 다음 그녀를 마차에 태웠다.

"어틴가?" 남작이 물었다.

"어디냐고?" 아지가 대꾸했다. "마레 지구, 라페를가. 상황에 딱 맞아떨어지는 주소지. 당신의 진주는 지금 진창 속에 묻혀 있으니까.230) 하지만 당신이 그 진주를 꺼내 말끔하게 씻겨주라고!" 목적지에 도착하자 가짜 마담 생테스테브는 음흉한 미소를 지으며 뉘싱겐에게 말했다. "지금부터는 걸어서 조금 더 갈 거야. 난 진짜 주소를 알려줄 만큼 그리 바보는 아니거든."

"추도면밀하군." 뉘싱겐이 대꾸했다.

"그게 내 본분이니까." 그녀가 응수했다.

아지는 뉘싱겐을 바르베트가로 데리고 가서 그 동네 실내 장식 업자가 운영하는 하숙집 5층 방으로 안내했다. 누추한 방 안에서 작업복 차림의 에스테르가 자수를 놓고 있는 광경

---

230) 파리의 지명인 마레는 보통명사로 '늪, 진창'이라는 뜻을, 페를은 '진주'라는 뜻을 지니고 있다.

을 맞닥뜨린 백만장자는 정신이 아득해졌다. 젊음을 욕심낸 그 늙은이는 어느 정도 시간이 흐른 후 비로소 혼미한 정신을 수습하고 간신히 입을 열 수 있었는데, 그동안 아지는 에스테르와 귀엣말을 주고받는 것처럼 하면서 기다렸다.

"마트무아젤," 그가 마침내 초라한 행색의 아가씨에게 말을 건넸다. "나를 탕신의 포호자로 팟아추시겟습니카……?"

"그럴 수밖에 없겠지요." 에스테르가 두 눈에서 굵은 눈물을 한 방울씩 뚝뚝 떨구며 말했다.

"초큼도 울치 마라요. 난 탕신을 이 세상에서 카창 행보칸 녀자로 만들어추고 시퍼요……. 탕신은 크냥 내 사랑만 팟으면 댐니다. 투고 파요."

"얘야, 이분은 점잖은 분이셔." 아지가 거들었다. "이분은 자기 나이가 예순여섯이 넘었다는 것을 잘 알고 계셔. 그리고 아주 너그럽게 대해 주실 거야. 예쁜 천사 아가씨, 그러니까 내가 널 위해 아버지 같은 분을 모셔 온 거야." 그러고는 못마땅한 표정을 짓고 있는 은행가의 귀에 대고 말했다. "얼른 재에게 그렇다고 말해요. 제비를 잡을 때는 총질을 해서 잡는 게 아니지. 이리 와 볼래요?" 아지가 뉘싱겐을 옆방으로 잡아끌며 말을 이었다. "이것 봐요, 우리끼리 한 약조를 잊지 않으셨겠지?"

뉘싱겐은 안주머니에서 지갑을 꺼내 10만 프랑을 세었다. 그 돈은 아지의 손을 거쳐 그곳 골방에 숨어 목이 빠지도록 결말을 기다리고 있던 카를로스에게 건네졌다.

"우리 물주께서 아시아에 투자한 10만 프랑이로군. 이제 그가 유럽에도 그 정도 액수를 투자하게 만들 차례야."[231] 둘이 층계참에 이르렀을 때 카를로스가 자기 심복에게 말했다.

그는 말레이인 여자에게[232] 몇 가지 지시를 내린 다음 어둠 속으로 사라졌고, 말레이인 여자는 에스테르가 뜨거운 눈물을 쏟고 있는 방으로 돌아왔다. 그 아이는 마치 사형선고를 받은 죄인처럼 자신의 비참한 처지가 생시가 아니라 꿈이라고 믿고 싶었다. 그러다 마침내 운명의 시간이 들이닥친 것이다.

"이보시게들," 아지가 말했다. "이제 어디로들 가실 건가? 왜냐하면 뉘싱겐 남작님은……."

에스테르는 짐짓 깜짝 놀랐다는 반응을 기가 막히게 지어내며 명성이 자자한 그 은행가를 바라보았다.

"크럿소, 키여운 아카시, 내가 파로 니싱겐 남착이오……."

"뉘싱겐 남작님은 개집같이 누추한 이런 곳에 머물러서도 안 되고 머무를 수도 없는 분이시지. 명심하세요……! 당신 침모였던 외제니가……."

"에체니! 테푸가에 사는……." 남작이 목소리를 높였다.

"맞아요! 그래요. 공매된 세간살이의 법적 관리를 맡은 여자," 아지가 말을 이었다. "그 영국 미인에게 방을 세놓았던 여자 말이에요……."

"아! 알겟서!" 남작이 말했다.

"여기 있는 마담의 침모였지요." 아지가 에스테르를 가리키

---

231) 두 심복 아지와 외롭의 이름을 이용한 말장난이다.
232) 이 '말레이인 여자'라는 표현도 미처 수정하지 못한 부분이다.

며 정중하게 말을 이었다. "그 여자가 두 분을 오늘 밤 잘 모실 겁니다. 그리고 경제범죄 수사대도 에스테르를 이전 거주지까지 와서 찾으려고 하지는 않을 거예요, 그곳을 떠난 지 석 달이나 되었으니까……"

"훌늉해! 훌늉해!" 남작이 외쳤다. "케다가 난 수사태 사람들을 찰 알아. 크리고 내 말이면 크들을 크냥 포낼 수도 잇고……"

"외제니가 당신한테 능숙한 밀정이 돼줄 거예요." 아지가 말했다. "그녀를 여기 마담에게 붙여준 사람이 난데……"

"내가 크녀를 찰 알지," 백만장자가 웃음을 터뜨리며 큰 소리로 말했다. "에체니가 나한테서 3만 프랑을 카로챗거든……" 에스테르가 그 말에 무섭다는 몸짓을 해 보였는데, 순진한 남자였으면 그 몸짓에 반해 자신의 전 재산을 갖다 바쳤을 것이다. "오! 내 찰못이엇지." 남작이 말을 이었다. "내가 탕신을 만날려고 춧차다닌 커니카." 이어 그는 영국 여자에게 집을 임대해 빚어진 오인 소동을 이야기해 주었다.

"그렇군요! 봤어요, 마담?" 아지가 말했다. "외제니는 그 일에 대해 마담에게 한마디도 하지 않았어요, 교활한 여자 같으니! 하지만 마담은 그런 여자에게 이골이 났으니까." 아지가 남작을 향해 말했다. "아무튼, 그녀를 잘 살펴보도록 해요." 이어 아지는 뉘싱겐을 따로 한쪽으로 데려가 말했다. "외제니는 일을 깔끔하게 처리하는 자니까, 그녀에게 매달 500프랑씩만 주면 당신은 마담의 일거수일투족을 알 수 있을 거요. 외제니를 마담의 침모로 쓰도록 해요. 외제니는 이미 당신을 벗겨

먹은 적이 있을 만큼 수완이 뛰어나니까 당신에게 아주 쓸모가 있을 거요……. 여자들은 돈을 뜯어내는 일 말고는 남자에게 따로 볼일이 없는 법이에요. 하지만 외제니를 제멋대로 놔두면 안 돼요. 그런 여자는 돈이라면 무엇이든지 하는 여자니까. 혐오스럽지……!”

“크러는 탕신은……?”

“나?” 아지가 받아쳤다. “나야 신의를 지키는 여자지.”

뉘싱겐은 본래 매우 신중한 사람이었지만 눈에 무엇이 씌었는지 사리 분별을 못 하고 어린애처럼 굴었다. 경애하는 그 순결한 에스테르가 눈물을 닦으며 젊은 처자의 정결한 몸짓으로 한 땀 한 땀 자수를 놓는 모습을 보자 사랑에 빠진 그 늙은이는 뱅센 숲에서 느꼈던 흥분과 설렘이 되살아났다. 아마 자기 금고의 열쇠라도 달라고 하면 주었을 것이다! 그는 회춘한다는 느낌이 들었다. 가슴은 연모하는 마음으로 부풀어 올라 아지가 어서 떠나 눈앞에 나타난 그 라파엘로의 마돈나 무릎 위에 몸을 누일 수 있기를 학수고대했다. 살쾡이의 가슴에, 늙은이의 가슴에 이렇게 동심이 갑자기 피어나는 모습은 생리학을 통해 매우 쉽게 설명될 수 있는 현상이다. 사업의 무게에 짓눌리고, 끊임없는 손익계산과 거액을 놓고 벌이는 쉴 새 없는 신경전으로 질식해 있던 그의 청춘이 청춘 특유의 숭고한 환상과 함께 되살아나 용솟음치며 만개한 것이었으니, 마치 숨겨진 원인이 우연의 작용으로 인해 결과로 발현하고, 버려져 잊혔던 씨앗 한 톨이 뒤늦게 솟아오른 태양빛을 받아 꽃을 피우는 것과 같은 양상이다. 열두 살의 나이에 스트라스부르의 유서 깊은 알드리거 은행에서 서기로 인생을 시작한 남작은 이제까지 감정의 세계에는 한 번도 발을 들여놓은 적이 없었다. 그렇기에 그는 머릿속에서 수없이 많은 말들이 서로 부딪치며 윙윙거렸지만, 한마디도 입에 옮기지 못하고 자신의 우상 앞에 우두망찰하고 있다가 마침내 예순여섯 살의 남자로 되돌아와 격정적 욕망에 굴복해 입을 열었다.

"테푸가로 칼카요……?" 그가 말했다.

"좋으실 대로 하세요." 에스테르가 자리에서 일어나며 대답했다.

"초으실 태로!" 그가 흥분해서 말을 따라 했다. "탕신은 하늘에서 내려온 천사요. 내 피록 머리는 히끗히끗 셋지만 나이 어린 절므니처럼 탕신을 사랑하오……."

"아! 새하얗다고 해도 무방해요! 멋들어진 새카만 머리라고 해도 무방하고요. 당신 머리는 희끗희끗하다고만은 할 수 없으니까." 아지가 말했다.

"커처버려, 터러운 인육 창사쿤! 톤을 챙겼잔아. 이 콧갓튼 사랑을 터는 터럽히지 말코!" 은행가는 육두문자를 곁들인 이런 호통을 통해 자신이 이제껏 감내했던 모든 모욕을 돌려주겠다는 심사로 소리쳤다.

"추잡한 늙은이! 언젠가 네가 내뱉은 말의 대가를 치르고 말 거야……!" 우악살스러운 동작으로 은행가를 위협하며 아지가 응수했다. 그 서슬에 은행가가 어깨를 으쓱했다. 뉘싱겐의 멸시에 흥분한 그녀가 쏘아붙였다. "술잔 주둥이와 난봉쟁이 주둥이 사이에 독사 한 마리가 웅크리고 있는 법, 너란 작자는 언젠가 나와 맞닥뜨릴 거야……!"

백만장자들은, 돈은 프랑스 중앙은행이 지켜주고, 저택은 일군의 하인들이 지켜주며, 길거리에서 신변의 안전은 영국 말이 끄는 쾌속 마차가 철통같이 지켜주기에 어떤 재앙도 두려워하지 않는다. 그런 연유로 남작은 조금 전 아지에게 10만 프랑을 준 남자답게 그녀를 차갑게 흘겨보았다. 10만 프랑의 위엄이 효과를 발휘한 것이다. 아지는 밖으로 나와 계단을 내려가면서 혁명 시기 언사를 섞어가며 투덜거렸는데 단두대 운운이 그것이었다!

"그녀에게 대체 무슨 말씀을 하신 거예요……?" 자수 놓는 아가씨가 물었다. "참 착한 사람인데."

"크녀가 탕신을 판 커라고요, 크녀가 탕신을 캉탈한 커라고요……."

"우리같이 빈곤한 처지에 몰린 사람들을 위해," 그녀가 얼음 같은 외교관의 심장도 깰 듯한 표정을 지으며 대답했다. "대체 누가 돈과 관심을 쏟겠어요……?"

"카련한 아카시!" 뉘싱겐이 말했다. "이런 콧에 한시도 터 머무르지 마라요!"

33. 첫날밤

뉘싱겐은 에스테르의 팔을 잡고 차림새 그대로 데리고 나와 마차에 태웠다. 미모로 소문난 모프리뇌즈 공작 부인을 대한다 해도 그보다 더 공손하지는 않았을 것이다.

"탕신에게 알흠다운 옷을 선사하리다. 파리에서 카장 멋진 컬로." 마차를 타고 가는 도중에 뉘싱겐이 말했다. "체고로 피사고 체고로 멋진 컷들로만 탕신 몸을 히캄아 트릴 커요. 녀왕도 탕신보다 푸유하진 못할 커요. 탕신을 톡일 약혼녀처럼 팟들어 모실 커요. 탕신 하고 시픈 태로 하면 태요……. 초금도 울 컷 업서요. 날 파요……. 나는 청말 순수한 마음으로 탕신을 사랑합니다. 탕신이 눈물을 흘릴 태마다 내 카슴은 미어침니다……."

"돈으로 산 여자를 진심으로 사랑할 수 있을까요……?" 가없은 아가씨가 감미로운 목소리로 물었다.

"요셉도 착햇기 태문에 형제들 손에 팔리는 신세가 탯서요. 성켱에 나오는 니야기예요. 케다가 통양에서는 청실푸인을 톤추고 사서 녀럿 커느린태요."

테부가에 도착해서 한때 행복했던 시절의 무대를 다시 접한 에스테르는 치밀어 오르는 고통의 상념을 억누를 수 없었다. 그녀는 장의자에 앉아 꼼짝도 하지 않은 채 흐르는 눈물만 한 방울 한 방울 훔칠 뿐이었다. 은행가가 흥분해서 횡설수설 지껄이는 말은 한마디도 귀에 들어오지 않았다. 그는 그녀의 발치에 무릎을 꿇고 있었다. 그러거나 말거나 에스테르는 아무 말이 없었다. 그가 그녀의 손을 붙잡고 매만져도 내버려두었고, 그녀의 발이 차갑다며 입김을 불어 데워줘도 누가 그러는지, 남자인지 여자인지 관심도 없었다. 남작의 머리 위로 떨어지는 뜨거운 눈물과 남작이 입김으로 데워주는 얼음장처럼 차가운 발로 요약되는 그 장면은 자정부터 새벽 2시까지 계속되었다.

"에체니," 이윽고 남작이 외롭을 불러 말했다. "추인 마님이 잠자리에 드실지 여쭙게……."

"아니요." 에스테르가 깜짝 놀란 말처럼 솟구쳐 일어나며 외쳤다. "여기서는 절대로 안 자요."

"저런, 남작님. 저는 마담을 잘 알아요. 양처럼 순하고 착하죠." 외롭이 은행가에게 말했다. "다만, 그녀와 맞부딪치면 안 됩니다. 항상 그녀를 구슬려야 돼요……. 그녀는 이곳에서 매우 불행했어요! 보시겠어요……? 가구는 아주 낡았죠! 마담 생각대로 하게 놔두세요. 선심 한번 크게 써서 근사한 호텔을 잡아 주세요. 분위기가 완전히 새로워지면 마담은 확실히 기분 전환이 될 것이고, 아마도 당신보다 더 좋아할 겁니다. 그러면 천사처럼 나긋나긋해지겠죠. 오! 마담 같은 여자는 세상에 둘도 없어요! 당신은 정말 탁월한 구매를 했다고 자랑해도 돼요. 마음씨 좋죠, 품행 바르죠, 갸름한 발목에, 피부는 어떻고요, 한 떨기 장미죠……. 아참! 재치도 넘쳐서 사형수를 웃길 정도랍니다. 마담은 탐닉할 만한 여자예요……. 그리고 옷은 또 얼마나 잘 입는다고요! 그래요! 그녀가 비싼 건 사실이지만, 흔히들 말하듯이 남자라면 그만한 돈은 갖고 있어야지요. 이곳에 있는 그녀의 옷들은 모두 압류된 상태예요. 그러니까 치장을 제대로 못 하고 석 달이나 지난 거지요. 하지만 보시다시피 마담은 너무나 착해서 나는 마담을 정말 좋아해요. 그녀는 나의 주인이에요! 그렇지만 말은 바로 하자고요. 마담 같은 여자가 압류된 살림살이에 둘러싸인 신세라니요……! 누구 때문이겠어요? 그녀를 등쳐먹은 웬 양아치 때문이죠……. 불쌍한 여자예요! 그녀는 더 이상 예전의 그녀가 아니에요.”

“에스더…… 에스더…….” 남작이 계속 말했다. “크만 참자리에 틀어요, 나에 천사여……. 아! 탕신을 풀안하게 하는 뇨인이 나라면 난 크냥 이 소파에서 찰케요…….” 에스테르가 울음을 멈추지 않는 것을 보고 지고지순한 사랑에 몸이 달아오른 남작이 큰 소리로 말했다.

“알았어요!” 에스테르가 남작의 손을 잡고 거기에 감사의 표시로 입맞춤하면서 대답했다. 그 입맞춤으로 살쾡이의 두 눈에서 눈물 비슷한 어떤 것이 찔끔 비어져 나왔다. “당신 은혜 잊지 않을게요…….”

그러고 나서 그녀는 침실로 쏙 들어가더니 다시 나오지 않았다.

“처 안에 먼가 말 못 할 사청이 잇는 커야…….” 최음제를 먹어서 싱숭생숭해진 뉘싱겐이 중얼거렸다. “크나처나 칩에 카면 머라 입팡아들을 치어댈카……?”

그는 자리에서 일어나 창문을 내다보았다. “내 마차는 여저니 처기 잇쿤……. 금팡 날이 새겟네……!”

그는 침실 쪽으로 가보았다.

“니싱겐 푸인이 나중에 내가 오늘 팜을 어터케 포냇는지 알게 탠다면 나를 얼마나 초롱해 탤는지……!”

그는 이대로 잔다는 것이 어떻게 보면 너무 바보짓 같다는 생각이 들어 몸을 움직여 침실 문에 귀를 갖다 댔다.

"에스더……!"

아무런 대답도 들려오지 않았다.

"세상에! 크녀가 아직도 울고 잇서……!" 그는 소파로 돌아와 몸을 뉘며 중얼거렸다.

날이 새고 10분 정도 지난 다음, 소파 위에서 불편한 자세로 억지 선잠이 들었던 뉘싱겐 남작은 꿈에 시달리다가 외롭이 깨우는 바람에 소스라치며 깨어났다. 남작이 꾼 꿈은 당시 세간에 화제가 되었던 그런 꿈에 속하는 것이었는데, 그것이 동반하는 급성 합병증은 의생리학에서 아직 규명되지 않은 현상 중 하나였다.

"아! 이걸 어째! 마담," 그녀가 소리쳤다. "마담! 군인들이에요……! 헌병대원들이요. 법원에서 나왔나 봐요. 마담을 체포하려고 해요……."

에스테르가 문을 열고 나타났는데, 흐트러진 잠옷 차림인 채로 맨발에 실내화를 걸치고 머리는 부스스했어도 대천사 라파엘을 죄에 들게 할 만큼 아름다운 모습이었다. 그 순간 거실 문이 벌컥 열리더니 다섯 명이 진흙탕처럼 쏟아져 들어와 플랑드르 종교화 속 천사처럼 서 있는 그 성스러운 아가씨를 향해 우르르 달려들었다. 뒤이어 한 남자가 앞으로 나섰다. 콩탕송이었다. 험악한 콩탕송이 촉촉한 에스테르의 어깨 위에 손을 얹었다.

"당신이 마드무아젤 에스테르 반……?" 그가 말했다.

그 순간 외롭이 콩탕송의 얼굴에 손등으로 일격을 가한 다음 사바트라는 명칭의 격투기를 연마하는 사람들이 흔히 구사하는 예의 그 잽싼 발길질로 그의 두 다리를 무너뜨리자 그는 하마터면 바닥에 코를 박고 완전히 고꾸라질 뻔했다.

"물러나!" 그녀가 소리쳤다. "우리 마님 몸에 손대지 마라!"

"저 여자가 내 다리를 부러뜨렸네!" 콩탕송이 몸을 일으키면서 외쳤다. "저 여자에게 본때를 보여줘……."

흉측한 모자를 그보다 훨씬 더 흉측하게 생긴 머리 위에 눌러쓰고, 눈들은 하나같이 사팔뜨기인 데다 입들은 일그러졌으며 그중 몇은 코가 문드러져 없어져 버린, 마호가니 나뭇결처럼 울퉁불퉁한 면상들을 하고서, 누가 봐도 집행관 조수라고 알아볼 수 있는 복장을 한 다섯 명의 무리에서 루샤르가 앞으로 나섰다. 자기 부하들보다는 깨끗한 복장이었지만 그들과 마찬가지로 머리에 모자를 눌러쓴 그는 부드러운 듯하면서도 빈정거리는 표정이었다.

"마드무아젤, 당신을 체포합니다." 그가 에스테르에게 말했다. "그리고 당신 말이야," 외룝을 향해 그가 말을 이었다. "조금이라도 공무를 방해하면 처벌 받을 것이며, 어떠한 저항도 소용없다."

식당과 응접실 바닥에 장총 개머리판들이 부딪치는 소리가 경비 병력이 두 배로 증원되었음을 알리며 그 말이 사실임을 입증했다.

"그런데 무엇 때문에 나를 체포하는 거지요?" 에스테르가 순진한 표정으로 물었다.

"우리 사이에 약소하나마 갚아야 할 빚도 있잖소……?" 루샤르가 대답했다.

“아! 그렇군요!” 에스테르가 내뱉었다. “옷 좀 갈아입고 나올 게요.”

“유감스럽지만, 마드무아젤, 당신 침실에 달아날 구멍이 전혀 없는지 먼저 확인해야겠습니다.” 루샤르가 말했다.

이 모든 것이 순식간에 벌어진 일이라 남작은 여태 끼어들 틈을 못 찾고 있었다.

“올커니! 내가 치름도 인육 창사쿤이요? 니싱겐 남작……!” 그악스러운 아지가 마치 뜻하지 않게 은행가를 발견했다는 듯이 집행관 조수들을 헤치고 장의자까지 돌진해 소리쳤다.

“이 악톡칸 컷 카트니라고!” 뉘싱겐이 자본가의 위엄을 과시하려는 양 벌떡 일어서며 맞받았다.

그러더니 그는 에스테르와 루샤르 사이로 몸을 던졌는데, 곧이어 울린 콩탕송의 외침을 듣고 루샤르는 모자를 벗어 은행가에게 예의를 표했다.

“뉘싱겐 남작님……!”

루샤르가 신호를 보내자 조수들 역시 모두 공손하게 모자를 벗고 조아리면서 문밖으로 퇴각했다. 콩탕송은 나가지 않고 남았다.

“남작님, 그러면 남작님께서 대신 돈을 내시겠습니까……?” 수사대원이 모자를 벗어 손에 쥐고 물었다.

“내겟소.” 그가 답했다. “크러긴 하겟는데 태체 얼마 태문에 크러는지 먼저 알아야겟소.”

“32만 프랑하고 얼마 더 됩니다. 그러면 빚은 청산되는 것이지만 이번 체포 집행 비용은 포함되지 않은 액수입니다.”

“32만 프랑이라고!” 남작이 소리쳤다. “소파에서 하룻밤 포 낸 사람을 캐운 캅 치고는 치나치잔나.” 그가 외롭의 귀에다 대고 소곤거렸다.

“이 사람이 정말 뉘싱겐 남작 맞아요?” 외롭이 루샤르에게 못 믿겠다는 투로 내뱉었는데, 의심스럽다는 그 몸동작은 코 메디 프랑세즈에서 시녀 역 배우 중 최고인 뒤퐁 양도 샘낼 만 했다.

“그렇소, 마드무아젤.” 루샤르가 말했다.

“그렇소.” 콩탕송이 대답했다.

“내가 이 녀자를 책임치겠소.” 외롭의 의심에 자존심이 상 한 남작이 말했다. “이 녀자하고 참칸 할 니야기가 잇소.”

에스테르와 그녀의 늙은 애인이 함께 침실로 들어가자 루 샤르는 열쇠 구멍에 귀를 바짝 갖다 댔다.

“에스더, 난 탕신을 내 목숨포다 터 사랑하오. 하지만 탕신 치갑에 잇는 케 헐신 터 초을 톤을 탕신 채컨자들에게 줄 이 유가 어디 잇소? 일탄 캄옥에 틀어카시오. 크러면 내가 무슨 수를 서서든지 10만 프랑으로 크 10만 에키 채컨을 타시 사들 이겟소. 크러면 탕신에게 20만 프랑이 생기는 커요⋯⋯.”

“그 방식은,” 루샤르가 그에게 소리쳤다. “소용이 없습니다. 채권자는 마드무아젤을 사랑하는 사람이 아닙니다⋯⋯! 아시 겠습니까? 그리고 그 채권자는 당신이 그녀에게 반했다는 사 실을 알고부터는 받을 것 이상으로 얻어내려고 하거든요.”

“피러머글 얼칸이 캇트니라고!” 뉘싱겐이 문을 벌컥 열고 루 샤르를 힐난하며 방 안으로 끌어들였다. “차넨 찰 알지도 못하

면서 치켤이는군! 차네가 토움을 춘다면 내 차네에게 20퍼센
트를 나너주겠네……."

"있을 수 없는 일입니다, 남작님."

"뭐라고, 이 양반아! 당신이 어떻게 감히," 외롭이 끼어들면
서 말했다. "나의 주인마님을 감옥에 보낼 수작을 하려는 거
야……! 그런데 내 월급과 내 저금이 필요하세요? 마음대로
쓰세요, 마담, 40만 프랑은 되니까요……."

"아, 이 불쌍한 사람," 에스테르가 외쳤다. "자네가 그런 사
람인 줄 몰랐어!" 에스테르는 외롭을 껴안으며 말을 이었다.

외롭은 와락 울음을 터뜨렸다.

"내가 내겟소." 남작이 민망함을 감추지 못하고 장부를 꺼
내며 말했다. 그는 거기서 서식이 인쇄된 작은 장방형 증서 하
나를 뜯어냈는데, 그것은 은행이 은행가들에게 발행하는 것
으로서, 은행가들이 거기에 금액을 숫자와 글자를 병행해서
적기만 하면 그 증서의 소지자에게 해당 금액을 지급하라는
명령이 성립되는 것이다.

"그러실 필요 없습니다. 남작님," 루샤르가 말했다. "제겐 금
화나 은화로만 지급금을 받으라는 명령이 내려져 있습니다.
남작님이니까 지폐는 받겠습니다."

"타르테프로군!"[233] 남작이 목소리를 높였다. "크러타면 나
한테 컨리 층서를 포여추겟소?"

콩탕송이 파란색 종이 파일에 담긴 석 장의 서류를 제시했

고, 남작은 콩탕송에게 눈을 떼지 않은 채 그 서류를 받으며 콩탕송의 귀에 대고 속삭였다. "나한테 미리 알려추엇스면 크촉은 터 운수 초은 날을 만드럿슬 텐데."

"아! 남작님, 내가 남작님이 이렇게 될 줄 알고 있었다고요?" 밀정이 루샤르가 듣건 말건 개의치 않고 대답했다. "남작님은 나에 대한 신뢰를 거두셨기 때문에 제대로 당한 겁니다. 누군가 당신을 등치고 있는 거지요." 그 심오한 철학자는 어깨를 한번 으쓱하며 덧붙였다.

"크래, 맛네." 남작이 중얼거렸다. "아! 내 사랑," 그는 어음증서들을 보다가 에스테르 쪽으로 몸을 돌려 소리쳤다. "탕신은 이름난 악탕의 히생자요! 사기쿤에게 컬려든 커야!"

"아아! 맞아요." 가련한 에스테르가 답했다. "하지만 그 사람은 나를 정말 사랑했더랬어요……!"

"마냑에 내가 알앗더라면, 마냑에…… 탕신 편에 서서 치급 커부를 햇슬 텐데."

"평정심을 잃으셨군요, 남작님." 루샤르가 말했다. "제삼의 배서인이 있어요."

"크러치," 그가 반복했다. "체삼의 패서인이 잇지…… 세리제! 커부컨을 카진 자!"

"남작은 정신적으로 곤경에 처해 있어." 콩탕송이 미소 지으며 말했다. "지금 말장난을 하고 있는 거야."

"남작님, 남작님의 금전 출납계원에게 지시하는 쪽지 하나 써 주시겠습니까?" 루샤르도 미소를 지으며 말했다. "그러면 콩탕송을 거기로 보내고 내 부하들은 철수시키겠습니다. 시간이 흐르고 있습니다. 머지않아 세상에 소문이 좍……."

"서두르게, 콘탄손……!" 뉘싱겐이 소리쳤다. "내 출납게언은 마투랭카 하고 아가트카 쿄차로에 잇네. 여기 촉지 팟게. 우리 톤은 타 은행에 틀어 잇스니카 커기에 10만 에키가 업슬 수도 잇서. 크럴 컹우 티티에나 켈러 은행에 카라고 치시해 노앗네……. 옷을 칼아입어요, 내 쳔사," 그가 에스테르에게 말했다. "이제 탕신은 차유요." 그러고는 아지를 바라보며 목소리를 높였다. "늘근 녀자들이 절믄 녀자들보다 터 코약해……."

"가서 채권자가 기뻐할 소식을 전해야겠네." 아지가 그의 말을 받아쳤다. "그러면 즉시 나한테 재미나는 걸 주겠지. 언찬케는 생각치 마세요, 남착 나으리……." 생테스테브가 악의적으로 남작의 말투를 흉내 내며 덧붙였다.

루샤르는 남작이 쥐고 있던 증서들을 돌려받았다. 거실에는 그와 남작 둘만 남았다. 30분쯤 후 경리부장이 콩탕송과 함께 들어왔다. 그때 에스테르가 비록 급조한 것이지만 눈부신 성장을 하고 방을 나왔다. 루샤르가 돈을 세서 확인을 마치자 남작은 증서들을 다시 살펴보려고 했다. 그러나 에스테르가 그것들을 고양이처럼 민첩하게 낚아채 자기 책상 서랍 속에 넣어버렸다.

"소인에게도 수고했다고 뭘 좀 주셔야지요……?" 콩탕송이 뉘싱겐에게 말했다.

"이미 심심한 캄사 인사를 천하지 안앗소?" 남작이 말했다.

"그럼 제 다리는……!" 콩탕송이 외쳤다.

"루샤르, 콘탄손에게 100프랑 좀 추시오, 1000프랑 충 남은

게 잇잔소……."

테부가를 벗어나면서 출납계원이 뉘싱겐 남작에게 말했다. "청말 알흠다운 녀자입니다! 하지만 남작님케 아추 피산 치출을 하게 햇서요."

"철대 피밀을 엄수하도록." 이미 콩탕송과 루샤르에게도 비밀을 지켜달라고 당부했던 남작이 말했다.

루샤르는 콩탕송을 대동하고 철수했다. 그러나 그를 내내 주시하고 있던 아지가 대로변에서 경제범죄 수사대원의 길을 막아섰다.

"집행관과 채권자가 저기 삯마차에서 기다리고 있어요. 그들은 아직 목이 말라요!" 그녀가 그에게 말했다. "그리고 털 돈은 무진장 널렸고!"

루샤르가 돈을 세고 있는 동안, 콩탕송은 의뢰인들을[234] 자세히 관찰할 수 있었다. 그는 카를로스의 두 눈을 눈여겨보는 한편, 가발 밑 이마의 형태를 유심히 살폈다. 가발은 매우 수상해 보였다. 그는 눈앞에서 진행되고 있는 일에는 아무런 관심도 없는 척하며 삯마차의 번호판을 기록해 두었다. 아지와 외룝은 아무리 보아도 온통 의혹투성이인 자들이었다. 그는 남작이 고도로 숙달된 자들에게 당한 피해자라는 생각이 들었는데, 이러한 생각은 루샤르가 자기더러 특별히 주의할 것을 주문하면서 평소 그답지 않게 말을 아꼈던 모습을 떠올

---

234) 가공의 채권자인 윌리엄 바커, 곧 변장한 카를로스와 그가 고용한 집행관을 말한다.

리자 심증이 더욱 굳어졌다. 게다가 외롭의 발차기는 콩탕송의 정강이만 가격한 것이 아니었다. '이건 생라자르 여자 교도소 출신만이 할 수 있는 가격이다.' 그는 아까 몸을 일으키면서 그렇게 중얼거렸었다.

카를로스는 집행관에게 두둑이 사례를 하고 돌려보낸 뒤 삯마차 마부에게도 돈을 치르면서 말했다. "팔레루아얄, 파사주 페롱으로!"

"아! 흉악한 놈이다!" 목적지를 말하는 목소리를 듣고 콩탕송이 중얼거렸다. "뭔가 있다……!"

카를로스는 미행을 염려할 필요가 없을 정도의 속력으로 달려 팔레루아얄에 도착했다. 그런 다음 파사주 여러 곳을 종횡무진 쏘다니다가 샤토도 광장에 이르러 다른 삯마차를 잡아타고 목적지를 말했다. "피농가 옆, 오페라 파사주로." 얼마 후 그는 다시 테부가로 들어섰다.

그를 보고 에스테르가 말했다. "저기 그 치명적인 서류들이 있어요!"

카를로스는 증명 서류들을 꺼내 살펴본 다음 부엌으로 가지고 가서 태워 없앴다.

"작전 성공!" 그가 프록코트 안주머니에서 돌돌 말린 30만 프랑 돈뭉치를 꺼내 보이며 외쳤다. "이 돈과 아지가 우려낸 10만 프랑이면 행동을 개시할 수 있다."

"오, 주여! 주여!" 가련한 에스테르가 외쳤다.

"무슨 어리석은 소리," 냉혹한 모사꾼이 일갈했다. "넌 여봐란듯이 뉘싱겐의 정부가 되는 거야. 그러면 나중에 뤼시앵을

만날 수 있어. 그는 뉘싱겐의 친구니까. 그에 대해 연정을 품
는 것까지는 막지 않겠어!"

에스테르는 암담한 자기 앞날에 한 줄기 희미한 빛이 스미
는 것이 보였다. 그녀는 안도의 한숨을 내쉬었다.

34. 몇 줄기 빛

"외롭, 내 딸 같은 심복," 카를로스가 대화 중 한마디도 누
설될 염려가 없는 내실 구석으로 그 여인을 데리고 가서 입을
열었다. "외롭, 난 자네가 대견스러워."

외롭이 고개를 들어 남자를 바라보았는데 그 표정은 후줄
근한 그녀의 평소 얼굴과는 너무나도 판이한 것이어서 문에
지켜 서서 그 광경을 바라보던 아지는 카를로스와 그녀를 묶
은 이해관계가 자신과 그를 묶고 있는 이해관계와는 차원을
달리하는 것이 아닐까 하는 의구심이 들었다.

"이게 끝이 아니야. 40만 프랑 갖고는 아직 멀었어…… 파
카르가 총액 3만 프랑에 달하는 은식기 운송장을 자네에게
건네줄 거야. 그 운송장에 적힌 가격에는 이미 분할 지급된 액
수가 포함되어 있고, 우리가 아는 금세공사 비댕이 그 돈을
낸 거야. 그에 의해 압류된 우리 가구는 아마도 내일 경매 공
고가 날 거야. 가서 비댕을 만나도록 해. 주소는 라르브르세
크가야. 그가 자네에게 저당 금액 1만 프랑의 전당표들을 줄
거야. 자네도 알잖아, 에스테르는 은식기를 주문해 받고는 대

330

금을 결제하지 못해 그것을 저당 잡혔지. 그래서 조만간 사기 죄로 약식 고소하겠다는 위협에 직면하게 됐어. 그러니 그 은식기를 되찾기 위해 금세공사에게 3만 프랑, 전당포에 1만 프랑을 줘야 할 거야. 비용 포함해서 총 4만 3000이야. 물론 그 은식기는 그냥 합금 덩어리고, 남작이 은식기를 새로 들여놓겠지. 그러면 우린 남작에게서 수천 프랑을 다시 뽑아낼 수 있어. 자네가 2년 동안 양재사에게 빚진 돈이…… 얼마지?"

"6000프랑 정도라고 할 수 있죠." 외롭이 대답했다.

"좋아! 마담 오귀스트가 돈도 받고 거래도 유지하고 싶다면, 그녀는 4년치 3만 프랑 상당의 견적서를 꾸며내야 할 거야. 장신구 판매업자와도 동일하게 협약을 맺도록 해. 생타부아가의 유대인 보석상 사뮈엘 프리슈가 자네에게 전당표들을 빌려줄 거야. 우리는 그에게 2만 5000프랑의 빚이 있는 것으로 만들어야 해. 전당포에 우리 보석을 저당 잡히고 6000프랑을 받은 것으로 해놓아야 하고. 우리는 보석들을 보석상에게 돌려줄 거야. 그중 절반은 가짜로 채워 넣고. 남작은 이번에도 역시 그것들을 거들떠보지도 않을 거야. 아무튼, 자네는 지금부터 일주일 안에 우리 갑부께서 15만 프랑을 더 토해 내도록 만들어야 해."

"마담이 나를 좀 도와주어야 해요." 외롭이 대답했다. "마담에게 말씀해 주세요. 저기 얼빠진 모습으로 앉아만 있어서 난 일인삼역보다 더 많은 애를 써야 하거든요."

"에스테르가 '요조숙녀병'에 빠져 있으면 나에게 알려주도록 해." 카를로스가 말했다. "뉘싱겐은 그녀에게 마차 일습과 말을 사주기로 했어. 그녀는 그 모든 것을 자신이 고르고 사겠다는 의사를 표명해야 해. 자네들은 파카르가 세 들어 사는 주인집의 말 장수와 마차 제작자를 거래 상대자로 선택하라고. 우리는 거기에 우량마라고 속여 아주 비싸게 값을 매긴 말들을 확보해 놓을 건데, 그 말들은 한 달 후 절름발이가 되게 돼 있고, 그러면 그 말들을 다른 말들로 교체하면서 돈을 또 받아내는 거야."

"향수 업자 견적서 수법으로 6000프랑을 뽑아낼 수 있겠군요." 외롭이 말했다.

"오!" 그가 고개를 끄덕이며 말했다. "천천히, 양보에 양보를 거듭하며 가는 거야. 뉘싱겐은 지금 기계에 팔만 집어넣은 상태야. 우리 목표는 그의 머리야. 그리고 그 무엇보다도 난 50만 프랑의 돈이 필요한 거고."

"그건 손에 넣을 수 있을 거예요." 외롭이 대답했다. "마담은 60만 프랑가량 뽑을 때까지 그 멍청이 돼지에게 살갑게 대할 것이고, 그다음에 사랑을 대가로 하면 40만 프랑을 더 요구할 수 있을 거예요."

"명심하도록 해," 카를로스가 말했다. "내가 마지막 10만 프랑을 손에 넣는 날, 네 몫으로 2만 프랑을 줄 거야."

"그만한 돈이 나한테 무슨 필요가 있는데요?" 외롭이 삶에 체념한 것 같은 사람처럼 두 팔을 축 늘어뜨리며 말했다.

"네 고향 발랑시엔으로 돌아갈 수 있어. 거기서 아름다운 집을 하나 사고, 마음만 먹으면 참한 여염집 아낙이 될 수도 있어. 자연에 파묻혀 모든 풍미를 만끽하는 삶. 파카르는 가끔 그런 삶을 동경하지. 그는 아무런 짐도 짊어지고 있지 않아. 양심에 거리낄 것도 거의 없지. 자네들은 서로 잘 어울릴 수 있어." 카를로스가 반박했다.

"발랑시엔으로 돌아가다니……! 정말 그렇게 생각하시는 거예요?" 외롭이 두려운 기색을 하며 외쳤다.

발랑시엔에서 몹시 가난한 방직공 부부의 딸로 태어난 외롭은 일곱 살 때부터 방직공장에 다니기 시작했는데, 현대 산업은 그녀의 육체 노동력을 착취했고 악덕은 일찌감치 그녀의 심성을 점령해 타락의 길로 이끌었다. 열두 살에 이미 비행을 일삼고 열세 살에 엄마가 된 그녀는 밑바닥 인생들과 어울리는 처지가 되었다. 그녀는 살인 사건에 연루되어 중죄 재판소에, 그것도 증인으로 출두한 적도 있었다. 열여섯의 나이에 남은 일말의 정직성이 발동한 데다 재판이 주는 공포감에 압도당한 그녀는 피의자에게 불리한 증언을 함으로써 그가 20년의 징역형을 선고 받는 데 결정적 역할을 했다. 누범자들로 구성된, 배반자에게 끔찍한 보복을 행사하는 범죄 조직의 일원이었던 범인은 법정 한복판에서 그 아이에게 이렇게 말했다. "프뤼당스, (당시 외롭의 이름은 프뤼당스 세르비앵이었다.) 난 10년 안에 지금처럼 네 앞에 다시 나타나 설사 기요틴에 목이 잘리는 한이 있더라도 널 죽이고 말 것이다." 재판장은 프뤼당스 세르비앵에게 사법 당국의 관심과 보호를 약속하며 그녀를 안심시키려고 노력했으나, 그 가엾은 아이는 극심한 공포에 사로잡힌 끝에 병을 얻어 결국 1년 가까이 병원에 입원하는 신세가 되었다. 사법 당국은 끊임없이 물갈이되는 구성원들의 집합으로 대변되는, 실체가 없는 관념의 조직체이기 때문에 사법 당국의 선의나 기억은 그 구성원들처럼 이랬다저랬다 변하기 마련이다. 검찰이나 법원은 범죄에 대해 예방의 기능을 조금도 가지지 못하는 기관이다. 그것들은 다만 범죄를 기정사실로 받아들이기 위해 고안된 기관일 뿐이다. 사정이 이렇기에 예비 단속 경찰의 존재는 한 나라의 입장에서는 다행이라 할 것이다. 그러나 경찰이라는 말은 오늘날 입법자를 두려움에 떨게 하는바, 입법자는 **통치하다, 집행하다, 입법하다,** 이 세 단어 사이의 차이를 더는 구별할 줄 모르기 때문이다. 입법자는 마치 자신이 집행자라도 되는 양 모든 것을 국가 속에 집어넣는 경향이 있다. 그러니까 도형수는 자신이 노린 자를 한시도 잊지 않고 염두에 두었다가 복수를 가하기 마련이지만, 반면에 사법 당국은 복수를 꿈꾸는 자도 복수를 당하는 자도 잊어버리고 말 것이다. 프뤼당스는 본능적으로, 이 표현이 좀 과하다면 어렴풋이, 자신의 위험을 감지하고는 열일곱 살에 발랑시엔을 떠나 파리로 도망쳐 몸을 숨겼다. 그녀는 파리에서 네 개의 직업을 전전했는데 그중 가장 번듯했던 것이 어느 조그만 극장에서 맡은 단역배우였다. 자크 콜랭의 오른팔이자 자이드 같은 충복인 파카르가 자기 주인에게 프뤼당스의 존재를 알렸다. 그러다가 주인에게 노예가 하나 필요한 상황이 오자 주인이 프뤼당스에게 말했다. "만약 네가 사람들이 악마를 섬겨야 하듯 나를 섬기고자 한다면 내가 너를 뒤뤼에게서 벗어나게 해주겠다." 뒤뤼는 바로 문제의 그 도형수, 곧 프뤼당스 세르비앵의 머리 위에 한 오라기 실로 매달려 있던 다모클레스의 칼이었다.[235] 이런 자세한 내용들을 모른다면 대부분은 외롭의 헌신을 약간 현실성이 없다고 비판하고 나섰을 것이다. 그리고 카를로스가 연출하려고 하는 극적 상황 변화를 깨달은 사람은 하나도 없었을 것이다.

"그렇단다, 애야. 넌 발랑시엔으로 돌아갈 수 있어……. 자, 읽어봐." 그러면서 그는 전날 신문을 내밀며 다음과 같은 기사를 손가락으로 가리켰다. '툴롱 발(發) ─ 어제 장 프랑수아 뒤뢰의 사형이 집행되었다. (……) 아침부터 툴롱 도형장 주둔군은…….' 등등.

프뤼당스는 신문을 떨어뜨렸다. 두 다리가 체중을 이기지 못하고 후들거렸다. 드디어 그녀는 다시 살아났다. 그녀 스스로 누누이 이야기했듯이 뒤뢰의 협박을 받고부터는 빵 맛도 느끼지 못했던 것이다.

"보다시피 난 약속을 지켰어. 뒤뢰를 함정에 빠뜨려 참수형을 받게 만드는 데 4년이 걸렸어……. 됐어! 이제 내 할 일은 끝났어. 넌 고향으로 돌아가 조그만 상점을 경영하면서 사는 거야. 2만 프랑의 자산가이자 파카르의 아내가 돼서 말이지. 내가 파카르에게 은퇴 선물로 덕성스러운 여인을 선사하는 거지."

---

235) 기원전 4세기 시라쿠사의 참주 디오니시오스 1세의 신하로, 군주의 권좌를 부러워하자, 디오니시오스는 다모클레스에게 자신의 자리에 앉아 보도록 권했다. 그런데 왕좌에 앉아 보니 바로 위 천장에 말총 한 올에 매달린 칼이 보였다. 무소불위의 권력에는 늘 위기가 함께한다는 교훈을 주는 일화로, 고대 로마 정치가이자 철학자 키케로가 인용해 유명해졌다.

외롭은 신문을 다시 집어 들고 20년 전부터 신문마다 지치지도 않고 도형수들의 사형 집행을 다루면서 써먹어 온 그 모든 세세한 묘사를 답습한 기사를 눈을 반짝이며 읽어 내려갔다. 압도적 스펙터클, 수형자를 교화시키는 데 늘 성공하는 부속사제, 자신의 옛 동료들의 안식을 비는 늙은 범죄자, 겨누어진 총구, 무릎을 꿇고 쓰러지는 도형수들. 그리고 이어지는, 1만 8000가지 범죄가 우글거리는 도형장을 고발하지만, 그 실태를 변화시키는 데는 아무런 기여도 하지 못하는 상투적인 지적들.

"아지를 본거지로 복귀시켜야겠어." 카를로스가 말했다.

아지는 외롭의 무언의 몸짓을 보고 영문도 모른 채 앞으로 다가왔다.

"아지가 이곳에 찬모로 다시 복귀하게 하려면 남작이 이제까지 한 번도 먹어본 적 없었을 만한 음식을 대접하는 일부터 시작해야 해. 그런 다음 남작에게 아지가 도박으로 돈을 다 잃고 다시 여자 장사하는 일을 했다고 말하는 거야. 마차 뒤를 따르는 경호원은 따로 필요하지 않을 거야. 파카르가 마부를 할 거니까. 마부들은 보통 자기 자리를 벗어나지 않고, 그렇게 자리를 지키는 마부들에게는 접근하는 사람도 거의 없는 법이지. 그러니까 경찰의 염탐이 마부석의 파카르로 향할 소지가 적어지는 거지. 마담이 그에게 분칠한 가발을 쓰도록 할 거야. 금줄 장식이 달린 두툼한 펠트 삼각모도 씌우고. 그러면 전혀 딴사람이 되는 거지. 거기다가 내가 얼굴 분장도 시킬 거니까."

"우리를 보조할 하인들도 새로 오는 건가요?" 아지가 힐끔거리며 물었다.

"착실한 자들로 데려올 거야." 카를로스가 대답했다.

"모두 흐리멍덩한 자들이겠네!" 물라토 여인이 대꾸했다.

"남작이 저택을 하나 임대하면, 파카르의 친구가 문지기를 할 수 있어." 카를로스가 말을 이었다. "우리에겐 남자 시종 하나와 부엌일을 보조할 여자애 하나면 충분해. 그 두 외부인을 감시하는 데는 자네 둘이서 무리 없을 거고……."

카를로스가 막 나가려고 하는 순간 파카르가 나타났다.

"나가지 마십시오. 길에 사람이 쫙 깔렸습니다." 경호원이 말했다.

아주 단순해 보이는 이 말은 사실 심각한 것이었다. 카를로스는 외롭의 침실로 올라가 숨어 있다가 파카르가 마차를 빌려 집 안으로 들인 다음 그에게 통보하고 나서야 밑으로 내려갔다. 카를로스는 마차의 가림막을 내리고 어떠한 추격이라도 따돌릴 만한 맹렬한 속도로 이동했다. 포부르 생탕투안에 당도한 그는 삯마차 차부(車部)를 얼마 남기지 않은 곳에서 내려 차부까지 도보로 이동했다가 마차를 갈아타고 말라케 강변로로 돌아왔다. 그렇게 그는 감시의 눈초리를 피했다.

"이봐," 그가 1000프랑짜리 지폐 400장을 뤼시앵에게 보여주면서 말했다. "뤼방프레 가문의 영지 매입을 위한 분할 지급금이야, 됐지? 이중 10만 프랑은 고수익을 노리고 한번 질러볼 거야. 최근 승합마차 사업이 선을 보였어. 파리 사람들은 처음 보는 이 사업에 곧 득달같이 달려들 거야. 석 달 만에 우리는 세 배의 수익을 올릴 수 있어. 나는 사업이 어떻게 돌아가는지 알아. 주식 가격을 폭발적으로 끌어올리기 위해 회사는 자본금으로 투자자들에게 상당히 높은 배당금을 지급할 거거든. 뉘싱겐이 새로 고안한 수법이지. 뤼방프레 가문의 영지를 재건하는 과정에서 우리는 대금을 즉시 다 지급하지는 않을 거야. 너는 먼저 데 뤼포를 찾아가. 가서 그에게 데로슈라는 소송대리인을 너에게 직접 소개해 달라고 부탁하라고. 데로슈는 아주 교활한 작자인데 그자의 사무실로 찾아가는 거야.[236] 그를 만나거들랑 뤼방프레 영지에 직접 내려가 대지를 살펴봐 달라고 부탁해. 그리고 그가 너를 대리해 80만 프랑에 해당하는, 폐허가 된 성 주변 땅을 매입하고 그걸로 네게 3만 리브르의 연금 자산을 만들어주기만 한다면, 그에게 사례금 2만 프랑을 지급하겠노라고 약조하게."

"대단하시군……! 대단해! 대단해……!"

"난 항상 대단하지. 우리 서로 조금이라도 시답잖은 소리는 하지 말자고. 이자 수입에서 손해를 보지 않으려면 국고 채권에 10만 에퀴를 넣어둬. 그 돈을 데로슈에게 맡겨도 돼. 그자는 교활한 만큼이나 정직하기도 하니까……. 일단 거기까지 완료되면 곧장 앙굴렘으로 달려가. 가서 네 누이와 매제를 만나, 자발적으로 자그마한 선의의 거짓말을 해주겠다는 약조를 받아내도록 해. 네 누이와 매제가 너와 클로틸드 드 그랑리외

---

236) 데로슈는 『인간극』의 대표적인 소송대리인 데르빌의 법률사무소 서기 출신이다. 성실성의 대명사로서 직업윤리에 충실한 데르빌과 달리, 이익 추구에 민감하며 매사 냉소적인 성격의 소유자다.

의 결혼이 더욱 원활하게 이루어지도록 할 목적으로, 자신들이 네게 60만 프랑을 주었다고 진술하게 만드는 거야. 그건 불명예스러운 일이 아니야."

"우린 이제 살았다!" 뤼시앵이 흥분해서 소리쳤다.

"넌 그렇지!" 카를로스가 대꾸했다. "하지만 클로틸드를 아내로 맞아 생토마다캥 성당을 나설 때까지는 아직 아니야……."

"무엇이 두려워 그러세요?" 뤼시앵이 순전히 자신의 조언자를 염려해서 그런다는 표정으로 물었다.

"나를 감시하고 추적하는 자들이 있어……. 그래서 나는 진짜 신부처럼 행세해야 해. 그게 아주 곤혹스러워! 내가 성무일도서를 옆구리에 끼고 다니는 모습을 보면 악마가 나를 더 이상 보호해 주지 않을 거야."

그 시각, 출납계원의 부축을 받으며 떠났던 뉘싱겐 남작은 자신의 저택 현관에 막 당도했다.

35. 이득과 손실

"청말 몸서리나는쿤." 그가 집 안으로 들어서며 말했다. "피러머글 헛수고를 하고 말앗서……. 흥! 키필코 만해하고 말 커야……."

"안 초은 커슨 남작님케서 콩콩연하게 노출댔다는 컵니다." 충직한 독일인 출납계원은 오로지 격식 문제만 신경 쓰며 답했다.

"크러치, 내 정식 애인이라면 마땅히 나에게 어울리는 신푼의 녀자여야겟지." 은행계의 루이 14세가 대꾸했다.

조만간 에스테르를 취하리라고 확신한 남작은 원래의 거물 은행가로 되돌아왔다. 그는 아무 일도 없었다는 듯 거뜬히 업무에 복귀했는데, 출납계원은 이튿날 6시에 사무실에 출근해 있는 그를 보고는 새삼 그의 능력에 감탄하며 두 손을 비볐다.

"카연 남착님이세요. 팜새 청리를 타 하셧쿤요." 그가 섬세한 듯, 아둔한 듯, 묘한 독일인의 미소를 지으며 말했다.

뉘싱겐과 같은 부자들은 보통 다른 사람들보다 돈을 날리는 경우가 더 많긴 하지만, 한눈을 파느라 정신 못 차릴 때라 할지라도 돈을 벌 기회가 더 많은 것 또한 사실이다. 최고의 명성을 자랑하는 뉘싱겐 은행의 금융 수법은 다른 작품에서 상세히 설명해야겠지만, 상업 공업 정치 등 전 분야에 걸쳐 혁명에 휩싸인 우리 시대에 그 정도로 막대한 자산이 획득되고, 합법적 지위를 얻고, 증식되고, 유지되는 과정에서 상당한 규모의 자본 손실, 혹은 익숙한 다른 말로 하자면, 개인 자산에 부과되는 세금을 피할 방법은 전혀 없다는 원론만은 이 자리에서 환기할 필요가 있다. 우리는 보통 지구상의 공공재에 대해서는 새로운 가치를 부여하는 데 아주 인색하다. 새로운 독점은 전체 분배의 차원에서 보자면 예외 없이 또 하나의 새로운 불평등이 늘어났다는 것을 의미한다. 국가는 자신이 요구했던 것을 나중에 되돌려준다. 그러나 뉘싱겐 은행 같은 곳은 한번 손아귀에 넣은 것은 꽉 움켜쥐고 놓지 않는다. 뉘싱겐이 구사하는 '자르나크의 공격' 수법은 항상 법망을 빠져나가는데, 이는 프리드리히 2세나 자크 콜랭이나 망다랭 같은 자의 성공 수법과 그 연유가 같다.[237] 다만 프리드리히 대왕은 밀수나 유가증권에 손을 댄 것이 아니라 영토 정복 전쟁을 벌인 점이 다른 자들과 차이라면 차이일 것이다. 유럽의 국가들을 압박해 10~20퍼센트의 금리로 돈을 빌리지 않을 수 없게 만들고, 공적 자금을 가지고 그렇게 10~20퍼센트의 고수익을 올리고, 원자재를 독점해 공장들로부터 어마어마한 폭리를 취하고, 위기에 빠진 창업주를 물에서 꺼내준다며 구명줄을 던져주고는 익사 직전의 그 기업을 낚아채는 등, 수익을 둘러싼 모든 쟁탈전이 돈에 관한 상부 정책의 바탕을 이루는 것이다. 물론 은행가에게도 정복자에게도 위기는 닥치는 법이다. 그러나 그러한 전투를 벌일 수 있는 사람은 극소수로 제한되어 있는 법, 양들이 할 수 있는 것은 아무것도 없다. 중대한 일들은 목동들 사이에서 결정된다. 그런 연유로, (증권거래소의 은어로 공인된 용어인) 처형당한 자들은 너무 많이 벌려고 욕심내다 벌

---

237) 자르나크 남작인 기 샤보(Guy Chabot)는 1547년 결투에서 암수(暗數)를 써서 자신보다 훨씬 막강한 힘을 가진 상대를 제압한다. 이후 '자르나크의 공격'은 암수, 혹은 비열한 술수를 가리키는 대명사가 된다. 프로이센의 군주 프리드리히 2세(1712~1786)는 프로이센을 막강한 제국으로 만든 정복자이자 계몽군주로서, 대왕으로 칭송되는 인물이다. 루이 망다랭은 18세기 프랑스와 스위스 국경 지대에서 활동한 강도단의 우두머리다. 주로 밀수로 세를 불렸는데, 그 때문에 봉건왕조의 불합리하고 가혹한 세금에 신음하던 민중은 그를 의적 혹은 정의의 수호자로 떠받들기도 했다. 이 대목에서 자크 콜랭, 곧 에레라 신부로 변장한 보트랭은 뉘싱겐과 같은 수법을 쓰는 악인이지만, 동시에 계몽군주 프리드리히 2세나 의적 망다랭에 비견된다.

받은 사람으로 치부되고, 일반인들은 뉘싱겐 같은 자들의 술책으로 야기된 불행에 거의 아무런 관심도 보이지 않는다. 어떤 투기꾼이 자기 머리에 권총을 쏴 자살했건, 주식중개인이 야반도주를 했건, 공증인이 100가구의 재산을 갈취했건, 그런데 이것은 살인보다 더 죄질이 안 좋은 짓이다, 은행가가 은행을 청산했건, 이 모든 참상은 파리에서 몇 개월만 지나면 잊히고 해일같이 밀어닥치는 대도시의 소요에 이내 파묻히고 마는 것이다. 한때 자크 쾨르 가문, 메디치 가문, 디에프의 앙고 가문, 라로셸의 오프레디 가문, 푸거 가문, 티에폴로 가문, 코르나로 가문 등이[238] 소유한 막대한 부는 당시 진귀했던 물품들이 모두 어디서 오는지 아무도 몰랐기에 생긴 특권에 힘입어 정당하게 일궈낸 재산이었다. 그러나 오늘날은 대중도 지리 정보를 훤히 꿰뚫고 있고, 경쟁으로 인해 이윤 창출은 매우 제한된 상황이기 때문에 유서가 깊지 않은 재산은 모두 요행과 발명의 산물이거나 합법적 도둑질의 결과다. 여러 파렴치한 사례가 보여주듯, 이미 타락한 소매상은 특히 최근 10년 사이에, 도매상들이 원자재를 가지고 벌이는 추악한 협잡질을 따라 하는 양상을 보인다. 화학 기술이 보급된 곳에서는 예외 없이 사람들이 더는 포도주를 마시지 않고, 따라서 포도주 양조 산업도 무너지고 만다. 사람들은 세금을 피하고자 가짜 소금을 만들어서 판다. 법원마저 이렇게 만연한 탈법에 혀

---

238) 모두 12세기에서 16세기 사이에 해상무역과 금융업으로 막대한 부를 일궜던 프랑스, 독일, 이탈리아의 가문들이다.

를 내두른다. 그래서 프랑스 상업은 전 세계에 불신의 대상
이 되었고, 영국도 마찬가지로 타락한 것이다. 우리 나라의 경
우 이 모든 문제는 정치적인 법 제정에서 비롯되었다. 1814년
헌장은[239] 돈의 지배를 공식적으로 선포했고, 그러자 성공이
무신론 시대의 최고 원리가 되었다. 이처럼 사회 상층부의 부
패는 황금으로 이룬 휘황찬란한 성과와 그들이 내건 그럴듯
한 명분에도 불구하고, 사회 하층부의 자잘하고 대개 개인 차
원에 그치는 부패와는 비교가 안 될 정도로 심각한 것이다.
이 '장면'에[240] 등장하는, 희극적이지만 또 어떻게 보면 진저리
가 날 만큼 끔찍한 모습들은 그 하층부의 부패상 중 몇몇 지
엽적 사례일 뿐이다. 온갖 새로운 사상에 겁을 잔뜩 집어먹은
정부는 당대의 희극 요소들을 무대에서 추방해 버렸다. 루이
14세보다도 너그럽지 못한 부르주아지는 자기 시대의 '피가로
의 결혼'이 나올까 봐 벌벌 떨고, 정치적 함의를 가지는 타르
튀프가 공연되는 것을 금지하는 존재니, 『튀르카레』를 오늘날

---

239) 나폴레옹 시대가 끝나고 왕정복고가 이루어진 1814년 6월 4일, 프랑스
왕으로 등극한 루이 18세가 공포한 헌장을 가리킨다. 정식 명칭인 '입헌 헌
장'에서 알 수 있듯이 앙시앵레짐 개념인 '헌장'과 대혁명의 유산인 '입헌'의
타협의 산물로서, 대혁명과 나폴레옹 시대를 인정하는 대가로 왕권을 보장
받으려 한 의도를 가진다. 루이 18세는 왕정복고 전반기를 온건한 타협 정
책으로 이끌었는데, 이 점은 왕당파에게는 매우 불만족스러운 것이었다. 그
러나 실제로 헌장에 돈의 지배를 공식화한 문구는 없으며, 무신론의 표방
은 더더구나 아니었다. 발자크의 의도는 왕정복고 시대보다는 그 후 부르주
아지의 지배가 본격화된 7월왕정의 '현재'를 겨냥하는 것으로 보인다.
240) 발자크는 자신의 『인간극』을 구성하는 작품들을 곧잘 연극 용어인
'장면'으로 부른다.

의 무대에 올리는 것도 가만 놔두지 않을 것이 분명한데, 바로 부르주아지 자신이었던 그 튀르카레가 이미 최상부의 자리에 올랐기 때문이다.[241] 그 이후로 코미디는 자족적 이야기로 축소되고, 회계장부가 비록 더 재빠르지는 못해도 시(詩)를 생산해 내는 한층 더 확실한 무기가 된 것이다.

그날 오전 내내 들고나는 방문객들과 주문 넣는 소리와 짤막한 회견들로 뉘싱겐의 집무실이 대합실처럼 북새통이던 와중에 주식중개인 중 한 명이 뉘싱겐에게 은행 직원 하나가 실종되었다고 보고했다. 사라진 직원은 자크 팔레라고 하는 가장 유능하고 돈이 가장 많은 직원이었는데, 마르탱 팔레의 동생으로서 쥘 데마레의 후임이었다.[242] 자크 팔레는 뉘싱겐 은행에 적을 두고 활동하던 주식중개인이었다. 남작은 뒤티예, 그리고 켈러 형제와 한통속이 되어서 부활절에 쓸 양을 죽이듯이 그렇게 태연하게 이 남자의 파산을 기획했더랬다.

"켠딜 수가 업섯슬 커야." 남작이 아무렇지도 않다는 듯이

---

241) 앙시앵레짐의 신분 체제를 풍자한 보마르셰의 『피가로의 결혼』(1784)은 발자크의 시대에 이미 1789년 대혁명을 예고한 작품으로 평가 받았다. 1669년 몰리에르가 위선자 타르튀프를 통해 당대 사회를 비판한 것은 당시 국왕 루이 14세의 후견이 있었기에 가능한 것이었다. 1709년에 초연된 르사주의 『튀르카레』는 금융업자 튀르카레와 전통 귀족의 위선을 싸잡아 풍자한 작품인데, 발자크는 이 인물로 부르주아들을 겨냥함은 물론 그들이 1830년 7월혁명 이후 왕으로 옹립한 루이필리프가 왕이 되기 전 증권거래소의 투기꾼으로 활약했다는 사실을 환기한다.
242) 부유한 주물 제조업자 마르탱 팔레의 활약은 『하급 공무원들』(1838)이라는 작품에서 그려지고, 주식중개인 쥘 데마레의 파멸은 『페라귀스』에 등장한다.

대답했다.

자크 팔레는 주식 투기에 혁혁한 공을 세운 적이 여러 차례였다. 몇 달 전에 있었던 위기 상황에서는 대담한 술책으로 자리를 보전하기도 했다. 하지만 살쾡이들에게 인정받기를 바란다는 것은 한겨울에 우크라이나의 늑대들을 길들이겠다는 꼴이 아니겠는가?

"불쌍한 인간이에요!" 주식중개인이 말을 받았다. "그는 이런 파국을 맞으리라곤 생각하지 않았을 겁니다. 그래서 자기 정부 준다고 생조르주가에 조그만 집을 마련했겠지요. 페인트칠을 하네, 가구를 들이네 하면서 그 집에 15만 프랑을 쏟아부었어요. 발노블 부인을 무척 사랑했거든요……! 이제 그 여자는 그걸 전부 다 토해 내야 할 신세가 된 거지요……. 다 그런 거지요, 뭐."

'초아! 초아! 크날 팜 내가 입은 손실을 만해할 초은 키해가 온 커야…….' 뉘싱겐이 속으로 중얼거리고는 주식중개인에게 물었다. "큰데 모두 애상으로 삿단 말이지?"

"아무렴요, 외상이지요!" 중개인이 대답했다. "자크 팔레를 신용하지 않을 그런 물정 모르는 납품업자가 어디 있겠어요? 무슨 꿀단지가 있는 것 같았다니까요. 여담이지만 그 집은 매물로 나와 있는 물건인데, 그가 그 집을 살 거라고 했대요. 임차는 그의 이름으로 되어 있답니다. 딱하게 됐어요! 은식기며 가구며 포도주며 마차며 말이며, 모두 하나로 묶어서 일괄 처분될 거래요. 채권자들이 거기서 무얼 건지겠어요?"

"내일 타시 오시게." 뉘싱겐이 말했다. "내가 타 검토해 노을 테니카. 크리고 아무도 매입 카격을 푸르지 안코, 크래서 합으 초정으로 처분하는 컬로 결정이 나면, 크 통산 매입에 대해 척정 카격을 푸르는 일은 탕신에게 맛기겟네, 임차료를 포함해서 말이야……"

"아주 잘 해결될 수 있을 겁니다." 주식중개인이 말했다. "오늘 아침 한번 가보세요. 자크 팔레의 동업자 중 하나가 우선권을 달라고 요구하는 납품업자들에 둘러싸여 있는 광경을 보시게 될 겁니다. 그런데 납품업자들이 팔레 앞으로 청구한 계산서들을 발노블 부인이 가지고 있어요."

뉘싱겐 남작은 직원 하나를 곧장 자기 공증인 사무실로 보냈다. 자크 팔레는 이전에 남작에게 그 집 가격이 기껏해야 6만 프랑밖에 안 된다고 말한 적 있었는데, 이를 떠올리고 그는 임대업자 자격으로 우선권을 행사하기 위해 지체 없이 그 집의 주인이 되고자 했다.

출납계원이 (정직한 사람인지고!) 팔레의 파산 때문에 자기 주인이 무슨 손실을 보지나 않았는지 알아보려고 왔다.

"청반대야, 나에 충직칸 볼프강. 오히려 10만 프랑을 만해하게 댓서."

"아니, 어터케요?"

"크게 말이야, 크 풀상한 자크 팔레가 차기 청부 추려고 1년 천부터 콩들인 초그만 칩을 내가 카지게 댓단 말슴이야. 채컨자들에게 5만 프랑만 추면 몽탕 내 컷이 태. 내 추문을 팟은 콩증인 카르도가 크 칩을 매입할 커야, 칩주인이 풀편해하거든……. 나도 알고 잇엇지, 크러치만 크동안 청신이 업섯거든. 초만간 나에 녀신 에스더는 아탐한 쿵걸에서 살게 대는 커야……. 팔레가 날 토왓서. 키적 갓튼 일이지. 케다가 여기서 아주 카카어서…… 나로선 안성마춤이야."

팔레의 파산 때문에 남작은 증권거래소에 들러야만 했다. 그런데 생라자르가를 벗어나자면 테부가를 지나지 않을 수 없었다. 몇 시간이나마 에스테르 없이 지낸다는 것이 그로서는 벌써 고통스럽게 느껴졌다. 그는 어떻게 해서든 그녀를 늘 자기 곁에 두고 싶었을 것이다. 자기 휘하에 있던 주식중개인이 망해서 얻게 될 이득을 떠올리니 이미 입은 40만 프랑의 손실쯤은 새털처럼 가볍게 느껴졌다. '나에 천사'에게 테부가를 떠나 생조르주가의 '아탐한 쿵걸' 같은 집에서 과거의 나쁜 기억은 다 잊고 오로지 둘만의 행복을 위해 살자는 이야기를 할 수 있게 되었다는 생각에 마음이 들뜬 그는 발밑의 우툴두툴한 포석도 비단길을 밟는 것 같았고 걸음걸이도 청운의 꿈을 안은 젊은이처럼 활기찼다. 그렇게 우툴두툴한 포석과 달콤한 꿈 사이를 오가던 남작이 트루아프레르가 모퉁이를 돌던 순간, 저쪽에서 외롭이 죽상을 하고 그가 있는 쪽으로 걸어오는 것이 눈에 띄었다.

"어디 카는가?" 그가 물었다.

"아! 나리, 나리 댁에 가는 길이었죠……. 어제는 나리 말씀이 정말 맞았어요! 전 불쌍한 마담이 며칠간 스스로 감옥행을 택할 수밖에 없었다는 점을 이제야 깨달았죠. 하지만 돈 문제에 관해 여자들이 아는 게 있나요? 마담의 채권자들이 마담이 집에 돌아온 걸 알고는 모두 먹잇감을 덮치듯이 우르르 들이닥쳤어요……. 글쎄, 어제저녁 7시에 쳐들어와서는 토요일 날 마담의 가구를 팔아치우겠다는 딱지들을 막무가내로 붙여놓더라고요……. 그런데 그런 건 아무것도 아니에요……. 마담은 마음만은 진국인데, 그 당시 정말 그 흉악한 자의 마음에 들고 싶었던 거였어요, 알잖아요!"

"흉아카다니, 누구……?"

"있잖아요! 그녀가 사랑했던 그 드에투르니라는 자, 오! 그 사람 매력적이었어요. 근데 도박을 했죠, 그걸로 끝이에요."

"크자는 초작댄 카드로 토박을 햇지……."

"맞아요! 근데 나리는요……?" 외룝이 말했다. "그러는 남작님은 증권거래소에서 어떤 식으로 하는데요? 아이, 하던 말이나 하죠. 언젠가 마담은 빚 때문에 머리에 총을 쏴 죽어버리겠다고 나대는 조르주를 단념시키려고 은식기 전부와 외상으로 구매한 보석들까지 전당포에 맡겼어요. 그녀가 빚쟁이 한 명에게 얼마를 갚았다는 사실을 전해 듣고는 다른 빚쟁이들도 다 그녀에게 달려들어 악다구니를 쓰는 거죠……. 그녀를 경범 재판소에 보내버리겠다고 협박하고 있어요……. 나리의 천사가 그 피고석에 앉을 처지라고요! 그렇게 되면 나리 머리에서 가발을 벗겨내는 치욕이 아니겠어요……? 그녀는 지금 눈물범벅이 돼서는 강물에 몸을 던지겠노라고 하고 있어요……. 오! 정말 그러고 말 거예요."

"내가 치금 탕신들을 만나러 카면 층컨커래소는 영영 쿳이야!" 뉘싱겐이 소리쳤다. "내가 커기에 카지 안을 수 업는 컷이, 크녀에게 추려면 카서 얼마라도 펄어야 하니카……. 카서 크녀를 친정시키게. 내카 크녀의 핏을 타 캅파줌세. 4시에 크녀를 포러 카겟네. 크건 크러코, 에체니, 크녀에게 나를 초큼이나마 사랑하는지 물어파추게……."

"조금이라니요, 많이죠! 명심하세요, 여자의 마음을 사로잡는 길은 아낌없는 베풂뿐이에요……. 물론 그녀를 그냥 감옥에 가게 내버려두신다면 한 10만 프랑쯤 아낄 수 있으시겠죠. 그래 보세요! 그러면 그녀의 마음을 절대로 얻지 못할 테니까요. 마담은 제게 늘 말했어요. '외제니, 그분은 아주 훌륭하고 아주 관대하셨어……, 정말 아름다운 마음씨를 지니신 분이야!'라고요."

"크녀가 청말 크러케 말햇다고, 에체니?" 남작이 소리쳤다.

"그렇고말고요, 나한테 직접 말이에요."

"차, 여기 10루이 팟게나……."

"고맙습니다……. 그런데 마담은 지금 울고 있어요. 어제부터 울고 있는데 마들렌 성녀가 한 달 동안 운 것만큼은 돼요……. 남작님이 사랑하는 여자가 절망에 빠져 있어요. 자기가 지지도 않은 빚 때문에 그렇다는 게 더 절망스럽죠. 오! 남자들이란! 여자들이 늙은이들을 등쳐먹는다고 하지만 남자들이 여자들을 등쳐먹는 것도 그 못지않죠……. 잘들 해보세요!"

"녀자들은 타 크런 식이야! 밋고 헌신하지! 안 태! 철대로 밋고 헌신해서는 안 태……. 크녀는 압프로 철대 서명해서는 안 태. 이펀에는 내가 캅파주지, 하지만 탐에 타시 서명을 한다면…… 난……."

"어쩌실 건데요?" 외롭이 다잡듯이 말했다.

“맙소사! 난 크녀에게 어턴 컨한도 업서……. 크녀의 일이라면 차질구레한 커라도 내가 압창서서 해결해야지……. 차, 카서 크녀를 탈래 추게나. 크리고 크녀에게 한 달 후면 아탐한 쿵걸 캇은 칩에서 살게 델 커라고 천해 추게.”

“남작님은 여자의 마음에 수익률 높은 투자를 하신 겁니다! 어디 봐요……, 일개 침모에 불과한 저지만, 제가 보기에도 회춘하신 것 같아요. 전 이런 현상을 종종 봤어요. 이게 바로 춘정으로 인한 행복 덕분이지요. 행복의 효과는 얼굴에 나타나거든요……. 당장 비용이 좀 들더라도 아까워하지 마세요. 나중에 얻는 게 있을 테니까요. 무엇보다도 제가 그 점을 마담에게 주지시켰어요. 나리가 그녀를 지옥에서 꺼내주었는데도 만일 그녀가 당신을 사랑하지 않는다면 그녀는 인간말짜 중의 말짜, 그냥 갈보일 뿐이라고요……. 일단 그녀에게서 근심 걱정이 사라지고 나면 그때 나리는 그녀를 품을 수 있을 거예요. 우리끼리 하는 비밀 얘긴데, 이젠 남작님께 털어놓아도 되겠네요. 그녀가 그토록 울던 그날 밤……, 근데 무슨 말이 듣고 싶으세요? 곧 우리를 부양해 주실 분을 존중해야 마땅하니까……, 그날 밤 그녀는 남작님께 모든 걸 다 말할 용기가 안 났던 거예요……. 그녀는 그때 도망치고 싶어 했어요.”

“토망친다고!” 거기에 생각이 미치자 남작이 몸서리치며 소리쳤다. “큰데 층컨거래소는, 층컨거래소는 어터카지. 초아, 카자고, 카. 절대로 칩 안에 틀어가지는 안코…… 크녀를 창문 너머 파라보기만 해도…… 크녀의 모습만 파도 용기가 생길 커야…….”

에스테르는 뉘싱겐이 자기 집 앞을 지나갈 때 창문에 나타나 그를 향해 미소를 지어 보냈다. 뉘싱겐은 '천사 같은 여자'라는 말을 되뇌며 떨어지지 않는 발걸음을 겨우 옮겼다. 이처럼 말도 안 되는 일이 실제로 일어난 데는 외롭의 치밀한 준비가 있었으니, 자초지종을 말하자면 이렇다.

36. 필요한 부연 설명

그날 2시 반경, 에스테르는 뤼시앵을 기다릴 때처럼 차려입고 채비를 마친 상태였다. 그녀는 매혹적이었다. 그런 그녀의 모습을 바라보던 프뤼당스가 창문으로 눈을 돌리더니 그녀에게 말했다. "그분이 와요!" 불쌍한 그 아가씨는 뤼시앵이라는 줄 알고 달려갔으나 눈에 들어온 것은 뉘싱겐이었다.

"어쩜! 네가 나한테 이런 몹쓸 짓을 하다니!" 그녀가 말했다.

"당신 빚을 대신 갚아줄 얼간이 늙은이에게 관심을 보이는 척이라도 하게 하려면 이 방법밖에 없었어요." 외롭이 대답했다. "그래야 빚을 전부 갚을 수 있으니까요."

"무슨 빚?" 폭력적 조치로 날아가 버린 자신의 사랑을 되찾을 생각만 자나 깨나 하는 그 여인이 되물었다.

"카를로스 씨가 마담에게 덤터기 씌운 빚 말이에요."

"뭐라고! 45만 프랑 가까이 갚았잖아……!" 에스테르가 소리를 높였다.

"아직 15만 프랑 더 남았어요. 그런데 남작이 그것을 전부

떠안았어요……. 그가 당신을 이곳에서 꺼내 '아탐한 쿵걸 캇은 칩'에 살게 해줄 거예요……! 내가 당신이라면, 그 사람에 대해서 칼자루를 쥐고 있는 쪽은 당신이니까 그걸 이용해 카를로스의 환심을 산 다음에, 집 한 채와 연금을 확보하는 쪽을 택하겠어요. 마담은 내가 이제까지 본 여자 중에서 가장 아름답고 가장 매혹적이에요. 하지만 눈 깜짝할 새에 늙고 추해지는 법! 나도 한때는 싱그럽고 아름다웠어요. 그런데 이 모양이지요. 내 나이가 스물셋이에요. 마담과 거의 같지요. 그런데 열 살은 더 들어 보이지요……. 병 한번 걸리면 끝이에요……. 그런 거예요! 파리에서 집 한 채와 연금이 있다면 길거리에서 생을 마감할 걱정은 안 해도 되지요……."

에스테르의 귀에는 외롭-외제니-프뤼당스 세르비앵의 목소리가 더 이상 들어오지 않았다. 타락의 화신 같은 한 남자의 의지가 타락의 구렁텅이에서 에스테르를 구해 내기 위해 발휘했던 그 무시무시한 힘으로 그녀를 다시 진창 속에 처박은 것이다. 영원한 사랑이 무엇인지 아는 사람은 사랑의 의무를 준수하지 않으면 사랑의 기쁨도 누릴 수 없다는 사실을 잘 아는 법이다. 랑글라드가의 빈민굴에서 있었던 일 이후로 에스테르는 자신의 이전 삶을 까맣게 잊고 살았다. 그녀는 그때까지 수난을 감내하며 아주 정결한 삶을 영위했다. 그래서 그 주도면밀한 타락의 화신은 자신의 장기를 십분 발휘해 속죄 의식에 사로잡힌 그 가련한 아가씨가 완결된, 혹은 완결 직전의 사기 행각에 그저 동의만 하면 되도록 사전에 만반의 준비를 했던 것이다. 그러한 치밀함은 이 타락의 원흉이 무적의 존재라는 것을 보여주는 동시에 그가 어떤 방식으로 뤼시앵을 노예로 굴복시켰는지 짐작하게 해주는 대목이다. 피할 수 없는 끔찍한 상황을 만들어내고, 깊은 동굴을 판 다음 거기에 화약을 가득 채워 넣고는 결정적 순간을 기다렸다가 공범에게 "고개를 끄덕하는 신호를 보내면 폭파!"라고 말하는 방식. 옛날 에스테르는 창녀 특유의 도덕 감성에 물들어 있었기 때문에 그러한 모든 친절함을 지극히 당연한 것으로 여겼는데, 어떤 식이냐 하면, 경쟁 관계에 있는 동료 창녀를 평가하는 잣대로 남자에게 얼마만큼 돈을 쓰게 만드느냐 하는 능력만을 꼽았을 정도였다. 그렇게 탕진하게 만든 재산이 많을수록 창녀들의 계급도 올라가는 것이다. 카를로스는 에스테르의 그러한 과거 기억들을 끄집어내서 자극했던 것인데, 그것은 정확한 판단이었다. 그러한 부류의 여자들뿐만 아니라 난봉꾼들에 의해서도 수없이 활용되어 온 그러한 전략들과 계략들은 에스테르에게 거부감을 불러일으키지 않았더랬다. 그 가련한 아가씨는 다만 자신의 전략만을 절감할 뿐이었다. 그녀는 뤼시앵을 사랑했다. 그런데 공식적으로는 뉘싱겐 남작의 정부가 되어버린 것이다. 그녀에게 중요한 것은 그 사실뿐이었다. 가짜 에스파냐 신부가 계약금을 가로챘다는 사실, 뤼시앵이 에스테르 무덤의 돌들을 가지고 자산을 쌓아올렸다는 사실, 단 하룻밤 쾌락의 대가로 늙은 은행가는 1000프랑짜리 지폐를 적잖이 지급했다는 사실, 외롭이 약삭빠르게 술수를 써서 그중 수십만 프랑을 빼돌렸다는 사실 등은 그 어느 것도 사랑에 빠진 이 여자의 관심을 끌지 못했다. 그녀의 마음을 갉아먹는 암종은 다른 것이었다. 그녀는 지난 5년 동안 스스로를 천사처럼 순결무구한 존재라고 여겼다! 그녀는 사랑했고, 그래서 행복했으며, 그동안 부정한 짓은 눈곱만큼도 저지르지 않아왔다고 자부했다. 그 아름답고 순결한 사랑이 이제 더럽혀질 위기에 처했다. 그녀는 앞으로 자신에게 닥칠 불결한 삶과 그것과는 무관한 자신의 아름다운 삶이 얼마나 다른지 염두에 두지 않았다. 그녀에게 그렇게 하는 것은 계산의 결과도, 시정(詩情)의 발로도 아니었다. 그녀는 뭐라 말할 수 없는 감정과 함께 무한한 어떤 힘 같은 것이 작용하는 것을 느꼈다. 그녀를 새하얀 상태에서 시커먼 상태로, 순결에서 불결로, 고귀함에서 천박함으로 변화시키는 힘. 자신이 새하얀 담비여야 한다고 믿는 그녀에게 도덕적 오염은 견딜 수 없는 것처럼 보였다. 그래서 남작이 그녀를 사랑한다고 강압적으로 몰아붙였을 때 창문 밖으로 몸을 던지겠다는 생각이 들었던 것이었다. 뤼시앵은 절대적인 사랑을 받았다. 그 사랑이 절대적이라 하는 까닭은, 한 여자가 한 남자만을 사랑하는 일은 극히 예외적이어서다. 사랑한다고 말하는 여자들도, 간혹 지고지순한 사랑을 한다고 확신하는 여자들도 다른 남자들과 춤을 추고 손을 잡으며 아양을 떠는가 하면, 화장을 진하게 하고 사교계에 나가 남자들이 보내는 욕정의 시선을 한 몸에 받는 것을 즐기는 법이다. 그렇지만 에스테르는 자신이 희생한다고 생각하기는커녕 진정한 사랑의 기적을 완벽하게 이루어냈다. 그녀는 지난 6년 동안 뤼시앵을 사랑했는데, 비참하고 불결한 수렁 속에 몸을 굴리는 처지여도 진정한 사랑이 지닌 고결함과 자기희생을 갈망하면서 진정한 사랑에 대한 배타적 권리(좀처럼 실체를 확인할 수 없는 관념을 보여주기 위해서는 이제까지 없던 말을 만들어야 하지 않겠는가?)를 행사하고자 하는 배우나 창녀 들이 하는 사랑이 바로 그런 사랑일 것이다. 그리스나 로마나 동방의 제국과 같이 지금은 사라지고 없는 국가들은 대대로 여성을 유폐, 격리했고, 그래서 사랑에 빠진 여성은 스스로 유폐된 은둔의 삶을 택해야 했을 것이다. 그러므로 진정한 사랑의 축제가, 시가 완벽하게 구현되었던 환상의 궁전에서 나와, 웬 생기 없는 늙은이의 '아탐한 쿵걸'로 들어가야 하는 처지가 된 에스테르가 일종의 정신질환 같은 고통에 시달렸다는 점은 충분히 이해할 만하다. 거역할 수 없는 완력에 떠밀린 그녀는 치욕감이 머리로 생각하기 이전에 이미 몸 한복판을 깊숙이 찔러 내상을 입은 상태였다. 그러다가 이틀 전부터 그녀는 생각을 가다듬게 되었고, 가슴속으로 서늘한 죽음의 기운이 파고드는 것을 느꼈다.

'길거리에서 생을 마감한다'라는 소리를 듣자, 그녀는 갑자기 고개를 들더니 말했다. "길거리에서 생을 마감한다고……? 아냐, 차라리 센강에 몸을 던져 생을 마감할 거야……."

"센강에요……? 그러면 뤼시앵은요?" 외룹이 말했다.

이 말 한마디에 에스테르는 소파에 다시 주저앉아 두 눈을 양탄자 꽃문양에 고정한 채 꼼짝도 하지 않았다. 머릿속이 불같이 뜨거워 눈물마저 말라버렸다. 4시에 집으로 찾아온 뉘싱겐의 눈에 들어온 광경은 자기 천사가 그러한 상념과 결단의 바다에 잠긴 모습이었다. 여성과 함께 그 바다를 항해해 본 적이 없는 남성은 여성의 정령이 파도처럼 일렁이며 전하려는 말이 무슨 뜻인지 알아차리지 못한다.

"이포오, 이마에 추름살을 펴요……." 남작이 그녀 곁에 앉으며 입을 열었다. "탕신 핏은 타 캅플 커요……. 내가 에체니하고 알아서 타 처리하겟소. 한 탈 안으로 이 아파트를 터나 아탐한 쿵걸로 옴기게 델 커요……. 오! 손이 이프기도 해라. 촘 만치게 이리 내바요." (에스테르는 강아지가 앞발을 내밀 듯 그가 자기 손을 만지도록 내버려두었다.) "아! 손을 내밀어 추네, 큰데 맘은 안 추네……. 내가 파라는 컨 맘인데……."

이 말을 하는 어조가 어찌나 간곡했던지 가련한 에스테르는 그만 늙은이에게 눈을 돌려 연민의 표정을 지어 보였는데, 그 표정이 그를 거의 미칠 지경으로 만들었다. 사랑에 빠진 사람들은 순교자들과 마찬가지로 고통의 형벌을 달게 받는다. 이 세상에서 비슷한 일로 고통받는 두 영혼보다 서로를 더 잘 이해하는 상대는 없다.

"불쌍한 사람 같으니라고!" 그녀는 중얼거렸다. "이 사람은 나를 사랑하는구나."

이 말을 듣고 자기 귀를 의심한 남작은 정신이 아득해지며 혈관의 피가 끓어올랐다. 천국의 공기를 들이마셨던 것이다. 그 나이의 백만장자들은 그러한 흥분을 위해서라면 여자가 달라는 대로 황금을 안겨주는 법이다.

"탕신을 내 탈처럼 사랑해요……." 그가 입을 열었다. "크리고 내 마음은," 그는 자기 가슴에 손을 갖다 대며 말을 이었다. "오로지 행보캐하는 탕신 모습만 파라포는 커요."

"당신께서 내 아버지이기만 하다면, 저도 당신을 좋아할 거고 당신 곁을 절대로 떠나지 않을 거예요. 그리고 당신은 제가 행실이 나쁜 여자가 아니고, 돈에 몸을 팔거나 타산적인 그런 여자도 아니라는 것을 아실 수 있을 거예요, 비록 지금은 그렇게 보이겠지만요……"

"탕신은 크냥 참칸 파람을 피운 컷푼이야." 남작이 말을 받았다. "어여폰 녀자들은 타 크런 커지, 크것푼이야. 이제 이런 이야기는 크만하자고. 우리 툴이 해야 할 일은 탕신을 위해 톤을 펴는 커요……. 행보캐야 해요. 난 탕분간은 탕신 아퍼지로 만족하겟소. 탕신이 내 이런 몰골에 익수캐지려면 시간이 필료하다는 컬 나도 인정하니카."

"정말이지요……!" 그녀가 소리치며 벌떡 일어나 뉘싱겐의 무릎에 걸터앉더니 손으로 그의 목을 감싸 안고 몸을 밀착시켰다.

"청말이고말고." 그가 얼굴에 애써 미소를 지어 보이며 대답했다.

그녀는 그의 이마에 입을 맞추었다. 그녀로서는 믿기지 않는 거래를 한 셈이었다. 순결을 지키면서 뤼시앵을 만날 수 있다니……. 그녀가 은행가에게 어찌나 교태를 부리는지 예전 토르피유의 모습이 되살아났다. 그녀는 그 늙은이를 그렇게 구워삶아서 앞으로 40일 동안 아버지 노릇에 만족하겠다는 약속을 받아냈다. 이 40일은 생조르주가의 집을 사들이고 단장하는 데 필요한 기간이었다. 그 집을 나와 자신의 집으로 돌아가는 길에 남작은 중얼거렸다. "나도 참 태책업시 순친한 놈일세." 실제로 그는 에스테르 앞에서는 속절없이 어린애가 되었어도 그녀와 헤어져 멀리 떨어지면 살쾡이의 모습을 되찾곤 했던 것인데, 말하자면 **노름꾼**이 수중에 돈이 떨어져 빈털터리가 되었을 때에야 비로소 천사 같은 여인을 사랑하게 되는 것과 순서만 바뀌었을 뿐 같은 이치라고 할 수 있다.

"50만 프랑인데, 크런데 아직도 크녀 타리가 어떠캐 생겼는지도 모르차나. 이건 너무 멍청한 칫이야. 타행히 타른 사람들은 이 일에 태해 아무거토 모를 커다." 20일이 지나자 그는 그렇게 말하게 되었다. 그리고 그는 너무 비싸게 주고 산 여자와는 관계를 끊어야겠다는 대단한 결심을 다져나갔다. 그러고는 에스테르와 만날 때마다 그녀에게 바쳐야 할 모든 시간을 원래의 야수성을 만회하는 데 썼다. 한 달 뒤, 그는 그녀에게 이렇게 말하기에 이르렀다. "나는 하느님 아퍼지가 댈 수 업서."

37. 대결하는 양극단의 사랑

1829년 12월 말경, 에스테르의 거처를 생조르주가의 아담한 저택으로 옮기기로 한 전날, 남작은 뒤티예에게 플로린을 데리고 그곳에 가서 뉘싱겐의 재산 규모에 비춰 손색이 없게끔 모든 채비가 잘 갖추어졌는지, 새가 살 만하게 새장을 단장하라는 임무를 맡은 장식업자들이 과연 '아탐한 쿵걸'이라는 말에 걸맞게 제대로 일했는지 함께 살펴보자고 부탁했다. 1830년 혁명 이전에 호사스러운 치장을 위해 동원되던 온갖 재료와 공법이 그 집을 고급스러운 취향을 갖춘 처소로 바꾸어놓았다. 건축가 그랭도는 장식업자의 재능이 유감없이 발휘된 걸작을 만들었다. 대리석으로 교체한 계단, 화장 벽토, 직물, 절제된 도금 등 자질구레한 세부에서부터 큰 규모의 설치 장식에 이르기까지 루이 15세 시대가 파리에 남긴 그 분야의 모든 유산을 훌쩍 뛰어넘는 것들이었다.

"내가 꿈에 그리던 모습이에요. 이런 것에도 품격이 깃들어 있거든요!" 플로린이 흡족한 표정을 지으며 말했다. "그런데 누구를 위해 이렇게 돈을 퍼부으신 건가요?" 그녀가 뉘싱겐에게 물었다. "하늘에서 뚝 떨어진 동정녀를 위한 건가요?"

"크리로 타시 올라갈 녀인을 우한 커지." 남작이 대꾸했다.

"주피터라도 되신 듯이 말하네요." 여배우가 응수했다. "그래 그녀를 언제 보여줄 거예요?"

"그야! 집들이하는 날이겠지." 뒤티예가 소리쳤다.

"크 천엔 안 태……." 남작이 말했다.

"그날 머리도 꾸미고, 화려한 옷도 차려입고, 장신구로 치장해서 예쁘게 보여야겠네." 플로린이 대꾸했다. "이런! 그날 밤 집들이 파티 때문에 이 바닥 여자들이 치장하러 한꺼번에 몰려들 테니 재단사들과 미용사들이 고생 좀 하겠네! 그런데 집들이는 언제예요……?"

"내가 칩주인이 아니라서."

"안주인이 결정한다는 말이군요!" 플로린이 소리쳤다. "오! 그녀가 누군지 정말 보고 싶네……!"

"나도 크래." 남작이 순진하게 대꾸했다.

"웬일이야! 집도 여자도 가구도 다 새것이란 말이에요?"

"은행가도 새것이야." 뒤티예가 말했다. "내가 보기에 내 친구는 완전히 회춘했다니까."

"에이, 그러려면 20대로 돌아가야 할걸요." 플로린이 말했다. "적어도 한순간쯤은 말이에요."

1830년 연초에 들어서자 파리는 온통 뉘싱겐의 정염과 그가 아낌없이 쏟아부은 화려한 집치장을 두고 입들을 놀려댔다. 만인의 입방아에 오르고 조롱거리가 되자 앞뒤 가릴 것 없이 분한 마음에 사로잡힌 가엾은 남작은 가슴속에서 들끓는 정염이 금융가로서의 투지와 어울리도록 머릿속으로 조율을 했다. 그는 집들이 중 고상한 아버지 행세를 해서 그동안 치른 막대한 희생의 대가를 받아낼 심산이었다. 항상 토르피유에게 당하기만 한 그는 그녀에게 쌍방 합의의 약조를 받아내기 위해 서면으로 자신의 결혼 건을 매듭짓기로 마음먹었다. 은행가들은 약속어음만을 믿는 법이다. 그래서 이 해 초 어느 날, 살쾡이는 아침 일찍 일어나 집무실에 틀어박혀 다음과 같은 편지를 썼다. 편지의 프랑스어는 제대로 된 것이었는데, 뉘싱겐의 프랑스어 발음은 안 좋았어도 맞춤법은 정확했기 때문이다.

친애하는 에스테르, 내 생각의 꽃이자 내 인생 유일한 행복인 당신, 내가 일전에 당신을 딸처럼 사랑한다고 말한 적이 있지만, 그건 당신을 속인 거고, 나 자신을 속인 것이오. 그때 난 단지 내 감정의 신성함을 그렇게 표현했던 것뿐이오. 그것은 보

통 남자들이 느끼는 감정과는 어느 곳 하나 닮지 않은 그런 것
이었는데, 우선 난 늙은이이기 때문이고, 또 단 한 번도 사랑해
본 적이 없었기 때문이오. 나는 당신을 그토록 사랑하오. 그래
서 당신을 얻기 위해 내 전 재산이 든다 해도 그것 때문에 당신
을 덜 사랑하지는 않을 거요. 말은 똑바로 합시다. 대부분 남자
는 나처럼 당신을 천사로 보지 않았을 겁니다. 나는 당신의 과
거를 한 번도 염두에 둔 적이 없어요. 나는 당신을 내 무남독
녀 외동딸인 오귀스타처럼 사랑하는 동시에 내가 사랑해 마지
않을 아내처럼도 사랑할 거요. 지금 내 아내는 안 그러지만, 만
일 그녀가 날 사랑해 주었다면 내가 지금 그녀를 얼마나 사랑
하겠소. 행복이 사랑에 빠진 늙은이에게 주어지는 유일한 보속
(補贖)이라면, 내가 지금 어림없는 짓을 하는 건 아니잖소. 나는
당신을 내 노년의 위안과 기쁨으로 삼았소. 당신도 잘 알 거요,
내가 죽을 때까지 당신은 여자로서 남부럽지 않게 행복하리라
는 것을, 그리고 또 내가 죽고 나면 당신은 뭇 여자들이 당신
의 팔자를 부러워할 정도로 부자가 되리라는 것을. 당신과 처
음 말을 나누던 그 행복한 순간 이후로 나는 내가 사업을 벌일
때마다 당신 몫으로 일정 부분을 떼어 당신 명의의 뉘싱겐 은
행 계좌에 넣고 있소. 며칠 안 있으면 당신은 새 집에 입주하오.
당신 마음에 든다면 그 집은 조만간 당신 소유가 될 거요. 자,
나를 그 집에 받아들이면서 여전히 아버지처럼만 대할 참이
오, 아니면 내게 열락의 행복감을 안겨주겠소? 당신에게 이렇
게 너무 노골적으로 편지를 쓰는 날 용서해 주기 바라오. 하지
만 당신 곁에만 있으면 용기가 싹 사라지고 당신이 내 주인이라

는 느낌만 강하게 든단 말이오. 당신에게 부담을 줄 의도로 이러는 것이 아니오. 나는 다만 내가 얼마나 힘든지, 하루하루 흘러갈 때마다 희망과 즐거움이 사라져가는 내 나이에 마냥 기다리는 것이 얼마나 잔인한 일인지 당신에게 말하고 싶을 뿐이오. 게다가 내 행동이 조심스러운 것은 내 의도가 진지하다는 징표요. 내가 언제 빚쟁이처럼 굴던가요? 당신은 철옹성 같고, 나는 젊은이가 아니오. 당신은 내가 하소연할 때마다 당신의 인생과 관련된 문제라고 대답했고, 당신 말을 들을 때마다 나도 그렇다고 믿게 되었소. 하지만 지금 나는 암담한 슬픔과 의심의 나락으로 다시 굴러떨어지고 있고, 그게 우리 둘 모두에게 치욕감을 안겨줄 수도 있소. 내게 당신은 아름다운 것만큼이나 마음씨 좋고 순수하게 보였소. 그렇지만 지금 당신은 나의 믿음을 짓밟는 걸 즐기고 있소. 가슴에 손을 얹고 생각해 보시오. 당신은 마음속에 품고 있는 사랑이 있다고, 그것은 무자비한 사랑이라고 내게 말하면서도 정작 당신이 사랑하는 그 사람의 이름에 대해서는 한사코 함구하고 있소……. 그게 정상인가요? 당신은 꽤 강한 남자를 한없이 나약한 남자로 만들어버렸소……. 내가 지금 어느 지경에 처했는지 보시오. 나는 당신에게 다섯 달에 걸친 나의 열정에 응답해 당신이 어떤 미래를 마련하고 있는지 묻지 않을 수 없소. 당신이 살 저택의 축하연 때 내가 어떤 역할을 해야 할지 더 알아야 하오? 당신과 관련된 일이라면 돈 따위는 내게 아무것도 아니오. 당신의 눈에 그런 멸시를 받을 만한 존재로 비치게 처신할 정도로 내가 어리석진 않을 거요. 그렇지만 내 사랑은 한이 없는 반면 내 재산은 유한하다오. 내가 재산에 집착하는 것은 오로지 당신을 위해서일 뿐이오. 좋소! 당신에게 내가 가진 것을 모두 주어야 가련한이 내 존재가 당신 마음을 얻을 수 있다면 무시당하며 부자로살기보다는 가난하면서 당신의 사랑을 받기를 택하겠소. 내 사랑 에스테르, 당신은 나를 완전히 바꿔놓아 버려서 아무도 나를 알아보지 못할 정도요. 내가 조제프 브리도의 그림 한 점을1만 프랑을 주고 구매한 것도 당신이 내게 그가 무명의 천재 화가라고 말했기 때문이오. 그리고 나는 가난한 사람을 마주칠때마다 당신 이름으로 5프랑씩 적선하오. 그래요! 당신의 종을자처하는 이 불쌍한 늙은이에게 당신이 뭐라도 받아주는 영광을 베풀어주기만 한다면 그 늙은이가 무엇을 더 바라겠소……?그 늙은이는 단 하나의 희망밖에는 없소. 정말이지, 그게 어떤희망이겠소? 나는 내 열정이 받을 자격이 있는 만큼만 바라지,그 외에는 당신에게서 결코 아무것도 바라지 않는다는 확신 아니겠소? 그렇더라도 내 마음속 불꽃은 당신의 잔인한 거짓말편에 설 것이오. 당신도 알다시피 난 당신이 나의 행복, 나의 희귀한 열락 앞에 설치해 놓은 온갖 시련을 모두 감내할 자세가되어 있소. 하지만 적어도 이 말만은 해주오. 당신이 그 집을 소유하게 되는 날, 남은 생을 당신의 종이라 자처하며 살 그 사람의 마음과 헌신을 받아주겠다고 말이오.

바로 당신의 그 종인

프레데릭 드 뉘싱겐 씀.

"아이! 짜증 나, 이 돈버러지 같은 인간!" 다시 창녀로 돌아온 에스테르가 내질렀다.

그녀는 알록달록한 편지지를 꺼내 그런 내밀한 연애편지용 편지지가 담을 수 있는 가장 유명한 문장, 이제는 속담처럼 쓰여 스크리브의 영광이 된 문장, "나의 곰을 사 가세요."라고 써 보냈다.[243]

그러나 얼마 안 있어 후회가 몰려와 에스테르는 다음과 같은 편지를 썼다.

남작님께,

조금 전 저한테서 받으신 편지는 조금도 괘념치 마세요. 제 소싯적 무람없는 버릇이 나오고 말았어요. 그러니 남작님, 종이어야 마땅한 불쌍한 계집의 망발을 용서해 주시기를 바랍니다. 전 당신의 처분에 맡겨지고 난 이후에야 비로소 제 보잘것없는 처지를 전에 없이 뼈저리게 느꼈습니다. 당신은 돈을 갚아 주셨고 전 당신에게 빚을 졌습니다. 치욕감이라는 빚보다 더 엄청난 빚은 이 세상에 없습니다. 저한테는 센강에 몸을 던져 죽는 것으로 그 모든 걸 청산할 권한조차 없습니다.[244] 자살이라

---

243) 극작가 오귀스탱 외젠 스크리브(1791~1861)와 자비에 보니파스 생틴(1798~1865)이 공동 집필한 보드빌, 『곰과 대감나리』(1820년 2월 초연)에서 후렴구처럼 쓰이는 대사다. 동물 조련사로 등장하는 인물이 가지고 있지도 않은 곰을 파는 사기 행각을 벌인다. 즉, 뉘싱겐은 그녀한테서 아무것도 얻지 못할 것이라는 뜻이다.
244) '청산'이라는 말이 강조된 것은 채권채무 관계의 정리를 뜻하는 '청산하다'(liquider)가 어원상으로는 '액체화하다'에서 나온 동사이기 때문이다. 에스테르는 이렇게 '익사'와 '청산'을 의도적으로 붙여놓음으로써, 뉘싱겐의

는 그런 가증스러운 화폐로 빚을 갚는 거야 언제든 가능하겠지요. 그러나 그건 한쪽 편만 좋자고 하는 짓이지요. 그러므로 앞으로 저는 당신의 처분대로 따르겠습니다. 저로서는 지금 이 치명적인 순간까지 쌓인 빚을 단 하룻밤 사이에 전부 갚고 싶습니다. 전 저의 1시간이 수백만 금의 값어치가 있다고 믿습니다. 제가 그렇게 하는 것은 전무후무한 일이기에 더욱 그렇습니다. 그 후로 전 모든 빚에서 벗어나 삶을 하직할 수 있을 것입니다. 정숙한 여자라면 한 번의 추락에서 다시 일어설 기회가 있습니다. 그러나 우리 같은 여자들은 맨 밑바닥까지 떨어진 것입니다. 저의 결심은 확고부동합니다. 그러니 이 편지를 어느 하루 당신의 충직한 하녀가 된 한 여인의 죽음을 밝히는 유서로서 길이 간직해 주십사 간청합니다.

당신의 바로 그 하녀인
에스테르

이 편지를 보내고 나서 에스테르는 또다시 후회가 몰려왔다. 잠시 후 그녀는 다음과 같은 세 번째 편지를 썼다.

남작님, 죄송해요. 또 저예요. 당신을 놀리고 싶어 그런 것도, 상처 주고 싶어 그런 것도 아니었어요. 전 다만 당신께서 이런 간단한 계산을 해보셨으면 하는 마음일 뿐입니다. 우리가 함께

엄청난 재력이 여러 사람을 불행에 빠뜨린 기획 청산이라는 악랄한 금융 수법에 기반한다는 공공연한 사실을 환기한다.

부녀지간처럼 지낸다면 당신의 쾌락은 미지근하겠지만 오래오
래 갈 겁니다. 반면 당신이 계약의 이행을 밀어붙이신다면 저를
눈물짓게 만드실 겁니다. 저는 당신을 더는 힘들게 하고 싶지
않습니다. 당신이 행복 대신 쾌락을 택하시는 그날, 그날은 저
에게는 내일이 없는 날이 될 것입니다.

당신의 딸

에스테르

첫 번째 편지를 받고 남작은 상대가 아무리 갑부라도 죽여
버리겠노라는 차가운 분노에 휩싸였다. 거울을 쳐다보다가 그
는 벨을 울렸다. "족욕을 하겠다……!" 그가 이전 하인을 내쫓
고 새로 뽑은 하인에게 소리쳤다. 그가 족욕을 하는 동안 두
번째 편지가 도착했다. 그것을 읽고 그는 의식을 잃고 쓰러졌
다. 사람들이 와서 그를 침대로 옮겼다. 금융가가 의식을 되찾
았을 때 뉘싱겐 부인이 침대 발치에 앉아 있었다.

"그 아가씨 말이 옳아요!" 그녀가 그에게 말했다. "왜 사랑
을 돈 주고 사려고 했어요……? 그게 시장에서 사고파는 물건
이에요? 당신이 보낸 편지 좀 봅시다."

남작은 여러 장의 편지 초고를 보여주었다. 뉘싱겐 부인은
그것들을 읽으며 미소 지었다. 그때 세 번째 편지가 도착했다.

"참 맹랑한 아가씨네!" 남작 부인이 이 마지막 편지를 읽고
나서 외쳤다.

"어터케 해야 태지, 푸인?" 남작이 부인에게 물었다.

"기다리세요."

"키다리라고!" 그가 되풀이했다. "크 애가 성청이 얼마나 모친데……."

"자, 여보." 남작 부인이 말했다. "이제야 나에게 훌륭한 모습을 보이시는군요. 당신에게 도움이 되는 충고를 해주지요."

"탕신은 초은 녀자요……!" 그가 말했다. "핏져도 태요, 내가 캅파주리다……."

"그 아가씨의 편지들을 받고 당신이 보인 반응이야말로 수백만 금보다 더, 혹은 그 어떤 편지들보다도 더, 제아무리 잘 쓰였다고 하더라도 그것들보다 더 여자의 마음을 흔드는 것이에요. 그 아가씨가 당신의 그러한 점을 간접적으로나마 알 수 있도록 방안을 강구해 보세요. 그러면 모르긴 해도 당신은 그 아가씨를 손아귀에 넣을 수 있을 거예요! 그리고…… 전혀 마음 졸일 필요 없어요. 그 아가씨는 절대로 그런 일 때문에 죽지 않을 거예요." 그녀가 남편을 가소롭다는 듯이 훑어보며 말했다.

뉘싱겐 부인은 그 꾸밈없는 아가씨에 대해서 전혀 모르고 있었던 것이다.

38. 아지와 뉘싱겐 은행 간의 평화 협정

"니싱겐 푸인탑게 청말 톡톡해!" 부인이 나가자 혼자 남은 남작이 중얼거렸다. 하지만 은행가로서, 남작 부인이 조금 전 자신에게 한 충고가 절묘하다고 감탄하면 할수록, 그 충고를 행동으로 옮길 방법은 점점 더 아리송해졌다. 그는 자신이 멍청하다는 생각이 들었을 뿐만 아니라 실제로 자신은 멍청이라고 중얼거렸다.

돈 많은 사람은 멍청하다는 말이 거의 속담처럼 굳어졌지만, 사실은 상대적인 말일 뿐이다. 우리 몸에 저마다 타고난 적성이 있듯이 우리 정신에도 저마다 능력이 있는 법이다. 춤꾼은 발의 힘이 뛰어나고 대장장이는 팔의 힘이 뛰어나다. 시장의 장사(壯士)는 무거운 짐을 들어 옮기기 위해 몸을 만들고, 가수는 성대를 단련하며, 피아니스트는 손목 힘을 기르는 훈련을 한다. 보드빌 작가가 극적 상황을 꾸미고 주제를 탐구하며 인물들을 배역에 따라 움직이게 하는 데 능숙하다면, 은행가는 사업을 꾸미고 조사, 검토해 이윤을 발생시키는 데 익숙하다. 수학자의 추론 능력에다 대고 시인의 이미지를 강요해서는 안 되는 것처럼 뉘싱겐 남작에게 기지 넘치는 화술을 요구해서는 안 된다. 시인 중에서 산문도 잘 쓰고 코르뉘엘 부인처럼[245] 인간관계에도 능한 사람들이 시대별로 과연 몇이나 되겠는가? 뷔퐁은 굼떴고, 뉴턴은 평생 사랑이란 걸 해본 적이 없었고, 바이런 경도 거의 자기밖에 몰랐으며, 루소는 음울한 데다 반쯤 미치광이였고, 라퐁텐은 산만했다. 인간의 능력이란 골고루 나누어지는 것이다 보니 바보천치도 생기고 세상에 범인(凡人)이 넘쳐난다. 간혹 인간의 능력이 한쪽으로 몰

---

245) 안 마리 비고 드 코르뉘엘(1605~1694)은 17세기의 재사로, 그녀가 운영하던 살롱은 유명한 랑부예 후작 부인의 문학 살롱과 쌍벽을 이루었다.

리다 보면 우리가 천재라는 명찰을 붙이는 특이한 존재들이 생기는데, 그들이 세상에 나와 눈에 띄게 되면 기형이나 비정상 취급을 받는 것이다. 이와 동일한 법칙이 몸에도 적용된다. 완벽한 미모는 거의 예외 없이 매정함과 아둔함을 동반한다. 파스칼이 위대한 기하학자이면서 동시에 위대한 작가이긴 하고, 극작가 보마르셰가 뛰어난 사업가이긴 하며, 은행가 자메가[246) 사려 깊은 궁정인이긴 하다. 그러나 이런 드문 예외들은 오히려 지적 능력의 특수성 원칙을 확인해 주는 것이다. 그러니까 은행가와 노련한 외교관은 투기 작전의 영역과 국익의 영역이라는 차이만 있을 뿐, 각자의 영역에서 펼치는 기지와 계책과 술수와 특기의 정도는 서로 같다. 은행가가 자신의 사무실 바깥에서도 변함없이 특출하다면 은행가를 넘어 위대한 인물일 것이다. 리뉴 대공이나[247) 마자랭 혹은 디드로가 겸비된 뉘싱겐은 페리클레스, 아리스토텔레스, 볼테르, 나폴레옹 등의 이름으로 존재한 적은 있지만, 사실은 거의 있을 수 없는

---

246) 앙리 2세와 결혼한 카트린 드 메디치(이탈리아어로는 카테리나 데 메디치, 프랑스어로는 카트린 드 메디시스, 1519~1589)의 수행원으로 프랑스로 건너온 세바스티앵 자메(이탈리아어로는 세바스티아노 자메티, 1549~1614)는 사교적 성격으로 왕실의 비밀 연애의 중개자 역할을 했고, 다양한 투자를 통해 큰 부를 축적해 재력가가 되었다. 1581년 프랑스로 귀화해, 왕실에 비공식 자금을 지원하고 그 대가로 작위와 영지를 하사 받았다.
247) 합스부르크령 벨기에 귀족인 리뉴 공(1735~1814)은 뛰어난 군인이자 외교관으로 유럽의 여러 왕실의 총애를 받았다. 1789년 프랑스 대혁명의 확산으로 브라반트 독립혁명이 발발하자 오스트리아 제국으로 망명했다. 많은 양의 회고록과 서간집을 남겼다.

인간형이다. 사사로운 개인더러 태양처럼 빛나는 황제의 찬란함을 갖추지 못했다고 탓해서는 안 된다. 나폴레옹 황제는 매력을 갖춘 존재였고 학식과 기지가 넘쳤다. 뉘싱겐은 대부분 은행가와 다를 바 없이 책략 말고는 다른 어떤 창의성도 없는 순수한 은행가일 뿐이어서 확실한 가치 아니면 믿지를 않았다. 그는 기예에 관한 문제라면 돈을 싸 들고 전문가를 찾아갈 만한 양식은 있었다. 그래서 집을 짓거나 건강에 문제가 있거나 진귀한 물건 또는 토지를 매입할 일이 있을 때, 그는 최고의 건축가, 최고의 의사, 그림과 조각에 최고로 조예가 깊은 감정사, 최고 수준의 소송대리인을 위촉했다. 하지만 연애나 정염의 문제에 따로 공인된 전문가나 숙련된 경험자가 있는 것은 아니어서 은행가는 사랑에 빠졌을 때 헤맬 수밖에 없으며, 여자를 대하는 방식에도 완전히 혼란스러울 수밖에 없다. 그래서 뉘싱겐은 자신이 이제까지 해왔던 방식, 그러니까 남자가 됐든 여자가 됐든 프롱탱 같은 인물에게 돈을 주고, 그라면 어떻게 생각하고 어떻게 행동할지 조언을 구하는 방식보다 더 나은 방식을 전혀 생각해 낼 수 없었다. 남작 부인이 충고한 바를 어떻게 실행에 옮길지 남작에게 조언해 줄 수 있는 사람은 생테스테브 부인밖에 없었다. 은행가는 밉살스럽던 그 방물장수와 사이가 틀어진 것을 쓰라리게 후회했다. 그렇긴 하지만 자신의 금고와 가라(Garat)라는 서명이 인쇄된 특효약을[248] 믿고 하인에게 뇌브생마르크가로 가서 그 독살스러운

---

248) 가라는 1800년 프랑스 중앙은행을 창설하고 종신 총재를 지냈던 인물

과부가 있는지 알아보고, 있으면 모셔 오라는 분부를 내렸다. 파리에서 극과 극은 정념을 매개로 서로 만난다. 악행을 고리로 부자와 빈자가, 권세가와 하층민이 떼려야 뗄 수 없는 관계로 이어진다. 황후가 점쟁이 마드무아젤 르노르망의 의견을 구한다.[249] 요컨대 최고 권력자가 랑포노 같은 유흥가 카바레 업자와 어울리는 것은 시대를 불문하고 늘 있어온 일이다.[250]

신출내기 하인은 2시간이 지나서 돌아왔다.

"남작님," 그가 말했다. "생테스테브 부인 가게는 망했답니다."

"아! 차라리 찰햇서!" 남작이 반색하며 말했다. "내가 크 여자를 코용하겟서!"

"그 참해 보이는 여자는, 들리는 말에 따르면 도박을 조금 하나 봅니다." 하인이 말을 이었다. "게다가 변두리 극장을 전전하는 웬 연하의 남자 배우한테 꽉 잡혀 사나 봅니다. 그래도 보는 눈이 있으니까 그 배우를 자기 양아들이라고 하고 다닙니다. 그런데 음식 솜씨가 뛰어나답니다. 일자리를 알아보고 있답니다."

"처급한 채주에 능한 크런 착자들은 하나갓치 펼에별 팡식

로, 여기서 '특효약'은 프랑스 중앙은행 발행 지폐를 가리킨다.

249) 르노르망은 조제핀이 황후가 될 것이라고 예언했다는 당대의 유명한 점쟁이다.

250) 오늘날 파리의 생라자르 역과 몽마르트르 사이에 걸친 지역은 당시 포르슈롱 지역이라 불렸는데, 18세기부터 카바레가 집결된 유흥가로 유명했으며 상류층 인사들도 그곳의 주요 고객이었다. 랑포노라는 인물은 포르슈롱 지역에서 가장 유명했던 카바레 '탕부르 루아얄'의 운영자다.

으로 돈을 펼지만 토 펼에별 팡식으로 크 톤을 탕진하지.” 남작은 자신이 하는 말이 파뉘르주의 말인 줄 몰랐겠지만 그렇게 중얼거렸다.[251]

그는 생테스테브 부인을 찾아 오라고 하인을 보냈는데, 그녀는 다음 날이 돼서야 왔다. 아지가 캐묻는 바람에 신출내기 하인은 남작의 정부가 보낸 편지가 일으킨 어마어마한 파급력을 그 밀정에게 알려주고 말았다.

“남작님은 그 여자를 정말 사랑하는 게 틀림없어요.” 하인이 말끝에 이렇게 덧붙였다. “돌아가실 뻔했다니까요. 제가 거기에 다시 가시지 말라고 말씀드렸는데, 머지않아 농락당하고 마는 꼴이 되겠어요. 남작님께 이미 50만 프랑을 쓰게 만든 여자라니! 얼마 전 생조르주가의 아담한 저택을 매입한다고 또 돈을 쓰셨다고들 하던데, 그 돈은 제하고도 말이에요……! 하지만 그런 여자는 돈을 원하는 거예요, 돈밖에 노리는 게 없는 거지요. 남작님 방에서 나가다가 남작 부인께서 웃으면서 이렇게 말씀하시더라니까요. ‘계속 이러면 그 아가씨 덕분에 난 과부가 되겠네.’라고요.”

“저런!” 아지가 대꾸했다. “황금알을 낳는 닭을 죽여서는 절대 안 되지!”

“남작님께서는 댁만 믿고 계십니다.” 하인이 말했다.

“아! 그건 내가 여자들을 어떤 식으로 다루어야 하는지 빠

---

251) 라블레의 『팡타그뤼엘』 17장에는 파뉘르주가 “돈을 받아내는 방식을 63가지나 가지고 있지만 그 돈을 탕진하는 방식은 214가지를 가지고 있다.”라고 하는 대목이 나온다.

삭하니까……."

"자, 들어가시죠." 하인이 불가사의한 그녀의 위력 앞에 굽실거리며 말했다.

"아, 이런!" 가짜 생테스테브 부인이 공손한 태도로 환자의 방에 들어서며 말했다. "남작님께 조금 곤란한 일이 생겼다고요……? 어쩌시겠습니까! 누구나 약점이 있는 법이지요. 저도 불운을 겪고 있답니다. 기이하게도 두 달 만에 운명의 수레바퀴가 돌고 돌아 저를 덮치더군요! 그래서 이렇게 일자리를 구하는 신세입니다……. 남작님이나 저나 제대로 판단하지 못한 겁니다. 만약 남작님께서 저를 에스테르 부인 댁의 요리사로 앉혔더라면 저야말로 더할 나위 없이 남작님께 헌신했을 텐데요. 그랬으면 외제니와 에스테르 부인을 감시할 수 있었을 테니 남작님께 무척 쓸모가 있었을 겁니다."

"치금 크런 케 문제가 아닐세." 남작이 말했다. "나는 켤국 내 틋대로 할 수가 업섯서. 오히려 이용을 탕햇지, 마치……."

"팽이처럼 말이죠." 아지가 대꾸했다. "영감님, 영감님은 다른 사람들 좋은 일이나 시킨 거예요, 애송이 아가씨가 당신을 쥐고 아이 다루듯 갖고 노는 거지요……. 하늘이 의롭게 심판할 겁니다!"

"으롭게?" 남작이 대꾸했다. "나는 토덕 말슴이나 틋자고 차널 푸른 케 아닐세……."

"에이! 귀여우셔라, 약간의 도덕은 무엇이든 썩지 않게 한답니다. 그건 우리 같은 사람들한테는 살아가는 데 소금 같은 거지요. 믿음이 깊은 사람들에게 악행이 그런 역할을 하듯이 말이에요. 자, 남작님은 아낌없이 주신 거지요? 그 여자의 빚을 다 갚아주었으니……."

"크럿치!" 남작이 처량하게 말했다.

"잘하셨습니다. 남작님은 그녀의 압류 물품도 다 풀어주셨어요, 그건 더 잘하신 겁니다. 그런데 두 사람은 서로 뜻이 통하셨나요……? 충분하지 않지요. 그녀를 웃게 만들려면 그 정도 갖고는 아직 어림도 없지요. 그런 여자들은 불타듯 강렬한 것을 좋아하니까요……."

"나는 크녀에게 줄 놀라운 선물을 춘비햇지, 생트초르추 커리의 크…… 크녀도 크걸 알고 잇다네……." 남작이 말했다. "하지만 난 순진한 얼간이가 태고 십지 안아."

"아무렴요! 그러니 그녀와 헤어지세요……."

"내가 크러케 하도록 크녀가 내버려둘카 바 나는 크게 투려어." 남작이 목소리를 높였다.

"우린 본전을 찾으려는 거라고요, 이 순진한 양반아." 아지가 대답했다. "잘 들어요. 우린 그 수백만 프랑을 대중한테서 갈취한 거라고요, 여보세요! 사람들이 그러던데, 당신이 가진 돈이 2500만 프랑쯤 된다면서요." (남작은 그 소리에 미소를 짓지 않을 수 없었다.)[252] "좋아요! 그중 한 100만 정도는 내놓으셔야지요……."

---

252) 1836년을 시간 배경으로 하는 『뉘싱겐 은행』에서는 뉘싱겐의 자산이 1600만에서 1800만 프랑으로 추정된다는 대목이 나오지만, 뉘싱겐의 미소가 함축하듯, 본인 빼고는 그 정확한 규모를 누구도 알지 못한다. 2500만 프랑은 원화로 1300억 원 정도에 해당하는 액수다.

“내노아야 태면 키커이 내노치.” 남작이 대답했다. “크러치만 한번 내노으면 타시 한 번 터 내노으라고 할 테니 차라리 처음부터 안 내노코 말겟서.”

“그래요, 이해해요.” 아지가 대답했다. “두 번 거듭되면 끝까지 가야 하니까 그게 두려워서 아예 하기 싫다는 얘기잖아요. 그렇지만 에스테르는 정직한 아가씨인데…….”

“아주 청지칸 아카시지!” 은행가가 목소리를 높였다. “크녀는 채무에서 캐큿하게 펏어나고 싶퍼 하지, 남들이 핏을 캅틋이 말이야.”

“아무튼 그녀는 당신의 정부가 되고 싶지 않은 거예요. 그냥 싫은 거예요. 나는 그 점을 이해해요. 그 애는 늘 자신의 환상만 쫓았어요. 멋진 젊은이만 경험했는데 늙은이는 거의 안중에 없는 거죠……. 당신은 멋지지 않아요. 루이 18세처럼 뚱뚱하고요. 거기다 여자에 몰두하기보다는 돈이라면 죽고 못 사는 사람들이 다 그렇듯이 조금 맹해 보이기도 해요. 그건 그렇다 치자고요! 만약 당신이 60만 프랑을 개의치 않겠면,” 아지가 말했다. “내가 책임지고 당신이 그녀한테 원하는 모습 고대로 그녀를 만들어줄게요.”

“60만 프랑이라……!” 남작이 조금 움찔하며 외쳤다. “에스더한테 이미 100만 프랑이 틀엇는데……!”

“행복은 충분히 160만 프랑의 값어치가 있죠, 돈만 아는 우리 뚱보 아저씨. 당신도 아시잖아요, 최근에 자신의 정부에 빠져 100만 내지는 200만 프랑 이상을 깔끔하게 먹어치운 남자들이 있다는 것 말이에요. 나는 심지어 목숨을 바칠 만큼 비싼 여자도 알고 있죠. 여자 때문에 누구는 자기 머리를 초개처럼 내던졌던 것이지요……. 자기 친구를 독살한 의사 아시죠……? 그 의사는 어떤 여자를 행복하게 만들어주기 위해 돈이 필요했던 거예요.”

“크럼, 알고 잇지. 크러치만 말이야, 난 사랑에 파젓지만 파보는 아냐, 척어도 치금은. 크녀를 만나면 난 크녀에게 내 치갑을 통채로 내주겠지만 말이야…….”

“자 봐요, 남작 나리.” 아지가 세미라미스[253] 같은 자세를 취하며 말했다. “당신은 지금껏 그런 식으로 뜯길 만큼 돈을 뜯겼어요. 내 이름 생테스테브를 걸고 거래 협상 과정에서 당신 편에 서드리지요.”

“촛소……! 내 합탕한 사례를 하리다.”

“그러리라 믿어요. 내가 가만히 있을 여자가 아니라는 것을 당신에게 이미 보여주었으니까. 게다가 또 알아야 할 게 있어요, 영감님.” 그녀가 표독스러운 시선으로 그를 노려보며 말했다. “난 촛불을 훅 불어 꺼버리듯 마담 에스테르를 당신 눈앞에서 감쪽같이 사라지게 만들 수도 있는 사람입니다. 그리고 난 내 손아귀에 있는 그 여자를 잘 안다고요! 그 귀여운 매춘부를 통해 당신이 열락을 느끼고 나면 그땐 지금보다 그 여자가 당신에게 훨씬 더 필요할 겁니다. 전에 당신은 나한테 상당

---

253) 고대 아시리아 제국의 전설적인 여왕이자 전사로서 바빌론의 공중정원을 건설하는 등 제국의 확장과 번성에 뛰어난 업적을 남겼다. 훗날 그녀의 전설적 면모를 그린 숱한 이야기에서 종종 우람하고 당당한 덩치를 가진 것으로 묘사된다.

한 돈을 줬지요. 내놓지 않으려고 버티긴 했지만요. 하지만 결국 당신은 약혼을 했잖아요! 난 약속을 지키는 사람입니다, 안 그렇습니까? 자, 각설하고, 당신에게 거래 하나 제안하지요.”

“해포게.”

“나를 마담 집의 요리사로 들이세요. 고용 기간은 10년으로 하고, 급료는 연 1000프랑으로 하되, 마지막 5년치 급료는 선지급해 주는 조건으로요. (하인들에게 주는 일종의 계약금 개념이죠, 뭐!) 일단 그렇게 마담 집에 입성하면 그다음부터는 내가 그녀의 고집을 꺾어놓을 수 있어요. 예를 들지요. 당신은 그녀를 위해 양재사 오귀스트에게 멋진 옷을 한 벌 주문해서 선물하는 거예요. 오귀스트는 마담의 취향과 체형을 잘 알고 있는 양재사니까요. 그러고는 새 마차를 4시에 문 앞에 대기시켜 놓는 거예요. 증권거래소 일을 마치고 나서 그녀의 집에 들러요. 그리고 그녀를 불로뉴 숲으로 데려가서 간단하게 함께 산책하는 거예요. 자, 이런 식으로 하면, 그 여자는 자신이 당신의 정부라고 말하고 다니는 셈이 돼요. 파리 시내 전체의 이목이 쏠려 기정사실이 되어버리는 거죠. 10만 프랑이면 되는 일이에요……. 그런 다음에는 그녀와 함께 식당에서 저녁을 먹는 거예요. (내가 그러한 만찬 자리를 꾸밀 수 있어요.) 이어서 공연을 보러 가요. 바리에테 극장 박스석을 잡는 거죠. 그러면 파리 시내 전체가 ‘저기 사기꾼 늙은이 뉘싱겐이 정부와 함께 있다.’ 하고 술렁일 거예요. 그렇게 기정사실로 믿게 만들어버리면 신나겠죠? 이런 모든 특혜가 말이죠, 전 참 착한 여자예요, 10만 프랑을 먼저 주면 거기에 다 포함되는 거예요……. 이렇게 일주일만 하면 당신은 상당한 진척을 볼 거예요.”

“10만 프랑은 펄서 추엇잔나…….”

“2주 후면,” 안쓰럽게 항변하는 그 말을 못 들은 척 뭉개며 아지가 말을 이었다. “마담은 그러한 사전 준비 작업에 떠밀려 지금 살고 있던 조그만 아파트를 나와 당신이 그녀에게 제공한 저택에 들어가 살기로 할 수밖에 없을 거예요. 당신의 에스테르는 이미 사교계를 다시 맛보고 예전 친구들도 재회할 테니 주목받고 싶을 거고, 자기가 사는 호화 저택을 자랑하려고 할 거예요! 그게 인지상정이죠……. 10만 프랑 추가요! 자, 됐지요……? 당신은 당신 집에 있어서 좋고, 에스테르도 그 집에 있고, 그녀가 당신 거란 말이에요. 이제 진짜 중요한 일을 하는 데 필요한 액수 몇 푼만 남았어요, 뚱뚱보 영감님! (이 살찐 화상이 눈을 휘둥그레 뜨네!) 그래요! 내가 다 알아서 합니다. 40만 프랑이요……. 아! 뚱보 씨, 그 돈은 일이 성사되고 나서 주면 돼요……. 정직하지 않나요? 당신이 날 신뢰하는 것보다 내가 당신을 더 신뢰한다고요. 내가 마담을 설득해서 당신의 정부처럼 처신하게 만들고, 당신과 그런 사이라고 꼼짝없이 구설에 오르게 하고, 앞으로, 아니 어쩌면 지금 당장이라도, 당신이 그녀에게 주는 것은 뭐든지 다 받도록 만들면, 그 정도가 되면 비로소 당신은 내 능력을 믿겠지요. 그랑 생베르나르 준령을 넘듯 그녀를 정복할 수 있도록 그녀를 당신 손에 쥐여 줄 능력이 있는 여자라는 사실을요. 그런데 그게 어려운 일이에요, 거 뭐냐…… 당신의 포대를 진격시키려면 알프스산맥을 넘는 나폴레옹의 경우 못지않게 만만치 않은 난관을 넘어서

378

야 하는 거죠."254)

"크건 어채서 크러치……?"

"그녀는 사랑으로 충만한 마음을 지녔어요. 당신들 라틴어를 할 줄 아는 사람들 말을 빌리면 '라지부스(razibus)'라고255) 하는 상태지요." 아지가 말을 계속했다. "그녀는 자신을 시바의 여왕 같다고 믿어요, 애인에게 바친 희생을 통해 스스로 죄를 씻었다는 거지요……256) 그런 여자들이 머릿속에 주입해 갖고 있는 생각이에요! 아! 보세요, 정직하게 말해야겠죠, 그게 좋은 거예요! 그 웃기는 여자는 자신이 당신 것이라는 사실에 상심해서 죽을지도 몰라요. 죽더라도 난 놀라지 않을 거예요. 그래도 내가 안심하는 까닭은, 이건 내가 남작님께 용기를 북돋워 드리려고 하는 말인데, 그녀가 천성은 착한 아가씨라는 점이에요."

"차넨," 경탄스러운 표정으로 숨죽이며 아지의 말에 귀를 기울이던 남작이 입을 열었다. "무슨 컨모술수 채주를 내가 은행 수표로 푸리듯이 푸리는군."

---

254) 1796년, 제1통령 시절의 나폴레옹은 알프스를 넘어 이탈리아와 이집트를 정복한다. 자크 루이 다비드가 그린 「그랑 생베르나르 준령을 넘는 나폴레옹」이라는 유명한 그림은 이 원정을 묘사한 것이다.
255) 라지부스는 라틴어에서 유래한 중세 프랑스어로, '잔 가장자리로 흘러넘치기 직전까지 꽉 차다'라는 뜻이다.
256) 「열왕기」 상권 10장, 솔로몬 왕의 지혜를 시험하기 위해 엄청난 금은보화와 향신료를 가지고 이스라엘을 방문한 이집트 여왕 시바의 이야기에 빗댄 것이다. 성경 밖에서는, 이 이후에 시바 여왕과 솔로몬이 나눴다는 사랑에 관한 다양한 전설이 있다.

"그럼 된 거지요, 어리보기 아저씨?"

"10만 프랑 말고 5만 프랑으로 하세! 그리고 내가 승니의 깃팔을 콧으면 그다음 날 측시 50만 프랑을 추겠네."

"그러죠! 이제 일하러 가야겠네요." 아지가 대답했다. "아! 남작님도 오셔도 됩니다!" 아지가 정중하게 말을 이었다. "선생님께서는 벌써 아양 떠는 고양이처럼 나긋나긋해진 사모님을 만나시게 될 겁니다. 아마도 사모님께서는 선생님을 즐겁게 해 드릴 만반의 준비가 되어 있을 것입니다."

"초아, 어서 카게, 키특한지고." 은행가가 두 손을 마주 비비며 말했다. 이어서 이 간악한 물라토 여인에게 미소를 지어 보이고는 혼잣말을 했다. "톤은 만코 파야 한다는 말은 청말 맛는 말이야."

그러고는 침대에서 벌떡 일어나 사무실로 가서 들뜬 마음으로 다시 엄청난 업무를 처리하기 시작했다.

39. 포기

에스테르에게는 뉘싱겐이 내린 결정보다 더 불길한 것이 있을 수 없었다. 그 불쌍한 창녀는 부정한 짓을 스스로 경계함으로써 자신의 삶을 지켜왔다. 카를로스는 그녀의 그러한 태생적 자기방어를 요조숙녀병이라 불렀다. 아지는 신중을 기해야 할 사안인 경우 통상 그러듯이, 자신이 조금 전 남작과 나눈 이야기와 남작에게서 끌어낸 결정 전부를 카를로스에게 보고하러 갔다. 보고를 받은 이 남자의 분노는 생김새만큼이나 무시무시했다. 그는 곧장 가림막을 친 마차를 집어타고 에스테르의 집으로 달려갔다. 마차는 보안을 위해 집 안으로 들여놓았다. 이 이중 위조범은 마차에 오를 때와 다름없는 살기등등한 얼굴로 불쌍한 아가씨 앞에 우뚝 섰다. 선 채로 그를 바라보던 아가씨는 다리가 꺾이기라도 한 것처럼 소파 위로 털썩 무너져 내렸다.

"무슨 일이세요, 신부님." 그녀는 사지를 덜덜 떨며 입을 열었다.

"나가 있게나, 외롭." 그가 침모에게 말했다.

에스테르는 자객이 엄마 품에서 아이를 빼앗아 죽이려고 할 때 엄마를 처다보는 아이처럼 애절하게 방을 나가는 침모를 응시했다.

에스테르와 단둘이 남게 되자 카를로스가 말을 이었다. "자네가 뤼시앵을 어디로 보내려고 하는지 알기는 하는가?"

"어딘데요……?" 자신을 죽일 듯 위협하는 남자를 간신히 처다보며 그녀가 기어드는 목소리로 물었다.

"내가 왔던 곳으로, 이것아."

에스테르는 그 남자를 바라보다가 아득한 현기증을 느꼈다.

"도형수 감옥 말이다." 그가 나직한 목소리로 덧붙였다.

그녀는 눈을 감았다. 두 다리가 축 늘어지고 두 팔은 축 처졌다. 그녀는 혼절했다. 남자는 벨을 울렸다. 프뤼당스가 들어왔다.

"의식이 돌아오도록 조처해라." 그가 냉혹하게 말했다. "나는 아직 안 끝났다."

그는 기다리는 동안 거실을 서성였다. 프뤼당스-외롭은 에스테르를 침대로 옮기기 위해 카를로스의 도움을 부탁하지 않을 수 없었다. 가볍게 그녀를 들어 올리는 그의 모습에서 힘이 장사라는 사실이 유감없이 드러났다. 에스테르가 최소한 고통의 감각이라도 되찾게 만들기 위해서는 약국에 가서 더 강한 약제를 구해 와야 했다. 1시간 후, 그 가엾은 아가씨는 그 생생한 악몽의 소리가 들릴 만한 상태로 회복했다. 침대 끝에 걸터앉은 채 그녀는 마치 주형에 부어 넣은 납물처럼 파리하게 빛나는 시선으로 멍하니 한곳을 응시했다.

"애야." 그가 다시 말을 꺼냈다. "지금 뤼시앵은 찬란하고 명예롭고 행복하며 품위 넘치는 삶을 사느냐, 아니면 내가 그를 처음 만났을 때처럼 개흙과 돌멩이가 가득한 물구덩이 속으로 몸을 던지느냐 하는 갈림길에 서 있어. 그랑리외 집안은 소중한 우리 아이가 100만 프랑에 상당하는 토지의 소유주가 돼야 후작의 작위를 얻게 해주고, 클로틸드라고 하는 그 꺽다리 아가씨와의 혼인을 허락하겠다는 거야. 그 아가씨 도움이 있어야 그가 권세 있는 자리에 오를 수 있거든. 다행히 우리 둘 덕분에 뤼시앵은 얼마 전 외가 쪽 영지인 작은 성을 매입할 수 있었지. 뤼방프레 가문의 낡아빠진 성인데 값은 3만 프랑으로 별것 아냐. 그렇지만 그 일을 맡은 소송대리인이 그것을 감정가 100만 프랑의 자산으로 만드는 데 성공했지. 그 일에 총 30만 프랑이 들었어. 성 매입과 부대 비용에다, 거래를 감추기 위해 사전에 그곳 주민들을 매수하는 데 든 돈이 나머지를 차지했고. 맞아, 10만 프랑이 또 있지. 그 돈은 모종의 사업에 투자할 건데, 앞으로 몇 달 후 20만 내지 30만 프랑으로 불어날 거야.[257] 하지만 40만 프랑은 여전히 앞으로 갚아야 할 빚으로 남아 있어……. 사흘 후면 뤼시앵이 앙굴렘에서 돌아와. 그가 거기에 직접 간 이유는 자네 침대에서 빈둥거리기나 하다가 한몫 잡았다는 의심을 받아서는 안 되기 때문이야."

"오! 그러면 안 되죠." 그녀가 의연한 동작으로 고개를 들며 말했다.

"내 말이 바로 그 말이야. 그런데 지금이 남작을 그렇게 심하게 내칠 때인가?" 그가 싸늘하게 말했다. "자넨 엊그제 남작을 죽일 뻔했어! 그가 자네의 두 번째 편지를 읽고는 여자처럼 기절했어. 글솜씨가 아주 대단하시더군. 칭찬이라도 해야 할 지경이야. 만일 남작이 죽었다면 우린 어떻게 되겠나? 뤼시앵이 생토마다캥 성당에서 결혼식을 치르고 그랑리외 공작의 사위로서 첫발을 내딛는 순간, 그때 자네가 센강에 빠져 죽고 싶은 심정이라면……, 좋아! 내 기꺼이 자네 손을 잡고 함께 입수하도록 하지. 그런 게 유종의 미라는 거야. 그러니 조금만 더 심사숙고하게. 언제라도 변함없이 '저 찬란한 운명, 저 행복한 가정……, 왜냐하면 그이에게는 자식들이 생길 테니까.' 이렇게 속으로 빌어주는 게 더 값어치 있는 일이 아니겠어? 자식들이라고! 자네 처지에 그의 자식들을 낳아 머리를 쓰다듬는

---

257) 34장(337~338쪽)에서 보트랭은 뤼시앵에게 40만 프랑을 보여주면서 30만 프랑은 귀족 작위의 획득을 위한 토지 매입 비용으로 쓰고, 나머지 10만 프랑은 고수익을 바라고 승합마차 사업에 투자하겠다고 말한 바 있다.

호사를 언제 한번 꿈이라도 꿔본 적 있나……?”

에스테르는 눈을 꼭 감은 채 가만히 몸을 떨었다.

“그거야! 그런 행복의 산실을 바라보면서 ‘저게 바로 나의 작품이다!’라고 읊조리는 것이 값어치 있는 일이야.”

그러고서 카를로스는 잠시 말을 멈추었는데, 그 짧은 순간 동안 둘의 눈길이 서로 마주쳤다.

“물에 몸을 던지려던 절망에 빠진 젊은이를 살려 내가 만들고자 했던 결과가 바로 그런 거야.” 카를로스는 말을 이었다. “이런 내가 이기주의자인가, 내가? 사랑한다는 것은 그런 거야! 우리는 오로지 왕에게만 그런 식으로 헌신하지. 그런데 나는 그를, 나의 뤼시앵을 왕으로 축성한 거야! 설사 내가 그런 일로 옛날의 사슬에 다시 묶여 평생 감옥에 갇혀 살아야 한다고 하더라도 나는 ‘그가 무도회에 있다, 그가 궁정에 있다.’ 하고 되뇌며 감옥 속에서 조용히 지낼 수 있을 것이네. 내 몸이 걸친 남루한 옷은 비록 간수들 차지가 되겠지만 그동안 내 영혼과 내 생각은 승리를 구가할 것이네! 자넨 불쌍할 수밖에 없는 여인이며, 그런 여인의 자격으로 사랑을 할 뿐이야! 하지만 창녀에게 있어 사랑이란, 모든 타락한 존재는 다 똑같겠지만, 모름지기 어머니가 되는 하나의 길이어야만 해. 비록 자네는 창녀로서 불임이라는 천형을 받은 몸이지만 말이야! 비록 사제 카를로스 에레라의 몸에는 예전에 한 번 찍힌 범죄자라는 낙인이 평생 지워지지 않겠지만, 내가 뤼시앵의 명예가 더럽혀지지 않게 하려고 얼마나 애쓰는지 자네는 알기나 하나?”

에스테르는 불안한 마음으로 다음 말을 기다렸다.

"그래!" 잠시 호흡을 고른 다음 그가 말을 이었다. "나는 흑인 노예가 혀를 깨물고 죽는 것처럼 모든 걸 끌어안고 사라질 거야. 그런데 자네는 자네 잘되자고 위선을 떨며 그런 나를 밀고하는 셈이지. 내가 자네에게 부탁했던 것이 무엇인가……? 6개월만, 아니 6주만 토르피유의 치마를 다시 입어달라는 거였잖아, 100만 프랑을 빼내기 위해 그렇게 해달라는 거였잖아. 뤼시앵은 그런 자네를 절대 잊지 않을 걸세! 남자들이란 매일 아침 잠에서 깨어나 부자인 자기 모습을 확인하며 행복감에 젖을 때마다 자기 기억 속에 떠오르는 존재를 잊지 않는 법이네. 뤼시앵이 자네보다 백번 낫지……. 예전에 그는 앞뒤 안 가리고 들입다 코랄리를 사랑해 버렸지. 그런데 그녀가 죽어버리네, 그것참. 하지만 그는 그녀의 장례를 치를 형편조차 안 됐어. 그래도 그는 조금 전 자네처럼 굴지는 않았어. 나약한 시인이었지만 기절 같은 건 하지 않았다는 말이야. 그는 달짝지근한 상송 가사 여섯 편을 써서 300프랑을 벌었고, 그렇게 번 돈으로 코랄리의 장례 비용을 치를 수 있었어.[258] 나는 그 노랫말을 아직도 갖고 있는데, 외워서 부를 수도 있지. 알겠지! 자넨 자네의 노래를 지으란 말이야. 교태를 부려, 미친 듯이 좋은 척하는 거야, 거부하지 말라고! 그리고…… 끝없이 갈구하는 것처럼 굴어! 무슨 말인지 알아들었나? 내가 이

---

258) 『잃어버린 환상』 2부에서는 6편이 아니라 10편, 300프랑이 아니라 200프랑으로 되어 있다.

런 말을 다시 하게 만들지 마……. 자, 아빠에게 뽀뽀. 잘 있게……."

그로부터 반시간쯤 있다가 외롭이 방에 들어갔을 때 에스테르는 십자가 앞에 무릎을 꿇고 있었는데, 그 자세는 이 세상에서 가장 독실한 화가가 야훼를 향한 자신의 깊고 충만한 찬미를 표현하기 위해 그린, 호렙산의 불타는 떨기나무 앞에 무릎 꿇은 모세의 자세 바로 그것이었다.[259] 신께 자신을 바치는 최후의 기도를 끝마치고서 에스테르는 아름다웠던 지난 삶과 스스로 다짐했던 정절, 그리고 자신의 영광과 덕성과 사랑에 작별을 고했다. 그녀는 떨쳐 일어섰다.

"오! 마담, 이런 마담의 모습을 이제 두 번 다시 볼 수 없다니요!" 자신이 모시는 여인의 숭고한 아름다움에 넋이 나간 프뤼당스 세르비앵이 외쳤다.

그녀는 그 가련한 아가씨가 자기 모습을 비춰볼 수 있도록 재빨리 체경을 갖다 댔다. 두 눈에는 미처 하늘나라로 올라가지 못한 영혼의 끝자락이 남아 어른거렸다. 유대 여인의 안색은 빛이 났다. 열렬한 기도로 증발하고 남은 눈물에 젖은 속눈썹은 여름날 비 온 뒤의 나뭇잎처럼 영롱하게 반짝였는데, 순결한 사랑의 태양이 마지막으로 머문 자리였으리라. 앙다문 양 입술은 천사에게 드리는 최후의 간구를 머금은 것 같았는데, 아마도 천사에게 자신의 무구한 삶을 바치면서 순교의 영

---

259) 라파엘로가 「출애굽기」 3장을 모티프로 그린, 바티칸궁의 이른바 '라파엘로의 방' 천장화 중 하나를 가리킨다.

예를 청한 뒤였으리라. 왕위와 조국과 사랑에 영원한 작별을 고할 때 메리 스튜어트 여왕을 휘감았을 장엄한 빛이[260] 그렇게 에스테르에게서 퍼져 나왔다.

"뤼시앵이 이런 상태의 나를 만나길 바랐는데." 그녀가 참았던 숨을 토해 내며 말했다. "이제는," 그녀가 떨리는 목소리로 말을 이었다. "거짓으로 둘러대자……."

이 말이 들리자 외롭은 천사를 모독하는 말을 듣기라도 한 것처럼 완전히 얼어붙었다.

"그래! 내 입안에 이〔齒〕 대신 정향(丁香)이[261] 한가득 들었다 한들 너에겐 상관이 없겠지? 이제 나는 천하고 더러운 여자, 몸 파는 계집, 갈보에 지나지 않으니까 돈 많은 물주께서 오길 기다려야지. 목욕물 좀 데워주고 화장 채비를 해줘. 벌써 점심이네. 남작이 아마 증권거래소 일을 마치고 돌아올 거야. 그가 오면 기다리고 있었노라고 말할 거야. 아지가 그를 위해 조금 근사한 저녁 식사를 준비해 놓겠지. 내가 그 남자를 정신 못 차리게 만들어놓겠어……. 자, 자, 외롭…… 우리 웃자고, 그러니까 일이나 하자고."

그녀는 책상에 가서 앉더니 다음과 같은 편지를 썼다.

---

260) 스코틀랜드 여왕이었다가 축출돼 잉글랜드로 망명한 메리는 필생의 라이벌인 잉글랜드 여왕 엘리자베스 1세에 의해 반역죄로 몰려 1587년 참수형을 당한다. 죽음 앞에서도 의연했던 그녀의 모습은 실러를 비롯한 여러 낭만주의 극작가가 즐겨 다룬 소재였다.
261) 정향나무의 꽃봉오리 말린 것, 혹은 그 오일은 방부와 마취의 효과가 뛰어난 것으로 알려져 있는데 특히 치통 치료에 자주 쓰인다.

친애하는 당신, 당신께서 제게 보내주신 식모가 전에 제 시중을 든 적이 없는 낯선 여자였다면, 그저께 제가 드린 세 통의 편지를 받으시고 당신께서 몇 번이나 기절했는지 저더러 알고 있으라는 질책의 뜻으로 받아들였을 거예요.(어쩔 수 없지 않나요? 전 그날 신경이 아주 날카로웠습니다. 처량한 저의 신세를 곱씹고 있었거든요.) 하지만 전 아지의 성실함을 잘 알고 있어요. 그렇기에 제가 얼마간 당신 심려를 끼쳐드린 것에 대해 지금 후회는 없어요. 그 일을 통해 제가 당신께 얼마나 소중한 존재인지를 확인할 수 있었으니까요. 저처럼 멸시받는 가련한 여자들은 다 그렇답니다. 우리 같은 여자는 엄청난 돈을 퍼붓는 대상이 되는 것보다 진심 어린 마음 하나 받는 것이 훨씬 더 큰 감동으로 다가온답니다. 저는 당신이 저를 당신의 허영을 걸어놓는 옷걸이쯤으로나 여기시지 않나 늘 두려웠거든요. 당신께 제가 그런 거 말고 다른 것이 될 수 없다는 사실이 싫었어요. 맞아요, 당신은 고맙게도 아니라고 부인하셨지만, 전 당신이 저를 돈 주고 사는 여자로 여긴다고 생각했어요. 그래요! 이제부터는 당신 보시기에 착실한 여자가 되겠어요. 단, 아주 조금만이라도 제 뜻을 받아주셨으면 좋겠어요. 만약 이 편지가 당신께 의사의 처방전을 대신할 수 있다면 증권거래소에서 일을 마치고 절 보러 오시는 것으로 그렇다는 점을 보여주세요. 평생토록 당신을 기쁘게 해드리는 기계가 되겠다고 다짐하는 여인이 당신께서 주신 선물로 화사하게 꾸미고 거기 있을 거예요.

에스테르

증권거래소에서 뉘싱겐 남작이 너무도 쾌활하고, 흡족하고, 시원시원해 보이는 데다 우스갯소리도 스스럼없이 주고받는 바람에, 그와 함께 있던 뒤튀예와 켈러 형제는 왜 그렇게 즐겁냐고 묻지 않을 수 없었다.

"크녀가 날 사랑한다네……. 초만간 칩들이를 하자고." 남작이 뒤튀예에게 말했다.

"그 비용이 만만치 않게 들 텐데요?" 프랑수아 켈러가 그의 말에 불쑥 끼어들어 토를 달았는데, 소문에 따르면 프랑수아 켈러는 정부인 콜빌 부인에게 매년 2만 5000프랑을 쏟아붓는다는 것이었다.

"켤코 크런 녀자가 아닐세, 천사지. 나한테 한 푼도 요구하지 안앗다고."

"그런 일은 절대 있을 수 없어요." 뒤티예가 그에게 대꾸했다. "그런 여자들이 이모나 어머니처럼 군다면 그건 요구하지 않아도 돈을 갖다 바치니까 요구할 필요가 전혀 없다는 얘기예요."

40. 에스테르가 파리에 다시 등장하다

증권거래소에서 테부가까지 남작은 하인에게 "팔리 안 카나, 말에게 채칙질 좀 터 해!"라는 말을 일곱 번이나 했다.

그는 천천히 계단을 걸어 올라갔다. 이윽고 그는 자기 정부와 만났는데, 그녀가 몸을 아름답게 가꾸고 꾸미는 것이 유일한 관심사인 아가씨들처럼 그렇게 예쁘게 단장한 모습을 본 것이 그로서는 처음이었다. 막 목욕을 마치고 나온 그 꽃은 로베르 다브리셀일지라도[262] 욕정이 동할 만큼 싱그럽고 향기로웠다. 에스테르가 한 것은 은은한 수준의 약식 화장이었다. 분홍 비단 수술로 멋을 부린 검은 코르덴 코트의 벌어진 앞자락 사이로 회색 새틴 치마가 보였는데, 그것은 훗날 벨리니의 오페라 「청교도」에서 아름다운 아미고가 입어 유명해진 그 의상이었다.[263] 어깨 위에 내려앉은 결 고운 레이스 숄이 하늘거렸다. 좁은 리본으로 동여맨 드레스 소맷자락은 풍성하게 부푼 나머지 부분들과 대조를 이뤘는데, 얼마 전인가부터 귀부인들이 죄다 여기저기 기괴하게 부풀어 오른 드레스만 입는 바람에 그런 스타일은 자취를 감추었다. 육감적인 풍성한 머리 위에 핀 하나로만 고정한 결 고운 말린산(産)[264] 레이스 보닛은 떨어질 듯 말 듯 얹혀 있었는데, 이른바 미치광이 스타일이라고 불리는 그 방식은, 실은 빗질한 머리카락 사이로 흰 가

---

262) 로베르 다브리셀(1045?~1116)은 금욕주의를 설파한 것으로 유명한 중세 프랑스의 수도사다. 육체의 욕망을 다스릴 수 있음을 증명해 보이려고 일부러 수녀와 동침을 시도했다고 알려져 있다.

263) 나폴리 출신 작곡가 빈첸초 벨리니(1801~1835)가 파리로 건너와 작곡한 마지막 작품인 이 오페라는 1835년 1월(소설의 현재 시점인 1830년 초보다 나중이다.) 파리의 이탈리아 극장에서 초연된다. 이때 극중 영국 왕 찰스 1세의 과부로 여왕이 된 메리(프랑스 앙리 4세의 딸, 프랑스어로는 앙리에트 드 프랑스) 역할을 메조소프라노 마리아 아미고가 맡아 대성공을 거뒀다.

264) 벨기에 안트베르펜의 메헬렌(Mechelen) 지역에서 생산된 빳빳하고 얇은 실크 레이스다. 말린은 메헬렌의 프랑스어 발음이다.

르마가 또렷이 보일 정도로 완벽하게 단장해 놓고 겉으론 아무렇게나 대충 손질한 듯이 꾸미는 것으로, 에스테르의 매력을 한층 돋보이게 했다.

"이처럼 낡아빠진 거실에 이토록 아름다운 마담이라니, 소름 돋지 않나요?" 외롭이 남작에게 거실의 문을 열어주면서 말했다.

"크러게! 크러니 생트초르추 커리로 옴기시게." 남작이 메추라기 앞의 사냥개처럼 버티고 서서 말했다. "날도 하창하니 샹첼리체로 소풍이나 카세. 생테스테프 푸인이랑 에체니가 탕신 옷하고 리넨 일체하고 우리 처녁을 생트초르추 커리로 카져다줄 커야."

"당신이 원하시는 대로 다 할게요." 에스테르가 말했다. "당신이 고맙게도 제 식모를 아지로, 외제니를 외롭으로 불러주신다면 말이에요. 제가 맨 처음 인연을 맺었던 두 여자 별명이 그랬는데, 그 후론 저를 돌보아 주는 모든 여자를 그렇게 불러왔어요. 저는 변하는 것이 싫어요……."

"아치…… 에롭……," 남작이 웃으며 따라 말했다. "탕신도 참 채밋는 사람이군……. 상상녁이 풍푸해……. 아치라는 이름에 식모를 임명하기 천인데도 이미 캥장한 식사를 한 컷 캇네."

"재미있어야 하는 게 저희 일이에요." 에스테르가 말했다. "자, 봐요. 당신이야 전 세계를 두루 섭렵하지만 불쌍한 아가씨가 아시아 음식을 먹을 수 있겠어요 유럽 옷을 입을 수 있겠어요? 그런 것은 신화 속 이야기지요, 뭐! 신화라면야 지구

전체를 먹는 여자들이 있겠죠. 전 그 반밖에 필요하지 않아요. 그게 다예요!"

'생테스테프 푸인도 참 태단한 녀자군!' 에스테르의 태도가 표변한 것에 감탄하며 남작이 속으로 중얼거렸다.

"이보게, 외롭, 모자 좀 하나 갖다줘." 에스테르가 말했다. "분홍색이 섞인 검은색 새틴 모자를 써야겠어, 레이스 장식이 달린 것 말이야."

"토마 부인이[265] 아직 안 보냈는데요……. 자, 남작님, 빨리요! 벌떡 일어나세요! 상머슴의 임무, 그러니까 여인과 행복을 누리는 남자의 임무를 수행하셔야죠! 행복은 무거운 짐이니까요! 당신 마차도 있잖아요, 어서 토마 부인의 가게에 다녀오세요." 외롭이 남작에게 말했다. "하인을 시켜서 마담 반 곱세크의 모자를 찾아오라고 하세요……. 그리고 특히," 그녀가 남작의 귀에 대고 속삭였다. "그녀에게 파리에서 구할 수 있는 가장 아름다운 부케를 선물하세요. 지금 겨울이니까 열대지방 꽃을 구하도록 신경 쓰세요."

남작은 즉시 내려가 하인에게 명령했다. "토마 푸인의 카게로." 하인은 주인을 유명한 제과점으로 데려갔다. "창신구 파는 토마 푸인 말이야, 케이크가 아니라. 파보 명청이 캇트니라고." 이렇게 말하고 나서 남작은 팔레루아얄에 있는 프레보 부인의[266] 가게로 달려가 5루이어치 부케를 주문했다. 그 사이

---

265) 당시 파리에 실제로 있었던 여성용 장신구 판매점 주인이다.
266) 프레보 부인의 가게는 당시 실제로 파리에 있던 가게로, 조화와 모자 장식 깃털을 주로 취급했다.

그의 하인은 유명한 장신구 가게로 마차를 몰았다.

그저 피상적인 관찰자라면 파리를 산보하다가 기상천외한 꽃들이 진열된 이름난 꽃가게나, 로세 드 캉칼 레스토랑을 제외하면 파리에서 유일하게 진귀한 만물 과일을 팔아 명실상부한 진미의 '양(兩) 세계가 진열, 음미되는 곳'이라[267] 할 수 있는 유럽 식품점 슈베를 보고는, 어떤 정신 나간 사람들이 이런 곳엘 와서 물건을 사는 것일까, 한심하게 생각할 것이다……. 그런데 파리에서는 뉘싱겐이 보여주는 것 같은 정념이 하루에도 100번 이상씩 발현된다. 이는 여왕이라 할지라도 자기 돈으로 구매할 엄두가 안 나는 그런 진귀한 물건들이, 아지의 표현에 따르자면, 불타듯 강렬한 것을 좋아하는 아가씨들에게 무릎 꿇고 바치려는 용도로 꾸준히 팔린다는 사실로써 증명된다. 이러한 세세한 사항을 모른다면 정숙한 부르주아 가정의 부인은 어떻게 그런 부정한 여자들, 푸리에가 세운 체계에 의하자면 탐욕과 인색이 초래한 불행을 치유하는 것쯤으로 사회적 기능이 부여되어 있을[268] 그런 여자들의 수중으로 재

---

267) 온갖 진귀한 식품을 파는 가게를 1829년 창간된 잡지 《양세계 평론(Revue des Deux Mondes)》에 빗댄 표현이다. 창간 당시에는 고대와 현대의 '두 세계'에 대한 여행 이야기를 중점적으로 싣는 잡지였다. 1831년 뷜로즈가 인수해 잡지의 성격을 정치와 문학 비평으로 바꾸었지만, 제호는 그대로 유지했다. 오늘날까지도 계속 발간되고 있다.
268) '공상적 사회주의자' 샤를 푸리에(1772~1837)가 내세운 보상 이론에 대한 풍자라고 할 수 있다. 발자크는 흔히 박애주의나 온정주의와 혼동되곤 하는 당시의 사회적 이상주의에 대해 신랄한 비판을 아끼지 않았는데, 이 작품의 마지막 부분에서 그러한 모습을 유감없이 보여준다.

산이 흘러 들어가 없어지는지 도저히 납득할 수 없을 것이다. 그러한 탕진이 사회라는 몸에 미치는 효과는 이를테면 다혈증 환자의 몸에 사혈침을 찔러 뇌출혈을 막는 것에 비유될 수 있을 것이다. 뉘싱겐은 두 달 만에 20만 프랑 이상을 뿌려 파리의 상업을 진흥시켰다.

사랑에 빠진 노인이 돌아왔을 때는 이미 어둠이 내린 터라 부케가 소용이 없어졌다. 겨울철에 샹젤리제에 가기 적당한 시간대는 2시에서 4시 사이이다. 그렇지만 마차는 에스테르가 테부가에서 생조르주가로 가는 데 요긴하게 사용되었고, 그녀는 드디어 그곳에 있는 '아탐한 쿵걸'의 안주인이 되었다. 솔직히 말해 에스테르는 그와 같은 숭배나 어마어마한 선물 공세의 대상이 된 적이 한 번도 없었기 때문에 정말로 깜짝 놀랐다. 하지만 그런 것을 당연하게 여기는 콧대 높은 여자처럼 놀란 기색을 애써 누르며 조금도 내비치지 않으려고 했다. 로마에 있는 산피에트로 대성당에 들어가면, 안내인이 성당 중에서도 으뜸인 그곳이 얼마나 넓고 높은지 실감하라고 동상 하나를 가리키면서 그 동상의 새끼손가락이 실제로는 말도 못하게 길지만 거리가 있기 때문에 보통 사람 새끼손가락 크기만 하게 보이는 것이라고 설명한다. 그런데 사람들은 자세한 묘사가 우리 풍속의 역사를 구축하는 데 꼭 필요한 것인데도 그간 그러한 묘사를 하도 많이 비판해대서 이 자리를 빌려 그 로마의 안내인을 잠시 따라 해야겠다. 자, 해보자. 식당으로 꾸민 방에 들어서면서 남작은 에스테르더러 창문 커튼으로 쓰인 직물을 만져보게 하고 싶어 안달이 났다. 흰색 물결무늬 천이 덧대어진 두 겹의 형태로 장엄하리만치 풍성하게 늘어뜨린 그 커튼에는 포르투갈 공주가 입는 코르사주에나 쓰이는 고급 수술이 장식되어 있었다. 그것은 중국 광저우에서 들여온 비단이었는데, 거기에 중국인 특유의 끈기로 아시아 지방의 새들을 수놓은 솜씨가 얼마나 완벽했던지, 그 본보기가 되는 솜씨는 중세의 독피지(犢皮紙) 위나, 빈 제국도서관의 자존심인 카를 5세 미사 경본 속에서나 발휘되었을 뿐이다.

"이컨 어턴 영국 푸호에게 1마당 2000프랑을 추고 쿠입한 천인데, 그 푸호는 그것을 인도에서 쿠햇다네……."

"너무 좋아요. 멋져요! 여기서 샴페인을 마신다면 너무너무 좋겠어요!" 에스테르가 말했다. "타일 바닥이라 무스를 떨어뜨려도 더러워지지 않겠네요!"

"오! 마담," 외롭이 말했다. "그런데 양탄자 보여요……?"

"내 친구 토를로니아 콩작이[269] 추문해 체작댄 양탄자요. 크런데 크가 포기에 너무 피산 커야. 크래서 내가 탕신 추려고 낙카챈 커지, 탕신은 녀앙이니카!" 뉘싱겐이 말했다.

우리 시대의 가장 뛰어난 도안(圖案) 장인이 짠 것임이 분명한 그 양탄자는 우연의 일치인지 몰라도 천변만화하는 문양의 중국산 커튼 직물과 잘 어울렸다. 쉬너와 레옹 드 로라가 그린 벽화의 관능적인 장면들은 거금을 들여 솜라르의 수장고에서 매입한 상아 조각품들 덕분에 한층 더 돋보였으며, 벽

---

269) 동시대 인물인 로마의 거부 마리노 토를로니아(1795~1865)를 가리킨다. 그의 집안은 대대로 바티칸과 에스파냐 왕가의 자금을 관리한 은행을 운영했다.

화 패널 테두리를 장식한 간결한 금줄은 빛을 받아 은은하게 빛났다.[270] 이쯤 묘사하면 나머지 부분들은 어떤지 능히 판단할 수 있을 것이다.

"저를 이곳에 살라고 데려오시다니 정말 잘하셨어요." 에스테르가 말했다. "내 집에 익숙해지려면 족히 일주일은 걸리겠네요. 더구나 횡재한 여자처럼 보여서는 안 되니까……."

"내 칩이라고!" 남작이 기뻐하며 따라 말했다. "크럼 승나카는 커요……?"

"그렇고말고요, 천 번을 물어도 대답은 같아요, 짐승같이 아둔하시긴." 그녀가 환한 얼굴로 말했다.

"침승이라고만 해도 충분……."

"아둔하다고 한 건 애정의 표현이에요." 그녀가 그를 바라보며 말을 이었다.

가련한 살캥이는 에스테르의 손을 잡아 자기 가슴에 갖다 댔다. 그는 감각적으로 느낄 수 있을 만큼 충분히 짐승다웠지만, 그 느낌을 적절히 표현할 한마디 말을 찾기에는 너무 아둔했다.

"내 심창이 얼마나 투큰거리는지 느켜바요……. 코작 타정한 한마디 말에 말이오……!" 그가 대꾸했다. 그러고는 자신의 여신(그의 발음대로라면 '녀신')을 침실로 이끌었다.

"오! 마담," 외제니가 말했다. "제가 여기에 더 있으면 안 되

---

270) 쉬너와 레옹 드 로라는 『인간극』 세계의 유명한 화가들로 사제지간이다. 알렉상드르 뒤 솜라르(1779~1842)는 실존 인물로 당대의 유명한 고고학자이자 수집가다.

겠네요! 침대에 눕고 싶은 마음이 너무 간절하신 것 같으니까요."

"그래!" 에스테르가 말했다. "이 모든 신세는 나중에 한꺼번에 갚도록 할게. 자, 덩치 큰 나의 코끼리님, 저녁 식사 후에 우리 함께 연극 구경 가기로 해요. 구경하고 싶어 좀이 쑤시거든요."

실제로 에스테르는 극장에 가지 못한 지 정확하게 5년이 되었다. 그즈음 파리 사람들의 관심은 온통 포르트 생마르탱 극장 쪽으로 쏠렸는데, 배우들의 연기력이 뛰어나 굉장한 현실감을 주는 그러한 연극들 축에 속하는 『리처드 달링턴』이 공연되고 있었기 때문이다.[271] 순진한 성격의 소유자들이 다 그러듯이, 에스테르는 연애물에 눈물을 주체 못 할 정도로 빠져들었지만, 그에 못지않게 공포물이 안겨주는 전율을 만끽하는 데도 열광했다. "우리 프레데릭 르메트르를 보러 가요." 그녀가 말했다. "전 그 배우가 너무 좋아요."

"크건 좀 찬혹한 드라마인데." 즉각 의견을 표명하지 않을 수 없는 처지가 된 뉘싱겐이 말했다.

남작은 하인을 보내 무대 좌우 바로 옆에 붙은 두 개의 귀빈용 박스석 중 하나가 비어 있는지 알아보라고 했다. 파리에만 있는 또 하나의 독특한 모습! 연극의 흥행 성공이라는 것이 부질없긴 하지만 어쨌든 성공해서 객석이 꽉 차는 경우라 하더라도, 막이 오르기 10분 전에 무대 바로 옆 귀빈용 박스석

---

271) 『리처드 달링턴(Richard d'Arlington)』은 1831년 초연된 알렉상드르 뒤마의 시대극이다. 파리의 포르트 생마르탱 지역은 거기에 옛날 세워진 개선문의 이름에서 명칭이 유래된 곳으로, 같은 이름의 운하와 극장이 있다.

하나쯤은 표를 구할 수 있기 마련이다. 뉘싱겐처럼 사랑에 빠진 남자가 자리를 예약해 놓고 정작 나타나지 않는 일은 늘 벌어지고, 극장마다 지배인들은 그 좌석을 자신들 몫으로 확보해 놓는 것이다. 이는 단골 몫으로 빼놓는 식품점 슈베의 만물 과일처럼, 파리의 올림포스에서 펼쳐지는 판타지에 대해 미리 징수해 놓는 세금 같은 것이다.

식기가 어땠는지는 말하나 마나다. 뉘싱겐은 대형 중형 소형 세트, 이렇게 용도별로 세 벌의 식기를 갖춰놓았다. 대형 세트의 디저트 식기는 공용 접시든 개인 접시든 전부가 붉은 기운이 감도는 금빛으로 도금하고 문양을 아로새긴 은제품이었다. 은행가는 번지르르한 금과 은만 있으면 식탁의 품격이 손상될 것을 고려해, 은 식기보다 값이 비싼 드레스덴 스타일의 매혹적이기 그지없는 얇은 자기 그릇도 더하여 구색을 갖추었다. 꽃문양이 입체적으로 직조된 식탁보나 냅킨 같은 것은 작센 왕국, 잉글랜드, 플랑드르, 프랑스 등 유명 산지의 리넨들이 골고루 갖춰져 서로 자웅을 겨루었다.

저녁 식사 때, 이번에는 남작이 아지가 만든 음식을 맛보고 깜짝 놀랐다.

"이제 알겟네." 그가 말했다. "탕신이 어채서 아치를 코집햇는지 말이야. 이건 아치아 뇨리잔아."

"아! 난 이제 이분이 나를 사랑한다는 믿음이 가." 에스테르가 외롭에게 말했다. "이분이 말다운 말을 몇 번 하셨거든."

"녀러 펀이지." 그가 말했다.

"어쩜! 이분은 사람들이 말하는 것보다 훨씬 더 튀르카레

다워." 은행가의 입에서 튀르카레의 그 유명한 순진한 언행들을 빼닮은 대답이 나오자 유쾌해진 창녀가 소리를 높였다.

음식은 양념이 강해서 남작은 속이 불편할 정도였는데, 그로 인해 결국 나중에 남작이 일찍 집으로 돌아가게 되는 사태가 빚어졌다. 이 정도가 남작이 에스테르와의 쾌락을 앞두고 처음으로 가진 회동에서 거둔 성과의 전부다. 극장에서 그는 막간에 에스테르를 홀로 남겨두고 설탕물을 들이켜러 수도 없이 들락날락해야만 했다. 우연이라고 하기에는 너무도 예측 가능한 조우일 텐데, 아무튼 그날 극장에는 튈리아와 마리에트, 그리고 마담 발노블도 와서 관람을 했다.『리처드 달링턴』은 그 정도로 엄청난 성공을 거둔, 게다가 그럴 만한 자격을 갖춘 연극이었던 것인데, 그런 성공은 파리에서만 목도할 수 있는 현상이다. 그 드라마를 보는 남성들은 하나같이 본부인을 창문으로 던져 죽일 수도 있다는 데 공감을 했고, 여성들은 누구나 자신을 부당하게 학대받는 존재로 동일시하고 싶어 했다. 여자들은 '이건 너무 세네. 우린 단지 떠밀렸을 뿐인데……. 하지만 그런 일이 우리에겐 자주 일어나지……!'라고 생각했다. 그런데 에스테르처럼 차려입은, 에스테르 같은 아름다운 여자가 포르트 생마르탱 극장의 무대 바로 옆 박스석에 불타듯 강렬하게 앉아 있는데 아무런 반응이 일어나지 않을 수는 없었다. 그리하여 2막부터는 두 댄서가 앉은 박스석에서 그 미지의 아름다운 여인이 토르피유가 맞는지 아닌지를 두고 한바탕 야단법석이 빚어졌다.

"아! 그 여자야. 그런데 어디 있다 나타난 거지?" 마리에트

가 마담 발노블에게 말했다. "그 여자는 물에 빠져 죽었다던
데……."

"그 여자라고? 6년 전보다 서른일곱 배나 더 젊고 더 예뻐
보이는데?"

"저 여자는 데스파르 부인과 자용체크 부인처럼[272] 관리를
잘한 것 같군." 1층 좌석을 구해 세 여자를 극장에 데려온 브
랑부르 백작이[273] 말했다. "저 여잔 당신이 옛날에 우리 외삼
촌을 벗겨 먹기 위해 나한테 보내려고 했던 그 '쥐' 아냐?"[274]
그가 튈리아에게 재차 말했다.

"맞아요." 댄서가 대답했다. "뒤 브뤼엘,[275] 오케스트라 쪽으

---

272) 자용체크 부인은 데스파르 부인과는 달리 실존 인물이다. 폴란드 귀족
출신 장군으로 혁명기에 나폴레옹 군대의 지휘관으로 활약했던 유세프 자
용체크(Józef Zajączek, 1752~1826)와 결혼한 프랑스의 댄서다. 『금치산』에
서 늙어서까지 미모를 간직한 여인의 전형으로 언급된다.

273) 브랑부르 백작은 용맹하지만 무모하고 난봉꾼이기도 한 『인간극』의 인
물로, 본명은 바로 뒤에서 언급되듯 필리프 브리도다. 나폴레옹 군대에서 중
령으로 활약하다 전역한 장교로서, 가로챈 집안의 유산을 바탕으로 거물
모프리뇌즈 공작의 후견을 받아 백작 작위를 얻는 이야기가 『가재 잡는 여
자』(1842)에 나온다. 한때 마리에트의 애인이었다. 어려운 처지의 어머니와
동생을 이용하고 버린 패륜적 인물인데, 363쪽 뉘싱겐의 편지에서 언급된
천재 화가 조제프 브리도가 그의 동생이다.

274) 『가재 잡는 여자』에서 필리프 브리도의 외삼촌 장 자크 루제는 누이
(브리도의 어머니인 아가트 루제)를 배제하고 집안의 유산을 독차지한다.
필리프는 그런 외삼촌의 재산을 가로채기 위해 그를 독살하려는 계책을 꾸
미고 파리의 '쥐'를 소개받는다. 그런데 그때 실제로 동원된 여자는 에스테
르가 아니라 롤로트라는 이름의 다른 창녀였다.

275) 뒤 브뤼엘은 튈리아의 애인으로, 통속극 작가다. 『잃어버린 환상』에서
코랄리가 주연을 맡은 '에스파냐 법관'을 썼다.

로 가서 정말 그 여자가 맞는지 보고 오세요."

"저 여자 뻣뻣하게 고개 들고 있는 꼴 좀 봐!" 마담 발노블이 그 계통 아가씨들이 즐겨 쓰는 기발한 표현을 빌려 내지르듯 말했다.

"오!" 브랑부르 백작도 소리를 높였다. "저 여잔 그럴 권리가 있는 거라고. 내 친구 뉘싱겐 남작과 함께 있으니까. 내가 가서 좀 봐야겠네."

"저 여자가 뉘싱겐을 정복한 잔 다르크라고 떠벌린다는 그 여잔가요? 석 달 전부터 저 여자 애기로 진절머리가 날 지경이 잖아요⋯⋯." 마리에트가 말했다.

"안녕하십니까, 친애하는 남작님." 필리프 브리도가 뉘싱겐의 박스석으로 들어서면서 말했다. "그래, 남작님, 마드무아젤 에스테르와 결혼하신 겁니까⋯⋯? 마드무아젤, 예전에 제가 이수됭에서 곤경에 처했을 때 당신이 구해 준 그 불쌍한 장교입니다, 필리프 브리도라고요⋯⋯."[276]

"모르겠는데요." 에스테르가 오페라글라스를 갖다 댄 채로 아래층 객석을 향해 고개를 돌리며 대꾸했다.

"마트무아첼은," 남작이 대꾸했다 "이제푸터 에스더라는 찰 븐 이름으로 풀리지 안소. 크녀 이름은 마탐 트 쟝피(샹피)요. 약소하지만 내가 크녀에게 선물한 영지 이름이오."

"뭐 그럴 만하긴 하지만," 백작이 말했다. "저 부인들이 마

---

276) 필리프 브리도는 전역 후 반(反) 부르봉 왕가 음모에 가담했다가 왕정 복고 정부로부터 5년간의 보호관찰 처분을 받고 고향인 이수됭(Issoudun) 으로 거주지가 제한된다. 그곳에서 『가재 잡는 여자』의 이야기가 펼쳐진다.

담 샹피께서 고개를 너무 뻣뻣하게 들고 있다고 하시네요……. 당신은 저를 기억하고 싶지 않겠지만 마리에트와 튈리아와 마담 발노블은 안다고 해주셔야지요." 모프리뇌즈 공작이 왕세자의[277] 수행비서로 앉혀놓은 그 벼락출세자가 말했다.

"저 부인들이 저한테 예의를 갖추면 저도 저분들 기분에 딱 맞춰줄 자세가 되어 있습니다." 마담 드 샹피가 개의치 않는다는 듯이 대꾸했다.

"예의라!" 필리프가 말했다. "저 숙녀분들은 나무랄 데가 없지요. 당신을 잔 다르크라 부른다니까요."

"아! 안 태겟네. 처 푸인들이 아무래도 탕신하고 쿄분을 나누고 십픈 모양인테," 뉘싱겐이 입을 열었다. "나 혼자 먼저 틀어가 파야겟소. 아카 너무 마니 머것서. 나중에 마차가 탕신하고 탕신 친구들을 모시고 칼 커요……. 필어먹을 놈에 아치……!"

"처음인데 저 혼자 두고 가시다니요!" 에스테르가 말했다. "그럼 그러세요! 당신 떠나고 어떻게 죽어야 할지 알아야 하는 건데. 여기서 벗어나려면 내 남자가 필요한데. 만일 모욕이라도 당한다면 난 속수무책으로 소리나 질러야 하나……?"

늙은 백만장자의 이기심은 사랑에 빠진 자로서의 의무감 앞에 양보해야만 했다. 남작은 고통스러웠지만 남았다. 에스테

---

277) 당시 왕세자는 앞서 진짜 카를로스 에레라 신부를 언급할 때 나왔던 샤를 10세의 장남, 앙굴렘 공작이다. 이렇게 정치적으로 극과 극을 오갔던 필리프 브리도는 7월혁명 후 주식 투기로 파산하고 알제리 파병군으로 재입대하는데, 거기서 비참하게 전사한다.

르가 자기 남자를 곁에 붙잡아 둔 것은 올바른 판단이었다. 그녀가 옛날에 알던 사람들을 상대하게 되더라도 같이 있으면 분명히 혼자 있을 때처럼 그렇게 집요하게 문초를 당하지는 않을 것이기 때문이다. 필리프 브리도는 황급히 댄서들이 있는 자리로 돌아가 사태가 어떻게 돌아가는지 알렸다.

"아! 생조르주가의 내 집을 차지한 게 바로 저 여자군!" 그런 부류의 여자들 사이에서 통용되는 말로, 뚜벅이 신세로 전락한 마담 발노블이 씁쓰레한 어조로 말했다.

"아마 그럴 거요." 대령이 대답했다. "뒤티예가 내게 말해 주었는데, 남작은 그 집 치장에다 당신의 그 불쌍한 자크 팔레보다 세 배나 많은 돈을 쏟아부었대요."

"그 여자를 만나러 갑시다." 튈리아가 말했다.

"아, 나는 싫어!" 마리에트가 대꾸했다. "저 여자는 지금 너무 예뻐. 나는 나중에 저 여자 집으로 찾아갈래."

"내 상태는 위험을 감수할 만큼은 되는 것 같은데." 튈리아가 대답했다.

그 대담한 수석 무용수는 막간을 이용해 에스테르에게 와서 알은체를 했는데, 에스테르는 그냥 무덤덤하게 대했다.

"그런데 어디에 있다가 다시 돌아온 거야, 애송이 아가씨?" 호기심을 억누를 수 없었던 댄서가 물었다.

"아! 나는 지난 5년 동안 어떤 영국 남자와 함께 알프스의 한 성에서 머물렀어. 그는 호랑이나 대부호처럼 질투심이 대단한 남자였지. 나는 그를 난쟁이 아저씨라고 불렀는데, 키가 페레트 특임대사처럼[278] 아담했거든. 그러던 중 난 그만 어떤 은행가 차지가 되고 말았어. 플로린 말대로, 노루 피하니 호랑이 만난 격이었지. 그런 사정으로 파리로 돌아온 김에 난 여러모로 즐기고 싶은 거고, 그래서 곧 명실상부한 카니발을 한판 열까 해. 집들이를 할 거야. 아! 지난 5년간의 고독을 벌충해야 겠지, 그리고 내 본모습을 되찾기 위해 시동을 걸었어. 영국인하고 5년이라니, 그건 너무 지나쳐. 채무자 집에 붙이는 추심 딱지도 딱 6주만 붙여야 하잖아.”

“너한테 이 레이스를 준 사람도 남작이니?”

“아냐, 이건 대부호가 남겨준 찌꺼기야⋯⋯. 이 보라고, 나는 참 운도 없어! 그 사람은 남의 성공을 보고 짓는 억지 축하 웃음처럼 얼굴빛이 노랬어. 나는 그가 열 달을 못 넘길 것이라고 믿었지. 하! 그런데 그는 알프스 봉우리처럼 튼튼했어. 간질환이라고 이야기되는 증상들은 모두 의심해야 해⋯⋯. 난 이제 간이 어떻고 하는 소리는 더 이상 듣고 싶지 않아. 간 이야기를 너무 믿었어⋯⋯. 속담에 어쩌고저쩌고⋯⋯. 그 난쟁이 아저씨는 내 인생을 도둑질한 셈이지. 그 사람 유서 한 장 안 남기고 죽어버렸어. 그리고 그의 가족은 나를 무슨 페스트 환자라도 되는 양 문밖으로 내쫓았지. 그래서 나는 이 뚱보 양반에게 말했던 거야, ‘2인분 몫을 내야 해요!’라고. 당신들이

---

278) 알자스 지방 피르트의 백작인 장 바티스트 페레트(독일어로는 요한 바티스트 폰 피르트, 1749~1831)는 바덴 공국의 대공, 곧 훗날의 프리드리히 1세의 특임을 받고 1817년에서 1830년까지 파리에 파견된 인물로서, 당시 파리 오페라 여가수와의 염문으로 세인의 입질에 자주 올랐으며, 특히 작은 키와 깡마른 체구로 유명했다.

날 잔 다르크라고 했다니, 일리가 있어. 나는 영국을 잃었거든! 그리고 어쩌면 화형에 처해질지도 모르고."

"사랑 때문에!" 튈리아가 말했다.

"그것도 산 채로!" 그 말에 갑자기 생각에 잠긴 에스테르가 대답했다.

남작은 옆에서 이 천박한 농지거리를 들으며 웃었다. 그러나 그 말들을 전부 그 즉시 다 알아들은 것은 아니어서 그의 웃음은 불꽃놀이는 끝났는데 잊고 있다가 뒤늦게 쏘아 올린 폭죽 같았다.

우리는 모두 저마다 특정 영역 안에서 살아간다. 그리고 어떤 영역에 속하든 우리 모두는 너나없이 똑같은 양의 호기심을 부여받아 지니고 있다. 이튿날, 오페라에서는 에스테르의 귀환에 얽힌 사연이 무대 뒤편의 새로운 화제였다. 아침나절, 그러니까 2시에서 4시 사이에는[279] 이미 샹젤리제의 파리 사람들은 누구나 토르피유의 존재를 아는 상태였다. 그리고 뉘싱겐 남작이 품은 연정의 대상이 누구인지도 마침내 밝혀진 것이다.

"그거 아나?" 그날 블롱데는 오페라 극장 휴게실에서 드 마르세에게 이렇게 말했다. "토르피유가 애송이 뤼방프레의 정부라는 사실을 우리가 이 자리에서 알아차렸던 바로 그다음 날 토르피유가 감쪽같이 사라졌다는 것 말이야."[280]

---

279) 다소 어폐가 있는 이 표현은 밤늦도록 야회를 즐기다 오후에나 잠자리에서 일어나는 파리 사교계 사람들의 관행적 시간표를 따른 것으로 보인다.
280) 본 작품 첫머리 장면을 일컫는다.

파리에서건 지방에서건 알려질 건 다 알려지기 마련이다. 예루살렘가의[281] 경찰력은 저마다 자신도 모르는 사이에 서로 염탐질을 하는 사교계의 경찰력에 한참 못 미친다. 그러므로 테부가에 있는 동안, 그리고 테부가를 떠난 이후 뤼시앵에게 닥칠 위험이 매우 심각하다고 카를로스가 본 것은 제대로 된 예측이었다.

41. 뚜벅이 신세 여자

마담 발노블이 처한 상황보다 더 나쁜 상황은 없다. 뚜벅이 신세라는 말이 그 상황에 기가 막히게 들어맞았다. 마담 발노블과 같은 여자들은 무사태평하고 낭비벽이 심하기 마련이어서 앞날에 대한 대비 같은 것은 안중에도 없다. 보통 사람들이 생각하는 것보다 훨씬 더 희극적이고 기상천외한 그 예외적 세계에서는, 불변에 가깝고 누구나 인정하는 그런 확실한 아름다움에서 멀어진 여자들만이, 그러니까 어쩌다 요행수가 통해야 겨우 사랑받을 수 있는 처지의 여자들만이 자신의 노쇠를 의식하고 돈을 모을 궁리를 한다. 여자들은 아름다우면 아름다울수록 자신의 앞날을 염두에 두지 않는 법이다. "너 추해지는 것이 두려운 게구나? 연금을 마련하려고 하

---

281) 현재 파리 법원이 있는 시테섬 서쪽 끝에 있었으나 지금은 구획 정비로 사라진 좁은 거리 이름으로, 당시 파리 경찰청이 있던 곳이다.

는 걸 보니……." 마리에트에게 던진 플로린의 이 말은 그런 여자들이 빠진 낭비벽의 이유 중 하나를 미루어 짐작할 수 있도록 해준다. 투기를 일삼다가 자살로 생을 마감하거나 낭비벽에 빠져 빈털터리가 되는 경우처럼, 그러한 여자들은 오만방자한 부귀를 누리다가 밑바닥을 모르는 가난으로 급전직하하게 된다. 그러면 그들은 뚜쟁이에게 휘둘리고 비싼 보석을 헐값에 팔아넘기며 빚마저 잔뜩 진 신세로 전락하는데, 무엇보다도 그런 식으로 호사스러운 겉치레만은 유지해야 자신들이 잃어버린 것, 다시 말해 돈이 쏟아지는 금고를 되찾을 일말의 가능성이라도 생기기 때문이다. 맨 꼭대기와 맨 밑바닥을 오가는 그들의 삶을 알면 아지가 뉘싱겐과 에스테르를 맞붙여 놓았던(그 세계에서 통용되는 또 하나의 용어) 것과 같은, 현실적으로 거의 언제나 기획 및 관리되는 그러한 관계가 얼마나 비싼 것인지 비로소 통감하게 된다. 따라서 자신들이 사는 파리를 꿰뚫고 있다고 자부하는 사람들은, 샹젤리제라는 이 요란하게 들썩이는 시장에서 1년 전이나 6개월 전에는 그지없이 아름답게 치장된 호화롭고 눈부신 마차를 탔던 여자가 별 볼일 없는 삯마차를 타고 있는 광경을 목격했을 때, 어떤 반응을 보여야 할지 완벽하게 숙지하고 있다. "생트펠라지로 추락했어도 불로뉴 숲으로 반등할 줄 알아야지." 플로린이 블롱데와 함께 애송이 포르탕뒤에르 자작을 비웃으면서 그렇게 말했던 까닭이다.[282] 교묘한 몇몇 여자들은 그러한 극심한 부침이 세간

---

282) 『인간극』의 또 다른 작품 『위르쉴 미루에』(1842)에 소개되는 일화다.

의 입방아에 오를 여지를 아예 차단해 버린다. 그들은 살림살이가 갖춰진 누추한 호텔에서 두문불출하며 마치 사하라 사막 같은 곳에서 길을 잃고 헤매는 여행자가 고통 속에 몸부림치듯 궁핍으로 낭비의 죗값을 치른다. 그렇지만 그런 여자들도 절약해야겠다는 마음은 눈곱만큼도 먹지 않는다. 그들은 위험을 무릅쓰고 가면무도회에 참석하거나 지방 여행을 감행하거나 화창한 날 근사하게 차려입고 대로변에 나타난다. 게다가 그들은 추방된 계급에 속하는 자들이 자기들끼리 베푸는 호의를 만나기도 한다. 베풀어야 할 도움은 행복한 여자에게는 거의 아무런 비용도 들지 않는 일이기도 하거니와, 행복한 여자도 '다음 일요일에는 나도 저렇게 될지 몰라.'라는 생각을 마음속에 지니고 있기 때문이다. 그렇지만 가장 효과적인 보호막은 결국 뚜쟁이의 도움이다. 방물장수이자 고리대금업자이기도 한 이들 뚜쟁이는 받을 빚이 생기면 부츠나 모자 같은 그녀들의 저당물을 대신 갚아줄 늙은 남자들을 찾아내 그들의 마음을 들쑤시고 헤집는다. 파리에서 가장 부유하고 가장 유능한 주식중개인 축에 들었던 자의 몰락을 예견할 수 없었던 마담 발노블은 그렇기에 완전히 혼란에 사로잡혔다. 그

느무르의 귀족 사비니앵 드 포르탕뒈에르는 젊은 시절 파리에 올라와 라스티냐크, 막심 드 트라유 등과 어울리며 방탕한 생활을 일삼다 10만 프랑이 넘는 빚을 갚지 못해 생트펠라지 감옥에 수감된다. 훗날 막대한 유산을 상속 받은 위르쉴 미루에와 결혼하고 파리에서 가장 행복한 부부로 손꼽히는 삶을 영위한다. "불로뉴 숲으로 반등"한다는 말은 궁지에 몰릴수록 호사를 과시해 전세를 만회하려 한다는 뜻이다.

녀는 자크 팔레의 돈을 자기 마음대로 썼으며, 필요한 물건을 구매할 때도 자신의 장래에 대해서도 전적으로 팔레에게 기댔더랬다. 그녀는 마리에트에게 말하곤 했다. "그토록 호인처럼 보이는 사람에게 어떻게 그런 일이 일어날 수 있어?" 사교계의 거의 모든 층위의 사람들에게 호인이란 통이 커서 여기저기 돈을 빌려주고도 갚으라고 독촉하지 않으며, 당연시되는 통속적이며 관행적인 도덕률을 벗어나 항상 모종의 다정다감한 규칙에 따라 행동하는 사람을 가리킨다. 온후하고 성실하다고 하는 몇몇 사람들도 뉘싱겐처럼 자신의 은인을 파멸시킨 전력이 있고, 공안수사대 출신인 몇몇 사람들도 한 여자에게는 더할 나위 없이 성실한 존재일 수 있다. 몰리에르의 꿈이 만든 완벽한 덕성의 소유자인 알세스트는 지극히 예외적 존재일 뿐이다. 그렇지만 그러한 완벽한 덕성이 도처에, 심지어는 파리에도 널려 있는 것이다. 호인이란 그러니까 아무런 특징도 드러나지 않는 사람이 어떤 호의를 베푸는 경우 그에게 붙여지는 호칭이다. 고양이가 비단결처럼 부드럽듯이, 실내화가 발에 신기도록 만들어졌듯이, 남자는 그냥 그런 존재인 것이다. 그러므로 첩살이하는 여자들이 받아들이는 호인이라는 말의 의미에 따르자면, 팔레는 자신의 정부에게 파산을 알려야 했고, 그녀에게 살아갈 돈만큼은 남겨주어야 했다. 바람둥이 사기꾼인 드에투르니도 호인이었다. 그는 도박에서는 사기를 쳤지만, 자신의 정부를 위해서는 3만 프랑을 따로 챙겨두었다. 그렇기에 무도회 뒤의 야식 자리에서 여자들은 그를 비난하는 사람들에게 이렇게 응수했다. "그러거나 말거나……! 당신들이 아무리 말해 봤자 소용없을 것이야. 조르주는 호인이었어. 그는 예의도 발랐고, 더 잘 풀릴 자격이 있는 사람이었다고!”

그런 아가씨들은 법을 조롱하고 어떤 다정다감함을 높이 산다. 그들은 에스테르처럼 모종의 비밀스러운 아름다운 이상을 위해, 자신들만의 종교를 위해 자신의 몸을 바칠 줄 안다. 파산 후 우여곡절 끝에 보석 몇 점만 간신히 챙길 수 있었던 마담 발노블은 “저 여자가 팔레를 파멸로 이끌었다!”라는 엄청난 무게의 비난에 시달렸다. 그녀는 서른 살에 접어든 상태였다. 그런데 아직은 아름다움이 한창이었다. 그렇긴 하지만 위기에 봉착한 여자는 온갖 경쟁자들을 상대로 싸워야 하는 만큼 그녀로서는 나이 든 여자로 통하는 것이 더 나았을 수도 있다. 마리에트와 플로린과 튈리아는 자신들의 친구를 기꺼이 저녁 식사에 초대하고, 어느 정도의 도움도 기꺼이 제공했지만, 그녀의 빚이 얼마인지 몰랐기 때문에 그녀가 빠진 구렁텅이가 얼마나 깊은지는 감히 측량할 수 없었다. 토르피유와 마담 발노블 사이의 6년이라는 나이 차이는 파리라는 격랑의 바다에 비추어보더라도 바느질 한 땀처럼 확연히 표시 나는 꽤 큰 격차라서 뚜벅이 신세의 여자가 마차를 탄 여자와 상대가 될 수는 없는 노릇이었다. 하지만 발노블의 생각으로는, 사실 자기 것을 에스테르가 물려받은 것이니, 마음씨 좋은 에스테르가 그 사실을 모른다고 잡아떼지는 않을 테고, 그래서 호시탐탐 노리다 보면 우연을 가장해 그녀에게 접근할 수 있으리라고 믿었다. 그러한 우연이 일어나길 바라며 마담 발노블은 귀부인처럼 차려입고 테오도르 가야르와 팔짱을 낀 모습으로 매일같이 샹젤리제를 배회했다. 테오도르 가야르는 자신의 옛 정부가 그런 곤궁에 빠졌지만 아주 잘 대해 주었다. 훗날 그녀와 결혼까지 하게 되는 그는 그녀에게 극장의 박스석도 구해 주고 사교계의 온갖 파티에 그녀가 초대를 받을 수 있도록 힘써 주었다.[283] 그녀는 날씨가 화창할 때 에스테르가 언젠가는 산책을 나올 테고, 그때 서로 마주칠 수 있으리라는 기대를 품었다. 에스테르의 마부는 파카르였다. 그녀의 집은 생조르주가의 집을 난공불락의 요새로 만들려는 카를로스의 지시대로 닷새 만에 아지와 외롭과 파카르에 의해 접수되었다. 그런데 페라드는 페라드대로 뿌리 깊은 증오와 복수의 일념에 사로잡힌 상태에서 다른 무엇보다도 자신이 애지중지하는 딸 리디에게 번듯한 자리를 마련해 주겠다는 계획에 골몰하던 참이었는데, 콩탕송으로부터 뉘싱겐 남작의 정부가 샹젤리제에 나타난다는 정보를 입수한 순간부터는 산책을 가장해 샹젤리제를 정탐하기 시작했다. 페라드는 영국인 행세를 너무도 완벽하게 했고, 말을 할 때도 영국인이 프랑스어를 할 때처럼 옹알거리듯 부드러운 억양을 제대로 그럴듯하게 구사했다. 그는 영어를 아주 정확하게 할 줄 알았고, 파리 경찰청이 1779년과 1786년에 세 차례에 걸쳐 그를 영국에 파견했기

---

283) 테오도르 가야르는 『잃어버린 환상』에서 왕당파 신문 《르레베이》를 창간하고 뤼시앵을 편집인으로 고용하는 인물이다. 자크 팔레 이전 발노블의 첫 애인이었다. 1838년을 시간 배경으로 하는 『본의 아닌 코미디언들』(1846)과 『사촌 베트』(1847)에, 유력 신문의 발행인으로 성장해 발노블과 결혼해 살고 있는 그의 생활이 잠깐 언급된다.

때문에 그 나라 사정을 완벽하리만치 꿰뚫고 있었다. 덕분에 각국 대사의 관저에서나 런던에서 자신의 맡은 바 임무인 영국인 역할을 아무런 의심도 받지 않고 계속할 수 있었다. 페라드는 유명한 마술사였던 뮈송에[284] 필적할 정도로 변장술이 뛰어났는데 어찌나 완벽했던지 한번은 콩탕송마저도 그를 못 알아보았을 정도였다. 물라토로 변장한 콩탕송과 함께 페라드는 무심한 것처럼 보이지만 실은 어느 것 하나 놓치지 않는 눈으로 에스테르와 그 일당을 유심히 살펴보는 것이 일과였다. 샹젤리제의 샛길들은 날씨가 맑고 쾌적할 때 마차를 타고 온 사람들이 내려서 산책을 즐기는 곳으로, 에스테르가 그곳에서 마담 발노블과 마주치던 그날도 페라드는 당연히 그곳을 지키고 있었다. 페라드는 진짜 영국 부호처럼 하인 물라토를 뒤에 거느리고 무덤덤한 걸음걸이로 두 여자 뒤를 따랐는데, 그녀들의 대화 중 흘러나오는 몇 마디를 엿듣기 위해서였다.

"그래요! 반갑네요." 에스테르가 마담 발노블에게 말하는 중이었다. "언제 한번 와요. 뉘싱겐도 자기가 데리고 있던 주식 중개인의 애인이 돈 한 푼 없이 지내는 것을 그냥 보고만 있으면 안 될 입장이겠지요……."

"더구나 그자가 파산으로 내몰았다는 이야기도 있으니까요." 테오도르 가야르가 끼어들었다. "또한, 우리가 그 사실을 만천하에 폭로할 수도 있고요……."

---

284) 피에르 뮈송(1739~1820)은 루이 16세의 궁정화가였는데, 나폴레옹 제정 시대에는 여러 살롱에서 마술사로 인기를 끌었다.

"그 사람은 내일 우리 집에서 저녁 식사를 해. 그때 와." 에스테르가 말했다. 그러고 나서 마담 발노블의 귀에 대고 속삭였다. "난 그 사람을 내 맘대로 할 수 있어. 그는 아직 이걸 갖지 못했어!" 그녀는 장갑 낀 손가락 중 하나를 세워 그 끝을 가장 아리땁게 돋보이는 자기 치아 아래 갖다 대면서 '전혀!'라는 의미를 강하게 표시하는, 알 만한 사람은 다 아는 그런 동작을 취했다.

"넌 그 사람을 쥐고……."

"이봐, 그는 이제 겨우 내 빚을 갚아주었을 뿐이야……."

"그 사람 통이 작구나!" 쉬잔 뒤 발노블이[285] 소리쳤다.

"오!" 에스테르가 말을 이었다. "예전에 난 나에게 접근하는 재무부 장관 같은 대단한 자도 뒤로 물러나게 했지. 이젠 자정을 알리는 첫 번째 종이 울리기 전에 3만 프랑의 연금을[286] 확보하고 싶어. 오! 그 사람은 나름대로 매력이 있어. 난 불평하면 안 돼……. 그 사람 요새 기분이 좋아. 일주일 후, 우리는 집들이를 할 거야, 그쪽도 그때 오라고……. 내일 아침 그는 나

---

285) 마담 (뒤) 발노블의 원래 이름이 쉬잔이다. 『인간극』의 다른 소설 『노처녀』(1837)에 노르망디 지방의 도시 알랑송에서 세탁부로 일하며 추문에 휩싸인 어린 나이의 그녀가 위선적인 알랑송 사회를 버리고 파리로 상경하는 이야기가 펼쳐진다. 파리에서 그녀의 야심을 펼칠 공간은 화류계밖에 없었고, 그녀는 알랑송에서 자신의 경쟁자였던 '노처녀' 마드무아젤 코르몽의 저택이 위치한 거리 이름인 '발노블가'에서 따와 스스로 지은 귀족풍 이름 '마담 뒤 발노블' 혹은 '쉬잔 뒤 발노블'로 활약한다.

286) 연금 3만 프랑은 연이율 3퍼센트인 국채에 100만 프랑을 투자했을 때 얻을 수 있는 연 소득이다.

에게 생조르주가의 집 계약서를 주기로 돼 있어. 솔직히 말해서 3만 프랑의 연금이 수중에 없으면 그런 집에서 살기 힘들지. 나중에 불운이 닥치면 그 돈을 찾아 쓰기 위해서라도 말이야. 나는 가난이 뭔지 알아. 그래서 더는 가난해지고 싶지 않아. 어떤 지식은 말이야, 너무 알면 금방 독이 되거든.”

“‘내가 곧 재산이다!’라고 입버릇처럼 말하던 너인데, 참 많이 변했구나!” 쉬잔이 목소리를 높였다.

“그게 스위스의 공기야. 거기선 누구나 경제 전문가가 되지……. 자, 한번 해보라고, 친구! 스위스 남자를 하나 꼬셔. 잘하면 그 남자를 남편으로 만들 수 있을 거야! 왜냐하면 거기 남자들은 우리 같은 여자들이 누군지 아직 모르거든……. 아무튼 그렇게 되면 그쪽은 국채 등록대장에 실린 연금에 대한 사랑을 듬뿍 안고 돌아오게 될걸. 그거야말로 진실하고 감미로운 사랑이지! 안녕.”

그러고 나서 에스테르는 당시 파리에 많았던 준수한 얼룩빼기 회색 말이 끄는 아름다운 마차에 올라탔다.

“지금 마차에 올라탄 여자도 맘에 들어.” 그 순간 페라드가 영어로 콩탕송에게 말했다. “하지만 난 아직 산보하고 있는 저 여자가 훨씬 더 좋은데. 자넨 저 여자를 따라가서 누군지 알아봐.”

“저 영국인이 조금 전 영어로 이렇게 말하네.” 테오도르 가야르가 마담 발노블에게 페라드가 한 말을 그대로 옮겨 읊어주었다.

마음먹고 영어로 말하기 전에 페라드는 시험 삼아 영어 단어 하나를 슬쩍 흘려보았는데, 테오도르 가야르가 움찔하고

반응을 보이자 그 신문기자가 영어를 할 줄 안다는 확신을 가
졌던 것이다. 가야르가 전한 말을 들은 마담 발노블은 자신이
거처로 삼고 있는, 루이르그랑가의 살림살이가 갖춰진 정갈한
호텔 쪽으로 천천히 발걸음을 옮기면서 그 물라토가 자신을
미행하고 있는지 연신 곁눈질했다. 호텔이 있는 건물은 마담
제라르라는[287] 여자의 소유였는데, 마담 발노블이 한참 잘나
가던 시절에 은혜를 베푼 적이 있었던지라 제라르 부인은 감
사의 표시로 오갈 데 없는 마담 발노블을 예를 갖춰 자기 집
으로 들였다. 마음씨 고운 제라르 부인은 정직하고 여러모로
행실이 바르며 독실하기까지 한 평민 여자였는데 그 창녀를
상전 모시듯 대했다. 그녀는 마담 발노블이 예전처럼 풍족하
게 지내도록 늘 신경을 썼으며 실각한 왕비를 시중들듯 정성
을 다했다. 그녀는 마담 발노블에게 자기 딸들을 보살펴 달라
고도 했다. 그 모습은 흔히 생각하는 것보다 더 자연스럽게 보
였는데, 그 창녀는 제라르의 딸들을 극장 구경에 데려갈 때도
엄마 못지않게 세심한 주의를 기울였고, 그래서 제라르네 아
가씨들의 사랑을 한 몸에 받았다. 이 선량하고 기품 있는 집
주인은 그러니까 법의 사각지대에 놓인 여성들을 여전히 구제
하고 사랑해야 할 존재라고 보는 그런 숭고한 사제들을 닮았
다고 할 수 있다. 마담 발노블은 제라르 부인의 충직함에 대해
존경의 마음을 품었으며, 종종 밤에 이야기를 나눌 때마다 자

---

287) 마담 제라르는 이 작품에서 처음으로 구체적인 이름과 사연이 언급된
인물로 『인간극』의 다른 작품에는 등장하지 않는다.

신의 불행을 한탄하며 그녀를 부러워했다. 그때마다 마담 제라르는 "당신은 여전히 아름다워요. 좋은 결실을 얻을 수 있을 거예요."라고 격려하곤 했다. 사실 마담 발노블의 몰락은 전과 비교했을 때만 그렇게 보일 뿐이었다. 이 여자의 치장을 위해서는 아주 화사하고 우아하다고 할 정도로 아낌없는 물량 지원이 여전히 이루어졌는데, 그래서 필요한 경우 작심하고 꾸미면 포르트 생마르탱 극장에서 『리처드 달링턴』을 관람하던 날처럼 눈부시기 그지없는 모습을 연출했다. 마담 제라르는 뚜벅이 신세가 된 여자가 시내에 저녁 식사를 하러 갈 때나 극장에 가고 돌아올 때 마차를 빌리는 경우 아무런 대가 없이 그 비용을 꾸준히 내주었다.

"아! 항상 고마운 마담 제라르," 그녀가 충직한 이 가정주부에게 말했다. "내 운명이 바뀔 것 같아요……."

"그래요, 마담, 다행이네요. 하지만 조심하세요, 장래를 생각하셔야죠……. 앞으로 다시는 빚지지 마세요. 당신을 찾으러 오는 사람들을 돌려보내느라 얼마나 힘든지 몰라요……!"

"아유! 그런 하수인들은 염려하지 마세요. 옛날에 모두 나와 함께 큰돈을 벌었던 자들이니까요. 자, 받으세요. 바리에테 극장 푠데요, 딸들 주세요. 2등석 좋은 자리예요. 그리고 만약 오늘 밤 누군가가 와서 저를 찾으면 제가 돌아오지 않았더라도 그냥 바로 올려보내세요. 아델이라고 제 옛 침모였는데 그녀가 저 대신 자리를 지키고 있을 거예요. 조금 있다가 이리로 그녀를 보내도록 할게요."

이모도 엄마도 없는 마담 발노블은 제대로 물기만 하면 자신의 신분을 격상시켜 줄 능력 있는 미지의 신사에 대해 생테스테브 같은 역할을 맡길 만한 사람으로 자신의 옛 침모밖에 (그녀도 역시 뚜벅이 신세였다!) 기댈 데가 없었다. 그녀는 파티 하나를 섭외해 온 테오도르 가야르와 함께 저녁 모임에 간다고 외출했는데, 그것은 어떤 내기에서 진 나탕이 비용을 내는 저녁 식사 자리로, 참가자들에게 '여자와 즐길 수 있음.'이라고 공지되는 난잡한 성격의 파티였다.

42. 부호 페라드

페라드는 확실한 근거를 찾지 못해서 이 음모의 한복판에 자신을 온전히 던지기를 주저하고 있었다. 그래도 그의 호기심은 콩탕송과 마찬가지로 격렬하게 타올랐기 때문에, 혐의가 아예 없었더라도 그는 계속해서 이 드라마에 기꺼이 발을 들여놓았을 것이다. 당시 샤를 10세의 정치는 이미 막판에 다다른 상태였다. 자신이 직접 고른 장관들에게 국정 운영의 전권을 넘겨준 다음, 왕은 항간에서 친위 쿠데타라고 불리는 결정에 영광스러운 무사통과 증명서를 발급해 주기 위해 알제리 정벌을 기획하고 있었다. 권력 내부에서는 이제 아무도 모반을 꾀하지 않았고, 샤를 10세는 어떠한 정적도 없다고 믿었다. 정치에서도 바다에서와 마찬가지로 기만의 고요함이라는 것이 있다.[288] 사정이 이러했으므로 콩탕송은 완전히 할 일이 없어진 신세가 되었다. 그러한 상황에서도 진정한 사냥꾼이라면 손이 녹슬지 않게 하려고 꿩 대신 닭이라도 잡는 법이다. 도미티아누스로 말할 것 같으면 더 이상 잡을 기독교도가 없어지자 파리를 잡아 죽였다.[289] 에스테르의 체포에 기여했던 콩탕송은 밀정다운 뛰어난 육감을 발휘해 그 작전을 매우 정확하게 파악하고 있었다. 그래서 앞서 보았던 바와 같이, 이 괴이한 자는 뉘싱겐 남작에게 자기 의견을 애써 감추려고 하지 않았다. "누구를 위하여 뉘싱겐의 사랑을 볼모로 잡고 돈을 요구하는 것일까?" 이것이 바로 그 두 친구가 맨 처음 서로 주고받은 질문이었다. 아지가 밖으로 내세운 인물이라는 것을 간파한 콩탕송은 아지를 쫓다 보면 기획자에 다다를 수 있으리라고 기대했다. 하지만 아지는 파리라는 진흙탕 속의 뱀장어처럼 번번이 그의 손아귀에서 빠져나가 자취를 감추곤 했다. 그러다가 그는 에스테르의 집에서 식모살이하는 그녀를 다시 찾아냈던 것인데, 그땐 이 물라토 여인이 한통속이라는 사실이 이해되지 않았다. 그러니까 그 두 밀정 기술자는 수상한 점을 직감하긴 했지만, 난생처음으로 도저히 풀 수 없는 문

---

288) 샤를 10세는 1829년 8월, 들어선 지 2년도 채 안 되는 마르티냐크 내각의 온건 정책을 못마땅하게 여겨 해산시키고 폴리냐크가 이끄는 반동 내각을 출범시킨다. 그러고는 비판 세력을 무력화하기 위해 알제리 원정을 꾸미고 마침내 1830년 7월 5일 알제리를 정복한다. 이어 7월 25일 언론출판의 자유를 제한하는 법령을 포고하는데 이 일련의 과정이 바로 뒤이은, 이른바 '영광의 3일'(7월 28, 29, 30일), 곧 7월혁명의 도화선이 되어 샤를 10세의 종말(왕정복고의 종식)을 재촉한 것은 잘 알려진 사실이다.

289) 도미티아누스(서기 51~96)는 로마 제국의 11대 황제로, 잔인한 철권 정치를 펼쳤던 것으로 유명하다.

서와 마주친 꼴이었다. 테부가의 집을 연속해서 세 번이나 과감하게 급습했으나 콩탕송 앞에 나타난 것은 완강하기 이를 데 없는 함구의 벽이었다. 에스테르가 그곳에 사는 것은 분명했지만 문지기는 무슨 극심한 공포감에 사로잡혀 있는 것처럼 보였다. 아마도 아지가 식솔들 전원에게 함부로 입을 놀리면 쥐도 새도 모르게 독살시키겠다고 협박한 것 같았다. 에스테르가 아파트를 떠난 다음 날, 콩탕송은 그 집 문지기가 조금은 제정신으로 돌아온 것을 느꼈는데, 그는 그 상냥한 마님이 먹고 남은 음식을 자신에게 주곤 했다면서 그녀의 떠남을 무척 아쉬워하고 있었다. 부동산 중개인으로 위장한 콩탕송은 아파트를 매수하러 온 것처럼 굴면서 문지기가 하는 말마다 못 믿겠다고 토를 달거나 조롱하는 방법으로 그에게서 하소연을 이끌어내고 귀를 기울였다. 이런 식으로. "에이, 그게 가능해요……?" "그럼요. 그 상냥한 마님은 5년간 여기 살았는데 한 번도 외출한 적이 없어요. 그녀는 비록 잘못한 것이 하나도 없지만 그녀의 애인이 질투해서 들어오고 나가는 것을 아주 아주 엄격하게 감시했거든요. 근데 그 애인이라는 남자는 무척 잘생긴 젊은이였죠." 당시 뤼시앵은 아직 마르사크에 있는 그의 누이 마담 세샤르의 집에 머물고 있었다. 콩탕송은 그가 마르사크에서 돌아오자마자 문지기를 말라케 강변로에 사는 뤼방프레 씨라는 사람에게 보내 '마담 반 복세크'가 떠난 아파트의 가구를 팔 의향이 있는지 물어보도록 했다. 문지기는 그때 비로소 그 젊은 과부의 감춰진 애인이 바로 뤼시앵이라는 사실을 깨달았고, 문지기로부터 그 사실을 확인한 콩탕송은 더 이상 알아볼 필요가 없다고 판단했다. 뤼시앵과 카를로스가 사태의 추이를 접하고는, 비록 겉으로는 표내지 않았지만 내심 얼마나 심각한 충격을 받았는지는 독자의 상상에 맡긴다. 그들은 문지기가 정신이 온전치 않은 자라고 규정하기로 했다. 그리고 실제로 그들은 문지기 스스로 제정신이 아님을 자인하게 만드는 공작을 펼쳤다.

24시간이 채 지나기 전에 카를로스에 의해 경찰 비위를 적발하는 암행 감찰반이 꾸려졌고, 카를로스는 콩탕송을 불법 사찰 현행범으로 체포하라고 명령했다. 중앙 도매시장의 배달부로 위장한 콩탕송은 아침에 아지가 산 식료품을 이미 두 번이나 배달한 다음이었고, 이어 두 번에 걸쳐 생조르주가의 아담한 저택을 출입했더랬다. 코랑탱은 코랑탱대로 움직였다. 그러나 카를로스 에레라라는 인물의 실체를 알고는 꼼짝없이 멈출 수밖에 없었던 것이, 그 신부가 페르난도 7세의 비밀 특사로서 1823년 말경 파리에 왔다는 사실을 곧바로 확인했기 때문이다. 그렇지만 코랑탱은 이 에스파냐인이 무슨 이유로 뤼시앵 드 뤼방프레를 비호하는지는 알아보아야만 했다. 코랑탱은 곧바로 뤼시앵이 지난 5년 동안 에스테르를 정부로 삼았다는 사실을 밝혀냈다. 에스테르를 감추고 대신 영국 여인을 내세운 것이 결국 그 댄디에게 피해가 가지 않게 하려고 취한 조치였다는 사실, 뤼시앵이 재력이 전혀 없었기 때문에 마드무아젤 드 그랑리외와의 혼인이 거부되고 있어서 뤼방프레 영지를 100만 프랑을 주고 막 매입했다는 사실도 함께 밝혀졌다. 코랑탱은 교묘한 수법을 써서 왕국경찰총국장을 움직이게 했고, 파리 경찰청장은 총국장에게 페라드의 해임을 부른 사건의 고발자가 다름 아닌 세리지 백작과 뤼시앵 드 뤼방프레라는 사실을 알렸다. "됐어!" 페라드와 코랑탱이 소리쳤다. 순식간에 두 친구의 계획이 구체화됐다. "그 아가씨도 인간관계라는 게 있어. 친구들이 있는 거야." 코랑탱의 말이었다. "그 친구 중 형편이 좋지 않은 친구가 한 명도 없을 수는 없지. 우리 둘 중 하나가 그런 친구를 골라 돈을 대주는 부유한 외국인 역할을 하는 거야. 그리고 그 두 여자가 동지 관계를 맺게 하는 거지. 그런 여자들은 애인을 따먹는 주사위 놀이를 하자면 항상 서로를 필요로 하기 마련이거든. 그렇게 만들면 우리로서는 본거지를 확보하게 되는 거지." 페라드는 아주 자연스럽게 자신이 영국인 역할을 맡을 수밖에 없다고 생각했다. 자신을 희생자로 만든 음모를 적발해 내는 데 필요한 기간 동안 난봉꾼 생활을 할 생각에, 그의 얼굴에는 절로 미소가 어렸다. 일에 치여 늙어 보이고 꽤 마른 편인 코랑탱은 그 일을 맡을 마음이 없을 터였다. 물라토로 위장한 콩탕송은 카를로스의 감찰반을 즉석에서 따돌릴 수 있었다. 페라드와 마담 발노블이 샹젤리제에서 만나기 사흘 전, 사르틴과 르누아르[290] 수하에 있던 요원 중 최후까지 남은 요원이 완벽하게 위조된 여권을 소지하고 라페가의 미라보 호텔 앞에서 타고 온 작은 사륜마차에서 내리는 장면을 연출했던 것이었다. 그 마차는 실

---

290) 24장에서 대혁명 이전 파리 경무청의 총재였던 실존 인물로 르누아르와 달베르가 언급되었는데(222쪽), 앙투안 드 사르틴(1729~1801) 역시 루이 15세 치하에서 총재를 역임한 실존 인물이다.

은 생드니에서 출발해 파리로 들어왔을 뿐이지만 마치 르아
브르에서부터 먼 길을 달려온 것처럼 흙투성이로 만들어놓아
마차에서 내린 사람이 식민지에서 배를 타고 르아브르 항구
에 도착한 사람으로 보이게끔 했다.

카를로스 에레라는 자기 나름대로 에스파냐 대사를 통해
자신의 여권에 사증을 받아놓고 언제라도 마드리드로 떠날
수 있도록 말라케 강변로의 집을 완벽하게 정리했다. 그 이유
는 이렇다. 며칠 안으로 에스테르는 생조르주가에 있는 아담
한 저택의 주인이 되고, 3만 프랑의 연금증서도 손에 넣을 터
였다. 외롭과 아지는 수완이 뛰어나기 때문에 에스테르가 연
금증서를 팔아서 그 돈을 뤼시앵에게 넘기게 하는 작업을 차
질 없이 수행할 것이다. 뤼시앵은 그 돈을 자기 누이로부터 무
상으로 증여받은 것이라고 둘러대고 뤼방프레 영지의 대금을
탈 없이 완납할 수 있을 것이다. 이러한 일련의 과정에서 틀
어질 일도, 일을 틀어지게 할 사람도 전혀 없을 터였다. 에스
테르 정도가 경솔한 짓을 할 우려가 있을지 모르지만, 그러면
그녀는 입도 벙긋하기 전에 이미 죽은 목숨이 될 터였다. 얼마
전 클로틸드는 황새 같은 긴 목에 보란 듯이 분홍 손수건을
두르고 나타났으니 그랑리외 저택에서 벌인 승부는 이겼다는
뜻이다.[291] 승합마차 회사의 주식은 이미 연 수익이 세 배나
뛰었다. 카를로스는 그렇게 얼마간 사라짐으로써 자신을 향한

---

291) 20장에서 클로틸드는 뤼시앵에게 아버지 그랑리외 공작이 결혼 반대
의사를 접을 경우 목에 분홍 스카프를 두르겠다고 말했다.(189쪽)

일체의 공세를 무산시킬 작정이었다. 인간이 발휘할 수 있는 최대치의 용의주도함으로 만반의 대비를 했기 때문에 단 하나의 허점도 없는 상태였다. 그렇게 가짜 에스파냐인은 페라드가 샹젤리제에서 마담 발노블과 만난 바로 그다음 날 떠날 예정이었다. 그런데 그날 새벽 2시에 아지가 삯마차를 타고 말라케 강변로에 와서는, 마치 오탈자를 찾아내기 위해 자기가 쓴 책의 책장을 한 장 한 장 넘기는 저자처럼 자기 방에서 담배를 피우며 조금 전 몇 마디로 정리해 놓은 비망록을 뚫어져라 검토하고 있는 자기 조직의 우두머리를 찾았다. 그 우두머리는 테부가의 문지기를 놓쳤던 것 같은 실수를 두 번 되풀이하고 싶지는 않았던 것이다.

"파카르가," 아지가 자기 주인의 귀에 대고 말했다. "아까 2시 반에 샹젤리제에서 물라토로 변장하고 하인처럼 웬 영국인을 수행하는 콩탕송을 보았대요. 그 영국인은 사흘 전부터 샹젤리제를 산책하며 죽 에스테르를 관찰했답니다. 파카르는 또, 아까 나도 본 건데, 그자가 중앙 도매시장의 배달부로 변장한 것도 알아챘대요. 파카르는 에스테르를 집으로 데려오면서 그놈을 시야에서 놓치지 않았답니다. 그자는 지금 미라보 호텔에 있답니다. 그자는 그 영국인과 뭔가 비밀 신호 같은 것을 주고받았는데, 파카르 말로는 그 영국인이 진짜 영국인일 리가 없다는 겁니다."

"등에 한 마리가 우리 등에 달라붙었군." 카를로스가 말했다. "난 모레나 떠나야겠네. 그 콩탕송이란 자는 우리 정보를 캐기 위해 테부가의 문지기를 여기까지 보냈던 바로 그자야.

그 가짜 영국인이 우리 원수인지 알아봐야겠어."

그날 정오, 미스터 사무엘 존슨의 물라토는 정중하게 자기 주인의 식사 시중을 들고 있었는데, 그 주인이 항상 지나칠 정도로 거창한 식사를 하는 것은 철저히 계산된 행동이었다. 페라드는 남들에게 자신이 **두주불사**(斗酒不辭)하는 영국인처럼 비치기를 원했던 것이다. 그는 얼큰하게 취하지 않고는 결코 자리에서 일어나지 않았다. 그는 무릎까지 올라오는 검은색 나사(羅紗) 각반을 찼는데 속을 넣고 누빈 것이라 다리가 두꺼워 보였다. 바지는 두툼한 마직물을 덧댄 것이었다. 조끼는 턱밑까지 단추를 채웠고, 목을 두른 넥타이는 두 볼까지 올라왔다. 머리에 쓴 다갈색 반(半)가발은 이마를 반쯤 덮었다. 게다가 그는 구두 굽을 높여 8센티미터가량 키를 키웠다. 그래서 카페 다비드의 오래된 단골일지라도 그를 알아보지 못했으리라. 전형적인 영국 의복처럼 각지고 풍성하며 단정한 그의 검은색 옷차림 때문에 행인은 십중팔구 그를 영국 갑부로 보았을 것이다. 콩탕송은 갑부의 신임을 듬뿍 받는 하인답게 온몸에 냉랭함과 불손함을 풍겼는데, 입을 꾹 다물고 오만하고 건방진 태도로 좀처럼 말을 섞으려 하지 않는 데다, 보란 듯이 눈에 선 동작을 하고 사납게 소리를 질러댔다. 페라드가 두 번째 술병을 비웠을 때 호텔 웨이터가 사무적으로 어떤 남자를 건물 안으로 안내했다. 페라드와 콩탕송은 그 남자가 사복 헌병경찰 대원이라는 것을 직감했다.

"페라드 씨," 헌병대원이 갑부에게 다가와 그의 귀에 대고 말했다. "당신을 경찰청으로 데려오라는 명령을 받았습니다."

페라드는 일언반구 대꾸도 없이 자리에서 일어나 모자를 찾았다. "문 앞에 마차가 대기하고 있습니다." 헌병대원이 계단을 내려가며 그에게 말했다. "청장님께선 체포 명령을 내리시려 했습니다. 그러나 수사 경감을 보내 당신의 행동에 대한 석명을 요구하는 선에서 마무리 짓기로 마음을 바꾸셨습니다. 경감님이 마차 안에 타고 있습니다."

"저도 함께 타고 가야 합니까?" 페라드가 마차에 올라타자 헌병대원이 경감에게 물었다.

"됐소." 수사 경감이 대답했다. "마부에게 경찰청으로 가달라고 아주 조용히 말이나 전해 주시오."

페라드와 카를로스는 그렇게 한 마차에 타게 되었다. 카를로스는 단검을 지니고 있었다. 그들이 탄 삯마차를 모는 마부는 중간에 카를로스가 내리는 것을 전혀 알아채지 못하고 있다가 마차가 어느 광장에 도착할 즈음 안에 시신이 널브러져 있는 것을 발견하고는 소스라치게 놀라는 역할을 충분히 수행해 낼 수 있는 믿을 만한 인물이었다. 밀정 하나가 죽어봐야 아무도 사인을 밝히고자 하지 않는 법이다. 법원은 그러한 살인 사건들을 거의 벌하지 못한 채 방치한다. 그만큼 진상을 가리기 어려운 일인 것이다.

43. 삯마차 안의 결투

페라드는 파리 경찰청장이 자신을 만나라고 파견한 수사관을 밀정의 눈으로 흘끔 쳐다보았다. 그가 살펴본 카를로스의 모습은 적이 안심되는 것이었다. 머리숱이 벗겨져 주름이 훤히 드러난 뒤통수, 분칠한 앞머리, 그리고 눈자위에 붉은 기운이 감돌아 치료가 필요한 것으로 보이는 두 눈과 그 위에 걸쳐진, 날렵한 금테에 이중 도수 렌즈를 낀 매우 관료적으로 보이는 안경. 그의 두 눈은 그가 성병을 앓고 있다는 확실한 징표였다. 주름 잡힌 가슴 장식이 달린 퍼케일 면 셔츠, 닳아서 반들반들한 검은색 공단 조끼, 경관 바지, 검은색 풀솜 양말과 끈으로 매는 단화, 검은색 긴 프록코트, 열흘도 넘게 끼고 다녀 꺼메진 40수짜리 싸구려 장갑, 회중시계 금줄. 이런 차림은 더도 덜도 말고, 수사 경감이라는 지독히 안 어울리는 직급명으로 불리는 하급 수사관의 행색 그 자체였다.

"친애하는 페라드 씨, 당신 같은 분이 감찰 대상이 됐다는 사실, 그리고 잘못을 해명해야만 하는 처지에 있다는 사실이 유감입니다. 당신이 하고 다니는 변장을 청장님께서는 달가워하시지 않습니다. 그렇게 해서 우리의 감시를 벗어날 수 있으리라고 생각했다면 오산입니다. 혹시 영국에서 들어올 때 택한 길이 보몽쉬르와즈 쪽인가요……?"

"보몽쉬르와즈 맞소." 페라드가 대답했다.

"아니면 생드니 쪽인가요?" 가짜 수사관이 아랑곳하지 않고 질문을 이어갔다.

페라드는 당황했다. 이어진 새 질문에 가타부타 답해야 했기 때문이다. 그런데 뭐라고 답하든 위험하기는 매한가지였다. 인정하면 우롱한 꼴이 되고, 부인했는데 경관이 사실을 다 알고 질문한 것이라면 페라드로서는 걸려든 꼴이 되는 것이다. '이자는 보통내기가 아니다.' 그는 속으로 생각했다. 그는 미소로 상대를 바라보기로 작정하고 대답 대신 미소를 지어 보냈다. 미소 작전은 거절 증서를 발부 받지 않고 접수되었다.

"당신은 어떤 목적을 가지고 변장을 했고 미라보 호텔에 방을 잡았으며 콩탕송을 물라토로 행세하게 했습니까?" 수사 경감이 물었다.

"청장님께선 나를 원하시는 대로 처분하시겠지요. 하지만 나는 내 행동에 대해 나의 상관에게만 보고하게 되어 있소." 페라드가 버티듯 말했다.

"당신이 왕국경찰총국장의 지휘를 받고 움직이는 사람이라는 말을 하고 싶은 모양인데, 그렇다면 방향을 바꿔 예루살렘가 대신에 그르넬가로 갑시다.[292] 나는 당신을 어떻게 하라는 매우 구체적인 명령을 받았소. 하지만 잘 생각해야 할 것이오. 당신이 대단한 혐의를 받고 있는 것 같진 않소. 그래도 당신 태도에 따라 사태가 순식간에 뒤엉킬 수도 있소. 나로 말할 것 같으면 당신에게 피해를 주고 싶지 않은 사람이오……. 하여튼, 계속합시다! 나에게 진실을 말해 주시오……."

"진실이라고요? 진실은 이렇소." 페라드가 자신이 마주한 케르베로스의[293] 붉은 두 눈에 매서운 눈길을 던지며 말했다.

---

292) 예루살렘가는 파리 경찰청이 있는 곳이고, 그르넬가는 왕국경찰총국이 있는 곳이다.
293) 케르베로스는 그리스 신화에서 하데스가 다스리는 저승의 문을 지키는 거대한 개로, 머리가 셋이고 꼬리는 용의 형상이다.

자칭 수사관의 얼굴은 아무런 표정이 없이 태연자약했다. 그는 자신의 직무를 연기하고 있을 뿐, 진실이 무엇이든 간에 그에게는 상관이 없었다. 그는 청장이 약간 변덕스러운 인물이라 불만이라는 뜻을 내비쳤다. 청장들이란 보통 괴팍하기 마련이니까.

"난 어떤 여자에게 반해 미치광이처럼 푹 빠져버렸어요. 팔레라고, 스스로도 즐기고 채권자들 골탕도 먹일 겸해서 여행을 떠나버린 그 주식중개인의 정부입니다."

"마담 발노블을 말합니까?" 수사 경감이 말했다.

"그렇소." 페라드가 말을 이었다. "그녀를 한 달만이라도 정부로 거느릴 수 있었으면 했지요. 그 정도 하는 데 아무리 해도 1000에퀴 이상의 돈은 들지 않을 테니까요. 그래서 난 부호로 행세한 것이고, 콩탕송에게는 하인 노릇을 해달라고 한 거요. 이봐요, 이는 한 치의 거짓도 없는 진실이오. 확인하고 싶다면 전직 경찰 총경의 명예를 걸고 도망가지 않을 테니 나를 마차에 둔 채 혼자 호텔로 올라가서 콩탕송에게 물어보시오. 콩탕송이 내가 당신께 말씀드린 내용을 확인해 줄 것이고, 그뿐 아니라 이따가 올 마담 발노블의 침모라는 여자를 통해서도 확인할 수 있을 텐데, 그 여자는 오늘 오전 중으로 나의 제안에 대한 자기 주인의 동의나 새로 제시한 조건을 가져오기로 되어 있거든요. 선수는 이런 일에 훤하니 선수인 거지요. 나는 매달 1000프랑에 추가로 마차 제공을 제안해 놓았어요. 그게 도합 1500이죠. 거기에 선물 값으로 500, 몇 번 파티를 열어주는 데 드는 만찬 비용과 극장 구경 값으로 각각 500씩.

보시다시피 이렇게 말씀드린 1000에퀴와 한 푼도 오차가 없어요.[294] 내 나이의 남자라면 자신의 마지막 판타지를 위해 그쯤은 쾌척할 수 있는 거지요.”

“아! 페라드 영감님, 여전히 여자를 밝히시는 거요? 그 나이에도……? 나한테는 전혀 그렇게 안 보이는데 말입니다. 난 나이가 예순이지만 그런 것에서는 완전히 벗어났는데……. 하지만 상황이 당신이 말한 그대로라면, 그런 판타지를 이루기 위해 당신으로선 외국인 행세를 할 수밖에 없었다는 점을 인정하지요.”

“당신도 알다시피 페라드나 무아노가의 캉코엘 영감이라고 하면…….”

“그럼요, 어느 쪽이든 마담 발노블에게는 어울리지 않았겠죠.” 카를로스가 캉코엘 영감의 교활함을 거듭 확인하며 감탄스럽다는 듯이 말을 받았다. “대혁명 전에 나도 어떤 여자를 정부로 삼은 적이 있었죠.” 그가 말을 이었다. “그 여자는 그 시절 망나니라고도 불리던 사형집행인이 정부로 거느렸던 여자였어요. 하루는 극장에서 그녀가 뾰족한 것에 찔리자, 이건 당시 떠돌던 이야기인데, ‘아! 망나니!’라고 소리 질렀다지요. 그러자 옆에 앉았던 남자가 그녀에게 ‘옛 생각이 떠오른 건가?’라고 말했다는 거예요……. 그런 겁니다! 페라드 씨, 그녀는 그 말 한마디 때문에 그 남자와 헤어졌어요. 내 생각엔 당신도 그런 비슷한 모욕을 당하고 싶지는 않을 것 같은데…….

---

294) 1000에퀴는 명목 화폐단위로 쓰일 때 3000프랑이다.

마담 발노블은 완전무결한 명사에게 어울리는 여잡니다. 언젠가 오페라에서 그녀를 본 적이 있어요. 그때 그녀가 무척 아름답다고 생각했어요……. 페라드 씨, 마부더러 라페가로 돌아가라고 하시지요. 당신과 함께 당신 아파트에 올라가서 내 눈으로 직접 살펴보도록 하겠습니다. 청장님께는 아마도 구두 보고면 될 것 같습니다.”

카를로스는 옆구리 호주머니에서 금박을 입힌 검은색 판지 코담뱃갑을 꺼내 열더니 정중하고 정감 어린 태도로 페라드에게 담배를 권했다. 페라드는 속으로 생각했다. ‘그들이 보낸 요원들이다……! 제기랄! 만일 르누아르 총재나 사르틴 총재가 살아 돌아온다면 뭐라고 말할까?’

“하지만 그건 아마도 진실의 일부분이겠지요, 친애하는 페라드 씨. 실은 그게 전부가 아니고요.” 가짜 수사 경감이 담뱃가루 한 줌을 코로 쿵쿵거리고 나서 입을 열었다. “당신은 뉘싱겐 남작의 연애 사건에 깊이 연루되어 있어요. 아마도 당신은 남작을 올가미로 엮고 싶을 거예요. 당신은 권총으로는 명중하는 데 실패해서 커다란 대포로 남작을 겨냥하려는 거지요. 마담 발노블은 마담 샹피의 친구인데…….”

‘이런 제기랄! 우리 서로 치명상은 주지 말자고!’ 페라드가 속으로 중얼거렸다. ‘이자는 내가 생각했던 것보다 훨씬 강하다. 나를 가지고 놀고 있어. 내가 경계를 풀도록 말하지만 계속해서 나를 도발하고 있어.’

“자 그럼!” 카를로스가 권위적이고 근엄한 표정을 지으며 말했다.

"이보시오, 내가 뉘싱겐 씨 부탁을 받고 그가 정신 못 차릴 정도로 사랑에 빠졌던 어떤 여자를 뒷조사하는 잘못을 저지른 건 사실이오. 그게 지금 내가 처한 불운의 원인이오. 그러는 사이에 내가 본의 아니게 누군가의 아주 중대한 이익을 침해한 모양이니까요." (말단 수사관은 눈 하나 깜짝하지 않았다.) "하지만 난 52년간 경찰에서 근무했고, 경찰을 알 만큼 압니다. 그래서 청장님의 질책을 들은 뒤로는 행동을 삼가왔습니다. 그분이 틀림없이 바른 판단을 했을 테니까요……"

"그렇다면 만일 청장님이 당신에게 그 변덕스러운 사랑을 단념하라고 요구하면 당신은 그렇게 하겠습니까? 내 생각에는 그 정도면 당신이 나한테 말한 내용의 신뢰성을 입증해 주는 가장 확실한 증거가 될 텐데 말입니다."

'이자가 보통이 아니군, 보통이 아니야!' 페라드는 속으로 중얼거렸다. '아! 젠장! 요즘 요원들도 옛날 르누아르 총재의 요원들 못지않군.'

"단념하라?" 페라드가 말했다. "청장님의 지시를 기다리겠소……. 그래 올라가 보시겠다는 거지요? 호텔에 도착했소."

"그런데 그 많은 돈은 어디서 났습니까?" 카를로스가 꿰뚫어 보는 표정으로 느닷없이 말을 던졌다.

"이보시오, 친구가 한 명 있는데……." 페라드가 말했다.

"그래요, 그러면 그렇게 이야기를 해보시지요." 카를로스가 말을 받았다. "예심판사에게 말이죠."

카를로스가 연출한 이러한 대담한 장면은 고도로 계산된 책략의 산물로서, 그 단순 명쾌함은 그와 같은 기질을 지닌 사람의 머릿속에서만 나올 수 있는 것이었다. 그는 뤼시앵을 아침 일찍 세리지 백작 부인 댁에 미리 보내놓은 참이었다. 뤼시앵은 백작의 개인 비서에게 백작이 시키는 것으로 하고 경찰청장에게 뉘싱겐 남작이 사용한 돈에 관한 정보를 물어봐 달라고 부탁했다.[295] 비서는 페라드에 관한 문건을 가지고 돌아왔다. 서류철 위에 약술되어 있던 메모를 베껴온 그 문건은 이런 것이었다.

1778년 경찰 입문. 2년 전 아비뇽에서 파리로 이주.

소유 재산 없음. 성실한 유형은 아님. 국가 기밀 소지자.

현 주거지 무아노가. 보클뤼즈도에 있는 작은 가족 소유지의 명칭에서 따온 캉코엘이라는 이름 사용. 집안은 나름 명문가임.

최근 조카 중 한 명인 테오도즈 드 라 페라드라는 청년이 그를 찾아왔었음.[296](정보원 보고서 37번 자료 참조.)

"콩탕송을 물라토로 데리고 다니는 그 영국인이 바로 이자임이 틀림없어." 뤼시앵이 문건 이외에 구두로 전달된 정보를 더해 그에게 자초지종을 보고하자 카를로스가 소리쳤다.

불과 3시간 만에, 총사령관을 방불케 하는 돌파력을 가진 이 사나이는 파카르를 통해 뒤탈 없이 사복 헌병대원 역할을 해줄 공범 한 명을 구했고, 자신은 수사 경감으로 변장했다.

---

295) 세리지 백작은 주요 국무위원이기 때문에 파리 경찰청장으로서는 백작의 요청을 회피할 수 있는 처지가 아니다.

296) 이 상황은 26장 끝부분(244쪽)에서 잠깐 언급되었다.

그는 마차 안에서 페라드를 살해할까 말까 세 번이나 망설였다. 하지만 그는 자기 손으로 직접 사람을 죽이는 일은 절대 하지 않는다는 원칙을 세우고 있었다. 그래서 그는 탈옥한 몇몇 도형수에게 페라드를 노릴 만한 가치가 있는 백만장자라고 점찍어 줌으로써 적당한 때에 자연스럽게 제거하는 방식을 취하기로 마음먹었던 것이다.

페라드와 그의 멘토르의[297] 귀에 마담 발노블의 침모와 이야기를 나누고 있는 콩탕송의 목소리가 들렸다. 페라드는 카를로스에게 지금 있는 방에서 기다려달라고 부탁했는데, '내 말이 사실임을 알게 될 겁니다.'라는 뜻을 그렇게 전달하려는 심사였다.

"마담은 모든 것에 동의하셨어요." 아델 양의 말이 들려왔다. "마담은 지금 친구 집에 가 계세요. 샹피 부인이라고 하는 그 친구 분은 테부가에 가구가 완비된 아파트 한 채를 1년 기한으로 빌려서 지내는데, 그것을 아마 마담에게 내주려는 모양이에요. 마담에게는 그곳이 존슨 씨를 접대하기가 더 낫죠. 그곳 가구가 그래도 아주 멀쩡한 데다가, 존슨 씨가 샹피 부인과 의논해서 마담에게 가구를 사줄 수도 있거든요."

"훌륭해, 아가씨. 당근까지는 안 되겠지만 그 이파리 정도는 되겠지." 물라토가 어리둥절한 표정의 침모에게 말했다. "아무

---

297) 현재 장면에서 페라드의 조언자 행세를 하고 있는, 카를로스로 변장한 자크 콜랭을 가리킨다. 31장에서도 그를 가리켜 뤼시앵의 '멘토르'라고 지칭하는데(287쪽), 발자크는 두 군데 다 반어적으로 쓰인 이 단어를 대문자로 강조한다.

튼, 우리 둘이 나눠 갖자고……."

"좋아요! 유색인은 이런 식으로 말하는군요!" 아델 양이 큰 소리로 말했다. "당신이 모시는 갑부가 진짜 갑부라면 정말 마담에게 가구를 사줄 수 있겠네요. 임대 기간은 1830년 올해 4월에 끝나는데, 당신이 모시는 갑부가 여전히 마음에 든다고 하면 계약을 갱신할 수도 있겠고요."

"나야 아쥬 만죡해요!"[298] 때마침 방으로 들어간 페라드가 침모의 어깨를 다독이며 응답했다.

그러고 나서 그는 카를로스에게 이해해 달라는 몸짓을 보였고, 카를로스는 아직은 갑부 행세를 계속해야 하는 그의 처지를 참작해 알았다는 몸짓으로 응답했다. 하지만 카를로스는 물론이고 경찰청장도 도저히 감당할 수 없는 한 인물의 등장으로 상황은 돌변하고 말았다. 코랑탱이 갑작스럽게 나타난 것이다. 그는 지나가다가 문이 열려 있는 것을 발견하고 자신의 수하인 늙은 페라드가 갑부 역할을 잘하고 있는지 확인하러 들어온 참이었다.

44. 코랑탱이 둘째 판을 이기다

"청장은 늘 내 뒤를 캐고 있어!" 페라드가 코랑탱의 귀에 대고 말했다. "청장이 갑부로 변장한 나를 알아챘어."

---

298) 영국인 행세를 하는 페라드의 말투다.

“우리가 청장을 자리에서 끌어내려야겠군.” 코랑탱이 자기 친구의 귀에 대고 응답했다.

그런 다음 그는 수사관에게 냉랭하게 인사를 건네고는 그를 은밀하게 살펴보기 시작했다.

“내가 돌아올 때까지 여기서 기다려주시오. 경찰청에 다녀와야겠소.” 카를로스가 말했다. “만일 내가 돌아오지 않으면 그 까닭은 당신 마음대로 상상해도 좋소.”

침모 앞에서 체면을 구기는 일은 만들어주지 않겠다는 듯이 페라드에게 귓속말로 그렇게 속삭이고 밖으로 나선 카를로스는 새로 등장한 인물이 자신을 살펴보는 것을 아랑곳하지 않는다는 표정이었지만, 그자의 정체가 금발에 푸른 눈을 가진 냉혈한이라는 점을 간파한 터였다.

“저자가 바로 청장이 보낸 경감일세.” 페라드가 코랑탱에게 말했다.

“어허!” 코랑탱이 답했다. “자네가 속은 거야. 저자는 구두 속에 세 벌의 깔창을 깔아 키를 키웠어. 구두 속 발등 위치를 보면 알 수 있지. 한데 일개 경감이라면 변장할 필요가 없잖아!”

코랑탱은 의심스러운 부분을 확인하기 위해 부리나케 내려갔다. 카를로스는 마차에 오르려던 참이었다.

“어이! 신부님……?” 코랑탱이 불렀다.

카를로스는 고개를 돌려 코랑탱을 쳐다보고는 마차에 올라탔다.

그렇지만 문이 닫히기 전 코랑탱이 소리 지를 짬은 있었다.

"그동안 궁금했던 것이 이제야 싹 다 풀렸어." 이어서 그는 마부를 향해 말투와 눈빛에 악마의 조롱을 유감없이 섞어 외쳤다. "행선지는 말라케 강변로겠지!"

'이런,' 자크 콜랭은 속으로 중얼거렸다. '망했군. 저것들이 알아차렸어. 빨리 달려 저들을 따돌려야만 해. 그리고 무엇보다 저것들이 우리한테 원하는 것이 뭔지 알아야 해.'

코랑탱은 이제까지 카를로스 에레라 신부와 대여섯 차례 마주쳤다. 그러니 이 남자의 눈초리를 모르려야 모를 수 없었다. 코랑탱은 먼저 딱 바라진 그의 어깨를 보고, 이어서 부은 듯한 얼굴과 구두 안쪽 뒤축에 깔창을 대 키를 8센티미터 높인 속임수를 보고 그의 정체를 알아챘다.

"어휴! 이 양반아, 당신을 속여먹은 거야!" 다시 올라온 코랑탱이 침실 안에 페라드와 콩탕송만 있는 것을 확인하고 말했다.

"누군데?" 페라드가 금속 박판처럼 파르르 떨리는 어조로 소리쳤다. "그놈을 석쇠에 올려놓고 이리저리 뒤집어 태워 죽이는 걸 내 필생의 과업으로 삼겠네."

"카를로스 에레라 신부야. 에스파냐의 코랑탱이라고 할 수 있는 자지. 모든 게 분명해졌어. 그 에스파냐인이 바로 미녀 아가씨를 지렛대 삼아 돈을 우려내서 우리가 아는 그 애송이 젊은 친구를 일약 유력 인사로 만들려는 천하의 악당이지…… 내가 보기엔 악마처럼 교활한 지략가인데 정말 그와 한판 붙고 싶은지는 당신이 알아서 판단하셔."

"오!" 콩탕송이 외쳤다. "그자는 에스테르가 체포되던 날

30만 프랑을 받았어요. 그때 그자는 마차 안에 있었어요. 그자의 눈, 이마, 그리고 천연두 자국이 지금도 기억에 생생해요."

"아! 가련한 내 딸 리디도 상당한 지참금을 가질 수 있었는데!" 페라드가 울컥해서 외쳤다.

"당신이 계속 부호 행세를 하는 게 좋아." 코랑탱이 말했다. "에스테르를 염탐하기 위해선 그녀를 발노블과 엮어야 해. 그녀가 뤼시앵 드 뤼방프레의 진짜 애인이거든."

"그자들은 이미 뉘싱겐에게 50만 프랑 넘게 갈취했는데요." 콩탕송이 말했다.

"그자들에겐 아직 그만큼의 돈이 더 필요할 거야." 코랑탱이 말을 받았다. "뤼방프레 영지는 가격이 100만 프랑에 달하거든. 영감," 그는 페라드의 어깨를 두드리며 말을 이었다. "영감은 10만 프랑 이상을 손에 넣을 수 있을 거야, 그 돈이면 리디를 결혼시킬 수 있지."

"내게 그렇게 얘기하지 말게, 코랑탱. 만약 자네 계획이 어긋난다면 나로서는 무슨 일을 할 수 있을지 감도 안 잡히니……."

"어쩌면 내일 당장 그 돈을 손아귀에 넣을 수도 있어! 이보쇼, 그 사제라는 자는 아주 교활한 놈이야. 우리로선 그자가 뛰어나다는 점을 인정해야만 해. 그자는 악마 중의 악마니까. 하지만 나는 그자를 잡게 돼 있어. 그자는 영리하니까 결국 항복하고 말 거야. 당신은 그냥 부호처럼 멍청하게 보이는 데나 신경 쓰라고. 더 이상 아무 걱정하지 말고."

진정한 호적수 둘이 백주에 정면으로 맞닥뜨린 바로 그날 저녁, 뤼시앵은 그랑리외 저택의 야회에 참석하러 갔다. 공작 부인은 살롱의 모든 사람이 보란 듯 뤼시앵을 한동안 자기 곁에 두고 각별하게 대했다.

"잠깐 여행을 다녀왔다고요?" 그녀가 그에게 물었다.

"예, 공작 부인. 제 누이가 저의 결혼을 돕겠다는 일념으로 커다란 희생을 자처했습니다. 그 결과 저는 뤼방프레 영지를 취득해 완전히 복원할 수 있었습니다. 파리의 제 법률대리인이 수완이 대단한 사람이더군요. 그 사람 덕분에 토지 소유자들이 매입자의 이름을 알게 되면 제기할 수도 있었던 과도한 요구를 피할 수 있었습니다."

"거기에 성(城)도 있지요?" 클로틸드가 필요 이상으로 미소를 지으며 말했다.

"성 비슷하게 생긴 것이 있긴 있습니다. 하지만 그것을 골조로 활용해 현대적인 건물로 개축하는 편이 더 현명한 선택일 것입니다."

클로틸드의 두 눈이 만족스러운 미소 너머로 행복에 겨워 반짝였다.

"오늘 밤 아버지가 당신과 카드 게임을 함께하자고 하실 거예요." 그녀가 아주 낮은 목소리로 속삭였다. "2주 후에는 당신이 저녁 식사에도 초대 받았으면 좋겠어요."

"이야, 친애하는 신사 양반," 그랑리외 공작이 말했다. "뤼방프레 영지를 매입했다고 들었소. 치하하는 바요. 이건 당신이 빚을 낼 수 있는 사람들을 두었다는 점을 두고 하는 축하요. 우리 같은 사람들이야 프랑스나 영국 같은 국가처럼 공채를

낼 수 있지. 하지만 당신도 알다시피, 자산이 없는 사람들이나 초보자들은 그러한 방식을 취할 도리가 없으니……."

"아! 공작님, 저는 영지 매입 대금으로 아직 50만 프랑을 더 내야 하는 형편입니다."

"그러시군! 그러면 그 정도 돈을 지참할 아가씨와 결혼해야 겠구려. 하지만 우리 구역에서는 그 정도 재산을 지참한 혼처를 구하기 어려울 거요. 여기선 딸들에게 지참금을 거의 주지 않거든."

"그렇지만 이 구역의 딸들은 충분히 통할 만한 가문의 위세는 갖추고 있지요." 뤼시앵이 대답했다.

"위스크[299] 게임을 해야 하는데 선수가 모프리뇌즈, 데스파르, 나 이렇게 셋밖에 안 되는데," 공작이 말했다. "네 번째 선수가 되어주시겠나?" 그가 카드 게임 테이블을 가리키며 뤼시앵에게 말했다.

클로틸드가 게임 테이블로 와서 아버지가 게임하는 모습을 지켜보았다.

"얘가 나더러 이걸 집어야 딴다고 하네." 공작이 딸의 두 손을 가볍게 두드리는 한편 진지한 표정의 뤼시앵을 흘긋 바라보며 말했다.

데스파르 씨와[300] 한편을 이룬 뤼시앵은 20루이를 잃었다.

"어머니," 클로틸드가 공작 부인에게 돌아와서 말했다. "저이

---

299) 휘스트 게임을 말한다. 181쪽 참조.
300) 『금치산』의 사건 이후 아내와 별거하며 사교계를 등지고 사는 데스파르 후작의 동생인 데스파르 기사(騎士)를 가리킨다.

가 현명하게도 부러 돈을 잃어주었어요."

마드무아젤 드 그랑리외와 얼마간 사랑의 밀어를 나눈 다음, 뤼시앵은 11시에 집으로 돌아와 한 달 안에 거머쥘 완벽한 승리를 머릿속에 그리며 잠자리에 들었다. 자신이 클로틸드의 약혼자로 사실상 받아들여졌다는 것, 그리고 1830년 사순절 이전엔 결혼하리라는 것을 믿어 의심치 않았기 때문이다.

이튿날 뤼시앵이 수심에 가득 찬 모습의 카를로스와 함께 점심 식사를 마친 후 담배 몇 대를 피울 때쯤, 생테스테브라고 이름을 밝힌 남자가(얼마나 의미심장한 이름인가!)[301] 찾아와 카를로스 에레라 신부든 뤼시앵 드 뤼방프레 씨든 만나서 이야기하고 싶어 한다는 전갈이 왔다.

"난 떠나고 없다고 밑에서 말했겠지?" 사제의 목소리가 높아졌다.

"물론입니다, 나리."

"좋아! 그 사람을 만나보도록 해." 그가 뤼시앵에게 말했다. "그렇지만 의심을 살 만한 말은 한마디도 하지 말 것. 놀란 표정도 절대로 내비치지 말 것. 그자는 적이니까."

"내가 어떻게 하는지 들어보십시오." 뤼시앵이 말했다.

카를로스는 옆방으로 가 몸을 숨겼다. 벌어진 문틈 사이로 코랑탱이 들어오는 것이 보였는데, 목소리를 듣고서야 코랑탱임을 겨우 알아볼 정도로 낯설었으니, 그 위인도 변신술의 귀

---

301) 생테스테브는 카를로스 에레라의 심복인 아지가 사용하는 가명인데, 그 사실을 코랑탱이 알고 있다는 의미이기 때문이다.

재였다! 그 순간 코랑탱은 늙은 재무성 국장을 방불케 했다.

"이보시오, 선생, 당신이 나 같은 사람을 만날 일이 없기를 바랐는데," 코랑탱이 입을 열었다. "하지만……."

"중간에 말을 끊어서 죄송합니다, 선생." 뤼시앵이 말했다. "하지만……."

"하지만 이건 당신과 클로틸드 드 그랑리외의 결혼에 관한 문제요. 그 결혼은 이루어지지 않을 것이지만." 코랑탱이 분명하게 말했다.

뤼시앵은 의자에 앉아 아무 대꾸도 하지 않았다.

"그랑리외 공작에겐 당신에 관한 모든 사실을 폭로할 힘과 의지와 방법을 다 가진 사람이 곁에 있소. 그는 당신쯤은 마음대로 할 수 있지. 어떤 얼간이가 당신 애인인 마드무아젤 에스테르를 얻는 대가로 당신에게 돈을 주었고, 그 돈으로 뤼방프레 영지 대금이 치러질 것이라는 사실을 공작에게 증명할 수 있단 말이오. 마드무아젤 에스테르가 기소되었다는 것을 입증해 줄 판결 기록을 구하는 것은 일도 아니지. 거기에 드에투르니를 증인으로 세우는 방법도 있고 말이오. 그러면 뉘싱겐 남작을 상대로 벌인 기막힌 사기 공작이 백일하에 밝혀지겠지……. 지금 이 모든 사태를 수습할 방법이 있소. 10만 프랑이라는 금액을 내는 거요. 그러면 당신은 안심할 수 있을 거요……. 이건 나와는 아무런 관련이 없소. 난 이 폭로에 많은 관심을 가진 사람들을 대행해 일을 처리해 주는 사람이지. 이 상이오."

코랑탱은 하자면 1시간이라도 이야기할 수 있었을 것이다.

뤼시앵은 완전히 무심한 표정을 지으며 담배를 피웠다.

"이보시오, 선생." 뤼시앵이 말했다. "난 당신이 누군지 알고 싶지 않소. 이런 일을 대행하는 사람들이란 적어도 내가 볼 때는 이름을 밝히지 않는 법이니까. 난 그냥 당신이 말하도록 조용히 내버려둔 거요. 여긴 내 집이니까. 당신이 터무니없는 말을 하는 것 같진 않소만 내 딜레마를 잘 들어보시오."

잠시 뜸을 들이는 사이, 뤼시앵은 자신을 향한 코랑탱의 고양이 같은 시선에 싸늘한 시선으로 응수했다.

"당신이 완전히 허위 사실에 근거해 돈을 뜯어내려는 경우라면, 난 아무런 걱정을 할 필요가 없는 것이고," 뤼시앵이 말을 이었다. "반면 당신 말이 맞으면, 그래서 내가 당신한테 10만 프랑을 준다면, 당신의 위임을 받은 대리인이 또 내게 생테스테브라는 자를 보내 똑같이 10만 프랑을 요구할 수도 있는 건데, 그런 권리를 내가 당신한테 부여하는 꼴이고……. 아무튼 당신의 그 쓸 만한 흥정을 단칼에 끝내야 하니 이것만은 알아두시오. 나 뤼시앵 드 뤼방프레는 그 누구도 두려워하지 않는다는 것을. 당신이 내게 제안한 책략엔 조금도 관심이 없소. 만약 그랑리외 집안이 안 된다면 다른 명망 귀족 가문 중에도 결혼할 젊은 처자들이 있으니까. 요컨대 총각으로 남아도 나로선 불명예스러울 게 없소. 특히 당신이 생각하듯 설사 내가 그런 이득을 노리고 여자를 성 노리개로 팔았다손 쳐도 말이오."

"만일 카를로스 에레라 신부가……."

"이보시오, 선생." 뤼시앵이 코랑탱의 말을 자르며 끼어들었다. "카를로스 에레라 신부는 지금 에스파냐로 돌아가는 중일 거요. 그는 내 결혼에 아무런 역할도 한 게 없고, 내 이익과도 전혀 무관한 사람이오. 그는 정치가로서 오랫동안 내게 조언을 해주고자 했을 뿐이오. 하지만 에스파냐 국왕 전하께 보고드릴 일이 생긴 겁니다. 그와 이야기를 나누어야 한다면 마드리드로 가는 길을 뒤쫓아가 보시오."

"이보시오, 선생." 코랑탱이 단호하게 말했다. "당신은 절대 마드무아젤 클로틸드 드 그랑리외의 남편이 될 수 없소."

"그녀에게 안된 일이지요." 뤼시앵이 대답하며 서둘러 코랑탱을 문 쪽으로 밀어붙였다.

"정말 곰곰이 생각한 거요?" 코랑탱이 차갑게 말했다.

"이보시오, 선생. 난 당신에게 내 일에 관여할 권리도, 내게 쓸데없이 담배 한 대를 축내게 할 권리도 주지 않았소." 뤼시앵이 꺼진 담배를 내던지며 말했다.

"잘 있으시오, 선생," 코랑탱이 말했다. "우리는 서로 만날 일이 다시는 없을 거요……. 하지만 살다 보면 분명 언젠가는, 계단을 내려가는 나를 도로 부를걸 그랬다고 후회하며 당신의 재산 절반을 내놓아야 하는 때가 올 거요."

이 협박에 대한 응수로 옆방에 있던 카를로스는 머리를 베는 동작을 취해 보였다.

4절
백만장자의 가슴앓이

45. 노인들이 이탈리아 극장에서 때때로 듣는 뻔한 말

"이제 행동 개시야!" 이 긴장되는 대화를 마친 후 안색이 창백해진 뤼시앵을 쳐다보며 카를로스가 목소리를 높였다.

어떤 책 안에 담긴 도덕적이고 철학적인 부분에 관심을 두는 독자들의 수는 상당히 제한되어 있는바, 에스테르를 손에 넣은 뉘싱겐 남작의 벅찬 기쁨을 두고 당연하다고 공감할 소양을 갖춘 독자가 그중 단 한 명이라도 있다면, 그 독자는 젊은 여자의 마음을 파악하는 일이 얼마나 어려운지를 이러저러한 생리학적 계율들에 근거해 몸소 증언해 줄 것이다. 에스테르는 백만장자가 '승천키념일'이라고 의기양양하게 불렀던 행사에 대해 그 가련한 자더러 비싼 대가를 치르게끔 해야겠다고 결심했다. 그래서 1830년 2월 초순이 되었는데도 아직 집들이 잔치가 그 '아탐한 쿵걸'에서 열리지 않고 있었다.

"그래도," 에스테르는 카니발에서[302] 자기 말이 남작의 귀에 들어가도록 친구들에게 은밀하게 말했다. "나는 내 집의 문을 활짝 열어서 내 남자를 으뜸가는 모형 수탉처럼 행복하게 만들어 주고 싶어."

이 표현은 아가씨 세계에서는 물주 남자를 조롱하는 상투어로 통하던 말이었다.

그래서 남작은 자주 비탄에 빠져들었다. 그는 그녀와 결혼한 사이처럼 꽤 우스꽝스러운 모습을 보였고, 가까운 친구들 앞에서 한탄을 늘어놓기 시작했는데, 불만이 노골적으로 드러났다. 그렇지만 에스테르는 투기의 군주를 상대로, 퐁파두르 부인이 루이 15세 궁정에서 했던 역할을 의식적으로 이어 갔다.[303] 그녀는 그간 저녁 모임을 두세 차례 열었었는데, 그건 순전히 뤼시앵을 집 안에 끌어들일 목적으로 한 일이었다. 루스토, 라스티냐크, 뒤티예, 비지우, 나탕, 그리고 교활한 인사의 대표 격인 브랑부르 백작 등이 그 집의 단골손님이 되었다. 에스테르는 자신이 출연하는 연극에서 활약할 여배우들로 튈리아, 플로랑틴, 파니 보프레, 플로린, 이렇게 두 명의 배우와 두 명의 댄서, 그리고 마담 발노블을 끌어들였다. 경쟁이라는 소금, 남보다 돋보이려는 화장술 게임, 다양한 얼굴들이 없는 유곽보다 더 애잔해 보이는 것은 없다. 6주 만에 에스

---

302) 작품 초반에서 묘사된 것처럼 가톨릭력으로 매년 사순절 직전에 카니발의 일환으로 열리는 가장무도회를 가리킨다.

303) 퐁파두르 부인(1712~1764)은 절대군주 루이 15세의 마음을 사로잡으며 국정 운영에 막대한 영향력을 행사한 인물이다.

테르는 애첩 계급을 구성하는 불가촉천민 여성 중 가장 지적이고 가장 재밌으며 가장 아름답고 가장 우아한, 독보적 존재가 되었다. 우러러 떠받들어지는 위치에 올라선 그녀는 평범한 여자들이 선망해 마지않는 허영의 쾌락을 누렸지만, 남모를 어떤 생각을 품고 있어서 보통의 여자들과는 확연히 다른 모습이었다. 그녀는 부끄러워 얼굴을 붉히기도 하지만 스스로 자랑스러워하는 자기 자신의 이미지를 마음속에 고이 간직하고 있었다. 그녀는 자신이 언젠가는 그 자리에서 내려올 수밖에 없다는 사실을 늘 의식했다. 그래서 그녀는 자신의 처지를 불쌍히 여기며 이중인격자처럼 살았다. 그녀가 종종 내뱉는 조롱의 표현은 그녀의 내부에서 영혼과 마주한 육체가 수행하는 그 치욕스럽고 지긋지긋한 역할에 대해, 창녀의 모습을 한 사랑의 천사가 품은 깊은 경멸감이 그녀를 붙잡고 놓아주지 않는 사정을 짐작하게 했다. 구경꾼인 동시에 배우이며, 심판관인 동시에 수형자인 그녀는 아랍 이야기에서 경탄스러운 모습으로 거의 언제나 등장하는 존재, 타락한 겉모습 안에 감추어진 숭고한 존재, 책 중의 책인 성경에서 느부갓네살이라는 이름의 전형으로 등장하는 그런 존재를[304] 현실에서 구현한 여인이었다. 부정(不貞)으로 심판받고 나서도 죽지 않고 살기로 한 이 사형수는 사형집행인을 어느 정도 가지고 놀아도 되었다. 나아가 뉘싱겐 남작이 부정한 방법으로 엄청

---

304) 「다니엘서」 4장에서 신바빌로니아 제국의 왕 느부갓네살은 교만함 때문에 벌을 받아 7년 동안 짐승의 형상을 하고 살다가 인간의 모습을 되찾고 바빌론의 왕에 오른다.

난 재산을 일군 비밀을 속속들이 알게 된 에스테르는 카를로스가 복수의 여신이라고 가르쳐준 아테 여신의 역할을 즐거운 마음으로 수행했다.[305] 그렇게 그녀는 백만장자에게 아주 매혹적으로 대하다가 아주 밉살스럽게 구는 모습을 교대로 보여줌으로써 그가 그녀 없이는 살 수 없게 만들었다. 남작이 고통의 절정에 달해 그녀를 떠나야겠다고 마음먹는 순간 다정한 장면을 연출해 남작을 자기 쪽으로 끌어당기는 식이었다.

에스파냐로 떠난다고 요란하게 광고한 에레라는 투르까지만 갔다. 거기서 동승한 하인더러 주인을 대신해 보르도의 한 호텔로 가 있으라고 꾸며서 마치 자신이 직접 마차를 몰고 보르도까지 간 것처럼 만들었다. 그러고 나서 외판원 차림으로 변장해 승합마차를 집어탄 다음 파리로 되돌아와 비밀리에 에스테르가 사는 집에 머물렀는데, 거기서 아지와 외롭과 파카르를 내세워 모든 것을, 특히 페라드를 감시하도록 하는 등 자신이 꾸민 일들을 세심하게 진두지휘했다.

집들이 잔치는 오페라 극장의 개막 무도회 예정일 바로 이튿날로 정했는데, 이를 보름가량 남겨둔 어느 날,[306] 자신이 공언한 말 때문에 신경이 곤두서기 시작한 창녀 에스테르는

---

305) 그리스 신화에서 복수의 여신은 네메시스고, 아테는 재앙을 낳는 어리석음에 현혹되는 것을 의인화한 여신이다.

306) 작품 첫머리의 사순절 직전 무도회가 열린 날은 1824년 2월 28일이었다. 그로부터 6년 후인 1830년의 사순절 직전 날은 2월 15일이었으므로, 이 장면의 시점은 2월 초순이 된다.

이탈리아 극장의 자기 전용 좌석에 파묻혀 있었다. 그녀의 간청을 거절할 수 없었던 남작이 자기 애인을 숨기고 싶기도 했고, 또 그녀와 함께 있는 모습이 대중에게 노출되는 것을 피할 목적으로 뉘싱겐 부인의 좌석과는 좀 떨어져 있는 1층 자리 하나를 그녀에게 마련해 준 것이었다. 에스테르가 그 자리를 고른 것은 거기가 거의 언제나 뤼시앵을 동반하고 나타나는 세리지 백작 부인의 좌석을 주시하기에 좋았기 때문이다. 그 가련한 창녀는 매주 화, 목, 토요일마다 세리지 부인 곁에 붙어 있는 뤼시앵을 바라보는 것을 행복으로 여겼다. 그날 에스테르는 백작 부인의 좌석으로 들어가는 뤼시앵의 표정이 수심에 싸여 있고 창백하며 초췌한 것을 발견했다. 그러한 내적 고뇌의 표시는 오로지 에스테르에게만 보이는 것이었다. 사랑에 빠진 여인이 사랑하는 남자의 얼굴을 속속들이 안다는 것은 선원이 망망대해를 속속들이 아는 것과 같다. '오, 하느님! 무슨 일이 있는 걸까……? 무슨 일이 생긴 거지? 그 지옥의 천사에게, 외롭의 다락방과 아지의 다락방 사이에 있는 다락방에 몸을 숨기고 사는, 저이가 수호천사라고 여기는 그 지옥 천사에게 무슨 할 말이라도 생긴 걸까?' 너무나도 두려운 생각에 사로잡힌 에스테르는 음악이 거의 귀에 들어오지 않았다. 그런 상황이었기에 남작이 두 손으로 자기 '천사'의 손을 감싸 쥐고 건네는 말이 그녀의 귀에 전혀 들어오지 않는다는 것쯤은 쉽게 짐작할 수 있으리라. 안 그래도 발음이 특이하기 짝이 없는 그 폴란드계 유대인의 프랑스어는 직접 말로 듣는 이에게든 글자로 표기된 형태로 읽는 이에게든 요령부득인 판이니

더 말해 무엇하겠는가.[307]

"에스더," 그가 그녀의 손을 놓고 조금은 멋쩍은 동작으로 그녀를 가볍게 밀어내면서 말했다. "탕신 내 말을 키탐아 안 튿는군!"

"남작님, 보세요, 당신은 프랑스말도 알아먹기 힘들게 하는 것처럼 사랑도 알아먹기 힘들게 하잖아요."

"체기랄!"

"나는 지금 내 집 안방에 있는 게 아니에요. 여긴 이탈리아 극장이라고요. 당신이 위레나 피셰가 만든 금고처럼 있지 않겠다면,[308] 자연의 조화로 사람으로 변한 금고처럼 입을 다물지 않는다면, 음악을 사랑하는 여성의 좌석에서 이런 지분거리는 행동을 앞으로 다시는 못 할 거니 그리 아세요. 당신 말을 귀담아듣지 못하는 게 맞아요! 당신은 여기, 이 자리에서 무슨 종이 뭉치 속에 있는 풍뎅이처럼 내 드레스 속을 더듬잖아요. 그래서 당신은 내게 연민의 웃음을 불러일으켜요. 당신은 내게 말하죠, '탕신 예퍼, 탕신 캐물어 추고 십퍼······.' 미련한 늙은이 같아요! 제발 내가 당신한테 이렇게 대답하게 해보세요. '당신 어제보다는 오늘 밤 낫네요. 날 덜 기분 나쁘게

---

307) 원문에 표기된 뉘싱겐의 독특한 억양은, 우리말로 옮길 때 가독성을 고려해 그 정도를 완화했지만, 프랑스인 독자에게 바로 이해되는 수준이 아닐 정도로 난삽하다. 발자크는 그래서 이 대목을 삽입해 독자에게 양해를 구하고 있는 셈이다.

308) 위레(Huret)와 피셰(Fichet)는 당시 철통 같은 번호 조합 자물쇠 장치가 달린 금고를 개발해 큰돈을 번 업자들이다.

하는군요. 우리 같이 집으로 돌아가요.' 좋아요! 당신이 숨을 토해 내며 속삭이는 모습을 보니, (당신 말을 듣지는 못해도 당신이 그런다고 느끼기는 하니까요.) 저녁 식사를 엄청나게 드셨군요. 이제야 소화가 시작되고 있어요. 나에 대해서 좀 알아보세요. (나는 당신한테 간간이 당신 돈에 대해 신경 쓰게 만들 정도로 당신에게는 충분히 비싼 여자잖아요!) 친애하는 당신, 지금 당신처럼 소화가 잘 안 될 때는, 더구나 이처럼 부적절한 시간에는, 당신 애인한테 아무렇게나 '탕신 예퍼' 같은 말을 내뱉는 짓은 삼가야 한다는 것을 알아두세요. 블롱데가 말한 적 있어요, 어떤 늙은 군인이 그런 자만을 부리다가 종교의 품에 안겨 죽었다고요······.[309] 지금 10시예요. 당신은 뒤티예 집에서 당신의 봉인 브랑부르 백작과 함께 저녁 식사를 했는데 9시에 마쳤겠지요. 당신은 지금 송로버섯 소화하랴, 꿀꺽 삼킨 수백만 프랑 소화하랴, 바빠요. 내일 10시에 다시 오세요!"

"탕신 참 찬인하군······!" 의학적으로 볼 때 지당하기 그지없는 말에 할 말이 없어진 남작이 소리를 높였다.

"잔인하다고요?" 에스테르가 여전히 뤼시앵을 주시하며 되물었다. "당신, 비앙숑이나 데플랭, 또는 원로 의사 오드리에게 진찰받은 적 없어요? 당신은 당신의 행복이 막 떠오르기 시작한 해처럼 보이죠? 그런 당신의 모습이 내게 어떤 것처럼 보이는 줄 아세요?"

---

309) 당시 장군 출신의 고위직 인사가 오페라 극장의 댄서인 자기 정부(情婦) 집에서 급사한 일이 있었는데, 정부 당국은 물의를 막기 위해 "종교의 품에 안겨" 죽었다고 발표한 일이 실제로 있었다.

“어턴 커?”

“플란넬 가운을 두른 왜소한 영감이요. 온도계 눈금이 누에 치기 적정 온도에 다다랐는지[310] 확인하려고 시시때때로 의자에서 창가로 오락가락하는 영감, 의사가 처방한 온도가…….”

“크만, 차넨 은혜를 모르는 녀자군!” 남작은 사랑에 빠진 노인들이라면 이탈리아 극장에서 꽤 자주 듣게 마련인 그 뻔한 소리에 짜증이 나서 언성을 높였다.

“은혜를 모른다고요!” 에스테르가 말했다. “당신이 지금까지 나한테 뭘 해주었는데요……? 불쾌감만 잔뜩 주었지요. 보세요, 영감님! 내가 당신을 자랑스러워할 수 있을 것 같아요? 당신은 날 자랑스러워하겠지요. 당신이 하사한 견장과 제복은 아주 잘 간직하고 있어요. 당신은 내 빚도 갚아주었지요……! 그렇다 쳐요. 하지만 당신은 수백만 프랑을 갈취했잖아요……. (아! 아! 얼굴 찌푸리지 말아요, 당신이나 나나 다 그렇고 그렇잖아요…….) 내 빚 정도는 비교도 안 되는 큰돈을요. 그리고 그 일로 당신의 명성은 최고조에 달했고요……. 몸 파는 아가씨와 도둑, 이보다 더 잘 어울리는 조합은 없죠. 당신은 당신 마음에 드는 앵무새를 가둘 성대한 새장을 지은 거예요……. 브라질 금강앵무에게 한번 가서 물어보세요, 자기를 황금 새장 안에 가둔 자에게 감사해하는지……. 그렇게 쳐다보지 말아요, 거만한 관료 같아 보여요……. 당신은 붉고 흰 당신의 금강앵

---

310) 일반적으로 양잠은 32도 이상의 높은 온도를 요구한다. 에스테르가 뉘싱겐을 달뜨게 만든다는 의미를 함축한다.

무를 온 파리에 과시하려는 거예요. '파리에서 이런 앵무새를 가진 사람이 나 말고 또 있어? 얼마나 잘 지저귀는지 몰라! 말도 얼마나 흉내를 잘 내는데!' 이러면서요. 뒤티예가 들어오면서 그 앵무새에게 말하겠죠, '안녕, 귀여운 재간둥이……'라고요. 아무튼, 당신은 세상에 단 하나뿐인 튤립을 가진 네덜란드인처럼 행복하군요. 아니면 아시아에서 영국 정부로부터 연금을 받는 은퇴한 부호처럼 행복하든지요. 그 부호에게 어떤 행상인이 삼단 경첩이 달린 최고급 스위스제 담뱃갑을 팔았더랬죠. 당신은 나의 마음을 얻길 원해요! 좋아요! 내 마음을 얻는 방법을 당신께 알려드릴게요."

"말해 초, 말해 초! 탕신을 우해 머든지 타 할케……. 난 탕신이 날 놀려도 초아!"

"젊어지세요, 멋있어지세요, 저기 당신 부인 자리에 있는 뤼시앵 드 뤼방프레처럼만 하세요, 그러면 당신은 당신이 가진 수백만 프랑 재산을 다 줘도 살 수 없는 것을 공짜로 얻을 수 있을 거예요……!"

"나 크만 카보겟네, 애냐하면, 청말이지 탕신 오늘 팜 치독해서 말이야……." 살캉이가 시무룩한 표정으로 말했다.

"아, 그래요, 안녕히 가세요." 에스테르가 대꾸했다. "'초르추'에게[311] 침대 머리는 아주 높이고 다리 부분은 낮추라고 하는 게 좋을 거예요. 오늘 밤 당신 뇌졸중이 온 거 같은 안색이에요……. 여보, 다음부터는 내가 당신 건강을 하나도 신경 쓰

---

311) 발자크의 실수다. 뉘싱겐의 하인 조르주는 이미 해고되었다.

지 않는다고 불평하지 마세요.”

남작은 일어서서 문고리를 잡았다.

“잠깐만요, 뉘싱겐……!” 에스테르가 도도한 동작으로 그를 불렀다.

남작은 강아지가 주인에게 복종하듯 그녀 쪽으로 몸을 숙였다.

“당신, 내가 당신에게 상냥했으면 좋겠지요? 오늘 밤 우리 집에 가서 내가 당신에게 ‘쵸태 푸리며’ 설탕물을 타 줬으면 좋겠지요? 뚱뚱한 추남이면서……”

“탕신 내 심창을 터져퍼리게 만드는쿤……”

“창자를 끊어버린다고 해야지요. 그걸 한마디로 하면 단장(斷腸)!” 그녀가 남작의 발음을 비웃으며 대꾸했다. “자, 나한테 뤼시앵을 데려다줘요. 나는 우리가 여는 벨사살의 성대한 잔치에[312] 그를 초대할 겁니다. 난 그가 초대에 응할 거라고 확신해요. 당신이 내가 제안한 이 협상을 성공으로 이끌면, 뚱뚱한 나의 프레데리크, 당신을 사랑한다고 확실하게 말해 줄게요, 당신이 정말이라고 믿게끔……”

“탕신은 매혹척인 녀자야.” 남작은 에스테르의 장갑에 입맞추며 말했다. “이렇게 어루만칠 수만 잇다면, 1시간 통안 모욕을 틀어도 초아, 탕신 손카락 큿에……”

“자, 내 말 대로 안 된다면 그땐 난……” 그녀는 마치 어린

---

312) 「다니엘서」 5장에서 신바빌로니아의 왕 벨사살이 성대한 연회를 베풀고 예루살렘에서 약탈해 온 잔으로 술을 마시는데, 이때 손가락이 나타나 연회장 벽에 글을 써 그의 죽음을 예고한다. 그날 밤 벨사살 왕은 살해된다.

애에게 하듯 손가락으로 남작을 윽박지르며 말했다.

남작은 덫에 걸려 사냥꾼에게 애원하는 새처럼 고개를 끄덕였다.

"오 하느님, 대체 뤼시앵에게 무슨 일이 있는 겁니까?" 그녀는 혼자 남게 되자 흐르는 눈물을 더 이상 참지 못하고 중얼거렸다. "저렇게 슬퍼 보인 적이 한 번도 없었는데!"

그날 밤 뤼시앵에게 일어났던 일은 다음과 같다.

46. 문전에서 당할 수 있는 모든 곤경

그날 밤 9시에 뤼시앵은 평소처럼 그랑리외 저택에 가기 위해 쿠페를 타고 집을 나섰다. 멋쟁이 젊은이들이 다 그렇듯, 그는 승마용 말과 낮에 타고 다니는 카브리올레를 끄는 말과는 별도로, 겨울밤 나들이에 쓸 쿠페 한 대를 따로 또 가지고 있었는데, 일급의 마차 임대 업자에게 최고의 말들이 끄는 최고로 화려한 마차를 빌려둔 것이었다. 한 달 전부터 모든 일이 술술 풀렸다. 그랑리외 저택에서 세 번 저녁 식사를 했으며, 공작은 그에게 호의적이었다. 승합마차 회사 주식이 30만 프랑에 팔려서 그는 영지 매입 대금의 3분의 1을 다시 지급할 수 있었다. 클로틸드 드 그랑리외는 얼마나 화장에 공들이는지 그가 오는 날이면 분통을 10개나 비워 얼굴에 발랐으며, 그에 대한 사랑을 공공연하게 표시할 정도였다. 꽤 높은 지위에 있는 몇몇 사람들은 뤼시앵과 마드무아젤 그랑리외의 결혼이 충분히 가능한 일이라고 말했다. 에스파냐 대사를 역임했고 한동안 외무부 장관이었던 숄리외 공작은 국왕에게 요청해 뤼시앵에게 후작 칭호를 하사하도록 하겠다고 그랑리외 공작 부인에게 약속했다. 그날 밤 뤼시앵은 세리지 부인 댁에서 저녁 식사를 마친 다음, 매일의 일과가 된 그랑리외 저택 방문을 위해 쇼세당탱가에서 포부르 생제르맹으로 내달렸다. 대문에 도착하면 마부는 언제나 그러듯 문을 열어달라고 요청하고, 대문이 열리고 그는 현관 층계 앞에 마차를 댄다. 마차에서 내린 뤼시앵의 눈에 다른 마차 4대가 마당에 주차된 장면이 들어온다. 회랑의 문을 열고 나온 문지기 하인 하나가 문을 닫고 나서 몇 걸음 앞으로 나와 보초 교대를 하는 병사처럼 문을 막아선 채 층계 위에 선다. "나리는 안 계십니다!" 하인이 말한다. "공작 부인은 계시지 않은가." 뤼시앵이 하인에게 주의를 준다. "공작 부인께서도 외출하셨습니다." 하인이 무뚝뚝하게 대답한다. "마드무아젤 클로틸드는……." "마드무아젤 클로틸드는 공작 부인께서 계시지 않을 때 선생님을 응접하지 않을 것입니다." "하지만 다른 사람들은 이미 들어가 있지 않은가?" 뤼시앵이 어이없어하며 되묻는다. "저는 모르는 일입니다." 하인이 멍청하면서도 공손하게 보이려고 애쓰며 대답한다. 관례적 에티켓을 이 사회에서 가장 무시하기 어려운 법칙이라고 보는 사람에게 그보다 더 가혹한 상황은 하나도 없다. 뤼시앵은 자신을 향한 이 싸늘한 대응의 의미를 금세 알아차렸다. 공작과 공작 부인이 자신을 받아들이길 원치 않는다는 뜻이었다. 그는 척추 뼛속 골수가 뻣뻣하게 굳는 것을 느꼈다. 이

마 위에 식은땀 몇 방울이 맺혔다. 이 대화는 뤼시앵의 하인이 보는 앞에서 벌어졌다.[313] 하인은 마차 문고리를 잡고서 닫아야 할지 말아야 할지 몰라 하고 있었다. 뤼시앵은 그에게 돌아가자는 표시를 보냈다. 그런데 그가 마차에 오르려는 순간 몇 사람이 계단을 내려오는 소리가 들렸다. 문지기 하인이 달려 나오며 연달아 외쳤다. "숄리외 공작 나리 손님들입니다." "그랑리외 자작 부인 손님들입니다." 뤼시앵은 자기 하인에게 급하게 한마디만 했다. "빨리 이탈리아 극장으로……!" 그가 서둘렀음에도 불구하고 이 운수 나쁜 댄디는 숄리외 공작과 그의 아들인 레토레 공작을 피하지 못하고 그들과 눈짓으로 인사를 나눌 수밖에 없었는데, 그들은 그에게 한마디도 하지 않았다. 궁정의 대참사, 이를테면 왕의 총애를 받는 기세등등한 존재의 추락은 대개 접견실 문턱에서 마주친 석고 같은 얼굴을 한 법원 집행관의 입에서 나오는 말로 완성되는 법이다. "이 변고를 나의 지휘 감독관에게 어떻게 알리지?" 뤼시앵은 이탈리아 극장으로 가면서 혼잣말로 중얼거렸다. "대체 무슨 일이 일어난 거야……." 그는 추측을 해보려 했으나 갈피를 잡을 수 없었다. 조금 전 그랑리외 저택에서 일어난 일의 전말은 이렇다. 그날 오전 11시에 그랑리외 공작은 식구들이 점심을 먹고 있던 작은 살롱에 들어와 클로틸드와 포옹을 나눈 다음 말했다. "애야, 달리 지시를 내릴 때까지는 뤼방프레 공에게 관

---

313) 발자크는 바로 앞에서 뤼시앵과 그랑리외 저택의 문지기 간 대화를 현재시제로 표현했다. 뤼시앵의 하인 시점에서 느낄 수 있는 극적 효과를 강조하려 했던 것으로 보인다.

심을 보이는 것을 그만두어라." 그러고 나서 그는 공작 부인의 손을 잡고 창문이 난 벽감으로 데리고 가 낮은 목소리로 몇 마디 말을 건넸는데, 그 모습에 가련한 클로틸드의 안색이 어둡게 변했다. 마드무아젤 클로틸드는 공작의 말을 듣는 어머니를 주시하다가 어머니가 깜짝 놀라는 표정을 짓는 모습을 보았던 것이다.

"장," 공작이 하인 중 하나를 불러 지시했다. "자, 이 전갈을 숄리외 공작에게 전하고 그분께 가부간 답변을 해주십사 말씀드려라." 그러곤 아내를 향해 말했다. "숄리외 공작에게 오늘 우리 집에서 함께 저녁 식사하자고 초청한 거요, 부인." 점심 식사 분위기는 깊은 슬픔에 가라앉았다. 공작 부인은 생각에 잠긴 모습이었고, 공작은 자기 자신에게 화가 난 것 같았으며, 클로틸드는 눈물을 참느라 무진 애를 썼다. "애야, 아버지 말씀이 옳다. 그대로 따르도록 해라." 어머니가 딸에게 측은한 목소리로 말했다. "나는 네 아버지처럼 너에게 '뤼시앵을 단념하라'고 말하지는 못하겠다. 못 하지, 난 너의 아픔을 이해한단다." (클로틸드는 어머니의 손에 입을 맞추었다.) "불쌍한 것, 그래도 이 말만은 해야겠구나. 어떠한 행동도 하지 말고 기다려라, 침묵하며 참고 견디어라, 넌 그를 사랑하니까. 그리고 네 부모의 부탁을 믿고 따르렴! 애야, 귀부인은 어떤 지경에 처하더라도 기품을 잃지 않고 항상 자신의 의무를 다할 줄 알기 때문에 귀부인인 거다."

"무슨 일인데요……?" 백합처럼 안색이 창백해진 클로틸드가 물었다.

"너에게 말하기에는 너무나 심각한 일이란다, 얘야." 공작 부인이 대답했다. "그 일이 가짜라면 너의 생각이 그 일로 쓸데없이 더럽혀질 테고, 그 일이 진짜라면 너는 그걸 몰라야만 하기 때문이다." 6시에 숄리외 공작이 도착해 접견실에서 그를 기다리던 그랑리외 공작을 만났다. "이보게, 앙리……. (두 공작은 서로 반말하며 이름을 부르는 사이였다. 이는 적절한 친밀감의 정도를 표시하는 나름의 방식인데, 너무 지나친 프랑스식 허물없음의 침범은 물리치되, 근엄하게 자존심을 내세우는 건 경계하는 그런 섬세한 법도 중 하나다.) 나는 지금 너무도 혼란스러운 일을 당해서 이런 일에 정통한 오랜 친구의 조언을 구할 수밖에 없네. 자넨 이런 일의 전문가잖아. 내 딸 클로틸드는 자네도 알다시피 그 하찮은 뤼방프레를 사랑하잖나. 사람들은 그자를 내 딸과 약혼시키라고 거의 강권하다시피 했고. 나는 그 결혼에 항상 반대하는 입장이었네. 그런데 그랑리외 부인은 클로틸드의 사랑에 그만 지고 말았던 거야. 그 청년이 자기 집안 영지를 매입하고 대금의 4분의 3을 지급하게 되자 나도 더는 반대만 하고 있을 수 없게 되었지. 그런데 어젯밤 이런 익명의 편지를 받았는데, 자네도 이런 익명의 제보를 어떻게 해야 하는지 알잖나, 이 편지의 주장에 따르면 그 청년의 재산이 부정한 방법으로 조성되었다는 거야. 그 청년은 자기 누이가 영지 취득에 필요한 자금을 주었다고 우리에게 말했는데 그게 다 거짓이라는 거지. 편지는 내 딸의 행복과 우리 집안의 명예를 위해서라도 조사해 보라고 촉구하면서 그 자세한 조사 방법까지 일러주고 있어. 자, 우선 읽어보게."

"익명의 편지를 어떻게 해야 하는지는 나도 자네와 생각이 같네, 친애하는 페르디낭." 편지를 다 읽고 나서 숄리외 공작이 대답했다. "하지만 한편으론 그런 편지를 무시하면서 다른 한편으론 이용해야 할 필요가 있어. 비밀 첩보와 아주 흡사한 이런 편지가 그런 경우지. 우선 그 청년을 집으로 들이지 말게. 그리고 신중하게 조사를 해보도록 하자……. 좋아! 내가 자네 일을 맡지. 자네 소송대리인이 데르빌이지? 전적으로 신뢰할 수 있는 인물이지. 그는 수많은 집안의 비밀을 다 알고 있어. 데르빌은 그 뤼방프레라는 자가 어떤 인물인지 알아낼 수 있을 거야. 데르빌은 성실하고 진중하며 명예를 아는 사람이야. 그는 섬세하고 술수에도 능해. 하지만 그는 사건을 파악하는 눈만 섬세할 뿐이야. 자넨 자네가 고려할 수 있는 정보를 얻기 위해서만 그를 활용해야 하네. 우린 국가 기밀과 관련된 일을 위해 왕국경찰을 통해 외무부에 특별 요원 한 명을 두고 그에게 종종 임무를 부여한다네. 데르빌에게는 이 일과 관련해 도와줄 요원 하나가 붙을 것이라고 미리 알리게. 우리의 밀정은 레지옹도뇌르 십자 훈장을 받은 신사라고 자처하며 외교관 행세를 할 거야. 이 수수께끼 같은 자가 사냥꾼이고 데르빌은 단지 그 사냥에 동원되는 자일 뿐이야. 자네의 소송대리인은 자네에게 '태산명동에 서일필'이라고 보고할 수도 있고, 아니면 자네가 그 하찮은 뤼방프레와 관계를 끊어야 한다고 보고할 수도 있지. 아무튼, 일주일 안으로 자넨 어떻게 해야 할지 알게 될 거야."

"그 젊은 녀석은 아직 후작이 아니지. 그러니 일주일 동안 우리 집에 출입하지 못하게 된 내도 분을 터뜨릴 처시가 아니야." 그랑리외 공작이 말했다.

"더구나 자네가 그자에게 자네 딸을 주려 한다면." 전직 장관이 말했다. "그런데 이 익명의 편지 제보가 진짜면, 자네에게 이 얼마나 심각한 일이란 말인가! 클로틸드를 내 며느리 마들렌과[314] 함께 여행을 떠나보내게. 마침 며느리가 이탈리아에 가고 싶어 하거든……."

"자네 덕에 곤경에서 벗어날 수 있게 되었네! 자네에게 고마워해야 마땅한데, 아직 어떻게 될지 모르니……."

"사태의 추이를 지켜보자고."

"아!" 그랑리외 공작이 소리쳤다. "그런데 그 신사 이름이 뭐지? 데르빌에게 알려줘야 하잖아……. 그 사람을 내일 내게 보내게, 4시쯤. 데르빌도 와 있을 거야. 두 사람을 서로 소개해 줘야겠네."

"본명은," 전직 장관이 대답했다. "아마 코랑탱일걸……. (자넨 분명 들어본 적 없는 이름일 거야.) 그렇지만 그는 외무부에서 쓰던 가명에 변장을 하고 올 거야. 자기 이름을 생, 뭐라고 할 거야……."

"아! 생티브! 아니면 생발레르, 둘 중 하나겠지."

"자넨 그를 믿어도 돼, 루이 18세께서 전적으로 신뢰하셨던 자야."

---

314) 마들렌은 『골짜기의 백합』의 주인공 모르소프 백작 부인의 딸이자 르농쿠르 공작의 외손녀로, 숄리외 공작의 아들 레토레 공작과 결혼했다.

이 회합이 있고 나서 집사는 뤼방프레에게 문을 열어주지 말라는 명령을 받았고, 조금 전 일은 그래서 벌어진 것이다.

47. 극장 박스석에서 벌어진 장면

뤼시앵은 취한 사람처럼 이탈리아 극장 휴게실 안을 왔다 갔다 했다. 그는 자신이 온 파리의 우스갯거리가 되었음을 감지했다. 레토레 공작과 마주쳤을 때는 무자비한 적의 같은 것을 느꼈음에도 속수무책으로 미소를 지어 보일 수밖에 없었는데, 그런 공격적인 태도가 사교계의 법칙에 어긋나지는 않았기 때문이다. 레토레 공작은 조금 전 그랑리외 공작 저택 층계에서 벌어진 장면의 목격자였다. 뤼시앵은 직전에 당한 참변을 자신의 '현재-최측근-개인 고문'에게 알려야 할 필요성을 절감하면서도, 에스테르의 자리로 가면 자신이 위태로워질지도 모른다는 두려움에 휩싸였다. 거기에서 어쩌면 사람들을 만날지도 모를 일이었다. 그는 에스테르가 지금 이곳에 있다는 사실조차 잊고 있을 만큼 생각이 혼돈에 빠져버렸다. 그렇게 몹시 당혹스러운 와중에 그는 라스티냐크와 이야기를 나누어야 했는데, 라스티냐크는 아직 소식을 접하지 못했는지 앞으로 있을 그의 결혼을 축하한다는 말을 건넸다. 그 순간 뉘싱겐이 미소를 지으며 뤼시앵에게 다가와 말했다. "쟝피 푸인을 만나러 아추시면 키프기 한엄겟습니다. 푸인이 칙접 탕신을 칩드리 찬치에 초대하고 십퍼 하거든요……."

"물론이지요, 남작님." 뤼시앵으로서는 그 금융가가 마치 구세주처럼 등장했는지라 주저 없이 대답했다.

"우리 둘만 있게 좀 나가 있어주시겠어요?" 뉘싱겐이 뤼시앵을 데리고 들어오는 것을 보고 에스테르가 뉘싱겐에게 말했다. "가서 마담 발노블을 만나보세요, 여기서 보니까 그녀가 자기 부호와 함께 저기 4층 좌석에 있네요……. 동남아에서 수많은 유럽 부호가 쑥쑥 자라나 공급되고 있죠." 그녀가 무슨 뜻인지 알지 않느냐는 표정으로 뤼시앵을 바라보며 덧붙였다.

"그리고 그자는," 뤼시앵이 에스테르에게 미소 지으며 맞장구쳤다. "당신의 부호랑 끔찍할 정도로 닮았어."

에스테르가 한편으로는 뤼시앵에게 무슨 뜻인지 안다는 표시를 보내 화답하고, 다른 한편으로는 남작에게 계속 말을 이어갔다. "자, 가서 마담 발노블과 그녀의 부호를 이리로 데려오세요. 그는 당신을 무척이나 알고 싶어 해요. 사람들이 그러는데 그 사람 무지하게 부자래요. 불쌍한 그 여자는 나에게 벌써 얼마나 많은 한탄을 늘어놓았는지 몰라요. 그 부호가 자기 뜻대로 안 움직인다고요. 그러니 당신이 그의 부담을 좀 덜어줘 가볍게 해주면, 그가 아마도 좀 더 원활하게 움직일지도 모르잖아요."

"탕신 우리를 아주 토둑놈 치급하는군." 남작이 말했다.

"무슨 일이야, 나의 뤼시앵……?" 박스석의 출입문이 닫히자마자 그녀는 입술로 친구의 귀를 가볍게 스치며 귓속말로 물었다.

"망했어! 집 안에 아무도 없다는 핑계를 대며 내가 그랑리외 저택으로 들어가는 것을 막더군. 공작도 공작 부인도 안에 있고, 마차가 다섯 대나 마당에 주차되어 있어 말들이 요란한 소리를 내고 있는데도 말이야……."

"어떡해, 결혼이 무산될지도 모르겠네!" 에스테르가 들뜬 목소리로 말했다. 그녀에게 낙원이 언뜻 내비쳤다.

"아직은 모르겠어, 나를 배척하려는 어떤 음모가 꾸며지고 있는지……."

"나의 뤼시앵," 그녀가 더없이 다정한 말투로 그에게 대답했다. "왜 낙담하고 그래? 나중에 더 근사한 결혼을 할 수도 있잖아……. 내가 영지 두 개를 더 확보하게 해줄게……."

"오늘 밤 심야 파티를 열어줘, 내가 카를로스와 은밀하게 상의할 수 있도록. 그리고 그 가짜 영국인과 발노블도 불러줘. 그 부호라는 자가 내 파멸의 원인이야. 그는 우리의 적이야. 우린 그자를 가두겠어, 그러고 나서 우린……." 하지만 뤼시앵은 말을 마치지 못하고 절망에 몸을 떨었다.

"아니! 무슨 일이야?" 불구덩이 속에 던져진 것 같은 느낌이 든 가여운 아가씨가 물었다.

"오! 세리지 부인이 나를 쳐다보고 있어!" 뤼시앵이 소리쳤다. "그리고 설상가상으로 레토레 공작이, 내가 당한 모욕을 직접 지켜보았던 그가 부인 옆에 있고."

정말로 그 순간 레토레 공작은 세리지 부인의 괴로움을 갖고 빈정거리는 중이었다.

"뤼시앵이 저렇게 에스테르 자리에 가 있는 걸 그냥 내버려 두다니요." 젊은 공작이 박스석과 뤼시앵을 가리키며 말했다.

"부인께선 저자에게 특별한 관심이 있느니만큼, 저런 일이 있어서는 안 된다고 경고하세요. 저들은 저 여자 집에서 밤을 보낼 거예요, 심지어는 거기서……. 아무튼 솔직히 말해 저는 그랑리외 공작과 공작 부인이 저자를 싸늘하게 대하는 것이 이젠 조금도 의아하지 않아요. 조금 전 저자가 그 댁에서 문전박대당하는 모습을 제 눈으로 봤고요……."

"저런 아가씨들은 아주 위험해요." 세리지 부인이 에스테르의 자리 쪽으로 오페라글라스를 향한 채 말했다.

"그럼요." 공작이 맞장구쳤다. "저런 여자들이 원하는 것도 그렇고, 실제로 벌이는 짓을 봐도 그렇지요……."

"저런 아가씨들이 저이를 파멸로 이끌 거예요!" 세리지 부인이 말했다. "왜냐하면, 사람들이 그러던데, 저런 아가씨들은 화대를 비싸게 줘야 하고 주지 않더라도 그 대가가 그만큼 비싸다는 거예요."

"저자의 경우는 그렇지 않아요……." 젊은 공작이 놀란 표정을 지으며 대답했다. "저 아가씨들은 저자에게 돈을 받기는커녕 필요한 경우 아마 돈을 주기까지 할걸요. 저런 아가씨들 모두가 저자의 뒤꽁무니를 쫓아다닌다는 거예요."

백작 부인의 입가에 미세한 경련이 일었는데, 그것은 결코 미소에 속할 만한 것이 아니었다.

"좋아!" 에스테르가 말했다. "심야 파티를 열 테니 자정에 오도록 해. 블롱데와 라스티냐크도 함께 데려와. 재미있는 사람이 적어도 두 명은 돼야지. 모르는 사람을 더 들이진 말자고."

"아지에게 미리 알린다는 핑계를 대고 남작더러 외롭을 찾으러 사람을 보내도록 만들 방도를 궁리해야 해. 그리고 그녀에게 방금 내게 일어난 일을 말해 주었으면 해, 카를로스가 저 부호를 카드놀이에 끌어들이기 전에 이 사태를 알고 있어야 하니까."

"그렇게 할게." 에스테르가 말했다.

그렇게 페라드는 영문도 모른 채 자신의 적수와 한 지붕 아래서 마주하게 될지도 모르게 되었다. 호랑이가 사자 소굴에, 그것도 호위대를 거느린 사자의 소굴에 들어오게 된 것이다.

뤼시앵이 세리지 부인의 자리로 돌아오자 그녀는 평소처럼 고개를 돌려 쳐다보며 미소를 짓고 옆자리를 내주기 위해 드레스 자락을 간추리기는커녕, 누가 들어오는지 아예 관심도 없다는 기색을 드러내며 오페라글라스로 계속 홀만 주시했다. 그렇지만 뤼시앵은 쌍안경이 떨리는 것을 보고 백작 부인이 부정(不貞)한 행복의 희열과 그에 따르는 죄책감이 뒤엉킨 엄청난 심적 동요에 사로잡혀 있음을 간파했다. 그러거나 말거나 그는 박스석 앞쪽, 그녀 옆으로 내려가 약간의 간격을 유지한 채 그녀와 마주 보는 자세를 취하고 앉았다. 그는 박스석 난간에 기댄 채 오른쪽 팔꿈치를 난간에 올려놓고 장갑 낀 손으로 턱을 괴었다. 그러고는 그녀 쪽으로 몸을 비스듬히 돌리고서 말이 나오길 기다렸다. 극이 진행되는 동안 백작 부인은 그에게 한마디도 하지 않았으며 눈길 한번 주지 않았다.

"당신이 왜 여기에 있는지 모르겠네요." 마침내 그녀가 입을 열었다. "당신 자리는 저기 마드무아젤 에스테르가 있는 곳이 잖아요."

“그리로 가지요.” 뤼시앵은 백작 부인을 쳐다보지도 않고 박스석을 나왔다.

“아유! 반가워.” 마담 발노블이 페라드와 함께 에스테르가 있는 박스석으로 들어서며 말했다. 그들을 데리고 들어온 뉘싱겐 남작은 아직 페라드를 알아채지 못한 상태였다. “너에게 사무엘 존슨 씨를 소개하게 돼 참 기뻐. 이 사람은 뉘싱겐 씨의 능력과 재주를 탄복해 마지않지.”

“정말요?” 에스테르가 페라드에게 미소를 지으며 말했다.

“오, 예스, 아쮜 마니요.” 페라드가 답했다.

“잘됐네요! 남작님. 당신의 프랑스어와 닮은 프랑스어 구사자가 나타나셨네요. 브르타뉴 오지 말이 부르고뉴 말과 닮은 것처럼 두 분 말이 비슷하네요. 당신들 둘이 금융에 관해 이야기하는 것을 들으면 무척 재미있을 거예요……. 부호 나리, 제가 당신께 바라는 것이 무엇인지 아세요? 나의 남작 나리를 소개시켜 주는 대가로 말이에요.” 그녀가 웃는 얼굴로 말했다.

“오……! 나 당쉰께 감솨해요, 당신 남작님께 나 쇼개해 줄 거지요?”

“그러죠.” 그녀가 대꾸했다. “그 대신 오늘 밤 우리 집 심야 파티에 참석해 주셔야 해요……. 남자들을 서로 이어주는 것으로 샴페인보다 더 강한 접착제는 없잖아요. 샴페인이라는 접착제는 모든 사업, 특히 교착상태에 빠진 사업이 성사되게 해주지요. 오늘 밤 우리 집에 오세요, 재미있는 젊은이들을 만나게 될 거예요! 그리고 당신은 말이에요, 나의 프레데리크,” 그녀가 남작의 귀에 대고 말했다. “당신 마차 있잖아요, 생조

르주가로 달려가서 내게 외롭을 데려다주라고 시키세요. 심야
파티 관계로 그녀에게 일러놓을 말이 좀 있어서요……. 뤼시
앵은 오기로 돼 있어요. 그가 재기 넘치는 다른 두 사람을 데
려올 거예요…….” 그러곤 마담 발노블의 귀에 대고 속삭였다.
“우린 저 영국인을 속이는 거야.”

페라드와 남작은 두 여인을 자리에 남겨두고 나갔다.

48. 쾌락의 불쾌한 뒤끝

“아!, 내 친구, 네가 언젠가 저 치졸한 뚱뚱보를 속이는 데
성공하면 그땐 너의 솜씨가 상당하다는 걸 인정하지.” 마담 발
노블이 말했다.

“만약 불가능하다면 나에게 그 뚱뚱보를 일주일만 빌려줘
봐.” 에스테르가 웃으면서 대답했다.

“아니, 넌 그자를 반나절도 데리고 있지 못할걸.” 마담 발노
블이 응수했다. “내가 먹는 빵은 너무 딱딱해서 이가 부러질
지경이야. 죽을 때까지 영국인의 환심을 사기 위해 이렇게 애
쓰는 일은 두 번 다시 하고 싶지 않아……. 그들은 하나같이
냉혈한 이기주의자들이고 잘 차려입은 돼지 새끼들이야…….”

“웬일이래, 존중하는 마음이 하나도 없어?” 에스테르가 미
소 지으며 말했다.

“정반대야, 그 괴물은 나한테 아직 허물없이 너나들이로 말
한 적이 없어.”

"어떤 상황에서도?" 에스테르가 말했다.

"그 불쌍한 자는 나를 항상 마담이라고 불러. 그리고 모든 남자가 나한테 다소간 친절을 보일 때조차도 세상에서 가장 고상하고 침착한 척 굴지……. 사랑을 나눈다는 게 말이야, 내가 볼 때 그자에게는 면도하는 것이나 다를 바 없어. 면도칼을 씻고 갑에 넣어둔 다음 거울을 보며 '나는 면도를 하지 않았어.'라고 중얼거리는 꼴이지. 그러고는 나를 아주 존중하는 척 대한단 말이야, 여자를 미치게 만드는 거지. 이 치졸한 스튜 넴비 경(卿)께서는 그 불쌍한 테오도르를 숨겨준답시고 반나절이나 내 집 좁은 화장실에 그를 세워두고는 희희낙락하는 자야. 요컨대 그자는 매사 나를 어떻게 하면 화나게 할까 궁리하는 자 같아. 게다가 구두쇠고……, 곱세크와 지고네를 합쳐놓은 것 같아. 나에게 저녁 식사를 대접한다고 해서 마차를 타고 식당에 가잖아, 근데 깜박하고 내 마차 삯을 내달라고 말하지 않으면 그는 진짜로 내 마차 비용을 내주지 않아."

"그것참!" 에스테르가 말했다. "서비스를 그렇게 해준다니, 그럼 그자가 너한테 해주는 것은 무언데?"

"없어, 하나도. 한 달에 500프랑, 딱 그것뿐이야. 삯마차 비용은 내주지. 하지만 얘, 그게 뭐겠니……? 식료품 가게 상인들이 자기 결혼식 날 시청과 교회, 그리고 카드랑 블뢰[315] 같은 식당에 가기 위해 빌리는 그런 마차 같은 거야. 그래놓고 그자는 점잖을 떨며 나에게 등에처럼 매달려 있어. 내가 신경

---

315) 카드랑 블뢰는 당시 탕플 대로에 있던 호사스러운 식당이다.

이 날카로워지거나 기분이 언짢아지려고 하면 그는 화내지 않고 이렇게 말하지. '나 내 레이디가 아쥬 죠그만 거라도 쟈기가 원하는 걸 하길 원합니다. 상냥한 레이디에게, 탕신은 코튼 화물이야, 머천다이즈야, 라고 말하는 자는 노 젠틀맨이죠……! 하, 하, 하! 당신 파트너는 템퍼런스 소사이어티 멤버이쟈, 안티 슬레이버리주의자임니다.'[316) 그 웃기는 작자는 냉정과 침착과 무뚝뚝함을 유지한 채 자기가 흑인을 존중하듯 나를 존중하는 거라고 나를 설득하려 해. 그건 자기 마음이 아니라 자신의 노예제 폐지 신념과 관계된다는 걸 알아달라나."

"그보다 더 치졸할 순 없겠네." 에스테르가 말했다. "그자를 망하게 하고 싶어, 중국 놈 같으니라고!"

"망하게 한다고?" 마담 발노블이 말했다. "그자가 나를 사랑하게 만들어야 하는데……! 아무튼, 너라도 그자에게는 동전 한 푼조차 달라고 하고 싶지 않을걸. 그자는 네 말을 진지하게 귀 기울여 들을 거야. 그러고는 애정 어린 따귀 세례를 버는 영국식 문장으로 이렇게 답할 거야, '난 그저 푸어한 이그지스턴스(가련한 존재)지만 샤랑이라는 죠그만 것에 대한 보상으로는 충분히 비싼 값을 치르겠다.'라고."

"우리 같은 처지의 여자들은 그런 부류의 인색한 남자를 만

---

316) 자신이 고상한 사교 모임인 '금주 모임' 회원이자 노예제에 반대하는 양식 있는 신사라는 말이다. 프랑스에서 노예제 폐지 운동이 세간의 화제가 된 것은 1843년 무렵으로서 1830년 초라는 소설의 시간 배경과 어울리지 않으나, 발자크는 작품 발표 당시의 관심사를 언급한 것이다. 발자크는 그 무렵 뜨거운 쟁점이었던 노예제 폐지 운동에 시큰둥한 입장이었다.

날 가능성이 크다는 말이지." 에스테르가 목소리를 높였다.

"아! 자기야, 자긴 말이야 운이 좋았던 거야……! 너의 뉘싱겐을 잘 지키도록 해."

"그런데 너의 부호는 무슨 속셈인 거야?"

"아델이 나에게 말한 게 있어." 마담 발노블이 대답했다.

"알았어, 그 남자는 그러니까 여자에게 증오의 대상이 되는 길을 택하기로 했다는 거네. 그러다가 한참 후에 그 여자한테 차이길 바란다는 거지." 에스테르가 말했다.

"아니면 뉘싱겐과 사업을 하고 싶거나. 그자는 우리 둘이 친하다는 걸 알고 나를 택했을 수도 있어. 아델은 그렇게 생각하고 있어." 마담 발노블이 대답했다. "그래서 오늘 밤 내가 그를 너에게 소개해 준 거야. 아! 만약 내가 그의 계획이 뭔지 확실하게 알 수 있다면 너하고도 그렇고 뉘싱겐하고도 아주 잘 통하는 사이가 될 텐데 말이야!"

"넌 그래 화도 안 나?" 에스테르가 말했다. "그의 행태가 못마땅하다고 가끔이나마 그에게 솔직하게 지적하지 않아?"

"너라면 그렇게 하겠지, 넌 아주 솔직하니까……. 그런데 글쎄! 네가 아무리 상냥하게 말해도 그는 무덤덤한 미소로 너를 속 터지게 할걸. 그는 너에게 이렇게 대답할 거야. '난 안티 슬레이버리요, 당신은 자유요…….' 네가 그에게 아주 기상천외한 이야기를 해도 그는 너를 빤히 쳐다보며 '베리 굿!' 이렇게 말할 거야. 결국 그가 보기엔 너도 꼭두각시 인형에 지나지 않는 존재라는 것을 별수 없이 깨닫게 되는 거지."

"화를 내면?"

"변함없어! 화를 내도 그에겐 그저 하나의 구경거리일 뿐일 걸. 그의 왼쪽 가슴 아래를 수술하더라도 그는 조금도 아픔을 느끼지 않을 거야. 그의 장기는 양철로 만들어진 것이 틀림없어. 한번은 내가 그에게 그렇게 말했지. 그랬더니 이렇게 대답하더군. '난 그런 신췌 특징에 아쥬 만족하오…….' 여전히 공손한 말투로다가. 자기야, 그자는 영혼에 철갑을 두른 자야……. 내가 그런 고통을 며칠 더 참고 있는 것은 순전히 호기심 때문이야. 그것만 아니면 일찌감치 필리프에게[317] 부탁해서 그자의 면상을 갈기라고 했을 거야. 검술 대결에서 필리프를 당해 낼 자는 없으니까. 그뿐이야……."

"내가 너에게 하려던 말이었어!" 에스테르가 목소리를 높였다. "그런데 그러기 전에 넌 그가 주먹다짐이나 할 줄 아는지 어떤지 알아봐야 할 거야. 저런 늙은 영국인들이란 다 밑바닥에 간교함을 숨긴 법이거든."

"그 사람 같은 사람은 둘도 없어……! 없지. 만일 그가 내 분부를 기다리는 모습을 네가 목격한다면, 그가 일부러 나를 놀래주기 위해 (당연히 그러기 위해서지!) 몇 시에라도 나를 찾아올 수 있는 사람이라는 것을 네가 확인한다면, 그리고 이른바 젠틀맨답게 상대를 존중하는 화법을 구사하는 것을 본다면, 넌 날 두고 '이야, 사랑받는 여자가 바로 여기 있네.'라고 말하겠지. 그런데 그 정도로나마 말해 주는 여자는 하나도 없지……."

---

317) 앞서 등장한 브랑부르 백작, 곧 필리프 브리도를 말한다.

“그래, 사람들이 우릴 시샘하는 거야!” 에스테르가 말했다.

“아! 맞아……!” 마담 발노블이 목소리를 높였다. “자, 우리 둘 다 정도의 차이는 있지만 사람들이 우리를 만만하게 여긴다는 사실을 경험을 통해 배웠잖아. 하지만 자기야, 난 포트와인이 가득 담긴 가죽 부대 같은 그 뚱뚱보가 존중한답시고 날 대하는 것처럼 그렇게 날 무시하는 취급을 당한 적이 없어. 난 폭한 대접을 숱하게 받았지만 그렇게 잔인하게, 그렇게 심각하게, 그렇게 완벽하게 무시당한 적은 한 번도 없어. 그자는 술에 취하면 그냥 가버려. ‘실레를 범하면 안 대니까.’라는 말을 아델에게 남기고는 말이야. 여자와 술이라는 두 ‘궐녁’에 동시에 복종할 수는 없다는 거지. 그자는 내 삯마차도 제 맘대로 써. 나보다 더 자주……. 오! 우리가 오늘 밤 그자를 식탁 밑에서 구르도록 만들었으면 좋겠는데……. 하지만 그자는 10병을 마셔도 취하지 않아. 눈은 혼탁해지지만 볼 건 다 봐.”

“창문이 바깥쪽만 더러운 그런 사람 같네.” 에스테르가 대꾸했다. “바깥에 무슨 일이 일어나는지 안쪽에서 다 내다보는 그런 사람……. 나는 그런 속성의 남자를 잘 알아. 뒤티예가 바로 그런 자질을 가졌지, 아주 뛰어나.”

“뒤티예를 사로잡도록 해봐, 뉘싱겐과 함께 두 은행가를 말이야. 만약 그 둘이 그들의 장기인 교묘한 술책을 써서 그자를 곤경에 빠뜨린다면, 적어도 난 복수를 이루는 셈이 될 거야……! 그들이 그자를 비렁뱅이로 만들었으면! 아! 자기야, 그 가엾은 팔레 다음 상대가 위선자 개신교도라니. 팔레는 아주 괴짜였지만 그래도 아주 착했잖아, 빈정거리기 대장이었고……. 우리가 그 사람 때문에 얼마나 웃었니! 사람들은 주식 중개인들을 다 멍청이라고 하잖아……. 그건 그래! 그런데 팔레는 딱 한 번 총기를 잃었을 뿐이야…….”

“그가 너를 무일푼 신세로 만들었지. 그 결과 넌 쾌락의 불쾌한 뒤끝을 강제로 경험하게 됐던 것이고.”

그때 뉘싱겐이 데려온 외롭이 문틈으로 독사 대가리처럼 머리를 들이밀었다. 외롭은 자기 주인이 귓속말로 전한 몇 마디 말을 들은 다음 스르륵 사라졌다.

49. 뱀들이 한데 뒤엉키다

밤 11시 반에 다섯 대의 마차가 생조르주가에 있는 유명한 창녀의 집 앞에 멈춰 섰다. 라스티냐크와 블롱데와 비지우를 함께 태우고 온 뤼시앵의 마차, 뒤티예의 마차, 뉘싱겐 남작의 마차, 영국 부호의 마차, 그리고 뒤티예가 데려온 플로린의 마차였다. 삼중 창문은 겹겹이 주름진 웅장한 중국 커튼에 가려 안이 보이지 않았다. 야식은 1시에 제공될 예정이었으며, 여러 자루의 초가 불을 밝힌 가운데 조그만 거실과 식당이 화려함을 뽐내고 있었다. 그 자리에 참석한 세 명의 여자와 그들을 둘러싼 남자들은 오직 자신들만 지치지 않고 이어갈 수 있다고 믿는 그러한 향락의 밤이 또 한 번 펼쳐질 것이라고 기대했다. 그들은 먼저 카드놀이를 했다. 본격적인 잔치가 시작되려면 2시간가량 기다려야 했기 때문이다.

"카드놀이 함께하시겠어요, 영국 귀족 나리……?" 뒤티예가 페라드에게 말을 건넸다.

"저와 함께 카드 게임한 인물들을 꼽쟈면, 오코넬 경, 피트 경, 폭스 경, 캐닝 경, 브로엄 경, 또……."

"끝도 없는 경들일세, 계속해 보시오." 비지우가 말했다.

"아들 윌리엄 피트 경, 엘런버로 경, 허트포드 경, 또……."

비지우가 페라드의 발밑을 보더니 허리를 숙였다.

"뭘 찾는데……?" 블롱데가 그에게 물었다.

"어런하시겠어! 기계를 멈추려면 어떤 버튼을 눌러야 하나 찾는 거지." 플로린이 말했다.

"칩당 20프랑 걸고 해보시죠……?" 뤼시앵이 말했다.

"나 당신이 일코 십은 액슈 전부 걸겠소……."

"저 양반 강해요……?" 에스테르가 뤼시앵에게 물었다. "여기 있는 사람들 모두 저이를 영국인으로 대하고 있네요……!"

뒤티예, 뉘싱겐, 페라드, 라스티냐크, 이렇게 넷이 휘스트 게임을 시작했다. 플로린, 마담 발노블, 에스테르, 블롱데, 비지우는 난롯가에서 이야기를 나누었다. 뤼시앵은 커다란 판화집을 한 장 한 장 넘기며 시간을 보냈다.

"준비가 다 되었습니다, 마담." 거창하게 차려입은 파카르가 와서 말했다.

플로린 왼쪽에 페라드가 앉고 그 옆에 비지우가 자리 잡았는데, 에스테르가 비지우에게 영국 부호를 자극해서 과음하게 만들어달라고 사전에 부탁했던 까닭이다. 비지우는 끝을 알 수 없는 주량의 소유자였다. 페라드는 난생처음으로 그런 화려한 장식을 접했고, 그런 진귀한 음식을 맛보았으며, 그런 아름다운 여인들과 자리를 함께한 것이었다.

'이런 대접이면 지금껏 발노블에게 들어간 1000에퀴를 오늘 밤 다 벌충하는 셈이군.' 그는 생각했다. '게다가 방금 저들에게 1000프랑까지 땄고.'

"정말 타의 모범이 된다는 건 이런 걸 두고 하는 말이지." 뤼시앵 옆에 앉은 마담 발노블이 식당의 화려한 음식과 장식을 몸짓으로 연방 가리키며 페라드를 향해 크게 말했다.

에스테르는 뤼시앵을 일부러 자기 곁에 앉혔던 것인데, 테이블 밑으로 뤼시앵의 발을 제 두 발로 감싸고 있었다.

"알아들었어요?" 발노블이 아무것도 안 보이는 척하는 페라드를 쳐다보며 말했다. "당신이 나에게 어떤 집을 어떻게 꾸며줘야 하는지 답이 나와 있잖아요! 백만장자가 돼서 동남아에서 돌아왔다면, 그리고 뉘싱겐 쪽 사람들과 사업을 하고자한다면 그들 수준에 걸맞은 모습을 보여야지요."

"나는 템퍼런스 소사이어티 멤버에……."

"그렇다면 술을 기막히게 잘 마시겠네요." 비지우가 끼어들었다. "왜냐하면 동남아는 아주 뜨겁잖아요, 안 그래요, 우리 아저씨……?"

야식 내내 비지우는 페라드를 동남아에서 돌아온 자기 아저씨나 되는 양 대하며 농담을 이어갔다.

"마담 팔노블이 크러던데 탕신이 어턴 생각을 카지고 잇다고……." 뉘싱겐이 페라드를 살펴보며 물었다.

"드디어 내가 듣고 싶었던 대화가 이루어지는군." 뒤티예가 라스티냐크에게 말했다. "요령부득한 말을 하는 두 사람이 만났어."

"지켜보면 알겠지만, 둘이 결국은 서로 말귀를 잘 알아듣게 될걸요." 뒤티예가 조금 전 라스티냐크에게 무슨 말을 했는지 알아차린 비지우가 말했다.

"남쟉님, 져는 죠그만 투자쳐를 하나 생각햇어요. 오! 베리 컴포터블한 투자쳐에요……. 슈익셩이 아쥬 마니 놉아요, 앤 드, 이윤도 만고요……."

"곧 보게 될 거요." 블롱데가 뒤티예에게 말했다. "저 사람은 말끝마다 영국 의회와 정부를 들먹일 겁니다."

"차이나에 인는 건데요…… 아편……."

"네, 나도 찰 암니다." 나름대로 세계 무역망을 가지고 있는 사람으로서 뉘싱겐이 즉각 대꾸했다. "하지만 영쿡 쳥부가 충쿡 캐항을 초컨으로 아편 커래에 태한 초치를 해노앗잔아요. 크래서 우리한테는 철대 허가하지 안을 커요……."

"뉘싱겐이 정부에 대한 발언에서 선수를 쳤네요." 뒤티예가 블롱데에게 말했다.

"아! 당신 그러니까 아편 무역을 했군요." 마담 발노블이 목소리를 높였다. "당신이 왜 그렇게 멍해 보였는지 이제 알겠네요. 당신 심장에 아직 아편이 남아 있어서……."

"커바요!" 남작이 자칭 아편상에게 마담 발노블을 가리키면서 목소리 높여 말했다. "탕신도 나랑 톡갓아요. 팩만창자들은 녀자들의 사랑을 철대 팟지 못한다니카요."

"나는 마니 그리고 쟈주 사랑해요, 마이 레이디." 페라드가 대답했다.

"항상 사랑하지, 템퍼런스라고 하니까." 페라드에게 보르도 와인을 세 병째 먹인 다음 포트와인 한 병을 새로 따서 맛을 보인 비지우가 말을 이어받았다.

"와우!" 페라드가 외쳤다. "이츠 베리, 잉글랜드산 포르투갈 와인이군요."

블롱데와 뒤티예와 비지우는 서로 바라보며 싱긋 웃었다. 페라드는 자기 안의 모든 것을, 심지어는 정신까지 꾸며낼 수 있는 능력의 소유자였다. 영국인들은 거의 예외 없이 영국의 금과 은이 다른 어떤 곳의 금과 은보다 낫다고 주장한다. 노르 망디에서 생산되어 런던 시장에 수입된 닭과 달걀인데도 영국 인들은 그것들이 런던에서 팔린다는 이유로, 똑같이 노르망디 에서 생산되어 파리에서 팔리는 닭과 달걀보다 훨씬 좋은 최 고급품('베리 파인')이라고 주장한다. 에스테르와 뤼시앵은 의 상과 말과 대담함에서 완벽하게 변장한 페라드를 기막힌 표정 으로 내내 지켜보았다. 마음껏 웃고 떠들면서 엄청나게 먹고 마셔대던 와중에 어느덧 새벽 4시가 되었다. 비지우는 브리야 사바랭이 『미각 생리학』에서 아주 재밌게 전한 바 있는,[318] 상 대방을 술 취하게 만든 이야기를 떠올리며 자신도 그러한 승 리를 어느 정도 거두었다고 생각했다. 그런데 그가 아저씨라

---

318) 장 앙텔름 브리야 사바랭(1755~1826)은 프랑스의 사법관이자 미식가 로서 만년에 출판한 『미각 생리학』(1826)에서 언급한 "당신이 무엇을 먹는 지 내게 말해 보시오. 그러면 내가 당신이 누구인지 말해 주리다."라는 말로 유명하다.

고 부르며 술을 권하다가 '내가 드디어 영국을 물리쳤다……!'
고 혼잣말로 중얼거린 순간, 페라드는 그 신랄한 익살꾼에게
"계속 따르게, 친구!"라고 정확한 프랑스어로 비지우에게만 겨
우 들리게 말했다.

"어이! 여러분, 이 사람이 영국인이면 나도 영국인이오! 우
리 아저씨는 가스코뉴 사람이네! 나한테 다른 아저씨가 있었
을 리 없잖아!"

비지우는 페라드와 단둘이 있었기 때문에 이 폭로를 듣는
이는 아무도 없었다. 페라드가 의자에서 바닥으로 굴러떨어졌
다. 그러자 곧바로 파카르가 페라드를 둘러업어 다락방에 올
려놓았다. 페라드는 깊은 잠에 빠져들었다. 저녁 6시, **영국 부호**
는 누군가 젖은 수건으로 자기 얼굴을 닦아주는 것을 느끼며
잠에서 깨어났다. 그가 누운 자리는 허름한 간이침대였고, 검
은 도미노 복장에 가면을 쓴 아지가 그를 지켜보고 있었다.

"아! 일어났군요, 파파 페라드, 우리 둘이 만났네요?" 그녀
가 말했다.

"여기가 어디요……?" 그가 주변을 둘러보면 말했다.

"내 말 잘 들어요, 술이 번쩍 깰 테니." 아지가 대답했다. "당
신은 마담 발노블은 사랑하지 않아도 당신 딸만은 사랑하겠
지, 그렇지 않나요?"

"내 딸이라니?" 페라드가 울부짖듯 소리쳤다.

"그래요, 마드무아젤 리디……."

"그런데?"

"그런데 당신 딸은 이제 무아노가에 없어. 납치되었어."

페라드는 전쟁터에서 심각한 부상을 입어 죽어가는 병사처럼 한숨을 내쉬었다.

"당신이 영국인 행세를 할 때 우린 페라드 행세를 한 거야. 당신 딸 리디는 아버지인 줄 알고 따라간 거지. 당신 딸은 안전한 곳에 있어⋯⋯. 오! 당신은 딸을 결코 찾을 수 없을걸! 당신이 이미 저지른 악행을 바로잡지 않는 한 말이야⋯⋯."

"어떤 악행?"

"어제 뤼시앵 드 뤼방프레 씨가 그랑리외 공작 저택에 들어가려다 제지당했어. 당신의 술책과 당신이 우리에게 풀어놓은 정보원이 빚어낸 결과지. 아, 한마디도 하지 마. 듣기만 해!" 페라드가 입을 열려고 하는 것을 보고 아지가 말했다.

"순결하고 죄 없는 네 딸을 되찾고 싶다면," 아지가 단어마다 또박또박 힘을 실어 분명한 어조로 말을 이어나갔다. "그건 뤼시앵 드 뤼방프레 씨가 마드무아젤 클로틸드와 결혼식을 치르고 생토마다캥 성당 문을 나서고 난 다음 날이나 돼야 가능할 거야. 앞으로 열흘 안에 뤼시앵 드 뤼방프레가 그랑리외 저택에 이전처럼 출입할 수 있게 되지 않으면 네가 먼저 참혹한 죽임을 당할 것이야. 네가 아무리 용을 써도 넌 죽음의 일격을 절대 피할 수 없어⋯⋯. 넌 치명상을 입을 것이고 죽기 전에 잠깐 이런 생각을 떠올릴 시간은 주어지겠지, '내 딸은 평생 매춘부로 썩겠구나⋯⋯!' 이제까지는 비록 네가 멍청하게 굴었기 때문에 네 딸이 우리 먹잇감이 되고 말았지만, 우리 본부의 제안을 심사숙고할 만큼의 분별력이 아직은 너에게 남아 있잖아. 함부로 떠들고 다니지 마, 입도 뻥긋하지

마. 콩탕송 집에 가서 옷을 갈아입고 네 집에 돌아가 있어. 집에 가면 카트가 말할 거야, 네 귀여운 딸 리디가 너의 전갈을 받고 내려와 나가더니 다시 돌아오지 않았다고. 혹시라도 어디다 하소연하거나 어떤 조처를 하는 것 같은 허튼짓을 하면, 내가 경고한 대로 네 딸 인생이 끝장나는 참사가 벌어질 거야. 네 딸은 드 마르세에게 이미 예약되어 있거든.[319] 캉코엘 영감에게는 주저리주저리 말을 늘어놓거나 은근히 돌려 말하거나 할 필요 없잖아, 안 그런가……? 내려가, 그리고 우리 일에 더는 훼방 놓는 일이 없도록 명심해."

아지는 페라드를 측은해 보일 정도로 몰아붙였다. 한마디 한마디가 망치질이었다. 밀정의 두 눈에 고인 눈물이 두 줄기로 뺨을 적시며 흘러내리다가 턱에서 하나로 합쳐졌다.

"존슨 씨 저녁 식사 준비되어 있습니다." 잠시 후 외롭이 얼굴을 들이밀며 말했다.

페라드는 대답하지 않았다. 그는 집 밖으로 나와 길을 따라 삯마차 차부까지 걸어갔다. 콩탕송의 집까지 마차를 타고 달려간 그는 콩탕송에게 한마디도 하지 않고 옷을 갈아입었다. 다시 캉코엘 영감으로 돌아온 그는 8시에 자기 집에 도착했다. 그는 방망이질하는 가슴을 부여안고 계단을 올라갔다. 플랑드르 여자가 주인이 들어오는 소리를 듣고 아무렇지도 않은 평소 목소리로 "아, 그런데 아가씨는 어디 두고 오셨

---

319) 이 대목과 관련된 드 마르세의 특성에 대해서는 133쪽 각주 94, 그리고 307쪽 각주 227 참조.

어요?"라고 묻는 순간, 늙은 밀정은 벽에 몸을 기댈 수밖에 없었다. 충격이 인내의 한도를 넘어섰다. 그는 딸 방에 들어갔다가 텅 빈 방을 보고 고통을 못 이겨 정신 줄을 놓고 말았다. 그러다가 납치 당시의 정황을 설명하는 카트의 이야기를 듣고는, 납치가 마치 그 자신이 자작극이라도 벌인 것처럼 너무나도 교묘히 꾸며졌음을 확인하고 속으로 중얼거렸다. '좋아, 일단 굽힐 수밖에. 복수는 나중으로 미루고 우선 코랑탱에게 가자…… 우리 역사에 제대로 된 적수를 처음으로 만났군. 코랑탱은 마음만 먹으면 얼굴이 반반한 그 녀석이 클로틸드는 말할 것도 없고 황후와라도 결혼하게 할 수 있을 거야……! 아! 내 딸이 그 녀석을 보자마자 사랑에 빠진 까닭을 이제 알 것 같군…… 오! 그 에스파냐 신부는 다 알고 있는 거야…… 용기를 내자고, 파파 페라드, 물었던 먹잇감을 뱉어내자고!' 가엾은 아버지는 자신을 기다리는 끔찍한 공격을 짐작조차 하지 못했다.

코랑탱의 집에 도착하자 페라드를 잘 아는 심복 하인 브뤼노가 말했다. "나리는 출타하시고 안 계시는데요……."

"오랫동안 안 돌아오시나?"

"열흘 예정입니다……!"

"어디 가셨나?"

"저는 잘 모릅니다……!"

'오! 맙소사, 다시 멍청한 짓을 했군! 어디라고 묻다니? 마치 우리가 그놈들 행방을 묻는 꼴이잖아.' 그는 그렇게 생각했다.

50. ‘라 벨 에투알’ 여관

　　페라드가 생조르주가의 다락방에서 막 깨어나려던 그 순
간, 코랑탱은 이미 그 몇 시간 전에 파시에[320] 있는 자신의 시
골 별장에서 돌아와 지체 높은 가문의 시종 복장을 하고 그
랑리외 공작의 저택에 나타났다. 검은색 제복 옷깃에는 레지
옹도뇌르 약장이 달려 있었다. 그는 작은 얼굴을 주름이 자글
자글하고 창백하게 보이도록 화장하고, 머리는 염색해서 완전
히 노인네처럼 보였다. 눈에는 뿔테 안경을 썼다. 전체적으로
그는 노련한 고위 관료 같은 모습이었다. 그가 이름(므시외 드
생드니)을 대자 즉시 그랑리외 공작의 서재로 안내되었다. 그
곳에는 데르빌이 먼저 와 있었는데, 대서 업무를 맡은 부하 직
원에게 구술했던 회계 서류를 검토하고 있었다. 공작은 코랑
탱을 좀 떨어진 곳으로 데려가 사태를 설명했는데, 모두 코랑
탱이 알고 있는 것들이었다. 므시외 드 생드니는 시종 차분하
고 공손하게 경청하는 모습을 보였지만, 속으로는 이 대귀족
을 찬찬히 뜯어보고 번지르르한 겉모습이 감춘 속내를 꿰뚫
으면서, 지금도 그렇고 앞으로도 계속 휘스트 게임과 그랑리
외 집안의 평판에나 골몰할 공작의 삶을 새삼 재확인하며 가
소로워했다. 대귀족들이란 아랫것들과 상대할 때 너무도 속을
훤히 드러내 보이는 법이어서 코랑탱으로서는 그랑리외 공작

---

320) 파시(Passy)는 현재는 파리의 한 지명이지만 당시만 해도 파리 근교 한
적한 동네였다. 발자크가 이 작품을 쓸 무렵 채무자들을 피해 은거했던 집
(오늘날 발자크 기념관)이 바로 파시에 있다.

의 의도를 날것 그대로 끌어내기 위해 격식을 차리고 물어야
할 질문들이 그리 많지는 않았다.

"선생, 선생께서 날 신뢰한다면," 코랑탱이 소송대리인 데르
빌과 관례대로 수인사를 나눈 다음 말했다. "오늘 밤 당장 보
르도행 승합마차를 타고 앙굴렘으로 출발합시다. 그편이 우편
마차 못지않게 빠를 거요. 공작님께서 원하는 정보를 얻기 위
해 앙굴렘에서 6시간 이상 머물 필요는 없을 것이오. 내가 각
하의 말씀을 제대로 이해했는지 모르지만, 앙굴렘에서 뤼방
프레 씨의 누이와 매제가 정말 그에게 120만 프랑을 준 게 사
실인지 알아보면 충분한 거 아니겠소……?" 그는 공작을 바라
보며 이렇게 말했다.

"정확하게 이해하셨소." 프랑스 귀족원 의원이 대답했다.

"우리는 나흘 후 이 자리로 돌아올 거요." 코랑탱이 데르빌
을 향해 말을 이었다. "그사이 곤란한 상황이 빚어질 가능성
이 없진 않으나, 당신이나 나나 일이 그렇게 되도록 놓아두지
는 않을 테니까."

"그 점이 바로 내가 각하께 반대를 표명해야 했던 유일한
부분이었소." 데르빌이 말했다. "지금 4시네요. 돌아가서 수석
서기에게 한마디 일러놓고 여행 짐을 꾸리겠소. 그런 다음 저
녁 식사를 하고 나면 8시가 될 텐데……. 그런데 승합마차 자
리가 있을까요?" 그가 말하다 말고 므시외 드 생드니에게 물
었다.

"내가 책임지리다." 코랑탱이 말했다. "8시까지 메사주리 뒤
그랑뷔로[321] 승합마차 정류장으로 오시오. 만약 자리가 없다

면 만들어내겠소. 그랑리외 공작 나리께서 분부하신 일이니까 의당 그리해야지요……."

"두 분," 공작이 무한한 호의를 담아 말했다. "여태 두 분께 감사하다는 말도 못 하고……."

코랑탱과 소송대리인은 이 말을 그만 헤어지자는 뜻으로 이해하고 인사를 한 다음 밖으로 나왔다. 페라드가 코랑탱의 하인에게 주인의 행방을 묻던 그 시각, 므시외 드 생드니와 데르빌은 보르도행 승합마차 특석에 앉아 말없이 생각에 잠겨 파리를 빠져나가고 있었다. 다음 날 아침 오를레앙에서 투르로 가는 도중, 심심해진 데르빌은 말이 많아졌고, 코랑탱은 그런 그에게 장단을 맞추어 주면서도 여전히 일정한 거리를 유지했다. 코랑탱은 데르빌이 자신을 외교에 관련된 일을 하면서 그랑리외 공작의 비호 아래 총영사 자리를 노리는 인물로 간주해도 그냥 내버려두었다. 파리를 떠난 지 이틀째 되던 날 코랑탱과 데르빌은 망르에서[322] 내렸는데, 앙굴렘에 가는 줄 알고 있던 소송대리인은 깜짝 놀라는 표정을 지었다.

"이 소읍에서 우린," 코랑탱이 데르빌에게 말했다. "세샤르 부인에 대한 몇 가지 확실한 정보를 얻을 수 있을 거요."

"그 부인을 알고 있단 말입니까?" 코랑탱이 이미 상당한 사

---

321) 국영 운송회사를 가리키는데, 1826년까지 우편물과 승객의 장거리 수송을 독점했던 기관이다. 그 후로도 운송회사 앞 광장은 파리에서 출발하는 장거리 승합마차의 정류장으로 쓰였다.
322) 망르(Mansle)는 파리로 가는 노정에 위치한 주요 거점 마을로, 앙굴렘에서 북쪽으로 26킬로미터 떨어져 있다.

실을 파악하고 있는 것에 놀라 데르빌이 물었다.

"마부가 앙굴렘 출신이라는 점을 간파하고 말을 시켜보았지요. 세샤르 부인이 마르사크에 머물고 있다고 하더군요. 마르사크는 망르에서 4킬로미터밖에 안 되는 곳이에요. 진실을 파헤치기 위해서는 앙굴렘보다 여기가 더 좋은 곳이라는 생각이 들었어요."

'아무튼,' 데르빌이 속으로 생각했다, '나는 공작이 내게 언질을 주었듯이 이 믿을 만한 인물이 벌이는 조사 작업의 증인일 뿐이니까……'

망르에 있는 '라 벨 에투알'이라는 이름의 여관 주인은 다시 만날까 꺼려질 정도로 몸집이 어마어마하게 큰 인물이었다. 10년이 지나 다시 와 봐도 그런 거대한 인물이 이전과 똑같이 피둥피둥한 몸집에, 똑같이 기름기가 번지르르 도는 머리카락과, 똑같이 세 겹이 진 턱을 한 채, 똑같은 헝겊 모자를 쓰고, 똑같은 앞치마를 두르고, 똑같은 식칼을 들고서 여관 문지방에 떡하니 버티고 서 있을 터인데, 그것은 바로 불멸의 세르반테스에서부터 불멸의 월터 스콧에 이르기까지 모든 소설가의 작품에 상투적으로 등장하는 모습인 것이다. 그런 여관 주인들은 하나같이 요리에 대한 자부심이 대단하지 않던가? 모두들 뭐든지 다 해줄 수 있다고 떠벌리지 않던가? 그러나 결국 내놓는 것은 빈약한 닭 한 마리와 산패한 버터로 조리한 채소뿐이지 않던가? 그들 모두 자기네 포도주를 최고급이라고 자랑하지만 실제로는 그저 그런 지역 포도주 말고는 다른 선택지가 없다. 하지만 코랑탱은 일찍이 젊었을 때부터 여관 주인으로부터 수상한 음식이나 정체가 불분명한 포도주가 아니라 그보다 더 본질적인 것을 끌어내는 법을 터득하고 있었다. 그래서 그는 아무거나 다 만족하는 손님 행세를 하기로 작정하고, 망르에서 최고로 뛰어난 요리사가 하자는 대로 전적으로 따르겠노라고 이 거대한 몸집의 사내에게 말했다.

"최고네 뭐네 할 것도 없지요, 여기서 요리사는 나 혼자니까요." 여관 주인이 대답했다.

"옆방으로 음식을 가져다주시오." 코랑탱이 데르빌에게 눈을 찡긋하며 말했다. "그리고 특히 주저 말고 난로에 불을 팍팍 때 주시오. 손가락이 곱아서 풀어야 하니까."

"마차 안이 따뜻하지 않았거든요." 데르빌이 덧붙였다.

승합마차에서 내린 여행객들이 여관에 묵을 것이라는 전갈을 받고 위층에서 내려오던 안주인에게 코랑탱이 물었다. "여기서 마르사크가 먼가요?"

"마르사크에 가시게요?" 안주인이 물었다.

"글쎄요, 아직 안 정했어요." 그가 심드렁한 어조로 답했다. "여기서 마르사크까지 거리가 꽤 되나요?" 코랑탱이 안주인에게 자기 가슴에 달린 붉은 약장을 살펴볼 시간을 준 다음 다시 물었다.

"마차로 가면 반시간이면 족할 거립니다." 여관 안주인이 말했다.

"세샤르 씨 부부가 겨울에는 거기 머문다고 하던데……."

"무슨 말씀이세요, 그 부부는 1년 내내 거기서 사는데……."

"지금이 5시인데, 9시까지만 가면 그들 부부가 아직 안 잘 테니 만날 수 있겠네요.”

“아! 10시까지면 돼요. 그 집에는 밤마다 손님이 많거든요, 신부님, 의사 마롱 씨 같은 분들이지요.”[323]

“착한 부부군요!” 데르빌이 말했다.

“오! 선생님, 진짜배기예요.” 여관 안주인이 대답했다. “올바르고, 성실하고…… 그리고 욕심이 없는 부부랍니다, 정말이에요! 세샤르 씨는, 뭐 본인이 원해서 그리된 것이긴 하지만, 사람들이 그러는데 그가 발명한 제지술을 빼앗기는 상황에 몰리지만 않았더라면 백만장자가 되었을 거라던데요. 쿠앵테 형제가 그걸 가로채서 이득을 보았다고요……”

“아! 그렇군요, 쿠앵테 형제였군요!” 코랑탱이 말했다.

“입 다물어.” 여관 주인이 아내에게 말했다. “세샤르 씨가 제지술 특허권을 가졌든 빼앗겼든 이분들에게 무슨 상관인데? 이분들은 종이 거래상이 아니잖아……. 우리 여관, ‘라 벨 에 투알’에서 숙박하실 생각이면,” 여관 주인이 두 여행자를 향해 말을 이었다. “여기 이 장부에 등록을 해주시기 바랍니다. 아무 할 일도 없는 헌병반장이 검문한답시고 괜히 우리를 성가시게 하니까요……”

“제길, 성가시군. 그런데 내가 알기론 세샤르 부부는 아주 부자라고 하던데요.” 데르빌이 자기 이름과 센 지구 예심법원 관할 소송대리인이라는 직함을 쓰는 동안 코랑탱이 말했다.

---

323) 이하 세샤르 부부, 특히 다비드에 관한 상황은 『잃어버린 환상』 3부에 구체적으로 묘사되어 있다.

“그들 부부가 백만장자라고 말하는 사람들이 있긴 해요.”
여관 주인이 대답했다. “하지만 떠도는 말들을 막으려는 것은
흐르는 강물을 막으려는 것이나 마찬가지죠. 소문에 의하면
세샤르 영감이 20만 프랑 상당의 부동산을 남겼다는 거예요.
그것만 해도 일개 직공으로 인생을 시작했던 사람치곤 이미
상당히 많은 액수지요. 그런데 말이에요! 그 영감은 부동산
만큼의 저축액이 있었을 거라고 하네요……. 그 정도 부동산
이면 매년 1만에서 1만 2000프랑의 소득이 나왔을 테니까요.
그러니까 그 영감이 멍청해서 10년 동안 그 돈을 투자하지 않
았다고 가정한다면, 뭐 계산한 대로겠지요! 하지만 사람들이
추측하는 것처럼 고리로 돈놀이를 했다면 저축액이 30만 프
랑이라고 해야 할 거예요, 그 정도가 최대죠. 그렇다면 재산
총액은 50만 프랑인데, 100만 프랑과는 거리가 멀죠. 100만
프랑하고는 차이가 난다 해도, 그 정도 재산이면 난 바랄 게
없겠어요. 그럼 여기서 라 벨 에투알에 매달리고 있을 이유가
없죠.”

“뭐라고요?” 코랑탱이 말했다. “다비드 세샤르 씨와 그의 아
내 재산이 200만이나 300만 프랑이 아니라니……”

“하긴,” 여관 안주인이 목소리를 높였다. “쿠앵테 형제에게
넘어간 것의 값어치가 그만큼은 돼요. 쿠앵테 형제는 다비드
세샤르의 발명을 뺏었어요. 그런데 그는 그들에게 2만 프랑
이상을 받지는 못했어요…… 당신은 그 정직한 부부에게 수백
만 프랑이 생겼다는 이야기를 어디서 듣고 말씀하시는 거죠?
그들 부부는 세샤르 영감이 살아 있는 내내 아주 힘들었었어

요. 그들의 집사인 콜브와 남편 못지않게 그들에게 헌신적인 콜브의 아내가 없었다면 그들은 살기가 엄청 고달팠을 거예요. 그들이 베르브리 땅 가지고 얼마나 득을 보았겠어요? 고작 연금 1000에퀴인데……!"

코랑탱은 데르빌을 한쪽으로 데리고 가서 말했다. "취중 진담인 거지! 진실은 선술집에 있는 법. 내가 볼 때 여관은 한 지방의 진정한 호적부요. 조그만 마을에서 벌어지는 일에 대해 공증인도 여관 주인보다 더 세세히 알지는 못하지요……. 보시오! 우린 쿠앵테 형제, 콜브 같은 사람들을 알게 되었잖소. 여관 주인은 무슨 일이든 훤히 아는, 걸어 다니는 사전이라고 할까, 자신도 모르는 새에 경찰 역할을 하는 것이오. 어느 정부든 다 해서 200명 정도의 정보원만 유지하면 되는 거요. 왜냐하면 프랑스 같은 나라에는 1000만 명의 성실한 끄나풀이 있으니까. 하지만 우리로선 그런 정보를 너무 신뢰하면 안 되오. 비록 이 소읍에서 뤼방프레 영지의 대금을 치르기 위해 사라진 120만 프랑과 관련해 뭔가를 알아낸 것 같긴 하지만 말이오……. 여기서 오래 머무르지는 않을 것이오."

"그랬으면 좋겠어요." 데르빌이 받았다.

"이유를 말하자면 이렇소." 코랑탱이 말을 이었다. "나는 세샤르 부부의 입에서 진실을 끄집어낼 수 있는 가장 자연스러운 방법을 찾았기 때문이오. 그러려면 당신의 조력이 좀 필요한데, 그들 부부의 재산 총액이 정확하게 얼마인지 밝혀내기 위해 내가 사용할 약간의 술책은 소송대리인인 당신의 권위에 기대야 하는 부분이 있기 때문이오. 저녁 식사 후 우린 세샤르 씨네로 가기 위해 출발할 거요." 코랑탱이 여관 안주인에게 말했다. "우리 잠자리를 좀 신경 써서 준비해 주시오. 방은 각자 따로 쓸 것이오. 하늘을 이불 삼아 잔다는 벨 에투알이지만[324] 그만한 자리는 있겠지."

"오! 선생님." 안주인이 말했다. "이 간판은 우리가 단 게 아니라 원래부터 있던 거예요."

"오! 그런 말장난은 어떤 지방이나 다 있는 법이오." 코랑탱이 말했다. "당신 여관 이름만 유독 그런 건 아니오."

"식사 준비가 다 되었습니다, 어서들 오시죠." 여관 주인이 알렸다.

"그런데 그 젊은이는 도대체 어디서 돈을 구한 걸까요……? 그 익명의 편지 말이 맞을까요? 정말 어떤 아가씨가 준 돈일까요?" 데르빌이 저녁 식사를 하기 위해 테이블에 앉으며 코랑탱에게 물었다.

"아! 그건 달리 조사를 해보아야 할 문제인 거 같소." 코랑탱이 말했다. "숄리외 공작이 내게 말한 바에 따르면, 뤼시앵 드 뤼방프레는 개종한 유대인 여자와 함께 산다고 해요. 그 여자는 자신이 네덜란드인이라고 말하고 다닌다는데, 이름이 에

---

324) 여관 이름인 'La Belle Étoile'은 문자 그대로는 '아름다운 별나라'라는 뜻이지만, 이 장의 제목(À La Belle Étoile)처럼 장소 전치사 à가 붙으면 관용적으로 '노숙하다, 한데서 자다'의 뜻으로 쓰인다. 따라서 바로 앞에서 여관 주인이 "우리 여관 라 벨 에투알에서 숙박하실 생각이면"이라고 한 것은, 여관 주인은 모르고 한 말일지라도, '노숙하고 싶지 않다면'의 중의적 의미가 된다. 이는 발자크의 의도적 단어 배치다.

스테르 반 복세크라고 한다네요."

"이런 희한한 우연의 일치가 다 있나!" 소송대리인이 말했다. "나는 곱세크라는 네덜란드인의 상속녀를 찾고 있는데, 내가 찾고 있는 사람과 첫 음절만 빼고 성이 똑같네요……."[325]

"그래요?" 코랑탱이 말했다. "파리에 돌아가 그 친자관계에 대해서 당신한테 더 물어보도록 하겠소."

1시간 후 그랑리외 집안의 문제 해결을 맡은 두 사람은 세샤르 부부의 거처가 있는 베르브리를 향해 출발했다.

51. 코랑탱이 보유한 무수한 올가미, 그중 하나

뤼시앵은 베르브리에서 자신의 운명과 자기 매제의 운명을 비교하면서 사로잡혔던 감정 같은, 가슴속 깊은 곳을 울리는 감정을 한 번도 경험해 본 적이 없었다. 파리에서 온 두 사람도 며칠 전 뤼시앵에게 강렬한 느낌을 안겨주었던 똑같은 광경을 곧 목격할 참이었다. 그곳의 모든 것에는 평안함과 충만함이 깃들어 있었다. 두 이방인이 도착했을 무렵 베르브리의 거실에는 다섯 명으로 구성된 모임이 열리고 있었다. 그중 넷은, 스물다섯 살의 젊은 성직자로서 세샤르 부인의 간청으로 그녀의 아들 뤼시앵의 가정교사 역할을 하는 마르사크의 사

---

325) 고리대금업자 곱세크는 『곱세크』에서 1829년 말, 여든아홉 살의 나이로 사망하기 직전 데르빌을 자신의 유언집행자로 지정한다.

제, 마롱 씨라는 그 지역 의사, 마르사크 읍장, 그리고 도로를 사이에 두고 베르브리와 마주 보고 있는 조그만 사유지에서 장미를 재배하는 은퇴한 늙은 대령이었다. 이들 네 사람은 겨울날 매일 밤 와서 1점당 1상팀의 푼돈을 걸고 하는 심심풀이 보스턴 카드놀이를 즐기는 한편, 각자 읽었던 신문은 가져오고 읽을 신문은 가져가는 식으로 그 모임을 통해 서로 신문을 돌려보았다.[326] 세샤르 부부가 백토로 벽을 세우고 청석돌로 지붕을 얹은 아름다운 베르브리 집을 처음 매입했을 때, 거기에는 2000평쯤 되는 아담한 채마밭이 딸려 있었다. 그 이후로 온후한 세샤르 부인은 그 채마밭을 정원으로 꾸미고 차근차근 돈을 모아 면적도 넓혀 나갔다. 인접한 포도밭을 사들여 잔디밭과 꽃밭으로 만들고 가운데로 작은 시냇물까지 흐르게 꾸민 것이다. 그리하여 그즈음 울타리로 둘러싸인 2만 평가량의 잘 가꾼 정원 한가운데에 있게 된 베르브리는 인근에서 가장 주목할 만한 소유지로 통했다. 세상을 떠난 세샤르 영감의 집과 거기에 딸린 마당 및 시설물들은 역시 그가 남긴 2만 여평의 포도밭 경작을 위해 쓰이는 것 말고는 달리 용도가 없었다. 집과 포도밭 외에 세샤르 영감의 유산으로는 연간 약 6000프랑의 소득이 나는 소작 농지 다섯 곳, 그리고 시냇물 건너편, 정확하게는 베르브리 정원을 마주 보고 있는 위치

---

326) 당시 일간지 한 부의 구독료는 연간 80프랑으로 한 사람이 감당하기에는 꽤 비싼 편이었다. 그래서 도시에서는 서적 및 잡지를 대여해 주는 독서실에서 약간의 비용을 치르고 일간지를 읽었으며, 시골에서는 여러 사람이 갹출해 신문을 공동 구독했다.

에 1만 평 정도의 목초지가 있었다. 세샤르 부인의 계획은 다음 해 그 목초지를 더해 자신의 정원을 넓히는 것이었다. 벌써 그 고장에서는 베르브리에 성(城)이라는 명칭을 붙였으며, 에브 세샤르를 마르사크의 안주인이라고 불렀다. 뤼시앵은 한껏 뿌듯해져서 머무는 내내 농부들이나 포도 경작자들을 따라 자기 여동생을 그렇게 부르고 다녔다. 베르브리의 목초지에서 얼마 떨어져 있지 않은 곳에 그림같이 자리 잡은 방앗간의 소유주인 쿠르투아가 세샤르 부인과 그 방앗간을 두고 매각 흥정을 벌이고 있다는 소문이 자자했다. 만약 그 거래가 성사된다면 베르브리는 마르사크가 속한 도 일대를 통틀어 최고의 영지라는 평가를 받기에 부족함이 없는 면모를 갖출 터였다. 세샤르 부인은 많은 선행을 베풀고 마음씨도 너그럽고 사리 분별도 분명해서 존경과 사랑을 한 몸에 받았다. 눈부신 미모는 절정에 달한 모습이었다. 나이가 얼추 스물여섯에 이르렀지만, 그녀는 시골 생활이 주는 안온함과 풍요로움 덕분에 젊음의 싱그러움을 여전히 간직하고 있었다. 변함없이 남편을 사랑하는 그녀는 재능이 뛰어나면서도 떠들썩한 성공의 영광은 헌신짝처럼 내던질 정도로 사욕이 없는 남편을 존경해 마지 않았다. 그녀를 한 문장으로 요약하자면, 그녀의 심장이 어느 한순간도 자식이나 남편을 생각하지 않고 뛴 적이 없다는 말로 족할 것이다. 이 행복한 가정에도 불행에 바치는 세금이 하나 있었으니, 능히 짐작하듯 그것은 뤼시앵의 삶이 불러일으키는 근심 걱정이었다. 에브 세샤르는 뤼시앵의 삶을 보고 뭔가 의심쩍은 구석이 있다고 직감했는데, 최근에 찾아와 머물렸던 기간 동안 자초지종을 물을 때마다 뤼시앵이 야심가란 수단과 방법을 오로지 자기 자신만의 비밀로 간직하고 있어야 한다는 핑계를 대며 모든 질문을 퉁명하게 잘라버리는 것을 접하고 의구심은 더욱더 커졌다. 6년 동안 뤼시앵은 그의 누이를 세 번밖에 보러 오지 않았고, 쓴 편지도 여섯 통을 넘지 않았다. 그가 베르브리를 처음 방문했던 것은 어머니의 장례 때문이었으며, 마지막은 자신이 꾸미고 있는 일에 아주 긴요한 예의 그 거짓말을 해달라는 부탁을 하기 위해서였다. 그때 꽤 심각한 분위기 속에서 세샤르 부부와 뤼시앵 사이에 오갔던 이야기는 온유하고 고매한 존재인 에브의 마음속에 두려운 의심을 심어주었다.

집 내부 역시 외부와 마찬가지로 다시 꾸며졌는데 화려해 보이지는 않았지만 편안한 느낌을 주었다. 이는 당시 모임이 열리고 있던 살롱을 한번 훑어보기만 해도 누구나 받게 되는 그런 인상일 것이다. 곱게 직조된 오뷔송 카펫, 회색 면 트윌 원단에 초록 비단 장식 술이 달린 벽걸이 천들, 스파 목재의[327) 색감을 흉내 내 페인트칠한 벽면 패널, 정교하게 조각되거나 회색 캐시미어 천으로 커버를 씌우거나 초록색 술이 달린 마호가니 목재 가구들, 철이 아닌데도 꽃으로 가득한 화분들, 이런 모든 것이 전체적으로 온화한 분위기를 연출했다. 초록색 비단 창문 커튼, 벽난로 치장물, 여기저기 걸린 거울의

---

327) 스파 목재는 철분을 다량 함유한 벨기에의 온천 도시 스파의 물에 담가 회색이나 다갈색 빛깔을 내는 밤나무 목재로, 주로 오래된 목공예품과 관련되어 쓰이는 용어다.

테두리 장식 등은 지방에서 흔히 만나보게 되는, 모든 것을 망치는 사이비 취향이 조금도 내비치지 않았다. 아주 사소한 것들까지도 우아하고 정갈해서 다정하고 명민한 여인이 능력과 의무를 발휘해 가정에 깃들게 하는 일종의 시적 아름다움을 연출해 사람의 눈과 영혼에 안식을 가져다주었다.

세샤르 부인은 아직 시아버지 상중이라서[328] 좀 떨어진 난롯가에서 가정부인 콜브 부인의 도움을 받으며 태피스트리 작업을 하고 있었는데, 그녀는 콜브 부인에게 세세한 집안일을 전부 맡기는 편이었다. 삯마차가 마르사크 최고의 저택에 도착했을 당시는 네 명으로 이루어진 베르브리의 원래 모임에 쿠르투아가 합류해 인원이 다섯으로 늘어 있었다. 아내와 사별하고 나서 하던 일을 접기로 마음먹은 방앗간 주인 쿠르투아는 마담 에브가 자신의 방앗간을 매입할 의사가 있어 보이자 좋은 가격에 팔 수 있겠다는 희망을 품었다. 그는 그녀의 사정을 속속들이 알고 있었다.

"삯마차가 여기서 멈추는데요!" 쿠르투아가 대문 앞에 마차가 멈춰 서는 소리를 듣고 말했다. "그런데 고철 더미 소리가 나는 걸 보니 이 지역 삯마차인 거 같네요……."

"아마 약제사 포스텔과 그의 부인이 타고 온 걸 거요, 나를 만나러 온다고 했거든." 의사가 말했다.

"아니에요." 쿠르투아가 말했다. "삯마차는 망르 쪽에서 온

---

328) 『잃어버린 환상』에 따르면 세샤르 영감은 1829년 3월 사망한다. 앙굴렘 지방 관습으로 상을 당한 여인은 1년간 상복(6개월은 검은색, 나머지 6개월은 회색이나 자주색)을 입어야 했다.

건데요.”

“마님,” 콜브(키 크고 뚱뚱한 알자스인)가 말했다. “파리에서 왔다는 소송태리인이 추인님케 트릴 말슴이 잇다는데요.”

“소송대리인이라……!” 세샤르의 어조가 높아졌다. “그 말을 들으니 갑자기 경련이 일어나는걸.”

“아이고, 됐습니다.” 마르사크 읍장이 말했다. 읍장의 이름은 카샹으로, 20년 동안 앙굴렘에서 소송대리인으로 일했으며, 예전에 세샤르가 피소된 소송에서 원고를 대리했던 장본인이다.

“우리 다비드는 앞으로도 변함이 없을 거예요. 이이는 언제 나처럼 그러려니 할 거예요.” 에브가 미소를 지으며 말했다.

“파리의 소송대리인이라,” 쿠르투아가 말했다. “파리에 무슨 소송 거리가 있으세요?”

“아니요.” 에브가 말했다.

“파리에 오라버니가 계시잖아요.” 쿠르투아가 웃음을 띠며 말했다.

“세샤르 영감의 상속 문제 때문이 아닐까 걱정되네.” 카샹이 말했다. “그 양반, 하도 수상쩍은 일들을 벌여놔서……!”[329]

그때 코랑탱과 데르빌이 들어와 좌중에 인사하고 자신들의 이름을 밝힌 다음, 세샤르 부인과 그녀의 남편에게 따로 말할 게 있다고 했다.

---

[329] 『잃어버린 환상』에서 다비드를 민사소송에 건 쿠앵테 형제의 소송대리인이었던 카샹은 다비드의 아버지 세샤르 영감의 소송대리인이기도 했기 때문에 부자간의 일을 소상히 알고 있다.

“그러시지요.” 다비드 세샤르가 대답했다. “그런데 소송과 관련된 일인가요?”

“다른 건 아니고 부친의 상속 문제 때문이오.” 코랑탱이 대답했다.

“그렇다면 앙굴렘에서 소송대리인을 역임했던 여기 이 읍장님이 대화에 입회했으면 좋겠습니다만.”

“데르빌 씨십니까?” 카샹이 코랑탱을 향해 물었다.

“아닙니다. 이분이 데르빌 씨입니다.” 인사를 건네는 소송대리인을 가리키며 코랑탱이 대답했다.

“그런데,” 세샤르가 말했다. “여기 있는 우리는 한 가족이나 마찬가집니다. 우린 이웃끼리 감출 것이 하나도 없는 사이예요. 굳이 제 방으로 갈 필요는 없을 것 같은데요, 거긴 불도 안 피웠고…… 우린 서로 어떻게 사는지 훤히 알고 있고……”

“하지만 부친께서 살아생전 하신 일에는,” 코랑탱이 말했다. “몇 가지 의혹을 살 만한 부분이 있습니다. 그걸 공개적으로 언급하는 것은 당신께 난처한 일이 될 것 같습니다만.”

“우리를 부끄럽게 만들 수도 있는 어떤 것이 있다는 말씀이세요……?” 에브가 두려움에 사로잡혀 말했다.

“오! 아닙니다. 단지 젊은 시절의 자그마한 과실과 관련된 일입니다.” 코랑탱이 태연스럽기 그지없는 모습으로 자신이 보유한 무궁무진한 올가미 중 하나를 들이밀며 대꾸했다. “돌아가신 부친께서는 당신 말고 당신보다 손위인 아들자식 하나를 남기셨어요……”

“아! 그 늙은 곰 같으니라고!” 쿠르투아가 소리쳤다. “그래서 당신 아버지가 당신을 별로 좋아하지 않았던 거군요, 세샤르 씨. 그리고 당신에게 그 사실을 숨겼고요, 음험한 영감……. 아! 그가 예전에 나한테 '내가 땅에 묻히고 나면 재미있는 일이 벌어질 테니 두고 보시오!'라고 입버릇처럼 말했는데 이제야 그 말이 무슨 뜻인지 알겠소."

"아! 안심하십시오, 선생." 코랑탱이 곁눈질로 에브를 살피며 세샤르에게 말했다.

"형제가 하나 있다니!" 의사가 소리쳤다. "그렇다면 당신의 상속 지분을 둘로 나눠야 한다는 얘기네……!"

데르빌은 거실 벽면에 걸려 있는, 모노그램을 새기기 전 시험판으로 찍어낸 아름다운 판화들을 감상하는 척했다.

"아이고! 안심하십시오, 부인." 코랑탱이 세샤르 부인의 아름다운 얼굴 위에 어린 놀란 표정을 보고 말했다. "기껏 서자 문제일 뿐인데요, 뭘. 서자의 권리는 적자의 권리와 같지 않습니다. 그 서자는 지금 심각할 정도로 곤궁한 처지에 놓여 있습니다. 상속 지분에 따른 금액을 요구할 권리가 있지요……. 작고한 부친께서 유산으로 남긴 수백만 프랑……."

수백만이라는 단어에 거실에서는 이구동성으로 탄성이 터져 나왔다. 그 순간 데르빌은 판화에서 눈을 떼고 돌아선 상태였다.

"세샤르 영감이? 수백만 프랑을……?" 뚱뚱한 쿠르투아가 말했다. "누가 당신한테 그렇게 말하던가요? 웬 농부 나부랭이겠지."

"이보시오, 선생." 카샹이 말했다. "당신은 국세청 소속이 아니잖소. 그러면 그 말의 출처를 물어봐도 되겠지요……?"

"염려 마십시오." 코랑탱이 말했다. "제가 국토관리국 공무원은 아니라는 점은 분명히 말씀드릴 수 있습니다."

카샹은 좌중에 조용히 이야기를 들어보자는 신호를 보낸 다음 이내 흡족한 표정을 내비쳤다.

"선생." 코랑탱이 말을 이었다. "100만 프랑밖에 안 된다고 해도 서자에게 돌아갈 몫은 상당할 겁니다. 우린 소송을 걸자고 온 게 아닙니다. 그와는 반대로, 우린 우리에게 10만 프랑을 달라고 제안하러 온 겁니다. 그러면 우리 방침을 바꿀 의향이……."

"10만 프랑이라……!" 카샹이 코랑탱의 말을 가로막으며 외쳤다. "하지만, 선생. 세샤르 영감이 남긴 것이라고는 포도밭 2만 평, 조그만 소작지 다섯 군데, 마르사크에 있는 초지 1만 평, 이것밖에는 한 푼도……."

"그 어떤 일에 대해서라도," 다비드 세샤르가 끼어들며 외쳤다. "나는 거짓말을 하고 싶지 않아요, 카샹 씨. 이자 소득에 대해서는 말할 것도 없고 다른 어떤 것에 대해서도요……. 선생," 그가 코랑탱과 데르빌에게 말했다. "아버지는 좀 전에 말한 재산 말고 우리에게 남긴 돈이 있는데요……." 쿠르투아와 카샹이 세샤르에게 그만하라는 눈치를 주었으나 소용없었다. "30만 프랑이고요, 그래서 상속 총액은 대략 50만 프랑쯤 될 겁니다."

"카샹 씨," 에브 세샤르가 말했다. "법이 정한 서자 상속분은 어느 정도인가요……?"

"부인," 코랑탱이 말했다. "우리는 무지막지한 튀르크인이 아닙니다. 우리는 다만 당신이 시아버지로부터 유산 상속으로 10만 에퀴 이상의 돈을 받지 않았다는 사실을 이분들 앞에서 우리에게 확인해 주시기만 부탁드리는 겁니다. 우리가 말하고자 하는 것은……."

"그 전에 확실히 밝혀주실 것이 있는데요." 전직 앙굴렘 소송대리인이 데르빌에게 말했다. "소송대리인인 거 맞지요?"

"여기 제 여행증입니다."[330] 데르빌이 카샹에게 두 번 접힌 서류를 내밀며 말했다. "이 사람은, 당신도 그렇게 생각하실 것 같은데, 국토관리국 감찰관은 아니니 염려 마십시오." 데르빌이 덧붙였다. "우리는 다만 세샤르 집안 상속의 실상 파악에 각별한 관심을 두고 있고, 이제 그걸 알 것 같습니다……." 데르빌은 마담 에브의 손을 붙잡고 아주 정중하게 거실 한구석으로 데리고 갔다. "부인," 그가 낮은 목소리로 말했다. "만약 이 문제에 그랑리외 집안의 명예와 미래가 걸려 있지 않았다면 나는 저 훈장 단 양반이 꾸민 계책에 관여하지 않았을 것입니다. 그런데 이렇게 말하는 것을 용인해 주시리라 믿는데, 우리의 목적은 부인의 오라버니가 그 귀족 집안을 기만하기 위해 지어낸 거짓말을 폭로하는 일이었습니다. 이렇게 된 이상, 당신이 오라버니한테 뤼방프레 영지를 사는 데 든 120만 프랑을 주었다는 말을 믿으라고는 하지 마십시오……."

---

330) 프랑스에서는 소설의 시간 배경인 왕정복고 기간은 물론 제2제정 시대 (1852~1870)까지 내국인의 국내 여행에도 여권, 곧 허가증이 필요했다.

“120만 프랑이라니!” 세샤르 부인이 새파랗게 질린 표정으로 외쳤다. “그런데 그는 그 돈을 어디서 구했을까요? 그 박복한 사람이……?”

“아! 그렇군요.” 데르빌이 말했다. “그 돈의 출처가 불순한 곳은 아닐지 걱정되는군요.”

에브는 눈물을 글썽거렸고 주변 사람들도 이를 알아차렸다.

“우리가 어쩌면 당신께 큰 도움을 드린 건지도 모르겠습니다.” 데르빌이 그녀에게 말했다. “놔두면 그 결과가 매우 위험해질 수도 있는 거짓말에 당신이 가담하는 것을 미연에 방지한 셈이니까요.”

데르빌은 두 뺨에 눈물이 흐르는 채 망연자실 앉아 있는 세샤르 부인을 뒤로하고 모인 사람들에게 작별 인사를 했다.

“망르로 출발하자!” 코랑탱이 마차를 모는 어린 마부에게 말했다.

한밤중에 그곳을 통과하는 보르도발 파리행 급행 마차에는 빈자리가 하나밖에 없었다. 데르빌은 코랑탱에게 바쁜 일이 있다는 핑계를 대고 자신이 마차를 타겠다고 양해를 구했다. 그러나 실제로는 자신의 동행을 경계했기 때문이었다. 데르빌이 보기에 코랑탱의 외교관다운 능란함과 냉혹함은 몸에 밴 습관 같은 것이었다. 코랑탱은 출발 마차를 구하지 못해 망르에서 사흘을 더 머물렀다. 결국 그는 보르도에 편지를 써서 파리행 좌석을 하나 구할 수밖에 없었다. 그렇게 코랑탱은 파리를 떠난 지 아흐레만에야 겨우 돌아올 수 있었다.

그동안 페라드는 매일 오전에 코랑탱의 파시 별장과 파리 집에 들러 그가 돌아왔는지 확인했다. 8일째 되던 날, 페라드는 양쪽 집에 그들끼리 통하는 암호로 작성된 편지를 남겼는데, 자신이 받는 모종의 살해 협박, 자기 딸 리디의 납치, 그의 적수들에 의해 내몰린 자신의 가혹한 운명 등을 알리는 것이었다.

52. 므네, 드켈, 브라신

이제까지 자신이 남들을 공격했던 방식 그대로 되치기를 당한 페라드는 코랑탱은 없었지만 그래도 콩탕송의 지원을 받아가며 여전히 부호 행세를 하고 다녔다. 비록 눈에 보이지 않는 적들이 그를 주시하고 있었어도 그는 싸움터 자체를 벗어나지 않고 머물다 보면 돌파구를 찾으리라고 나름대로 차분하게 생각했다. 리디의 행방을 추적하는 데 자신의 역량을 총동원해 놓은 콩탕송은 조만간 리디가 감금된 집을 알아낼 것으로 기대했다. 그러나 날이 갈수록 최소한의 단서도 찾을 수 없겠다는 느낌이 점점 더 분명해지면서 페라드의 절망감은 더욱 커져만 갔다. 그 늙은 밀정 주변에선 가장 민첩한 열네댓 명의 요원들이 그를 경호했다. 그들은 무아노가와 그가 부호 행세를 하며 거주하는 마담 발노블의 집이 있는 테부가 주변을 감시했다. 뤼시앵을 그랑리외 저택의 원래 자리로 복귀시키기 위해 아지가 부여한 운명의 유예기간 중 마지막 사흘 동안, 콩탕송은 왕년에 파리 경무청에서 활약했던 그 베테랑 곁을 떠나지 않았다. 그렇게 해서 적대적인 부족들이 벌이는 전쟁의 와중에 난무하는 책략이 아메리카의 숲 전역에 퍼뜨리는 공포 분위기, 쿠퍼가 그의 소설에서 생생하게 되살려 놓았던 그 시적 공포 분위기가 파리 생활의 아주 소소한 부분에서도 묻어났다.[331] 거리를 오가는 행인들, 상점들, 마차들, 창문에 기대선 사람 등, 이 모든 것은 쿠퍼의 소설 속 아름드리나무, 비버의 댐, 바윗덩어리, 들소 가죽, 움직이지 않는 카누, 수면에 떠 있는 물풀 따위와 같아서, 늙은 페라드의 목숨을 지키는 임무가 주어진, 이름 대신 번호로 불리는 요원들에게는 대단히 집중해 살펴보아야 할 대상들이었다.

"그 에스파냐인이란 작자가 떠나버렸다면 걱정할 게 하나도 없잖아요." 콩탕송은 페라드에게 그들 주변이 지극히 잠잠한 것을 강조하며 말했다.

"그런데 그자가 만약 떠나지 않았다면?" 페라드가 말을 받았다.

"제 부하 중 한 명이 그가 탄 마차의 뒤를 밟았어요. 그런데 블루아에서 내릴 수밖에 없는 사정이 생겨서 더 이상 뒤쫓을 수 없었대요."

데르빌이 파리로 돌아오고 닷새가 지난 어느 날 아침, 뤼시앵에게 라스티냐크가 찾아왔다.

"이보게 친구, 우리 둘이 막역한 사이라고 해서 내게 중재

---

331) 1826년 프랑스어 번역본이 출간돼 인기를 끈 페니모어 쿠퍼의 대표작 『모히칸족의 최후』를 연상케 하는 묘사다. 발자크는 스코틀랜드 출신 역사소설가 월터 스콧과 미국의 시대소설가 쿠퍼를 극찬했다.

역할이 맡겨졌는데 그 일을 해야만 하는 내 처지가 유감스럽네. 자네 결혼 건은 다시 어떻게 희망을 품어볼 수 없을 정도로 완전히 결렬됐네. 그랑리외 저택에 다시는 발을 들이지 말게. 클로틸드와 결혼하려면 그녀의 아버지가 죽기를 기다려야 할 거야. 그런데 그 양반 얼마나 자기 몸을 잘 돌보는지 조만간 죽을 일은 없어. 휘스트를 즐기는 늙은 노름꾼들은⋯⋯ 게임 테이블에서⋯⋯ 오래 버티는 법이지. 클로틸드는 마들렌드 르농쿠르 숄리외와 함께 곧 이탈리아로 떠날 거야. 그 불쌍한 아가씨는 자넬 무척 사랑하니까, 이 친구야, 그 집에서는 그녀를 감시해야만 했어. 그녀는 자넬 보러 오고 싶어 했지. 깜찍한 탈출 계획을 세우기도 했다니까⋯⋯. 자네에겐 불행 중 하나의 위안거리지."

뤼시앵은 아무 대답 없이 라스티냐크를 주시했다.

"그런데 따지고 보면 이렇게 된 게 정말 불행일까⋯⋯?" 뤼시앵의 동향인이 계속 말했다. "자네라면 클로틸드만큼 귀족이면서도 한결 더 아름다운 아가씨를 아주 쉽게 만날 수 있어! 세리지 부인이 복수심에서 자넬 다른 아가씨와 결혼시킬 거야. 그녀는 자신을 절대로 인정하지 않는 그랑리외 부부를 도저히 묵과할 수 없거든. 그녀에게는 나이 어린 조카딸이 하나 있어, 클레망틴 뒤 루브르라고⋯⋯."332)

"이봐, 지난번 마지막으로 심야 파티를 함께한 이후로 난

---

332) 클레망틴 뒤 루브르는 『인간극』의 다른 소설 『가짜 애인』(1842)의 여주인공으로, 폴란드 귀족인 아당 라진스키와 결혼해 파리 사교계의 여왕 중 하나로 등극한다.

세리지 부인과 원만하지 않아. 그녀는 내가 극장에서 에스테르의 좌석에 있는 모습을 보고 화를 냈고, 난 그냥 당하기만 했지."

"마흔이 넘은 여자는 자네처럼 잘생긴 젊은 남자와 오랫동안 불화 상태를 유지하지는 않아." 라스티냐크가 말했다. "나는 그런 종류의 지는 해를 조금 아는 편이야……. 석양은 지평선에서는 10분 정도 머무르지만, 여인의 가슴속에서는 10년을 타오르지."333)

"그녀에게서 편지가 오기를 기다린 지 벌써 일주일이나 됐어."

"힘내!"

"지금으로선 그래야만 하겠지."

"어쨌건 발노블의 집에는 올 거지? 그녀가 낚은 부호가 뉘싱겐이 열었던 심야 파티에 불러준 것에 대해 답례를 한다잖아."

"나도 그 일원이잖아, 갈 거야." 뤼시앵이 심각한 표정을 지으며 말했다.

자신에게 닥친 불행을 확인한 다음 날, 물론 그 소식은 아지에 의해 카를로스에게 즉시 전달되었는데, 뤼시앵은 라스티냐크, 뉘싱겐과 함께 그 가짜 부호의 집에 갔다.

자정 무렵, 이전에 에스테르의 식당이었던 곳에 이 드라마의 관련 인물들이 거의 다 모였다. 거의 다라고는 했지만, 드

---

333) 라스티냐크와 오랜 연인 관계인 델핀 드 뉘싱겐에 대한 암시로 보인다. 1830년 당시 델핀은 서른여덟 살이며, 얼마 후 자신과 뉘싱겐 남작 사이에서 난 딸 오귀스타를 라스티냐크와 결혼시킨다.

라마의 요체는 요동치는 급류 밑바닥에 숨겨져 있어서 그것을 제대로 아는 사람은 에스테르, 뤼시앵, 페라드, 물라토로 변장한 콩탕송, 그리고 에스테르를 수행해 따라온 파카르뿐이었다. 마담 발노블은 페라드와 콩탕송 몰래 아지에게 자기 집 식모의 일손을 와서 도와달라고 부탁해 두었다. 페라드는 손님 접대를 잘해 달라고 마담 발노블에게 500프랑을 준 다음 식탁에 앉다가 자신의 냅킨 속에 끼어 있는 종이쪽지를 발견했는데, 거기에는 연필로 '당신이 식탁에 앉는 것과 동시에 열흘의 시한이 다 지나갔다.'라고 쓰여 있었다. 페라드는 자기 뒤에 앉은 콩탕송에게 "여기다 내 이름을 적은 사람이 자넨가?"라고 영어로 말을 건네며 그 종이쪽지를 넘겼다. 콩탕송은 촛불에 비춰 그 므네, 드켈, 브라신을[334] 읽고 나서 호주머니에 집어넣었지만, 연필 글씨에다가 특히 대문자로, 다시 말해 수학 기호 같은 선분으로 쓰인 문장이 누구 소행인지 밝혀내기가 얼마나 어려운지 익히 알고 있었다. 대문자는 일반적으로 곡선과 직선으로만 구성되는 것이라서 흘려쓰기 하는 필기체와 달리, 쓴 사람 고유의 습성을 알아내기가 불가능하기 때문이다.

---

334) 「다니엘서」 5장에서 신바빌로니아 왕국의 마지막 왕 벨사살의 연회에 나타난 허공의 손가락이 벽에 쓴 히브리어 계시다. 단어 자체의 뜻은 '수를 세다, 저울을 재다, 나누다'인데, 성경에서 선지자 다니엘은 이를 다음과 같이 해독한다. '왕의 나라의 날수를 헤아려 끝내다, 저울을 재니 무게가 모자라다, 왕의 나라를 메디아와 페르시아로 갈라놓다.' 즉, 오만한 왕 벨사살의 죽음과 왕국의 분열에 대한 예언이다.

이 심야 파티는 재미라곤 하나도 없는 모임이었다. 페라드는 딴생각에 골몰한 모습이 역력했다. 이런 심야 파티의 흥을 돋울 줄 아는 젊은 한량들이라고는 뤼시앵과 라스티냐크밖에 없었다. 그러나 뤼시앵은 몹시 침울하고 생각이 딴 데로 가 있었다. 심야 파티에 오기 전 도박으로 2000프랑을 잃은 라스티냐크는 모임이 끝나면 잃은 돈을 만회할 수 있겠다고 생각하며 먹고 마셨다. 이러한 냉랭함에 어안이 벙벙해진 세 여인은 서로 얼굴을 마주 보았다. 분위기가 따분해지자 차려진 음식도 맛이 없었다. 연극 작품이나 책과 마찬가지로 심야 파티도 그럴 때가 있는 법, 정해진 것 없이 그때그때 다르다. 파티가 끝날 즈음 플롱비에르라고 불리는 아이스크림이 나왔다. 다 알다시피 이러한 종류의 아이스크림은 피라미드 형태를 취하지 않고 그냥 작은 유리그릇에 담겨 제공되는 게 보통인데 아이스크림 표면에 아주 맛난 절인 과일이 얹혀 있다. 이 아이스크림은 마담 발노블이 테부가와 대로가 만나는 모퉁이에 자리 잡은 유명한 토르토니 아이스크림 가게에 미리 주문해 놓은 것이었다. 식모는 아이스크림 계산서 정산을 위해 물라토를 불러달라고 했다. 콩탕송은 배달원의 즉시 결제 요구가 평소와 다른 것 같아 의아하다고 생각하며 내려와서는 "당신 토르토니 가게에서 온 거 아니요……?"라는 말로 배달원을 힐난한 다음 곧 다시 올라갔다. 그러나 파카르는 콩탕송이 자리를 비운 틈을 이용해 벌써 참석자들에게 아이스크림을 나눠주었다. 물라토가 아파트 출입구에 당도해 문을 열려는 순간, 무아노가를 감시하고 있던 요원 중 하나가 계단에서 "27호!" 하고 소리쳤다.

"무슨 일인가?" 콩탕송이 재빨리 계단 아래까지 내려가며 대답했다.

"파파에게 따님이 돌아왔다고 말씀 전해 주세요. 그런데 어찌나 처참한지! 세상에나! 빨리 오셔야 해요. 따님이 다 죽어 가요."

콩탕송이 식당으로 되돌아갔을 때 늙은 페라드는 이미 거나하게 취한 상태로 플롱비에르 아이스크림의 작은 체리를 꿀꺽 삼키고 있었다. 모두가 마담 발노블의 건강을 위해 건배를 들었고, 부호는 콩스탕스라고[335] 불리는 포도주를 자기 잔에 가득 채운 다음 단번에 비웠다. 콩탕송은 페라드에게 알릴 소식 때문에 마음이 꽤 착잡했지만, 식당에 들어선 순간 파카르가 유심히 페라드를 노려보고 있는 것을 보고 정신이 번쩍 들었다. 마담 샹피의 하인은 두 눈이 마치 흔들리지 않고 이글거리는 불꽃 같았다. 이러한 동태 파악은 비록 중요한 것이긴 했지만, 물라토라는 하인 신분이 계속 그렇게 지체하고만 있어서는 안 되는 것이었기에, 페라드가 비운 잔을 테이블에 내려놓는 순간 자기 주인 쪽으로 몸을 기울였다.

"리디가 집에 돌아왔답니다." 콩탕송이 말했다. "그런데 아주 처참한 상태랍니다."

그 순간 페라드의 입에서 프랑스 욕 중에서 가장 프랑스어

---

335) 콩스탕스는 남아프리카 케이프타운이 네덜란드 식민지이던 18세기에, 당시 네덜란드 총독이 설립한 포도원 '콘스탄티아'에서 처음 생산되기 시작한 달짝지근한 디저트 포도주로, 19세기에 상당히 유행했다.

다운 욕이[336] 너무나도 뚜렷한 남부 억양으로 튀어나온 바람에 그 자리에 있던 모든 사람의 표정에 하나같이 화들짝 놀란 표정이 지어졌다. 자신의 실수를 알아챈 페라드는 결국 더 이상 변장하기를 단념하고 콩탕송에게 정확한 프랑스어로 "마차를 잡아주게……! 즉시 가봐야겠네."라고 했다.

모두가 테이블에서 일어났다.

"당신 대체 누구요?" 뤼시앵이 소리쳤다.

"크러게……!" 남작이 거들었다.

"비지우가 전에 그랬지, 당신 영어가 자기 영어보다 더 낫다고. 그런데 나는 그 말을 믿고 싶지 않았어." 라스티냐크가 말했다.

"파산자 같은데 드디어 탄로 났군." 뒤티예가 소리 높여 말했다. "나도 죽 의심스러워워……!"

"파리란 정말 이상야릇한 도시야……!" 마담 발노블이 말했다. "장사꾼이 자기 동네에서 파산해 놓고 아무런 처벌도 받지 않은 채 샹젤리제에 다시 나타나 부호나 댄디 행세를 해! 아아! 나는 또 불행해졌어, 파산은 나한테만 달라붙는 벌레인가 봐."

---

336) 프랑스 사람들이 흔하게 쓰는 욕인, '똥'이라는 뜻의 프랑스어 '메르드(merde)'를 직접 언급하지 않으려고 쓴 표현이다. 다른 표현으로는 '캉브론의 말'이라고도 하는데, 워털루 전투에서 패한 나폴레옹 휘하의 장군 피에르 캉브론이 항복 직전 영국 군대에 그 욕을 했다고 전해져서 생긴 표현이다. '캉브론의 말'은 위고가 『레미제라블』에서 사용함으로써 이후 '메르드' 대신 쓰이는 에두른 표현의 대명사가 되었다.

"모든 꽃엔 저마다의 벌레가 있다던데." 에스테르가 나직이 말했다. "내 것은 클레오파트라의 것과 비슷해. 살무사야."

"이게 바로 내 본모습이지!" 페라드가 문을 나서며 말했다. "아! 당신들은 곧 알게 될 거야. 내가 죽으면 밤마다 무덤에서 나와 당신들 발목을 잡아 뽑으러 올 테니!"

이렇게 최후의 말을 남기며 그는 에스테르와 뤼시앵을 응시했다. 그러고 나서 모두가 놀라 어안이 벙벙한 틈을 타 아주 날렵하게 자취를 감췄는데, 마차를 기다릴 새도 없이 집으로 달려갈 마음이었기 때문이다. 그 밀정이 대문을 지나 길거리로 나서자마자 당시 여성들이 무도회장에서 나오면서 얼굴을 가리려고 쓰는 그런 검은 머리쓰개를 뒤집어쓴 아지가 그의 팔을 잡아 세웠다.

"고해를 했으니 이제 영성체를 하러 가야지, 파파 페라드." 그녀가 전에 이미 그에게 불행을 예고했던 적 있던 그 목소리로 말했다.

대기하고 있던 마차 한 대가 아지가 올라타자마자 이내 바람과 함께 사라졌다. 다른 마차가 다섯 대나 있었지만 페라드의 부하들은 어찌해야 할지 갈피를 잡을 수 없었다.

53. 코랑탱의 무서운 다짐

소도시 파시에서 가장 외지면서 풍광이 가장 좋은 동네에 속하는 비뉴가에 전원주택을 가지고 있는 코랑탱은 그곳 사람들에게 정원 가꾸기 취미에 푹 빠진 상인으로 통했다. 집에 도착해 친구 페라드의 암호 통신문을 접한 그는 휴식을 취할 겨를도 없이 타고 온 마차를 도로 잡아타고 무아노가로 향했는데, 거기에는 카트밖에 없었다. 그는 그 플랑드르 여자에게 리디의 실종 소식을 듣고는 페라드와 자신이 사태를 예견하지 못했음을 깨닫고 망연자실했다.

"그자들은 아직 나의 정체를 모른다." 그는 중얼거렸다. "그들은 뭐든지 할 수 있는 자들이다. 그들이 페라드를 죽이려고 하는 것인지 알아봐야 한다. 그렇다면 더 이상 나 자신을 노출하지 말아야 하기 때문이다……."

인간은 자기 삶이 파렴치할수록 거기에 더 집착하는 법이다. 파렴치한 삶이 매 순간 할 수 있는 일종의 항거요 복수인 까닭이다. 코랑탱은 아래로 내려와 자기 집으로 가서 단출한 카키색 프록코트와 파뿌리 같은 짧은 가발을 이용해 왜소하고 병약한 늙은이로 변장한 다음, 페라드에 대한 우정에 이끌려 무아노가로 걸어서 되돌아갔다. 그는 충성심이 가장 뛰어나며 가장 유능한 자기 부하들을 선별해 명령을 내릴 생각이었다. 방돔 광장에서 생로크가로 가기 위해 생토노레가를 따라 걷던 중, 그는 실내화 차림에 밤일하는 여자처럼 옷을 입은 젊은 여자의 뒤를 따라가게 되었다. 흰색 캐미솔을 입고 머리에는 침실 모자를 쓴 그 아가씨는 간간이 넋 나간 탄식이 섞인 흐느낌을 토해 냈다. 코랑탱은 몇 발 앞질러 가서 그녀가 리디라는 것을 확인했다.

"나는 네 부친, 캉코엘 씨의 친구 되는 사람이야." 그가 자신의 원래 목소리로 말했다.

"아! 그러니까 제가 믿어도 되는 분이시군요."

"날 모르는 척하렴." 코랑탱이 말했다. "우리는 지금 간악한 적들에 의해 미행을 당하고 있어 우리 신분을 감출 수밖에 없거든. 그래도 네게 무슨 일이 있었는지 이야기해 봐라……."

"오! 선생님," 가련한 아가씨가 말했다. "보시는 그대로예요, 이야기할 수 없어요……. 저는 치욕스러운 일을 당하고 완전히 망가졌어요. 저 자신도 어찌 된 영문인지 알 수 없습니다……!"

"어디서 오는 길인데?"

"모르겠어요, 선생님! 정신없이 도망쳤어요. 쫓기고 있는 것 같아 수도 없이 많은 길을 헤매고 돌았어요……. 그러다가 마음씨 좋아 보이는 사람을 만나서 대로로 나가는 길을 물었어요. 라페가에 갈 목적으로요![337] 얼마 동안 걸어서 여기까지 왔는지……, 지금 몇 시인가요?"

"11시 반이야!" 코랑탱이 말했다.

"캄캄해지기 시작했을 때 도망쳤어요. 지금 5시간째 걷고 있는 거예요……!" 리디가 목소리를 높여 말했다.

"자, 가자. 가서 바로 안정을 취하도록 해. 침모 카트가 널 기다리고 있을 거야."

"오! 선생님, 저에게는 이제 더는 안식처가 없답니다! 저는

---

337) 리디는 아버지 페라드의 안가가 라페가에 있다는 사실을 모르는 것으로 되어 있기 때문에, 이 말은 그 길이 자신의 집인 무아노가와 가까운 가장 널리 알려진 길이라서 그렇게 나온 것으로 보인다.

무덤 말고 다른 안식처를 원하지 않아요. 만일 수도원에 받아들여지기만 한다면 저는 그곳에서 죽음을 기다리겠어요."

"가엾은 어린 양! 그래 아주 잘 버텼구나."

"예, 선생님. 아! 제가 얼마나 비열한 인간들 손아귀에 잡혀가 있었는지 아신다면……."

"그들이 아마 널 강제로 마취시켰을 거다."

"아! 그런 건가요?" 불쌍한 리디가 말했다. "조금만 더 힘을 내면 집에 도착하겠네요. 기절할 것 같아요. 그리고 의식도 또렷하지 않고요……. 조금 전에는 어떤 정원에 있는 줄 알았어요……."

코랑탱이 두 팔로 리디를 안아 들어 올리자 그녀는 곧 의식을 잃었다. 그는 리디를 안고 계단을 올라갔다.

"카트!" 그가 소리쳐 불렀다.

카트가 나오더니 환호성을 질렀다.

"기뻐하기에는 아직 일러요!" 코랑탱이 준엄하게 말했다. "이 젊은 아가씨는 아주 위중해요."

침대에 눕혀진 리디는 카트가 두 자루의 초에 불을 밝히자 자기 방임을 알아보는가 싶더니 곧 정신착란 상태에 빠졌다. 그녀는 감미로운 곡조의 노래를 흥얼대다가 납치돼서 들었던 끔찍한 몇몇 언사들을 고함을 지르며 하나하나 되풀이했다! 그녀의 아름다운 얼굴에 자주색 반점이 번졌다. 순결했던 자기 삶의 기억들과 치욕스러웠던 지난 열흘의 기억들이 그녀의 내면에서 뒤죽박죽 엉켰다. 카트는 눈물을 흘렸다. 코랑탱은 방 안을 서성이다가 리디를 살펴보기 위해 잠깐씩 멈춰 섰다.

"자기 아버지 대신 고통을 당하는 거야!" 그가 말했다. "신의 뜻이라고 하는 것이 있기는 있는 걸까? 오! 내가 가족을 만들지 않기를 잘했지……. 자식이란! 어느 이름 모를 철학자가 말한 것처럼 정말이지 불행에 갖다 바치는 일종의 인질이야……!"

"오!" 그 불쌍한 자식이 가만히 누워 있지 못하고 아름다운 머리카락을 이리저리 흔들어대며 말했다. "카트, 난 여기가 아니라 센강 밑바닥 모래 위에 누워 있어야 하는데……."

"카트, 그렇게 울면서 쳐다만 보고 있다고 이 아이를 살릴 수 있는 게 아니잖소. 그러지 말고 의사를 부르러 가야지 않겠소. 먼저 공의(公醫)에게 가고, 그다음에 데플랭 씨와 비앙송 씨를 불러와야지……. 어떻게든 이 무고한 생명을 구해야 하니까……."

코랑탱은 그 두 유명한 의사의 주소를 종이에 적었다. 그때 익숙한 발걸음으로 계단을 밟고 올라오는 소리가 들리더니 현관문이 벌컥 열렸다. 붉으락푸르락한 낯빛에 핏발 선 두 눈을 하고 땀에 흠뻑 젖어 돌고래처럼 숨을 헐떡거리며 나타난 페라드가 "내 딸 어디 있어……?" 하고 울부짖으며 현관문에서부터 리디의 방까지 한달음에 달려왔다.

안쓰러운 듯 가리키는 코랑탱의 동작을 페라드의 시선이 쫓아갔다. 리디의 상태가 어땠는가 하면, 화훼 전문가가 애지중지 길러낸 꽃이 그만 줄기에서 뚝 떨어져 농사꾼의 징 박은 구두에 으깨진 상태라고 하는 것 말고는 달리 비유할 방도가 없는 그런 참혹한 지경을 떠올리면 된다. 그 이미지를 부성애의 심장 한복판에다 옮겨놓아 보시라. 그러면 페라드가 받은 충격과 그의 눈에서 철철 흘러넘치는 눈물이 이해되리라.

"울음소리가 들리네, 아, 아버지구나." 아이가 입을 열었다.

리디는 아직은 아버지를 알아볼 수 있었다. 그녀는 자리에서 일어나 마침 소파에 털썩 주저앉은 그 노인네의 무릎에 가서 앉았다.

"미안, 아빠……!" 그녀가 페라드의 심장을 꿰뚫는 목소리로 말했다. 그 순간 페라드는 두개골을 몽둥이로 강하게 한 대 맞은 것 같은 느낌을 받았다.

"이렇게 죽는구나……. 아! 악당들!" 그의 마지막 말이었다.

코랑탱은 친구를 부축하려고 했다. 친구가 뱉어낸 마지막 신음이 들렸다.

"독살되었어……!" 코랑탱이 중얼거렸다. "다행이야, 의사가 도착했군." 그가 마차 소리를 듣고 소리쳤다.

그때 물라토 분장을 닦아내고 뒤이어 올라온 콩탕송이 리디의 목소리를 듣고 청동상처럼 얼어붙었다. "아버지, 날 용서하지 않는 거예요……? 내 잘못이 아니잖아요!" 그녀는 자기 아버지가 죽었다는 사실을 알아차리지 못했다. "오! 아버지가 저런 눈으로 날 쳐다보다니……!"

"눈을 감겨 드려야지." 숨이 끊긴 페라드를 침대 위로 옮기고 콩탕송이 말했다.

"우리는 멍청한 짓을 하고 있어." 코랑탱이 말했다. "그를 어서 그의 방으로 옮기자고. 리디는 반쯤 실성했어. 아버지의 죽음을 알게 되면 저 딸은 완전히 미쳐버릴 거야. 자기가 아버지를 죽였다고 생각할 거야."

자신의 아버지를 옮기는 광경을 바라보는 리디는 얼이 빠진 모습이었다.

"내 유일한 친구였는데……!" 페라드의 시신이 침대 위에 안치되자 만감이 교차하는 듯 코랑탱이 말했다. "그는 일평생 단 하나의 집착만을 보였지! 자기 딸에 대한 집착……! 그 점이 자네에게도 교훈이 되었으면 좋겠네. 모든 직업에는 그 직업의 명예가 있는 법. 페라드는 사사로운 일에 개입한 잘못을 저질렀어. 우리는 공적인 일에만 전념해야 하네. 그렇지만 내 맹세코 무슨 일이 있어도," 그가 콩탕송을 경악에 빠뜨린 그런 어조와 시선과 몸짓으로 말했다. "나의 불쌍한 페라드를 위해 꼭 복수하고 말리라! 그를 죽인 장본인들, 그리고 그의 딸에게 치욕을 안긴 장본인들을 내가 꼭 밝혀내고 말리라! 그리고, 내 자존심 때문에라도, 얼마 남지 않은 내 여생을 바쳐서라도, 그 복수에 어떠한 위험이 따르더라도, 그놈들 모두 그레브 광장에서 오후 4시에 사지 멀쩡한 상태에서 머리를 박박 민 채로 즉결 처형당하도록 만들리라……!"

"저도 그 일을 돕겠습니다!" 가슴이 뭉클해진 콩탕송이 말했다.

지난 20년 동안 그 누구에게도 감정의 동요를 전혀 내비치지 않았던 냉혈하고 경직된 원칙주의자가 토로하는 격정보다 더 감동적인 장면이 사실 어디 있겠는가. 그것은 펄펄 끓는 쇳물로서 거기 닿는 모든 것을 녹여버린다. 콩탕송이 뱃속이 뒤집히는 충격을 받은 것은 그래서였다.

“불쌍한 캉코엘 영감님!” 그가 코랑탱을 바라보며 말을 이었다. “영감님은 종종 내게 거창하게 한턱씩 내곤 했어요……. 그리고…… 유별난 사람들만이 그런 일을 할 줄 알죠, 도박장에 가라고 종종 10프랑씩 제게 쥐여주곤 했고요…….”

페라드의 복수를 다짐한 두 사람은 이렇게 추도사를 남기다가 카트와 공의가 계단을 올라오는 소리가 들리자 리디의 방으로 갔다.

“자넨 관할 경찰서로 가서 알리게.” 코랑탱이 말했다. “검사는 이 사건에서 기소할 요인들을 찾아내지 못할 가능성이 커. 그래도 우리는 경찰청에 수사 보고서를 작성하도록 할 거야. 그 보고서가 뭔가에라도 도움이 되겠지.” 코랑탱이 공의에게로 말을 돌렸다. “선생, 이 방에 시신이 한 구 있소. 내 생각엔 자연사가 아닌 거 같소. 내가 부른 관할 경찰서장이 곧 올 테니 서장 입회하에 검시를 해주시오. 독극물의 흔적이 있는지 신경을 써주시오. 얼마 안 있으면 데플랭 씨와 비앙숑 씨가 올 텐데, 당신을 도울 것이오. 내 절친한 친구의 딸이 아버지보다 상태가 더 안 좋아서 진찰해 달라고 두 의사 분을 불렀거든요. 비록 그 아버지는 죽어버렸지만…….”

“그 두 양반이 굳이 검시를 도울 필요는 없습니다.” 공의가 대답했다. “내 일인데요, 뭘…….”

‘아! 그렇군.’ 코랑탱이 속으로 생각했다. “우리끼리 왈가왈부하지 맙시다, 선생.” 코랑탱이 다시 말했다. “간단히 말하자면, 내 의견은 이거요. 방금 아버지를 죽였던 자들이 바로 딸을 욕보인 자들이라는 것.”

당시 리디는 기력이 소진되어 이미 까무러친 상태였다. 그녀는 저명한 외과의와 젊은 내과의가 도착했을 때 잠들어 있었다. 공의가 페라드의 시신을 열고 사인을 찾고 있었다.

코랑탱이 두 명의에게 말했다. "환자가 깨어나기를 기다리는 동안, 선생님들의 동료가 판정을 내리는 데 도움을 주시겠습니까? 사인 규명은 선생들께도 분명히 흥미로울 겁니다. 선생들이 내주시는 의견은 조서에 반영될 것입니다."

"당신 친척의 사인은 뇌출혈이오." 공의가 말했다. "뇌에 치명적인 울혈의 증거가 발견되었어요……."

"두 분 의사 선생님, 시신을 검사해 봅시다." 코랑탱이 말했다. "독극물 목록 중에서 뇌출혈과 똑같은 결과를 일으키는 독극물은 없는지도 조사해 주시고요."

"위장이," 공의가 말했다. "각종 물질로 완전히 가득 찼어요. 하지만 이것들을 화학 장비로 분석하면 모를까, 어떤 독극물 흔적도 나타나지 않아요."

"뇌에 일어난 울혈의 특징들은 충분히 인정됩니다만, 사망자의 나이에 비추어볼 때 여기에 충분히 사인으로 간주할 만한 점이 있어요." 데플랭이 엄청난 양의 음식물을 가리키며 말했다.

"이 사람 식사한 곳이 여긴가요?" 비앙숑이 물었다.

"아닙니다." 코랑탱이 대답했다. "그는 대로 쪽에서 이곳으로 헐레벌떡 달려왔어요. 그리고 자기 딸이 능욕당해 만신창이가 돼 있는 걸 발견했지요……."

"그가 딸을 그렇게 사랑했다면, 그것이 바로 죽음을 부른

진짜 독극물입니다." 비앙숑이 말했다.[338]

"이런 결과를 낳을 수 있는 독극물로는 무엇이 있을까요?" 코랑탱이 자신의 의견을 굽히지 않고 물었다.

"딱 하나가 있긴 합니다." 데플랭이 면밀하게 모든 부분을 검사해 보고 나서 말했다. "자바 열도에서 나는 독인데, 아직은 충분히 알려진 바가 없는 스트리크노스속 관목들에서 추출하는 것으로서, 말레이시아의 크리스 같은 매우 위험한 무기들에 독을 묻힐 때 쓰이는 식물이지요…….[339] 적어도 그렇다고들 합니다……."

관할 경찰서장이 도착했다. 코랑탱은 자신이 생각하는 혐의점에 대해서는 함구한 채 페라드가 어떤 집에서 어떤 사람들과 저녁을 먹었는지 등을 알려주며 수사 보고서를 작성하도록 부탁했다. 이어서 페라드의 목숨을 노린 음모와 리디가 처한 상태의 원인도 추가로 알려주었다. 그러고 나서 코랑탱은 불쌍한 아가씨의 숙소로 건너갔다. 데플랭과 비앙숑이 그녀를 진찰하고 있을 터였다. 그런데 문 앞에 도착했을 때 그는 방에서 나오는 두 의사와 마주쳤다.

"어떤가요!" 코랑탱이 물었다.

"저 아가씨를 지금 즉시 요양원으로 옮기시오. 저 아가씨가

---

338) 『고리오 영감』에서 비앙숑은 딸들 문제로 빈사 상태에 빠진 고리오 영감의 최후를 곁에서 지킨다.

339) 마전과(馬錢科)라고도 하는 열대식물 가운데 특히 스트리크노스속은 강알칼리 맹독 성분이 있다. 크리스(Kris)는 말레이시아와 인도네시아 지역의 고위 신분이 패용했던 전통 단검으로, 물결 형태의 칼날이 특징이다.

출산하다가 의식을 되찾지 못하는 일이 일어나더라도, 아무
튼 저 아가씨가 임신했다면,[340] 그녀는 불행 중 다행으로 미
치도록 우울한 나날은 벗어날 수 있을 거요. 치료를 위해서는
모성애 말고는 다른 방도가 없어요, 모성애가 깨어난다면 말
이에요……."

코랑탱은 두 의사에게 금화로 각각 40프랑씩 주고, 그의 소
매를 잡아당기는 경찰관 쪽으로 몸을 돌렸다.

"부검의가 자연사라고 고집하네요." 경찰서장이 말했다. "그
리고 캉코엘 영감 일이니만큼 나로서는 수사 보고서를 작성
하기가 더 어려워요. 그는 많은 일에 연루되어 있어요. 그리고
우리는 누구를 겨냥해야 할지도 전혀 모르는 형편이고요…….
캉코엘 영감 같은 사람들은 종종 어떤 지령에 의해 죽기도 하
니까……."

"내가 바로 코랑탱이요." 코랑탱이 경찰관의 귀에 대고 속삭
였다.

경찰서장은 움찔 놀라는 표정을 지어 보였다.

"그러니 간단한 보고서를 작성하도록 하시오. 나중에 아주
유용할 것이오. 보고서는 비밀 정보국이 요청하는 경우에만
보내도록 하시오. 범죄는 입증 불가능한 것이고, 수사는 첫 단
계에서부터 좌초할 것이라는 점을 나도 잘 알고 있소……. 그
렇지만 며칠 안으로 난 범인들을 넘길 수 있소. 그자들을 감

---

340) 당시 부인과 의학 수준으로는 간단한 진료로 임신 여부를 판단할 수
없었다.

시하고 있다가 현행범으로 체포할 것이오."

경찰서장이 코랑탱에게 경례를 붙이고 떠났다.

"어르신," 카트가 말했다. "아가씨는 춤추고 노래하기만 하네요. 어떻게 해야 하죠……?"

"아니, 그새 무슨 일이 일어났다는 말인가?"

"아버지가 돌아가셨다는 사실을 아가씨가 알았어요……."

"그녀를 삯마차에 태워 아주 조심스럽게 샤랑통으로[341] 데려가도록 하시오. 그녀가 거기에 문제없이 수용되도록 내가 왕국경찰총국장에게 짧게 전갈을 보내겠네. 딸은 샤랑통에, 아버지는 공동묘지에 가다니……." 코랑탱이 말했다. "콩탕송, 가서 극빈자용 수레를 주문하도록 하게……[342] 자, 이제 우리 둘의 대결이다, 돈 카를로스 에레라……!"

"카를로스!" 콩탕송이 말했다. "그자는 지금 에스파냐에 있잖아요."

"그자는 지금 파리에 있다!" 코랑탱이 단호하게 말했다. "펠리페 2세[343] 시대가 자랑하는 에스파냐의 정수라고 할 만한 것이 그자에게 있지. 그러나 나는 이 세상 누구라도, 심지어는

---

341) 17세기에 설립된 요양원으로 당시에는 샤랑통 정신병원으로 통칭되던 파리 동남부 교외의 시설이다.

342) 당시 프랑스에서 장례는 관허를 받은 장의사가 관리했다. 9단계로 등급이 정해졌는데, 극빈자용 수레는 최하 등급이다.

343) 펠리페 2세는 에스파냐의 최전성기를 이끈 16세기의 절대군주로, 발자크는 『인간극』에서 펠리페 2세를 수십 번 언급한다. 코랑탱이 자신의 적수 카를로스를 어떻게 평가하는지, 그리고 자신이 비밀경찰의 정예 요원으로서 얼마나 큰 자부심을 느끼는지 드러나는 대목이다.

왕들도 잡아들일 수 있는 무궁무진한 계략의 소유자야."

54. 쥐가 걸려든 쥐덫

영국 부호가 사라지고 닷새째 되던 날, 아침 9시에 마담 발노블은 에스테르의 침대 머리맡에 앉아 눈물을 지었다. 자신이 가난의 내리막길로 굴러떨어지고 있다고 느꼈기 때문이다.

"적어도 100루이의 연금이라도 가지고 있으면 좋으련만! 그 정도의 연금만 있다면, 이봐, 이런 생활 다 집어치우고 어디 조그만 도시에 가서 살 텐데, 거기서 결혼할 상대도 만나고……"

"내가 너한테 그쯤 돈은 해줄 수 있어." 에스테르가 말했다.

"무슨 수로?" 마담 발노블이 외쳤다.

"오! 아주 간단해. 잘 들어봐. 네가 자살하겠다고 하고 그 연기를 그럴듯하게 하는 거야. 우선 아지를 오라고 해. 그리고 1초 만에 사람을 죽이는 독이 든 아주 작은 검은 진주알 두 개를 구해 주면 1만 프랑을 주겠다고 제안하는 거야. 그런 다음 그 구슬을 나한테 갖다줘. 그러면 내가 너에게 5만 프랑을 줄게……"[344]

"왜 네가 직접 부탁하지 않고?" 마담 발노블이 말했다.

---

344) 5만 프랑 중 아지에게 1만 프랑을 주고 남은 돈 4만 프랑을 연 5퍼센트 이자율의 국채에 넣어두면 마담 발노블이 바라는 대로 매년 2000프랑 (100루이)의 이자 수입을 받게 된다.

"아지는 나에게 그것들을 팔지 않을 거야."

"네가 쓰려고 하는 건 아니지……?" 마담 발노블이 다시 물었다.

"어쩌면."

"네가! 네 소유의 집에서 즐겁고 화려하게 사는 네가 뭐가 아쉬워서! 더구나 앞으로 10년 동안 사람들 입에 오르내릴 그런 잔치를 하루 앞두고! 뉘싱겐의 돈 2만 프랑을 들여서 하는 잔친데. 2월인데도 딸기며 아스파라거스며 포도며 멜론이며…… 온갖 진귀한 과일을 맛볼 수 있는 잔치라는데! 아파트 전체를 치장하는 데 든 꽃값이 1000에퀴라는데."

"무슨 소리야? 계단 장식용으로 쓴 장미꽃 값만 해도 1000에퀴인데."[345]

"사람들이 그러는데 너의 치장에 드는 돈이 1만 프랑은 너끈하다며?"

"맞아. 내 드레스는 최고급 브뤼셀 레이스로 제작되었어. 델핀이, 그의 부인 말이야, 화가 머리끝까지 났대. 그러거나 말거나 나는 신부 치장을 해달라고 했어."

"아지에게 준다는 1만 프랑은 지금 어디 있는데?" 마담 발노블이 말했다.

"그건 순전히 내 돈이야." 에스테르가 미소 지으며 말했다. "내 화장대 서랍을 열어 봐. 머리를 말 때 쓰는 종이 밑에

---

345) 1000에퀴는 3000프랑으로, 현재 가치로 환산하면 1만 유로가 훌쩍 넘는 금액이다. 권력과 애욕을 향한 광기와 파산을 다루는 이 작품에서 구체적인 돈의 액수는 매우 중요하다.

있어."

"다들 죽는다고 말은 해도 자살하는 경우는 드물지." 마담 발노블이 말했다. "혹시 뭘…… 저질렀다면 모를까……."

"살인죄 말하는 거지? 자 어서 가봐!" 에스테르가 망설이는 자기 친구의 생각을 대신 마무리하며 말했다. "비밀 지켜줄 수 있지? 난 아무도 죽이고 싶지 않아. 나는 친구가 하나 있었어. 아주 행복한 여자였지. 그런데 그녀가 죽었어. 난 죽은 그녀를 뒤따라가려는 거야……. 그게 다야."

"너도 참, 무슨 어리석은 짓이야……!"

"무슨 뜻인데? 우린 이미 서로 약속했다."

"그 약속을 공수표로 만들도록 해봐." 친구가 미소 지으며 말했다.

"내가 말한 대로 해. 어서 가봐. 마차가 도착하는 소리가 들리네. 뉘싱겐이야. 곧 행복감에 넋이 나가게 될 남자지! 그는 나를 사랑해. 그 사람은…… 그런데 우리를 사랑하는 남자들을 사람들은 왜 좋아하지 않을까? 그들은 우리를 즐겁게 해주기 위해 무슨 일이라도 다 하는 자들인데……."

"아! 바로 그거야," 마담 발노블이 말했다. "그게 바로 물고기 중 가장 음험한 물고기인 청어[346] 이야기야."

"왜 그렇지……?"

"에이! 그걸 누가 알겠어."

"하여간, 어서 가! 난 네게 필요한 5만 프랑을 받아내야 해."

---

346) 매춘 업계 은어로 청어는 '포주' 또는 '기둥서방'을 가리킨다.

"알았어! 안녕……."

사흘 전부터 에스테르가 뉘싱겐 남작을 대하는 태도가 완전히 바뀌었다. 원숭이는 고양이가 되었고, 고양이는 다시 여자가 되었다. 에스테르는 그 늙은이에게 아낌없이 애정 공세를 퍼부었고, 요염한 자태로 그를 유혹했다. 빈정거림이나 신랄함은 사라지고 은근한 다정함으로 채워진 그녀의 언사는 그 비대한 은행가의 마음속에 자신감을 심어주었다. 그녀는 그를 프리츠라고 불렀고, 그는 자신이 그녀에게 사랑받는다고 생각했다.

"불쌍한 나의 프리츠, 그동안 내가 당신을 많이도 힘들게 했지요." 그녀가 말했다. "내가 당신을 참 괴롭혔어요. 당신은 그동안 숭고할 정도로 참을성을 보여주었어요. 당신은 날 사랑해요, 내 눈에 그게 보여요. 그래서 당신에게 보답하려고요. 당신은 지금 내 마음에 쏙 들어요. 그런 일이 어떻게 일어났는지는 모르지만, 난 어느 젊은이보다 당신이 더 좋은 거 같아요. 아마도 경험에서 우러나온 어떤 것 때문이겠죠. 살다 보면 사람들은 결국 쾌락도 영혼의 재산이라는 점을 깨닫게 되죠. 그리고 여자에게 쾌락을 주고 사랑받는 남자라는 말이 돈을 주고 사랑받는 남자라는 말보다 더 듣기 좋은 건 아니죠……. 게다가 젊은 남자들은 너무 이기주의자들이에요. 그들은 우리보다 자기 자신을 더 생각하죠. 반면에 당신은 나만 생각해요. 난 당신의 삶 전체가 되었어요. 그래서 이제 난 당신한테 아무것도 바라지 않아요. 당신에게 내가 얼마나 욕심 없는 여자인지 보여주고 싶어요."

"나는 탕신에게 춘 컷이 아무컷도 업소." 매혹된 남작이 대답했다. "내일 탕신에게 3만 프랑에 년금층서를 줄 착정이오……. 나에 켤혼 탑레품이오……."

에스테르가 뉘싱겐을 너무나도 다정하게 끌어안는 바람에 그녀는 그의 정신을 아득하게 만들었다. 그가 최음제를 안 먹었는데도 말이다.

"오!" 그녀가 말했다. "내가 이러는 것이 당신이 준다는 3만 프랑의 연금 때문이라고는 생각하지 않으셨으면 좋겠어요. 내가 이러는 건 지금…… 당신을 사랑하기 때문이에요, 나의 뚱뚱보 프레데리크……."

"오! 맙소사, 어처자고 날 크러케 힘틀게 햇소……. 안 크랫으면 난 석 탈 천부터 너무나 행보캤을 텐데……."

"3퍼센트짜리예요 아니면 5퍼센트짜리예요? 나의 귀염둥이." 에스테르가 뉘싱겐의 머리숱을 두 손으로 만지작거리고 자기 마음대로 이리저리 빗어 넘기면서 물었다.

"3프로차리……. 크걸로 찬특 캇고 잇거든."

남작은 실제로 그날 오전 국채 등록대장 가입 증서를 가져왔다. 그는 사랑하는 자신의 귀여운 아가씨와 점심 식사를 함께하고, 다음 날에 대해, 설레는 토요일, 그 위대한 날에 대해 그녀의 지침을 받으려고 온 것이었다!

"차, 팟으시오, 나에 키여운 녀인, 나에 탄 하나푼인 녀인," 행복감에 얼굴이 환히 핀 남작이 기쁨에 겨워 말했다. "이컬로 탕신이 압으로 평생 츨길 식사 피용은 텔 커요……."

에스테르는 흥분한 기색을 조금도 내비치지 않은 채 증서를 받더니 접어서 자기 화장대 안에 집어넣었다.

"당신은 아주 흡족하시군요, 이 지독한 괴물." 그녀가 뉘싱겐의 뺨을 가볍게 톡 치면서 말했다. "내가 당신한테 뭔가를 받는 것을 보고 말이에요. 이제 나는 당신에게 당신에 대해 사실대로 말할 수가 없어요. 나는 당신이 당신의 노고라고 부르는 것의 열매를 나누어 가졌으니까요……. 이건 그냥 선물이 아니에요. 이건, 나의 착한 사내여, 나를 원상 복귀시켜 주는 거예요……. 자, 증권거래소 같은 표정 짓지 마세요. 알잖아요, 내가 당신을 얼마나 사랑하는지."

"나에 알흠다운 에스더, 나에 사랑에 천사," 은행가가 말했다. "터 이상 크러케 말하지 마요……. 탕신 포기에 내가 신사라면 세상 사람 모투 날 토둑놈이라고 해도 난 아무 상간 업소……. 난 탕신을 영언히 터욱터 사랑하오."

"내 계획대로 되었어요." 에스테르가 말했다. "이제 당신을 괴롭히는 말은 다시는 하지 않을 거예요, 거대한 나의 복슬강아지, 당신은 이제 어린아이처럼 착실해졌으니까요……. 아무렴요, 이 뚱뚱한 악당, 당신은 그동안 한 번도 순수했던 적이 없었어요. 당신이 세상에 오면서 세상으로부터 받은 것은 겉으로 드러나야 마땅했어요. 하지만 당신의 순수함은 아주 어렸을 때부터 속에 꽁꽁 처박혀 있다가 일흔 살이 돼서야 사랑의 갈고리에 걸려 끄집어내졌지요. 그런 희한한 일이 아주 아주 늙은 남자들에게서 가끔 일어나죠……. 그래서 난 마침내 당신을 사랑하게 된 거예요, 당신은 젊어요, 아주아주 젊어요……. 이 젊은 프레데리크를 알아봐 줄 사람은 나밖에 없어요……. 나 혼자뿐이에요……! 왜냐하면 당신은 열다섯 살 때부터 은행가였으니까요……. 학교 다닐 때 당신은 급우들에게 구슬 하나를 나중에 두 개로 돌려받는다는 조건으로 빌려주었겠지요……." (그가 웃는 것을 보고 에스테르는 그의 무릎 위로 폴짝 뛰어올라 앉았다.) "그래요! 당신 좋을 대로 해요! 흠! 까짓것, 사람들을 계속 강탈하는 거예요……. 해요, 내가 당신을 도울게요. 사람들은 사랑받을 만한 가치가 없어요. 나폴레옹은 사람들을 파리 죽이듯 죽였잖아요. 프랑스인들이 세금을 당신에게 바치든 국고(國庫)에 바치든 그게 그들에게 뭔 상관이람! 사람들은 국고와는 사랑을 나누지 않지, 그리고 솔직히 말해……, 자, 난 정말 곰곰이 생각한 거예요, 당신 말이 맞아요. 양들의 털을 싹 밀어라, 베랑제가 쓴 복음서에 나오는 말이에요.³⁴⁷⁾ 당신의 에스더를 안아줘요……. 아! 잠깐만요, 테부가 아파트의 가구들은 전부 그 불쌍한 발노블에게 그냥 넘겨요! 그리고 내일 그녀에게 5만 프랑을 꼭 주도록 해요……. 그게 당신 신상에 좋을 거예요, 알았지요, 여보. 당신은 자크 팔레를 파산으로 내몰았잖아요. 사람들이 당신을 비난하기 시작했어요……. 당신이 그렇게 아량을 베풀면 어마어마한 효

---

347) 피에르 장 드 베랑제(1780~1857)는 시인이자 샹송 작사, 작곡가다. 공화국과 나폴레옹 제정을 지지하며, 왕정복고를 비판하고 7월왕정에 참여하는 것을 거부했다. 1848년 혁명 후 국회의원에 당선되지만, 혁명 세력의 분열에 국회의원직을 던지고 불우한 말년을 보낸다. 노래를 정치 선전의 도구로 사용해 민중시인이라 불릴 정도로 엄청난 인기를 누렸다. 수탈당하는 민중을 무자비하게 털이 깎이는 양에 비유한 노랫말이 유명하다.

과가 날 거예요. 모든 여자가 당신 얘기를 할 테니까요. 오! 그러면 파리에서 점잖고 훌륭한 이로 당신만 입에 오르내릴 거고, 사람들은 팔레를 까맣게 잊겠지요. 세상인심이란 그런 거예요. 그러니까 요점인즉슨, 돈 쓴 값을 톡톡히 할 거다, 이 말이에요……!"

"탕신 말이 맛아, 나에 천사, 탕신 세상 물청을 찰 아는군." 그가 대답했다. "탕신이 나에 참모일세."

"훗!" 그녀가 말을 이었다. "당신 이제 내가 내 남자의 일을 얼마나 생각하는지 아는군요, 내 남자의 평판, 내 남자의 명예……."

그녀는 주식중개인을 당장이라도 오게 해서 그날 저녁에 바로 연금증서를 증권거래소에 팔고 싶다고 하며 뉘싱겐 씨에게는 그만 가주었으면 좋겠다고 했다.

"큰데 왜 치큼 탕창……?" 그가 물었다.

"에이, 여보, 그 돈을 조그만 공단 상자 안에 담아 줘야지요, 거기에 부채 하나를 끼워서요. 그런 다음 발노블에게 말하는 거예요. '이거 받아요, 마담, 부채인데 당신 마음에 들었으면 좋겠네요.' 이렇게요. 그동안 사람들은 당신을 튀르카레에 불과하다고 생각했는데, 그러면 이제 당신은 일약 보종으로 통하게 되는 거예요![348]"

"멋져! 멋져!" 남작이 소리쳤다. "크러면 난 이체부터 키지

---

348) 앞에서 뉘싱겐은 여러 차례 '돈만 알고 여자에게 서툰 튀르카레'로 지칭되었다. 반면에 징세관 니콜라 보종(1718~1786)은 호사스러운 생활과 기지 넘치는 언행으로 여성들에게 인기가 많았던 실존 인물이다.

넘치는 사람이 태는 커군! 초앗어, 탕신이 시킨 코대로 이행할
게⋯⋯."

뉘싱겐이 나가고, 불쌍한 에스테르가 연기를 하느라 진이
다 빠져 털썩 주저앉았을 때 외롭이 들어왔다.

"마담, 뤼시앵 씨의 하인 셀레스탱이 말라케 강변로에서 보
낸 심부름꾼이 와 있어요⋯⋯."

"들어오라고 해요⋯⋯! 아니에요, 내가 응접실로 갈게요."

"심부름꾼은 셀레스탱이 마담에게 보낸 편지를 가져왔대
요."

에스테르는 서둘러 응접실로 갔다. 심부름꾼을 자세히 살
펴보니 진짜 심부름꾼인 것으로 보였다.

"그분께 좀 내려오시라고 말해 줘⋯⋯!" 에스테르가 편지를
읽고 나서 멍한 상태로 의자에 앉으며 힘없는 목소리로 말했
다. "뤼시앵이 자살할 마음을 먹고 있어⋯⋯." 그녀가 외롭의
귀에 대고 덧붙였다. "그리고 그분께 이 편지를 보여드려."

외판원 복장을 갈아입지 않고 있던 카를로스 에레라가 곧
내려왔다. 응접실에 낯선 사람이 있는 것을 발견한 그의 시선
이 그대로 그 심부름꾼에게 가서 꽂혔다. "여기에 아무도 없다
고 했잖아." 그가 외롭의 귀에 대고 말했다. 그는 이어서 심부
름꾼을 꼼꼼히 뜯어본 후에 바로 거실로 자리를 옮겼다. 불사
조는 예전에 보케르 하숙집에서 자기를 체포했던 그 유명한
파리 범죄수사대장[349] 자리를 위협할 경쟁자로 유력하게 지

---

349) 『고리오 영감』에서 공뒤로라는 이름으로 등장해 불사조, 곧 보트랭을

목되는 인물이 최근에 나타났다는 사실을 모르고 있었다. 그 경쟁자가 바로 이 심부름꾼이었다.

"당신 말이 맞소." 가짜 심부름꾼이 거리에서 자기를 기다리고 있던 콩탕송에게 말했다. "당신이 내게 인상착의를 말해 준 그자가 집 안에 있소. 하지만 에스파냐인은 아니었소. 우리 사냥감이 사제복을 입고 있었다면 확실하게 말할 수 있을 텐데."

"그자는 에스파냐인도 아니고 사제도 아닙니다." 콩탕송이 말했다.

"그건 확실해요." 범죄수사대 요원이 말했다.

"오! 우리 판단이 맞아야 할 텐데……!" 콩탕송이 말했다.

뤼시앵은 실제로 이틀간 부재중이었다. 그래서 이를 틈타 함정을 파놓았던 것이다. 그런데 뤼시앵은 바로 그날 저녁 돌아왔고, 그와 함께 에스테르의 근심도 잦아들었다.

55. 작별 인사

다음 날 아침, 창녀가 목욕을 마치고 다시 침대 속에 누웠을 때, 그녀의 친구가 도착했다.

"진주알 두 개를 구했어!" 발노블이 말했다.

체포한 인물을 가리킨다. 본명은 비비뤼팽이고, 이 소설 끝부분에서 결정적 역할을 한다.

"어디 볼까?" 에스테르가 몸을 일으켜 레이스로 장식된 베개 위에 고혹적인 팔꿈치를 괴며 말했다.

마담 발노블이 새카만 까치밥나무 열매처럼 생긴 유리알 두 개를 친구에게 건넸다. 남작은 예전에 에스테르에게 그레이하운드 한 쌍을 선물했었다. 품종이 뛰어난 그 개는 위대한 현대 시인 덕에 유명해져서 급기야는 그 시인의 이름으로 불리게 될 그런 개였다.[350] 그런 개를 선물 받아 아주 흡족했던 창녀는 두 마리 개에게 각각 그들 조상의 이름인 로미오와 줄리엣이라는 이름을 붙여주었다. 실내에서 키우도록 개량되어 영국 품종다운 신중한 습성을 지닌 그 개의 온순함과 우아함, 그리고 순백의 몸통 빛깔에 대해서는 더 말할 필요가 없을 것이다. 에스테르는 로미오를 불렀다. 로미오는 워낙 탄력이 넘치고 날렵하고 꼿꼿하고 다부져서, 흡사 강철봉이 움직이는 것 같은 네 다리로 달려와 주인을 바라보았다. 에스테르는 로미오의 주의를 끌기 위해 두 개의 진주알 중 하나를 던지는 동작을 해 보였다.

"얘는 이름 때문에 이렇게 죽을 운명이로구나!"[351] 에스테르는 진주알을 던지며 이렇게 말했고, 로미오는 그것을 이빨로 깨물었다.

---

350) 발자크와 동시대의 시인 알퐁스 드 라마르틴(1790~1869)을 가리킨다. 벨기에 화가 앙리 드켄이 그린 라마르틴의 전신 초상화에 그레이하운드 한 쌍이 등장한다.
351) 셰익스피어의 로미오는 마취제를 먹고 잠든 줄리엣이 죽은 줄 알고 그녀 곁에서 음독해 죽는다.

그 개는 비명 한번 지르지 못하고 몸을 뒤틀고 쓰러지더니 뻣뻣하게 굳은 채 절명했다. 이 일은 에스테르가 추도사를 읊조리는 동안 벌어졌다.

"아! 세상에!" 마담 발노블이 소리쳤다.

"삯마차 타고 왔지? 죽은 로미오를 실어가 줘." 에스테르가 말했다. "이 개가 여기서 죽었다고 하면 물의가 빚어질 거야. 이 사체를 너에게 맡길 테니 처리해 주고 공고 좀 해줘. 서둘러. 넌 오늘 밤 5만 프랑을 갖게 될 거야."

에스테르의 말이 아주 차분하고 창녀답게 감정이 완전히 배제된 상태라서 마담 발노블은 탄성을 질렀다. "넌 정말 우리의 여왕이야!"

"일찍 와, 예쁘게 단장하고……."

저녁 5시, 에스테르는 신부 차림으로 꾸몄다. 그녀는 새하얀 새틴 치마 위에 화려한 레이스로 치장한 드레스를 입었다. 허리띠도 하얀색이었고, 신발도 새하얀 새틴 구두였으며, 아름다운 양어깨 위에는 결 고운 레이스 숄을 둘렀다. 그녀는 나이 어린 동정녀를 흉내 내 머리를 하얀 동백꽃 생화로 장식했다. 가슴 위에는 뉘싱겐이 선물한 3만 프랑짜리 진주 목걸이를 보란 듯이 늘어뜨렸다. 신부 화장은 6시에 끝났지만, 그녀는 문을 닫아 아무도, 심지어는 뉘싱겐도 들어오지 못하게 했다. 외롭은 뤼시앵이 에스테르의 침실로 안내될 예정이라는 사실을 알고 있었다. 뤼시앵은 7시 무렵 도착했다. 외롭은 아무도 그의 도착을 알아차리지 못하게 그를 마담의 방으로 들일 방법을 찾아냈다.

뤼시앵은 에스테르의 모습을 보고 속으로 말했다. '뤼방프 레 영지에 가서 살지 못할 게 뭐람, 세상을 등지고, 다시는 파 리로 돌아오지 않는 거야……! 나는 이런 삶에 5년간 볼모로 잡혀 있었어. 그리고 이 사랑스러운 여인은 절대 변치 않을 성 품의 소유자야! 이런 걸작을 어디서 찾는단 말인가?'

"나의 친구여, 내가 하느님으로 떠받드는 당신," 에스테르가 뤼시앵 앞에 놓인 방석에 한쪽 무릎을 꿇으며 말했다. "나에 게 축복을 내려주시길……."

뤼시앵이 에스테르를 일으켜 세워 안으려고 하며 말했다. "내 사랑, 대체 이게 무슨 농담이야?" 그는 에스테르의 허리를 감싸안으려 했다. 그러나 그녀는 두려움만큼이나 존중의 뜻이 담긴 동작으로 뤼시앵의 손길을 벗어났다.

"나는 당신에게 어울리지 않는 여자야, 뤼시앵." 그녀가 두 눈에서 눈물방울을 떨어뜨리며 말했다. "부탁해, 나에게 축복 을 내려줘. 그리고 나 대신 시립병원에 침상 두 개를 마련할 기부금을 내겠다고 약속해 줘……. 하느님은 내가 교회에 가 서 기도한다고 해서 나 같은 여자를 용서하시는 일은 절대 없 을 테니까……. 나는 당신을 너무도 사랑했어, 내 사랑. 그러니 그동안 내가 당신을 행복하게 해주었노라고 말해 줘. 나를 가 끔 생각하겠노라고도…… 말해 주겠어?"

뤼시앵은 에스테르에게서 범접하기 어려운 진지함을 감지 하고 깊은 생각에 잠겼다.

"당신 자살하려고 하는구나!" 그가 심사숙고 끝에 나온 그 런 목소리로 마침내 입을 열었다.

"아니, 내 사랑, 그러나 오늘, 당신도 보다시피, 당신 것이었던 순결하고 정숙하고 사랑스러운 여인은 죽고 없어……. 그리고 난 슬픔이 날 죽일까 봐 너무 두려워."

"가엾으니라고, 조금만 기다려!" 뤼시앵이 말했다. "난 이틀 동안 굉장한 노력을 했어. 마침내 클로틸드에게 연락이 닿을 수 있었어."

"여전히 클로틸드로군……!" 에스테르가 화를 꾹꾹 누른 어조로 말했다.

"맞아," 그가 말을 이었다. "우린 서로 편지를 주고받았어……. 화요일 아침에 그녀는 떠난대. 그렇지만 그녀가 이탈리아로 가는 도중에 잠깐 보기로 했어, 퐁텐블로에서……."

"아! 참나, 당신네 남자들은 대체 여자들에게 원하는 게 뭐지? 지붕 서까래에 까는 널빤지 취급이나 하고!" 처량한 에스테르가 소리쳤다. "보자고, 만약 내가 700만이나 800만 프랑을 가졌다면, 당신은 그래도 나와 결혼하지 않을 건가……?"

"아이처럼 왜 그래! 당신한테 말하려고 했어, 이번 일만 다 잘 마무리되면 나에겐 당신 말고 다른 어떤 여자도 필요 없다고……."

에스테르는 갑작스럽게 창백해진 얼굴을 보이지 않으려고 고개를 숙이고 흐르는 눈물을 훔쳤다.

"당신 날 사랑해……?" 그녀가 뼛속 깊이 고통스러운 표정으로 뤼시앵을 쳐다보며 말했다. "그래! 이게 나에게 내리는 축복이군. 몸 간수 잘해, 비밀 문으로 나가. 그리고 응접실에서 거실로 들어오는 것처럼 꾸미도록 해. 이마에 키스해

줘.” 그녀가 말했다. 그러다 그녀는 뤼시앵을 붙잡고 격렬하게 가슴에 밀착해 끌어안은 다음 말했다. “어서 나가……! 나가……, 아니면 난 안 죽고 살아.”

죽음을 앞둔 여인이 거실에 모습을 드러내자 여기저기서 탄성이 터져 나왔다. 그녀의 두 눈에 광대무변의 공간이 비쳐 있어서 그 눈을 바라보고 있노라면 영혼이 그 속으로 빨려들어 가뭇없이 사라지는 느낌이었다. 푸른색이 감도는 그녀의 고운 머릿결은 하얀 동백꽃을 더욱 돋보이게 했다. 요컨대 이 숭고한 여자가 노렸던 효과들은 하나도 빠지지 않고 다 이루어졌다. 그녀에게 대적할 경쟁자는 없었다. 그녀는 조물주가 그녀를 빚으며 아낌없이 선사한 눈부신 미모를 최고조로 드러낸 모습이었다. 게다가 그녀에게는 지성까지 번득였다. 그녀는 냉철하고 차분한 장악력으로 주연(酒宴)을 지휘했는데, 그 모습은 지휘자 아브네크가 왕립음악원의 연주회에서 유럽의 일급 연주자들을 모아 모차르트와 베토벤의 곡을 완벽하게 연주하도록 끌어내는 장악력에 비견할 만한 것이었다. 그러나 그녀는 뉘싱겐이 별로 먹지도 마시지도 않으며 집주인 행세하는 모습을 두려운 마음으로 눈여겨보았다. 자정이 되자 제정신인 사람이 아무도 없었다. 사람들은 술잔을 다시 사용되지 못하게 하려고 모조리 깨트렸다.[352] 채색된 베이징 비단 커튼 두 쪽도 찢겨 나갔다. 비지우는 난생처음으로 만취했다. 똑바

---

352) 잔칫날 술잔을 깨트리는 것은 유대 결혼 풍습이다. 즐거운 순간에도 고난의 시절을 잊지 말자는 의미가 담겨 있다.

로 설 수 있는 사람은 아무도 없었고, 여자들은 장의자에 널브러져 잠들었기 때문에, 참석자들은 사전에 자기들끼리 약조한 흥겨운 장난, 모두 손에 초를 들고 두 줄로 늘어서서 『세비야의 이발사』의 '부오나 세라'를[353] 부르며 에스테르와 뉘싱겐을 침실로 안내하기로 한 흥겨운 장난도 못 했다. 뉘싱겐만 혼자 남아 에스테르에게 손을 내밀었다. 비록 만취한 상태였지만 그 광경을 본 비지우는 리바롤이 리슐리외 공작의 마지막 결혼을 두고 했다는 말을 입에 올릴 여력은 남아 있었다.[354] "경찰청장에게 알려야 해……. 이 자리에서 곧 불길한 일이 벌어질 거야……." 익살꾼은 농담으로 떠벌린 말이었으나, 그는 이 말로 예언가가 되었다.

56. 뉘싱겐의 한탄

뉘싱겐 씨는 월요일 정오 무렵이 돼서야 자기 집에 모습을

---

353) 로시니의 오페라 2막에 나오는 익살스럽고 시끌벅적한 5중창의 첫 소절로, '즐거운 저녁이에요'라는 뜻이다.
354) 1대 리슐리외 공작, 곧 루이 13세 시대 거물인 리슐리외 추기경의 종손으로서 방탕한 생활로 유명했던 3대 리슐리외 공작(1696~1788)은 1780년 여든네 살 때 젊은 과부와 세 번째이자 마지막 결혼을 한 바 있다. 앙투안 드 리바롤(1753~1801)은 평민 출신이지만 귀족을 자처한 인물로, 볼테르의 제자로 통했으나 대혁명기에는 왕당파로서 반혁명 진영에서 활동한 저술가다. 재간이 넘치는 엄청난 어록을 남긴 것으로 유명한데, 이런 점에서 작중인물인 비지우의 모델이라고 할 수도 있다.

드러냈다. 1시에 그의 주식중개인이 와서 마드무아젤 에스테르 반 곱세크가 금요일에 3만 프랑의 연금증서를 매물로 내놓았으며, 이미 그 판매 대금을 받았다고 보고했다.

"그런데, 남작님," 주식중개인이 말했다. "제가 그 거래에 대해 언급하고 있을 때 데르빌 법률사무소의 일등서기가 왔어요. 그는 마드무아젤 에스테르의 본명을 보고 나더니 그녀가 700만 프랑이라는 막대한 재산을 상속 받은 사람이라고 제게 얘기하더라고요."

"설마!"

"정말이라니까요, 그녀가 늙은 어음할인업자 곱세크의 유일한 상속인일 거랍니다……. 데르빌 씨가 사실을 확인할 예정이래요. 남작님 정부의 어머니가 정말로 '벨올랑데즈'라면 남작님 정부가 상속 받는 재산이……."

"나는 크 샤실을 알고 잇서." 은행가가 말했다. "크녀가 나에게 차기 인생을 얘기해 추엇서……. 테르빌에게 칸단하게 편지를 해야겟네……!"

남작은 책상에 자리를 잡고 데르빌에게 보내는 짤막한 쪽지를 작성해 하인에게 전달했다. 그런 다음 증권거래소 일을 마치고 3시쯤 에스테르의 집으로 다시 갔다.

"마담은 어떤 구실을 둘러대든지 자기를 절대 깨우지 말라고 했어요. 마담은 아까 침실에 들었어요, 지금 자고 있습니다……."

"아! 체기랄!" 남작이 소리 질렀다. "에롭, 크녀가 엄청난 커부가 댄다는 샤실을 알리면 하내지 안을 커야……. 크녀는

700만 프랑을 샹속팟는다고. 콥섹 넝감이 축고 700만 프랑을 남겻는데, 차네 안주인이 크에 유일한 샹속녀야. 크녀의 어머니가 콥섹의 초카손녀고, 케다가 콥섹이 뉴언창도 착성햇스니카. 크런 팩만창자가 에스더를 카난하게 나둔다는 컨 샹상도 못 할 일이야……."

"아! 그렇군요. 그러면 당신의 지배도 끝났네요, 늙은 광대 님!" 외롭이 몰리에르 극의 하녀처럼 당돌하게 남작을 쳐다보며 말했다. "우우, 늙어빠진 알자스 욕심쟁이 씨! 그녀가 당신을 사랑한다면 그건 사람들이 페스트를 사랑한다는 것이나 다를 바 없지! 아이고머니나! 수백만 프랑이라니! 아무튼, 그녀는 이제 자기 애인하고 결혼할 수 있겠네! 오! 아주 행복하겠는걸!"

그리고 나서 프뤼당스 세르비앵은 말 그대로 벼락을 맞은 것처럼 엄청난 충격을 받은 뉘싱겐 남작을 놔둔 채 자신의 안주인에게 자신이, 누구보다도 먼저!, 그 뜻하지 않은 횡재를 알리기 위해 자리를 떴다. 간밤에 상상을 초월하는 관능을 맛보고 도취해 지극한 행복감에 젖어 있던 늙은이는 사랑에 불타올라 흥분의 절정에 도달한 순간 일거에 찬물 세례를 뒤집어쓴 꼴이 되었다.

"크녀가 날 속엿다니……." 그가 눈물을 글썽이며 소리쳤다. "크녀가 날 속엿다니! 오, 에스더…… 오, 나에 생명……. 난 참 파보구나! 크런 콧은 켤코 늘근이들을 우해 피지 안는 펍인데……. 나는 절믐만 패고 모든 컬 타 살 수 잇는데! 오, 맙소사! 이제 어처지? 어터케 대는 커지? 처 찬인한 에롭 말이 맛는 커야? 내가 맛본 엄청난 풀콧 캐락이 업는 삼이란 머란 말인가……? 맙소사……."

그러고서 살캥이는 석 달 전부터 허옇게 센 머리에 덮어썼던 부분 가발을 벗어버렸다. 그때 외롭이 내지르는 날카로운 비명이 뉘싱겐을 뱃속까지 전율하게 했다. 불쌍한 은행가는 벌떡 일어나 조금 전 바닥까지 비운 환멸의 술잔에 취해 휘청거리는 발걸음으로 비명이 나는 쪽으로 걸어갔다. 그도 그럴 것이, 불행이라는 술처럼 사람을 취하게 하는 것은 달리 없는 법이니까 말이다. 침실 문을 열자마자 그는 에스테르가 독을 삼켜 피부가 푸르게 변한 채 경직된 상태로 누워 있는 것을 발견했다. 죽은 것이다……! 그는 침대로 다가가 무릎을 꿇고 주저앉았다.

"탕신 말이 맞아, 크녀가 크러케 말햇지! 크녀는 나 태문에 축엇서……."

파카르와 아지 등, 집 안에 있던 모든 사람이 달려왔다. 그 광경은 하나의 대단한 볼거리, 하나의 놀라움이었지만, 애통한 일은 아니었다. 사람들 마음속에 약간의 의혹이 일었다. 남작은 본래의 은행가로 돌아왔다. 짚이는 바가 있었던 그는 경솔하게도 국채 매각 대금 75만 프랑이[355] 어디 있는지 묻고

---

355) 발자크는 연재 당시 이 금액을 70만 프랑이라고 썼다가 나중에 퓌른 판에서 75만 프랑으로 고친다. 앞서 뉘싱겐은 에스테르에게 연이율 3퍼센트짜리 국채증권을(538쪽에서 뉘싱겐의 주식중개인이 말한 "3만 프랑의 연금 증서") 주었으므로, 장당 액면가 100프랑인 국채증권의 총액은 100만 프랑이다. 당시 국채증권은 이자율 3퍼센트와 5퍼센트 두 종류가 있었는데, 3퍼

말았다. 그 질문에 파카르와 아지와 외롭이 이상야릇한 표정으로 서로 눈빛을 교환했고, 그 모습을 본 뉘싱겐은 살인 절도 사건이라고 생각하고 황급히 자리를 떴다. 자기 안주인의 베개 밑에서 포장된 꾸러미를 발견한 외롭은 그것이 그 폭신한 질감으로 보아 은행권 뭉치임을 알아채고 시신 수습에 착수하면서 말했다.

"아지, 어서 가서 그분께 알려! 700만 프랑이 생겼다는 것도 모르고 죽다니! 곱세크가 죽은 마담의 외증조부였구나……!" 외롭이 외쳤다.

외롭의 술책을 파카르도 알아챘다. 아지가 돌아서서 나가자마자 외롭은 죽은 가엾은 창녀가 '뤼시앵 드 뤼방프레 씨께 전해 주십시오.'라고 쓴 꾸러미 포장지를 뜯었다! 1000프랑짜리 은행권으로 75만 프랑이 프뤼당스 세르비앵의 눈앞에서 찬란하게 빛을 발했다. 그녀가 소리쳤다. "이 돈이면 남은 인생을 행복하고 착실하게 보내지 않을까……!"

파카르는 아무런 반응도 보이지 않았다. 그의 안에 내재한 도둑 본성이 불사조에 대한 충성심보다 더 강했다.

"뒤뤼는 죽었어." 그가 돈을 챙기며 대답했다. "내 어깨에는

센트짜리는 연금 수익률은 떨어지나 증권거래소에서 거래되는 가격은 5퍼센트짜리보다 높았다. 즉, 발자크는 당시 3퍼센트짜리 국채증권 거래 시세를 액면가 대비 70퍼센트에서 75퍼센트로 수정한 것이다. 에스테르가 액면가 100만 프랑 국채증권을 증권거래소에서 매각하고 받은 대금이 75만 프랑이라는 사실을 증권 전문가 뉘싱겐은 정확하게 알고 있고, 그 돈의 행방을 의심하는 것이다. 아울러 이 부분은 발자크가 돈 문제의 사실적 묘사에 얼마나 공을 들였는지 보여주는 대목이기도 하다.

아직 도형수 낙인이 찍히지 않았어. 함께 달아나자. 달걀은 한 바구니에 담는 게 아니니까 이 돈을 둘이 나누자, 그리고 우리 결혼하자."

"하지만 어디 가서 숨지?" 프뤼당스가 물었다.

"파리에 숨지." 파카르가 대답했다.

순식간에 충직한 부하에서 도둑으로 변신한 프뤼당스와 파카르는 그 돌변 속도처럼 잽싸게 집을 벗어났다.

"얘야," 말레이인 여자가 불사조에게 자초지종을 보고하자마자 불사조가 말했다. "에스테르가 편지를 남겼을 테니 찾아봐. 그동안 나는 형식을 갖추어 에스테르의 유언장을 작성해 놓겠다. 그런 다음 내가 작성한 유언장 초안과 그 편지를 지라르에게[356] 넘겨줘. 서둘러야 해. 경찰에 의해 집이 봉쇄되기 전에 에스테르의 베개 밑에 유언장을 갖다 놓아야 하니까."

그리고 그는 다음과 같은 유언장 초안을 작성했다.

본인은 뤼시앵 샤르동 드 뤼방프레 씨 이외에는 이 세상 그 누구도 사랑하지 않았기 때문에, 그리고 그의 애덕으로 악과 더러운 삶에서 벗어난 본인은 다시 그 악과 더러운 삶으로 추락하느니 차라리 스스로 목숨을 끊기로 작정했기 때문에, 본인의 사망 이후 상기한 뤼시앵 샤르동 드 뤼방프레에게 다음의 조건으로 본인이 소유한 모든 것을 유증합니다.

다음: 수증자는 수증자에게 모든 것을, 심지어는 최후의 마

---

356) 지라르는 자크 콜랭의 조직에서 필적 위조를 담당하는 인물이다.

음마저 바친 여인의 안식을 위해 생로크 본당에 영구 미사를
봉헌한다.

에스테르 곱세크

"이 정도면 에스테르의 말투라고 할 만하지." 불사조가 혼자
서 중얼거렸다.

저녁 7시에, 정식으로 작성되고 봉인된 유언장이 아지에 의
해 에스테르의 머리맡에 놓였다.

"자크,"[357] 아지가 황급히 계단을 올라오며 말했다. "내가 에
스테르의 침실에서 막 나오는데 사법 관헌들이 들이닥쳤어……"

---

357) 카를로스 에레라에 의해 에스테르의 식모로 고용된 아지는 작품 초반
부터 말레이인 또는 물라토 여인으로 소개되어 왔지만(그 자체로도 아지의
정체성이 유동적이었다는 점을 알 수 있다.) 발자크는 애당초 이 인물을 카
를로스 에레라로 변장한 불사조 자크 콜랭의 고모 자클린 콜랭으로 설정하
고 있었다. 그동안 주인과 하인의 관계로 위장해 그에 준하는 말투와 행동
거지를 보여온 두 인물은 아지가 생테스테브 부인으로 행세할 즈음부터 변
화의 조짐을 보이다가 마침내 본격적인 위기가 닥친 순간에 고모와 조카라
는 본래의 관계를 보여주는 것이다. 그러나 이 작품이 오랜 기간 격차를 두
고 연재소설 형식으로 발표되면서 인물의 호칭과 지칭에서 난맥상을 보인
것도 사실이다. 일례로 이 부분에서도 아지는 여전히 말레이 여인이라고 지
칭되고 있고, 불사조는 그녀를 "얘야"라고 부른다. 그러다가 뜬금없이 아지
가 불사조를 "자크"에 이어 "조카"라고 부르는 것인데, 이는 발자크가 수정
퓌른판에서 정정한 호칭이고 그전까지는 두 호칭 다 "주인님"이었다. 교정
단계에서는 물론이거니와 이미 발표한 작품도 끝없이 수정을 해온 발자크
지만, 만년에 이르러서는 이전처럼 치밀하지 못하고 곳곳에 허점을 보인다.
독자로서는 다소 혼란스럽겠지만, 텍스트와 인물의 이런 변천 과정에서 드
러나는 작가 발자크의 창작관을 엿볼 기회일 수 있다.

“무슨 말이야, 치안판사겠지……”

“아냐, 조카. 물론 치안판사도 왔지. 하지만 헌병대원들을 잔뜩 대동했어. 왕국검찰 검사와 예심판사도 함께 왔어. 모든 문마다 경비를 세웠어.”[358]

“에스테르의 사망으로 순식간에 야단법석이 벌어졌군.” 콜랭이 말했다.

“그런데 외롭과 파카르가 어디 갔는지 코빼기도 안 보여. 그것들이 75만 프랑을 가지고 튄 것 같아.” 아지가 말했다.

“아……! 망할 것들!” 불사조가 말했다. “그 두 연놈의 술책 때문에 우리가 낭패를 보는군!”

57. 코랑탱의 복수가 시작되다

인간의 심판이, 그러니까 파리의 사법기관이, 다시 말해 그 모든 정의의 심판 중에서 가장 의심이 많고, 가장 똘똘하고, 가장 능숙하며, 가장 훈련이 잘된 그 조직이, 심지어는 매 순간 법을 해석하고 집행하기에 지나칠 정도로 똘똘하다고 할

---

358) 당시 프랑스 사법 체계에서 치안판사는 주로 시민 간 사소한 분쟁이나 경범죄를 다루는 사법관으로 형사사건 같은 중범죄는 다루지 않는다. 에스테르와 뉘싱겐 사이의 금전 문제가 드러났을 뿐이라고 생각한 불사조가 치안판사 정도만 왔을 것이라고 말한 이유다. 법원의 예심판사는 검사의 수사 개시 요청에 따라 범죄의 수사와 기소를 결정하는 막강한 권한을 지닌다. 검찰에 속하는 검사는 수사 개시 청구권과 공소 유지권을 가지되, 수사에 직접 관여하지는 않는다.

그 기관이 마침내 이 잔혹한 음모의 주동자들을 추적하기 시작했다. 뉘싱겐 남작은 독극물의 결과를 직접 목격한 데다 자신의 돈 75만 프랑이 어디 갔는지 발견이 안 되자 그가 볼 때 아주 기분 나쁘고 수상했던 자들 가운데 하나가, 예컨대 파카르나 외룝이 그 범행을 저지른 자라고 생각했다. 화가 머리 끝까지 난 그가 맨 처음 한 일은 파리 경찰청으로 달려간 것이었다. 그것은 코랑탱의 조직원들을 모두 불러 모으게 한 일종의 경보음이었다. 파리 경찰청, 검찰청, 관할 경찰서장, 치안 판사, 예심판사 등이 모두 동원되었다. 밤 9시, 세 명의 의사가 소환되어 불쌍한 에스테르의 정식 시신 부검에 참여했고, 가택수색이 시작되었다! 불사조가 아지로부터 위험을 통보받고 외쳤다. "저들은 내가 여기 있는 줄 모른다. 지금 달아날 수 있다!" 그는 다락방 천창을 통해 빠져나가 더할 나위 없이 민첩하게 지붕 위에 올라섰다. 그는 그 자세로 지붕 수리공인 것처럼 태연하게 주변을 살피기 시작했다. "됐어," 그가 다섯 집 건너 프로방스가에 있는 정원을 발견하고 중얼거렸다. "이런 건 내 전문이지……."

"넌 체포됐다, 불사조!" 그때 벽난로 관을 타고 올라온 콩탕송이 그의 뒤에서 소리쳤다. "카뮈조 씨[359] 앞에 가서 지붕 위에서 무슨 미사를 드리려고 했는지 해명해야 할 거다, 신부 양반. 아니, 무엇보다 우선 왜 도망치려 했는지에 대해서……."

---

359) 카뮈조는 이 사건을 맡은 예심판사 이름으로, 그는 3부에서 중요한 역할을 한다.

"에스파냐에 손볼 적들이 있어서." 카를로스 에레라가 대꾸했다.

"다락방을 통해 가시지, 에스파냐로 말이야." 콩탕송이 응수했다.

가짜 에스파냐인은 순순히 따르는 척했다. 그러나 천창의 문틀을 붙잡은 순간 거기에 의지해 콩탕송을 전광석화처럼 집어던졌는데, 얼마나 세차게 던졌는지 그 밀정은 저 멀리 생조르주가의 개골창 한가운데로 날아가 처박혔다. 콩탕송은 그의 영예로운 전쟁터에서 즉사했다. 자크 콜랭은 조용히 자신의 다락방으로 돌아와 침대에 누웠다.

"나를 죽이지는 않되, 죽을 만큼 극심하게 앓게 만드는 약을 좀 가져다줘." 그가 아지에게 말했다. "초주검 상태가 돼서 호기심쟁이에게[360] 어떠한 대답도 하지 않아야 하니까. 아무 걱정하지 마, 나는 사제고, 앞으로도 영원히 사제일 거야. 조금 전에도 내 정체를 벗길 수 있다고 덤벼드는 놈들 가운데 한 놈을 제거했지, 식은 죽 먹듯 말이야."

전날 저녁 7시, 뤼시앵은 아침에 발급받은 여행증을 챙겨 역마차를 잡아타고, 퐁텐블로로 떠났다. 퐁텐블로에 도착해서 그는 느무르 방면에 있는 마지막 여인숙에 묵었다. 다음 날 아침 10시경, 그는 혼자 숲길을 걸어 부롱까지 갔다.

"바로 저기로군." 그가 부롱의 아름다운 풍경을 조망할 수 있는 바위를 하나 골라 앉으며 중얼거렸다. "나폴레옹이 실각

---

360) '호기심쟁이'는 범죄자들이 예심판사를 가리키는 은어다.

하기 얼마 전 엄청난 힘을 집중해 반격을 꿈꿨던 그 운명의 장소가 말이야."361)

한낮이 지나, 그의 귀에 역마차 소리가 들려왔고, 이윽고 눈앞에 젊은 르농쿠르 숄리외 공작 부인의 하인들과 클로틸드 드 그랑리외의 하녀를 태운 브리스카362) 한 대가 지나갔다.

"드디어 그들이 오는군." 뤼시앵이 중얼거렸다. "자, 이 연극을 잘 연기해 보자. 나는 이제 곤경에서 벗어났다. 공작이 반대해도 난 공작의 사위가 되고 말 것이다."

1시간 후, 두 여인을 태운 베를린이363) 고급 역마차임을 단번에 알아볼 수 있는 그 특유의 소리를 내며 모습을 드러냈다. 두 여인은 부롱 정류장에서 마차를 잠시 세워달라고 미리 얘기해 놓은 터였고, 뒷자리에 있던 하인이 베를린을 멈춰 세웠다. 그에 맞추어 뤼시앵이 마차로 다가갔다.

"클로틸드!" 그가 유리문을 두드리며 소리쳤다.

"안 돼." 젊은 공작 부인이 자기 친구를 제지했다. "저 사람을 마차 안에 태우면 안 돼. 우리 둘만 있는 자리에 저 사람이 함께 있으면 안 돼, 클로틸드. 저 사람하고 마지막 작별 인사

---

361) 부롱은 퐁텐블로 숲에서 남쪽으로 8킬로미터량 떨어진 곳이다. 나폴레옹은 대프랑스 동맹군의 침공을 받고 파리를 떠나 퐁텐블로에서 반격을 시도하지만, 결국 패한 후 1814년 4월 6일 동맹군이 요구한 무조건적 사임을 받아들여 4월 20일 퐁텐블로에서 엘바섬으로 떠났다.

362) 브리스카는 승객석 덮개가 없는 2두 사륜마차로, 역마차 중에서는 소형에 속한다.

363) 베를린은 승객석 덮개가 있는 2두 사륜마차로, 브리스카보다 훨씬 화려하게 치장한 마차다.

는 하셔, 그건 동의해. 하지만 길 위에서 하도록 해. 내려서 잠시 걷자, 바티스트를 뒤따르게 하고…… 날씨가 참 좋다, 우리는 옷도 든든히 입었으니 추위 걱정은 안 해도 돼. 마차가 우리 뒤를 따라올 거야……"

두 여인이 마차에서 내렸다.

"바티스트," 젊은 공작 부인이 말했다. "마부더러 아주 천천히 따라오라고 해요. 우리는 조금 걸을 생각이니까. 그리고 당신도 우리 뒤를 따라오도록 해요."

마들렌 드 모르소프는 클로틸드와 팔짱을 꼈고, 뤼시앵이 클로틸드에게 말하는 것을 가만히 지켜보았다. 그들은 그레츠라는[364] 조그만 촌락까지 함께 걸었다. 8시였다. 거기서 클로틸드는 뤼시앵과 헤어질 참이었다.

"그래요! 나의 친구." 그녀가 그 긴 대화를 우아하게 마무리 지으며 말했다. "나는 당신 아니면 절대로 결혼하지 않을 거예요. 나는 누구 말보다도, 내 아버지와 내 어머니 말보다도 당신 말을 더 믿어요. 이토록 강한 애정의 표시가 있었던 적이 있나요? 안 그래요……? 그러니 이제부터 당신을 짓누르는 그 치명적 반감을 일소하도록 힘쓰세요……"

그때 여러 마리 말이 달려오는 소리가 들렸다. 잠시 후 헌병대원들이 그 작은 그룹을 에워쌌고, 두 여인은 놀라서 어쩔 바를 몰랐다.

"이게 대체 무슨 일입니까……?" 뤼시앵이 댄디답게 거만하

---

364) 부롱에서 2킬로미터가량 떨어진 곳이다.

게 말했다.

"당신이 뤼시앵 샤르동 드 뤼방프레 씨요?" 퐁텐블로의 왕국검찰관이 물었다.

"그렇소만, 선생."

"당신은 오늘 밤을 라포르스 구치소에서 보내야 할 거요." 검찰관이 대답했다. "나는 당신에게 발부된 구인영장을 가지고 있소."

"이 부인들은 누굽니까……?" 헌병반장이 목소리를 높였다.

"아! 그렇군, 실례합니다, 부인. 여행증 좀 보여주시겠습니까? 제가 전달받은 정보에 따르면, 여기 이 뤼시앵 씨가 뭇 여성들과 잘 통하는 사이고, 그 여성들은 그를 돕기 위해 뭐든지……."

"당신 지금 르농쿠르 숄리외 공작 부인을 한낱 아가씨로 취급하는 겁니까?" 마들렌이 왕국검찰관에게 공작 부인의 위엄을 담은 시선을 던지며 말했다.

"그렇게 보일 정도로 아름다우셔서요." 사법관이 교활하게 응수했다.

"바티스트, 우리 여행증을 보여줘요." 젊은 공작 부인이 미소 지으며 화답했다.

공작 부인이 얼른 마차에 오르라고 말하는데, 그새 클로틸드가 물었다. "그런데 저 사람은 어떤 범죄 혐의를 받고 있나요?"

"절도와 살인을 공모한 혐의요." 헌병반장이 답했다.

바티스트가 완전히 혼절한 마드무아젤 그랑리외를 들어 올려 베를린에 태웠다.

자정 무렵, 뤼시앵은 파리로 압송돼 페이엔가와 발레가에 사이에 있는 라포르스 구치소 독방에 수감되었다. 카를로스 에레라 사제는 이미 체포 즉시 그곳에 수감된 상태였다.

파리, 1843년 6월[365]

(2권에 계속)

365) 여기까지가 1844년 8월 드포터(De Potter) 출판사에서 *Splendeurs et misères des courtisanes. Esther*(통칭 『에스테르』)라는 제목으로 출간된 부분이다. 이때 첫 번째 단행본(1부 1장~13장 중간, 본 책의 119쪽)과 연재소설 형태로 발표된 부분(1부 13장 중간~2부 3절 44장), 그리고 미발표 원고(2부 4절 전체)가 처음으로 함께 묶였다. 이후 1846년 11월 퓌른판 『인간극』 전집 11권에 *Splendeurs et misères des courtisanes*이라는 제목 아래, 1부와 2부로 나뉜 형태로 수록된다. '파리, 1843년 6월'이라는 부기는 그때 붙인 것이다.

세계문학전집 **489**

사교계의 영광과 비참 1

1판 1쇄 찍음 2026년 3월 24일
1판 1쇄 펴냄 2026년 3월 31일

지은이 오노레 드 발자크
옮긴이 이철의
발행인 박근섭, 박상준
펴낸곳 (주)민음사

출판등록 1966. 5. 19. (제 16-490호)
서울특별시 강남구 도산대로1길 62(신사동) 강남출판문화센터 5층 (우편번호 06027)
대표전화 02-515-2000 팩시밀리 02-515-2007
www.minumsa.com

© 이철의, 2026. Printed in Seoul, Korea

ISBN 978-89-374-6489-8 04800
ISBN 978-89-374-6000-5 (세트)

* 잘못 만들어진 책은 구입처에서 교환해 드립니다.